詩毛氏傳疏

（二）

文王之什詁訓傳弟二十三　　毛詩大雅

長洲陳奐學

文王之什十篇六十六章四百一十四句　疏　文王受命武王定天下成王告大平宣王封諸侯至若召穆衛武仍凡之刺厲刺幽皆是直陳王事而與小雅之主文譎諫者異矣關雎序云政有大雅焉小雅大雅者猶之諸侯之事繫召南天子之事繫周南爾

文王七章章八句

文王文王受命作周也　疏　受命者受命爲西伯也書大傳云天之命文王非啍啍然有聲音也文王在位而天下大服施政而物皆聽命則行禁則止動搖而不逆天之道故曰天乃大命文王文王受命一年斷虞芮之訟二年伐邘三年伐密須四年伐犬夷五年伐耆六年伐崇七年而崩然則古說受命皆謂受西伯七年之命而作周之興於焉始也遂以爲天之命文王若受命之年稱王其說誣也詩作於成王周公時故以文王名篇

文王在上於昭于天　傳　在上在民上也於歎辭昭見也　周雖舊邦其命維新　傳　乃新在文王也　有周不顯帝命不時　傳　有周周也不顯顯也顯光也不時時也時是也　文王陟降在帝左右　傳　言文王升接天下接人也　疏　在上對于天言故云在民上也於歎辭清廟亦云於歎辭也二傳爲全詩於字爲歎詞者發凡起例文選陸機赴洛道中詩注引韓詩章句嗚歎辭又潘岳寡婦賦注引韓詩嗚歎聲於與嗚通辭當作詞昭見爾雅釋詁文見著見也大明傳云文王之德明明於下故赫赫然著見於天○周自大王徙岐故稱舊邦維猶乃也維新乃新也凡全詩中維與乃同義者放此傳云乃新

在文王者言周至文王而始新之呂覽古樂篇周文王處岐諸侯去殷三淫而翼文王散宜生曰殷可伐也文王弗許周公旦乃作詩曰文王在上於昭于天周雖舊邦其命維新以繩文王之德案此與小雅四牡毛傳義合則命之新當在受命六年中事也有周之有爲語詞不顯之不爲語助無實義而傳又詁顯爲光也執競傳亦云顯光也大明思齊崧高韓奕清廟維天之命烈文執競之不顯不皆爲語助有周不顯言周德之光明也帝天也文王受命於殷之天子是卽天之命矣十月之交豈曰不時傳時是也與此不時訓同而義別不是是也是是周也言帝命是周也卽周雖舊邦其命維新之義○傳云升接天下接人以釋文王陟降句在帝左右卽所謂升接天也天亦在民上故文王之下接人者本天之意而爲之墨子明鬼下篇若鬼神無有則文王旣死彼豈能在帝之左右哉此但解在帝左右句

亹亹文王令聞不已〔傳〕亹亹勉也陳錫哉周侯文王孫子文王孫子本支百世〔傳〕哉載侯維也本本宗也支支子也凡周之士不顯亦世〔傳〕不世顯德乎士者世祿也〔疏〕亹者釁之俗釁從分聲故隸變又作亹亹音門釁之聲轉也後箋云古釁字本有勉義襄二十六年左傳夫小人之性釁於勇杜注釁動也動與勉義相近案文選束晳補亾詩注引毛詩傳重勉字爲後人誤衍單字釋經雙字不重勉字也爾雅釋詁亹亹勉也此傳所本也玉篇且部亹亹猶微微也義本三家已止也令聞不已言善聲聞之悠久也墨子作問○宣十五年昭十年左傳皆引詩曰陳錫載周能施也周語芮良夫引大雅曰陳錫載周是不布利而懼難乎故能載周以至于今詩作哉內外傳作載故傳以載詁哉也載見傳載始也哉爲載載又爲始此一義之申序云文王受命作周左傳云文王所以造周作造皆始也箋云哉始也能敷恩惠之施以受命造始周國是也侯訓維語詞侯猶乃也下文侯于周服侯服于周同傳訓侯爲維維亦乃也爾雅維侯也侯乃也維謂之侯侯謂之乃侯謂之維維謂之乃其義一也王肅云文王能布陳大利以賜予人故能載行周道致有天下唯文王孫子受而行之本者天子之世長子世爲天子繼

五年穀梁傳云天子世子世天下也本宗者一本之宗版傳云王者天下之大宗是也支莊六年左傳引詩作枝同支子者天子庶子出封爲諸侯諸侯之世長子亦世爲諸侯爲羣姓之大宗令文王既受命其後子孫能王天下於是武王爲繼體長子百世不遷其管蔡郕霍魯衛毛聃郜雍曹滕畢原酆郇十六國皆文王支子亦百世不遷本支百世謂本支皆百世也昭八年左傳云臣聞盛德必百世祀○傳云不世顯德乎者正言之不爲語詞反言之則下加乎字以足其義此句例也士者世祿傳引孟子文以申釋經世字之義正義本士作仕五經異義公羊說春秋書尹氏崔氏爲譏世卿世卿卽是世位是天子諸侯之大夫皆不世位也左氏說卿大夫得世祿不得世位父爲大夫死子得食其故采而有賢才則復升父故位是卿大夫不世位而世祿有功德則亦世位許鄭皆從左氏說孟子梁惠王篇仕者世祿趙注云賢者子孫必有土地又滕文公篇夫世祿滕固行之矣注云古者諸侯卿大夫士有功德則世祿賜族者也官有世功也其子雖未任居官得世食其父祿賢者子孫必有土之義也趙亦與左氏說同毛傳言世祿不言世位有大功德皆世無大功德則皆不世何以明之緇衣傳云有德君子宜世居卿士之位焉是唯有德者世位此卽王制所謂天子大夫不世爵之義又干旄傳云古者臣有大功世其官邑官邑卽是爵祿是唯有功者世爵祿此卽王制所謂諸侯之大夫不世爵祿之義此傳云不世顯德乎士者世祿也葢有顯德必當世位世祿實兼世位故箋申之云凡周之士謂其世有光明之德者亦得世世在位重其功也毛傳釋詩皆就有大功德者而言故無世祿不世位之文說稍異而義實同

世之不顯厥猶翼翼傳翼翼恭敬也思皇多士生此王國王國克生維周之楨傳思辭也皇天楨榦也濟濟多士文王以寧傳濟濟多威儀也疏世之不顯言世有顯德耳猶道也恭敬下也字今補言顯德之人其持道恭敬爾雅翼翼恭也郭注云恭敬與傳訓同○思發語之辭漢廣思辭也思語已之辭二傳爲全詩思字發凡也辭皆當作詞正月傳皇君也皇者尊大之稱故皇謂之君又謂之天矣思皇多士生此王國言天多士生此文王之國也史記周本紀文王禮下賢者日中不暇食以待士士以

此多歸之伯夷叔齊在孤竹聞西伯善養老盍往歸之大顛閎夭散宜生鬻子辛甲大夫之徒皆往歸之繁露郊祭篇傳曰周國子多賢蕃殖至于駢孕男者四四產而得八男皆君子俊雄也此天之所以興周國也案此王褒所謂故世平主聖俊艾將自至也楨榦釋詁文易文言傳貞者事之榦也貞固足以榦事楨與貞通崧高維申及甫維周之翰傳翰榦也文義相同濟濟是狀士有光輝之德故傳云多威儀也爾雅濟濟止也止容止也多威儀卽容止之義成二年左傳云夫文王猶用衆是釋經多士之義

穆穆文王於緝熙敬止（傳）穆穆美也緝熙光明也**假哉天命有商孫子**（傳）假固也**商之孫子其麗不億上帝既命侯于周服**（傳）麗數也盛德不可爲衆也（疏）穆穆美爾雅釋詁文又釋詁云緝熙光也傳於光義未盡又益明義維清敬之箋及大學注並云緝熙光明也禮記大學篇引詩而釋之云爲人君止於仁爲人臣止於敬爲人子止於孝爲人父止於慈與國人交止於信抑淑愼爾止傳止至也彼引大學文爲說則知此敬止卽敬至也言美哉穆穆然文王其德光明而又能敬至也於發聲昊天有成命篇同○假讀與固同此假借也廣雅賈固也假賈固聲並近假之讀爲固猶賈之讀爲固矣有語助有商商也與上傳有周周也同例詩蓋言天命之於商孫子亦堅固也下接言商之孫子玄鳥篇商之先后受命不殆在武丁孫子下接言武丁孫子句意正相同箋讀有爲有無之有云天爲此命之使臣有殷之子孫似失語意玩下經文上帝既命既字傳文則見天命之無常則字可見麗讀爲𢻱此亦假借也方言𢻱數也說文玉篇廣雅同王引之釋詞云不語詞不億億也商之孫子其麗不億猶云子孫千億耳箋以爲不徒億失之趙岐孟子注誤與箋同案王說是也商孫子之數億可爲衆矣侯維也孟子離婁篇引詩而釋之孔子曰仁不可爲衆也夫國君好仁天下無敵孟子言仁毛傳言盛德一也王肅云商之孫子有過億之數天既命文王則維服于周盛德不可爲衆

侯服于周天命靡常（傳）則見天命之無常也**殷士膚敏祼將于京厥作祼將常服**

黼冔〔傳〕殷士殷矦也膚美敏疾也祼灌鬯也周人尚臭將行京大也黼白與黑
也冔殷冠也夏后氏曰收周曰冕王之藎臣無念爾祖〔傳〕藎進也無念念也〔疏〕
靡無也靡常無常也商孫子服於周則見天命之無常箋云無常者善則就之
惡則去之荀子天論篇云天行有常不爲堯存不爲桀亾應之以治則吉應之
以亂則凶繁露堯舜不擅移湯武不專殺篇云言天之無常予無常奪也引詩
竝與傳義同○傳以殷士爲殷矦謂殷諸矦也文王爲西伯殷諸矦自有來助
祭於周廟者以見天命之無常蓋毛意以殷之未喪言之也漢書劉向傳孔子
論詩至於殷士膚敏祼將于京喟然歎曰大哉天命善不可不傳於子孫是以
富貴無常不如是則王公其何以戒愼民氓何以勸勉蓋傷微子之事周而痛
殷之亾也白虎通義三正篇詩曰厥作祼將常服黼冔言微子服殷之冠助祭
於周也據劉向班固說以殷士即微子然微子朝周在成王時去喪殷已久翼
奉傳亦云周公作詩淡戒成王以恐失天下詩曰殷之未喪師克配上帝宜監
于殷駿命不易與毛詩皆不合下文箋王成王本三家說膚美猥跋同生民傳
敏疾也將事齊敏也與此敏訓疾義同祼灌疊韻鬯即秬鬯也秬鬯灌神是謂
之灌鬯旱鹿傳云九命然後錫以秬鬯圭瓚是文王九命作伯得用灌鬯也周
人尚臭禮記郊特牲文周禮小宰凡祭祀贊祼將之事將訓行行灌鬯之事也
京大釋詁文大明皇矣公劉同于京言于是大也正義以京爲京師失之趙注
孟子誤同○采叔玄袞及黼傳白與黑謂之黼與此同也鄭注王制云冕服有
虞氏十二章周九章夏殷未聞案此言黼正謂冕服章數之一古人重畫章特
舉刺章之一者畧耳詩於殷言黼冔猶論語於夏言黻冕黼黻皆黹刺於裳也
說文無冔五經文字云字林作冔經典相承隸省作冔傳釋冔爲殷冠而又兼
引夏周之冠者殷之冔夏后氏之收周之冕其冠制相似也王制夏后氏收而
祭殷人冔而祭周人冕而祭白虎通義紼冕篇禮曰周冕而祭又曰殷冔夏收
而祭此三代宗廟之冠也冔收竝與周冕竝稱玉篇冔覆也殷之冕也史記裴
駰集解引太古冠冕圖云夏名冕曰收據此則冔收即夏殷之冕矣冔收之制
不可得而詳今以周冕言之禮記禮器云天子之冕朱綠藻十有二旒諸矦九

上大夫七下大夫五士三是天子冕十二旒諸侯九上公九命袞冕九旒也上
大夫七天子上太夫比侯伯鷩冕七旒也下大夫五天子下大夫比子男毳冕
五旒也士三天子上士比公之孤希冕三旒也天子之中士下士與列國之卿
大夫玄冕無旒白虎通義謂士爵弁無旒是也大夫而冕有旒者若晉士會之
有黻冕是也鄭注弁師云天子袞衣之冕十二游毳衣之冕七游希衣之冕五
游玄衣之冕三游是唯天子玄冕有三旒矣有旒曰冕無旒則曰弁弁師王之
弁經弁而加環經司服凡弔事弁經服周禮載天子之服不著爵弁者弁卽爵
弁也故檀弓天子之哭諸侯也爵弁經純衣又襍記大夫之哭大夫弁經大夫
與殯亦弁經大夫有私喪之葛則於其兄弟之輕喪則弁經弁經者以爵弁而
加環經也天子以爵弁加環經爲弔服不加環經而加旒爲玄冕儀禮士爵弁
純衣純衣猶天子五冕皆玄衣也爵弁猶天子之玄冕也故士冠禮郊特牲所
記三加爵弁之文而云周弁殷冔夏收周與夏殷之冕竝記之也檀弓下周人
弁而葬殷人冔而葬亦周殷之冠弁記之也周人爵弁無旒則夏殷之冕無旒
可知也爵弁同玄冕五冕又皆同玄冕雖有十二旒九旒七旒五旒三旒之差
而其體實與爵弁同制則知周之冕要從夏殷之冕特章大之唯士有爵弁所
以存其古也說文云弁冕也夏曰收殷曰冔周曰弁獨斷云周曰爵弁殷曰冔
夏曰收何注宣元年公羊傳云夏曰收殷曰冔周曰弁加旒曰冕○藎進釋詁
文逸周書皇門篇朕藎臣夫明爾德孔注云藎進也義與此同王文王也臣殷
諸侯也言文王進殷臣而誥敎之也酒誥云乃穆考文王肇國在西土厥誥毖
庶邦庶士是文王誥敎邦事也傳釋爾祖爲爾庶國之祖對殷諸侯言故下章
云爾庶國亦當自求多福是文王進爾庶國誥敎之辭也無發聲無念爾祖念
爾祖也文二年左傳云詩曰毋念爾祖聿修厥德孟明念之矣念德不怠其可
敵乎左釋詩亦以毋爲發聲傳所本也
毋與無通昭二十三年傳引詩作無

無念爾祖聿修厥德永言配命自求多福〔傳〕聿述永長言我也我長配天命而
行爾庶國亦當自求多福**殷之未喪師克配上帝**〔傳〕帝乙已上也**宜鑒于殷駿**

命不易（傳）駿大也（疏）爾爾庶國也爾雅律述也遹述也古聿律遹通用聿同曰故詩中聿字皆語詞無實義唯此聿爲述漢書東平思王傳及後漢書宦者呂強傳引詩皆作述此聿述聲通之證述當讀如述所職之述無念爾祖述修厥德言爾祖能述所職爾庶國亦當念勤修爾祖之德也江漢云無曰予小子召公是似肇敢戎公用錫爾祉文義相同傳訓永爲長與卷耳漢廣常棣同箋云長猶常也訓言爲我與葛覃泉水彤弓同下武永言配命箋永長言我也正本此傳乃箋於此言讀爲言語之言不從傳矣云我長配天命而行者釋永言配命句云爾庶國亦當自求多福者釋自求多福句桓六年左傳鄭大子忽曰詩云自求多福在我而已昭二十八年傳仲尼聞其命賈辛也以爲忠詩曰永言配命自求多福忠也並與傳意合○喪亡師眾也書酒誥云在昔殷先哲王迪畏天顯小民經德秉哲自成湯咸至于帝乙成王畏相惟御事厥棐有恭不敢自暇自逸多士云自成湯至于帝乙罔不明德恤祀亦惟天丕建保乂有殷殷王亦罔敢失帝罔不配天其澤多方云乃惟成湯克以爾多方簡代夏作民主愼厥麗乃勸厥民刑用勸以至于帝乙罔不明德愼罰亦克用勸皆謂帝乙已上能配上帝此傳義所本也宜鑒于殷禮記大學引詩作儀監駿大釋詁文嵩高噫嘻長發同禮記作峻

命之不易無遏爾躬宣昭義問有虞殷自天（傳）遏止義善虞度也上天之載無聲無臭儀刑文王萬邦作孚（傳）載事刑法孚信也（疏）遏止釋詁文遏卽令之歇字無止爾躬者言無於爾躬止也釋文引韓詩云遏病也韓讀遏爲害與毛訓異意同宣昭明昭也時邁臣工皆作明昭雝曰宣哲卽明哲桑柔曰宣猶卽明猶鴻雁曰宣驕卽明驕淇奧傳曰宣箸卽明箸是宣與明同義杜注僖二十七年左傳韋注晉語皆云宣明也正義云義善釋詁文令爾雅作儀儀與義通問讀爲聞善問猶令聞也若令聞作令問之例虞度釋言文度殷自天言度殷之未喪師者皆自天也度猶鑒也抑傳詁虞爲度度法度也與此異○載讀與事同禮記中庸篇上天之載注載讀曰裁謂生物也王應麟困學紀聞以爲是韓詩與謂毛訓載爲事實包括生物之義漢書楊雄傳上天之縡或從齊魯詩玉篇云縡事也載也說文不

錄緯字刑法釋詁文刑古型字思齊抑我將同我將儀式刑文王之典傳云儀善也案此傳義訓善則儀亦當訓善或毛所據詩本作義也善法文王言文王之善法天也襄十三年左傳引詩曰儀刑文王萬邦作孚言刑善也又昭六年傳引詩曰儀刑文王萬邦作孚服虔注云儀善也刑法也善用法者文王也言文王善用其法故能爲萬國所信也杜從服說不就法文王者言也孚信釋詁文儀刑文王性與天合也萬邦作孚受命作周也襄三十年左傳詩曰文王陟降在帝左右信之謂也

雒誥周公曰作周孚先

大明八章四章章六句四章章八句

大明文王有明德故天復命武王也

明明在下赫赫在上（傳）明明察也文王之德明明於下故赫赫然箸見於天天

難忱斯不易維王天位殷適使不挾四方（傳）忱信也紂居天位而殷之正適也挾達也（疏）明明察爾雅釋訓文常武傳亦云明明然察也生民傳赫顯也重言之下則上爲天矣在與於同義全詩放此○忱漢書貢禹傳後漢書胡廣傳續漢書律曆志論繁露如天之爲篇潛夫論卜列篇皆作諶說文引詩亦作諶蕩其命匪諶說文引詩作忱與今本毛詩互異說文訦燕代東齊謂信訦也爾雅諶信也忱諶訦同韓詩外傳云傳曰言爲王之不易也引詩天難訦斯不易惟王韓詩亦作訦易以敳反毛義當同也正義引鄭注書序微子啓紂同母庶兄紂之母本帝乙之妾生啓及衍後立爲后生受德案呂覽當務篇與鄭注同而殷本紀索隱又以啓紂異母其謂紂爲殷之正適則一也爾雅浹徹也挾浹同聲達徹同義韓詩外傳云紂之爲主勞民力冤酷之令加於百姓憯悽之惡施於大臣羣下不信百姓疾怨故天下叛而願爲文王臣紂自取之也夫貴爲天子富有天下及周師至而令不行乎左右悲夫當是之時索爲匹夫不可得也

詩曰天謂殷適使不俠四方韓義同疑謂乃位之字誤俠與挾字通

摯仲氏任自彼殷商來嫁于周曰嬪于京（傳）摯國任姓仲中女也嬪婦京大也

乃及王季維德之行（傳）王季大王之子文王之父也（疏）傳文仲字各本皆作之唯宋本作仲而正義釋文皆作之史記外戚世家索隱引毛詩云摯國任姓之中女也蓋此入字爲一句總釋經文摯仲氏任也摯國者周語沓摯疇之國由大任是摯爲國名也任姓者晉語黃帝之子二十五宗其得姓者十四人爲十二姓任其一也傳以中女釋仲氏燕燕仲氏任只傳仲戴嬀字然則仲爲大任字矣就未嫁言曰女以姓繫乎國則曰摯任猶春秋書陳嬀歸于京師是也以姓配乎字則曰仲任猶春秋書伯姬歸于紀叔姬歸于紀是也以姓屬乎國與字則曰摯仲任猶春秋書紀季姜歸于京師是也婦人必言姓此百世昏姻不通之義也士昏禮祝告稱婦之姓曰某氏來婦又記問名曰某既受命將加諸卜敢請女爲誰氏某氏者稱婦之姓也誰氏者舉女之名也戴大記男子稱名女子稱字問名即問字問其伯仲也○爾雅釋親云嬪婦也郭注引詩聿嬪于京堯典釐降二女于嬀汭嬪于虞後漢書荀爽傳引書釋之云嬪者婦也案婦者有姑之辭思齊篇思齊大任文王之母思媚周姜京室之婦彼傳云周姜大姜也京室王室也大姜爲大任之姑傳云嬪婦京大考即本思齊經義也王季文王之父傳又云大王之子者其意周家王迹實始大王耳箋云及與也大任配王季而與之共行仁義之德同志意也

大任有身生此文王（傳）大任仲任也身重也維此文王小心翼翼昭事上帝聿懷多福厥德不回以受方國（傳）回違也（疏）上章言摯仲氏任故知大任即仲任也身古㑗字玉篇㑗妊身也廣雅身㑗也列女孽嬖傳楚考李后頌知重而入遂得爲嗣是重與身同義箋重謂懷孕也○文王傳云翼翼恭敬也繁露郊祭篇引詩允懷多福聿與允皆語詞時

邁傳云懷來也後漢書李賢注蔡邕傳文選呂向注晉紀總論引詩竝訓懷爲來回讀與違同不違違不違德也昭二十六年左傳引詩厥德不回以受方國釋之云君無違德方國將至左以違釋回傳所本也旱鹿常武箋竝同

天監在下有命既集（傳）集就也文王初載天作之合在洽之陽在渭之涘（傳）載識合配也洽水也渭水也涘厓也（疏）節南山傳云監視也集就下也字今補小旻是用不集韓詩集作就此集就通用之證天監在下有命既集言天視於下其命既有以從就之皇矣篇帝遷明德傳徙就文王之德也與此意正同○載識疊韻立訓魯語天子大采朝日與三公九卿祖識地德初載即祖識傳依國語解詩是謂文王之洽岐也此章言文王天命既集即承上弟三章事上帝受方國以合下弟五章總言文王取大姒之事弟六章云有命自天命此文王于周于京纘女維莘長子維行又覆述上文數章以起天復命武王王天下之事據按文義則文王之取大姒斷不在幼年矣解者泥信文王幼年生子之說遂以初載爲初有知識稽諸事理無有可通失經傳之恉矣爾雅妃合也配與妃通合妃轉相爲訓皇矣傳云妃媲也○洽桓八年穀梁傳注水經河水注引詩作郃說文引詩亦作郃段注云魏世家築合陽字作合合者水名毛詩本作合秦漢閒乃製郃字今詩作洽者後人意加水旁耳酈注水經河水篇云河水又逕郃陽城東城北有瀵水南去二水各數里其水東逕其城內東入于河又於城南側中有瀵水東南出城注于河城南又有瀵水東流注于河水即郃水也縣取名焉案洽水無攷酈善長即以郃陽瀵水當之郃陽漢屬左馮翊魏仍漢縣縣北縣南皆有瀵水此謂郃陽縣名之地也詩言洽陽非即郃陽縣故地蓋水以北爲陽洽陽洽水之北是商莘國在洽水北不在洽水南漢高帝爲劉仲築城於郃陽縣之東北爲郃陽侯漢初稱或不誤矣渭亦莘國之水名莘國雖東濱大河亦在渭水之北故下文云親迎于渭也涘厓葛藟蒹葭傳同

文王嘉止大邦有子大邦有子俔天之妹（傳）嘉美也俔磬也文定厥祥（傳）言大

姒之有文德也祥善也親迎于渭〔傳〕言賢聖之配也造舟爲梁不顯其光〔傳〕言受命之宜王基乃始於是也天子造舟諸侯維舟大夫方舟士特舟造舟然後可以顯其光輝〔疏〕嘉美爾雅釋詁文嘉讀如嘉耦曰妃之嘉大邦莘國子女子也言文王擇此美配是大邦子也白虎通義嫁娶篇王者之娶必先選于大國之女禮儀備所見多詩云大邦有子俔天之妹文定厥祥親迎于渭明王者必娶大國也俔磬磬當作罄初學記中宮部引傳正作罄可證釋文引韓詩作罄天之妹云罄譬也罄亦當作罄文選顏延之宋郊祀歌亘地稱皇罄天作主罄天卽用韓詩也俔罄雙聲訓俔爲罄與訓罄爲譬義本相因說文云俔譬諭也本韓以申毛耳君子偕老胡然而天也傳云尊之如天箋云尊之如天之有女弟○傳以文爲文德定止也祥善釋詁文止善盛德止善也謂大姒之賢箋謂文爲文王定祥爲納幣與白虎通義人君無父母自定娶者亦引此詩其說合當是三家詩義然亦可證親迎大姒在王季旣歿文王卽位之年毛義亦然也渭水在莘國之南郊故文王躬迎大姒必至于渭也傳云言賢聖之配也者以釋經親迎之義賢謂大姒聖爲文王親迎者重昏禮也正義云異義公羊說天子至庶人娶皆當親迎左氏說王者尊無體敵之義故不親迎鄭駁之云大姒之家在洽之陽在渭之涘文王親迎于渭卽天子親迎明矣天子雖至尊其於后猶夫婦也夫婦判合禮同一體所謂無敵豈施於此哉禮記哀公問曰寡人願有言然冕而親迎不已重乎孔子愀然作色而對曰合二姓之好以繼先聖之後以爲天地宗廟社稷之主君何謂已重乎此言親迎繼先聖之後爲天地宗廟主非天子則誰乎是鄭意以此爲天子之法故引之以明天子當親迎也案異義所引公羊說娶皆親迎此乃嚴顏舊說至何邵公作公羊注仍從左氏說天子不親迎鄭駁是也白虎通義亦言天子當親迎與鄭駁同左疏云文王之迎大姒身爲公子迎在殷世未可據此以爲天子禮不知文王取大姒已在卽位之年詩以文王所行事定爲周制故下傳云天子造舟造舟爲天子制則親迎當爲天子禮毛傳亦與鄭駁同蓋關雎淑女思齊寡妻皆謂大姒之配文王周家王業實始基此夫婦造端敢不兢兢迨春秋時王變禮桓八年祭公來遂逆王后于紀逆天下之母若逆婢妾于是夫婦之道

缺而妃匹之愛輕矣故天子親迎宜以文王爲後世法所以敬愼重正昏禮也○
云言受命之宜王基乃始于是也者關雎序正始之道王化之基樂得淑女以配
君子此其義也天子造舟以下皆爾雅釋水文宣十二年公羊注及說文方部引
古禮說合今本爾雅多庶人乘泭句疑衍文也天子造舟者方言艁舟謂之浮梁
文選潘岳閒居賦注引方言作造舟說文造古文作艁爾雅郭注云比船爲橋李
注云比其舟而渡曰造舟孫注云造舟比舟爲梁也說文橋水梁也梁水橋也周
語引夏令曰十月成梁孟子十一月輿梁成皆卽今之水橋天子造舟爲梁者謂
以比次其舟如水橋制也諸侯維舟者李注云中央左右相維持曰維舟孫注云
維舟連四舟也郭注同大夫方舟者李注云併兩船曰方舟郭注同說文方併船
也象兩舟省總頭形或作汸斻方舟也从方亢聲方言方舟謂之潢郭注楊州人
呼渡津舫爲潢荊州人呼杭案杭卽斻潢集韻十二庚又作𦩷竝與方同部皆謂
兩船相併也齊語方舟設泭韋注云方併也漢廣傳及邶谷風箋皆云方泭也渾
言之則方亦可稱泭也士特舟者李注云一舟曰特舟不顯顯也光光輝也文王
當殷時造舟迎大姒以顯禮之光輝後世遂爲周天子乘舟之法度至春秋秦用
造舟乃周禮之末失也

有命自天命此文王于周于京纘女維莘長子維行（傳）纘繼也莘大姒國也長子
長女也能行大任之德焉篤生武王保右命爾燮伐大商（傳）篤厚右助燮和也（疏）
京大也于周于京於周爲大也上于訓於下于訓爲不同義白虎通義號篇三正
篇引詩釋之云此言文王改號爲周易邑爲京也纘繼七月同思齊大姒嗣徽音
纘卽嗣也女在父母家之稱維猶有也纘女維莘言能繼行大任之德者其女有
莘也傳云莘大姒國者說文無莘字潛夫論志氏姓篇云禹爲姒姓其後分封用
國爲姓故有辛氏蓋其字作辛或從古也水經注河水逕郃陽城東周威烈王之
十七年魏文侯伐秦至鄭還築汾陰郃陽卽此城也故有莘邑矣爲大姒之國方
輿紀要云古莘城在郃陽縣南二十里疑縣南當作縣北云長子長女也者大姒
爲莘國之長女也古者適室所生之子嫁爲諸侯夫人若周武王元女配陳胡公

滿是也大姒莘國之長女故曰長子尊貴之稱也行當讀如維德之行之行○先儒論文王娶大姒生武王年代莫攷大抵依大戴記稱文王十三生伯邑考十五生武王爲說禮記文王世子篇稱文王九十七乃終武王九十三而終然以此數推之文王十五生武王當武王卽位已有八十二歲武王卽位十有三年方始克殷管子小問篇云武王伐殷克之七年而崩漢書律曆志亦云克殷後七歲而崩唯逸周書明堂篇作六年則知武王九十三之說旣不足信卽文王十五而生之說亦無足據蓋小大戴記閒載襍說耳近儒舉尚書逸周書語爲說確有根據尚書無逸篇周公告成王曰文王受命唯中身厥享國五十年此文王享國之年數也又逸周書度邑篇武王克殷告叔旦曰唯天不享于殷發之未生至于今六十年此武王克殷之年數也武王克殷年近六十其在位已十有三年此外四十七年皆在文王享國數內武王之生應在文王卽位之三四年中然則文王之取大姒在文王卽位後書有明文或可據此數而推知也奐竊謂古者天子諸矦皆有不再娶之文然又有卽位取元妃之禮文二年冬左傳云襄仲如齊納幣禮也凡君卽位好舅甥脩昏姻取元妃以奉粢盛孝也孝禮之始也是禮也周公之禮亦文王之禮也此篇言大姒之來歸周京已在天命文王之旣集玩詩辭正與尚書受命中身語合韓奕篇美韓矦之入覲宣王也亦云韓矦迎止于蹶之里此亦行卽位親迎之禮與春秋古左氏說合明鄭忠脩意大姒爲文王繼妃以解經纘女維莘句但纘訓繼謂繼行大任之德不讀爲繼室之繼唯以文王卽位後取大姒準諸事理似乎有據姑記之於此○篤厚椒聊公劉同長發傳左右助也左與右皆訓助故右爲助也右通作祐易繫辭傳云子曰祐者助也天之所助者順也人之所助者信也履信思乎順又以尚賢也是以自天祐之吉无不利也與詩義同爾猶之也保右命爾猶假樂篇言保右命之耳燮和釋詁文說文燮和也讀若溼和伐大商言天人會合伐殷也常棣傳九族會曰和是和有會義說見酌篇

殷商之旅其會如林矢于牧野維予矦興(傳)旅衆也如林言衆而不爲用也矢陳興起也言天下之望周也**上帝臨女無貳爾心**(傳)言無敢懷貳心也(疏)旅衆北山

同正義云木聚謂之林如林言其衆多而不爲紂用武成曰甲子昧爽受率其旅若林此僞尚書武成篇文卽襲用詩辭也毛讀會如字說文引詩作其旝如林本三家矢陳爾雅釋詁文皇矣卷阿同矢讀爲尸祈父傳尸陳也古尸矢聲通牧商郊地名說文坶朝歌南七十里地周書曰武王與紂戰于坶野坶與牧通興起釋言文起讀如以起軍旅之起維予矦興維爲也予我我周也矦猶乃也矦興與如林對文言殷商之衆不爲殷用爲我周乃起作也故傳又申明其義云言天下之望周也箋以爲起爲天子王肅以爲我興起而滅殷俱非傳恉○女女殷衆也貳讀爲二貳從弍聲弍古文二是貳二聲通也繁露天道無二篇引詩作二襄二十四年左傳詩云上帝臨女無貳爾心有令名也夫恕思以明德則令名載而行之是以遠至邇安遠至邇安是無敢懷二心之義此傳所本也

牧野洋洋檀車煌煌駟騵彭彭(傳)洋洋廣也煌煌明也騵馬白腹曰騵言上周下殷也**維師尚父時維鷹揚涼彼武王**(傳)師大師也尚父可尚可父鷹揚如鷹之飛揚也涼佐也**肆伐大商會朝清明**(傳)肆疾也會甲也不崇朝而天下清明

(疏)洋洋野之廣故云廣也水經清水注云倉水東南歷坶野自朝歌以南南暨清水土地平衍據皋跨澤悉坶野矣詩所謂坶野洋洋檀車煌煌者也說文煌煌煇也廣雅煌煌光也竝與傳明訓同韓詩外傳三引詩作皇皇駟當作四字之誤干旄正義引異義古毛詩說云四騵彭彭武王所乘其字正作四又公羊隱元年疏及淮南主術注竝引詩作四皆其證四騵彭彭猶四驪濟濟四騏翼翼耳出車傳云彭彭四馬皃爾雅釋畜騵馬白腹騵傳所本也郭注騵赤色黑鬣駠傳及小戎箋竝云赤身黑鬣曰駠鄭注檀弓亦云騵駠馬白腹高注淮南云黃馬白腹曰騵案月令有赤駠黃駠故駠馬亦爲黃馬說文縓帛赤黃色騵與縓聲義皆相近云言上周下殷也者騵馬卽赤馬騂馬白腹赤在上白在下故傳謂是上周下殷之義唯騵馬之色然也檀弓周人尚赤戎事乘騵正義

謂此武王所藥遂爲一代常法○傳云師大師節南山傳師大師周之三公也則師爲官名矣云尚父可尚可父箋尚父呂望也尊稱焉正義引劉向別錄云師之尚之父之故曰師尚父此尚父尊稱竝與傳同史記譙周注云姓姜名牙說文𤕤籀文作鷹今俗作鷹箋云鷹鷙鳥也揚讀如環人揚軍旅之揚鄭注環人亦卽引此詩傳以飛揚釋揚者說文揚飛舉也言尚父行軍如鷹之迅疾也常武篇王旅嘽嘽如飛如翰傳疾如飛摯如翰義與此同涼讀爲亮假偺字也漢書王莽傳引詩正作亮韓詩作亮云亮相也爾雅云亮右也又云左右亮也傳以涼釋佐古祇作左六書故涼亮下皆引傳作左左猶左右也涼彼武王與長發實左右商王句同○肆讀爲𦃃說文𦃃希屬引虞書曰𦃃類于上帝希脩豪獸讀若弟是𦃃爲脩豪獸之屬引申之則有力疾兩義爾雅肆力也毛傳肆疾也皆卽𦃃之假偺字說文引書作𦃃今堯典作肆史記五帝紀封禪書漢書王莽傳皆作遂夏小正傳肆遂也遂與疾亦相近疾者當讀疾如飛之疾傳訓卽從時維鷹揚句生義皇矣傳同小箋云會古外切甲與會雙聲凡器之蓋曰會日之首曰甲二者演之爲居首之稱貨殖傳益一州漢書作甲一州詩之甲朝一謂甲子日一謂弟一日天下淸明也定本作會甲兵坐不知由音以推義耳案段說會甲雙聲通義是也甲朝一謂甲子日一謂弟一日似尚非傳中甲字之義甲朝猶彤弓云一朝耳甲者十之首一者數之始傳恐人不曉甲朝之義故又申釋之云不崇朝而天下淸明崇終也不終朝一朝也蝃蝀采綠傳皆云自旦及食時爲終朝終朝朝之終甲朝朝之始不終朝卽是甲朝說文日部𣅀晨也从日在甲上

緜九章章六句

緜文王之興本由大王也(疏)釋文一本無由字是也詩美文王耳首章下三句至七章皆敘大王初徙岐山爲文王之興之本

緜緜瓜瓞民之初生自土沮漆(傳)興也緜緜不絕貌瓜紹也瓞瓝也民周民也自用土居也沮水漆水也古公亶父陶復陶穴未有家室(傳)古公豳公也古言

久也亶父字或般以名言質也古公處豳狄人侵之事之以皮幣不得免焉事之以犬馬不得免焉事之以珠玉不得免焉乃屬其耆老而告之曰狄人之所欲者吾土地也吾聞之君子不以其所養人者害人二三子何患乎無君去之踰梁山邑于岐山之下豳人曰仁人之君不可失也從之如歸市陶其土而復之陶其壤而穴之室內曰家未有寢廟亦未敢有家室（疏）瓜瓞緜緜然不絶以興周國自小而漸成大哀十七年左傳緜緜生之瓜淮南子繆稱篇福之萌也緜緜並與此緜緜同小箋本傳文增瓜瓞二字而以瓜紹也三字連讀宜據以補正爾雅瓞瓝其紹瓞爾雅既釋瓞爲瓝而又云其紹者謂之瓞以申釋瓞之義毛傳順詩辭爲訓故先釋瓜瓞爲瓜紹而又云瓞謂之瓝亦以申釋瓞之義說文瓞瓝也瓝小瓜也瓝即瓝字釋文及文選潘岳在懷縣作詩注引韓詩章句瓞小瓜也爾雅紹繼也箋瓜之本實繼先歲之瓜必小狀似瓝故謂之瓞鄭解瓜紹紹字最得經傳取興之義陸佃稗雅云今驗近本之瓜常小末則復大此農師從鄭說而更得之目驗也傳釋民爲周民者以沮漆二水在周也自訓用土者所以居也因之土有居義漢書地理志引詩作杜水名與毛異葢周之興莫大於文王之治岐而實本於大王之徙岐故章首先敘岐周水土民居下文因詳及大王辟狄去豳從岐之事○傳釋沮漆爲水三章傳云周原沮漆之閒也又潛傳云漆沮岐周之二水也是沮漆在周不在豳矣汪龍詩異義述師丁杰曰水經鄭渠在大上皇陵東南濁水入焉俗謂之漆水又謂之漆沮其水東流注於洛水說文漆水一曰入洛此涇東之漆也漢書地理志北地郡直路縣沮水出縣東西入洛水經沮水出北地直路縣東過馮翊祋祤縣北東入於洛說文瀘水出北地直路西東入洛此涇東之沮也山海經羭次之山漆水出焉地理志右扶風漆縣漆水在縣西莽曰漆治水經漆水出杜陽縣俞山東北入於渭說文漆水出右扶風杜陽岐山東入渭十三州地理志漆水出漆縣西北岐山東入渭此涇

西之漆注涇以入渭者也十三州地理志有水出杜陽縣岐山北漆溪謂之漆渠西南流注岐水水經注杜水出杜陽山東南流合漆水水出杜陽之漆溪謂之漆渠南流合岐水至美陽縣注於雍水隋書地理志扶風普潤縣有漆水此涇西之漆合杜岐雍以入渭者也涇西之沮書傳未聞龍按傳以周原爲沮漆之閒是指普潤漆水箋誤解經及傳謂公劉失職遷於豳居沮漆之地則指漆縣漆水疏牽合爲一引漆縣漆水而謂沮漆在豳地但二水東流亦過周地其誤已甚至引書傳謂漆沮一名洛水則更移之涇東尤爲疎繆又按漢書地理志右扶風杜陽杜水東入渭莽曰通杜師古曰繇詩自土沮漆齊詩作自杜言公劉避狄而來居杜與漆沮之地其經文作自杜雖與毛異然與杜竝言益可見此經是普潤之漆蓋普潤漆水合杜岐雍入渭故齊詩作自杜說詩者以爲公劉誤同鄭箋○周自公劉居豳故狼跋傳公劉爲豳公此亶父未遷岐以前亦爲豳公豳公謂之古公者祭義社稷先古注先古先祖也故傳申之云古言久也不從追王稱大王者從其朔也父亦作甫正義引鄭注中候稷起云亶甫以字爲號白虎通義及趙注孟子亶甫爲名禮記大傳追王大王亶甫王季歷文王昌竝與傳或說同也古公辟狄自豳徙岐孟子梁惠王莊子讓王呂覽審爲淮南子道應詮言泰族說苑至公及書大傳略說皆紀其事傳引之者合下數章統釋古公始末而爲言也復說文引詩作寝玉篇同段注云土謂堅者堅則不患崩壓故旁穿之使上有覆蓋陶其土旁穿之也壤謂柔者柔則恐崩故正鑿之陶其壤正鑿之也毛傳讀陶爲掏案淮南子氾論篇古者民澤處復穴高注云復穴重窟毛析言之高則渾言之也爾雅其內謂之家傳云室內即其內也古公之作寢廟在五章以後此但述初遷之始經言未有家室傳即挨五章義以申明之云未有寢廟則亦未敢有家室也箋正義泥二章始及徙岐而誤就處豳說

古公亶父來朝走馬率西水滸至于岐下(傳)率循也滸水厓也爰及姜女聿來胥宇(傳)姜女大姜也胥相宇居也(疏)走馬玉篇引詩作趣馬言早且疾趙注孟子云遠避狄難去惡疾也詩小學云早釋

來朝疾釋趣字說文趣疾也玉篇作趣馬據漢人相傳古本也率循北山訪落同水經漆水注引詩西作先先假借字古西先聲通也滸水厓葛藟同程大昌雍錄謂此水厓卽渭水之厓是也蓋從豳至岐中隔梁山詩不言山略也古公當日去豳踰梁由旱路來故云來朝趣馬踰梁入渭循渭達岐故云率西水滸至于岐下岐在豳西也梁山在今武功縣北岐山在今扶風縣西武功扶風皆南臨於渭故但沿厓西上不必向渡中流耳公劉云于豳斯館涉渭爲亂此豳國渡渭之證也皇矣云居岐之陽在渭之將將亦厓也此岐陽濱渭之證也史記周本紀云遂去豳渡漆沮踰梁山止于岐下是誤合詩之沮漆爲一而箋乃沿其說○爰於及與聿遂也姜女姜姓之女大王之妃故稱大姜也胥相釋詁文公劉同宇居桑柔閟宮同胥宇猶云相宅也宅亦居也新序襍事篇引詩作相宇

周原膴膴堇荼如飴爰始爰謀爰契我龜（傳）周原沮漆之閒也膴膴美也堇菜也荼苦菜也契開也**曰止曰時築室于茲**（疏）酈注水經渭水篇漆渠水南流與杜水合逕岐山西又屈逕周城南城在岐山之陽而近西所謂居岐之陽也又歷周原下北則中水鄉成周聚故曰有周也水北卽岐山矣案善長言岐周山水脈絡分明周本雍州邑名地理志右扶風美陽禹貢岐山在西北中水鄉周大王所邑攷元和郡縣志鳳翔府扶風縣本漢美陽縣地卽今之陝西扶風縣也岐山在美陽西北大王邑在岐山南美陽之中水鄉也是謂之周城中水鄉在周原北則周原又在中水鄉之南郡國志右扶風美陽有岐山有周城引皇甫謐帝王世紀云周大王所徙南有周原王褘周公廟記云周城今爲岐陽鎭遺阯猶存廣袤七八里四圍皆深溝南有周原是周原在周城南矣漆水在岐西而沮水無聞水經注莢水出好畤縣梁山大嶺東南逕梁山宮西又南逕美陽縣之中亭川注雍水謂之中亭水又南逕美陽縣西其水又南流注于渭竊謂古沮水必在斯處矣沮東漆西故傳云周原在沮漆之閒也膴膴韓詩作腜腜文選左思魏都賦腜腜坰野張載注云腜腜美也引詩周原腜腜李善注引韓詩同廣雅腜腜肥也美與肥義

相近箋亦云周之原地在岐山之陽膴膴然肥美○菫當作菫通作菫說文菫艸也根如薺葉如細柳蒸食之甘爾雅齧苦菫郭注云今菫葵也葉似柳子如米汋食之滑是菫卽苦菫矣夏小正二月榮菫傳菫采也豆實也公食大夫記鉶芼羊苦有滑鄭注苦苦荼也滑菫荁之屬內則有菫滑苦卽荼荼爲鉶羹之芼滑則用菫故詩菫荼連言菜卽芼也郝懿行爾雅義疏云余按生下溼者葉厚而光細於柳葉高尺許莖紫色味苦瀹之則甘是郝目驗菫菜本味亦苦也正義菫爲烏頭非荼苦菜邶谷風同采苓謂之苦彼正義引陸義疏云苦菜生山田及澤中得霜甛脃而美所謂菫荼如飴邵晉涵爾雅正義云霜後之荼多轉爲甛非其本質大雅言周原之美雖菫荼亦甘若飴爾非謂荼菜本作甘也以今驗之荼之爲苦稱斯名矣邵說是也內則云飴蜜以甘之○契讀爲挈漢書敘傳注引詩正作挈玉篇栔部栔開也栔與挈同開龜周禮卜師掌其事定之方中傳云建國必卜之故建邦能命龜爰於也於於是也爾雅爰曰也曰亦爰語詞也時是也築室于茲言旣有此廣平之原則將築室於周也

迺慰迺止迺左迺右迺疆迺理迺宣迺畝自西徂東周爰執事（傳）慰安爰於也

（疏）經作迺箋作乃爾雅迺乃也凡全詩作乃唯縣公劉作迺今篇內迺乃錯出不一律慰安下當有也字安定也止猶處也書大傳云大王亶甫遂策杖而去過梁山邑岐山國人束脩奔走而從之者三千乘一止而成三千戶之邑天作箋云大王居之一年成邑二年成都三年五倍其初○公劉傳云宣徧也徧畝猶甫田之言竟畝也徂與且同義東畝東西爲陌南畝東西爲阡西東謂田間道也爰於桑中同周爰執事言至周原於是執事也凡民之大事在農故先言之

乃召司空乃召司徒俾立室家其繩則直縮版以載（傳）言不失繩直也乘謂之縮

作廟翼翼（傳）君子將營宮室宗廟爲先廄庫爲次居室爲後（疏）乃唐石經作迺箋司空司

徒鄉官也司空掌營國邑司徒掌徒役之事正義云大王之時以殷之大國當立三鄉其一益司馬乎時不召者司馬於營國之事無所掌故也○傳釋文作卑傳云言不失繩直也者釋其繩則直句李善注東京賦引毛詩傳於繩直下較今本多之字二字椉謂之縮釋經之縮字箋云繩者營其廣輪方制之正也椉聲之誤當爲繩也鄭據爾雅釋器文故知傳椉字爲繩字之誤爾雅繩之謂之縮之此繩字與縮同義說文繩束也斯干傳約束也孫炎云繩束築版謂之縮凡立室家以城三分之一爲宮宗廟在路門內廄庫在前居室在後蓋其制也此經言大王立室家而但云作廟故傳遂引禮記曲禮篇云君子將營宮室宗廟爲先以釋經義而兼及廄庫居室者所以補經義之略而亦挨下章百堵皆興句爲釋之爾雅翼翼恭敬也

捄之陾陾度之薨薨築之登登削屢馮馮(傳)捄虆也陾陾眾也度居也薨薨言百姓之勸勉也登登用力也削牆鍛屢之聲馮馮然百堵皆興鼛鼓弗勝(傳)皆俱也鼛大鼓也長一丈二尺或鼛或鼓言勸事樂功也(疏)傳釋捄爲虆者淮南子說山篇虆成城高注云虆土籠也始一蘆以上於城此與傳虆字之訓正合又脩務篇及孟子滕文公篇字皆作虆劉熙孟子注云虆盛土籠也說文欙山行所乘者引虞書四載山行乘欙史記河渠書作橋一作輂漢書溝洫志作梮竝字異而義同可以乘人亦可以盛土箋捄捊也築牆者捊取壞土盛之以虆而投諸版中說文捄盛土於梩中也鄭許皆申毛訓小箋云捄卽輂之假借字陾陾當依玉篇引詩作陑陑廣雅仍仍登登馮馮眾也毛詩陑陑三家詩作仍仍集韻仍音而關中語此而仍聲轉相通故陑與薨登馮與勝爲韻如耳孫卽仍孫之例也釋文如之反說文云築牆聲也音而陸所據正作陑陑今本說文亦誤作陾陾度居皇矣同方言度居也東濟海岱之閒或曰度居有都聚之義釋文引韓詩度塡也箋度猶投也義竝相近傳文言百姓之勸勉也之上奪薨薨二字今依小箋補薨讀爲蘉雒誥女乃是不蘉馬鄭王注皆訓蘉爲勉蘉莫崩反又武剛反莫崩讀如甍武剛則讀如茫竝與勸勉義近登登義未聞傳云用力謂用力聲登登

然也今俗謂用力得得如公羊傳登來之爲得來矣屢當作婁小箋云婁音樓空也鍛婁者槌打空竅坳突處馮馮堅實聲也○百堵詳鴻雁篇皆當作偕偕訓俱若本作皆人所易曉可不傳耳故鴻雁百堵皆作無傳七經孟子考文作偕此其證鼛大鼓鼓鐘同傳文長一丈二尺一字當衍鼓鐘釋文及鼓人注竝云長丈二尺周禮鼓人以鼛鼓鼓役事說文引作臯鼓考工記韗人爲臯鼓長尋有四尺古咎臯聲同毛傳正本周禮也經言鼛鼓本是一鼓傳云或鼛或鼓者或有也語詞也或鼛鼛鼓也或鼓鼓之也弗勝說文作不勝勝任也不勝如不勝任且鼓以作之正是勸事樂功以見興作之盛小箋云經文鼛鼓分大小義同鄭孔恐未是

迺立臯門臯門有伉迺立應門應門將將（傳）王之郭門曰臯門伉高貌王之正門曰應門將將嚴正也美大王作郭門以致臯門作正門以致應門焉**迺立冢土戎醜攸行**（傳）冢大戎大醜衆也冢土大社也起大事動大衆必先有事乎社而後出謂之宜美大王之社遂爲大社也（疏）臯門傳云王之郭門美大王之築城郭也說文𦣞度也民所度居也从回象城郭之重兩亭相對也今通作郭管子度地篇云歸地之利內爲之城外爲之郭是郭在城之外也正義引襄十七年傳宋人稱臯門之晳謂諸侯自有臯門今左傳作澤門杜注澤門宋東城南門也釋文本澤門作臯門爲誤疑澤門即孟子垤澤之門澤古作睪睪臯相似而誤與詩臯門無涉臯門爲臺門故傳云伉高皃釋文引韓詩作閌盛皃玉篇閌字下及張衡西京賦皆云高門有閌本韓詩說文無閌字詩小學云說文阬閬也閬門高也五經文字阬門高毛詩之伉古本作阬應門傳云王之正門本爾雅釋宮文美大王之築宮室也鄭注考工記書大傳竝云應門朝門也應門內爲治朝故應門爲王宮正門明堂位九采之國應門之外北面東上是明堂位之外門亦曰應門應門之內朝會諸侯明堂位之制與王宮同也周禮閽人鄭司農注云王有五門外曰臯門

二曰雉門三曰庫門四曰應門五曰路門路門一曰畢門其朝士注同案仲師
治毛詩其云外曰臯門即毛傳之郭門自郭門以至路門共五門外自城郭內
至路寢明堂而寢門以內從路矣解者誤以外爲宮外則臯門爲宮外門古制
不明實權輿於此鄭康成禮記注不信舊說謂先庫後雉諸侯有庫雉無臯應
箋詩又本書大傳謂諸侯亦有臯應天子加以庫雉鄭說旣屬游移近儒戴東
原言天子諸侯皆三門是已又謂天子有臯應無庫雉諸侯有庫雉無臯應其
說亦誤今竊言之考工記匠人營國方九里旁三門呂覽季春紀國人儺九門
磔禳高注云九門三方九門也嫌非王氣所在故磔犬羊以禳高解九門以前
三門爲王氣所在磔禳止三方九門四旁共十二門公羊注所謂天子周城也
書大傳古者百里之國九里之城三里之宮七十里之國三里之城一里之宮
五十里之國一里之城以城爲宮此謂公侯伯子男三等之城制也周禮典命
上公九命國家宮室以九爲節侯伯七命國家宮室以七爲節子男五命國家
宮室以五爲節鄭注云公之城蓋方九里宮方九百步侯伯之城蓋方七里宮
方七百步子男之城蓋方五里宮方五百步以開方計之與書大傳同鄭康成
大傳注疑天子城九里大國與之同以爲當天子九里大國七里次國五里又
或者天子實十二里諸侯大國九里次國七里小國五里有此兩說但周制每
從先王以爲後世法有如臯門應門冢士碑廱路寢親迎造舟一取九女此類
甚多不必專以城同九里爲疑也一里之城以城爲宮其宮四面皆屬城三里
之城其宮南面屬城三面不屬城九里之城其宮室四面有牆四面不屬城說
文缺缺也古者城缺其南方謂之缺城缺南方公羊注所謂諸侯軒城也孟子
三里之城七里之郭七里晉書段灼傳作五里此據七十里之國而言天子城
與大國同九里其距郭較遠詩之臯門傳謂之郭門則臯門非宮門而謂臯門
爲宮外門者誤也天子城門其上有臺謂之闍四旁十二門共十二闍臯門爲
外城門雉門當爲內城門考工記城隅之制九雉左傳云都城過百雉築城以
雉起度此或城門爲雉門之義歟則雉門亦非宮門天子諸侯宮門皆爲庫門
最在外而謂先庫後雉者誤也檀弓下君復於小寢大寢小祖大祖庫門四郊
又自寢門至於庫門又軍有憂則素服哭於庫門之外郊特牲獻命庫門之內
又釋之於庫門是天子諸侯皆有庫門而謂天子有臯無庫諸侯有庫無臯者

誤也詩之應門傳謂之正門司儀出及中門之外中門之外卽庫門之內也應門在庫路之中故謂之中門庫門之內出入不禁應門以內爲朝會之處皆必設禁閽人掌守王宮中門之禁是其事也中門以縣象魏象魏闕也故穀梁傳謂之闕門外朝之內內朝之外其門謂之路門路門內庭卽路寢之庭爾雅路大也其門庭爲較大也亦謂之畢門畢之爲言盡也路門內有路寢明堂右社稷左宗廟說詳閟宮篇故路門又謂之廟門穀梁傳謂之祭門鄭仲師朝士注以爲路門外爲外朝內爲內朝當是師承古說而謂天子諸侯皆三朝庫門以內有朝者誤也然則天子郭門爲臯門城門爲雉門庫門爲宮之外門應門爲宮之中門路門爲宮之內門合城郭爲五門離之則爲三門諸侯南面無城以宮垣爲城牆卽以宮之外門爲城南門非如徐彥所疑城牆不完之謂也天子有郭有郭門諸侯有郭亦有郭門春秋僖二十年春新作南門公羊以爲門有古常穀梁以爲有加其度蓋此南門爲魯郭南門也天子郭門有門臺魯於是始僭從天子制耳諸侯之宮亦三門庫門爲宮之大門雉門爲宮之中門路門爲宮之內門天子三門諸侯亦三門唯天子以雉門爲城門諸侯無城門以雉門爲宮之中門爲異而謂諸侯三門天子五門加以臯應或曰加以庫雉者誤也明堂位庫門天子臯門雉門天子應門此言其制之相似天子城之外門與宮之外門門上有臺謂之臺門魯之宮外門門上亦有臺如天子城外門之制而他國之宮外門無臺也故云庫門天子臯門也天子門皆有臺諸侯庫門無臺雉門路門有臺昭二十五年公羊注禮天子諸侯臺門天子外闕兩觀諸侯內闕一觀觀卽臺也此宮之中門有臺也郊特牲臺門而旅樹注旅道也屏謂之樹禮天子外屏諸侯內屏此宮之內門有臺也天子於應門設兩觀諸侯於雉門設一觀春秋定二年雉門及兩觀災新作雉門及兩觀是魯之中門設兩觀如天子中門之制而他國止設一觀也故云雉門天子應門也解之者誤讀禮記經文以爲諸侯有庫雉天子有臯應則天子諸侯之門制莫攷卽魯與他國門制之同異亦無聞矣今姑略陳門制梗槩如此文選張衡東京賦立應門之將將李善注引毛詩傳將將嚴正之皃與今本不同當據以訂正黍苗箋肅肅嚴正之皃句正相同說苑權謀篇將將之臺亦謂將將爲尊嚴正肅也大王築城郭宮室作郭門正門不獨大王爲諸侯制卽文王亦非卽從天子制周有天下遂以郭門爲臯門正門爲應門故詩人直以周天子之制言之耳下冢

土大社同○冢大戎大醜衆竝爾雅釋詁文逸周書作雒篇乃建大社于國中其壝東青土南赤土西白土北驪土中央釁以黃土將建諸侯鑿取其方一面之土燾以黃土苴以白茅以爲土封案此冢土爲大社之義也禮記祭法篇王爲羣姓立社曰大社王自爲立社曰王社王社在郊迎氣報祈之禮行焉大社在王宮路寢之西大會同大朝覲大軍旅之政行焉大王作宗廟立社稷故社爲大社也古者用師告社故傳引爾雅釋天文爲證孫炎注云大事兵也有事祭也爾雅宜事也王制天子將出征宜乎社大王當日必有用師之事今無攷

肆不殄厥慍亦不隕厥問柞棫拔矣行道兌矣傳肆故今也慍恚隕墜也兌成蹊也**混夷駾矣維其喙矣**傳駾突喙困也疏思齊傳肆故今也二傳訓同凡肆者皆承上起下之詞肆兼故今兩義爾雅治肆古故也肆故今也肆爲故肆故又爲今與伊維也伊維矦也潛深也潛深測也皆其例毛傳雖本雅訓而意不同雅謂肆一句故一句總爲之今也傳謂詩之肆既爲故又爲今立意自異故者承上古公也今者起下文王也殄絕也孟子盡心篇引詩趙注云慍怒也正義引說文云恚怒也是慍恚竝爲怒肆不殄厥慍承上文戎醜攸行而言大王赫怒整旅至文王而不絕其所怒也趙注云隕失也隊失義同俗作墜問讀爲令聞之聞古問聞通用亦不隕厥問趙注云不能隕失文王之善聲聞也文王篇宣昭義問正義云常布明其善聲聞於天下義與此同○柞棫皆叢生薪木故皇矣言柞棫拔而松柏易直也拔讀爲跋猶薙除也兩拔字同兌者遂之假借字桑柔傳遂道也遂古隧字檀弓注云隧奪聲相近或爲兌此卽兌遂聲通之證載馳韓詩傳云不由蹊遂而涉曰跋涉韓以蹊遂爲跋大玄羨次五孔道夷如蹊路微如犬輿之憂測曰孔道之夷奚不遵也竝與此傳云成蹊之蹊同成蹊猶言成路皇矣二章作屏修平啓辟攘剔卽此意也古駾突同部文選王延壽魯靈光殿賦遭漢中微盜賊奔突張載注突唐突也詩云昆夷突矣混與昆通毛詩作駾三家詩或作突此傳以突詁駾之證喙廣韻二十廢引詩作瘃瘃與喙同說文呬下引詩犬夷呬矣本三家詩字異而音義相同○案此與采薇出車所歌爲一時事采薇序云文王之時西有昆夷之患出車篇云赫赫南仲薄伐

西戎西戎卽昆夷也文王伐昆夷奉天子得專征伐之命故與殷大臣共伐之書大傳云四年伐犬夷犬夷亦卽混夷也是文王四年之前尚未興師出討故孟子有事昆夷之說至受命爲西伯四年乃伐之箋云是之謂一年伐混夷正義以爲七年內之一年是已

虞芮質厥成文王蹶厥生（傳）質成也成平也蹶動也虞芮之君相與爭田久而不平乃相謂曰西伯仁人也盍往質焉乃相與朝周入其竟則耕者讓畔行者讓路入其邑男女異路班白不提挈入其朝士讓爲大夫大夫讓爲卿二國之君感而相謂曰我等小人不可以履君子之庭乃相讓以其所爭田爲閒田而退天下聞之而歸者四十餘國

予曰有疏附予曰有先後予曰有奔奏予曰有禦侮（傳）率下親上曰疏附相道前後曰先後喻德宣譽曰奔奏武臣折衝曰禦侮（疏）質訓成成讀春秋以成宋亂之成凡四方有亂獄則往而成之是其義也成平節南山同虞芮質成史記周本紀說苑君道篇書大傳略說竝有此文而詳略不同耳虞芮在河東周姬姓國商時虞芮無攷書大傳云文王受命一年斷虞芮之訟四年伐犬夷五年伐耆六年伐崇又云西伯旣戡耆紂囚之牖里散宜生閎夭南宮适三子者相與學訟於大公大公與三子見文王于牖里紂遣西伯伐崇案上章傳混夷在四年此章乃追敘虞芮斷訟及四臣來輔渾括文王興周受命七年中事蹶動爾雅釋詁文版同箋云虞芮之質平而文王動其緜緜民初生之道謂廣其德而王業大○予我我文王也曰楚辭離騷注引詩作聿聿曰皆語詞疏附書大傳作胥附疏胥同釋文奔作本奏又作走書釋文正義作奔奏禦釋文作御昭二年左傳季武子賦緜之卒章杜注云取文王有四臣故能以緜緜致興盛書大傳云文王胥附奔奏先後禦侮謂之四鄰以免乎牖里之害懿子曰夫子亦有四鄰乎孔子曰文王得四臣丘亦得四友焉自吾得回

也門人加親是非胥附邪自吾得賜也遠方之士日至是非奔奏邪自吾得師也前有光後有輝是非先後邪自吾得由也惡言不至于門是非禦侮邪文王有四臣以免虎口丘亦有四友以禦侮案詩言疏附先後奔奏禦侮卽此文王四臣是矣據書大傳四臣散宜生也閎夭也南宮适也及大公呂尚也與君奭言文王修和有夏號叔閎夭散宜生泰顚南宮适約舉五人者不同解者皆失之

棫樸五章章四句

棫樸文王能官人也疏後箋云大戴禮逸周書皆有文主官人篇荀子亦云文王以官人爲能竝與此序語合

芃芃棫樸薪之槱之傳興也芃芃木盛貌棫白桵也樸枹木也槱積也山木茂盛萬民得而薪之賢人衆多國家得用蕃興濟濟辟王左右趣之傳趣趨也疏傳云芃芃木盛皃正義作盛皃無木字釋文作盛也也乃皃之誤初學記帝王部引木盛也亦誤棫白桵爾雅釋木文郭注云桵小木叢生有刺實如耳璫紫赤可啖緜柞棫拔矣箋棫白桵也正義引義疏云三蒼說棫卽柞也可以爲犢車軸與高注淮南時則篇櫟可以爲車轂合此秦人謂柞爲櫟謂棫卽柞者恐非是也薛綜西京賦注云棫白蕤蕤與桵通爾雅樸枹者郭注云樸屬叢生者爲枹詩所謂棫樸枹櫟舍人及李孫本爾雅作樸枹者彙傳云枹木亦謂叢生者也爾雅枹遒木魁瘣注云謂樹木叢生根枝節目盤結魂磊棫樸二木名箋謂白桵相樸屬而生恐非是○鄭注大宗伯云槱積也本傳訓也說文槱積火燎之也从木从火酉聲詩曰薪之槱之周禮以槱燎祠司中司命或作酒柴祭天神也案積火當依段注本作積木兩燎字當作尞尞柴祭天引申之凡炊爨之薪柴字皆當作尞傳但云積薪說文言積木以尞之者卽引此詩正以申補傳義也又兼引周禮之槱尞爲柴祭天神箋云祭皇天上帝及三辰則聚積以燎之此用三家詩繁露郊祀篇引此首章二章四祭篇引此二章皆謂文王郊祭之詩爲許鄭所本而非毛氏傳義也傳以山木茂盛薪積待用興賢人之衆

多國家蕃興于斯可驗棫樸之作人猶菁莪之育材爾詩異義云首章見衆賢之集於朝輔助政教文章述祀事之得人三章述戎事之得人國之大事在祀與戎舉此二者以明賢才之用四章言文王作人之化紂之污俗咸與維新末章言文王聖德綱紀四方無不治理又總箸政教之美官人之效經之設文蓋有次弟矣○文王傳濟濟多威儀也辟王謂文王也新書連語篇似鍊絲染之藍則青染之緇則黑得善佐則存不得善佐則亡此其不可不憂者耳詩云芃芃棫樸薪之槱之濟濟辟王左右趨之此言左右日以善趨也故臣竊以爲練左右急也容經篇諺曰君子重襲小人無由入正人十倍邪辟無由來古之人其謹於所近乎詩曰芃芃棫樸薪之槱之濟濟辟王左右趨之此言左右日以善趨也晏子問下篇亦引此詩釋之云此言古者聖王明君之使以善也案與序能官人正合其字皆作趨傳以趨詁趣正用古訓卷耳傳耳云思君子官賢人置周之列位左右趨善卽是卷周行之義

濟濟辟王左右奉璋（傳）半圭曰璋**奉璋峨峨髦士攸宜**（傳）峨峨盛壯也髦俊也

（疏）半圭曰璋斯干同斯干傳又云璋臣之職也箋云璋璋瓚也祭祀之禮王祼以圭瓚諸臣助之亞祼以璋瓚禮記祭統君執圭瓚祼尸大宗執璋瓚亞祼注圭瓚璋瓚祼器也以圭璋爲柄考工記玉人大璋中璋邊璋注三璋之勺形如圭瓚旱麓傳玉瓚圭瓚也蓋祼祭有勺所以流秬鬯之酒勺以玉瓚爲柄君用圭瓚臣用璋瓚郊特牲云灌以圭璋用玉氣也是也詩異義云臣之執璋行禮唯贊祼時其他無執璋者傳云半圭曰璋璋瓚之璋亦半圭也傳特略不及瓚耳箋言諸臣亞祼以璋瓚義實申傳案何注定八年公羊傳言璋者所以郊事天卽引此詩本繁露四祭篇此三家說○峨峨釋文本作俄俄公羊釋文又作娥娥箋奉璋之儀峨峨然儀峨古聲同如壓儷卽嵯峨之例爾雅峨峨祭也爾雅釋經義故但云祭傳云盛壯壯古莊字盛莊者卽所謂齊明盛服以承祭祀公羊疏云奉此半珪之璋其儀容峨峨盛莊疑徐彥所據傳正作盛莊髦俊甫田思齊同文王般士膚敏祼將于京傳以般士爲殷侯此箋謂俊士爲卿士蓋助文王祼祭者諸侯卿士也

淠彼涇舟烝徒楫之(傳)淠舟行貌楫櫂也周王于邁六師及之(傳)天子六軍(疏)
楚辭九歌沛吾乘兮桂舟王注云沛行貌說文沛行皃古淠沛同音普活切
釋文淠匹世反今吳俗尚有此語玉篇淠水聲也傳詁楫爲櫂櫂當作擢箋云
烝衆也淠淠然涇水中之舟順流而行者乃衆徒船人以楫擢之故也與衆臣
之賢者行君政令○天子六軍瞻彼洛矣同繁露引詩以此爲文王伐崇也後
箋云小大雅所有文王之詩自皆是周公制作禮樂時所爲四牡傳云周公作
樂以歌文王之道爲後世法此言已足爲諸文王詩之總義故大明及此傳直
云天子造舟天子六軍皆以追述之詞不嫌稱文王
爲天子疏所云詩爲大雅莫非王法者誠通論也
倬彼雲漢爲章于天(傳)倬大也雲漢天河也周王壽考遐不作人(傳)遐遠也遠
不作人也(疏)說文倬箸大也詩曰倬彼雲漢傳云大許云箸大益義以申傳也
雲漢天河大東傳亦云漢天河也箋云雲漢之在天其爲文章譬
猶天子爲法度於天下○遐遠汝墳下武同小箋云此當云遠作人也不行字
案此乃不警警也不盈盈也之例遐不作人遠作人也不遠有佐遠夷來佐也
句法相同
旱鹿篇同
追琢其章金玉其相(傳)追雕也金曰雕玉曰琢相質也勉勉我王綱紀四方(疏)
追琢有客作敦琢追敦皆假借字荀子引此詩作雕琢故傳以雕釋追也爾雅
玉謂之雕金謂之鏤玉謂之琢雕謂之琢鏤鋑也是刻金不爲雕而雕琢皆爲
治玉之稱此詩雕琢金玉文正相對故傳謂雕治金琢治玉正義云散文相通
是矣桑柔維此惠君民人所瞻秉心宣猶考慎其相傳相質也二傳義同案此
詩美文王能官人非專美文王有聖德相質也章猶明也上句言章下句言相
上句言雕琢下句言金玉合二句成辭以見與也金玉以雕琢而明其質四方
以綱紀而端其本其理一而已矣荀子富國篇云人君者所以管分之樞要也
故美之者是美天下之本也安之者是安天下之本也貴之者是貴天下之本

也古者先分割而等異之也故使或美或惡或厚或薄或佚或樂或劬或勞非特以爲淫泰夸麗之聲將以明仁之文通仁之順也故爲之雕琢刻鏤黼黻文章使足以辨貴賤而已不求其觀爲之鐘鼓管磬琴瑟竽笙使足以辨吉凶合歡定和而已不求其餘爲之宮室臺榭使足以避燥溼養德辨輕重而已不求其外詩曰雕琢其章金玉其相亹亹我王綱紀四方此之謂也荀言本毛言質義正相同說苑修文篇云故聖人之與聖也如矩之三雜規之三雜周則又始窮則反本也詩曰彫琢其章金玉其相言文質美也此引詩證敎民以文質相爲終始皆不指聖德言也王肅云以興文王聖德其文如雕琢其質如金玉姝先古義○勉勉疑當作亹亹文王篇亹亹文王傳亹亹勉也嵩高亹亹申伯箋亹亹勉也是毛詩皆作亹亹後人或依訓釋改作勉勉耳韓詩外傳五引此詩作亹亹文王白虎通義三綱六紀篇作亹亹我王與荀子同綱紀主官人說

旱麓六章章四句

旱麓受祖也周之先祖世脩后稷公劉之業大王王季申以百福千祿焉（疏）受祖之上疑有文王二字

瞻彼旱麓榛楛濟濟（傳）旱山名也麓山足也濟濟衆多也**豈弟君子干祿豈弟**（傳）干求也言陰陽和山藪殖故君子得以干祿樂易（疏）麓國語作鹿釋文本亦作鹿是也旱山名鹿山足旱鹿旱山之足也漢書地理志漢中郡南鄭旱山池水所出東北入漢劉昭郡國志注引華陽國志酈道元沔水注竝謂池水出旱山又水經沔水及湑水篇云湑水出旱山案此二水皆出自旱山也今陝西漢中府附郭南鄭縣在古禹貢梁州之域殷周幷梁入雍則旱山在江漢域內詩以旱山發詠是在文王爲西伯時矣榛木名見簡兮傳書禹貢荊州貢楛釋文引義疏云楛葉如荊而赤莖似蓍詩釋文載義疏莖葉二字互譌云濟濟衆多也者言視彼旱山之足

榛楛之木衆多濟濟然下文傳所謂陰陽和山藪殖也○君子謂文王也干求
爾雅釋言文樂易詁豈弟或作愷悌說文愷樂也無悌字周語單穆公云詩亦
有之曰瞻彼旱鹿榛楛濟濟愷悌君子干祿愷悌夫旱鹿之榛楛殖故君子得
以易樂干祿焉若夫山林匱竭林麓散亡藪澤肆旣民力彫盡田疇荒蕪資用
乏匱君子將險哀之不暇而何易樂之有焉案君子有易樂
之德求福而福自至榛楛之殖此其驗也毛傳正用國語

瑟彼玉瓚黃流在中（傳）玉瓚圭瓚也黃金所以飾流鬯也九命然後錫以秬鬯
圭瓚**豈弟君子福祿攸降**（疏）瑟鄭司農周禮典瑞注引詩作卹又作邲卹即邲之誤仲師治毛詩其所據作邲箋云瑟絜鮮皃說
文作璱云玉英華相帶如瑟弦也本三家詩今作瑟者疑依箋改也毛詩作邲
邲者流皃之皃泌之洋洋傳泌泉水也毖彼泉水傳泉水始出毖然流也邲與
泌毖並聲同而義近玉瓚江漢云圭瓚故傳以圭瓚釋玉瓚也釋文云黃金所
以流鬯也御覽珍寶六引同釋文又云一本作黃金所以爲飾流鬯也後人所
加正義從定本及集注云俗本無飾字者誤小箋從正義本而以黃金所以飾
爲句奐謂當作黃金所以爲飾釋文一本有爲字是也象服所以爲飾象揥所
以爲飾皆其句例典瑞祼圭有瓚鄭司農注云於圭頭爲器可以挹鬯祼祭謂
之瓚玉人祼圭尺有二寸有瓚大璋中璋九寸邊璋七寸射四寸厚寸黃金勺
青金外朱中鼻寸衡四寸有繅鄭司農注云鼻謂勺龍頭鼻也衡謂勺柄龍頭
也案璋瓚圭瓚其形相似瓚柄用圭謂之圭瓚圭頭有勺勺以黃金爲飾即所
以注酒黃即勺流即酒故傳云流鬯也鬯秬鬯黃流在中言秬鬯之酒自勺中
流出也江漢傳云九命錫圭瓚秬鬯二傳同九命者文王九命作西伯也白虎
通義考黜篇圭瓚秬鬯宗廟之盛禮故孝道備而賜之秬鬯所以極著孝道孝
道純備故內和外榮玉以象德金以配情芬香條鬯以通神靈玉飾其本君子
之性金飾其中君子之道君子有黃中通理之道美素德金者精和之至也玉
者德美之至也鬯者芬香之至也君子有玉瓚秬鬯者以配道德也其至矣合
天下之極美以通其志
也其唯玉瓚秬鬯乎

鳶飛戾天魚躍于淵【傳】言上下察也豈弟君子遐不作人【疏】傳云言上下察也者引禮記中庸釋詩之文禮記述聞云中庸引詩以明君子之道之大上至於天下至於地也故下文曰君子之道造端乎夫婦及其至也察乎天地管子內業篇上察於天下極於地淮南子原道篇高不可際高誘注曰際至也際與察古同聲案鳶天魚淵極乎天地此言文王之道之所至文王傳文王升接天下接人亦此意也潛夫論德化篇詩云鳶飛厲天魚躍于淵君子修其樂易之德上及飛鳥下及淵魚無不歡忻悅豫文選四子講德論注引薛君云魚喜樂則踴躍於淵中三家傳以鳶飛魚躍爲道之效與毛義異鳶當作鳶詳四月篇○棫樸傳遐遠也遠作人也不爲語助成八年左傳引詩曰愷悌君子遐不作人求善也夫作人斯有功績矣杜注云遐遠也作用也言文王能遠用善人不語助杜注正本毛傳令棫樸傳於遠下誤加不字矣潛夫論作胡不作人胡何也此三家義

淸酒既載騂牡既備【傳】言年豐畜碩也以享以祀以介景福【傳】言祀所以得福也【疏】文選西征賦注引韓詩章句云載設也載卽𩟊之假借廣雅釋言𩟊設也說文丮部𩟊設食也从丮食才聲讀若載傳云言年豐畜碩也者正義云言酒見其年豐言牲見其畜碩桓六年左傳聖王先成民而後致力於神故奉牲以告曰博碩肥腯謂其畜之碩大蕃滋也奉酒醴以告曰嘉栗旨酒謂其三時不害而民和年豐也此傳取彼意也白虎通義三正篇釋詩云言文王之牲用騂周尚赤也此是魯詩義解經騂牡二字蓋毛義亦指文王也○享孝也介景皆大也文王當年豐畜碩以孝祀其先祖能得大大之福故傳云言祀所以得福也案此及下章言享祀獲福而神勞來之卽是序云受祖之義上三章皆述文王求福之隆末章述文王求福由於有小心之德但言求福而福自隆盛受祖之義唯著於四五兩章而已

瑟彼柞棫民所燎矣【傳】瑟衆貌豈弟君子神所勞矣【疏】瑟訓衆皃未聞柞棫之衆卽首章榛楛濟濟之義也釋文燎說文作尞云柴祭天也又云燎放火也依陸則詩本有作尞者矣凡燒薪木其字皆可作尞白華傳烘尞也則尞亦烘也月令季冬乃命四監收

秩薪柴以共郊廟及百祀之薪燎燎亦當作寮○神先祖之神也文王能祀先
祖而神勞之僖十二年左傳君子曰管氏之世祀也宜哉讓不忘其上詩曰愷
弟君子神所勞矣杜注云言樂易君子爲神所勞
來故世祀也此引詩以證世祀之宜傳意當然也

莫莫葛藟施于條枚(傳)莫莫施貌**豈弟君子求福不回**(疏)廣雅莫莫茂也此云施皃緣下句以立訓
施于條枚韓詩外傳二呂覽知分篇注後漢書黃瓊傳注引新序並作延于條枚
箋用韓詩作延葛覃傳施移也延移義相近高誘注呂覽云莫莫葛藟之貌延蔓
于條枚之上得其性也樂易之君子求福不以邪道順於天性以正直受大福鄭
注禮記與高注同○禮記表記篇子曰下之事上也雖有庇民之大德不敢有君
民之心仁之厚也是故君子恭儉以求役仁信讓以求役禮不自尚其事不自尊
其身儉於位而寡於欲讓於賢卑己而尊人小心而畏義求以事君得之自是不
得自是以聽天命詩云莫莫葛藟施于條枚凱弟君子求福不回其舜禹文王周
公之謂與有君民之大德有事君之小心詩云惟此文王小心翼翼昭事上帝聿
懷多福厥德不回以受方國案兩詩義正同大明傳云回違也則此詩回字亦謂
文王小心之德不違於道周語單襄公言聖人貴讓其下即引此詩又淮南子泰
族篇引此詩而釋之云言以信義
爲準繩也並與禮記引詩義合

思齊五章二章章六句三章章四句

思齊文王所以聖也

思齊大任文王之母思媚周姜京室之婦(傳)齊莊媚愛也周姜大姜也京室王室
也**大姒嗣徽音則百斯男**(傳)大姒文王之妃也大姒十子衆妾則宜百子也(疏)
文王傳思詞也思齊大任猶云有齊季女耳思與有皆語詞列女傳母儀篇大任
之性端壹誠莊與傳訓齊莊同爾雅齊壯也莊壯字通大任仲任也摯國之女王

季之妃文王之母也說文媰說也婁說義相近大王居周原謂之周姜尊稱之又謂之大姜大明傳京大也正義云京者京師故言京室王室王季未爲天子而言京者以其追號爲王故以京師言之○大姒莘國姒姓之女是謂文王之妃也角弓傳徽美也言大姒能嗣大任之美音也後漢書襄楷傳文王一妻誕數十男所謂大姒十子也白虎通義姓名篇文王十子詩傳曰伯邑考武王發周公旦管叔鮮蔡叔度曹叔振鐸成叔處霍叔武康叔封南季載此當是魯詩傳劉向列女傳亦用魯詩言大姒生十男其次弟合唯霍叔武成叔處字有互異耳然孟子公孫丑篇云周公弟也管叔兄也荀子儒效篇亦云管叔爲周公兄史記管蔡世家武王同母兄弟十人其次管叔在周公之前其說爲有依據妃之下皆爲妾故云衆妾韓奕傳云諸侯一取九女二國媵之諸娣衆妾也是衆妾九女也白虎通義嫁娶篇云天子諸侯一取九女引王度記漢書杜欽傳後漢書劉瑜傳竝云天子一取九女天子九女卽周禮之九嬪也王引之周禮述聞云周禮敘官有九嬪以下無三夫人與昏義不同昏義九嬪次於三夫人之下此則有九嬪而無三夫人非有其人而不列於此也內宰內小臣內司服追師皆但言九嬪而不及三夫人然則周禮無三夫人明矣周語內官不過九御魯語日入監九御使潔奉禘郊之粢盛韋注竝云九御九嬪月令后妃帥九嬪御乃禮天子所御皆言九嬪而不及三夫人與周禮合與案昏義古者天子后立六宮三夫人九嬪二十七世婦八十一御妻蓋古者一取十二女三國來媵故后之外有三夫人有九嬪周制一取九女二國來媵故后之外但有九嬪無三夫人周南之后妃召南之夫人皆指大姒而言文王受命爲天子猶行諸侯禮周公制禮必效法文王故天子諸侯皆一取九女也周人立正妃又有次妃三人又有二國之媵姪娣六人適符九女之數正妃位尊九女不兼正妃言也正妃妃生十子九女應生九十子合之爲有百子故傳云大姒十子衆妾則宜百子也大姒能絕嫉妒之原故衆妾得生子孫衆多樛木螽斯之化行也

惠于宗公神罔時怨神罔時恫(傳)宗公宗神也恫痛也**刑于寡妻至于兄弟以御于家邦**(傳)刑法也寡妻適妻也御迎也(疏)燕燕傳惠順也順讀如順祀先公之順云宗公宗神也者傳卽從下文兩神字

立訓言文王之祀羣神也祭法有天下者祭百神曲禮天子祭天地祭四方祭山川祭五祀歲徧又王制天子祭天下名山大川五嶽視三公四瀆視諸侯昭二十九年左傳五行之官是謂五官實列受氏姓封爲上公祀爲貴神社稷五祀是尊是奉杜注云五官之君長能脩其業者歿皆配食於五行之神爲王者所尊奉凡此皆所謂羣神也雲漢篇上下奠瘞靡神不宗傳上祭天下祭地奠其禮瘞其物宗尊也據彼傳則此詩宗字亦作尊字解曰宗公猶言乎上公矣曰宗神猶言乎貴神矣晉語云文王於是乎用四方之賢良及其卽位也詢於八虞而咨於二虢度於閎夭而謀於南宮諏於蔡原而訪於辛尹重之以周召畢榮億寧百神而柔和萬民故詩云惠于宗公神罔時恫國語以宗公爲百神與毛傳以宗公爲宗神正是一意此引詩承億寧百神句而於詢咨度謀諏訪句不下涉也猶上文引詩刑于寡妻至于兄弟以御于家邦承刑于大姒句而於祉傳弗勤處師弗煩句不干涉也解國語者皆失之矣正義謂宗公爲宗廟先公但經傳中未有稱祖宗爲宗公者亦未有稱祖宗爲宗神者孔說疏矣引王肅云文王之德上順祖宗安寧百神無失其道無所怨痛王意以宗爲祖宗公爲百神不知此章宗公泛言神下章宮廟纔說到宗廟王釋宗公平列述毛亦誤箋易毛以宗公爲大臣然順於大臣未能卽當於神明與下文兩言神義不相接恫痛爾雅釋言文楚語云又能上毛說乎鬼神順道其欲惡使神無有怨痛于楚國怨恫卽怨痛傳訓正用國語恫說文引詩作侗侗假借字○釋文引韓詩云刑正也趙注孟子梁惠王篇與韓同法正義相近傳上章云文王之妃此云寡妻適妻也者寡之爲言特也適之爲言正也寡謂之特特謂之匹適謂之妃妃謂之匹義並通也天子之妻適一餘皆妾故傳釋寡妻爲適妻猶尚書稱適兄爲寡兄矣燕燕先君之思以勖寡人此衞莊姜爲莊公之適故得自稱曰寡人禮記玉藻其於敵以下曰寡人曲禮其與民言自稱曰寡人猶天子自稱曰予一人諸侯自稱曰孤也論語邦君之妻稱諸異邦曰寡小君以邦君妻稱寡小君猶自稱其君曰寡君也此名之必正者也解者並謂寡妻爲寡德於是主一無敵之義久湮矣又曲禮下篇天子之妃曰后諸侯曰夫人大夫曰孺人士曰婦人庶人曰妻析言之也妻其通稱也爾雅訝迎也說文訝相迎也訝本字御假借字鵲巢甫田箋並云御迎也迎于家邦言文王之接見於天下家邦也書大傳天子大子年十八曰孟侯孟侯者于四方諸侯來迎于郊

者問其所不知也鄭注云孟迓迎也案迎家邦與迎侯義同

雝雝在宮肅肅在廟 (傳) 雝雝和也肅肅敬也 不顯亦臨無射亦保 (傳) 以顯臨之保安無厭也 (疏) 雝雝和肅肅敬禮記樂記爾雅釋訓並有其文宮亦廟也采蘩傳云宮廟也○不顯顯也亦臨臨也厭當依釋文作猒釋文云保安無猒也一本作保安也射猒也非正義云言安無厭也定本云保安射厭也定本與釋文之一本同正義與釋文同而釋文又衍一保字耳當依正義本作安無厭也四字爲長傳以安釋保以猒釋射先釋保後釋射倒文以明義也以顯臨之安無猒也八字作一氣讀言文王以顯道臨民則民安君德無見猒憎之也清廟傳云無射于人斯不見厭於人矣義正與此同

肆戎疾不殄烈假不瑕 (傳) 肆故今也戎大也故今大疾害人者不絕之而自絕也烈業假大也 不聞亦式不諫亦入 (傳) 言性與天合也 (疏) 肆故今也緜同戎訓大殄訓絕不絕絕也此承上章臨保無厭之意故傳又申明之言故今大疾害人之事自是乃絕也烈當作厲傳云厲業謂厲卽列之假借執競武傳皆云烈業也烈謂之業厲亦謂之業後人不通假借之例遂改厲爲烈矣箋厲假皆病也鄭所據毛詩本作厲字同而義異耳集韻十四泰引詩作厲假不瑕皆其證假大邢烈祖同假讀爲嘏嘏大也爾雅假嘏皆大也嘏本字假假借字狼跋德音不瑕傳瑕過也義當同○式用也不聞聞也亦式式也不諫諫也亦入入也與不顯亦臨不顯亦世上不下亦皆爲語詞者同其句例聞式諫入正是文王之聖德傳云性與天合者卽是孟子性善之義孟子盡心篇云盡其心者知其性也知其性則知天矣所謂性與天合也下章卽承此意而推廣文王作人之化見聖德之章明

肆成人有德小子有造 (傳) 造爲也 古之人無斁譽髦斯士 (傳) 古之人無厭於有

名譽之俊士疏造爲閔予小子酌同說苑建本篇云成人有德小子有造大學之敎也時禁於其未發之曰豫因其可之曰時相觀於善之曰磨學不陵節而施之曰馴發然後禁則扞格而不勝時過然後學則勤苦而難成襍施而不遜則壞亂而不治獨學而無友則孤陋而寡聞故曰有昭辟廱有賢泮宮田里周行濟濟鏘鏘而相從執質有族以文案此乃西京人釋詩與傳造訓爲義合書洪範云人之有能有爲使脩其行此卽有爲之義也○釋文云斆毛音亦猒也鄭作擇髦俊也一本此下更有古之人無猒於有譽之俊士也此王肅語據陸氏所見毛傳有斆猒也髦俊也六字今本奪去而衍入古之人以下十二字以王肅語攙改傳文鄭作擇正義云箋不言字誤則此經本有作擇者故不破之案孔說是也詩作擇傳訓爲猒謂擇卽斆之假借猒讀論語學而不猒之猒甫田棫樸髦皆訓爲俊

皇矣八章章十二句

皇矣美周也天監代殷莫若周周世世修德莫若文王疏崔靈恩集注下周字作也字玩箋亦然

皇矣上帝臨下有赫監觀四方求民之莫傳皇大莫定也維此二國其政不獲維彼四國爰究爰度傳二國殷夏也彼彼有道也四國四方也究謀度居也上帝耆之憎其式廓乃眷西顧此維與宅傳耆惡也廓大也憎其用大位行大政西顧顧西土也宅居也疏皇訓大美大之詞上帝天也赫猶赫赫也大明云赫赫在上節南山傳云監視也莫定爾雅釋詁文版同本亦作嘆汪遠孫云文選沈約齊安陸昭王碑盧湙求瘼李注班固漢書注引詩而爲此瘼今漢書敘傳作莫誤蜀志馬超傳章武策曰求民之瘼本三家詩潛夫論班祿篇亦作瘼○書召誥篇我不可不監于有夏亦不可不監于有殷我不敢知曰有夏服天命惟有歷年我不敢知曰不其延惟不敬厥德乃早墜

厥命我不敢知曰有殷受天命惟有歷年我不敢知曰不其延惟不敬厥德乃
早墜厥命今王嗣受厥命我亦惟茲二國命嗣若功案二國謂夏殷與詩言二
國同冄歷夏殷而王天下周代殷故傳釋二國又先殷而次夏也獲得也其政
不獲言殷夏之不得民心也此二國爲無道則彼四國傳釋彼爲彼有道四國
卽天監之四方故云四國四方也究謀釋詁文度訓居居猶定也爰於也言彼
四方有道之國於是圖謀而安定之是人與天皆有定民之意正義用王肅語
謂四方諸矦從紂謀度於非道傳意不然也○韓詩武傳耆惡也與此傳訓同
廣雅諸怒也耆與諸聲義相近憎亦惡也式用也廓大釋詁文廓當依釋文作
郭古城郭作𩫏恢廓作鄭也傳旣訓郭爲大而又申釋用大之義爲用大位行
大政牧誓云今商王受乃惟四方之多罪逋逃是崇是長是信是使是以爲大
夫卿士俾暴虐于百姓以姦宄于商邑卽其義也眷顧皃傳文顧上奪西字今
從小箋補西顧顧西土者康誥云我西土惟時怙冒聞于上帝帝休天乃大命
文王卽其義也宅居釋言文闕宮同潛夫論及論衡初稟篇作度宅居與度居
同西土有安居下民之道故天眷而與之淮南子氾論篇引詩而釋之云言去
殷而遷于周也漢書郊祀志匡衡奏議釋詩云言天以文王
之都爲居也谷永傳云去惡奪弱遷命賢聖並與毛義同

作之屏之其菑其翳修之平之其灌其栵啓之辟之其檉其椐攘之剔之其檿其柘（傳）木立死曰菑自斃爲翳灌叢生也栵栭也檉河柳也椐樻也檿山桑也

帝遷明德串夷載路（傳）徙就文王之德也串習夷常路大也**天立厥配受命旣固**（傳）配媲也（疏）作讀爲柞載芟傳除木曰柞釋文屏除也菑又作甾爾雅釋木立
死甾傳所本也郭注引詩作椔鄭司農輪人注菑讀如襍廁之廁
泰山平原所樹立物爲菑聲如胾博立梟棊亦爲菑菑有立義故木之立死者爲
菑也李巡讀爲菑害之菑正義據爲說失古訓矣釋文引韓詩菑反草也義異爾
雅蔽者翳蔽與斃通傳云自斃與立死對文立者爲菑不立者爲翳皆謂木之死
者翳卽殪之假借字韓詩殪因也因高塡下也毛韓訓不同而翳殪則聲同也郭

璞讀爲蔭翳正義據以爲生木失之矣釋文叢生上有木字爾雅木族生爲灌孫
郭注及家訓書證篇竝以族爲叢玉篇樌木叢生也今作灌栵栭釋木文說文注
云栵與灌爲類非木名謂小木叢生者如魚子名鯤鮞案段說是也芝栭栵栗皆
因小得名陸疏郭注以爲栵栭之專稱恐非是檉河柳釋木文正義引義疏云河
柳皮正赤如絳一名雨師枝葉似松漢書西域傳鄯善國多檉柳椐樻釋木文義
疏云節中腫似扶老即今靈壽是也今人以爲馬鞭及杖漢書孔光傳賜大師靈
壽杖顏注云木似竹有枝節長不過八九尺圍三四寸自然有合杖制不須削治
也攘剔皆除也釋文剔或作鬄檿山桑尚書檿絲國語檿弧檿皆山桑山桑以別
於隰桑也亦謂檿桑爾雅檿桑山桑考工記弓人取幹檿桑次之柘亦桑屬也胡
三省通鑑辨誤云桑柘二木之葉皆可以飼蠶柘木抽條勁直而長桑木敷枝擁
腫而大柘之葉小而厚桑之葉大而薄今村莊園圃籬落皆有之居然可別也箋
云天既顧文王四方之民則大歸往之岐周之地險隘多樹木乃競刊除而自居
處言樂就有德之甚○遷訓徙與氓賓之初筵殷武同大明傳云文王之德明明
於下故赫赫然著見於天是文王有明德故天乃徙就之也串習釋詁文字當作
毌史記田完世家宣公取毌丘索隱毌音貫則其字尚作毌也今俗作串夷讀爲
彝烝民傳彝常也瞻卬同習常王肅以爲世習常道是也路大釋詁文生民同大
國大也配當作妃釋文本亦作妃爾雅作妃正義云釋詁妃媲也某氏
引詩作妃說文媲妃也箋云天既顧文王又爲之生賢妃謂大姒也

帝省其山柞棫斯拔松柏斯兌帝作邦作對(傳)兌易直也對配也**自大伯王季**(傳)
從大伯之見王季也**維此王季因心則友則友其兄則篤其慶載錫之光受祿**
無喪奄有四方(傳)因親也善兄弟曰友慶善光大也奄大也(疏)爾雅省察也
義詳緜篇兌猶兌兌也殷武松柏丸丸傳丸丸易直也義與此同傳詁對爲配
者言自文王之治岐而克配上帝也此承上章之意下文乃溯周世德推本文
王之所由興○傳釋大伯王季爲大伯之見王季者蓋文王之興實始於大伯
之見讓王季之能立也釋自爲從者謂天亦從其意而從就之也因古姻字如

舊姻作舊因之例因訓親親心卽仁心說文仁親也中庸云仁者人也親親爲大善兄弟曰友六月同大伯讓於王季王季克循親親之心以善事大伯蓼蕭傳云爲兄亦宜爲弟亦宜所謂善兄弟也則友其兄兄爲大伯卽承則友句則篤其慶傳訓慶爲善亦卽承善兄弟意而申言之篤其慶猶云篤於親也篤厚也古光廣聲通故光有大義載錫之光王肅云錫文王之大位是也喪亾疊韻受祿無亾言受祿不失也說文俺大也奄與俺同韓詩外傳大王亶甫有子曰大伯仲雍季歷歷有子曰昌大伯知大王賢昌而欲季爲後也大伯去之吳大王將死謂曰我死汝往讓兩兄彼卽不來汝有義而安大王薨季之吳告伯仲伯仲從季而歸羣臣欲伯之立季季又讓伯謂仲曰今羣臣欲我立季季又讓何以處之仲曰刑有所謂矣要於扶微者可以立季季遂立而養文王文王果受命而王孔子曰大伯獨見王季獨知伯見父志季知父心故大王大伯王季可謂見始知終而能承志矣詩曰自大伯王季惟此王季因心則友則友其兄則篤其慶載錫之光受祿無喪奄有四方此之謂也案韓與毛義同毛義簡略可卽韓義以證明之

維此文王帝度其心貊其德音其德克明克明克類克長克君(傳)心能制義曰度貊靜也德正應和曰貊照臨四方曰明勤施無私曰類教誨不倦曰長賞慶刑威曰君**王此大邦克順克比**(傳)慈和徧服曰順擇善而從曰比**比于文王其德靡悔**(傳)經緯天地曰文**既受帝祉施于孫子**(疏)文王各本作王季昭二十八年左傳引詩作維此文王正義云今王肅注及韓詩亦作文王公劉傳言文王之無悔禮記樂記注言文王之德皆此詩作文王之證箋作王季晉干寶晉紀總論已沿鄭誤心能制義曰度九言皆左傳釋詩之文毛傳所本也各本貊靜也下衍箋云二字而以曰貊五言混入箋語正義謂毛引不盡箋取足之誤矣小箋云此章故訓本左氏已上三十三字各本係箋自屬舛誤今訂正貊靜爾雅釋詁文左傳禮記韓詩皆作莫其 釋文引韓詩莫定也玉篇嘆靜也嘆與莫同類善釋詁文旣醉桑

柔瞻卬同克比禮記作克俾爾雅俾從也比與俾古字通比于文王比者合也言文王之德合於文而能王天下也周語天六地五數之常也經之以天緯之以地經緯不爽文之象也文王質文故天胙之以天下案國語言文王有文德與左傳釋詩正合正義云左傳說此九事乃云九德不愆作事無悔言其動合衆心不爲人所恨公劉傳曰民無長嘆猶文王之無悔也則毛取左傳之意謂文王之德不爲人恨○左傳故襲天祿子孫賴之襲天祿則受帝祉也杜注云襲受也

帝謂文王無然畔援無然歆羨誕先登于岸(傳)無是畔道無是援取無是貪羨岸高位也**密人不恭敢距大邦侵阮徂共**(傳)國有密須氏侵阮遂往侵共王**赫斯怒爰整其旅以按徂旅以篤于周祜以對于天下**(傳)旅師按止也旅地名也對遂也(疏)傳以無是釋無然然與是同義此爲全詩然字通訓也畔者叛之假偕字傳訓畔援爲畔道而援取箋畔援猶拔扈也釋文引韓詩畔援武强也漢書敘傳注作畔換玉篇人部作伴換義並同歆羨訓貪羨者歆從音聲貪從今聲聲近義通文選孫綽遊天台山賦注引韓詩章句云羨願也誕大登升也正義云岸是高地故以喻高位案十月之交傳以高岸爲谷喻易位則兩岸字義同言文王無是畔道援取貪羨之心大矣早先升於高位也○密密須國漢書地理志安定郡陰密詩密人國在今甘肅涇州靈臺縣西五十里有陰密故城卽古密須國地世本云密須姞姓此與姬姓之密在漢河南郡密縣者異也周語密康公不獻三女爲周恭王所滅所謂密須亾由伯姞也詩密人乃康公之上祖文王之伐不必貪羨其土地故呂覽用民篇密須之民自縛其主而與文王則文王未嘗滅密須矣書大傳云文王受命三年伐密須[illegible]當作共呂覽注引詩作共密人不共猶言宋公不王耳不共不共王職也敢距大邦距文王也時文王爲西伯故稱大邦也阮共二國名文王之屬王肅云周地非也阮國無攷方輿紀要云涇州共池在州北五里詩侵阮徂共今之共池是也傳訓徂爲往侵阮侵共是密須侵我周之屬國故下文卽言伐密須徂旅之師所以討其不共也箋乃據魯詩以密阮徂共爲四國謂阮徂共三國犯周文王

伐之密人距其義兵則經文當言阮徂共三國犯周而密人助虐不當先言密人之犯順其阮徂共犯周與文王之伐阮徂共不見經傳未知魯詩所據何書首章維彼四國及文王有聲有此武功箋謂伐此四國皆用魯義要當從毛義爲長○赫斯怒之兒斯語詞傳於北山大明旅爲衆而此旅爲師者師六師也密須連侵鄰封文王救患恤同於是治師伐密須猶湯之征葛弔民伐罪往取其殘而已也以讀能左右之曰以之以按止釋詁文按與遏一聲之轉文王傳遏止也孟子梁惠王篇引詩正作遏遏周書武寤篇約期于牧案用師旅案與按通傳云止者當讀如乃止齊焉之止謂步伐有節止也旅孟子作莒如齊箋作呂之例韓子難二篇文王侵孟克莒舉酆克莒即詩之徂旅也旅爲密須國之地名王肅用趙岐孟子注謂以止徂旅之寇則以旅爲周地失之以按徂旅正是伐密須中事也孟子引詩以篤周祜無于字對遂釋言文爾無正傳遂安也對爲遂遂又爲安孟子云文王一怒而安天下之民即其義也蕩江漢傳訓對意別

依其在京侵自阮疆陟我高岡無矢我陵我陵我阿無飲我泉我泉我池（傳）京大阜也矢陳也度其鮮原居岐之陽在渭之將萬邦之方下民之王（傳）小山別大山曰鮮將側也方則也（疏）鄭柏舟傳據依也依亦據也定之方中及小雅甫田傳京高丘也大阜猶高丘我我周也卷耳傳山脊曰岡此承上章密人侵阮而來陟我周之高岡也矢訓陳天保傳大阜曰陵文選楊雄長楊賦注引此詩薛君章句四平曰陵四平者四下平隨亦大阜也菁菁者莪傳大陵曰阿王肅云密人乃依阻其京陵來侵自文王阮邑之疆密人升我高岡周人皆怒曰汝無陳於我陵是乃我文王之陵阿也泉池非汝之有勿敢飲食之案王述毛是也唯以阮爲周邑非○箋云度謀也小山別大山曰鮮爾雅釋山文孫炎注別不相連也古鮮斯聲通如瓠葉箋今俗語斯白之字作鮮之例墓門傳斯析也小山分析而不與大山相連屬者是曰鮮鮮謂山之小者原謂地之平者逸周書和寤篇王乃出圖商至于鮮原孔晁注云近岐

周之地也小山曰鮮鮮原公劉作巘原兩傳義同度其鮮原正義以爲文王作程之事大匡篇維周王宅程三年遭天之大荒作大匡以詔牧其方三州之侯咸率孔注云程地名在岐州左右後以爲國初王季之子文王因焉而遭饑饉後乃徙豐焉文王初未得三分有二故三州也率謂奉順也案岐州當作岐周、伐密須度鮮原皆受命三年事伐崇在六年徙豐又在伐崇之後則宅程徙豐中隔三年耳逸書與書傳正合而孔注亦確有依據也又攷孟子離婁篇文王生于岐周卒于畢郢郢即程字畢終南山之道名故周人出師必由道也鮮原疑即畢原矣文王度鮮原爲作下都於程邑而國仍在岐周故下文云居岐之陽也書缺有閒俟攷將之爲言牆也爾雅畢堂牆堂牆爲山厓邊側之名其水厓邊側亦如是也傳訓將爲側正本爾雅釋厓岸堂牆之義大明在渭之涘傳涘厓也伐檀傳側猶厓也岐周在渭水之北韓奕箋以方爲則與此傳同王者人所歸往也

帝謂文王予懷明德不大聲以色不長夏以革不識不知順帝之則(傳)懷歸也不大聲見於色革更也不以長大有所更**帝謂文王詢爾仇方同爾弟兄以爾鉤援與爾臨衝以伐崇墉**(傳)仇匹也鉤鉤梯也所以鉤引上城者臨臨車也衝衝車也墉城也(疏)懷歸匪風同禮記緇衣私惠不歸德歸或爲懷此懷歸聲通之證中庸是故君子篤恭而天下平詩云予懷明德不大聲以色鄭注云予我也懷歸也言我歸有明德者以其不大聲爲嚴厲之色以威我也正義引孫毓云不大聲色以加人竝與傳合傳訓長夏爲長大長長受天命大大其國都革訓更謂變易前代之法度文王不以長大而有所更也不識不知順帝之則言文王性與天合天亦從就其明德以王此大邦也僖九年左傳公孫枝引此詩以證定國之義墨子天志中篇亦引詩而釋之云帝善其順法則也故舉殷以賞之使貴爲天子富有天下名譽至今不息○仇讀如公侯好仇之仇仇訓匹匹猶爲匹耦謂羣臣也上章傳云方則也後漢書伏湛傳湛上疏曰文王受命而征伐五國必先詢之同姓然後謀之羣臣其下即引詩曰詢

爾仇方同爾弟兄湛治齊詩其解詢爾仇方爲謀之羣臣正義述毛云文王伐

崇當詢謀於女匹己之臣以問其伐人之方此與伏湛釋詩義合矣伏湛傳作

弟兄又御覽兵部六十七引毛詩作弟兄與方爲韻各本兄弟不入韻今訂正

○墨子備城門篇言攻守之具十二臨鉤衝梯堙疑衝梯二字誤倒鉤梯爲攻

守具之一管子兵法篇凌山阬不待鉤梯韓子外儲說左上篇趙主父秦昭王

令工施鉤梯毛傳以鉤梯訓鉤義正同又墨子襍守篇凡待堙衝雲梯臨之法

是雲梯即鉤梯也逸周書小明武篇具行衝梯梯亦即雲梯也傳云所以鉤引

上城者釋經援字之義臨臨車攻守具之一釋文引韓詩作隆淮南子氾論篇

隆衝以攻又兵略篇攻不待衝隆雲梯而城拔隆臨一聲之轉衝衝車亦攻守

具之一定八年左傳主人焚衝杜注衝戰車說文轈陷陣車也衝者轈之假借

字衝說文作衝墉城韓奕𡒄𢧢同伏湛傳引詩作庸庸假借字耳書太傳云西

伯既戡者紂囚之牖里散宜生陳寶于紂之庭紂曰非予辜也崇侯也遂遣西

伯伐崇又云文王受命五年伐耆六年伐崇七年而崩韓子云舉鄷紂惡之以

尚在六年巳前舉鄷非即伐崇也說者因謂殷崇侯虎國在今陝西西安府鄠

縣東則皆以鄷爲崇不知伐崇邑豐文王有聲篇晝然兩事崇豐爲異地明矣

且文王伐崇非即滅崇也宣元年左傳晉趙穿帥師侵崇杜注云崇秦之與國

是崇至春秋時尚

存而其地無攷

臨衝閑閑崇墉言言執訊連連攸馘安安是類是禡是致是附四方以無侮傳

閑閑動搖也言言高大也連連徐也攸所也馘獲也不服者殺而獻其左耳曰

馘於內曰類於野曰禡致致其社稷羣神附附其先祖爲之立後尊其尊親其

親臨衝茀茀崇墉仡仡是伐是肆是絕是忽四方以無拂傳茀茀彊盛也仡仡

猶言言也肆疾也忽滅也疏傳訓閑閑動搖茀茀彊盛茀茀有動搖之義閑閑亦有彊盛之義漢書敘傳戎車七征衝輣閑閑廣

雅云閑閑盛也蓋本三家詩爾雅大簫謂之言是言有大義碩人庶姜孽孽韓詩作钀钀說文钀載高皃古言钀同聲王肅云高大言其無所壞是也出車傳訊辭也云連連徐者連讀爲輦今吳俗尚有徐行輦輦之語周禮小司徒輂輦故書輦作連巾車連車組輓連亦作輦此其例攸所生民同禹貢洪範攸字史記俱作所字是攸所同義矣馘獲爾雅釋詁文訊馘出車采芑皆曰訊獲傳云不服者殺而獻其左耳曰馘謂軍中不能載尸但殺之斷其左耳以獻是謂之馘亦謂之獲馘爲已殺之名獲亦非生得之謂春秋獲陳夏齧獲齊國書皆然者曰獲周禮獲者取左耳則殺禽獸以獻亦曰獲此皆馘獲義通之證僖十九年左傳文王聞崇德亂而伐之軍三旬而不降退修教而復伐之因壘而降襄三十一年傳亦言文王伐崇再駕而降爲臣然則文王伐崇軍三旬不降正義云於時非無拒者故得有訊馘此卽傳云不服者之義也退修教而復伐此傳所云徐之義也安安猶連連亦舒徐之意○尚書堯典禮記王制周禮肆師大祝竝有類上帝之文肆師注類禮依郊祀而爲之者說文禷以事類祭天神鄭許同用夏侯歐陽尚書說出征祭上帝亦是因師事而郊祭天故亦曰禷今字假作類類祭在郊傳云於內曰類者內本國郊內也對禡在所征之地而言禡春官肆師甸祝夏官大司馬皆作貉鄭司農注貉讀爲禡禡謂師祭也書亦或爲禡古貉禡聲通也肆師鄭注貉讀爲十百之百造軍瀀者禱氣勢之增倍也甸祝注禱氣勢之十百而多獲說文禡師行所止恐有慢其神下而祀之曰禡鄭許義異詩言文王出征崇國故爾雅釋之云是禷是禡師祭也爾雅繫於釋天或類禡皆祭天神及日月山川之神故繁露有郊祀伐崇之說王制類乎上帝禡於所征之地禡不言祭神者略也傳云於野曰禡者野是征國之野先類後禡依行師之次序也野禡疊韻致讀如致蔡於負函之致襄二十五年左傳鄭伐陳子美入數俘而出祝祓社司徒致民司馬致節司空致地乃還竝與詩致字之義合羣神謂山川之神及羣五祀與崇社稷其致之是尊其尊也附讀爲祔而作主之祔此謂崇國立廟如新主合食然故云祔其先祖崇國答有大功義不當絕爲之君爲之立大宗故云爲之立後是親其親也說苑指武篇文王伐崇令毋殺人毋壞室毋塡井毋伐樹木毋動六畜此卽是致是祔之謂也○廣雅勃勃盛也茀茀與勃勃同仡當作仡仡傳云仡仡猶言言言者皆謂城之高

大佗佗與孽孽同聲猶言言與巘巘同聲也張載注魯靈光殿賦屹猶孽也高
大皃引詩屹屹說文圪牆高皃引詩圪圪廣雅圪圪高也並與毛傳同釋文引
韓詩仡仡搖也鄭箋言言猶孽孽將壞皃鄭本韓義不若毛訓爲優伐肆即大
明之肆伐故兩傳皆訓肆爲疾也文五年左傳臧文仲聞六與蓼滅曰皐陶庭
堅不祀忽諸傳訓忽爲滅義本諸此魏源云春秋君弒曰滅又曰誅
君之子不立絶忽施於崇虎致附施共先世釋文引王肅云拂違也

靈臺五章章四句

靈臺民始附也文王受命而民樂其有靈德以及鳥獸昆蟲焉(疏)靈臺纔皇矣
而作也皇矣
言伐崇而靈臺即言作豐於伐崇觀天命之歸而於作豐驗民心之所歸往皆
文王受命六年中事文王有聲篇文王受命有此武功既伐于崇作邑于豐文
王烝哉傳烝君也文王能盡君道而民歸靈
德矣箋云文王受命而作邑于豐立靈臺

經始靈臺經之營之庶民攻之(傳)神之精明者稱靈四方而高曰臺經度之也
攻作也不日成之(傳)不日有成也(疏)傳云神之精明者稱靈定之方中正義引
爾雅靈善也精明猶清明神之精明亦善
之義說苑修文篇積恩爲愛積愛爲仁積仁爲靈靈臺之所以爲靈者積仁也
神靈者天地之本而爲萬物之始也是故文王始接民以仁而天下莫不仁焉
文德之至也義與傳正同靈臺靈囿靈沼三靈同四方而高曰臺爾雅釋宮文
正義引異義公羊說天子三諸侯二天子有靈臺以觀天文有時臺以觀四時
施化有囿臺觀鳥獸魚鼈諸侯當有時臺囿臺諸侯卑不得觀天文無靈臺皆
在國之東南二十五里東南少陽用事萬物著見用二十五里者吉行五十里
朝行暮反也案此公羊嚴顏舊說也何注莊三十一年傳云禮天子有靈臺以
候天地諸侯有時臺以候四時舊說以天子靈臺時臺爲二何本古禮說天子
靈臺諸侯謂之時臺其義稍異時臺即觀臺也而舊說云施化有囿臺觀鳥獸
魚鼈此西京人士本詩爲訓然則詩之臺爲囿臺矣僖五年左傳公既視朔遂

登觀臺以望而書雲物正義引左氏說天子靈臺在大廟之中諸侯有觀臺亦在廟中皆所以望嘉祥也禮記盧注月令蔡論春秋穎子嚴釋例以及左傳賈服注皆同左氏說書大傳王升舟入水觀臺惡武王伐紂時稱觀臺也諸侯稱觀臺之證管子桓公問篇武王有靈臺之復而賢者進武王定天下後稱靈臺也天子稱靈臺之證然凡此靈臺非即詩之靈臺詩言文王作臺耳以其有神靈之德故謂之靈臺是靈臺之號始於文王後遂以爲天子望氣之臺在文王時未有等差且臺沼囿同處則文王之靈臺實即諸侯之囿臺當在郊諸儒每據天子靈臺在路寢明堂中者以說文王之靈臺則掍而同之也焦循學圖云僖十五年左傳秦伯舍晉侯於靈臺大夫請以入杜注云在京兆鄠縣周之故臺則此靈臺即文王之靈臺也三輔黃圖云靈囿在長安西北四十二里靈臺在長安西北四十里長安志云豐水出長安縣西南五十五里是豐邑在長安之西也黃圖以漢長安縣言今長安故城在西安府之西北十三里水經渭水會豐水後越鎬水汶水而東逕長安城北是長安在豐邑之東也公羊說云在國之東南二十五里即長安西北四十里也地理志文王作豐顏注云今長安西北界靈臺鄉豐水上靈臺在郊斷斷然矣○楚語臺度於臨觀之高即引此詩是經爲度也召誥云厥既得卜則經營與此經營同召誥又云庶殷攻位與此攻同傳文不日有成也五字作一句讀箋不設期日而成之章注國語不程課以期日趙注孟子言文王始經營規度此臺衆民竝來治作之而不與之相期日限自來成之也皆足以中成傳義

經始勿亟庶民子來王在靈囿麀鹿攸伏傳囿所以域養禽獸也天子百里諸侯四十里靈囿言靈道行於囿也麀牝也疏經始勿亟承不日成之句庶民子來承庶民攻之句昭九年左傳引此詩杜注云言文王始經營靈臺非急疾之衆民自以子義來勸樂爲之臧琳經義襍記云勸樂義本孟子猶禮記中庸謂子庶民則百姓勸也○囿域疊韻故傳以域養禽獸釋經之囿說文囿苑有垣也垣即域也凡囿有二周禮閽人王宮每門四人囿游亦如之是囿在宮之中矣掌戮宮者使守內刖者使守囿

是囿與內相近矣襄十四年左傳衞獻公戒孫文子甯惠子食皆服而朝日旰
不召而射鴻於囿二子從之月令疏云路門內雖是宮室所在然亦有林苑此
宮中之囿也委人共野囿財用注野囿之財用者苑囿藩羅之材囿人掌囿
游之獸禁牧百獸注囿游囿之離宮小苑觀處也鄭司農云囿游之獸游牧之
獸雍氏禁山之爲苑鄭司農云不得擅爲苑囿於山也周語藪有圃草囿有林
池葦注囿苑林積木也春秋魯有鹿囿郎囿鄭有原圃秦有具囿此在郊之囿
也詩之靈囿當在郊傳云天子百里一都之地也云諸侯四十里一縣之地也
則靈囿當在縣都之內縣都爲公卿采地尚有餘地公邑可作園囿污池田狩
在其處書大傳云鄉之取于囿中勇力之取楊雄羽獵賦云帝將惟田于靈之
囿此之謂也毛傳特據古者天子諸侯囿制爲說耳孟子言文王之囿方七十
里則大於諸侯而小於天子後漢書馬融傳廣成頌且區區之酆郊猶廓七十
里之囿與孟子說文王同漢書楊雄傳文王囿百里民尚以爲小與毛傳同此
亦依古天子制爲說也白虎通義云囿天子百里大國四十里次國三十里小
國二十里又何注成十八年公羊傳天子囿方百里公侯十里伯七里子男五
里徐彥疏云司馬法亦云也其所傳聞異辭○古曰傳
亦云鹿牝曰麀趙注孟子云麀鹿牸鹿也牸鹿卽牝鹿

麀鹿濯濯白鳥翯翯(傳)濯濯娛遊也翯翯肥澤也**王在靈沼於牣魚躍**(傳)沼池
也靈沼言靈道行於沼也牣滿也(疏)濯濯與趯趯聲義相近遊當作游傳於濯
濯爲娛游漢書司馬相如傳云濯濯之麟
游彼靈時是其義也廣雅濯濯肥也葢本三家詩云翯翯肥澤也者也當作皃
玉篇作皃說文翯鳥白肥澤皃引詩作翯翯亦作皃新書作皜皜繫傳作睢睢
何晏景福殿賦睢睢白鳥廣雅皬皬白也玉篇作皠皠孟子作鶴鶴趙注云鳥
肥飽則鶴鶴而澤好並字異而聲同詩義疏云鷺水鳥也好而潔白故謂之白
鳥是白鳥卽鷺鳥矣○沼訓池沼卽辟廱古左氏說雝之靈沼謂之辟廱是其
義也傳云靈道行於囿靈道行於沼靈道卽序所謂靈德囿有鹿伏沼有魚躍
所謂文王之靈德以及鳥獸昆蟲也庶民作臺又作囿沼是民樂其樂矣孟子
梁惠王篇王立于沼上顧鴻鴈麋鹿孟子因引此詩三章而釋之云文王以民

力爲臺爲沼而民歡樂之謂其臺曰靈臺謂其沼曰靈沼樂其有麋鹿魚鼈文
選顏延之曲水詩注引韓詩章句云文王聖德上及飛鳥下及魚鼈新書禮篇
引詩而釋之云言德至也聖主所在魚鼈禽獸猶得其
所況於人民乎君道篇同物訓滿故充物卽充滿也

虡業維樅賁鼓維鏞於論鼓鐘於樂辟廱(傳)植者曰虡橫者曰栒業大版也樅
崇牙也賁大鼓也鏞大鍾也論思也水旋丘如璧曰辟廱以節觀者(疏)凡經典皆言筍
虡詩言虡業業猶筍也有瞽設業設虡傳亦云植者爲虡衡者爲栒衡與橫通
爾雅木謂之虡釋名虡舉也在旁舉筍也說文業下引詩作巨巨者假借字虡
爲縣鍾磬兩旁之植木鍾磬皆編縣之鍾一虡磬一虡每虡十六枚四面六十
四枚大司樂說三大祭圜丘樂縣圜鍾黃鍾大蔟姑洗方丘樂縣函鍾大蔟姑
洗南呂宗廟樂縣黃鍾大呂大蔟應鍾此卽宮縣編鍾之制而於磬無聞考工
記梓人爲筍虡贏屬以爲鍾虡羽屬以爲磬虡鄭注云贏者謂虎豹貔螭爲獸
淺毛者之屬羽鳥屬說文虍部虡鐘鼓之柎也飾爲猛獸篆文作虡是鼓虡亦
飾獸也然古者但有建鼓至周始有縣鼓所謂鼓虡者周制也文王與周公制
禮時有不同故有鍾磬虡而無鼓虡靈臺之虡業非卽有瞽之虡業矣栒者周
禮作筍禮記作簨栒簨字皆不古說文栒柂也栒木名假借之爲樂縣上橫者
之名筍卽栒之省杜子春典庸器注筍讀博選之選鄭司農梓人注筍讀竹筍
之筍皆以擬其音耳梓人鱗屬以爲筍鄭注云鱗龍蛇之屬明堂位夏后氏之
龍簨虡注云橫曰簨飾之以鱗屬說文鎛鎛鱗也鐘上橫木上金華也此皆筍
之制也有瞽傳業大版也所以飾栒爲縣也捷業如鋸齒以白畫之樅崇牙傳
讀樅爲崇牙之崇也正義以爲崇牙之狀樅樅然非傳恉矣有瞽傳崇牙上飾
卷然可以縣也明堂位云殷之崇牙故文王時有崇牙而無樹羽矣虡立兩端
之木栒則在虡端而橫設之業爲覆栒之版崇牙又爲業上之飾說詳有瞽篇
○爾雅釋樂大鼓謂之鼖考工記韗人爲皐陶鼓長八尺鼓四尺中圍加三之
一謂之鼖鼓說文鼖或作䩐詩作賁者假借字賁鼓不縣何以言之周禮鼓人
掌教六鼓雷鼓鼓神祀靈鼓鼓社祭路鼓鼓鬼享鼖鼓鼓軍事鼛鼓鼓役事晉

鼓鼖金奏鄭注云雷鼓八面鼓神祀祀天神靈鼓六面鼓社祭祭地祇路鼓四
面鼓鬼享享宗廟大司樂圜丘雷鼓方丘靈鼓宗廟路鼓此天子四面縣皆有
建鼓也康成注鼓人亦本三大祭而釋之矣路鼓施於路寢明堂又建於路寢
門外大僕建路鼓于大寢之門外而掌其政注大寢路寢也淮南兵略云建鼓
不出庫卽謂路鼓矣此路鼓爲建鼓而雷靈二鼓皆爲建鼓其八面六面四面
皆可擊也吳語載常建鼓韋注鼓晉鼓也周禮將軍執晉鼓建謂爲之楹而樹
之此晉鼓爲建鼓而鼛鼖二鼓禮無明文然鼛鼓見於緜篇其建而非縣可知
賁鼓見於靈臺文王時尚無縣鼓之設則賁鼓亦建而非縣可知說文壴陳樂
立而上見也从中豆凡壴之屬皆从壴鼓郭也春分之音萬物郭皮甲而出故
曰鼓从壴支支象其手擊之也周禮六鼓靁鼓八面靈鼓六面路鼓四面鼖鼓
鼛鼓晉鼓皆兩面壴字從中豆豆卽古侸字立而上見正狀其建之之形鼓與
壴同意鼓下引周禮六鼓則六鼓皆立而上見之鼓叔重亦以六鼓爲建鼓可
知周人縣鼓謂鞉鼓也非此六鼓也後儒不明縣鼓爲鞉鼓遂以此六鼓爲皆
縣鼓而并謂文王之賁鼓亦卽周人之縣鼓當之則其誤彌甚矣大司馬中春
敎振旅諸侯執賁鼓執猶持也時文王爲諸侯故建賁鼓又賁鼓施於軍事而
於辟雍陳設之者右者軍旅之事統於學也此在文王既伐于崇之樂○爾雅
大鍾謂之鏞傳所本也郭注云亦名鑮音博邶傳大鍾曰庸庸者鏞之假借字
儀禮周禮及春秋內外傳皆謂之鑮或作鎛儀禮大射儀阼階東西面其南笙
鍾其南鑮西階之西東面其南頌鍾其南鑮鄭注云鑮如鍾而大奏樂以鼓鑮
爲節周禮鎛師注亦云鎛如鍾而大周語細鈞有鍾無鎛大鈞有鎛無鍾是鎛
爲大鍾明矣說文鑮大鍾淳于之屬所以應鍾磬也堵以二年樂則鼓鑮應之
从金薄聲鏞大鍾謂之鏞从金庸聲說文以鑮鏞連篆合詩禮爲一物大鍾以
應編鍾編磬堵以二者所謂鍾一堵磬一堵謂之肆也金當作奏奏樂擊大鍾
以應編鍾編磬與鄭注大射說正同也鍾磬編縣鑮特縣張衡西京賦云洪鍾
萬鈞猛虡趪趪負筍業而餘怒乃奮翅而騰驤此謂鑮虡也凡樂縣大夫判縣
聲樂不備無鑮無特磬故晉悼公以鄭賂鑮磬賜魏絳絳始有金石之樂金卽
鑮也大射陳設諸侯軒縣東西有鑮北無鑮疑天子宮縣鑮亦東西有之南北
否周禮序官磬師中士四人鍾師中士四人此編縣設四面故四人也鑮師中

士上二人或即東西二鎛與○傳訓論爲思則上句言思而下句言樂意本思
樂泮水句義而釋之也於論鼓鐘承上維鏞而言鄭司農鐘師注鼓讀如莊王
鼓之鼓案此鼓亦讀同也鼓鐘與鐘鼓義別關睢山有樞彤弓楚茨賓之初筵
執競言鐘鼓謂鐘與鼓也此篇言鼓鐘及鼓鐘之鼓鐘將將白華之鼓鐘于宮
謂擊鐘也詩上二句言樂具以下始言入奏奏即金奏也天子諸侯金奏之樂
先擊鎛鼓鐘猶鼓鎛耳○辟廱大學也振鷺傳雝澤也廱與雝通辟讀爲璧故
傳云水旋丘如璧也泮水傳天子辟廱箋辟廱者築土雝水之外圓如璧四方
來觀者均也白虎通義辟雝篇引詩訓曰水圓如璧正義引韓詩說天子之學
圓如璧並與毛傳同案學制四代相變在國在郊代各不同王制虞上庠下庠
夏東序西序殷左學右學周東膠虞庠虞庠在國之四郊鄭注云異者四代相
變耳或上西或上東或貴在國或貴在郊上庠右學大學也在西郊下庠左學
小學也在國中王宮之東東序東膠亦大學在國中王宮之東西序虞庠亦小
學也西序在西郊周立小學於四郊然則虞夏殷國郊各立一學唯周立四代
之學周小學四大戴禮保傳篇及書大傳所云小學有東學南學西學北學是
也大學亦有四文王世子上庠東序瞽宗三者皆大學鄭注以瞽宗爲殷學東
序爲夏學而上庠虞學爲周成均之太學魯謂之米廩米廩即上庠東序魯謂
之序大司樂祭於瞽宗鄭司農云或曰祭於瞽宗祭於廟中引明堂位曰瞽宗
殷學也以此觀之祭於學宮中禮記祭義篇食三老五更於大學祀先賢於西
學大學謂東膠也西學近西之學謂瞽宗也樂記注云周人立大學曰東膠蓋
周人行事必於東膠凡云大學者皆東膠也東膠在宮東亦前代相因之制也
四小學在四郊四大學在國中路寢明堂四門之外又有州黨之學爲鄉學在
距國百里內又有縣鄙之學爲遂學遂學猶鄉學也在距國二百里內小學大
學皆圜之以水故統謂之辟廱而鄉學不必辟廱也大戴禮盛德篇明堂者所
以明諸侯尊卑外水曰辟雍南蠻東夷北狄西戎此四郊之辟廱也御覽皇親
部十三引白虎通義云大學者辟雍鄉射之宮此國中四門之辟廱也說文云
天子鄉飲辟廱文王世子注天子飲酒於虞庠則郊人亦得酌於上尊以相旅
此天子鄉飲於四郊之辟廱也月令孟冬大飲烝注十月農功畢天子諸侯與
其羣臣飲酒於大學以正齒位此天子鄉飲於國中四門之辟廱也其國郊制

相同皆有囿臺沼鹵制也皆儒多從周制大學辟廱在國中者而言之鄭駁異義以靈臺辟廱在郊從殷制而言之鄭說是也王制大學在郊天子曰辟廱鄭亦爲殷制則辟廱始於殷王制之右學祭義之西學明堂位之瞽宗皆殷之辟廱也周小學辟廱在四郊其殷之辟廱韓詩說在七里之內大戴禮作七里之郊鄭說在西郊其遠近未聞也文王仍殷制則辟廱自在郊矣又文王爲殷諸矦故周人以諸矦之大學亦仍殷制在郊魯頌之泮宮是也詩末二章卽申言第三章王在靈沼之義

於論鼓鍾於樂辟廱鼉鼓逢逢矇瞍奏公傳鼉魚屬逢逢和也有眸子而無見曰矇無眸子曰瞍公事也疏高誘注呂覽季夏紀淮南時則訓亦謂鼉爲魚屬與傳同說文以爲水蟲釋文引義疏云形似蜥蜴四足長丈餘甲如鎧皮堅厚宜冒鼓案此鼉鼓卽蒙上賁鼓言之鄭司農注考工記說鼖鼓四尺謂革所蒙者廣四尺是鼖鼓之面其革四尺革用鼉皮也顧命大貝鼖鼓在西房書之鼖鼓卽靈臺之賁鼖以其制異故與大貝共爲宗器陳之以華國月令季夏命漁人取鼉注鼉皮又可以冒鼓呂覽淮南注同皆本詩而言其實鼉皮爲鼓文王偶用之非常制耳秦策李斯書云樹靈鼉之鼓此亦賁鼓爲建鼓之一證逢逢高注呂覽郭注山海經引詩皆作韸韸廣雅韸韸聲也是三家詩有作韸韸矣毛詩作逢逢傳云和謂鼓聲與鐘聲相應和也執競鍾鼓喤喤傳喤喤和也義正同○孟子離婁篇莫良於眸子趙注云眸子目瞳子也周禮瞽矇鄭司農注云無目眹謂之瞽有目眹而無見謂之矇說文瞽目但有眹也說各有有眹無眹之別而其爲有目瞳子則一也鄭司農注云有目無眸子謂之瞍說文瞍無目也說雖有有目無目之別而其爲無目瞳子則又一也眸子卽珠子李善注文選演連珠引韓詩章句無珠子曰矇珠子具而無見曰瞍疑李注有誤韓詩當作珠子具而無見曰矇無珠子曰瞍與毛義同矇瞍卽瞽矇樂工也周禮瞽矇上瞽四十人中瞽百人下瞽百有六十人眡瞭三百人是一瞽矇一眡瞭也公訓事謂卽瞽矇所掌播鼗柷敔塤簫管弦歌之事也文選注引韓詩作奏功儀禮鄉飲酒疏楚辭九章注引詩作奏工楚茨傳

善其事曰工古公功工三字通

下武六章章四句

下武繼文也武王有聖德復受天命能昭先人之功焉（疏）文文德也文王以上世有文德武王繼之是之謂繼文

下武維周（傳）武繼也世有哲王三后在天王配于京（傳）三后大王王季文王也王武王也（疏）武繼爾雅釋詁文繼即序繼文之繼也禮記中庸篇武王纘大王王季文王之緒鄭注云纘繼也箋云下猶後也後人能繼先祖者維有周家最大此申傳義也正義謂不通數武王者非也○大王王季文王爲三后家上世有哲王句也繼文王者復有武王故王爲武王京大也王配于京言武王配天命更先大也

王配于京世德作求永言配命成王之孚（疏）求讀爲逑逑匹也匹亦配也爾雅釋訓釋文逑本亦作求此求逑通用之證○永長言我也永言配命言武王長配天命也文王篇句義皆同噫嘻傳云成王成是王事也文王傳云孚信也

成王之孚下土之式（傳）式法也永言孝思孝思維則（傳）則其先人也（疏）式法楚茨同下土之式與萬邦爲憲百辟其刑句義相同○則亦法也孟子萬章篇孝子之至莫大乎尊親尊親之至莫大乎以天下養爲天子父尊之至也以天下養養之至也詩曰永言孝思孝思維則此之謂也孟子引詩以明尊親先人以盡其孝思傳云則其先人也者亦是尊親之事序所謂能昭先人之功也趙邠卿以爲長言孝道欲以爲天下法則則就孝思而推廣之究非詩恉且與下土之式文複

媚茲一人應侯順德〔傳〕一人天子也應當侯維也永言孝思昭哉嗣服〔疏〕思齊傳媚愛也一人指武王傳不言武王而變言天子者以武王受天命爲天子也應當賚同侯訓維侯爲句中語助無意義順德定本作愼德古順愼二字通案此言武王有輔佐諸臣也大戴禮衛將軍文子篇引詩釋之云故回一逢有德之君世受顯命不失厥名以御于天子以申之傳以一人爲天子正本戴記漢書敘傳下張湯遂達用事任職媚茲一人日旰忘食旣成寵祿亦羅咎𠎝亦用戴記釋詩之義荀子仲尼篇主尊貴之則恭敬而僔主信愛之則謹愼而嗛主專任之則拘守而詳主安近之則愼比而不邪主疏遠之則全一而不倍主損絀之則恐懼而不怨卽引此詩以明臣下之事君上淮南子繆稱篇是故得一人所以得百人也其下引詩云媚茲一人應侯愼德愼德大矣一人小矣能善小斯能善大矣此釋詩一人爲得一賢人與古說殊當出三家詩義而指臣下言則無甚異也○嗣服猶云纘緒也

昭茲來許繩其祖武〔傳〕許進繩戒武迹也於萬斯年受天之祜〔疏〕六月傳御進也古御許聲同劉昭續漢書祭祀志注引謝沈書作昭哉來御本三家詩也御本字許假借字繩讀爲愼續漢書注引詩作愼其祖武是三家詩作愼也繩愼聲轉義通武迹釋訓文生民武同武以止戈會意訓迹者步之假借古步武聲同也沔水傳蹟道也說文迹蹟同字祖迹祖道也言武王有昭明之德求進於治又能戒以先祖之道也此亦則其先人之意

受天之祜四方來賀於萬斯年不遐有佐〔傳〕遠夷來佐也〔疏〕四方謂諸夏也○遠也不爲語助遠謂遠夷正義引書敘武王勝殷西旅獻獒巢伯來朝魯語武王克商遂通道於九夷八蠻肅愼來賀以證傳遠夷來佐之事韓詩外傳云成王三年有越裳氏重九譯而至獻白雉於周公周公乃敬求其所以來詩曰於萬斯年不遐有佐韓釋詩與毛意同唯韓以爲成王則上文云昭哉嗣服昭茲

來許亦必指成王之世蓋詩自作於周公故三家釋詩毋及成王也

文王有聲八章章五句

文王有聲繼伐也武王能廣文王之聲卒其伐功也（疏）文王受命作西伯專征伐武王繼之伐紂定天下是謂之繼伐

文王有聲遹駿有聲遹求厥寧遹觀厥成文王烝哉（傳）烝君也（疏）全詩多言曰聿唯此篇四言遹遹卽曰聿爲發語之詞說文欥詮詞也引詩欥求厥寧欥字从欠曰會意是發聲當以欥爲正字曰聿遹三字皆假借字箋訓遹爲述義本釋言不作語詞○烝君爾雅釋詁文釋文引韓詩云烝美也毛韓同意昭元年左傳楚公子美矣君哉孟子滕文公篇君哉舜也烝哉卽君哉美嘆之詞

文王受命有此武功既伐于崇作邑于豐文王烝哉（疏）文王受命作西伯也有此武功得有專征伐之武功也既終也伐崇在作西伯之六年也繁露楚莊王篇文王之時民樂其興師征伐也故武武者伐也詩云文王受命有此武功既伐于崇作邑于豐樂之風也又云王赫斯怒爰整其旅當是時紂爲無道諸侯大亂民樂文王之怒而詠歌之也周人德已洽天下反本以爲樂謂之大武言民所始樂者武也云爾又郊祀篇文王受天命而王天下先郊乃敢行事而興師伐崇其詩曰芃芃棫樸薪之槱之濟濟辟王左右趨之濟濟辟王左右奉璋奉璋峩峩髦士攸宜此郊辭也其下曰淠彼涇舟烝徒檝之周王于邁六師及之此伐辭也其下曰文王受命有此武功既伐于崇作邑于豐以此辭者見文王受命則郊郊乃伐崇伐崇之時民何處焕乎案二王後得郊天或古者受命作伯亦得郊天故皇矣詩有伐崇類禡之文此郊祀伐崇可爲三家詩作證至文王受命爲受天命王天下三家義而非毛義也棫樸首章爲郊祭亦非毛義史記周本紀云詩人道西伯蓋受命之年稱王此當是魯詩○文王邑豐又在受命六年後也七

年而崩見書大傳豐古酆字說文酆周文王所都在京兆杜陵西南昭四年左傳康有酆宮之朝括地志云鄠縣東三十五里有文王酆宮案漢杜陵故城在今陜西西安府東南而酆乃在杜陵之西南其西漢鄠縣地今西安府鄠縣東五里有古酆城灃水又在酆城東酆宮在鄠縣東三十五里酆宮疑即文王之辟廱也去酆城三十里在近郊內

築城伊淢作豐伊匹傳淢成溝也匹配也匪棘其欲遹追來孝王后烝哉傳后君也疏城依傳當作成成爲城古文假借字傳云成溝猶城池釋文引韓詩作城洫云洫溭池張衡西京賦經城洫東京賦邪阻城洫薛綜注云洫城池皆用韓詩也洫本字淢假借字說文淢讀若溝洫之洫古文閾作𨵦此淢洫聲通之理上公之城方九里宮方九百步文王爲西伯築城于豐從上公之禮制武王有天下率由舊章故天子城與上公同此周禮也詳緜篇匹訓配讀若永言配命之配○棘釋文作亟禮記禮器引詩作革正義云棘急釋言文而禮記釋文云革急釋言文今釋言悈急也棘革悈三字同欲釋文作慾禮器作猶鄭注云猶道也非必欲急己之道箋云此非以急成從己之欲字異義同遹禮記作聿遹追來孝猶言追孝於前人也遹發聲來語助第一字發聲第三字語助此其句例后君釋詁文傳訓烝爲君又訓后爲君左傳不君君矣國語爲君必君論語信如君不君皆上君字實下君字虛與此同

王公伊濯維豐之垣四方攸同王后維翰傳濯大翰幹也王后烝哉疏箋云公事也天保靈臺江漢酌傳皆以公爲事濯大釋詁文常武同方言亦云濯大也荆吳揚甌之閒曰濯棫樸傳倬大也古濯倬同聲故倬謂之明濯亦謂之明倬謂之大濯亦謂之大矣釋文引韓詩云濯美也大與美義相近垣牆也維豐之垣百堵皆興也○版大宗維翰傳王者天下之大宗翰幹也文義正同

豐水東注維禹之績四方攸同皇王維辟傳績業皇大也皇王烝哉疏豐古灃字漢書

地理志右扶風鄠豐水出東南北過上林苑入渭水經渭水篇又東豐水從南來注之酈注引地說云渭水又東與豐水會於短陰山內水所匯處無他高山異巒所有唯原阜石激而已宋敏求長安志引水經豐水逕篇豐水出豐谿西北流分爲二水一水東北流又北交水自東入焉又北昆明池水注之又北逕靈臺西又北至石堨注于渭案渭南諸水唯豐爲大歷代穿引禹跡難尋然詳觀豐水大勢大抵入渭以入河者也漢志言北流入渭與白華箋豐鎬之閒水北流皆就豐入渭近者言之此箋謂禹治豐水使入渭東注入河解經東注之義與禹貢渭會豐入河義正合葢詩陳禹治河之業豐水東注則渭南諸水皆東注矣胡渭禹貢錐指據詩東注之文以爲豐水北流入渭非禹故道不免以文害辭續業釋詁文閟宮纘禹之緒傳緒業也○正月傳云皇君也楚茨皇矣傳竝云皇大也說文皇大也从自王自始也始王者三皇大君也然則大君謂之皇故詁訓君謂之皇亦大謂之皇矣凡皇天皇祖皇考皇尸皆同大王謂武王也釋文辟又音嬖亦反法也皇王維辟與上章王后維翰句法相同翰爲榦則辟爲法當依陸別義爲優

鎬京辟廱自西自東自南自北無思不服皇王烝哉（疏）郡國志京兆尹長安鎬在上林苑中孟康云長安西南有鎬池引古史考武王遷鎬長安豐亭鎬池也水經渭水注鎬水上承鎬池於昆明池北周武王之所都也自漢武帝穿昆明池於是地基構淪褫今無可究案今西安府即漢長安縣地鎬池在長安西即漢上林苑地在漢昆明池之北是武王之所都即於鎬池也鎬邑名與鄗爲常山縣名者不同字周時渭南豐水猶大鎬京之水西承豐水則引豐水爲池是謂之鎬池又謂之鎬陂又別之爲鎬水皆是豐水別流矣鎬曰京者京師也劉昭郡國志補注杜陵下引汲錄注云鎬在豐水東豐在鎬水西相去二十五里箋云豐邑在豐水之西鎬京在豐水之東說苑脩文篇是故聖王修禮文設庠序陳鐘鼓天子辟雍諸矦泮宮所以行德化其下即引此詩然則此鎬京辟廱即周立四郊之小學矣周制小學在郊殷則大學在郊靈臺辟廱是也諸矦用殷制大學在郊魯頌泮宮是也○王引之釋詞云無思不服無不服也思語詞耳案王說是也荀子儒效篇議兵篇兩引詩竝云通達之屬莫不從服釋無思不服則以思爲語詞明

矣箋與孟子注皆不以思爲語詞

考卜維王宅是鎬京傳武王作邑於鎬京維龜正之武王成之武王烝哉疏考成也考卜成卜也王武王也宅禮記坊記引作度度與宅通宅以言作邑也傳云武王作邑於鎬京正釋經文考卜維王宅是鎬京二句之義箋武王卜居是鎬京之地禮記注武王卜而謀居此鎬邑王鳳譜始武王作邑於鎬京謂之宗周是爲西都正義云文王有聲云宅是鎬京武王成之是武王作邑於鎬京也是孔所見之本尚不誤今各本此傳誤入上章唯李善注文選典引所引毛詩傳不誤今據以訂正

豐水有芑武王豈不仕詒厥孫謀以燕翼子傳芑草也仕事燕安翼敬也武王烝哉疏芑草未詳釆芑傳芑菜解之者以爲別物鄭注表記云芑枸檵也廣雅檵乳苦杞也入草部行露傳云豈不言有是也古仕士通士事也士謂之事故仕亦謂之事晏子諫下篇晏子曰臣聞明君必務正其治以事利民然後子孫享之引詩正作事仕讀爲事其訓古矣○詒遺也燕安翼敬言武王以安敬之謀遺其孫子也上言謀下言燕翼上言孫下言子皆互文以就韻耳後漢書班彪傳荅成王之爲孺子出則周公召公大史佚入則大顛閎夭南宮括散宜生左右前後禮無違者故成王一日即位天下曠然太平是以春秋愛子敎以義方不納於邪驕奢淫佚所自邪也詩云詒厥孫謀以宴翼子言武王之謀遺子孫也案此引詩似以得賢輔佐爲遺謀之事與文三年左傳言子桑之忠知人舉善亦引此詩合但武王遺謀不止得賢輔佐所該者廣也

卷二十三終

詩毛氏傳疏卷二十四

長洲陳奐學

毛詩大雅

生民之什詁訓傳弟二十四

生民之什十篇六十五章四百三十三句

生民八章四章章十句四章章八句

生民尊祖也后稷生於姜嫄文武之功起於后稷故推以配天焉（疏）此詩專敘后稷始末以述尊祖之德而配天之功因是而推

厥初生民時維姜嫄（傳）生民本后稷也姜姓也后稷之母配高辛氏帝焉生民如何克禋克祀以弗無子（傳）禋敬弗去也去無子求有子古者必立郊禖焉玄鳥至之日以大牢祠于郊禖天子親往后妃率九嬪御乃禮天子所御帶以弓韣授以弓矢于郊禖之前履帝武敏歆攸介攸止載震載夙載生載育時維后稷（傳）履踐也帝高辛氏之帝也武迹敏疾也從於帝而見于天將事齊敏也歆饗介大也攸止福祿所止也震動夙早育長也后稷播百穀以利民（疏）爾雅云初始也緜民之初生傳民周民也此民亦謂周民周有天下之號文武起於后稷而后稷生於姜嫄故云生民本后稷也姜爲姓箋姜姓者炎帝之後有女名嫄字亦

作原史記周本紀注引韓詩章句姜姓原字或曰姜原謚號也傳文后稷之母之上當奪姜嫄二字姜嫄配高辛氏帝帝帝嚳也大戴禮帝繫篇云帝嚳上妃有邰氏之女也曰姜嫄氏產后稷○禋敬爾雅釋詁文今字作諲郭云未詳誤繼清傳禋祀也徹文則禋亦祀對文則禋爲敬國語云精意以享禋也說文弗从韋省故弗謂之去與違謂之去同意箋讀弗爲祓云祓除其無子之疾而得其福卽中傳去無子求有子也郊禖卽禖宮於郊故謂之郊禖帝高辛氏巳有之故傳云古者必立郊禖焉也周人以帝高辛妃姜嫄立其廟以爲禖宮故又謂之高禖閟宮傳閟閉也先妣姜嫄之廟在周常閉而無事孟仲子曰是禖宮也玄鳥至之日以下皆禮記月令文傳變月令高禖言郊禖者以此詩是帝高辛率姜嫄祈生后稷於禖宮之事不從周人稱高禖也玄鳥傳亦言郊禖者義同此履所以踐也因之凡踐皆曰履姜嫄配高辛氏帝故知帝爲高辛氏之帝也武敏訓迹疾謂疾趨數發也郊禖爲祀天之祭其時高辛氏帝祠於郊禖姜嫄與后妃九嬪之列故傳云從於帝而見于天又云將事齊敏者爾雅齊疾也則齊亦疾也案爾雅釋訓一篇多從漢人增益其釋履帝武敏句武迹也敏拇也鄭箋同雅訓史記楚辭列女傳春秋繁露白虎通義正義引異義齊魯韓詩說竝同敏爾雅舍人本作畞釋云古者姜嫄履天帝之迹於畎畞之中而生后稷亦出三家詩義主感天而生說毛公作傳不從讖緯最得其正歆卽末章上帝居歆也說文歆神食气也神食气曰歆亦曰饗介大小明同傳止上奪攸字今補釋歆爲饗釋介爲大釋攸止爲福祿所止據此則經文當作歆介攸止四字今各本於歆下衍一攸字箋心體歆歆然以解經之歆其左右所止住以解經之介攸止鄭雖與毛義異其所據亦無上攸字可證也傳言姜嫄從帝見天天乃饗其德大其福祿也福祿莫大於生子故下文詳言生后稷之事○爾雅娠震動也昭元年左傳邑姜方震說文引作娠震與娠通夙訓早卽總括先生如達以下之義也育訓長卽總括實覃實訏以下之義也時是維爲也傳云后稷播百穀以利民民卽承上文兩生民而言也此八字文理不完小箋據韋昭注國語及裴松之注魏志杜畿傳引韋注稱毛詩傳作后稷周棄也勤播百穀以利民死於黑水之山校補十字

誕彌厥月先生如達傳誕大彌終達生也姜嫄之子先生者也不坼不副無菑無害傳言易也凡人在母母則病生則坼副菑害其母橫逆人道以赫厥靈上帝不寧不康禋祀居然生子傳赫顯也不寧寧也不康康也疏誕大釋詁文彌終釋言文大者美大之詞傳訓達爲生說者皆不得其解載芟驛驛其達言苗之生驛驛然也傳達射也射猶出也訓達爲射與此訓達爲生雖隨文立訓而意義實同先生如生如生而生也此卽如破而破如濡而濡之例如當作而字解傳云姜嫄之子先生者也者釋經先生之義先生謂姜嫄始生而生謂生后稷言姜嫄始生子先生后稷終月而生初無異也傳釋彌終達生者明終月而生之義後釋先生者爲起下之詞至于始生之易尚在下文故下傳云不坼不副無菑無害言易也以姜嫄之始生后稷而無坼副菑害之苦是天生顯靈也自後人割絕傳文刪去複句遂不得其讀矣箋讀如爲比方之詞如羊子之易生絕非傳義○說文坼裂也引詩作不坼隸變作坼俗作拆說文引詩作不疈副判也籀文作疈御覽人事部引史記楚世家陸終生六子坼疈而生字亦作疈姜嫄生后稷不坼副無菑害是其易生之狀異乎凡人此其中有天道焉赫訓顯以顯其靈句承上起下不寧寧也寧安也不康康也康樂也不皆發聲居猶其也然猶是也案此承上章言姜嫄克禋祀上帝而上帝亦將安樂其禋祀其然生子謂生后稷也

誕寘之隘巷牛羊腓字之傳誕大寘置腓辟字愛也天生后稷異之於人欲以顯其靈也帝不順天是不明也故承天意而異之於天下誕寘之平林會伐平林傳牛羊而辟人者理也置之平林又爲人所收取之誕寘之寒冰鳥覆翼之傳大鳥來一翼覆之一翼藉之人而收取之又其理也故置之於寒冰鳥乃去

矣后稷呱矣（傳）於是知有天異往取之矣后稷呱呱然而泣（疏）誕大上章傳同下文兩誕字下章四誕字誕皆美大之詞也寘古作寘寘置卷耳伐檀同腓辟采薇同字訓庇言庇護之也辟讀般辟之辟亦庇護之意傳云天生后稷異之於人欲以顯其靈也者此冡釋上章之義云帝不順天是不明也故承天意而異之於天下者此總釋本章之義帝高辛氏帝也帝嚳知姜嫄之生后稷異於凡人是天意欲顯其靈矣故置隘巷平林寒冰皆承天意而異之於天下之事傳依經作解義甚顯白不若後世橫滋異說轉疑以誣經也○車舝傳平林林木之在平地者也傳云牛羊而辟人者理也置之平林者此冡牛羊腓字之句以釋經寘之平林也云又爲人所收取之以釋經會伐平林也人卽伐平林之人云大鳥來一翼覆之一翼藉之者以釋經鳥覆翼之也經言覆傳兼言藉申補經義王逸注楚辭天問棄之於冰上有鳥以翼覆薦溫之藉猶薦溫也云人而收取之又其理也故置之於寒冰此又冡會伐平林句以釋經寘之寒冰也先釋鳥覆後釋置冰爲承上起下之詞傳有順經之辭而釋之者亦有逆經之意而釋之者此其例也云於是知有天異往取之矣者言置隘巷而牛羊庇護寘平林而適人會伐二者猶理之常有故更欲顯其異而置之於寒冰之上及見大鳥覆藉則眞知有天異可顯於天下至往取后稷大鳥既去意亦冡上二句以釋經鳥乃去矣也云后稷呱呱然而泣以釋經后稷呱矣也說文呱小兒嗁聲呱猶呱呱然書咎繇謨云啓呱呱而泣

實覃實訏厥聲載路誕實匍匐克岐克嶷以就口食（傳）覃長訏大路大也岐知意也嶷識也蓺之荏菽荏菽旆旆禾役穟穟麻麥幪幪瓜瓞唪唪（傳）荏菽戎菽也旆旆然長也役列也穟穟苗好美也幪幪然茂盛也唪唪然多實也（疏）說文㫗部引詩作𦳝今字通俗作覃廣雅亦云覃長也訏訓大篇中實字皆當作寔寔是也寔覃寔訏言于是長大也上寔訓于是下寔爲助詞猶云是刈是濩于是刈

漫也是究是圖于是究圖也皆上是訓于是下是爲助詞句法一例路大皇矣同箋云是時聲音則已大矣誕寘匍匐言大矣是始能匍匐也釋名云匍匐小兒時也匍猶捕也藉索可執取之地也匐伏也伏地行也匍匐釋文亦作扶服同說文嶷小兒有知也詩曰克岐克嶷高注淮南本經引詩亦作嶷小箋云今本毛詩作嶷淺人依岐字偏旁改之耳岐知古音同在十六部嶷識古音同在一部此古於疊韻得訓之大凡也岐者山之兩岐也心之開明似之故曰知意嶷者心口閒有所識也故曰識也皇矣亦不識不知竝言奐謂岐知嶷識析言也渾言知識不別故說文嶷解有知識亦知也就成也口食謂衆口之食也此言后稷少時便知教民稼穡故下文即言蓺之之事○齊南山傳蓺樹也爾雅釋草荏菽謂之戎菽傳所本也菽釋文作叔荏疑當作任任與戎皆有大義故箋云戎菽大豆也大豆爲九穀之一種春秋莊三十一年齊侯來獻戎捷穀梁傳謂戎爲菽即本管子戒篇北伐山戎出戎菽布之天下郭璞注爾雅遂指戎菽爲胡豆孔仲達駮之是矣旆从㫃𣎵聲旆旆猶𣎵𣎵說文𣎵艸木盛𣎵𣎵然讀若輩長盛義同也○生者曰苗秀者曰禾別言也渾言苗亦得稱禾禾役者苗之榦也禹貢三百里納秸服秸服二字連文得義斷去其稾又去其穎謂之秸帶稃言謂之秸服稾則脫於糠矣米則成爲粱矣孔傳云秸稾也服稾役葢爲孔誤解服與役同義服爲稾役此不可解書之秸服而可以證詩之禾役蓋禹貢言穎生民言莖秸者實也秸服者稾之皮也禾者苗也禾役者稾之皮也傳以列訓役列謂𪏚之假借字廣雅黍穰謂之𪏚廣韻穰禾莖則禾莖亦爲穰正義列爲行列失之矣爾雅穟穟苗也此傳所本也說文穟禾采之皃引詩作禾穎穟穟采或作穗許本三家詩指采說不指苗說與爾雅毛詩皆異傳云苗好美當作美好釋文苗美好也正義其苗則穟穟然美好可證○大東傳饛滿簋皃饛幪聲義相近廣雅亦云幪幪茂也又云菶菶茂也多實者茂盛之意說文口部唪下及玉部玤下兩引詩作瓜瓞菶菶玉篇菶菶多實也今詩作唪唪者疑非舊本耳

誕后稷之穡有相之道(傳)相助也茀厥豐草種之黃茂實方實苞實種實褎實

發實秀實堅實好實穎實栗〔傳〕茀治也黃嘉穀也茂美也方極畝也苞本也種雝種也褎長也發盡發也不榮而實曰秀穎垂穎也栗其實栗栗然即有邰家室〔傳〕邰姜嫄之國也堯見天因邰而生后稷故國后稷於邰命使事天以顯神順天命耳〔疏〕相助清廟雝同爾雅相勴也勴亦助也正義云茀治釋詁文今本爾雅作弗釋文引韓詩作拂拂弗也上章傳弗去也治與去義相近湛露傳豐茂也種當作穜下同傳云黃嘉穀者嘉穀爲禾之大名箋謂穜黍稷不謂禾鄭據聘禮米禾皆兼黍稷稻粱言之故以禾稼爲諸穀苗幹大名但他穀無異名或可假禾稼以通稱而禾稼斷不可假稱黍稷生民之黃非黍稷也已下皆言禾茂美還同○方讀若旁有普徧之義傳云極畝蓋即甫田詩之長畝漢志之長終畝是也苞之言固也苞訓本謂固苗之本蓋即甫田傳之雝本漢志之附苗根是也此后稷甽田之制漢書食貨志后稷始甽田以二耜爲耦廣尺深尺曰甽長終畮一畮三甽一夫三百甽而播種於甽中苗生三葉以上稍壯耨隴草因隤其土以附苗根此管子五行篇苗足本尹注云足猶擁也亦其義也實種其義也種者以穀播土之名傳云雝種此即雝本之意冡上文實苞言苞謂本則種爲雝種傳以申實苞之訓也雝種與莊子雝腫無用義殊正義誤引之以解爲充肥之皃釋文作穛種涉箋生不穛而誤褎訓長謂苗生長也說文㚇木生條也从巳由聲褎㚇聲義皆相近發之爲言舒也傳云盡發言極畝之中苗并發也秀者禾作采也不榮而實曰秀爾雅釋草文管子小問篇隰朋曰夫㮚內甲以處謂米也中有卷城謂稃也外有兵刃謂莖也然則禾苗發秀正當成稃作莖米處殼中時將充滿也大田既堅既好箋堅孰齊好與此同也禾秀曰穗禾末曰穎穗穎互稱垂穎者垂當作𥝩他穀不下𥝩故穎之名唯禾有之書序唐叔得禾異畝同穎張衡思玄賦嘉禾𥝩穎而顧本是其義也說文㮚其實下𥝩故从鹵則引申之爲嘉穀實皃左傳云嘉栗旨酒栗猶栗栗然也呂覽任地篇后稷曰子能使藁數節而莖堅乎子能使穗大而堅均乎子能使粟圜而薄糠乎呂言治禾苗生長之節次與詩義略同○說文邑部水

經渭水注呂覽辯土注史記周本紀索隱引詩皆作有邰家室無邰字白虎通義京師篇引詩作台漢人作斄竝同邰姜嫄國說文邰炎帝之後姜姓所封周棄外家國右扶風斄縣是也水經注渭水東逕斄縣故城南舊邰城也城東北有姜嫄祠城西南百步有稷祠鄭之斄亭也案漢斄縣後漢併入郿縣郡國志郿縣之邰亭卽地理志斄縣地東晉以後又併入武功縣古斄城在今陝西乾州武功縣西南二十五里傳云堯見天因邰而生后稷故國后稷於邰者堯亦高辛氏帝嚳之子爲后稷異母兄堯見天生后稷本始於姜嫄故卽以姜嫄國而封后稷亦猶帝嚳之順天也后稷封邰在堯時傳已有明文矣箋堯改封於邰就其成國之家室無變更也列女傳母儀篇堯使棄居稷官更國邰地遂封棄於邰號曰后稷史記劉敬傳周之先自后稷堯封之邰說竝同也云命使事天以顯神順天命者傳蓋揔下三章之意而言

誕降嘉穀維秬維秠維穈維芑傳天降嘉種秬黑黍也秠一稃二米也穈赤苗也芑白苗也**恆之秬秠是穫是畝恆之穈芑是任是負以歸肇祀**傳恆徧也肇始也始歸郊祀也疏經言嘉穀傳云嘉種嫌嘉穀爲禾之大名下文秬秠是黍虋芑是禾故以嘉種釋嘉穀渾言之以兼黍禾也後人乃因傳改經耳說文禾部及文選典引注引詩誕降嘉穀可證孔叢子執節篇魏王問子順曰荅者上天神異后稷而爲之下嘉穀周以遂興荅曰天雖至神自古及今未聞下穀與人也詩美后稷能大敎民種嘉穀以利天下故詩曰誕降嘉穀孔叢僞書其所據詩亦作嘉穀今引詩作嘉種者以誤本改之也○秬黑黍秠一稃二米爾雅釋草文正義引春官鬯人注秬如黑黍一秠二米說文𩰪黑黍也一稃二米以釀或从禾作秬案秬本黑黍之大名以秬中之一稃二米者釀是謂秬鬯故小篆作𩰪說文秠一稃二米用爾雅毛傳文鄭志荅張逸曰秠卽其皮稃亦皮也然則秠者凡稃之稱因之以別一米之秬而又得爲一稃二米之專稱單言秬則二米不見故鬯人注必申解之單言秠則黑黍不見故必知秠卽秬之皮而後秠因秬得名之義可憭如也秠玉篇作秠穈爾雅說文

皆作虋虋赤苗芑白苗赤釋草文說文禾嘉穀也虋赤苗嘉穀也芑白苗嘉穀
也案赤苗白苗謂禾莖有赤白二種本爲苗之名因爲禾之名下言虋芑可以
任負則不謂苗矣郭注爾雅云赤粱粟白粱粟其就已成之禾說猶是也至宋
蘇頌冒爲赤黍白黍者大繆程瑤田云黍之苗惟一色而無赤白之異○傳恆
徧下奪也字今補釋文恆本又作亙說文桓竟也亙古文桓考工記弓人恆角
而短注恆讀爲桓桓竟也竟與徧義近恆者亙之俗字與詩同任亦負也玄鳥
傳何任也任與何同義任負猶負何也肇始釋詁文維清小毖同案上章傳言
堯命后稷使事天此言后稷始行事天之祀祀爲郊祀者郊特牲云郊之祭也
大報天也是郊祀卽事天矣歸歸部國也穫亦任負始歸郊祀則在秋冬報非
春夏祈矣此章肇祀與末章后稷肇祀爲祀上帝文正相應后稷之祀上帝出
於堯命如周成王命魯公祀帝于郊之例其在古誼當有明文今不可得而攷
矣末章之肇禋記引詩作兆故鄭箋讀此肇爲兆五帝於四郊之兆意據周禮
孟春南郊祈穀祭感生帝以后稷配爲說但周人祈穀在孟春及孟夏兩月孟
春南郊以后稷配此人祀后稷與后稷自祀者不同詩言后稷自郊祀爲天降
嘉穀之祥故堯命之以事天報本不得援月令祈穀之文以釋此詩之義下章
云穀孰而謀陳祭而卜傳義甚明矣凡祈穀與祈年不同祈穀以春播穀而祈
秋實也祈年以報今秋
成孰而祈來歲再豐也

誕我祀如何或舂或揄或簸或蹂釋之叜叜烝之浮浮（傳）揄抒臼也或簸糠者
或蹂黍者釋淅米也叜叜聲也浮浮氣也**載謀載惟取蕭祭脂取羝以軷載燔**
載烈（傳）嘗之日涖卜來歲之芟獮之日涖卜來歲之戒社之日涖卜來歲之稼
所以興來而繼往也穀孰而謀陳祭而卜矣取蕭合黍稷臭達牆屋既奠而後
爇蕭合馨香也羝羊牡羊也軷道祭也傳火曰燔貫之加於火曰烈**以興嗣歲**

〔傳〕興來歲繼往歲也〔疏〕我我后稷也說文舂擣粟也臼抒臼也引詩作舀周禮舂人注及儀禮有司徹注並引詩作抗抗即舀之或字毛詩作揄者爲假借字經言簸傳云簸糠釋文糠亦作康說文糠穀之皮也从禾米庚聲或作康是糠康一字今隸變作康康者米包皮內簸康者謂穀既舂後皮米離脫則揚去其皮而米自在箕下也說文云箕簸也簸揚米去康也下文即言蹂米之事經言蹂傳云蹂黍定本作蹂米是也箋蹂之言潤也簸之又潤溼之將復舂之趣於鑿也此潤當作撋潤溼又煩撋之譌葛覃傳汙煩也箋煩煩撋之用功深煩撋者以手重擦之謂與蹂字從足柔聲義正相近若云潤溼則米已著水豈能再舂之理蓋箋以撋釋蹂正申傳蹂米之義復舂趣鑿亦補足蹂訓也下文乃言淅米之事說文釋漬米也釋音擇釋者假借字或古毛詩作釋不能肊定也傳云淅米者士喪禮祝淅米于堂注淅汏也凡米必先漬之而後汏之是謂之淅亦謂之釋今吳俗謂之淘淘即汏之轉耳釋文叜叜又作溲溲爾雅溞溞淅也樊光注引詩作溞溞玉篇溞溞淅米聲溞溞即溲溲之異文禮記內則篇爲稻粉糔溲之以爲酏糔當作溞溞溲同也說文烝火气上行也烰烝也引詩作烝之烰烰爾雅烰烰烝也浮烰義近炊米字從火三家詩及爾雅作烰烰〻者本字毛詩浮浮則假借也○嘗之日以下周禮肆師文傳引以證興來繼往之義嘗獮皆在秋時社亦爲秋報故良耜爲秋報社稷篇末以似以續句與此章末以興嗣歲句傳義相同也周禮祀天神南郊祀地示北郊兩者皆於郊報祭堯命后稷祀天報功其亦報地德可知傳言此以補經義要非正解經文耳云穀孰而謀釋經之載謀云陳祭而卜釋經之載惟爾雅惟謀也謀即謀卜也穀孰括上文任負之事陳祭括上文釋烝之事穀孰即謀報本陳祭即卜豐年是以秋報爲正祭而冬報亦晐在其中周頌豐年序云秋冬報此秋冬皆有報祭之典月令孟冬大飲烝天子乃祈來年于天宗大割祠于公社及門閭高誘注呂覽云祈求也求明年於天宗之神宗尊也凡天地四時皆爲天宗萬物非天不生非地不載非春不動非夏不長非秋不成非冬不藏書曰禋于六宗此之謂也祠于公社國社后土也據高說天宗公社皆於天地祈來年之祭亦與詩傳合○傳文取下奪蕭祭脂三字寫者刪經中複語而於蕭上賸一取字正義云云蕭合黍稷臭達牆屋既奠而後爇蕭合馨香皆郊特牲

文是正義本無取字可證案禮記言黍稷稱言脂詩言脂不言黍稷互文錯見也云蕭合黍稷釋取蕭二字云臭達牆屋兼釋祭脂二字云既奠而後爇蕭合馨香者蕭也脂也黍稷也三者合馨香是暨傳馨香之遠聞也此薦孰時也信南山取其血膋傳膋脂膏也血以告殺膋以升臭合之黍稷實之于蕭合馨香兩詩傳義同又案取蕭祭脂句當指宗廟之祭蓋詩末三章本主郊祀而此章爲承上起下故因報祭兼及廟祭一語耳豐年良耜皆秋冬報祭之詩而竝有烝畀祖妣之文此其義證也不然蕭脂已正祭薦孰之節下文何爲重言道祭往郊也○說文羝牡羊也廣雅羝雄也吳羊牡三歲曰羝漢書蘇武傳匈奴使武牧羝羝乳乃得歸顏注羝不當產乳故設此言示絕其事此即羝爲牡之證軷即犯軷夏官大馭掌馭玉路以祀及犯軷王自左馭馭下祝登受轡犯軷遂驅之鄭注云行山曰軷犯之者封土爲山象以菩芻棘柏爲神主既祭之以車轢之而去喻無險難也引詩家說曰將出祖道犯軷之祭也據鄭說則軷本行山之名因之行者封土爲山象謂之軷軷行神之所依故因之道祭亦謂之軷說文軷出將有事於道必先告其神立壇四通樹茅以依神爲軷既祭犯軷轢牲而行爲範軷詩曰取羝以軷範範軷也讀與犯同許與鄭說略同祭軷必轢牲詩言取羝則所轢之牲乃羊耳杜子春謂轢軷磔犬者秋官犬人凡祭祀共犬牲伏瘞亦如之鄭司農注云伏謂伏犬以王車轢之杜本司農說也故聘禮注謂犬羊竝可用之正義云天子用犬此諸侯用羊禮相變不知郊祀正天子禮不得云天子不用羊也月令注行在廟門外之西祀行之禮北面設主于軷上案據鄭說行軷一事天子往郊必告祖禰犯軷當即在廟門外則詩此句爲祀行而上句爲告廟尤可徵信也若祭軷畢而飲酒曰餞送行者之禮與此道祭無涉瓠葉傳加火曰燔傳猶加也全詩中三言燔炙唯此言燔烈烈炙薾轉而義同貫之加於火曰烈即瓠葉傳抗火曰炙也燔炙爲郊祭薦孰之事報畢而祈故傳云與來歲繼往歲也

卬盛于豆于豆于登（傳）卬我也木曰豆瓦曰登豆薦葅醢也登大羹也**其香始升上帝居歆胡臭亶時后稷肇祀庶無罪悔以迄于今**（傳）迄至也（疏）卬我匏有苦葉白華

同爾雅釋器木豆謂之豆瓦豆謂之登傳所本也豆說文作梪今通作豆說文𤯍禮器也从廾持肉在豆上讀若鐙同鐙與𤯍音同通假登又鐙之省假梪四年公羊注豆祭器名狀如鐙考工記旊人豆中縣注縣繩正豆之柄禮記祭統篇夫人薦豆執校執醴授之執鐙注校豆中央直者也鐙豆下跗也案豆鐙制相似豆下之跗名鐙則鐙必有足豆以木鐙以瓦爲別耳天官醢人朝事之豆饋食之豆加豆之實皆有菹有醢儀禮特牲禮薦兩豆葵菹蝸醢是豆薦菹醢也聘禮注凡餼以豆爲本賈疏云凡設餼皆先設豆乃設餘餼公食大夫禮大羹湆不和實于鐙注大羹湆煮肉汁也大古之羹不和無鹽菜詩正義引作登是大羹爲登實也特牲禮設大羹湆于醢北注設之所以敬尸也賈疏云醢北者爲薦左公食大夫昏禮大羹湆皆在薦右此在左者神禮變於生人○上章傳歆饗也居語詞上帝居歆言上帝其饗也與上帝既命上帝是依句同胡何亶誠時善也胡臭亶時后稷肇祀言何其芳臭達聞於天誠無不善者以后稷之始行郊祀故也傳於上章肇祀訓始郊祀始字與此章今字文正相對今今文武也周之功以后稷爲始而以文武爲今篇中皆述后稷郊祀至文武於南郊之祀后稷配天是序推言尊祖非經義所有耳箋云后稷肇祀上帝於郊又云子孫蒙其福以至於今是矣禮記表記子曰后稷之祀易富也其辭恭其欲儉其祿及子孫詩曰后稷兆祀庶無罪悔以迄于今此言后稷之祀祿及子孫兆與肇聲相通辭恭欲儉卽是箋祀天用瓦豆陶器質之義哀元年穀梁傳云郊享道也貴其時大其禮其養牲雖小不備可也亦辭恭欲儉之說也鄭注禮記謂祀后稷於郊以配天解后稷兆祀句與箋詩不合注禮記時未治毛詩迄當作汔汔至釋詁文維清同

行葦七章二章章六句五章章四句

行葦忠厚也周家忠厚仁及草木故能內睦九族外尊事黃耇養老乞言以成其福祿焉（疏）列女傳辯通篇晉弓工妻曰君聞昔者公劉之行乎羊牛踐葭葦惻然爲民痛之恩及草木文選班彪北征賦後漢書寇榮傳潛夫

論邊議篇德化篇漢人承三家舊說皆以行葦爲公劉之詩

敦彼行葦牛羊勿踐履方苞方體維葉泥泥(傳)敦聚貌行道也葉初生泥泥然

戚戚兄弟莫遠具爾(傳)戚戚內相親也(疏)說文立部竱磊竫重聚也敦與竫通文選馬融長笛賦注引鄭箋團聚貌與今本異行訓道行葦道葦也履亦踐也苞本也苞謂本根體謂枝莖下言葉也傳云葉初生泥泥然然字依羣書治要補葉爲初生則苞體亦爲本枝僝弱之時方猶且也左思蜀都賦總莖柅柅裛葉蓁蓁劉逵注柅柅蓁蓁茂盛貌也李善引毛詩作柅柅廣雅苨苨茂也竝與泥泥同箋云敦敦然道傍之葦牧牛羊者毋使躐履折傷之草物方茂盛以其終將爲人用故周之先王爲此愛之況於人乎案此卽序所謂周家忠厚仁及草木也○禮記大傳篇君有合族之道族人不得以其戚戚君位也言族人不得與君行戚戚之道爲君在位故也與詩戚戚義同具俱也爾古邇字莫遠具爾與不遠伊邇句法一例漢書文三王傳谷永上疏引詩云戚戚兄弟莫遠具爾顏師古注云戚戚內相親也爾近也言王之族親情無疏遠皆昵近也案顏說是也莫遠具爾卽內相親之意序所謂內睦九族也養老之先必行射禮諸侯之射也必先行燕禮二三章指燕四五章指射六七章正言養老之事序所謂外尊事黃耇也

或肆之筵或授之几(傳)肆陳也或陳設筵者或授几者肆筵設席授几有緝御(傳)設席重席也緝御踧踖之容也**或獻或酢洗爵奠斝**(傳)斝爵也夏曰醆殷曰斝周曰爵(疏)肆陳楚茨同公食大夫記司宮具几與蒲筵常繢布純加萑席尋玄帛純鄭注云丈六尺曰常半常曰尋必長筵者以有左右饌也是凡筵皆大於加席矣周禮司几筵注云筵亦席也鋪陳曰筵藉之曰席然其言之筵席通矣詩言肆筵下文旣肆筵又設席則筵席通稱傳云陳設筵亦兼設席也司几筵王位左右玉几昨席亦如之鄭司農注云昨席於主階設席王所坐也司農意以昨席左彤几爲諸侯之禮則知天子昨席亦當設左右玉几

下文授几有緝御傳本君在𨁂踖爲敬則此授几爲授玉几也公食大夫記不授几無阼席注云食禮輕公不坐若天子燕飲其有阼席授几必矣几爲尊者設也傳釋設席爲重席重席與加席不同燕禮司宮兼卷重席設于賓左東上卽辭重席司宮徹之注言兼卷則每卿異席也重席重蒲筵緇布純也徹猶去也重席雖非加猶爲其重累去之辟君也鄭以重席爲重筵是矣禮器天子之席五重諸侯之席三重大夫再重鄉飲酒禮亦云賓若有遵者席于賓東公三重大夫再重是重席有五重三重再重之異而加席爲最上之席鄉飲酒禮注加席上席也周禮唯王位加繅席加次席有二加席與左右几爲殊禮其餘只一加席也燕禮賓無加席而重席未嘗不設傳云重席者就賓位而言授几就主位而言也緝讀爲𦔃𦔃聚也御進也聚足而進曰緝御曲禮堂上接武注武迹也迹相接謂每移足半躡之中人之迹尺二寸玉藻君與尸行接武注尊者尙徐蹈半迹緝御猶接武緝接疊韻御武疊韻傳云𨁂踖之容者論語鄉黨篇君在𨁂踖如也馬融注云𨁂踖恭敬貌廣雅踧踖畏敬也踧與𨁂同○傳釋斝爲爵則斝亦爵也又引禮記明堂位文以證三代之異名醆或作琖明堂位魯用玉琖夏爵也周禮大宰贊玉爵周爵也斝爲殷爵亦以玉爲之說文斝玉爵也或說斝受六斗鄭司農鬱人注斝讀爲稼畫禾稼也據周禮禮記斝皆用諸廟中而詩斝則用諸燕故三家以行葦爲公劉詩也燕禮云公執觶與賓進受虛爵降奠于篚易觶洗又云賓以旅酬於西階上射人作大夫長升受旅賓大夫之右坐奠觶拜執觶興大夫答拜賓坐祭立飲卒觶不拜若膳觶也則降更觶洗案此卽獻酢後洗奠之禮

醓醢以薦或燔或炙嘉殽脾臄（傳）以肉曰醓醢臄函也**或歌或咢**（傳）歌者比於琴瑟也徒擊鼓曰咢（疏）爾雅肉謂之醢李注云以肉作醬曰醢釋名醢多汁者曰醓醓瀋也宋魯人皆謂汁爲瀋說文䏎肉汁滓也監皿醢也禮有監醢以牛乾脯粱𥻆鹽酒也天官醢人朝事之豆有醓醢釋文本又作監醓監卽監之譌今字通作醓以肉作醬謂之醢肉醬有汁謂之醓醓醢卽醢之汁傳云以肉曰醓醢葢舉肉不必言肉汁矣段注說文云汁卽鹽酒所成醢皆胜物非有孰汁也燔炙傳義見上篇○醢人饋食之豆脾析蠯醢鄭司

農注云脾析牛百葉也旣夕禮注脾讀爲雞脾肶之脾說文作膍脾膍音相近胃薄如葉碎切之謂之脾析亦謂之脾肶亦謂之百葉廣雅云百葉謂之膍胵天子諸侯牛百葉大夫士羊百葉說文谷口上阿也或作臄又巳部圅舌也段注云舌當谷之譌葢許以谷釋圅毛以圅釋臄義同釋文臄口次肉也引通俗文云口上曰臄口下曰圅析言之也案豆實之臄禮無明文唯少儀羞首者進喙祭耳嘉肴有臄其即進喙歟集韻十八藥臄切肉也取脾腎實腸炙之曰臄詩嘉肴脾臄此或本三家詩說箋云以脾圅爲加故謂之嘉○燕禮有升歌閒歌之樂傳云歌者比於琴瑟此卽指升歌閒歌言也園有桃我歌且謠傳曲合樂曰歌徒歌曰謠歌謂正歌曲合樂所謂比於琴瑟也徒擊鼓曰咢爾雅釋樂文歌咢猶歌謠歌皆正歌謠與咢皆非正歌傳旣釋或歌又引爾雅以釋或咢則經義已兼及無算樂矣正義從王肅所據毛傳作徒擊鼓曰咢是也釋文及定本集注作徒歌曰咢誤字林或作㖾

敦弓旣堅四鍭旣鈞舍矢旣均〔傳〕敦弓畫弓也天子敦弓鍭矢參亭巳均中蓺

序賓以賢〔傳〕言賓客次序皆賢孔子射於矍相之圃觀者如堵牆射至於司馬使子路執弓矢出延射曰奔軍之將亾國之大夫與爲人後者不入其餘皆入蓋去者半入者半又使公罔之裘序點揚觶而語公罔之裘揚觶而語曰幼壯孝弟耆耋好禮不從流俗脩身以俟死者不在此位蓋去者半處者半序點又揚觶而語曰好學不倦好禮不變耄勤稱道不亂者不在此位也蓋僅有存焉

〔疏〕說文彃畫弓也隸變作弴玉篇弴天子弓也弴本字毛詩作敦爲假借字畫弓謂繪畫之畫非刻畫之畫彤弓傳彤弓朱弓也朱色之弓謂之彤弓則知敦弓爲設色非刻文矣傳云天子敦弓者荀子大略篇天子彫弓諸侯彤弓大夫黑弓禮也敦彫一聲之轉彫弓之爲敦弓猶彫琢之爲敦琢矣彫者亦文飾

之謂毛詶正本荀子又何注定四年公羊傳云禮天子雕弓諸侯彤弓大夫嬰
弓士盧弓雕與彤通○傳云鏃矢參亭者鏃矢釋鏃參亭釋鈞四字連讀非以
矢參亭三字專釋經之鏃也鈞者均之假借字考工記矢人爲矢鏃矢參分一
在前二在後鄭注云參訂之而平者前有鐵重也鄭司農注一在前謂箭槀中
鐵莖居參一分殺一以前案凡矢長三尺殺一尺而翦羽六寸刃二寸刃郎箭鏑
參亭者謂一在前二在後皆已停均軒輕中也亭古停字弓人云材美工巧爲
之時謂之參均角不勝幹幹不勝筋謂之不參均參亭猶參均耳爾雅金鏃翦
羽謂之鏃李注云鏃以金爲箭鏑也既夕記翭矢一乘骨鏃短衞注生時翭矢
金鏃葢以金鏃言從金作鏃以翦羽言從羽作翭實一字也金鏃所以主中大
射主皮禮射不主皮詩言鏃矢其爲大射不爲禮射明矣傳云已均中蓺四字
亦連讀已釋既而以均中蓺申明經義非以中蓺釋已均也次章傳如樹言皆
中也均中皆中同義箋蓺質也賓之初筵傳的質也說文臬䠶埻的也匠人注
埶古文臬假借字上句言矢體之善下句言矢發之巧○序賓傳云賓客次序
下章言賢才則賢爲賢才也孔子射於矍相之圃以下皆禮記射義文引之即
以證賓客次序皆賢之義傳文奪公罔之裘揚觶而語八字今依小箋補儀禮
鄉射大射射畢皆行飲酒之禮飲酒以養老爲重箋云周之先王將養老先與
羣臣行射禮以擇其可與者以爲賓鄭葢撰末二章養老而言段氏經韻樓集
云天子諸侯先大射後養老行葦之射必爲大射又云古之養老用鄉飲酒之
禮故禮注謂養老爲飲酒古大射賓射燕射不外鄉射之禮故禮大
射有如鄉射之禮之文葢其儀雖多不同而其爲尊長養老一也

敦弓既句既挾四鍭（傳）天子之弓合九而成規**四鍭如樹**（傳）言皆中也**序賓以**

不侮（傳）言其皆有賢才也（疏）天子之弓合九而成規夏官司弓矢及考工記竝
有此文弓人往體寡來體多謂之王弓之屬利射
革與質鄭注云射深者用直此又直焉於射堅宜也王弓合九而成規弧弓亦
然天子射侯亦用此弓然則王弧皆天子之弓爲合九之制天子大射亦用此
弓㯻敦弓即王弧之弓矣張衡東京賦彤弓既彀薛綜注彀張也釋文引說文
作彀云張弓曰彀三家詩作彀與毛詩作句義異段注說文云句讀倨句之句

此弓倨多句少言句以見其倨也不得云句卽穀○說文挾俾持也段注云挾
當作挾从二入會意禮注方持弦矢曰挾謂矢與弦成十字形也皆自其交會
處言之古文禮挾皆作接接矢爲本字挾矢爲假借字案儀禮大射儀司射適
次袒決遂執弓挾乘矢於弓外見鏃於弣右巨指鉤弦自阼階前曰爲政請射
司射入于次搢三挾一个出于次此耦射之始也三耦旣拾取矢梱之兼挾乘
矢皆內還南面揖公將射搢三挾一个升自西階此正射之始也耦揖進坐兼
取乘矢興順羽大夫亦兼取乘矢如其耦北面搢三挾一个此樂射之始也燕
射儀節略同詩言挾四鍭卽大射禮所謂挾乘矢猗嗟傳四矢乘矢則四鍭猶
四矢也旣挾是初射如樹是卒射說文尌立也讀若駐樹與尌通傳以中釋樹
中卽中埶也中埶猶尌立然也○侮有輕慢之意不侮言不輕慢也不輕慢卽
傳所謂賢才矣箋云不侮者
敬也其人敬于禮則射多中

曾孫維主酒醴維醹酌以大斗以祈黃耇(傳)曾孫成王也醹厚也大斗長三尺
也祈報也(疏)曾孫謂成王信南山維天之命同文選南都賦注引韓詩醴甛而不泲也又舊本書鈔酒食部入作甛而不泲少麴多米曰醴韓以
醴爲汁滓酒七月篇十月穫稻爲此春酒以介眉壽傳春酒凍醪也凍醪卽醴
禮有稻醴毛韓義同也傳詁醹爲厚說文醹厚酒也詩曰酒醴維醹○酌者勺
之假借斗者枓之假借說文勺挹取也枓勺也杓枓柄也是枓謂之勺枓柄謂
之杓北斗七星自一至四爲魁象枓自五至七爲杓象枓柄大東云維北有斗
不可以挹酒漿謂枓也又云維北有斗西柄之揭謂枓柄也葢象卽取諸大枓
也酌以大斗者言挹取酒醴用大枓以注尊中大斗卽大枓枓柄長三尺其制
未聞正義據漢禮器制度注勺五升徑六寸長三尺引爲證祈訓報謂報賓也
此時射畢飮酒成王爲主人老者爲賓主人旣獻賓賓亦酢主人主人復酌大
斗以酌賓是主人報賓之酢也
南山有臺傳云黃黃髮耇老也

黃耇台背以引以翼(傳)台背大老也引長翼敬也**壽考維祺以介景福**(傳)祺吉

也疏黃耇傳見於南山有臺矣故此但釋台背爲大老爾雅鮐背耇老壽也犬皮如鮐魚詩作台古鮐字也閟宮篇亦作台背○引長翼敬卷阿同以引以翼言長之敬之也箋云以禮引之以禮翼之在前曰引在旁曰翼祺吉爾雅釋言文吉猶善也介景皆大也序所謂乞善言以成其福祿也

既醉八章章四句

既醉大平也醉酒飽德人有士君子之行焉疏此祭畢而用饗燕之詩

既醉以酒既飽以德傳既者盡其禮終其事君子萬年介爾景福疏傳釋既字訓爲盡又訓爲終則全詩終字多有與既同義矣葛藟傳釋終爲巳巳亦既也盡其禮者盡其饗燕之禮也終其事者享祀爲事之始則饗燕爲事之終也小明介爾景福傳云介景皆大也

既醉以酒爾殽既將傳將行也君子萬年介爾昭明疏將行楚茨同昭亦明也時邁臣工皆曰明昭

昭明有融高朗令終傳融長朗明也始於饗燕終於享祀令終有俶公尸嘉告傳俶始也公尸天子以卿言諸侯也疏融長爾雅釋詁文郭注云宋衛荆吳之閒日融東方之日箋日在東方其明未融昭五年左傳明而未融服注云融高也長高義亦相近爾雅明朗也二字互訓說文朖明也今作朗傳文始於饗燕終於享祀始終二字疑互譌當作終於饗燕始於享祀今本錯亂不可通矣此章之義上二句承上二章也下二句起下二章也云終於饗燕者以釋經令終之義既醉以酒既飽以德傳既者盡其禮終其事醉酒飽德乃饗燕中事是終爲饗燕非爲享祀也云始於享祀者卽釋經有俶之義令終有俶公尸嘉告傳云俶始也公尸嘉告乃享祀中事是始

爲享祀非爲饗燕也凡祭有正祭明日之祭爲繹祭繹有賓尸之禮禮畢又有
饗燕賓客行旅酬之禮基既醉一篇爲饗燕賓客而作言饗燕者必本始於享
祀此善終者如始也楚茨云爲賓爲客獻酬交錯禮儀卒度笑語卒獲神保是
格報以介福萬壽攸酢又云爾殽既將莫怨具慶既醉既飽小大稽首使君壽
考皆因饗燕以推本於享祀獲福則楚茨三章六章與此篇詩意正合也正義
謂禮以祭爲重故謂之終祭禮爲終則與人交接爲始孔不能釐正錯誤强爲
曲解失之叔始釋詁文○正義云白虎通引曾子曰王者宗廟以卿爲尸射以
公爲耦不以公爲尸避嫌三公尊近天子親稽首拜尸故不以公爲尸當時傳
記有此說故知宗廟之尸必以卿也案傳言天子尸以卿爲之故曰公尸公君
也疑傳文言諸侯也四字後人據鄭箋增入正義云傳言以卿爲非諸侯者故
又言諸侯入爲卿大夫以申足傳說然則傳言卿箋言諸侯孔所據與今本異
曲禮疏云祭祖則用孫列天子諸侯雖取孫列用卿大夫爲之故既醉注天子
以卿鄭箋諸侯入爲天子卿大夫故云公尸是傳文無此四字又可證矣宜入
年公羊注禮天子以卿爲尸諸侯以大夫爲尸卿大夫以下以孫爲尸傳云天
子以卿正與逸禮合也
告讀報以慈告之告

其告維何籩豆靜嘉（傳）恆豆之菹水草之和也其醢陸產之物也加豆陸產也
其醢水物也籩豆之薦水土之品也不敢用常褻味而貴多品所以交於神明
者言道之徧至也**朋友攸攝攝以威儀**（傳）言相攝佐者以威儀也（疏）爾雅嘉善也靜與靖
通靖亦善也傳引禮記郊特牲文以釋經籩豆靜嘉之義水草之和和調和也
禮記和下衍氣字非也朝事薦腥饋食薦孰二者皆爲正祭則所云恆豆者謂
朝事之豆饋食之豆也加豆者謂加豆之實也禮記疏云醯人加豆爲尸食訖
酳尸所加之豆是也豆皆有菹有醢說文菹酢菜也是菹作菜水草亦可作菹
也說文醢肉醬也牛羊豕之肉皆爲醢亦陸產之所兼也云加豆陸產者若筍
菹亦陸所產也云其醢水物者若魚爲水物可作醢也鄭注周禮云凡醢醬所

和細切爲齏全物若䐑爲菹齏菹之稱菜肉通是菹亦醢也記文於菹言水草於醢言陸產又於加豆不言菹於加豆之醢但言水物凡饌以豆爲本故言豆而不及籩皆互文錯見之例記文正謂天子祭祀之事毛傳引之亦此意也鄭注禮記以恆豆爲諸侯朝事加豆爲諸侯饋食葢以菹醓用水物醢醓用陸產與天子不同爲說正義卽本鄭注以申毛傳誤矣傳既引禮記文又云言道之徧至也者箋政平氣和所致故也此鄭申毛也正義謂道之徧而至於水土亦誤○假樂傳云朋友謂羣臣也葢在正祭爲助祭之羣臣而在繹祭則爲與燕之賓客此云朋友猶楚茨之賓客統繹祭而名之耳經言攝傳云攝佐此益其辭以明其義詩述聞云攝卽佐也襄三十一年左傳引此詩杜預注曰攝佐也白帖三十四引詩朋友攸攝攝以威儀攝助也與毛詩義同而文異葢本韓詩也

威儀孔時君子有孝子孝子不匱永錫爾類（傳）匱竭類善也（疏）瞻卬篇威儀不類傳類善也時與類同義頍弁傳云時善也君子孝子謂成王也有語詞○匱竭古聲同部不竭猶無已也禮記祭統云大孝不匱博施備物可謂不匱矣又皇矣傳云類善也勤施無私曰類此傳以不匱爲不竭卽是博施備物以類爲善卽是勤施無私博施勤施其意與下章壼廣之義相通則不匱與類非有二義也永長錫予爾爾孝子也言孝子有不竭之善則祖考之神長予孝子以善也永錫爾類與楚茨篇永錫爾極句義皆同隱元年左傳君子曰穎考叔純孝也愛其母施及莊公詩曰孝子不匱永錫爾類其是之謂乎施卽所謂博施勤施也引詩以美穎考叔之孝又成二年傳賓媚人對晉師曰吾子布大命於諸侯而曰必質其母以爲信其若王命何且是以不孝令也詩曰孝子不匱永錫爾類若以不孝令於諸侯其毋乃非德類也乎類亦德也引詩以譏晉人之不孝兩引詩皆義取不匱原有廣施及人之意孝子有是善祖考長予之以善故國語謂不忝前哲以釋此詩之類也類字皆不作族類解方言云類法也法與善義亦相近

其類維何室家之壼（傳）壼廣也**君子萬年永錫祚胤**（傳）胤嗣也（疏）說文口部壼宮中道从口

象宮垣道上之形詩曰室家之壼隸變作壺爾雅宮中衖謂之壼壼本爲宮中衖名引申之則爲廣廣之言擴充也孟子云苟能充之足以保四海苟不充之不足以事父母正與此廣訓合正義引王肅云其善道施於室家而廣及天下○爾雅胤嗣續繼也胤爲繼亦爲嗣互相爲訓祚當依釋文作胙說文有胙無祚肉部胙祭福肉也因之凡福皆曰胙胙胤胤胙也永錫胙胤言長子子孫以福祿也孝子對祖考而言故永錫爲祖考之神長子之爾永錫同若謂天長子之則失其義矣下章天被爾祿纔說到天命耳周語晉羊舌肸引此詩而釋之云類也者不忝前哲之謂也壼也者廣裕民人之謂也萬年也者令聞不忘之謂也胤也者子孫蕃育之謂也單子朝夕不忘成王之德可謂不忝前哲矣膺保明德以佐王室可謂廣裕民人矣若能類善物以混厚民人者必有章譽蕃育之胙則單子必當之矣毛傳類善壼廣胤嗣悉本國語立訓與昊天有成命篇同

其胤維何天被爾祿(傳)祿福也**君子萬年景命有僕**(傳)僕附也(疏)祿福釋詁文天保曰百祿假樂曰百福是矣曰受祿假樂曰受福是祿福同也六書故引此詩毛傳有景大也三字景命大命也僕讀與樸同考工記輪人欲其樸屬鄭司農樸讀如子南僕之僕鄭注云樸屬猶附箸堅固貌也角弓傳云附箸也

其僕維何釐爾女士(傳)釐予也**釐爾女士從以孫子**(疏)釐讀爲賚楚茨傳賚序皆云賚予也正義引爾雅釐予賜也今釋詁作賚予賜也釐賚聲同予賜義同爾亦女也爾女二字連文孟子盡心篇人能充無受爾女之實此卽爾女連文之證序云人有士君子之行卽指此章末之士而言之也繁露俞序篇云是亦始於麤粗終於精微教化流行德澤大洽天下之人人有士君子之行而少過矣案董說雖不釋詩而與詩義合毛讀女音汝鄭讀女如字箋云予女以女而有士行者謂生淑媛使爲之妃與毛詩序不合而與列女傳母儀篇引詩義合蓋鄭用魯詩也爾雅從重也

鳧鷖五章章六句

鳧鷖守成也大平之君子能持盈守成神祇祖考安樂之也(疏)此繹祭賓尸之詩承上篇由響

燕之終以推本乎享祀之始所以完令終有俶公尸嘉告之意也

鳧鷖在涇公尸來燕來寧(傳)鳧水鳥也鷖鳧屬大平則萬物衆多爾酒既清爾

殽既馨(傳)馨香之遠聞也公尸燕飲福祿來成(疏)爾雅舒鳧鶩鷉沈鳧鷉音施詩之鳧卽沈鳧也正義引義

疏云大小如鴨青色卑脚短喙水鳥之謹愿者也方言云野鳧甚小而好没水中者南楚之外謂之鷿鷉大者謂之鶻蹏楚策小臣之好射鶀鴈羅鸗集韻云鸗小鳧也此皆鳧之異名也倉頡解詁云鷖鷗也一名水鴞周禮巾車安車雕面鷖總鄭司農注云鷖讀爲鳧鷖之鷖鷖總者青黑色以繒爲之鷖青黑色陸元恪謂鳧青色則鷖與鳧形色皆相似案五章皆以鳧鷖發端水鳥之衆多由大平之所致也此傳云大平則萬物衆多魚麗傳亦云大平而後微物衆多義同又魚麗序美萬物盛多可以告於神明箋告於神明者於祭祀而歌之亦與此詩義合○詩小學云按此篇涇沙渚潨亹一一例不應涇獨爲水名鄭箋涇水中也今本誤作水名下文及下章箋皆云水鳥居水中承在涇爲言引爾雅直波爲徑釋名水直波曰涇涇徑也涇徑徑同謂大水中流徑直孤往之波奐案涇水中也與下章傳沙水旁也渚沚也潨水會也亹山絶水也同一例此當是傳文非箋語古本傳當云鳧水鳥也大平則萬物衆多涇水中也箋云鷖鳧屬也水鳥而居水中猶人爲公尸之在宗廟也故以喻焉今本傳於鳧水鳥也下衍鷖鳧屬三字而又以涇水中也四字攙入箋語皆係轉寫致誤李善注文選西都賦云毛萇詩傳曰鳧水鳥鄭玄詩箋曰鷖鳧屬也據此知傳箋非舊本矣○既醉傳云公尸天子以卿燕燕飲也正祭之尸唯祭酒啐酒而已繹祭以賓禮事尸故尸得燕飲之也寧安也言孝子之心安也每章言公尸來燕又言公尸燕飲是來燕就公尸說來寧來宜來處來宗熏熏皆就孝子說易林大有夬

鳧鷖游涇君子以寧履德不愆福祿來成焦以君子以寧解來寧得其指矣來
皆詞也爾爾孝子也爾酒既清所謂清酒既載也賓之初筵傳各豆實也生民
篇卬盛于豆于豆于登其香始升此傳云馨香之遠聞也者卽所謂其香始升
也樛木傳成就也福祿來成猶云福履成之也履祿也福祿來爲猶云福祿媲
之也媲厚也福祿來下猶云福祿攸降也
福祿來崇猶云福祿中之也來亦皆助詞

鳧鷖在沙公尸來燕來宜（傳）沙水旁也宜宜其事也爾酒既多爾殽既嘉（傳）言
酒品齊多而殽備美公尸燕飲福祿來爲（傳）厚爲孝子也（疏）傳以水旁釋沙謂
水旁多積散石非
謂水旁名沙也說文云沙水散石也从水少水少沙見爾雅潬沙出沙出卽水
少沙見之謂今俗評水旁爲水灘灘卽潬之轉語矣郭注云今河中呼水中沙
堆爲潬謂潬在水中乃卽瀨也說文瀨水流沙上也瀨與潬不同○爾雅宜事
也宜謂宜其事采蘩傳云事祭事也朋友攸攝攝以威儀所謂宜其事也云言
酒品齊多而殽備美下當有也字今奪齊多釋多備美釋嘉上篇傳云籩豆之
薦水土之品也不敢用常褻味而貴多品所以交於神明者言道之徧至也二
傳意同爲造也孝子卽既醉之孝子亦卽序大平之君子謂成王
也孝子對公尸之稱永錫爾類永錫胙胤皆所謂厚爲孝子也

鳧鷖在渚公尸來燕來處（傳）渚沚也處止也爾酒既湑爾殽伊脯公尸燕飲福
祿來下（疏）采蘩傳沚渚也渚沚通訓處止江有汜同止讀如君子至止之止一
說止容止也○伐木傳以藇曰湑又云湑莤之也莤讀爲縮藪莤皆
去汁滓之義箋湑酒之泲者也士冠禮注湑清也內則注
清泲也爾酒既湑猶云爾酒既清矣說文云脯乾肉也

鳧鷖在潨公尸來燕來宗（傳）潨水會也宗尊也既燕于宗福祿攸降公尸燕飲
福祿來崇（傳）崇重也（疏）說文云小水入大水曰潨詩曰鳧鷖在潨此許申毛也
箋潨水外之高者也正義云水外之地潨然而高蓋涯

涘之中復有偏高之處廣雅亦云漘厓也案漘為厓必本三家詩義傳箋本無不通傳云水會即是衆水相入交會之處便是水旁厓岸之地公劉傳芮水厓
也說文汭水相入也芮與汭同水相人謂之汭亦謂之漘水厓謂之汭亦謂之漘訓異而義得相通若謂毛鄭義異失之矣○宗尊雙聲通用若晉伯宗國語
穀梁傳作伯尊之例公尸在廟中則全乎君故以尊詁宗也王肅云尊敬孝子即箋尊主人之意然尸以象神不應尊人自當以孝子尊公尸為義優也雲漢
靡神不宗宗尊也二傳意同既燕于宗即承上文為言于于是也宗者亦謂孝子之尊公尸五章每中間二句皆就孝子能敬養公尸而公尸克饗以為說此
雖文變而義無殊也崇重釋詁文烈祖申錫無疆傳云申重也崇與申義同

鳧鷖在亹公尸來止熏熏(傳)亹山絕水也熏熏和說也旨酒欣欣燔炙芬芬公尸燕飲無有後艱(傳)欣欣然樂也芬芬香也無有後艱言不敢多祈也(疏)亹山絕水

義未聞亹者釁之俗字絕渡也猶通也亹為山閒通水之處與首章涇水中也一意爾雅釋厓岸谷者瀓水經滱水注引爾雅作微郭注云微水邊通谷也微
亹一聲之轉箋云亹之言門也漢書地理志金城郡浩亹顏師古云亹者水流夾山岸深若門也即引詩鳧鷖在亹顏注與鄭箋聲讀相同當本三家舊讀續
志蜀郡湔氏道劉昭注云蜀王本紀曰縣前有兩石對如闕號曰彭門彭門浩亹亦一聲之轉○來止當依說文作來燕上四章皆云來燕也說文醺醉也詩
曰公尸來燕醺醺許依字作醺故為醉其實詩義不為醉也繹祭祭畢尸既出其時賓客行旅酬之禮始有醉酒飽德之事此云公尸燕飲尚未及旅酬之節
不得言醉傳云和說祭義所謂饗之必樂也大玄交次四往來熏熏得亾之門測曰往來熏熏與神交行也與詩熏熏同文遝東京賦君臣歡樂具醉熏熏薛
綜注云熏熏和說貌薛本毛訓爾雅欣欣樂也重言曰欣欣正義云樂謂尸之樂是也說文岎或作芬信南山亦曰芬芬此傳云芬芬香也首章傳云馨香之遠
聞也兩香字同意言燔炙猶殽也士喪禮筮宅命曰度茲幽宅兆基無有後艱無有後艱蓋當時有此常語生民云庶無罪悔以迄于今後即今也艱猶罪悔

也文義正同傳云言不敢多祈也者所祈止于是而已禮器君子曰祭祀不祈莊子讓王篇時祀盡敬而不祈喜喜福也呂覽誠廉篇作不祈福文義與詩同

假樂四章章六句

假樂嘉成王也

假樂君子顯顯令德宜民宜人受祿于天傳假嘉也宜民宜人宜安民宜官人也保右命之自天申之傳申重也疏假嘉爾雅釋詁文序亦以嘉詁假也左傳文三年公賦嘉樂襄二十六年晉侯賦嘉樂禮記中庸篇引詩嘉樂君子此以嘉詁假之證維天之命雝同大明傳云嘉美也嘉者美歎之詞嘉樂二字不連讀君子謂成王也廣雅云顯顯箸也禮記作憲憲孔疏云詩本文憲憲爲顯顯與此不同者齊魯韓詩與毛詩不同故也○宜民宜人句承上令德起下受天命宜民爲宜安民宜人爲宜官人傳必分釋之者因末二章皆言成王之能官人末二句又帶及安民之意而與凡泛言民人者不同故也漢書董仲舒傳詩云宜民宜人受祿于天爲政而宜於民者固當受祿于天此三家詩與毛詩異保右命之據上下文義此命之當是天命之中庸引詩作佑而釋之云故大德者必受命言受天命也大明保右命爾傳右助也命亦天命與此保命同申之言申之以福祿也采叔福祿申之傳亦云申重也

干祿百福子孫千億穆穆皇皇宜君宜王傳宜君王天下也不愆不忘率由舊章疏旱麓傳云干求也祿福義同於祿言干於福言百互詞也千億言子孫衆多也干祿百福子孫千億二句承上章自天申之意穆穆皇皇又以美成王之令德也文王傳穆穆美也泮水傳皇皇美也少儀云言語之美穆穆皇皇與此義同宜君宜王釋文作且君且王云一本且作宜字案作宜字是也宜民宜人兩宜字平列宜君宜王上宜字貫下宜字作語助無實義兩宜字不平列詁訓中多有此例初不泥於句法也傳云宜君王天下言成王有此穆穆皇皇

之合德固安君王天下耳斯千朱芾斯皇家室君王與此君王同若經作且字則傳言且君王天下也語難通矣正義云君王別文傳并言之者以其俱有安文故總而釋之言安君者安君天下安王者安王天下正義本作安而君王分解非傳之恉○毗傳愆過也孟子離婁篇引詩釋之云遵先王之法而過者未之有也漢書郊祀志云舊章先王法度又繁露郊語篇云舊章者先聖人之謂文章也並與孟子釋詩同

威儀抑抑德音秩秩(傳)抑抑美也秩秩有常也**無怨無惡率由羣匹受福無疆四方之綱**(疏)猗嗟傳訓抑爲美重言之曰抑抑故亦云美也秩讀咸秩無文之秩秩有次弟之意重言之曰秩秩傳云有常有典常也意承上章率由舊章爲訓爾雅釋訓抑抑密也秩秩淸也箋用釋訓文或本三家詩○皇矣詢爾仇方傳仇匹也與此匹同義匹亦仇也箋云循用羣臣之賢者其行能匹耦己之心繁露楚莊王篇百物皆有合偶偶之合之仇之匹之善也引詩云無怨無惡率由仇匹案此爲鄭箋所本毛無傳下章釋朋友爲羣臣則此羣匹爲羣臣傳意亦然也卷阿豈弟君子四方爲綱與此四方之綱句義相同

之綱之紀燕及朋友(傳)朋友羣臣也**百辟卿士媚于天子不解于位民之攸塈**(傳)塈息也(疏)之綱承上章綱紀連文故又言之紀也綱紀指羣臣說四月滔滔江漢南國之紀傳其神足以綱紀四方又棫樸勉勉我王綱紀四方言文王官人足爲四方之綱紀雲漢散無友紀亦謂因荒散亂無朋友之綱紀義並同之綱之紀燕及朋友言朋友足以綱紀四方故天子欲燕飲之也伐木六月沔水雲漢皆天子稱臣爲友沔水傳云邦人諸友謂諸侯也此云朋友羣臣也者挨下言卿士故不專指諸侯說○百辟謂外諸侯也卿士謂內諸侯也桑扈之百辟爲憲猶六月之萬邦爲憲也烝民之式是百辟猶嵩高之式是南邦也雲漢傳羣公先正百辟卿士也亦以百辟爲羣公卿士爲先正可證思齊傳云媚愛也不當作匪烝民韓奕閟宮殷武皆作匪解匪不也或後人以匪訓不遂改經之匪字爲不字矣檡文作匪解舊本書鈔政術部十斠此詩正作

匪解墍息鄉谷風同成二年昭二十一年哀五年左傳引詩皆作墍顏眞卿書郭令公家廟碑作民之攸塈集韻八未云塈通作墍案塈者墍之俗字也正義引爾雅某氏曰民之攸呬本三家詩呬塈聲同墍息也息止也生民傳攸止福祿所止也匪解于位民之攸墍言羣臣皆不解於其位則天下民人同受福祿矣與首章傳云安民同意

公劉六章章十句

公劉召康公戒成王也成王將涖政戒以民事美公劉之厚於民而獻是詩也

疏 召公獻公劉周公陳七月召公相雒周公營雒左右成王二詩共作

篤公劉匪居匪康迺埸迺疆迺積迺倉迺裹餱糧于槖于囊思輯用光 傳 篤厚也公劉居於邰而遭夏人亂迫逐公劉公劉乃避中國之難遂平西戎而遷其民邑於豳焉迺埸迺疆言脩其疆埸也迺積迺倉言民事時和國有積倉也小曰槖大曰囊思輯用光言民相與和睦以顯於時也弓矢斯張干戈戚揚爰方啟行 傳 戚斧也揚鉞也張其弓矢秉其干戈戚揚以方開道路去之豳蓋諸侯之從者十有八國焉 疏 篤訓厚厚者即序云厚於民也匪不也康安也經言公劉自邰之豳之事故傳先釋居邰遭亂辟難以釋經不居不安之義云遷民邑豳又探下文以總釋去豳之由亦以美公劉有厚於斯民之道也生民傳堯見天因邰而生后稷故國后稷於邰是邰后稷之舊邦也至公劉亦國於邰白虎通義京師篇言公劉去邰之豳與毛傳公劉居邰義合傳云遭夏人亂辟中國難者史記劉敬傳周之先自后稷堯封之邰積德累善

十有餘世公劉避桀居豳漢書同此公劉爲避桀之確證也又史記匈奴傳夏
道衰而公劉失其稷官變於西戎邑于豳其後三百有餘歲戎狄攻大王亶父
亶父亾走岐下漢書同討商祀六百公劉至大王三百餘歲此又公劉在夏末
商初之確證也漢書古今人表公劉列於夏末有以也公劉者不窋之孫周語
云昔我先王世后稷以服事虞夏及夏之衰也棄稷不務我先王不窋用失其
官而自竄于戎狄之閒周語又云昔孔甲亂夏四世而隕戴氏震詩考正云不
窋已上世爲后稷之官不知凡幾傳之不窋然後失其官也史記周本紀后稷
之興在陶唐虞夏之際皆有令德后稷卒子不窋立亦謂最後之爲后稷者卒
其子不窋立也夏之衰疑在孔甲時孔甲之後帝皐帝發帝桀不窋之後鞠公
劉此代系不甚遠者案戴說是矣不窋及夏衰在孔甲時公劉遭夏亂乃在帝
桀世亦既章章可考官謂王官后稷之官也夏都冀州邰在雍州之西爲古戎
狄地竄匿也竄于戎狄者不窋失王官而匿就邰國故至公劉初年尚在於邰
耳昭九年左傳詹桓伯曰我自夏以后稷魏駘芮岐畢吾西土也駘與邰通周
在夏地不及邰岐已北則終夏之世尚無豳土可知公劉棄夏人亂自邰之豳
非失邰也豳亦非周故有也周故有邰地後公劉啓豳土故詩中紀邰豳風土
綦詳釋文引書大傳云公爵劉名也疑公劉爲商之三公故稱公受商命故得
張弓矢秉斧鉞公劉當日必有佐成湯平攘西戎之功焉後漢書西羌傳后桀
之亂畎夷入居邠岐之閒成湯既興伐而攘之則毛傳所云公劉平西戎者蓋
在此時也要之唐虞以來終夏之世國於邰夏末商初國於豳歷公劉慶節皇
僕差弗毀隃公非高圉亞圉公組至古公亶父自豳而岐焉邰岐豳皆屬漢右
扶風界內涇水之南渭水之北○治場積穀是紀居邰事也伐木傳餱食也餱
糧即糗糧也文選曹子建應詔詩注引此傳文有餱糧食也四字橐囊皆裹糧
之器僖二十八年甯子執納橐饘焉宣二年趙盾見靈輒餓爲之簞食與肉寘
諸橐以與之此橐可裹糧也漢書東方朔傳奉一囊粟此囊可裹糧也史記陸
賈傳索隱引詩傳大曰橐小曰囊與今本異又戴侗六書故引毛傳作無底曰
橐有底曰囊恐出記憶之誤也裹餱糧於橐囊是紀去邰事也孟子梁惠王篇
引詩釋之居者有積倉行者有裹囊趙注云乃積穀於倉乃裹盛乾食之糧於
橐囊也公劉遷豳固未嘗失邰矣思詞也傳以和睦訓輯以顯於時訓光是民

有居者亦有行者相與和睦以為光顯也○傳訓戚揚為斧鉞戚之為言迫也爾雅越揚也鉞戉皆從戉聲古祇作戉說文戚戉也戉大斧也淮南子兵略篇云主親操鉞持頭授將軍其柄曰從此上至天者將軍制之是鉞有發揚義也又云復操斧持頭授將軍其柄曰從此下至淵者將軍制之是斧有戚迫義也可以想像其遺制矣王制云諸侯賜弓矢然後征賜鈇鉞然後殺鈇與斧通爰於也方之言甫也啟行開道路也經言啟行耳傳乃揆下章之義而云去之豳也諸侯之從者十有八國正義云不知出何文

篤公劉于胥斯原既庶既繁既順迺宣而無永嘆(傳)胥相宣徧也民無長嘆猶文王之無悔也陟則在巘復降在原何以舟之維玉及瑤鞞琫容刀(傳)巘小山別於大山也舟帶也維玉及瑤言有美德也下曰鞞上曰琫言德有度數也容刀言有武事也(疏)胥相繇同禮記善相土宜阪險原隰是卽相原義也庶繁言人衆多也宣徧爾雅釋言文皇矣王此大邦克順克比傳慈和徧服曰順此詩既順卽克順則徧卽徧服慈和徧服卽上章傳所謂民事時和民與和睦也周語劉康公曰寬肅宣惠君也寬所以保本也肅所以濟時也宣所以教施也惠所以和民也本有保則必固時動而濟則無敗功教施而宣則徧惠以和民則阜若本固而功成施徧而民阜乃可以長保民矣其何事不徽毛傳正本國語爲訓永長也嘆釋文正義皆作歎傳無悔宋本作無侮非也皇矣其德靡悔彼言文王之德民無悔恨此言公劉之德民亦無長嘆與文王同也此紀公劉居邰之事○說文無巘字疑毛詩本作巚巚原卽皇矣之鮮原也此猶鮮羔卽巚羔之例巚或作巘爾雅鮮或作⿰山鮮山旁皆後人所增誤正同爾雅小山別大山鮮又重甗隒畫然兩字釋名鮮誤爲甗解者卽泥甗字作解而以小山別大山與重隒之厓岸細合爲一其誤始於劉熙之釋名孔沖遠遂謂此與皇矣義別矣鮮原詳皇矣篇其地在岐周之東北南近於邰公劉從邰而出所涉之地故陟巘降原望北而行卽上章啟行之所由徑也下文玉瑤鞞

琫皆言在塗備武之事○小箋云舟卽匊之假借故訓爲帶傳文瑤上奪維玉及三字依小箋補正木瓜報之以瓊瑤傳瓊瑤美石𥔲佩集玉石爲之維玉及瑤言有玉與石也正義謂瑤是玉之別名誤佩有事佩有德佩鞞琫容刀事佩而玉瑤德佩故傳云言有美德也鞞琫說詳瞻彼洛矣篇傳文德字涉上文美德而衍言有美德言有度數言有武事文法一例正義云故云言有度數是本無德字可證瞻彼洛矣傳天子玉琫而珧珌諸侯璗琫而鏐珌大夫鐐琫而鐐珌士珕琫而珕珌此其度數也容刀佩刀也佩刀以爲容飾故曰容刀瞻彼洛矣韎韐與鞞琫皆是武事之服飾公劉遷豳行備武事故亦有鞞琫容刀之佩也又采芑篇服其命服朱芾斯皇有瑲蔥珩凡兵事又有蔥珩之佩此言維玉及瑤者與采芑同意正義不得其解

篤公劉逝彼百泉瞻彼溥原迺陟南岡乃覯于京（傳）溥大覯見也**京師之野**（傳）是京乃大衆所宜居之也**于時處處于時廬旅于時言言于時語語**（傳）廬寄也直言曰言論難曰語（疏）百泉未聞疑近在於豳此卽弟五章相其陰陽觀其流泉也或謂今三水縣諸泉水當之俱在涇北者非是傳訓溥爲大箋訓廣義同山脊曰岡岡卽豳山之岡也豳山在百泉之南故曰南岡乃石經作迺覯見抑同爾雅作遘卽五章旣溥旣長旣景乃岡度其夕陽豳居允荒也陟岡觀京與定之方中升虛望楚文義相同傳是京乃大衆所宜居之也者也當作地字之壞也箋京地乃衆民所宜居之野也野字理不可通御覽地部二十引箋作宜居之地不誤可據以訂正矣傳云是京承于京言京師爲大衆云乃大衆所宜居之地謂將營造都邑也疑此傳文當作是京乃大衆所宜居之地也十一字以釋乃覯于京句併傳寫者又誤移在下句耳京大也京地大地也周以王者之居稱京師義取諸此○漢書食貨志在墅曰廬何注宣十五年公羊傳在田曰廬說文廬寄也秋冬去春夏居呂覽仲春紀耕者少舍高誘注云皆耕在野少有在都邑者也尚書厥民析散布在野此卽所謂春夏居也然則廬者田中之廬八家廬井二畝半春夏所居故謂廬爲寄也旅衆也在野之衆謂之廬旅猶在邑之衆謂之里旅左傳敢煩里旅則近市者爲里

旅也其時公劉於大地之野爲大衆定廬舍行井田法于時處處者猶緜詩迺慰迺止迺左迺右也于時廬旅者猶緜詩迺疆迺理迺宣迺畝也文義正同釋文及定本集注論難曰語正義本作荅難非也說文亦云直言曰言論難曰語直言者徒言之而已不待辨論也論難者理有難明必辨論之不已也古者處農就田野言言語語皆謂田野事也廣雅言言語語喜也蓋本三家義

篤公劉于京斯依蹌蹌濟濟俾筵俾几既登乃依乃造其曹執豕于牢酌之用匏（傳）賓已登席坐矣乃依几矣曹羣也執豕于牢新國則殺禮也酌之用匏儉以質也**食之飲之君之宗之**（傳）爲之君爲之大宗也（疏）于京斯依言於豳之大地依之以立國也楚茨傳云濟濟蹌蹌言有容也正義云云公劉使人爲之設筵使人爲之設几賓來就燕既登席矣乃依几矣又云上言筵几此言登依則是登筵依几故云賓已登席矣乃依几矣正義本傳文登席下無坐字當據以訂正席筵也謂重席也几謂彤几也登席爲賓則依几爲主人矣說詳行葦篇正義又引左傳說饗禮設几而不倚此或兼食禮故得依几案公食大夫記不授几無阼席鄭注云公不坐也此言君臣其几席爲燕飲之禮○傳訓曹爲羣謂羣臣昭十二年左傳周原伯絞虐其輿臣使曹逃杜注曹羣也此曹卽羣臣之證造爲也言爲其羣臣設飲食執豕用匏是其禮也周禮掌客凡禮賓客國新殺禮國新卽新國公劉新國於豳執豕爲殺禮傳意本周禮爲訓也箋云酌酒以匏爲爵蓋以一匏離爲二酌酒於其中是日匏爵亦謂之瓢鬯人禜門用瓢齎鄭注齎讀爲齊取甘瓠割去柢以齊爲尊是也又謂之巹士昏禮實四爵合巹注合巹破匏是也几郊祭與昏禮器皆用匏禮記郊特牲注此謂大古之禮器公劉新國用大古禮器以燕羣賓客傳云儉以質儉謂殺禮殷尚質也○燕有食飲之禮食飲猶飲食也君謂諸侯也諸侯君一國卽爲一國之大宗版傳王者爲天下之大宗王者王天下卽爲天下之大宗是天子諸侯皆得稱大宗也其時公劉爲諸侯始君豳國設酒食召族黨後子孫遵行以爲收宗睦族之常法

篤公劉既溥既長既景迺岡相其陰陽觀其流泉傳既景乃岡考於日景參之高岡其軍三單度其隰原徹田爲糧傳三單相襲也徹治也度其夕陽豳居允荒傳山西曰夕陽荒大也疏景日景也定之方中揆之以日傳揆度也度日出日入以知東西此考日景之瀍也說詳定之方中

篤既景迺岡句從上起下之詞正義云考其日景卽上既溥既長以日景考之也參之高岡卽下相其觀其是登岡覩之也周語仲山甫曰國必依山川○胡承珙後箋云傳以單爲對複之名單者一也獨也三單者卽周禮凡起徒役無過家一人之謂葢止用正卒爲軍不及其羨故曰單三軍故曰三單傳云相襲者猶言相代則三單之中尚有更休疊上之法此爲制軍之數案胡說與岳州王夫之詩稗疏略同王夫之略放春秋繁露爵國篇口軍之說百畝以食八口除老弱婦女率可任者三人三分而用其一百畝而賦口軍一卽後世之三丁抽一相襲謂上役休罷更番充伍此皆足以申明經傳之恉言公劉之不欲盡民力如此也隰原猶原隰文倒之以協韻耳傳訓徹爲治嵩高徹申伯土田傳亦云徹治也箋治者正其井牧定其賦稅徹申伯土疆以峙其粻箋王使召公治申伯土界之所至彼箋與傳訓同而唯此箋讀徹爲周人百畝而徹之徹以申明徹治之義不知毛傳言治田不言徹法也韓奕維禹甸之甸治也箋與傳訓同而信南山篇甸讀爲四丘爲甸之甸以申明甸治之義不知毛傳言治山不言丘甸也鄭說俱非毛義○山西曰夕陽爾雅釋山文湛露傳陽日也山之西夕見日故曰夕陽山之東朝見日故曰朝陽因之山東爲朝陽而山西爲夕陽矣夕陽建國則豳居在豳山之西地理志右扶風栒邑有豳鄉詩豳國公劉所邑方輿紀要邠州南有豳山三水縣東北二十五里有栒邑城縣西三十里有古豳城案豳城卽漢之豳鄉在栒邑縣界中非栒邑卽豳城也今三水縣在涇北栒邑在縣東邠州在涇南豳山在州南而公劉豳城猶在豳山之南南至邠城不及二百里豳土爲邰之北境邠入說文邑部則地名作邠山名作豳公劉遷邠爲豳山之邠邑是不踰涇水固較然矣徐廣云漆縣東北有豳亭今邠州西漢漆縣地允語詞荒訓大者謂卽大衆所安居之地也

篤公劉于豳斯館涉渭爲亂取厲取鍛（傳）館舍也正絕流曰亂鍛石也止基迺

理爰衆爰有夾其皇澗遡其過澗（傳）皇澗名也遡鄉也過澗名也止旅乃密芮

鞫之卽（傳）密安也芮水厓也鞫究也（疏）白虎通義京師篇引詩于邠斯觀說文邠豳同字觀乃館之假借字也傳云舍

者止息之義則未有家室也下文正言營造都邑之事○正絕流曰亂爾雅釋

水文正中也絕渡也水就下爲順流挽上爲逆流中水而渡是爲正絕流說文

亂不治也中水而渡則水之不治者也渭水出鳥鼠山自西而東流入於河豳

當渭之北厲鍛產於渭南諸山涉渭中渡而取厲鍛是爲亂經作爲傳作曰一

也禹貢云入于渭亂于河梁州貢道浮潛逾河東北入渭沿流而東至今華陰

縣之渭口西河水從北而南下由渭涉河從蒲州以達帝都此必中水而渡故

亦爲亂大禹所名也詩書義同中山經陰山蠱尾之山多礪石厲與礪同鍛乃

碫之假借字傳訓鍛爲石則厲亦石也說文云厲旱石碫厲石厲碫者斲礲之

石也古者天子廟桷必加密石焉諸侯則斲之礲之取厲碫者爲營宗廟也邰

在渭北涉渭而取厲碫則渭南亦在邰境此公劉新遷於豳而於故都取足材

用焉周本紀云公劉渡渭取材用止基迺理爰衆爰有二句渾括縣詩篇義止

基基亦止也縣詩云曰止曰時也迺理縣詩云迺疆迺理也衆有卽縣詩作廟

立社之事衆有猶富有也箋以衆謂人有謂物衆有分釋恐非經意且下文止

旅乃密始言人民耳○皇澗未聞寰宇記寧州眞寧縣大陵水下引水經注曰

大陵小陵水出巡河南姝川西南逕寧陽城故豳詩曰夾其皇澗陵水卽皇澗

矣今攷寧州在邠州北百四十三里眞寧縣又在州東中隔涇水酈以陵水有

南流之水卽皇澗恐非是豳居在豳山之西皇澗在豳居之東故曰夾夾讀如

夾右碣石之夾夾卽挾也正義云皇澗縱在兩旁而夾之則誤以爲山夾水矣

過澗未聞遡讀如彼遡風之遡鄉逆風爲遡鄉逆流亦爲遡故兩傳皆云遡

鄉也鄉猶偭也三蒼云逆流行水曰泝泝卽遡字過澗當在豳居之西北兩澗

皆出豳山皇澗逕豳居之東南流入於渭過澗逕豳居之西逆流北入於涇正

義云過澗橫故在北而鄉之是也○旅衆也傳訓密爲安者言從遷之衆止豳

乃安耳說文宓安也密宓聲相近芮水厓芮者汭之假借字尚書左傳皆作汭
說文汭水相入也案水相入卽水會成厓之處汭者外水相入不謂水之內也
傳訓鞫爲究者究之爲言曲也淇奧傳奧隈也奧或作澳亦作隩鞫者奧隩之
假借說文氿水厓枯土也究卽氿之假借傳意釋芮鞫爲水厓之曲曲兼有內
曲外曲兩義箋乃分釋芮內隩鞫外鞫而後人遂因此箋改爾雅外爲隈作外
爲鞫不知爾雅釋隩謂與鞫聲通則可而於大雅之芮鞫初無涉也又案周禮
職方氏其川涇汭鄭注云汭在豳地詩大雅公劉曰汭泦之卽地理志右扶風
汧芮水出西北東入涇詩芮阸雍州川也顏注阸讀與鞫同韓詩作芮阸與謂
班用魯詩魯韓同字廣雅泦隈也說文之氿卽阸泦之異文阸爲汭水之曲與
毛傳鞫究同義唯汭爲水名義稍異毛傳之所謂水厓或卽涇水之厓也胡渭
云涇水東南流至邠州長武縣東芮水自平凉府靈臺縣界流經縣南而東注
于涇公劉所居故豳城正在二水相會內曲之處朱右曾云水厓崟土過淵而
言公劉崎嶇戎狄立國豳谷境必不廣且豳城在涇水東汭水在涇水西詩不
言涇豈得越涇而居芮此毛傳之精所以勝於韓詩也二說未知誰是卽就也
芮鞫之卽言從遷衆民依就水厓之曲而從處
此也易益卦云中行告公從利用爲依遷國

泂酌三章章五句

泂酌召康公戒成王也言皇天親有德饗有道也（疏）藝文類聚職官部二楊雄博士箴云公劉挹行潦而
濁亂斯清官操其業士執其經
案此三家說泂酌爲公劉詩也

泂酌彼行潦挹彼注茲可以餴饎（傳）泂遠也行潦流潦也餴餾也饎酒食也**豈**
弟君子民之父母（傳）樂以彊敎之易以說安之民皆有父之尊母之親（疏）泂讀爲迥
假借字也爾雅迥遠也行潦流潦采蘋同大東傳挹𣂏也廣雅𣂏酌也是挹與
酌義同也有司徹注云注猶瀉也餴又作饙爾雅饙餾稔也稔又作飪郭注云

今呼餈飯爲饙饙熟爲餾孫注云蒸之曰饙均之曰餾說文饙滫飯也或作饋作餴餾飯氣蒸也詩正義引蒸作流爾雅釋文引蒼頡篇云餈饙也案餾與餈聲義相近故饋餾竝有餈飯之義餈卽滫也饎酒食天保同方言饎孰食也氣孰曰饎饎糦同字酒食氣孰亦曰饎餴饎者謂以水餈酒食也箋云可以洪酒食之餴○禮記表記篇詩云凱弟君子民之父母凱以强敎之弟以說安之使民有父之尊有母之親傳所本也凱俗豈字傳豈作樂弟作易者葢以訓詁字代之也各本母之親上有有字俗依禮記增入傳固不必悉依禮記文也鄭注云有父之尊有母之親謂其尊親已如父母呂覽不屈篇惠子曰詩曰愷悌君子民之父母愷者大也悌者長也君子之德長且大者則爲民父母此本三家義而意則同

泂酌彼行潦挹彼注茲可以濯罍（傳）濯滌也罍祭器**豈弟君子民之攸歸**（疏）周禮大宰宰夫大宗伯小宗伯肆師竝有眡滌濯之文是滌濯連文同義故傳訓濯爲滌也罍祭器者周禮司尊彝追享朝享其再獻用兩山尊鄭司農注云山尊山罍也禮記明堂位尊用犧象山罍山罍夏后氏之尊也禮器廟堂之上罍尊在阼犧尊在西君西酌犧象夫人東酌罍尊是罍爲祭器矣又司尊彝六尊皆有罍諸臣之所昨也鄭司農注云罍臣之所飲也詩曰缾之罄矣維罍之恥案此亦宗廟之罍也爾雅彝卣罍器也小罍謂之坎卣中尊也郭注云罍形似壺大者受一斛

泂酌彼行潦挹彼注茲可以濯漑（傳）漑淸也**豈弟君子民之攸塈**（疏）漑當依釋文作摡匪風傳摡滌也此篇濯摡連文濯爲滌則摡爲淸矣連言之曰濯摡周禮世婦掌祭祀賓客喪紀之事帥女宮而濯摡爲齍盛鄭注云摡拭也爾雅拭淸也拭古作飾淸同滌說文滌無垢薉也案上言濯罍爲滌祭器此言濯摡則所包者廣不特祭器矣何以明之特牲饋食禮宗人升自西階視壺濯及豆籩反降東北面告濯具注濯摡也此士禮也少牢饋食禮雍人摡鼎匕俎于雍爨廩人摡甑甗匕與敦于廩爨司宮摡豆籩勺爵觚觶凡洗篚于東堂下注凡摡者皆陳之

而後告絜此大夫之禮也天子饋食禮無明文首章饎饎則爲饋食可知二章
視滌濯祭器三章視滌濯祭器又兼告絜傳云清者清猶絜也可據特牲少牢
二禮例推而知傳義本諸此○
假樂篇民之攸塈傳云塈息也

卷阿十章六章章五句四章章六句

卷阿召康公戒成王也言求賢用吉士也

有卷者阿飄風自南傳興也卷曲也飄風迴風也惡人被德化而消猶飄風之
入曲阿也豈弟君子來游來歌以矢其音傳矢陳也疏說文卷𠬝曲也是卷有
曲義卷阿曲阿也匪風傳云迴風爲飄又云發發者非有道之風何人斯傳云飄
風暴起之風並與此飄風同興者以曲阿爲興起德化之地以飄風爲惡人惡
人消則賢人道長矣故王者以德化養育人材爲亟務此召康公戒成王之意
○君子謂賢人也游優游也歌歌舞也言樂易之君子優游歌舞以陳其德音
是能以德化者也來語詞此章矢音與末章矢詩首尾相應故傳
並訓矢爲陳也韓詩外傳釋此詩云以陳盛德之和而無爲也

伴奐爾游矣優游爾休矣傳伴奐廣大有文章也豈弟君子俾爾彌爾性似先
公酋矣傳彌終也似嗣也酋終也疏說文伴大皃禮記大學篇心廣體胖注胖
猶大也胖與伴通是伴有廣大義也論語
泰伯篇奐乎其有文章是奐有文章義也汪龍詩異義云傳釋伴奐爲廣大有
文章箋釋伴奐爲自縱弛之意稽古編謂如鄭解則與優游意複不如毛義之
當但王肅述毛云周道廣大而有文章故君子得以樂易而來游優游而休息
獨以伴奐指王而分游與優游爾休指君子割截經語不成文義又下二章首
二句皆指王不應此獨異斷非毛旨因參鄭箋而爲之解曰廣大而有文章爾
王可得游娛矣從容而自得爾王可得休息矣廣大有文章言規模制度宏遠

明備故天下底定而王得安享大平所謂爾游也優游爾休又承爾游而申戒之陳氏此解允合經義○俾當作卑下同彌終生民同終猶盡也似讀與嗣同酋終爾雅釋詁文注引詩作俾爾彌爾性似先公酋矣是郭所據作爾酋與下章百神爾主矣純嘏爾常矣同詞案有爾字似優也酋正義本作遒爾雅釋文云郭音遒是郭所見詩當作遒與詩正義同今詩作酋者依爾雅也酋古遒字說文遒迫也段注云終與迫義相成箋云嗣先君之功而終成之此箋申傳也

爾土宇昄章亦孔之厚矣(傳)昄大也豈弟君子俾爾彌爾性百神爾主矣(疏)宇土猶言封畿也昄大釋詁文抑傳云章表也厚篤厚也長發四章云受小球大球爲下國綴旒何天之休五章云受小共大共爲下國駿厖何天之龍傳以綴旒爲表章駿厖爲大厚言法度章明又能篤厚而行之文義相同孟子萬章篇云使之主祭而百神饗之所謂百神爾主也

爾受命長矣茀祿爾康矣(傳)茀小也豈弟君子俾爾彌爾性純嘏爾常矣(傳)嘏大也(疏)受命受天子命爾受命長矣文王傳云我長配天命而行也爾雅茀小祿也民勞汔可小康又禮記禮運禹湯文武成王周公六君子是謂小康鄭注云康安也言小安者失之則賊亂將作傳意本禮記以寓戒成王之意也箋茀福也爾雅祓福也郭注引詩祓祿康矣奪爾字鄭依三家詩嘏大賓之初筵同純亦大也常猶長也

有馮有翼有孝有德以引以翼(傳)有馮有翼道可馮依以爲輔翼也引長翼敬也豈弟君子四方爲則(疏)說文凭依几也讀若馮馮凭聲同傳釋馮爲道可馮依翼讀孟子輔之翼之之翼爾雅孝享也有孝有德言能有享德也下有字爲助詞引長翼敬行葦同詩異義云傳以馮翼孝德爲賢者之德引翼言王當長尊之惟敬之此篇本戒王求賢不及祭事箋易傳爲廟中事尸之禮恐非詩意且與豈弟君子四方爲則不相承接

顒顒卬卬如圭如璋令聞令望(傳)顒顒溫貌卬卬盛貌豈弟君子四方爲綱(疏)易觀有孚顒若馬注云顒敬也重言曰顒顒說文匕部卬望也孟子望望然去之望望卽卬卬也氣盛謂之卬卬則德盛亦謂之卬卬矣傳於上章馮翼爲君子之德不爲君德則此章顒顒卬卬亦爲君子之德不爲君德顯然明白荀子正名篇有兼聽之明而無奮矜之容有兼覆之厚而無伐德之色說行而天下正說不行則白道而冥窮是聖人之辨說也卽引此詩蓋荀子亦就在下位君子言之無奮矜之容無伐德之色經之所謂顒顒傳之所謂溫皃也有兼聽之明有兼覆之厚經之所謂卬卬傳之所謂盛皃也淮南子俶眞篇聖人呼吸陰陽之氣而羣生莫不顒顒然仰其德以和順又荀子賦篇卬卬兮天下之咸蹇也楊注云卬卬高貌竝與傳訓義相近爾雅釋訓釋此詩云顒顒卬卬君之德也箋因謂王有賢臣切磋故君有此顒顒卬卬之德其說與爾雅合與毛傳不合又毛傳釋顒顒曰溫釋卬卬曰盛言其德溫恭又充盛是溫盛二義相因下義卽申足上義顒顒卬卬之不平列猶上章馮翼之不平列矣箋以顒顒指體貌卬卬指志氣亦與毛傳不合說文珪古文圭字釋文聞本亦作問爾雅釋詁疏荀子正名篇文選王融曲水序史岑出師頌注舊本書鈔帝王五引詩皆作問

鳳皇于飛翽翽其羽亦集爰止(傳)鳳皇靈鳥仁瑞也雄曰鳳雌曰皇翽翽衆多也藹藹王多吉士維君子使媚于天子(傳)藹藹猶濟濟也(疏)說文鳳神鳥也靈亦神也傳旣釋鳳皇爲靈鳥而又申言之云仁瑞也者此卽用修母致子之義正義云五行傳及左氏說皆云貌恭體仁則鳳皇翔言行仁德而致此瑞毛意用臣之仁以致南方鳳昭二十九年左傳水官廢龍不生得彼言臣修水職致東方龍則毛與左說同以用臣所致者皆修母致子應也爾雅釋鳥鶠鳳其雌皇說文鶠鳥其雌皇一曰鳳皇也疑許據爾雅鶠下無鳳字故以鶠爲鳳皇別名然其雌爲皇則鳳爲雄與傳義同也爾雅釋文引義疏云雄曰鳳雌曰皇一名鶠其雛名鸑鷟

或曰鳳一名鸑鷟傳訓翽翽爲衆多箋云翽翽羽聲也鳳皇往飛翽翽然亦與衆鳥集於所止衆鳥慕鳳皇而來喻賢者所在羣士皆慕而往仕也因時鳳皇至故以喻焉案此箋申傳也翽翽本爲鳳皇之羽鳳皇飛則其羽必衆多又不專指鳳皇矣韓詩外傳黃帝服黃衣戴黃冕致齋于宮鳳乃蔽日而至黃帝降于東階西向再拜稽首曰皇天降祉不敢不承命鳳乃止帝東園集帝梧桐食帝竹實沒身不去詩曰鳳皇于飛翽翽其羽亦集爰止鳳蔽日而至卽說文所謂鳳飛羣鳥從以萬數故鳳古作朋字是已正義乃引尚書皋陶謨鄭注尚書中候以鳳皇來必衆多似不若箋說爲備○王注楚辭九歎藹藹盛多貌此云猶濟濟者亦盛多之意爾雅藹藹濟濟止也郭注云皆賢士盛多之容止說文藹臣盡力之美竝與傳訓同思齊傳云媚愛也

鳳皇于飛翽翽其羽亦傅于天藹藹王多吉人維君子命媚于庶人(疏)傳讀與附同箋云傳猶戾也

鳳皇鳴矣于彼高岡梧桐生矣于彼朝陽(傳)梧桐柔木也山東曰朝陽梧桐不生山岡大平而後生朝陽菶菶萋萋雝雝喈喈(傳)梧桐盛也鳳皇鳴也臣竭其力則地極其化天下和洽則鳳皇樂德(疏)梧與桐二木名爾雅云櫬梧又云榮桐木說文云梧梧桐木一曰櫬又云榮桐木也桐榮也詩之梧卽一名櫬一名梧桐詩之桐卽一名榮矣正義云梧桐可以爲琴瑟是柔刃之木故曰柔木山東曰朝陽爾雅釋山文郭注云旦卽見日朝陽卽高岡之東是也經文梧桐生矣卽承于彼高岡句故傳又申之云梧桐不生山岡大平而後生朝陽於梧桐言山岡於朝陽言大平互詞箋云鳳皇之性非梧桐不棲此以箸鳳皇梧桐連及之義也周語周之興也鸑鷟鳴于岐山三君注云鸑鷟鳳之別名也詩云鳳皇鳴矣于彼高岡其在岐山之脊乎曾子天圓篇云鳳非梧不生○說文菶艸盛萋艸盛菶與萋皆本爲艸盛因之爲木盛猶芃本爲艸盛棫樸篇爲木盛矣詩言雝雝鳴鴈雞鳴喈喈雝喈本爲

鳥鳴聲鳳皇亦鳥也傳意以菶菶萋萋句承梧桐生矣故云梧桐盛雝雝喈喈句承鳳皇鳴矣故云鳳皇鳴又申明其鳴盛之所致云臣竭其力則地極其化者釋菶菶萋萋句云天下和洽則鳳皇樂德者釋雝雝喈喈句臣竭其力天下和洽亦互詞箸義也爾雅藹藹萋萋臣盡力也噰噰喈喈民協服也郭注云梧桐茂賢士衆地極化臣竭忠鳳皇應德鳴相和百姓懷附興頌歌頌與疑此藹藹乃菶菶之誤景純卽本毛傳爲解也箋以上句喻君德盛下句兼喻臣民和協

君子之車既庶且多君子之馬既閑且馳（傳）上能錫以車馬行中節馳中法也

矢詩不多維以遂歌（傳）不多多也明王使公卿獻詩以陳其志遂爲工師之歌焉（疏）四鐵傳閑習也行中節馳中法傳以釋經之閑馳上錫君子以車馬是上能用賢人也○不多多桑扈同矢陳大明皇矣同詩者志之所之也傳以獻詩陳志釋經之矢詩公卿卽指賢也言明王既能用賢使居公卿之位而又使獻詩陳志周語天子聽政使公卿至於列士獻詩是其義也歌樂歌工師樂人諧諸樂歌爲鑒戒之也詩異義云傳意言王能用賢則任朝公卿皆賢人吉士使之獻詩陳志遂爲工歌令矇瞍賦誦以爲鑒戒矢詩與首章矢音同義故以不多爲反辭言賢人多其陳戒自多也箋誤解經矢詩爲召公自言陳作此詩因易傳以不多爲順辭疏又據箋此解申傳以不多爲多謂王能用賢不復須戒故以作詩爲煩多而公劉斂下疏謂此二句乃召公自言作意爲公劉泂酌卷阿三篇總結皆非經傳之旨

民勞五章章十句

民勞召穆公刺厲王也

民亦勞止汔可小康惠此中國以綏四方（傳）汔危也中國京師也四方諸夏也

無縱詭隨以謹無良式遏寇虐憯不畏明（傳）詭隨詭人之善隨人之惡者以謹

無良愼小以懲大也憯曾也柔遠能邇以定我王〔傳〕柔安也〔疏〕傳訓汔爲危箋汔幾也稽古編云危卽近義鄭言幾正申毛意非易傳也爾雅嘰幾𢦏始危也譏汔也幾譏危汔轉互相通後箋云古人言幾每曰危漢書宣元六王傳恐無處所我危得之外戚傳今兒安在危殺之矣此皆以危爲幾意昭二十年左傳注汔其也彼疏云杜以幾其同聲故以汔爲其葢杜訓其猶鄭言幾也彼漢書班超傳引此詩李賢注亦云汔其也要皆與危意相同非有異也○詩五章四章皆言中國唯弟二章言京師故知中國爲京師也又弟四章言四國此言四方皇矣傳四國四方也京師爲中國故四國四方爲諸夏也長發傳云諸夏爲外蕃之華箋云陵苕之餘喻如京師也其華猶諸夏也故或謂諸夏爲諸華華衰則黃猶諸侯之師旅罷病將敗則京師孤弱此箋亦云京師者諸夏之根本僖二十八年左傳釋詩云不失賞刑之謂也又昭二十年傳云施之以寬也不失賞刑卽是施寬此解詩惠綏之義也淮南子泰族篇內順而外寧內順解惠此中國句外寧解以綏四方句竝與傳義同○縱當依左傳作從箋以聽釋從其字不誤也說文云詭責也詭人之善卽隨人之惡詭隨疊韻連語傳雖分釋而同義也謹愼也詩五章每章皆以詭隨寇虐作對文傳云愼小以懲大也者愼小謂上無從詭隨二句無良卽是詭隨以謹卽是無從也懲大謂下式遏寇虐二句傳實爲五章總釋也解者以愼小屬詭隨懲大屬無良失其恉矣廣雅釋訓云詭隨小惡也後漢書陳忠傳自順帝卽位盜賊竝起郡縣更相飾匿莫肯糾發忠上疏曰臣聞輕者重之端小者大之源故隄潰蟻孔氣洩鍼芅是以明者愼微智者識幾書曰小不可不殺詩云無縱詭隨以謹無良葢所以崇本絕末鉤深之慮也案忠言欲禁盜賊必先愼微引詩上二句以爲謹小愼微之漸最合傳意文王傳云遏止也憯曾也節南山同說文朁曾也从曰兓聲詩曰朁不畏明是許所據毛詩作朁今節南山十月之交雲漢皆作憯非古矣釋文作慘或依左傳改也明猶法也不畏明法卽是寇虐言爲政者用以遏止之左傳釋詩云糾之以猛也傳云懲大卽本糾猛之義懲亦止也○柔釋文作㺏柔安釋詁文時邁懷柔傳同凡柔嘉柔惠輯柔和柔柔皆訓爲安柔與保疊韻故訓相同能讀爲而漢督郵班碑作渘遠而邇古如而通用遠謂四方邇謂中國邇近也言安遠方

之國而使與中國相親近也中庸云柔遠人則四方歸之卽其義解者竝以柔遠能邇對文非是尚書堯典柔遠能邇蠻夷率服顧命柔遠能邇安勸小大庶邦文侯之命柔遠能邇惠康小民皆謂安遠也定亦安也左傳引詩云柔遠能邇以定我王平之以和也此正取和遠之義

民亦勞止汔可小休惠此中國以爲民逑〔傳〕休定也逑合也**無縱詭隨以謹惽怓式遏寇虐無俾民憂**〔傳〕惽怓大亂也**無棄爾勞以爲王休**〔傳〕休美也〔疏〕瞻卬傳云休息也定息同義爾雅釋言休戾也戾亦定也釋詁仇合也古逑仇聲通箋云合聚也說文云逑斂聚也○說文惽怓也怓亂也詩曰以謹惽怓段注云惽讀如民惛怓爲逝緜字今誤作惽音呼昆切則與惛無別矣案說文言亂謂昏亂也正用傳訓今傳文衍大字不可通箋惽怓猶讙譁也謂好爭訟者也亦申傳亂字之義俾當作卑下同休美破斧同此休與汔可小休不同義凡一章中用韻有字同而義不同者是其例

民亦勞止汔可小息〔傳〕息止也**惠此京師以綏四國無縱詭隨以謹罔極式遏寇虐無俾作慝**〔傳〕慝惡也**敬慎威儀以近有德**〔傳〕求近德也〔疏〕息止殷其靁葛生浮游同箋云罔無極中也無中所行不得中正然則以謹罔極猶首章云以謹無良耳論語顏淵篇樊遲問修慝子曰攻其惡無攻人之惡非修慝與是慝爲惡也庸柏舟傳慝邪也惡邪義相近管子權脩篇云凡牧民者欲民之正也欲民之正則微邪不可不禁也微邪者大邪之所生也微邪不禁而求大邪之无傷固不可得也此與傳慎小懲大之義合○昭二年左傳叔向曰子叔子知禮哉吾聞之曰忠信禮之器也卑讓禮之宗也辭不忘國忠信也先國後己卑讓也詩曰敬慎威儀以近有德夫子近德矣傳云求近德本左氏說有爲語助之詞

民亦勞止汔可小愒惠此中國俾民憂泄〔傳〕愒息泄去也**無縱詭隨以謹醜厲**

式遏寇虐無俾正敗(傳)醜衆厲危也戎雖小子而式弘大(傳)戎大也(疏)愒訓息小愒猶小息也上章傳云息止也泄者渫之假借字說文玉篇云渫除去也私列切箋泄猶出也發也鄭以泄為泄義得相通醜衆厲危正義云謂衆為惡行以為危者也箋厲惡也危惡義相近無俾正敗箋云敗壞也無使先王之正道壞○戎訓大弘亦大也節南山傳弘大也小子斥厲王也王肅云在王者之大位雖小子其用事甚大也

民亦勞止汔可小安惠此中國國無有殘(傳)賊義曰殘無縱詭隨以謹繾綣式遏寇虐無俾正反(傳)繾綣反覆也王欲玉女是用大諫(疏)孟子梁惠王篇賊義者謂之殘荀子勸學篇害良曰賊害良即賊義也左傳言政猛則民殘殘則施之以寬其下即引詩惠綏為施寬之政此章之無有殘即首章之所謂綏也繾綣猶展轉反覆猶反側廣雅云展轉反側也何人斯傳云反側不正直也反覆也覆顛覆也無俾正反與無俾正敗同意○阮元揅經室集云說文金玉之玉無一點其加一點者解云朽玉也从王有點讀若畜牧之畜詩玉女玉字當是加點之玉玉女者畜女也畜女者好女也好女者臣說君也召穆公言王乎我正惟欲好女不得不用大諫也孟子曰為我作君臣相說之樂其詩曰畜君何尤畜君者好君也孟子之畜君與毛詩召穆公之玉女無異也後人不知玉為假借字是以鄭箋誤解為金玉之玉矣

板八章章八句

板凡伯刺厲王也(疏)凡周公之胤畿內國入為王官續漢書郡國志河內郡共有凡亭劉昭注云凡伯邑今河南衞輝府輝縣西南有故凡城即其地也

上帝板板下民卒癉出話不然為猶不遠(傳)板板反也上帝以稱王者也癉病也話善言也猶道也靡聖管管不實于亶(傳)管管無所依也亶誠也猶之未遠是用大諫(傳)猶圖也(疏)板古作版後漢書董卓傳論注文選劉峻辯命論注引詩作版版傳以反詁版版此單字釋經疊字之例爾雅版版僻也僻禮記注作辟辟與反義相近蕩傳上帝以託君王也兩傳義同傳先釋版版後釋上帝此倒句也版版上帝與蕩蕩上帝句法相同癉禮記緇衣引作𤺊爾雅𤺊病也本又作癉韓詩外傳云悲夫傷哉窮君之反於是道而愁百姓引詩作癉後漢書李固傳引詩亦作癉云刺周王變祖法度故使下民將盡病也○話當作語依字從言故善言曰話抑愼爾出話傳亦云話善言也說文云話會合善言也然猶是也不然者不以善言為是也禮記大學篇其所令反其所好而民不從所謂不然也猶訓道為道不遠者言其所行之政令不能遠也孟子盡心篇身不行道不行於妻子使人不以道不能行於妻子所謂不遠也管管疑當作悹悹廣韻二十四緩引詩傳云悹悹無所依是瀍言所據詩傳作悹悹箋云王無聖人之法度管管然以心自恣案鄭言以心自恣則其字作從心悹不作從竹管與毛傳無所依之說正相成也說文悹憂也玉篇廣韻悹悹憂無告也今爾雅作懽懽憂無告懽懽乃灌灌之異文不應訓憂無告當依希馮瀍言所據爾雅作悹悹無告與無所依義本相通亶誠祈父同箋云不能用實於誠信之言言行相違也○爾雅猷圖也猷與猶同上文為猶與出話對文猶訓為道此承靡聖不誠而猶訓為圖傳蓋緣文施訓也常棣傳云圖謀也諫假僭字作簡成八年左傳詩曰猶之未遠是用大簡行父懼晉之不遠猶而失諸侯也是以敢私言之杜注猶圖也襄二十八年傳榮成伯曰遠圖者忠也

天之方難無然憲憲天之方蹶無然泄泄(傳)憲憲猶欣欣也蹶動也泄泄猶沓沓也辭之輯矣民之洽矣辭之懌矣民之莫矣(傳)輯和洽合懌說莫定也(疏)方有

也然是也無然無是也憲憲卽軒軒之假借樂記武坐致右憲左致同輕憲同軒言武之坐右厀至地左足則軒起也鄭注憲讀為軒又內則注軒讀為憲此憲軒聲通之證竝與傳欣欣之義合欣古掀字說文掀舉出也虛言切段注云掀之言軒也蹶訓動猶擾亂也此詩之蹶與野有死麕之感采芑之蠢菀柳之蹈傳皆訓為動竝有擾亂之義緜傳蹶動也義攸別荀子解蔽篇辯利非以言是則謂之詍楊倞注詍多言也詩曰無然詍詍說文口部呭多言也引詩作呭呭言部詍多言也引詩作詍詍今詩作泄泄乃呭詍之假借字孟子離婁篇詩曰天之方蹶無然泄泄泄泄猶沓沓也事君無義進退無禮言則非先王之道者猶沓沓也孟子以沓沓釋泄泄又以言非禮義釋沓沓與說文多言之訓合傳義正本孟子也爾雅憲憲泄泄制法則也郭注云佐興虐政設教令也鄭箋云為之制法度達其意以成其惡箋本爾雅而與毛傳文異而義同國語所謂厲始革典也說見嘉定錢大昕荅問○輯和抑同新序襍事三作集洽合正月同洽讀為協襄三十一年左傳引詩正作協列女傳辯通篇亦作協懌釋文作繹左傳及說苑善說篇皆作繹節南山傳云懌服也服亦說也莫定皇矣同辭辭合也案此承上句無然泄泄而言箋云王者政教和說順於民則民心合定此戒語時之大臣是也說苑子貢曰出言陳辭身之得失國之安危也詩云辭之繹矣民之莫矣夫辭者人之所以自進也主父偃曰人而無辭安所用之昔子產脩其辭而趙武致其敬王孫滿明其言而楚莊以慙蘇秦行其說而六國以安蒯通陳其說而身得以全夫辭者乃所以尊君重身安國全性者也故辭不可不脩而說不可不善

我雖異事及爾同寮我卽爾謀聽我囂囂（傳）寮官也囂囂猶謷謷也我言維服勿以為笑先民有言詢于芻蕘（傳）芻蕘薪采者（疏）我凡伯自我也異事事異也爾女女憲憲泄泄之大臣也寮官釋詁文文七年左傳荀林父曰同官為寮吾嘗同寮敢不盡心乎弗聽為賦板之三章又弗聽及亡荀伯盡送其帑及其器用財賄於秦曰為同寮故也毛傳正用左說今字通作僚大東作僚○囂囂為謷謷之假借十月之交讒口囂囂韓詩作謷謷韓用本字毛用假借字此其證爾雅敖敖傲也潛夫論明忠

篇引詩作敖敖卽警之省說文謷不省人言也重言曰謷謷箋云女反聽我
言謷謷然不肯受楚辭九思令尹兮謷謷王注云謷謷不聽話言而妄語也維
有也勿無也草蟲傳說服也說爲服服亦爲說我言維服勿以爲笑言我言有
可說之道無爲笑也○箸曰先民見小旻邢傳賈逵國語注云先民古賢人也
傳文芻蕘薪采者釋文者下有也字李注文選揚雄羽獵賦潘岳馬汧督誄楊
注荀子大略篇引竝有也字哀十四年公羊傳然則孰狩之薪采者也薪采者
則微者也徐彥疏云薪采猶言采薪也周禮小司寇致萬民
而詢焉鄭司農注云詢謀也詩曰詢于芻蕘書曰謀及庶人

天之方虐無然謔謔老夫灌灌小子蹻蹻(傳)謔謔然喜樂也灌灌猶款款也蹻
蹻驕貌匪我言耄爾用憂謔多將熇熇不可救藥(傳)八十曰耄熇熇然熾盛也

(疏)傳云謔謔然喜樂下也字今補喜亦樂也謔樂聲同曲禮大夫七十自稱曰老夫鄭注云老夫老人稱也引春秋傳曰老夫老矣說文懽喜歎也歎意有所欲也或作歎楚辭悃悃歎歎王注云心志純也今詩作灌灌假借字毛意灌讀爲懽懽懽與歎聲同古曰懽懽今曰歎歎此以今語通古語也皆是懇誠愷切之意而與憂無告一訓無涉說文懽下或引詩老夫懽懽今奪乃轉引爾雅懽懽愮愮憂無告也疑從後人誤改歎俗字小子席厲王也爾雅蹻蹻憍也憍卽驕也新序雜事五詩曰老夫灌灌小子蹻蹻言老夫欲盡其謀而少者驕而不受也案三家詩亦以驕訓蹻蹻與毛訓同嵩高蹻蹻壯皃酌蹻蹻武皃泮水蹻蹻言彊盛也蹻蹻竝有驕壯之意或施之於人或施之於馬各隨文通義也○抑傳云耄老也渾言之則老爲老析言之則年八十爲耄也詩行葦釋文及杜注隱四年昭元年左傳韋注周語楚語皆云八十曰耄與此傳同說文作薹年九十曰薹老卽薹之異體禮記曲禮云八十九十曰耄釋文作旄射義注八十九十曰旄旄卽耄之假借字左傳劉子語王曰謔所謂老將知而耄及之者其趙孟之謂乎又穆叔曰趙孟將死矣年未盈五十而諄諄焉如八九十者弗能久矣是八九十皆得爲耄也毛傳以八十爲耄則以七十爲耋見車鄰篇謔猶謔謔也爾用憂謔言因女之謔謔然喜樂用是憂也○熇熇說文繫傳作嗃嗃

易家人嗃嗃劉表作熇熇此熇嗃通用之證爾雅謔謔謞謞崇讒慝也郭注云樂禍助虐增譖惡也案謞即嗃字傳訓謔謔謞謞樂熇熇熾熾與爾雅文異而義同韓詩外傳三夫重臣羣下者人主之心腹支體也心腹支體無疾則人主無疾矣故非有賢醫莫能治也詩曰多將熇熇不可救藥終亦必亾而已矣故賢醫用則衆庶無疾況人主乎說苑辨物篇夫死者猶不可藥而生也悲夫亂君之治不可藥而息也詩曰多將熇熇不可救藥甚之之辭也此三家詩正與爾雅釋詩合也

天之方懠無爲夸毗（傳）懠怒也夸毗以體柔人也**威儀卒迷善人載尸民之方殿屎則莫我敢葵**（傳）殿屎呻吟也**喪亂蔑資曾莫惠我師**（傳）蔑無資財也（疏）懠怒釋言文釋文懠疾怒也疑陸所據傳怒上有疾字此增字足義之例也廣雅釋詁懠愁也或本三家詩爾雅夸毗體柔也正義云夸毗者便僻其足前卻爲恭以形體順從於人故云以體柔人玉篇身部䠸𨉖以體柔人也䠸𨉖俗字蓋夸奢也毗之言比也比者俌也夸毗雙聲連緜字○迷迷亂也箋云君臣之威儀盡迷亂賢人君子則如尸矣不復言語時厲王虐而弭謗中論亾國篇今不務明其義而徒設其祿可以獲小人難以得君子雖强摶執之而不獲已亦杜口佯愚苟免不暇國之安危將何賴焉故詩曰威儀卒迷善人載尸此之謂也案徐言杜口佯愚以解經載尸之義與箋不復言語合爾雅殿屎呻也依孫郭注呻下奪吟字爲毛傳所本古曰殿屎今曰呻吟是謂之古今義也玉篇口部唸吚呻吟也說文引詩作民之方唸吚段本依詩爾雅音義五經文字吚作吚然則三家詩有作唸吚者爲本字而爾雅毛詩殿屎爲假借字不有說文而殿屎之本字不明矣采叔傳云葵揆也揆者度也○蔑之爲無猶微之爲無靡之爲無莫之爲無皆取雙聲爲訓潛夫論敘錄蔑作末同甫田傳茨積也資與茨通財積財也積財謂之資與說文積禾謂之積同意無財言無積畜也師衆也說苑政理篇相亂蔑資曾莫惠我師此傷奢侈不節以爲亂者也仁和孫志祖云按相當爲喪字之誤或引三家異文詩致失載

天之牖民如壎如篪如璋如圭如取如攜（傳）牖道也如壎如篪言相和也如璋如圭言相合也如取如攜言必從也攜無曰益牖民孔易民之多辟無自立辟（傳）辟法也（疏）牖者誘之假借野有死麕傳誘道也說文誘或羑字古文作羑故牖里或作羑里矣伯氏吹壎仲氏吹篪有相和之義璋藏諸侯圭藏天子有相合之義取攜甚便有必從之義箋云王之道民以禮義則民和合而從之如此此申傳說也○攜即冡上取攜句益猶加也無益者言無有加乎民以起下牖民孔易句孔易傳所謂必從也韓詩外傳五及禮記樂記篇引詩皆作誘韓詩外傳云聖王之教其民也必因其情而節之以禮必從其欲而制之以義義簡而備禮易而法去情不遠故民之從命也速孔子知道之易行曰詩云誘民孔易非虛辭也辟法雨無正同無自立辟即無是憲憲泄泄也宣九年昭二十八年左傳引詩亦爲邪辟之世不可自爲立法傳義同

价人維藩大師維垣大邦維屏大宗維翰（傳）价善也藩屏也垣牆也王者天下之大宗翰幹也懷德維寧宗子維城（傳）懷和也無俾城壞無獨斯畏（疏）正義云价善釋詁文說文价善也从人介聲詩曰价人維藩維藩與下維屏同義故傳云藩屏也師眾也將仲子傳牆垣也垣牆同訓大師爲牆此即眾志如城之意荀子君道篇故君人者愛民而安好士而榮兩者無一焉而亡詩曰价人維藩大師維垣此之謂也荀意以价人爲士大師爲民傳義當然也俗本荀子作介漢書諸侯王表亦作介大邦維屏與萬邦之屏句法同桑扈傳云屏蔽也國策秦策周天下之宗室也逸周書太子晉篇師曠對王子曰王子汝將爲天下宗乎荀子彊國篇夫桀紂聖王之後子孫也有天下者之世也埶籍之所存天下之宗室也正論篇聖王之子也有天下之後也埶籍之所在也天下之宗室也案宗室大宗之室是天子亦稱大宗故傳謂王者爲天下之大宗翰幹桑扈文王有聲崧高同說文榦本也文王傳本本宗也○傳訓懷爲和與皇皇者華同常棣傳

云九族會曰和此其義也寧安也宗子羣宗之子也僖五年左傳晉侯使士蔿
爲二公子築蒲與屈不愼寘薪焉夷吾訴之公使讓之士蔿曰詩云懷德惟寧
宗子惟城君其脩德而固宗子何城如之昭六年宋遂華合比華亥見於左師
左師曰女夫也必亾女喪而宗室於人何有人亦於女何有詩曰宗子維城毋
俾城壞毋獨斯畏女其畏哉左兩引詩竝以宗子爲羣宗之子矣逸周書皇門
篇我聞在昝有國誓王之不綏于卹乃維其有大門宗子勢臣罔不茂揚肅德
訖亦有孚以助厥辟勤王國王家祭公篇維我後嗣旁建宗子丕維周之始幷
案幷當作屏周書宗子與詩義亦合斯此也無獨斯畏言無獨以此畏也此者
承城壞而言諸侯王表言周封國制全引此詩以爲
親親賢賢褒表功德或用魯說而與毛義大恉相同

敬天之怒無敢戲豫敬天之渝無敢馳驅（傳）戲豫逸豫也馳驅自恣也**昊天曰**
明及爾出王昊天曰旦及爾游衍（傳）王往旦明游行衍溢也（疏）昭三十二年左傳引詩不敢戲
豫不敢馳驅無卽不也淸廟傳以不字釋無字豫樂也逸豫是戲豫之意自恣
是馳驅之意自古詒字淮南子主術篇所以禁民不得自恣高注云恣放恣也
○王讀與往同此謂假借也賈注吳語云王往也本傳訓也往亦出也旦訓明
昊天曰旦猶昊天曰明耳游有流義故訓行衍釋文作羨羨有餘義故訓溢詩
中爾字皆指助厲王者言此二爾字當同
則昊天亦以託厲王矣出往行溢義未聞

卷二十四終

詩毛氏傳疏卷二十五

長洲陳奐學

蕩之什詁訓傳弟二十五　毛詩大雅

蕩之什十一篇九十二章七百六十九句

蕩八章章八句

蕩召穆公傷周室大壞也厲王無道天下蕩蕩無綱紀文章故作是詩也

蕩蕩上帝下民之辟(傳)上帝以託君王也辟君也疾威上帝其命多辟(傳)疾病人矣威罪人矣天生烝民其命匪諶靡不有初鮮克有終(傳)諶誠也(疏)爾雅盪盪僻也盪與蕩同僻當作辟古邪辟作辟箋蕩蕩法度廢壞之皃與辟義相近上帝席君王版傳同辟君釋詁文殷武天命多辟傳同疾威平列傳云疾病人威罪人箋疾病人者重賦斂也威罪人者峻刑法也辟邪辟箋云其政教又多邪辟不由舊章說苑至公篇夫公生明偏生暗端慤生達詐僞生塞誠信生神夸誕生惑此六者君子之所愼也而禹桀之所以分也詩云疾威上帝其命多僻言不公也三家詩上帝亦指君王與毛訓異義同○諶誠爾雅釋詁文說文作忱古諶忱通烝衆也其命匪諶卽冢上其命多辟句言天生此天下之衆民何其政敎之不誠也靡不有初鮮克有終所謂不誠也版靡聖管管不實于亶傳亶誠也版蕩二詩文義相同

文王曰咨咨女殷商(傳)咨嗟也曾是彊禦曾是掊克曾是在位曾是在服(傳)彊

禦彊梁禦善也掊克自伐而好勝人也服服政事也天降滔德女興是力(傳)天君滔慢也(疏)咨讀為嗞說文嗞嗟也嗟與咨同咨嗞雙聲咨嗟亦雙聲單言曰嗟亦曰咨絫言曰咨嗟爾雅嗟咨𨑩也咨𨑩即嗞嗟廣韻嗞嗟憂聲也亦曰嗟嗞嗞或作茲綢繆傳子兮者嗟茲也咨嗞茲子並字異而義同箋云厲王弭謗穆公朝廷之臣不敢斥言王之惡故上陳文王咨嗟殷紂以切刺之○傳訓彊為彊梁禦為禦善禦當也禦善即彊梁彊與禦猶掊與克雖分釋而實同義繁露必仁且知篇其強足以覆過其禦足以犯詐強與彊通下文彊禦多懟烝民不畏彊禦左傳所稱彊禦已甚吾軍帥彊禦並義同一曰彊梁墨子魯問篇彊梁不材莊子山木篇從其彊梁大玄彊莫不彊梁皆古有此語掊者伐之假借字傳以自伐釋掊以好勝人釋克自伐勝人二義實一意也孟子告子篇掊克在位趙注云掊克不良也此與傳義相通唯釋文掊克聚斂之說非傳義正義云釋詁服事也且在服與在位對文故知服政事謂非徒備官又委任之也○天君釋詁文君亦王也天謂之君上帝謂之君王其意一也說文牧牛徐行也讀若滔滔揆聲義俱近古慆慢作慢慢德言其德教之慢即慆慆之意也女女彊禦掊克之臣也力猶疾也

文王曰咨咨女殷商而秉義類彊禦多懟流言以對寇攘式內(傳)對遂也侯作侯祝靡屆靡究(傳)作祝詛也屆極究窮也(疏)秉操也義類皆善也而之言自也而秉義類言殷商之人自用為善所謂彊禦也抑傳而角自用也彼無角而自用其角此不善而自用其善意正相同十月之交傳皇父甚自謂聖意亦同說文懟怨也流言民之譌言也對讀與遂同皇矣江漢傳皆訓對為遂爾雅遂遂作也是遂有作義式用也流言以對寇攘式內此承多懟而言民多相怨則為譌言聲作而寇盜攘為之偏用亂於內矣列女傳孽嬖篇引詩釋之云言不善之從內出也召旻蟊賊內訌傳訌潰也亦此義也○祝讀為詶詶亦詶也傳文作祝詛也四字一氣讀祝詛二字以釋經之祝字則作祝連文成義侯作侯祝侯作祝也侯維也猶有也猶云是剝是菹是剝菹也爰始爰謀爰始謀也迺宣迺畝迺宣畝也克禋克祀克禋祀也

匪紹匪游匪紹游也皆以弟一字爲語詞弟三字爲助詞此其句倒㕇極節南山同究窮鴻鴈同靡㕇靡究言無終極無窮巳也箋云王與羣臣乖爭而相疑日祝詛求其凶咎無極巳

文王曰咨咨女殷商女炰烋于中國斂怨以爲德（傳）炰烋猶彭亨也不明爾德時無背無側（傳）背無臣側無人也爾德不明以無陪無卿（傳）無陪貳也無卿士也（疏）炰烋彭亨皆疊韻劉逵注魏都賦引詩作咆烋說文繫傳作咆哮竝同箋云炰烋自矜氣健之皃易大有釋文引干寶注云彭亨驕滿皃斂怨以爲德怨即上章之彊禦多懟也箋云斂聚羣不逞作怨之人謂之有德而任用之○禮記文王世子篇記曰虞夏商周有師保有疑丞設四輔及三公不必備唯其人語使能也書大傳古者天子必有四鄰前曰疑後曰承左曰輔右曰弼此傳以無背爲背無臣無側爲側無人者背謂後也不言前者文畧側謂左右也即四鄰四輔之說也昭三十二年左傳史墨曰物生有兩有三有五有陪貳故天有三辰地有五行體有左右各有妃耦王有公諸侯有卿皆有貳也此傳以陪爲陪貳者謂三公也以卿爲卿士者謂三公中之孤卿執政之一人也韓詩外傳天子有爭臣七人雖無道不失其天下昔殷王紂殘賊百姓絕逆天道至斮朝涉刳孕婦脯鬼侯醢梅伯然所以不亡者以其有箕子比干之故微子去之箕子執囚爲奴比干諫而死然後周加兵而誅絕之故曰有諤諤爭臣者其國昌有默默諛臣者其國亡詩曰不明爾德時無背無側爾德不明以無陪無卿言文王咨嗟痛殷商無輔弼諫諍之臣而亡天下矣韓詩與毛詩同義漢書五行志中詩云爾德不明以亡陪亡卿不明爾德以亡背亡仄言上不明暗昧蔽惑則不能知善惡親近習長同類亡功者受賞有罪者不殺百官廢亂其引詩與今本誤倒晉書亦誤顏注可證也

文王曰咨咨女殷商天不湎爾以酒不義從式（傳）義宜也既愆爾止靡明靡晦

式號式呼俾晝作夜(傳)使晝爲夜也(疏)釋文引韓詩云飲酒閉門不出客曰湎文選七命注初學記器物部引薛君章句云齊顏色均衆寡謂之沈閉門不出客謂之湎案此析言之也渾言沈湎同義箋天不同女顏色以酒正義引鄭注酒誥云飲酒齊色曰湎鄭以顏色釋湎字本韓詩義宐烝民同箋云式法也有沈湎於酒者是乃過也不宐從而法行之○愆過也止威儀容止也風雨傳云晦昏也呼亦號也碩鼠賓之初筵傳竝云號呼也崔集注作謼漢書敘傳引詩作謼俾釋文作卑云後皆同俾訓使綠衣天保同作訓爲清人同號呼承既愆爾止句使晝作夜即承靡明靡晦句也晏子襍下篇晏子謂田桓子曰無客而飲謂之從酒今若子者晝夜守尊謂之從酒也與詩義正合說苑貴德篇人之鬭誠愚惑失道者也詩云式號式呼俾晝作夜言鬭行也此三家義荀子榮辱篇不引詩當家上飲酒無度而言

文王曰咨咨女殷商如蜩如螗如沸如羹(傳)蜩蟬也螗蝘也**小大近喪人尚乎由行**(傳)言居人上欲用行是道也**內奰于中國覃及鬼方**(傳)奰怒也不醉而怒曰奰鬼方遠方也(疏)蜩蟬小弁同夏小正五月唐蜩鳴傳唐蜩者匽也唐匽令字皆加虫旁唐匽蟬之大者析言之也渾言之則蜩亦名唐蜩詳七月篇漢書五行志中詩云如蜩如螗如沸如羹言上號令不順民心虛譁憒亂則不能治海內顏注云謂政無文理虛言蹲沓如蜩螗之鳴湯之沸湆羹之將孰也案此謂政令之憒亂毛意亦然也○傳假尚爲上陟岵又假上爲尚古尚上聲通由訓用君子陽陽同謂厲王居乎衆人之上不念禮法欲用行其道是以無小大事日近喪亾也襄十四年左傳師曠曰天之愛民甚矣豈其使一人肆於民上以從其淫而棄天地之性必不然矣是其義也此言厲王之無道也說文大部奰壯大也从三大三目二目爲䀠三目爲奰益大也一曰迫也讀若易虙羲詩曰不醉而怒謂之奰疒部㾺滿也从疒奰聲奰㾺聲義皆近淮南墬形注引詩作奰今隸變作奰奰爲怒不醉而怒傳又申說怒之義也葛覃傳覃延也鬼方與中國對文中國諸夏之國則鬼方爲諸夏之外史記楚

世家周夷王時熊渠立三子康紅䖴爲王及厲王暴虐熊渠畏其伐楚亦去其王至熊渠之孫熊勇六年而周人作亂厲王出奔彘案此亦厲王怒延遠方之一證稽其年歲尚在諸侯叛周之前傳云鬼方遠方抑用遏蠻方傳遏遠也兩詩意正同與高宗伐鬼方指氐羌者異

文王曰咨咨女殷商匪上帝不時殷不用舊雖無老成人尚有典刑曾是莫聽大命以傾（疏）匪非也上帝天也時善也是也舊舊章也匪上帝不時言非天帝之不善是也與左傳云君與大夫不善是也句法相同殷不用舊言殷不用舊章故耳

文王曰咨咨女殷商人亦有言顚沛之揭枝葉未有害本實先撥（傳）顚仆沛拔也揭見根貌殷鑒不遠在夏后之世（疏）顚讀爲蹎沛讀爲跋拔與跋通說文蹎跋也跋蹎也蹎跋本字顚沛假借字馬注論語里仁篇云顚沛偃仆也顚沛蓋古語傳文顚仆沛拔也五字當作顚沛顚仆沛拔也七字與上傳彊禦彊梁禦善也賓之初筵傳號呶號呼呶讙也皆是統箸古語再釋古義同一文法今傳奪顚沛二字當補正揭見根皃釋文作根見根見者其根可見也韓子解老篇樹木有曼根有直根直根者書之所謂柢也柢也者木之所以建生也曼根者木之所以持生也若其根可見則本先撥矣傳以根見釋揭字撥下文本撥爲訓韓詩外傳根淺則枝葉短本絕則枝葉枯詩曰枝葉未有害本實先撥言禍福自己出也列女傳孽嬖篇引詩撥作敗字異義同○漢書劉向傳詩曰殷鑒不遠在夏后之世亦言湯以桀爲戒也聖帝明王常以敗亂自戒不諱廢興韓詩外傳云夫明鏡者所以照形也往古者所以知今也故夏之所以亡者而殷爲之殷之所以亡者而周爲之故殷可以鑒於夏而周可以鑒於殷引詩作鑒與監同

抑十二章三章章八句九章章十句

抑衛武公刺厲王亦以自警也 疏 抑與賓之初筵皆衛武公入相於周而作也史記十二諸侯年表武公和元年宣王之十六年至平王十三年而卒衛世家武公和四十二年犬戎殺周幽王武公將兵往佐周平戎甚有功周平王命武公為公五十五年卒據史記平王始命武公為公武公於厲王時未為諸侯幽王時雖諸侯不聞為周卿士則入相於周斷在平王之世入相而作賓之初筵刺幽王作抑刺厲王兩詩皆作於平王時而序云刺厲王者本作詩之意而言取殷鑒不遠之義因遂坿於蕩篇後正義以為追刺厲王是矣正義引楚語答衛武公年九十有五矣有箴儆於國曰自卿以下至於師長士苟在朝者無謂我老耄而舍我於是乎作懿以自儆案懿即抑也抑為假借字儆與警通武公作抑已在耄年詩作於平王之世其一證也序云亦以自警者與國語合賓之初筵韓詩序云飲酒悔過則亦為自警而作兩詩意正同

抑抑威儀維德之隅人亦有言靡哲不愚 傳 抑抑密也隅廉隅也靡哲不愚國有道則知國無道則愚

庶人之愚亦職維疾哲人之愚亦維斯戾 傳 職主戾罪也 疏 抑抑密爾雅釋訓文傳文廉下從正義本補隅字隅廉隅與靜女靜貞靜楚茨度法度同其句例箋云人密審於威儀抑抑然是其德必嚴正也古之賢者道行心平可外占而知內如宮室之制內有繩直則外有廉隅此鄭申毛之訓也又禮記儒行篇云近文章砥厲廉隅○國有道則知國無道則愚論語公冶長文傳引之以釋經靡哲不愚句瞻卬傳哲知也厲王無道故無哲人而不愚也韓詩外傳比干諫而死箕子曰知不用而言愚也殺身以彰君之惡不忠也二者不可然且為之不祥莫大焉遂被髮佯狂而去君子聞之曰勞矣箕子盡其精神竭其忠愛見比干之事免其身仁知之至詩曰人亦有言靡哲不愚箋言賢者皆佯愚不為容貌如不肖然蓋本韓以明毛也職主蟋蟀十月之交同箋云眾人性無知以愚為主言是其常也案鄭以是其常釋經維疾二字疾無常義疑鄭所據詩不作疾疾當為夷字之誤也皇矣瞻卬傳竝云夷常也夷戾入韻古同部疾戾古不同部爾雅戾辠也古罪辠通用箋云賢者而為

愚畏懼於罪也

無競維人四方其訓之有覺德行四國順之(傳)無競競也訓敎覺直也訏謨定命遠猶辰告(傳)訏大謨謀猶道辰時也敬愼威儀維民之則(疏)無競競執競傳同昭元年左傳引詩曰無競惟人善矣左亦以無爲發聲又哀二十六年傳引詩而釋之若得其人四方以爲主人謂得賢人烝民烈文傳皆云訓道也致道義相近禮記緇衣引詩覺作梏王注楚辭九歎訓覺爲較何注隱六年公羊傳云古者諸侯有較德案較德卽覺德爾雅梏較直也竝字異而義同箋訓覺爲大用列女魯義姑姊傳義繁露郊祭篇釋詩訓覺爲箸皆本三家而意實相通○訏訓大謨謀爾雅釋詁文成十三年左傳劉康公曰民受天地之中以生所謂命也是以有動作禮義威儀之則以定命也能者養以之福不能者敗以取禍案詩此章承首章抑抑威儀維德之隅爲言則定命當依左爲說傳訓遠猶爲遠道辰告爲時告言賢人能以遠大之道時警告之也襄三十一年傳衞北宮文子曰詩云敬愼威儀惟民之則民所不則以在民上不可以終有威而可畏謂之威有儀而可象謂之儀君有君之威儀其臣畏而愛之則而象之故能有其國家令聞長世臣有臣之威儀其下畏而愛之則而象之故能守其官職保族宜家順是以下皆如是是以上下能相固也

其在于今興迷亂于政顚覆厥德荒湛于酒女雖湛樂從弗念厥紹罔敷求先王克共明刑(傳)紹繼共執刑法也(疏)箋云于今謂今厲王也邶谷風傳慉興也興與慉同義箋謂尊尚小人義亦相近顚覆厥德荒湛于酒卽蕩篇所云天不湎爾以酒不義從式也女女厲王也民勞玉女指厲王與此同釋詞云雖維也古雖維聲通書無逸篇云惟耽樂之從文義正與此同紹繼釋詁文罔無也無不也爾雅拱執也共古拱字刑法文王我將同

肆皇天弗尚如彼泉流無淪胥以亾(傳)淪率也夙興夜寐洒埽廷內維民之章(傳)洒灑章表也修爾車馬弓矢戎兵用戒戎作用逷蠻方(傳)逷遠也(疏)肆故今也義見緜思齊傳爾雅尚右也右通作祐易旡妄傳天命不祐義與此同淪率兩無正同釋詞云無發聲無淪胥以亾淪胥以亾也言皇天弗尚禍亂日生如泉水之流滔滔不返周之君臣將相率而底於敗亾也○洒灑山有樞同章讀同彰故傳訓表也雨無正傳云戎兵也戒都車之戒逷遠釋詁文潛夫論勸將篇引詩作逖說文逖遠也古文作逷蕩傳鬼方爲遠方意與此同案此言厲王無道以致亾國凡長民者急宜修理內政扞禦外難共相警戒從此以下爲自警之詞

質爾人民謹爾矦度用戒不虞(傳)質成也不虞非度也愼爾出話敬爾威儀無不柔嘉白圭之玷尚可磨也斯言之玷不可爲也(傳)話善言也玷缺也(疏)質成緜同成平也質成平一義之申人民當作民人爾雅注引詩質爾民人說苑修文篇告爾民人鹽鐵論世務篇語爾民人皆作民人可證告語王家詩義矦維也語詞傳云不虞非度者虞度也古不非同言有平治民人之責者宜皆謹女之度以戒非度也書微子云卿士師師非度周語念前之非度韋注云度法也並與傳非度同○話善言版同字當作語箋云言謂敎令也柔安嘉善也玷俗刮字說文刮缺也引詩作刮緇衣引詩作玷召旻會不知其玷箋玷缺也玷行而刮廢矣論語先進篇南容三復白圭江都汪中云白圭不辭今論語奪之玷二字大戴禮衞將軍文子篇史記仲尼弟子列傳皆云一日三復白圭之玷磨俗孳字

無易由言無日苟矣莫捫朕舌言不可逝矣(傳)莫無捫持也無言不讎無德不

報(傳)讎用也惠于朋友庶民小子子孫繩繩萬民靡不承(疏)君子陽陽傳云由
用也小弁君子無
易由言箋亦訓由為用苟讀如不苟訾之苟韓詩外傳云無類之說不贊之辭
君子愼之是其義傳訓莫捫為無持者持猶止持也說文捫撫持也撫持卽止
持逝者往也言無有止持我之舌者則言不可徑往而不返矣說苑叢談篇云
口者關也舌者機也出言不當四馬不能追也口者關也舌者兵也出言不當
反自傷也是其義○讎由聲同由謂之用故讎亦謂之用說文用可施行也無
言不用者言無有言而不施行也此結上文愼爾出話之意無德不報言無有
德及於民而民不報以相勸也禮記表記子曰以德報德則民有所勸以怨報
怨則民有所懲卽引此詩○假樂傳朋友謂羣臣國語所云自卿以下至于師
長士皆是也時武公在王朝則朋友為王朝之羣臣矣小子謂厲王也篇中四
言小子皆指厲王惠愛也惠于朋友庶民小子言施愛道於朋友下及庶民而
上卽以告教小子也下文云子孫冢小子萬民冢庶民子孫厲王為人之子孫
也螽斯傳云繩繩戒愼也韓詩傳云承受也言為人子孫能戒愼其德則萬民
其承受之也釋文靡不承一本靡作是箋天下之民不承順之乎言承順也箋
不為靡字作解則鄭所據作是字釋詞云不語詞不承承也爾雅是則也萬民
是不承則承順之矣
不須加乎字以足之
視爾友君子輯柔爾顏不遐有愆(傳)輯和也相在爾室尚不愧于屋漏無曰不
顯莫予云覯(傳)西北隅謂之屋漏覯見也神之格思不可度思矧可射思(傳)格
至也(疏)友君子卽上章所云朋友也輯和版同遐遠愆過也不發聲不遐有愆
與不瑕有害句法正同此言友君子德加於民而能和顏遠過者皆其
闇修之所昭著故下文卽本承事如祭之禮以考驗其德行荀子所謂行微無
怠者也○相視也愧唐石經作媿說文愧或媿字西北隅謂之屋漏爾雅釋宮
文傳引之以證詩屋漏之義古者有設祭西北隅之禮特牲饋食禮佐食徹尸
薦俎敦設于西北隅几在南厞用筵納一尊佐食闔牖戶降鄭注云厞隱也不

知神之所在或諸遠人乎尸謖而改饌爲幽闇庶其饗之所以爲厭飫少牢饋
食禮曰南面如饋之設此所謂當室之白陽厭也少牢下篇卒餕有司官徹饋
饌於室中西北隅南面如饋之設右几厞用席注云此於尸謖改饌當室之白
厞隱也古文厞作茀曾子問注云當室之白謂西北隅得戶明者也明者曰陽
又云祭成人始設奠於奧迎尸於前謂之陰厭尸謖之後改饌於西北隅謂之
陽厭與案厭者安也西北隅爲神主之所安藏文二年穀梁疏云麋信引衞次
仲曰宗廟主皆用栗祭訖則內於西壁埳中去地一尺六寸昭十八年左疏云
每廟木主皆以石函盛之當祭則出之事畢則納於函藏於廟之北壁之內所
以辟火災也引白虎通義納之西壁或云西壁或云北壁其義同也士虞禮祝
反入徹設于西北隅如其設也几在南厞用席何休成三年公羊傳注云因新
入宮易其西北角穀梁傳云喪主於虞吉主於練於練易壞廟壞廟之道易檐
可也改塗可也是士虞而納主諸侯練而納主皆在廟室之西北隅其後常祭
祭末改饌亦於此處矣爾雅屋漏之義郭璞云未詳孫炎云屋漏者當室之白
日光所漏入孫本鄭禮注作解舍人云古者徹屋西北厞以炊浴汲者訖而復
之古謂之屋漏也劉熙釋名云禮每有親死者輒撤屋之西北隅薪以爨竈煑
沐供諸喪用時若值雨則漏遂以名之也喪大記甸人取所徹廟之西北厞薪
用爨之疏云謂正寢爲廟神之也案此卽劉與舍人所本但喪大記謂新死者
撤正寢西北厞隱之處非卽廟室中之西北隅不得捉而爲一且劉以雨漏作
解尤爲迂遠箋云屋小帳也漏隱也禮祭於奧既畢改設饌於西北隅而厞隱
之處此祭之末也正義謂漏隱釋言文今爾雅作陋漏卽陋之假借釋名帷屋
也以帛依板施之形如屋也屋卽幄之假借鄭意以詩之屋蓋卽儀禮之席也
詩之漏卽儀禮之厞也士虞疏云厞用席謂以席爲障使之隱箋說爲長禮記
中庸篇君子之所不可及者其唯人之所不見乎卽引此詩是屋漏爲人所不
見之地君子之所不可及者其用力正在此也傳訓覯爲見義本中庸曾子言
十目所視亦此謂也○格至釋詁文雲漢泮水傳假至也玉篇假至也狢至也
方言假狢至也邠唐冀兗之閒或曰假或曰狢今說文彳部徦至也下失去狢
篆矣格卽狢之假借字思齊清廟並訓射爲厭此舉神之如在以觀友
君子修誠之功故中庸引詩而釋之云夫微之顯誠之不可揜如此夫

辟爾爲德俾臧俾嘉淑愼爾止不愆于儀不僭不賊鮮不爲則【傳】女爲善則民爲善矣止至也爲人君止於仁爲人臣止於敬爲人子止於孝爲人父止於慈與國人交止於信僭差也投我以桃報之以李彼童而角實虹小子【傳】童羊之無角者也而角自用也虹潰也【疏】辟法也爾女也女爲善釋經辟爾爲德句傳爲全詩爾字通訓也俾使也臧嘉皆善也民爲善釋經俾臧俾嘉句淑善愼誠也止至泮水同止讀爲抳止于至善之至爲人君止於仁五句禮記大學文傳引之以釋經止字之義儀威儀也廣雅僭差也本毛訓淑愼爾止二句承辟爾爲德卽二章所云敬愼威儀也不僭不賊二句承俾臧俾嘉卽二章所云維民之則也昭元年左傳引詩釋之云能爲人則者不爲人下矣則亦法也投我以桃報之以李二句偕桃李投報以結上文無德不報之意箋云此言善往則善來人無行而不得其報也墨子兼愛下篇大雅之所道曰無言而不讎無德而不報投我以桃報之以李卽此言愛人者必見愛也而惡人者必見惡也鹽鐵論和親篇釋詩亦云未聞善往而有惡來者竝與箋義合○彼與上文數爾字作對文彼謂助厲王虐之人蕩篇之彊禦掊克皆是也羊之無角者曰童宣八年公羊傳云而者何難也傳以自用釋經而字之義而詞之難也用以也自用猶言自以爲有角耳卽蕩傳彊梁禦善自伐勝人之義謂彼幼穉無知之人自恃其剛力改常易度未有不傾覆我國家者也彼童而角與衆穉且狂句義正同虹讀爲訌此假借字也召旻傳訌潰也爾雅虹潰也顧野王本作訌小子庰厲王也民勞戎雖小子而式弘大版老夫灌灌小子蹻蹻彼爾詩小子皆庰厲王此以下皆爲刺厲王之詞

荏染柔木言緡之絲溫溫恭人維德之基【傳】緡被也溫溫寬柔也其維哲人告之話言順德之行【傳】話言古之善言也其維愚人覆謂我僭民各有心【疏】巧言傳云

荏染柔意也柔木椅桐梓漆也定之方中篇樹之榛栗椅桐梓漆爰伐琴瑟然則柔木中琴瑟之木也說文云吳人解衣相被謂之緍方言云吳越之間脫衣相被謂之緍緜是緍有被義絲者八音之琴瑟也被絲猶言安弦耳傳云溫溫寬柔也也當作皃荀子注作皃小宛溫溫恭人傳溫溫和柔皃義各有當也荀子不苟篇君子寬而不僈廉而不劌辯而不爭察而不激寡立而不勝堅彊而不暴柔從而不流恭敬謹慎而容夫是之謂至文卽引此詩傳以寬柔詁溫溫正用其師說南山有臺傳云基本也木被絲而適用人本德以成行其理一也○話當爲詁字之誤也釋文引說文作告之詁言云詁故言也是陸所見說文據詩作詁言可據以訂正毛以古之善言釋詁詁以故言釋詁古故詁三字同義也烝民古訓是式傳古故也古訓卽故訓故訓猶詁言也襄二年左傳引詩告之話言字亦誤

上章傳云僭差也

於乎小子未知臧否匪手攜之言示之事匪面命之言提其耳借曰未知亦既抱子(傳)借假也**民之靡盈誰夙知而莫成**(傳)莫晚也(疏)王逸楚辭敘詩人怨主刺上曰嗚呼小子未知臧否匪面命之言提其耳風諫之語于斯爲切仲尼論之以爲大雅是漢人竝謂小子斥厲王矣未知臧否卽下章所謂夢夢也示之事提其耳卽下章所謂誨爾諄諄也○借訓假與藉同漢書霍光傳光議廢昌邑王引詩藉曰未知亦既抱子其字正作藉盈滿也靡盈言財用不滿足也莫晚東方未明同凡文易曉者不傳易曉而嫌涉它義則或傳之如莫捫之莫訓無莫成之莫訓晚一篇之中字同訓異故特箸明以別兩莫字不同義此其例也誰誰厲王也早知晚成言政教之無常也

昊天孔昭我生靡樂視爾夢夢我心慘慘誨爾諄諄聽我藐藐(傳)夢夢亂也慘慘憂不樂也藐藐然不入也**匪用爲教覆用爲虐借曰未知亦聿既耄**(疏)耄老

也疏爾女厲王也爾雅釋訓夢夢亂也又儚儚惛也夢儚義相近此傳本爾雅
夢夢爲亂正月視天夢夢傳王者爲亂夢夢然兩詩傳義正同我我親戚
之臣也若召公凡芮之屬慘慘當作懆懆千到反慘讀七敢反則不入韻矣詳
月出篇懆懆憂也傳云憂不樂者緣上文我生靡樂立訓言憂我生之不樂懆
懆然也爾雅慘慘慍也字亦當作懆懆○說文諄告曉之孰也重言之曰諄諄
中庸注作忳忳書大傳作訰訰竝與諄諄同爾雅邈邈悶也舍人注云憂悶也
正義引爾雅作藐藐匪用爲教覆用爲虐傳所謂藐藐然不入也不入與憂悶
義相因也僭曰未知亦聿既耄言假謂王年尚幼未知其道宜聽用老臣之言
今反謂其老耄而舍之是卽聽我藐藐之意也案此章與版四章同意傳訓耄
爲老與彼傳八十曰耄兩詩傳義亦正同周語周景王謂伶州鳩曰爾老耄矣
何
知
於乎小子告爾舊止聽用我謀庶無大悔天方艱難曰喪厥國取譬不遠昊天
不忒回遹其德俾民大棘疏舊讀如率由舊章之舊曰喪厥國釋文引韓詩作聿古曰與聿通忒變也回遹邪辟也棘急也
桑柔十六章八章章八句八章章六句
桑柔芮伯刺厲王也疏漢書地理志左馮翊臨晉有芮鄉故芮國案此周之芮在河西與商之芮鄰於虞在河東者不同地今陝西同
州府朝邑縣卽周芮伯國書序疏引世本云姬姓厲王時芮伯芮良夫也文元
年左傳引此篇弟十三章以爲周芮良夫之詩詩爲芮良夫所作傳有明文矣
又潛夫論遏利篇亦曰周厲王好專利芮良夫諫而不
入退賦桑柔之詩以諷三家詩亦謂芮良夫刺厲王
菀彼桑柔其下侯旬捋采其劉瘼此下民傳興也菀茂貌旬言陰均也劉爆爍
而希也瘼病也不殄心憂倉兄塡兮傳倉喪也兄滋也塡久也倬彼昊天寧不

我矜(傳)昊天厤王者也(疏)與杳隰桑篇隰桑有阿其葉有難傳阿然美皃難然
盛皃有以利人也桑葉美盛其庇陰有以利人今捋
采之則木葉希疏不均無足以庇陰是不能利人且病人矣以喻下民之病困
由於王政之侵刻也菀訓茂菀柳同矦維也傳以陰均詁旬祭義注陰讀爲依
蔭之蔭爾雅洵均也徇偏也樊光本徇作㽵古旬聲勻聲通陰均者言依蔭普
偏也宣二年左傳舍于翳桑杜注翳桑桑之多蔭翳者義與此同芣苢傳捋采
皆訓取武傳云劉殺也謂殺削枝葉也釋文爆爍本又作㬥樂爾雅釋詁毗劉
㬥樂也毛傳本爾雅釋經劉字而必益其義云㬥樂而希者㬥樂猶剝落卽希
疏之意也爾雅釋經劉字而又必益其辭云毗劉者葢毗之言庇也殺削枝葉
曰劉枝葉可庇入而殺削之不能庇是曰毗劉樊光本毗作庇訓蔭得其理矣
瘼病四月同○㐱絕也倉兲疊韻爲訓滋古祇作茲常棣召旻傳竝訓兄爲茲
塡久瞻卬同爾雅塵久也古塡與塵通箋云民心之憂無絕已喪亡之道滋久
長是也甫田傳倬明皃倬彼昊天猶抑云昊天
孔昭耳昊天厤王者瞻卬同鴻雁傳云矜憐也
四牡騤騤旟旐有翩(傳)騤騤不息也鳥隼曰旟龜蛇曰旐翩翩在路不息也亂
生不夷靡國不泯民靡有黎具禍以燼(傳)夷平泯滅也黎齊也於乎有哀國步
斯頻(傳)步行頻急也(疏)傳云騤騤不息謂馬行不息騤騤然也北山篇四牡彭
彭傳彭彭然不得息皆所謂朝夕從事王事靡盬也烝
民傳騤騤猶彭彭也周語引詩韋注云騤騤行皃義同鳥隼曰旟龜蛇曰旐出
車傳同旟旐者戎車之所建也翩猶翩翩也韋注云翩翩動搖不休止之意義
亦同傳云翩翩在路不息則騤騤不息亦在路矣釋文作偏本亦作翩案此二
章及三四章皆刺王㬥虐以致亂用兵革無有止息也○夷訓平不平卽亂也
成十六年左傳國人曰若之何憂猶未弭而又討我寡君以亡曹國社稷之鎮
公子是大泯曹也杜注云泯滅也是泯有滅義滅㦮臧也黎齊疊韻爲訓荀子
王制篇先王惡其亂也故制禮義以分之使有貧富貴賤之等足以相兼臨者
是養天下之本也書曰維齊非齊此之謂也管子正世篇治莫貴於得齊齊不

得則治難行故治民之齊不可不察也並與傳齊訓同齊猶治也民靡有齊言
民無有能齊之者也具俱也盡當依釋文作藎箋烖餘曰藎方言藎餘也詩小
學云說文作㚇步行白華同行道也頻者顰之隸省說文顰涉水顰蹙急蹙義
相近蹙與促同顰字當是顰字之假借國步斯顰言亂泯禍藎國道其日促急
也顰訓急卽是弟四章孔棘之意說
文矉恨張目也引詩作矉此三家義
國步蔑資天不我將靡所止疑云徂何往（傳）疑定也君子實維秉心無競誰生
厲階至今爲梗（傳）競彊厲惡梗病也（疏）版傳云蔑無也資財也四牡傳云將養
也天昊天斥王者也我我民也不我將
言不養我也疑當卽凝之省假說文凝止也疑凝同聲定止同義儀禮鄉射注
疑止也爾雅疑戾也疑與戾亦雙聲義近故疑謂之止亦謂之定猶戾謂之止
亦謂之定也雨無正靡所止戾傳戾定也文義正同徂亦往也云徂何往重言
反覆之以盡其義全詩中多有此句例○君子謂古之長民者也實當作寔寔
維是爲也或在句首或在句末皆同定之方中傳云秉操也競彊烈文同無競
聲抑執競傳皆云無競競也君子寔維秉心無競言君子之所爲其操心甚彊
固也孟子盡心篇云其操心也危誰謂厲王也厲惡正月瞻卬同說文㾌臥驚
病也从㝱省丙聲廣雅㾌病也梗從更聲更從丙聲病亦從丙聲聲義並同斥
厲王兵革不息大惡於民終見困病昭二十四年左傳楚子爲舟師以略吳疆
吳人踵楚而邊人不備遂滅巢及鍾離而還沈尹戌曰亾郢之始於此在矣引
詩曰誰生厲階至今爲梗其王之謂乎杜注云梗
病也左傳言楚王用兵亾國卽引此詩亦其義也
憂心慇慇念我土宇我生不辰逢天僤怒（傳）宇居僤厚也自西徂東靡所定處
多我覯痻孔棘我圉（傳）圉垂也（疏）正月傳云慇慇然痛也宇訓居土亦居也縣
單謂之厚僤亦謂之厚厚怒猶重怒也定止也處居也靡所定處猶言靡所止
居耳箋云痻病也說文云愍痛也說文有愍無痻有悴無瘁有悝無瘽有宊無

疚有痻無痻則瘨痒瘽疚瘠郎愍悴悝灾痻之或字邶柏舟覯閔既多傳閔病也痻閔義同圉爾雅釋詁文召旻我居圉卒荒傳亦云圉垂也棘急也孔棘

我圉猶云我邊垂甚急耳此倒句以就韻○案史記秦本紀秦仲立三年周厲王無道諸侯或叛之西戎反王室滅犬丘大駱之族後漢書西羌傳厲王無道

戎狄寇掠乃入犬丘殺秦仲之族王命伐戎不克又東夷傳厲王無道淮夷入寇王命號仲征之不克凡此皆厲王時所有邊垂之禍見諸史策可攷者如此

箋易圉作禦云甚急矣我之禦寇之事或本三家而與傳實無異也正義以為傳箋異失之

為謀為毖亂況斯削（傳）毖慎也**告爾憂恤誨爾序爵誰能執熱逝不以濯**（傳）濯

所以救熱也禮所以救亂也**其何能淑載胥及溺**（疏）說文云慮難曰謀毖慎釋詁文小毖毖後患傳亦云

毖慎也慎者慎用禮也況當作兄首章倉兄塡兮傳云兄茲也為謀為毖亂兄斯削二句承上三章而言凡有國家者為靖謀為劼毖當今日兵亂日茲邊垂

生患尤亟思有以救之也下文告爾憂恤四句冢為謀為毖言其何能淑二句冢亂兄斯削言○爾女女厲王也恤亦憂也憂恤卽指上三章用兵禍亂之事

箋訓序爵為次序賢能之爵又天官大宰以八柄詔王馭羣臣一曰爵以馭其貴注爵謂公侯伯子男卿大夫士也詩云誨爾序爵言教王以賢否之弟次也

傳意當同傳云救亂宋本救作毖正義云以濯救熱喩以禮救亂正義作救不誤襄三十一年左傳衛北宮文子引詩而釋之云禮之於政如熱之有濯也濯

以救熱何患之有案此傳所本也孟子離婁篇今也欲無敵於天下而不以仁是猶執熱而不以濯也亦引此詩孟子言仁卽左傳之言禮正義云必賢人乃

能行禮故箋云治國之道當用賢以中足傳意是也墨子尚賢中篇爵位不高則民不敬也蓄祿不厚則民不信也政令不斷則民不畏也故古聖王高予之

爵重予之祿任之以事斷予之令夫豈為其臣賜哉欲其事之成也詩曰告女憂卹誨女予爵孰能執熱鮮不用濯則此語古者國君諸侯之不可以不執善

承嗣輔佐也譬之猶執熱之有濯也將休其手焉王念孫墨子襍志云爵為之譌爾爾字皆作女序作予誰作孰逝作鮮以作用所見詩有異文也善上執

字衍案鄭箋及趙注孟子竝解經濯爲濯手與墨子合○淑善也胥相也其何能淑載胥及溺言今之爲政者不能以禮治國卽不能以善治國將相入於溺亾也孟子苟不志於仁終身憂辱以陷於死亾卽引此詩民歸仁君不志仁將陷民於死亾矣韓詩外傳令民相伍有罪相伺有刑相舉使搆造怨讎而民相殘傷和睦之心賊仁恩害士化所和者寡欲敗者多於仁道泯焉亦引此詩溺謂民陷溺卽上文所謂民靡有黎具禍以燼也趙岐注孟子王肅述毛竝以爲君臣陷溺趙注云刺時君臣何能爲善乎但相與爲沈溺之道也王肅與趙注同鄭箋同

如彼遡風亦孔之僾民有肅心荓云不逮好是稼穡力民代食(傳)遡鄉僾唈荓使也力民代食代無功者食天祿也**稼穡維寶代食維好**(疏)遡鄉公劉同鄉今之向字文選謝莊月賦注引毛詩傳遡向之也與今本異僾唈爾雅釋言文荀子禮論偯唈僾能無時至焉楊注云唈僾气不舒憤鬱之貌單言僾絫言唈僾故爾雅毛傳竝以唈釋經之僾也說文繫傳引詩作亦孔之悉悉本字僾假借字唈古祇作邑肅敬也荓讀爲甹說文甹使也釋文荓或作拼爾雅拼使也或疑詩本作拼集韻云拼使也或作伻伻迸古作平苹通作拼而無荓字可證又爾雅拼使也郭注云皆見詩是三家詩有作拼也逮及也鄉風孔僾以喻民重稼穡之事而不及時者有使之然也○鄭箋於此章好是稼穡稼穡維寶作家嗇云居家吝嗇下章稼穡卒痒始作稼穡解王肅讀此章兩言家嗇爲稼穡與下章稼穡一例則家嗇爲稼穡之壞字如日予不戕王以爲臧之壞字竝與鄭訓不同今細繹經傳文義依王說作稼穡是也傳云代無功者食天祿釋經代食之義王肅云當好知稼穡之艱難有功力於民代無功者食天祿有功力於民釋經力民之義以述明傳意也韓詩外傳晉平公之時藏寶之臺燒公子晏子獨奉束帛而賀公曰自今已往請藏於百姓之間引詩曰稼穡維寶代食維好韓詩作稼穡其明證矣稼穡維寶因民之所利而利之也代食維好民之所好好之也欲刺王用好利之小人故先陳此告誨之詞

天降喪亂滅我立王降此蟊賊稼穡卒痒哀恫中國具贅卒荒靡有旅力以念穹蒼（傳）贅屬荒虛也穹蒼蒼天（疏）滅殘滅我我中國也此卽第二章亂生不夷靡國不泯之意立王義未聞或謂天之所立謂之立王滅我立王言殘滅之道本由於王也一說立古位字如小宗伯掌神位故書位作立之比滅我立王召旻篇云我位孔貶文義與之同也韓詩外傳里克對魏文侯曰數戰而數勝夫差所以自喪於干遂引詩天降喪亂滅我立王毛韓意當同也此責王之詞○蟊賊以喻貪殘之人也正月傳痒病也思齊傳恫痛也中國國中也贅訓屬贅屬一聲之轉如孟子屬其耆老書大傳作贅之例說文云屬連也案傳文荒虛正義無釋則孔所據毛傳無此訓矣具贅卒荒承上文降此蟊賊稼穡卒痒言之猶云饑饉薦臻耳不作空虛解也召旻篇我居圉卒荒亦承上文瘨我饑饉言之言我遭竟盡饑饉亦不作空虛解也彼箋荒虛也正義云荒虛釋詁文唯某氏本有荒字其諸家爾雅則無之然則訓荒爲虛鄭義疑後人依鄭誤增此荒虛二字○力與上章力民代食同義北山旅力方剛經營四方傳旅衆也靡有旅力言無有一力於民者也穹蒼蒼天爾雅釋天文穹窮也大也窮大之蒼謂之穹蒼黍離傳蒼天以體言之據遠視之蒼蒼然則稱蒼天以念穹蒼卽黍離篇所云悠悠蒼天之意也韓詩外傳云民勞思迭治暴思仁刑危思安國亂思天引詩靡有旅力以念穹蒼毛韓義同

維此惠君民人所瞻秉心宣猶考慎其相（傳）相質也維彼不順自獨俾臧自有肺腸俾民卒狂（疏）惠順也秉操也猶道也相訓質讀如質爾民人之質質成也弟三章云君子實維秉心無競卽此義也呂覽知度篇人主自智而愚人自巧而拙人高注云自智謂人愚自巧謂人拙卽引此詩案高以自獨俾臧爲自智自巧而以俾民卒狂爲愚人拙人傳義或然也

瞻彼中林甡甡其鹿（傳）甡甡衆多也朋友已譖不胥以穀人亦有言進退維谷（傳）谷窮也（疏）中林林中也說文甡衆生竝立之皃重言之則衆多曰甡甡五經文字兟色巾反見詩玉篇兟兟衆多皃是三家詩有作兟兟者也

林中之鹿甡甡然眾多以喻賢者皆羣退而窮處假樂傳云朋友羣臣也諧當作偕釋文本亦作偕偕差也穀善也言羣臣過差不相與成於善道是不能處朝廷也○谷鞫同聲故鞫謂之窮谷亦謂之窮韓詩外傳家石他曰嗚呼生亂世不得正行劫乎暴人不得全義悲夫乃進盟以免父母退伏劍以刎其君聞之者曰君子哉安之命矣又楚申鳴曰受君之祿避君之難非忠臣也正君之法以殺其父又非孝子也行不兩全名不兩立悲夫若此而生亦何以示天下之士哉遂自刎而死兩引詩曰進退惟谷韓詩亦謂進退兩窮與毛義同晏子問下篇晏子曰且嬰聞君子之事君也進不失忠退不失行不苟合以隱忠可謂不失忠不持利以傷廉可謂不失行叔向曰善哉詩有之曰進退維谷其此之謂與谷讀爲穀訓善與毛韓義異

維此聖人瞻言百里（傳）瞻言百里遠慮也維彼愚人覆狂以喜匪言不能胡斯畏忌（疏）瞻言百里葢古有此語周語古人有言曰兄弟讒鬩侮人百里韋注云百里喻遠也傳文遠慮上奪言字言遠慮者以釋經義論語衛靈公篇云人無遠慮必有近憂韓詩外傳云由此觀之聖人能知微矣即引此詩遠慮猶知微也覆反也狂即俾民卒狂之狂覆狂以喜言使民反入於狂而猶自以喜此愚人之所爲也愚人謂助厲王虐者下文忍心不順貪人皆是也○匪言不能胡斯畏忌匪非也言非言之不能何其畏忌而不言也周語厲王得衛巫使監謗者以告則殺之國人不敢言道路以目案此即畏忌不言之事忌猶憚也儀禮士虞記夙興夜處小心畏忌昭二十五年左傳爲刑罰威獄使民畏忌以類其震曜殺戮竝與此畏忌同

維此良人弗求弗迪（傳）迪進也維彼忍心是顧是復民之貪亂寧爲荼毒（疏）迪進爾雅釋詁文弗求弗迪言不干進也維此良人弗求弗迪維彼忍心是顧是復此良人則無干進之志彼忍心之人惟是瞻顧反復無常德也上章云維此聖人瞻言百里維彼愚人覆狂以喜言聖人有遠慮而愚人但知自喜用事下章云維此良人作爲式穀維彼不順征以中垢言良人爲善而彼不順之人則惟

闇冥是行也文義相同○荼苦菜因之凡苦曰荼荼毒即是亂周語大子晉曰詩曰四牡騤騤旟旐有翩亂生不夷靡國不泯又曰民之貪亂寧爲荼毒夫見亂而不惕所殘必多其飾彌章民有怨亂猶不可遏又荀子儒效篇凡人莫不欲安榮而惡危辱故唯君子爲能得其所好小人則日徼其所惡亦引此詩是其義也周語厲王虐國人謗王召公告王曰民不堪命矣王弗聽於是國人莫敢出言三年乃流王于彘案此三年即厲王之三十七年也厲王之亾亾自國人故芮伯遠慮先知乃作此危激之詞

寧猶胡也寧爲荼毒與胡爲虺蜴句同

大風有隧有空大谷（傳）隧道也**維此良人作爲式穀維彼不順征以中垢**（傳）中垢言闇冥也（疏）說文無隧字疑古本作遂初學記天部上引詩作遂潛夫論遏利篇言是大風也必將有遂其所據詩當亦作遂可證白駒在彼空谷傳空大也是空亦大也遂訓道道行也大風喻不順之人大風行於空大之谷猶不順之行闇冥也下章以大風喻貪人箋大風之行有所從而來必從大空谷之中喻賢愚之所行必由其性鄭意下文良人與不順之人並言故以賢愚爲喻不知章義但說不順之人而連及良人猶上二章因言愚人而及聖人因言忍心之人而及良人耳○式用穀善言良人之作爲皆用以善道也穀與垢相對成義箋征行也說文垢濁也中垢者內濁不清之謂相鼠傳云無禮義者雖居尊位猶爲闇昧之行闇冥即闇昧也韓詩外傳云故曰以明扶明則升于天以明扶闇則歸其人兩瞽相扶不傷牆木不陷井穽則其幸也詩曰惟彼不順往以中垢闇行也毛韓義同往疑征之誤

大風有隧貪人敗類（傳）類善也**聽言則對誦言如醉匪用其良覆俾我悖**（傳）覆反也（疏）貪人好利之人也史記周本紀厲王即位三十年好利近榮夷公芮良夫諫厲王不聽卒以榮公爲卿士用事王行暴虐侈傲國人謗王召公諫三十四年王益嚴國人莫敢言道路以目三年乃相與畔襲厲王厲王出奔於彘案詩貪人即指榮公之屬史記載芮良夫諫用榮公在三十年國語亦載

其事而此詩之作猶在桑公爲卿士後其去流彘之年不甚相遠類訓善敗類
爲敗善善謂善人即上章所云良人也左傳秦伯曰孤實貪以禍夫子正釋詩
貪人敗類也是其義○聽言指貪人誦言指良人王聞貪人聽從之言則對荅
如流而聞良人莊誦之言則憒然若醉酒不省人事韓詩外傳云古之謂知道
者曰先生何也曰猶言先醒也不聞道術之人則冥於得失不知亂之所由眊
眊乎其猶醉也昔郭君出郭謂其御者曰予知吾且亡乎御者曰然曰何不以
諫也御者曰君喜道諛而惡至言臣欲進諫恐先郭亡是以不諫也郭君作色
而怒御轉其辭曰君之所以亡者大賢引詩曰聽言則對誦言如醉毛韓意同
也匪猶不也良謂良人也篇中三覆一復一反字義皆同故云覆反也說文誖
亂也悖與誖通此刺王不用良人而信用此好利之徒反使我民詩亂若是也

嗟爾朋友予豈不知而作如彼飛蟲時亦弋獲既之陰女反予來赫(傳)赫炙也

(疏)此章承上四章而言王信用匪人以致下民謀亂故呼女朋友而嗟告之也
予我也芮伯自我也作爲也飛蟲喻衆民弋獲弋取攫獲喻貪忍即下文所
謂炙也之猶是也蝃蝀傳訓之爲是此其義陰即首章傳所云陰均也女女民
也釋文及定本集注毛傳皆作炙說文赫大火皃赫訓炙其引申之義也炙猶
侵削之也箋距人謂之赫鄭讀赫爲莊子以梁國嚇我之嚇與毛不同既之陰
女反予來赫言我欲是庇陰女衆民乃當時執政者反予之志是侵削之也此
推本民亂之由以
生下二章之意

民之罔極職涼善背(傳)涼薄也**爲民不利如云不克民之回遹職競用力**(疏)以傳
薄詁涼全詩中薄字皆語詞無實義則涼亦爲語詞矣民之罔極職涼善背罔
極猶無良也職主也言民之無良唯主以違背爲善也箋涼信也非傳義說文
諒事有不善言諒也亦非詩義克勝也回遹邪辟也言上之人
爲民所不利如恐不勝是以民之邪辟主彊用力而爲不善也

民之未戾職盜爲寇(傳)戾定也**涼曰不可覆背善詈雖曰匪予既作爾歌**(疏)戾訓

定未定亂未定也民亂未定主爲盜寇國語芮良夫曰匹夫專利猶謂之盜郎其義葢篇末皆說民之作非卽上章民之貪亂寧爲荼毒之意王肅述毛皆主民言是也下民禍亂若此則上之失政可知矣涼曰不可覆背善詈謂民不可則反背而善詈之涼曰猶薄言皆語詞無實義匪與非同非違也旣猶終也爾女也女厲王也雖曰匪予旣作爾歌此芮伯自明其歌詩以諷刺厲王也

雲漢八章章十句

雲漢仍叔美宣王也宣王承厲王之烈內有撥亂之志遇烖而懼側身脩行欲銷去之天下喜於王化復行百姓見憂故作是詩也【疏】春秋仍叔之子穀梁傳作任叔黄帝二十五子有任姓古仍任通其地無攷

倬彼雲漢昭回于天【傳】回轉也王曰於乎何辜今之人天降喪亂饑饉薦臻【傳】薦重臻至也靡神不舉靡愛斯牲圭璧旣卒寧莫我聽【疏】棫樸傳云倬大也舊本書鈔天部二引韓詩作對彼雲漢注曰宣王遭旱仰天也王念孫云對當爲菿爾雅菿大也倬菿聲義皆同雲漢天河也回訓轉讀如水轉流之轉古者天子登靈臺而望書雲物備水旱故宣王於時仰望天河而憂懼旱烖也○王宣王辜罪也何罪今之人今之人何罪也薦重節南山同薦通作荐爨露郊祀篇引詩作荐臻至泉水同襄二十二年左傳不虞荐至郭注爾雅引易水荐至是薦臻卽荐至也不舉不舉祭也王制山川神祇有不舉者爲不敬鄭注云舉猶祭也牲禱牲也天地用牛日月山川以下用羊圭璧禮神之玉也說文瓏禱旱玉也爲龍文然則禱旱有玉矣周禮大宗伯六玉用諸六宗典瑞及考工記玉人之事皆命矣常祀之圭璧而不及禱祭之玉與此圭璧異也節南山傳卒盡也徧祭羣神故云旣盡下章傳所謂索鬼神而祭之也昭十八年左傳云卜筮走望不愛牲玉與此

詩義正同亭胡也聽讀神之聽之之聽

旱既大甚蘊隆蟲蟲（傳）蘊蘊而暑隆隆而雷蟲蟲而熱不殄禋祀自郊徂宮上下奠瘞靡神不宗（傳）上祭天下祭地奠其禮瘞其物宗尊也國有凶荒則索鬼神而祭之后稷不克上帝不臨耗斁下土寧丁我躬（傳）丁當也（疏）正義云溫字定本作蘊釋文蘊本又作煴疑煴即溫之誤蘊即薀之俗毛詩古字作溫謂薀之假借字薀積之爲溫積猶小宛箋蘊藉之爲溫藉矣釋文引韓詩作鬱爾雅鬱氣也郭注云鬱然氣出薀隆之爲鬱隆猶素冠篇薀結之即鬱結矣傳云暑亦謂暑氣也淮南子天文篇季春三月豐隆乃出以將其雨注豐隆雷也此豐隆謂雷聲之大詩言隆隆非大雷也箋云隆隆而雷非雨雷也雷聲尚殷殷然此即漢書劉向傳所謂無雲而雷也蟲蟲爾雅作爞爞熏也郭注云旱熱熏炙人釋文引韓詩作烔烔音徒冬反衆經音義卷四引埤蒼云烔烔然熱皃廣韻引字林云熱氣烔烔用韓詩也又華嚴經音義下如來出現品之二引韓詩傳曰烔謂燒草傳火爞盛也據此則韓詩鬱隆烔烔指燎柴祭天而言與毛說絕異廣雅烔熱也張用韓義然釋文於鬱下云與毛同而烔下又不詳韓義未審其實說文火部烔光也無烔字○殄絕也不殄不絕也爾雅殄致也郭注云見詩傳疑此詩之異文不殄禋祀致禋祀也不發聲郭或據三家詩傳耳大宗伯以禋祀祀昊天上帝自郊徂宮自郊宮也徂語詞禮器魯人將有事於上帝必先有事於頖宮頖宮或爲郊宮覲禮祭天燔柴祭法燔柴於泰壇祭天也宮猶壇也月令仲夏命有司爲民祈祀山川百源大雩帝用盛樂鄭注云雩吁嗟求雨之祭也雩帝謂爲壇南郊之旁雩五精之帝配以先帝也春秋傳曰龍見而雩雩之正當以四月凡周之秋三月之中而旱亦備雩禮以求雨因著正雩此月失之矣天子雩上帝諸侯以下雩上公周冬及春夏雖旱禮有禱無雩奠謂詩因旱而禋祀郊宮正是雩上帝之事故篇中言上帝言昊天言昊天上帝皆謂雩祭也箋以郊宮爲二宮爲宗廟徂宮爲從郊而至宗廟不知此章不及宗廟董仲舒引

此詩二章在郊祀篇可證○傳云上祭天承上文而言下祭地祭天必兼祭地耳上下謂天地奠瘞指上下梁書許懋傳引毛傳云上祭天下祭地奠其幣瘞其物案此與今本作奠其禮不同幣謂帛也奠其幣但以帛爲奠而知祭天一燔牲與玉之說誣也物毛物謂牲體也祭地而瘞其物則知埋玉之說亦誣也一說今本傳作禮不誤禮物二字互文奠不專指祭天而瘞則專指祭地覲禮祭地瘞爾雅祭地曰瘞埋祭法瘞埋於泰折祭地也金鶚云禮運列祭祀瘞繒繒爲幣帛瘞爲帛則奠亦宜爲帛也祭天帛宜燔而云奠者帛必奠之而後燔於柴上也毛傳未嘗言牲玉孔疏以牲玉釋之非也郊特牲疏引韓詩內傳天子奉玉升柴加于牲上金誠齋辨之矣宗尊鳧鷖同靡神不宗猶云靡神不舉也周禮大司徒以荒政十有二聚萬民十有一曰索鬼神鄭司農注云索鬼神求廢祀而修之雲漢之詩所謂靡神不舉靡愛斯牲者也毛傳本周禮故仲師卽本詩以爲說覲禮祭山丘陵升祭川沈大祝掌六祈四曰禜鄭司農注云禜日月星辰山川之祭也春秋傳曰日月星辰之神則雪霜風雨之不時於是乎禜之山川之神則水旱癘疫之災於是乎禜之杜注昭元年左傳云有水旱之災則禜祭山川之神周禮四曰禜祭爲營欑用幣以祈福祥祭法雩宗祭水旱也鄭注云宗當爲禜字之誤也雩禜水旱壇也然則索鬼神其卽周禮之禜祭歟後漢書順帝紀詔曰分禱祈請靡神不禜錢大昕攷異云靡神不宗之宗三家詩必有作禜者○后稷南郊配天故禋祀上帝又吁嗟后稷也克能也王肅謂不能福佑我是也臨以言降佑也繁露郊祀篇云宣王自以爲不能乎后稷不中乎上帝故有此災中者得也不得卽不臨之意非謂臨爲中也西京舊儒尚知此古訓之法耗俗秏字繁露及玉篇禾部引詩皆作秏釋文及後漢書竇皇后紀注引韓詩秏惡也惡音好惡之惡箋斁敗也六書故引作傳文非也說文殬訓敗則斁卽殬字繁露作射古射斁通其字作斁其義毛當訓厭也丁當釋詁文

旱既大甚則不可推兢兢業業如霆如雷傳推去也兢兢恐也業業危也**周餘黎民靡有孑遺**傳孑然遺失也**昊天上帝則不我遺胡不相畏先祖于摧**傳摧

至也（疏）說文摧排也去猶排也小旻傳兢兢戒也恐戒義相近業業危爾雅釋訓文大玄差次七累卵業業懼貞安測曰累卵業業自危作安也是業業爲危矣召旻兢兢業業箋同○正義云孑然孤獨之貌言靡有孑遺謂無有孑然得遺漏定本及集注皆云孑然遺失也俗本有無字者誤也案有無字者是也小箋云靡有孑遺無孑然遺失也失同佚孟子萬章篇引詩而釋之云信斯言也是周無遺民也靡有孑遺是無遺民之義民困饑饉餓死無存此是極盡之詞耳方言廣雅皆云孑餘也靡孑遺卽無餘遺毛傳無孑然遺失其意亦同鄭箋云周之衆民多有死亡者矣幸其餘無有孑遺者言又餓病也趙注云志在憂旱災民無孑然遺脫不遭旱災者非無民也鄭趙箋注乃孟子以意逆志則可不得據此以釋詩辭續溪胡紹勳四書拾義說○女曰雞鳴傳問遺也則遺亦問也畏畏天也摧至釋詁文方言云摧至也摧楚語先祖謂文武也文武於周較后稷爲親胡不相畏先祖于摧言欲覬冀先祖之神庶幾其至以救此災耳下章云父母先祖胡寧忍予言父母先祖何竟忍予而不顧我也皆反覆其詞以箸其憂戚之情

旱既大甚則不可沮赫赫炎炎云我無所大命近止靡瞻靡顧（傳）沮止也赫赫旱氣也炎炎熱氣也大命近止民近死亡也**羣公先正則不我助父母先祖胡寧忍予**（傳）先正百辟卿士也先祖文武爲民父母也（疏）沮止巧言同赫赫盛也言旱氣之盛也說文焅旱气也苦沃切赫焅聲相近或許本三家也大田傳炎火盛陽也火爲陽則炎爲盛是炎炎爲熱氣之盛也爾雅炎炎熏也雒誥云無若火始燄燄燄與炎通釋文據傳熱下無氣字玉篇赫旱也似希馮所據旱下亦無氣字止至也近止近至也列女傳續篇知天道之不祐示以大期卽傳所謂民近死亡也○傳文先正上奪羣公二字百辟卿士釋經之羣公先正非以百辟卿士但釋經之先正也假樂之綱之紀燕及朋友百辟卿士媚于天子百辟爲諸侯桑扈烝民烈文百辟同故傳意以百辟謂羣公羣公卽辟公卿士謂先正正長也書文侯之命篇亦惟先正克左右昭事厥辟鄭注云先正謂公卿大夫也又禮記緇衣篇

詩云笞吾有先正其言明且清國家以寧都邑以成庶民以生誰能秉國成不自爲正卒勞百姓此與節南山尹氏大師秉國之均文義相同則先正爲卿士也案此詩言雩祀當祀先世之諸侯卿士在王畿內者司巫注云雩旱祭也天子於上帝諸侯於上公之神國語說苑及五經異義皆有公矦祀百辟百神之文然則諸侯不祀上帝而天子又得兼祀百辟卿士故月令仲夏命百縣雩祀百辟卿士有益於民者以祈穀實百縣詩正義引作百官此即天子兼祀之義箋云百辟卿士雩祀所及者鄭郎本月令以申傳是矣○傳云先祖文武爲民父母也九字爲一句奪複句經文父母先祖四字耳正義云於民則爲父母於周則爲先祖故言先祖文武以其爲民父母故稱父母欲見先祖父母爲一故先解先祖必知先祖唯文武者以此詩所訴皆所祭之神周立七廟親廟四非受命立功不足偏訴上章已言后稷明此唯文武耳胡何也寧亦何也盤庚云乃祖乃父乃斷棄女不救乃死此即忍予之義也

旱既大甚滌滌山川（傳）滌滌旱氣也山無木川無水旱魃爲虐如惔如焚我心憚暑憂心如熏（傳）魃旱神也惔燎之也憚勞熏灼也羣公先正則不我聞昊天上帝寧俾我遯（傳）滌滌猶脩脩也中谷有蓷傳脩且乾也鴟鴞傳修修敝也聲義相近說文蔋艸旱盡也引詩作蔋蔋徒歷切玉篇引詩作蔋蔋云本亦作滌蔋疑蔋之譌徒歷一切正讀如盪滌之滌古攸聲叔聲皆在尤幽部叔之平聲同修滌滌之爲蔋蔋小弁踧踧即爾雅之篴篴其理一也傳云山無木川無水依經言也說文云艸旱盡依字言也艸盡則水竭可知晏子諫上篇夫靈山固以石爲身以草木爲髮天久不雨髮將焦身將熱說苑辯物篇亦有斯語○後箋云藝文類聚引韋昭毛詩荅問曰雲漢之詩旱魃爲虐傳魃天旱鬼也據此似傳本作旱鬼說文魃旱鬼也即用毛傳後漢書皇甫規傳注毛傳已作旱神與今本同山海經大荒之中有山名不句有黃帝女妭本天女也黃帝下之殺蚩尤不得復上所居不雨郭注妭音如旱魃之魃玉篇妭下引文字指歸云女妭禿無髮所居之處天不雨也案妭與魃同古者求雨以女巫其即祓除女妭之意歟釋文及定本作惔正義本作炎而燎下皆無之字詩

小學云後漢書章帝紀章懷注引韓詩如炎如焚說文云炎燎也蕊毛亦作炎也上文赫赫炎炎本或作惔惔是其明證僤讀爲癉大東小明傳皆云癉勞也勞憂勞也韓詩苦也箋猶畏也義竝相近說文中部熏火煙上出也从中从黑中黑熏象傳以熏爲灼隨經訓也灼焦灼也○詩述聞云聞猶恤問也與葛藟篇亦莫我聞同寧猶胡也俾當作卑寧卑我遯與胡卑我瘉句同

旱既大甚黽勉畏去胡寧瘨我以旱憯不知其故祈年孔夙方社不莫昊天上帝則不我虞敬恭明神宜無悔怒(傳)悔恨也(疏)後漢書蔡邕傳宣王遭旱密勿密勿也箋云瘨病也召旻瘨我饑饉箋同釋文瘨韓詩作疹云重也憯當作替替曾也言何病我以旱曾不知其何故也○噫嘻序春夏祈穀于上帝也又月令孟冬天子乃祈來年於天宗大割祠於公社及門閭此祈年之祭也甫田以社以方傳社后土也方迎四方氣于郊也此方社之祭也二者以言其不廢常祀也詩述聞云虞猶撫有也廣雅曰虞有也則不我虞猶言亦莫我有也其四章曰羣公先正則不我助助猶虞也故廣雅又曰虞助也○明神釋文作明祀本或作明神案作明神者依箋誤改箋云我心肅事明神如是蓋言敬祀於神如是非鄭所據毛詩本作明神也文選張衡東京賦爰敬恭於明神李善注引毛詩作敬恭明神陸機荅張士然詩駕言巡明祀致敬在祈年江淹襍體袁大尉從駕詩恭絜由明祀肅駕在祈年李注又兩引毛詩作敬恭明祀可知唐時既有此兩本而陸江所云正用詩辭可爲作明祀之確證北堂書鈔禮儀部九引毛詩作明祀陳禹謨本改明神矣此詩云明祀楚茨及信南山詩皆云祀事孔明其義正同敬恭明祀者卽上文所謂祈年孔夙方社不莫也悔恨傳爲全詩悔字通訓不必限於首見也黃公紹韻會引說文云悔恨也

旱既大甚散無友紀鞫哉庶正疚哉冢宰趣馬師氏膳夫左右(傳)歲凶年穀不登則趣馬不秣師氏弛其兵馳道不除祭祀不縣膳夫徹膳左右布而不修大

夫不會粱士飲酒不樂靡人不周無不能止（傳）周救也無不能止言無止不能
也瞻卬昊天云如何里（疏）說文黴𥼶肉也引申黴有𥼶亂之義假樂之綱之紀燕及朋友傳朋友羣臣也天子燕飲羣臣自有一定
之綱紀汪龍詩異義引周禮掌客凡禮賓客凶荒殺禮爲此章傳義與假樂篇義合與竊謂此云友即朋友紀即綱紀與假樂同而用義自別黴無友紀者言
朋友本有一定之綱紀今爲凶荒各自殺禮是即無友紀也黴者即無友紀之謂非謂天子燕羣臣而凶荒殺禮也歲凶年穀不登以下皆傳釋黴無友紀之
義禮記曲禮下篇歲凶年穀不登君膳不祭肺馬不食穀馳道不除祭事不縣大夫不食粱士飲酒不樂襄二十四年穀梁傳大侵之禮君食不兼味臺榭不
塗弛侯廷道不除百官布而不制鬼神禱而不祀此大侵之禮也此與毛傳詳略不同或毛公兼引禮記穀粱傳隨經作訓抑別有成文不可攷也○鞫窮也
庶眾正長謂六官之長也疚本或作宄宄貧也此冢宰爲宰夫與周禮大宰不同大宰在庶正之中則冢宰爲其屬矣十月之交家伯維宰鄭司農以爲宰夫
趣馬師氏膳夫已見十月之交篇左右統大夫士而言也鞫哉宄哉即下章昭假無贏之意其所以既鞫且宄者爲諸臣助王憂裁出祿餼以振貸飢饉之黎
民即以起下文靡人不周無不能止也周讀與救同論語雍也篇君子周急不繼富孟子萬章篇君之於氓也固周之周皆救也箋易周爲賙賙字見周禮鄉
師職賙萬民之囏阨鄭司農云賙讀爲周急之周大司徒職五黨爲州使之相賙杜子春云賙當爲糾案周賙古今字故先鄭杜皆不從賙許君作說文亦不
錄賙毛詩多古文衹作周爲救之假借字不必改賙也止猶已也王肅述毛云無不能而止者其發倉廩散積聚有分無多分寡無敢有不能而止者言上下
同也○箋云里憂也十月之交傳云里病也憂病同義釋文本亦作瘽說文有悝無瘽里爲古文假借字
瞻卬昊天有嘒其星（傳）嘒眾星貌大夫君子昭假無贏（傳）假至也大命近止無
棄爾成何求爲我以戾庶正（傳）戾定也瞻卬昊天曷惠其寧（疏）正義云以嘒戈連星故爲星皃

小星正義引此傳亦但云星皃無衆字釋文有衆字小星嘒彼小星傳云嘒微皃小星衆無名者說文嘒小聲也引詩有嘒其星蓋微小者必衆多玉篇嘒衆星皃與此傳同而其字作嘒未詳○假讀爲假方言說文皆云假至也泮水同爾爾大夫君子也王肅云大夫君子公卿大夫也昭其至誠於天下無敢有私贏之而不斅憿大夫君子所以無私贏者以民近亾當賑救之以全汝之成功案王說申毛是也我宣王自我也戾定雨無正桑柔同何求爲我以戾庶正言今我求雨何獨爲我躬亦欲以定庶正救裁之成功而已宣王初年在廷諸臣若尹吉甫仲山甫召虎方叔之倫俱在庶正之列必有助王祈禱振救之者故詩末二章皆言其諸臣勤勞可想見宣王初年君與臣一德憂念百姓雖承厲之亂而復著中興此序所謂百姓見憂也○惠愛也寧安也言君臣憂百姓如此天何不愛而安之瞻卬云瞻卬昊天則不我惠孔塡不寧降此大厲

崧高八章章八句

崧高尹吉甫美宣王也天下復平能建國親諸侯褒賞申伯焉（疏）中中侯也申伯者申侯受命爲侯伯也篇中所敘命召伯城謝以及錫命之美餞禮之盛入國之喜樂申侯爲侯伯不爲二伯鄭箋謂申伯以賢入爲周鄉士則申侯兼二伯之職矣鄭說非也此詩當作於采芑南征之後在宣王中興初年

崧高維嶽駿極于天維嶽降神生甫及申（傳）崧高貌山大而高曰崧嶽四嶽也東嶽岱南嶽衡西嶽華北嶽恆堯之時姜氏爲四伯掌四嶽之祀述諸侯之職於周則有甫有申有齊有許也駿大極至也嶽降神靈和氣以生申甫之大功維申及甫維周之翰（傳）翰幹也四國于蕃四方于宣（疏）崧禮記及韓詩外傳初學記引詩皆作嵩山大

而高曰崧爾雅釋山文釋文崧又作嵩嵩即崇之或體崧俗字也漢人以大室爲崇高山應劭風俗通義遂誤以詩之嵩高爲中嶽矣經言嶽傳言四嶽書堯典云歲二月東巡守至于岱宗柴望秩于山川肆覲東后五月南巡守至于南岳如岱禮八月西巡守至于西岳如初十有一月朔巡守至于北岳如西禮案嶽岳一字天子巡守四方見諸侯於嶽下四方故四嶽般序巡守而祀四嶽河海也傳高山四嶽也二傳義同云東嶽岱者禹貢海岱惟青州海岱及淮惟徐州青東至海西至岱徐北至岱南至淮是岱在禹貢青徐二州界中職方氏河東曰兗州其山鎮曰岱山周之岱幷入於兗矣山名曰岱岱爲四嶽之長故尚書謂之岱宗在三嶽之東故爾雅謂之東嶽亦爲域中山之最大故閟宮謂之大山漢書地理志泰山郡博岱山在西北今在山東泰安府附郭泰安縣北五里漢博縣地此東嶽也云南嶽衡者禹貢荆及衡陽惟荆州荆北及荆山南至衡山之陽職方氏正南曰荆州其山鎮曰衡山周以漢北爲豫漢南爲荆而南及衡陽與夏同也地理志長沙國湘南禹貢衡山在東南荆州山今在湖南衡州府衡山縣西北三十里漢湘南縣地此南嶽也漢以霍山爲南嶽故漢人皆舉霍山廣雅天柱謂之霍山岣嶁謂之衡山稚讓釋五嶽舉霍山而衡山不列於五嶽據漢而言云西嶽華者禹貢華陽黑水惟梁州西傾朱圉鳥鼠至于大華華即大華也梁東自河西之華西北至于黑水周無梁州而以嶓冢之東幷入豫州岷山之南幷入雍州故華山在豫州職方氏河南曰豫州其山鎮曰華山地理志京兆尹華陰大華山在南豫州山班志不云梁州山以大華在雍梁之閒故不從禹貢而從職方矣後漢華陰屬弘農郡今在陝西同州府華陰縣縣南十里此西嶽也云北嶽恆者禹貢大行恆山在冀州域內恆水所出也職方氏正北曰幷州其山鎮曰恆山地理志常山郡上曲陽恆山在西北幷州山禹貢恆水所出東入滱今在直隸定州曲陽縣西北百四十里漢置上曲陽縣此北嶽也漢避文帝諱改恆山爲常山○周語云堯用伯禹共之從孫四嶽佐之胙以天下賜姓曰姒氏曰有夏胙四嶽國命爲侯伯賜姓曰姜氏曰有呂此一王四伯皆能釐舉嘉義以有胤在下守祀不替其典案傳義正本國語四伯主掌四嶽之祀述諸侯之職堯之時炎帝後姜姓爲之伯夷其一伯也堯之四伯猶周之二伯下泉傳諸侯有事二伯述職周制分天下以爲左右二伯分主

東西以領八州之方伯左伯率東方諸侯右伯率西方諸侯此二伯述職也堯時以四伯掌四嶽分主東西南北以領十二州之牧伯行述職之事則四伯自在王官故堯典帝曰咨四岳咨四伯也咨十有二牧咨十二州之牧伯也正義謂四嶽如牧伯誤矣傳云於周則有甫有申有齊有許也者周語云齊許申呂由大姜又云申呂雖衰齊許猶在此亦傳義所本也甫卽呂呂爲姜姓始封之國申亦夏商舊國齊許則皆周封之國宣王之世四國猶存詩言錫命申伯耳申甫連言猶之申呂連言而傳又連及齊許更推廣之申之先祖主嶽之祀自堯迄周歷千餘年傳乃撥下生申句以發明篇端高嶽之義也駿大極至所謂高也○神神靈也云嶽降神靈和氣以生申甫之大功者傳又撥下四句立義于蕃于宣卽其大功也鄭注孔子閒居篇甫申爲仲山甫及申伯仲山甫樊侯也後漢書張衡傳申伯樊仲實榦周邦此皆三家異說而輸之爲榦義則同也四國于蕃四方于宣于爲也言爲蕃四國爲宣四方也箋云四國有難則往扞禦之爲之蕃屏四方恩澤不至則往宣暢之

亹亹申伯王纘之事于邑于謝南國是式 傳 謝周之南國也**王命召伯定申伯之宅登是南邦世執其功** 傳 召伯召公也登成也功事也 疏 文王傳亹亹勉也王宣王也釋文纘韓詩作踐云踐任也中庸踐其位踐或爲纘此纘踐聲通之理潛夫論引詩作薦聲亦近韓奕云王親命之纘戎祖考無廢朕命文義正同○說文邑國也古邑國通稱于邑于謝言爲國於謝也周禮以東都王畿爲土中在東畿之南故傳以謝爲周之南國鄭語史伯曰當成周者南有申呂是也此傳云謝周之南國也黍苗傳云謝邑也謝本爲周南國之邑至宣王之世遷都於此傳意可互見也潛夫論志氏姓篇申城在南陽宛北序山之下故詩云亹亹申伯王薦之事于邑于序南國爲式古謝序聲通蓋謂宣王封申伯於序在今漢南陽郡宛縣北序山之下也漢人又謂之北筮山漢書地理志南陽郡宛故申伯國有屈申城縣南有北筮山然則漢宛縣申伯故國縣南有北筮山此卽宣王所封之謝較舊都近南謝在宛縣南不在宛縣北矣顧祖禹方輿紀要云河南南陽府

南陽縣附郭周申國宛縣今府治又云申城府北三十里括地志南陽縣北有
申城周宣王舅所封此由誤讀潛夫論以宛北連文遂謂申城在南陽縣北顧
氏實沿括地志之謬又紀要南陽府唐縣謝城相傳周申伯徙封于此又河南
信陽州羅山縣縣西北六十里有謝城古申伯所都劉昭注續志引荊州記棘
陽縣東北百里有謝城水經泚水注謝水出謝城北城周迴側水申伯之都世
祖封樊重少子爲謝陽侯即此朱右曾以爲此皆世本所云任姓之謝國在此
以爲申伯之都非是南國是式猶下章云式是南邦也箋云式法也○傳以召
伯爲召公者謂召伯爲天子之三公出爲二伯也召公召穆公也宅居也烝民
王命仲山甫城彼東方傳東方齊也古者諸侯之居逼隘則王者遷其邑而定
其居蓋去薄姑而遷於臨菑也彼詩言宣王命仲山甫爲齊遷邑定居與此詩
言宣王命召穆公爲申遷邑定居皆是建國親侯之美政小雅黍苗篇正言其
事登成爾雅釋詁文黍苗云召伯成之又云召伯有成是其義也宣十二年穀
梁傳云績功也功
事也與傳訓同

王命申伯式是南邦因是謝人以作爾庸（傳）庸城也王命召伯徹申伯土田（傳）徹治也王命傅御遷其私人（傳）御治事之官也私人家臣也（疏）爾雅仍因也因
亦通訓仍謝人

謝邑之人也庸讀爲墉古文假借字皇矣韓奕良耜傳皆云墉城也徹治公劉
同江漢錫山土田傳諸侯有大功德賜之名山土田附庸此言土田者亦宣王
之所錫也○書牧誓篇我友邦冢君御事司徒司馬司空孔傳云治事三卿大
誥酒誥梓材召誥雒誥等篇言御事皆爲諸侯治事之臣此傳以治事之官釋
經文之御正與書義合也臣工嗟嗟臣工嗟嗟保介傳工官也凡大國三卿命
於天子皆有職司於王室故天子得以敕之命之傅御猶保介也諸侯之上大
夫卿亦兼孤故春秋陽處父爲大傅士會將中軍爲大傅箋以傅御謂冢宰正
義用箋申傳失之私人即傅御之私人傅御爲諸侯之臣故傳以私人爲家臣
矣禮記玉藻大夫私事使私人擯則稱名鄭注云士臣於大夫者曰私人儀禮
士相見注云家臣稱私有司徹注云私人家臣己所自謁除也大夫言私人明

不純臣也此皆私人為大夫家臣之證正義謂申伯私家之臣亦失之十月之交云皇父孔聖作都于向擇三有事亶侯多藏擇有車馬以居徂向文義相同

申伯之功召伯是營有俶其城寢廟既成既成藐藐（傳）俶作也藐藐美貌王錫申伯四牡蹻蹻鉤膺濯濯（傳）蹻蹻壯貌鉤膺樊纓也濯濯光明也（疏）俶作爾雅釋詁文傳

於既醉之俶訓始而此俶訓作者有俶其城猶上章云以作爾庸也緜傳君子將營宮室宗廟為先廄庫為次居室為後故作城必及寢廟也藐藐美亦釋詁文說文作貌重言之曰貌貌通作藐藐既成藐藐句束上起下上文皆言召伯定宅之事下文則敘申伯入謝也○泮水傳其馬蹻蹻言彊盛也壯即彊盛之義韓奕言王錫韓侯有鉤膺皆濯光明也者路車之樊以纓為飾光明言其飾也周禮巾車金路鉤樊纓以賓同姓以封此錫申伯鉤膺或於所以錫命侯伯也鉤膺樊纓采芑同說詳采芑篇云濯賓饗用之故下章遣申伯路車為封異姓之象路與

王遣申伯路車乘馬（傳）乘馬四馬也我圖爾居莫如南土錫爾介圭以作爾寶（傳）寶瑞也往近王舅南土是保（傳）近己也申伯宣王之舅也（疏）乘馬四馬即承上章之四牡言也韓奕云韓侯出祖其贈維何乘馬路車文義相同郭注爾雅引詩介作玠說文玠大圭也介與玠通考工記玉人之事命圭九寸謂之桓圭長發傳桓大也介與桓並有大義公所執桓圭於鎮圭為小而視信圭躬圭則為大王肅云桓圭九寸諸侯圭之大者所以朝天子是也故桓圭亦稱介圭矣命申伯錫介圭與韓奕介圭以入覲皆是上公九命作伯之禮爾雅珪大尺二寸謂之玠爾雅玠圭即天子之鎮圭與詩介圭不同箋乃誤合為一耳春官大宗伯稱公執桓圭居六瑞之一此即傳訓寶為瑞之義也○近各本作近今訂正小箋云近己也己與忌同大叔于田傳曰忌辭也此傳謂近者己之假借箋申之曰己辭也讀如彼記之子之記王風彼其之子箋曰其或作記或作己讀聲相似鄭風鄭箋曰忌讀如彼己之子之己蓋其記己忌近五字同詞之助也己作戌己字今

本毛詩此及王風鄭風作已止字誤又鄭釋毛云已辭也今本仍作辺誤經傳辺誤作近則自唐然矣惟宋廖氏本作辺與案箋辺辭也辭當作詞此亦申毛

不必改已字往辺王舅言王舅往耳辺爲句中語助詩曰王舅曰王之元舅故知申伯爲宣王之舅也宣王之母姜姓於傳無聞

申伯信邁王餞于郿〔傳〕郿地名申伯還南謝于誠歸王命召伯徹申伯土疆以峙其粻式遄其行〔疏〕再宿曰信郿地名傳不詳其所在箋云時王葢省岐周故于郿云江漢篇于周受命箋岐周周之所起爲其先祖之靈故就之是宣王命召公必於岐周則其命申伯亦猶然也郿在岐周之南故受命還謝爲所餞道矣地理志右扶風郿縣今據方輿紀要郿縣在陝西鳳翔府東南百四十里而故郿城在縣東北十五里岐山縣在府東五十里而岐陽廢縣在縣東北五十里以此覈之則郿地在岐周之南相去不過五六十里古者餞必在近郊也箋云還南者北就王命于岐周而還反也謝于誠歸誠歸于謝也○釋文時本又作峙爾雅峙具也峙乃峙之俗又粻糧也郭注云今江東通言粻案此仍冡上四章命召伯定宅而以敘申伯載糧就道也下章正言歸謝之事

申伯番番既入于謝徒御嘽嘽〔傳〕番番勇武貌諸侯有大功則賜虎賁徒御嘽嘽徒行者御車者嘽嘽喜樂也周邦咸喜戎有良翰不顯申伯王之元舅文武是憲〔傳〕不顯申伯顯矣申伯也文武是憲言有文有武也〔疏〕爾雅釋訓番番勇也傳乃益其義云勇武秦誓番番良士孔傳云勇武番番之良士義與此同番番與嘽嘽竝指從申伯入謝者說故傳又申釋勇武爲虎賁之士也魯語天子有虎賁習武訓也諸侯有旅賁禦災害也又楚語衛武公在輿有旅賁之規是諸侯有旅賁也天子有虎賁又有旅賁諸侯但有旅賁有大功則賜虎賁周禮序官虎賁氏下大夫二人虎士八百人旅賁氏中士二人鄭注云不言徒曰虎士則虎士徒之選有勇力者是虎賁與虎賁氏不同虎賁氏官名也虎士即虎賁也繁露爵國篇

公侯賢者爲州方伯錫斧鉞置虎賁百人書大傳有功者天子一賜以車服弓矢再賜以秬鬯三賜以虎賁百人號曰命諸侯命諸侯得專征者鄰國有臣弒其君孽代其宗者弗請于天子征之而歸其地于天子可也說苑修文篇與大傳同左傳襄王策命晉侯爲侯伯賜之虎賁三百人案此卽元戎十乘之制也司馬法革車一乘士十人徒二十人甲士十人十乘則虎賁百人兼車徒二十人十乘則虎賁三百人其制一也既入于謝楚辭七諫注引詩謝作徐或三家字通而遂誤以徐偃王爲申伯後也徒徒行者御御車者黍苗同故傳訓亦同采芑常武嘽嘽傳訓衆盛此云喜樂者探下文周邦咸喜而釋之也樂記云其樂心感者其聲嘽以緩又云嘽諧慢易繁文簡節之音作而民康樂是嘽嘽有喜樂之義○戎大也翰卽首章云維周之翰也翰幹也不顯申伯與於赫湯孫句同不於皆發聲元舅大舅也憲法也文武是憲言申伯旣有文德又有武功足爲法於天下也六月傳有文有武二傳意同僖三十年左傳周公閱曰國君文足昭也武可畏也則有備物之饗以象其德薦五味羞嘉穀鹽虎形以獻其功

申伯之德柔惠且直揉此萬邦聞于四國吉甫作誦其詩孔碩其風肆好以贈申伯

(傳)吉甫尹吉甫也作是工師之誦也肆長也贈增也(疏)柔安也惠順也小明傳正直爲正能正人之曲曰直韓奕訓庭爲直卽本此且直爲訓說文無揉字釋文揉本亦作柔箋云四國猶言四方也○是詩尹吉甫所作故傳云吉甫尹吉甫也序箋云尹官氏潛夫論志氏姓篇亦云尹者本官名也詳常武篇云作是工師之誦也者以釋經作誦之義是是詩也烝民箋吉甫作此工歌之誦作誦猶言作歌也潛夫論三式篇周宣王時輔相大臣以德佐治亦獲有國故尹吉甫作封頌二篇疑三家詩此及烝民誦作頌字碩大也肆訓長長讀上聲烝民穆如清風傳清微之風化養萬物者也二傳義同贈增正義崔集注本皆同其詩孔碩句是吉甫自陳作誦之意其風肆好句是美申伯之詞崔靈恩云增益申伯之美

烝民八章章八句

烝民尹吉甫美宣王也任賢使能周室中興焉

天生烝民有物有則民之秉彝好是懿德(傳)烝衆物事則法彝常懿美也天監有周昭假于下保茲天子生仲山甫(傳)仲山甫樊侯也(疏)烝衆東山同禮記大學云物有本末事有終始物即事也又云致知在格物物格而后知至樂記云人生而靜天之性也感於物而動性之欲也物至知知然後好惡形焉蓋已形之好惡物在情一邊未形之好惡物在性一邊物之本即事之始也則法六月同彝常爾雅釋詁文孟子告子篇及潛夫論德化篇引詩作夷皇矣瞻卬皆假夷為彝懿與抑聲通皆有美義故全詩多假抑為懿也孟子言性善以才之善仁義禮智之心為說引詩曰天生蒸民有物有則民之秉夷好是懿德孔子曰為此詩者其知道乎故有物必有則民之秉夷也故好是懿德案孟子引孔子釋詩以證性善不涉情一邊也物即才也則即仁義禮智也有是才必有是仁義禮智此之謂有物有則俱就性一邊說毛傳訓物為事事與才同聲同義意以才訓物恐人不易曉故謂物為事文王篇上天之載無聲無臭傳載事也兩事字義同法猶範也毛傳多引孟子文此毛意亦必用孟子義也常德性也民之秉好性善也韓詩外傳引詩而釋之云言民之秉德以則天也詩上二句天命之謂性下二句率性之謂道也故孔子以為知道矣趙岐注孟子用韓詩而以人法天解有則句誤用韓義○監視也假至也保茲天子生仲山甫言由天保之自天生之也韓詩外傳云子曰不知命無以為君子言天之所生皆有仁義禮智順善之心不知天之所以命生則無仁義禮智順善之心無仁義禮智順善之心謂之小人故曰不知命無以為君子小雅曰天保定爾亦孔之固言天之所以仁義禮智保定人之甚固也觀韓詩可以明保生之義矣○傳云仲山甫樊侯樊國侯爵東都畿內諸侯入為天子卿士者也國語稱樊仲山甫又稱樊穆仲仲山甫字穆仲謚國語陽有樊仲之官守焉陽左傳作陽樊又作南陽服虔云樊仲山之所居故名陽樊潛夫論志氏姓篇云封於南陽南陽者在今河內郡國志河內郡修武故南陽方輿紀要云河南懷慶府濟源縣西南十五里陽城古陽樊也

案樊在東畿河北故曰陽樊在晉國之南故又曰南陽又地理志南陽郡宛縣申伯國潛夫論宛西三十里有呂城呂或作甫故鄭注禮記以仲山甫爲甫侯葢三家詩誤以樊封之南陽即在漢之南陽郡耳

仲山甫之德柔嘉維則令儀令色小心翼翼古訓是式威儀是力天子是若明命使賦（傳）古故訓道若順賦布也（疏）德輶德也二章即承上章民之秉彝好是懿德言仲山甫有此美德也柔安嘉美儀容儀色顏色文王傳云翼翼然恭敬也成十三年左傳云劉子曰民受天地之中以生所謂命也是以有動作禮義威儀之則以定命也能者養以之福不能者敗以取禍正與詩義同○古故日月同訓道烈文同古故訓道皆釋詁文也列女傳賢明篇引詩作故箋云故訓先王之遺典也說文云古故也从十口識前言者也訓說教也字又作詁抑傳云詁言古之善言也古故詁三字同式用也法也周語樊穆仲說魯侯曰賦事行刑必問於遺訓而咨於故實是然則仲山甫能用法古訓者矣箋云力猶勤也勤威儀者恪居官次不解于位也若順釋言文閟宮同賦讀爲敷小旻傳云敷布也

王命仲山甫式是百辟纘戎祖考王躬是保（傳）戎大也**出納王命王之喉舌**（傳）喉舌冢宰也**賦政于外四方爰發**（疏）仲山甫天子之二伯也式是百辟爲天下諸侯作式王制所謂八伯各以其屬屬於天子之老是也韓奕纘戎祖考傳云戎大也○喉舌冢宰謂喉舌乃冢宰之職非謂喉舌爲官名也冢宰即周禮之天官冢宰與書納言不同官也唐虞納言周爲內史漢爲大司農王莽更爲納言非冢宰也漢尚書爲少府屬官後漢以太傅上公錄尚書事故後漢書李固傳云今陛下之有尚書猶天之有北斗也斗爲天喉舌尚書亦爲陛下喉舌斗斟酌元氣運平四時尚書出納王命賦政四海李固謂尚書權尊埶重俗用詩喉舌之義而與傳云冢宰究是不同魏志王肅傳疏云唐虞納言猶今尚書也以出內帝命而已漢成帝始置尚書五人公卿尚書各以事進亦與傳異

肅肅王命仲山甫將之(傳)將行也邦國若否仲山甫明之既明且哲以保其身

夙夜匪解以事一人(疏)將訓行行命也明明命也韓詩外傳云牧者所以開四目通四聰也引詩曰邦國若否仲山甫明之是其義牧即周禮九命作牧也○漢書董仲舒傳云彊勉學問則聞見博而知益明彊勉行道則德日起而大有功詩曰夙夜匪解書云茂哉茂哉皆彊勉之謂也又云周道衰於幽厲至于宣王思昔先王之德興滯補弊明文武之功業周道粲然復興詩人美之而作上天祐之爲生賢佐後世稱誦至今不絕此夙夜不解行善之所致也董說與第六章傳義合

人亦有言柔則茹之剛則吐之維仲山甫柔亦不茹剛亦不吐不侮矜寡不畏彊禦(疏)方言云茹食也矜當作鰥矜寡昭元年左傳引詩作鰥寡彊禦漢書王莽傳作彊圉圉與禦通

人亦有言德輶如毛民鮮克舉之我儀圖之(傳)儀宜也維仲山甫舉之愛莫助之(傳)愛隱也袞職有闕維仲山甫補之(傳)有袞冕者君之上服也仲山甫補之善補過也(疏)四驖傳云輶輕也惠棟易微言云如毛猶微也荀子不茍篇曰夫誠者君子之所守也而政事之本也唯所居以其類至操之則得之舍之則失之操而得之則輕輕則獨行獨行而不舍則濟矣楊倞注云持至誠也而得之則易舉也詩曰德輶如毛又彊國篇曰積微月不勝日時不勝月歲不勝時凡人好敖慢小事大事至然後興之務之如是則常不勝夫敦比於小事者矣是何也則小事之至也數其縣日也博其爲積也大大事之至也希其縣日也淺其爲積也小故善日者王善時者霸補漏者危大荒者亾故王者敬日霸者敬時僅存之國危而後慼之亾國至亾而後知亾至死而後知死亾國之禍敗不可勝悔也霸者之善箸焉可以時託也王者之功名不可勝日志也財物貨寶以大爲重政敎功名反是能積微者速成詩曰德輶如毛民鮮克

舉之此之謂也楊倞注云引之以明積微至箸之功案儀當爲義釋文云毛作義鄭作儀則陸所據本作義矣蕩傳義宜也訓同○爾雅薆隱也郭注云見詩或二家詩作薆矣靜女薆而不見說文作僾郭注方言作薆說文薆蔽不見也玉篇嗳隱也並字異而義同薆爲古文假借字凡隱蔽謂之薆隱微亦謂之薆傳訓薆爲隱爾雅隱微也說文微隱行也言仲山甫能舉積微之德隱行而莫能助也荀子解蔽篇處一之危其榮滿側養一之微榮矣而未知故道經曰人心之危道心之微危微之幾惟明君子而後能知之又云夫微者至人也至人也何彊何忍何危故濁明外景清明內景聖人縱其欲兼其情而制焉者理矣夫何彊何忍何危故仁者之行道也無爲也聖人之行道也無彊也仁者之思也恭聖人之思也樂此治心之道也又堯問篇堯問於舜曰我欲致天下爲之柰何對曰執一無失行微無怠忠信無勸而天下自來執一如天地行微如日月忠誠盛於內賁於外形於四海天下其在一隅邪夫有何足致也並與傳薆隱之義合易微言云毛公用師說故訓薆爲隱鄭氏不明古義改訓爲僭七十子衰而大義乖康成大儒猶未免矣○衮詳九罭篇經言衮傳言衮冕衮爲衣冕爲埀九旒是君之最上服也衮職司隸校尉魯峻碑作緄職玉篇緄織成章也本三家詩義周禮典同鄭大夫讀硍爲衮衮冕之衮此衮與昆聲相通之證宜二年左傳士季曰詩曰衮職有闕惟仲山甫補之能補過也君能補過衮不廢矣案晉靈公繼文襄之業主盟中夏爲周之上公是靈有衮矣故云能補過衮不廢傳所本也衮職謂臣職也有闕補之即薆隱莫助之意

仲山甫出祖四牡業業征夫捷捷每懷靡及(傳)言述職也業業言高大也捷捷言樂事也四牡彭彭八鸞鏘鏘王命仲山甫城彼東方(傳)東方齊也古者諸侯之居逼隘則王者遷其邑而定其居蓋去薄姑而遷於臨菑也(疏)出祖祭道神仲山甫以冢宰而出祖故云言述職也下泉傳云諸侯有事二伯述職述職有考績黜陟之事有功德於民者加地進律故下文言城齊而遷邑定居也○業業猶奕奕此

及采薇云四牡業業車攻韓奕云四牡奕奕爾雅業大也奕大也業奕一語之轉故大謂之業重言曰業業猶大謂之奕重言曰奕奕矣采薇傳業業然壯也高大者壯之意壯亦大也征夫行人傳義見皇皇者華篇小雅歌文王爲西伯率諸侯而朝聘乎紂征夫謂諸侯之使臣此言仲山甫爲二伯方岳述職亦必有當方諸侯使臣馳驅周咨之事文義正相同云捷捷言樂事也者征夫樂此述職之事捷捷然也玉篇引詩作倢倢毎懷靡及皇皇者華傳云毎雖懷和靡及自謂無及也鏘鏘當依釋文作將將○城彼東方傳卽探下章徂齊爲訓故云東方齊也齊在鎬京之東去薄姑遷臨菑是卽城齊之事而傳又先引古王者遷邑之制以明其城齊之所由也昭九年左傳武王克商蒲姑商奄吾東土也服注云蒲姑齊也漢書地理志周成王時蒲姑氏與四國共作亂成王滅之以封師尚父是爲大公破斧傳云四國管蔡商奄也此四國外又有薄姑氏共爲作亂成王滅薄姑封尚父齊遂有薄姑之地而都實在臨菑地理志齊郡臨淄師尚父所封臨菑名營丘禮記檀弓云大公封於營丘史記齊世家云武王封師尚父於齊營丘成王時得征伐爲大國都營丘五世至哀公時紀侯譖之周周烹哀公而立其弟靜是爲胡公胡公徙都薄姑而當周夷王之時哀公之同母少弟山怨胡公乃與其黨率營丘人襲攻殺胡公而自立是爲獻公獻公元年盡逐胡公子因徙薄姑都治臨菑案世家言胡公都薄姑至獻公卽都臨菑獻公當周夷王世不當宣王世與毛傳不合孔仲達以爲遷之言未必實是矣哀公既烹齊或削地故胡公徙薄姑世家云周宣王二年齊獻公子武公壽卒子厲公無忌立厲公暴虐故胡公子復入齊齊人欲立之乃與攻殺厲公胡公子亦戰死齊人乃立厲公子赤爲君是爲文公而誅殺厲公者七十人文公十二年卒子成公脫立成公九年卒子莊公購立武厲文成莊五公皆當宣王世文能定厲之亂其時或有錫命復都臨菑宣王命山甫城齊之事則傳云去薄姑而遷於臨菑者安在齊文公時然書缺有閒矣載疑可也薄蒲菑淄通用

薄姑在臨菑北

四牡騤騤八鸞喈喈仲山甫徂齊式遄其歸（傳）騤騤猶彭彭也喈喈猶鏘鏘也

遄疾也言周之望仲山甫也**吉甫作誦穆如清風**（傳）清微之風化養萬物者也

仲山甫永懷以慰其心（疏）桑柔四牡騤騤傳云騤騤不息也北山四牡彭彭傳云彭彭然不得息說文騤馬行威儀也引詩曰四牡騤騤箋云彭彭行皃行謂之騤一騤亦行謂之彭彭不息謂之騤騤亦不息謂之彭彭是騤騤猶彭彭矣鼓鐘篇一章鼓鐘將將二章鼓鐘喈喈傳亦云喈喈猶將將也鑾聲謂之將將亦謂之喈喈鸞聲謂之將將亦謂之喈喈故二傳訓同箋云鏘鏘鳴聲謂鳴鸞聲也烈祖箋云鸞在鑣四馬則八鸞○遄訓疾歸歸周也云言周之望仲山甫者庾蔚所謂宰相不得久在外也故望其疾歸耳箋云望之故欲其用是疾歸鄭亦申成傳也漢書杜欽傳仲山甫異姓之臣無親於宣就封於齊鄭展以爲韓詩隸釋載孟郁堯廟碑云天生仲山甫翼佐中興宣王平功遂受封于齊又潛夫論三式篇亦云此言申伯山甫文德致升平而王封以樂土賜以盛服也並用韓義而爾雅釋詁篇齊疾也郭璞引詩仲山甫徂齊則訓疾亦本三家或是魯義歟菘高封申伯故序云建國親侯烝民仲山甫封齊故序云任賢使能一爲外諸侯一爲內諸侯兩詩文義顯然讀詩者往往連文言之韓詩外傳言申伯仲山甫輔相宣王申伯仲山甫並順天下匡救邪失後漢書張衡傳申伯樊仲實幹周邦又劉陶傳周宣用申甫以濟夷厲之荒皆合兩詩爲說解詩者知仲山甫以樊侯入爲卿士是矣據此申伯亦當以外諸侯而爲卿士知申伯出封於謝邑是矣據此仲山甫亦當就封於齊因又誤以仲山甫謂即甫侯古甫呂通甫侯即呂侯則又誤以仲山甫爲出封於漢之南陽郡一誤再誤而不可終極也毛詩所以獨行歟○穆美也穆如猶美然也清風正形容仲山甫之有美德故傳釋清風爲清微之風又申之爲化養萬物者直陳其布政述職之功風動教化之美所以隱括其作誦義也繁露天容篇告之以政令而化風之清微義與此傳同永長懷思慰安也言仲山甫能長思吉甫作誦之意於以安其心

韓奕六章章十二句

韓奕尹吉甫美宣王也能錫命諸侯疏韓韓侯奕猶奕奕也宣王命韓侯爲侯伯奕奕然大故詩以韓奕名篇此詩當在六月北伐後而作

奕奕梁山維禹甸之有倬其道韓侯受命傳奕奕大也甸治也禹治梁山除水災宣王平大亂命諸侯有倬其道有倬然之道者也受命受命爲侯伯也王親命之纘戎祖考無廢朕命夙夜匪解虔共爾位傳戎大虔固共執也朕命不易榦不庭方以佐戎辟傳庭直也疏說文奕大也重言之曰奕奕奕奕者篇端美大之詞非謂形容梁山高大書禹貢云壺口治梁及岐此傳訓甸爲治之義也漢書地理志左馮翊夏陽故少梁禹貢梁山在西北龍門山在北案梁山在今陝西同州府韓城縣西北即漢縣夏陽地梁與龍門俱在河西二山比近故禹貢道河紀至于龍門冀州既載紀治梁梁即呂梁也疏九河以暢下流之歸而闢龍門鑿呂梁以決上流之勢最爲治水急切之功禹隨山道河自東而西由壺口而龍門由梁而岐梁山治周都鎬京之北土盡成沃野小雅信彼南山維禹甸之終南山在鎬京之南渭北之山既治渭南之原隰亦得墾辟成耕一在鎬南之山一在鎬北之山兩詩立言義正相同梁山在王畿東北交界處又爲韓侯歸國之所經故尹吉甫美宣王錫命韓侯章首即以禹治梁山除水災比況宣王平大亂命諸侯與信南山以禹比曾孫成王者其傳意亦正同也鄭箋據漢志梁山在夏陽西北而誤以梁山爲韓國之山韓侯爲晉所滅之韓近儒能辨韓侯爲近燕之韓復據水經濕水注水逕良鄉縣之北界歷梁山南高梁水出焉即爲此詩奕奕梁山之證則又誤梁山爲近燕矣梁自夏陽之梁山韓自北國之韓侯解者膠泥一處齟齬難通○倬讀爲焯見三有俊心之焯傳云有倬然之道也者言宣王有知人之明故韓侯受命也釋文引韓詩作晫晫即焯之異體說文焯明也甫田傳倬明兒倬焯聲同莊元年穀梁傳禮有受命無來錫命范注云周禮大宗伯職曰王命諸侯

則擯之是來受命案此卽受命之義傳云受命爲侯伯也者周禮九命作伯在外州者稱侯伯在王官者稱二伯其數則皆九命而侯伯屬二伯者統於天子入州入伯韓侯爲侯伯蓋作幽州伯也○戎大緜思齊民勞烝民江漢烈文傳竝同祖考謂韓侯之先祖也虔固共執竝爾雅釋詁文文選張衡西京賦注引韓詩章句云榦正也庭訓直正曲爲直也方四方也榦不庭方言四方有不直者則正之侯伯得專征伐也隱十年左傳云君子謂鄭莊公於是乎可謂正矣以王命討不庭不貪其土以勞王爵正之體也詩義正同戎大辟君以佐戎辟猶云以佐天子耳此皆王親命韓侯之辭

四牡奕奕孔脩且張韓侯入覲以其介圭入覲于王（傳）脩長張大覲見也王錫韓侯淑旂綏章簟茀錯衡玄袞赤舄鉤膺鏤錫鞹鞃淺幭鞗革金厄（傳）淑善也交龍爲旂綏大綏也錯衡文衡也鏤錫有金鏤其錫也鞹革也鞃軾中也淺虎皮淺毛也幭覆式也厄烏蠋也（疏）奕奕四馬長大之皃脩長張大猶六月篇之脩廣也故傳訓同覲見爾雅釋詁文秋見曰覲因之凡見皆曰覲介圭詳嵩高篇覲禮乃朝以瑞玉有繅侯氏入門右坐奠圭再拜稽首記曰奠圭于繅上此侯伯則介圭也上言韓侯之來覲下言王所賜車服覲禮天子賜侯氏以車服迎于外門外再拜路先設西上路下四亞之重賜無數在車南鄭注引采菽詩云君子來朝何錫予之雖無予之路車乘馬又何予之玄袞及黼義與此同○淑善關雎同交龍爲旂出車同詳出車篇箋云善旂旂之善色者也淑旂旂也綏章旐也出車采芑竝言旂旐央央傳央央鮮明皃卽箋所謂善色者也公羊注云加文章曰旂釋文綏本又作緌禮記注綏當爲緌讀如冠蕤之蕤是緌爲正字矣今字通作綏綏章連文與六月帛茷連文同義茷與旆同章帛皆謂緌也以旆繼帛曰帛旆以綏繫於緌末加爲文章是曰綏章六月傳旆繼旐者也僖二十八年左傳亾大旆之左旃旐亦通帛故得旃稱傳云大綏卽大旆也周禮夏謂之大麾春官巾車掌王五路玉路建大常金路建大旂象路建大赤革路建大白木路建大麾案常爲天子之旗

詩二十五　三

大旂交龍爲旂也大赤周正色鳥隼爲旟也曲禮行前朱鳥吳語赤旟明堂位周之大赤是也大白殷正色熊虎爲旗也少儀太白不入廟門司馬濩旗章殷以虎尚威明堂位殷之大白是也大麾夏正色龜蛇爲旐也爾雅繼廣充幅長尋曰旐繼黑色櫝弓綢練設旐夏也明堂位夏后氏之綏是也旐有不旆者有繼旐者曰旆明堂位之綏即此詩之綏毛傳以綏爲大綏周禮以綏爲大麾皆有繼旐者也旆綏麾三字竝聲轉而義得相通車攻傳云天子發抗大綏諸侯發抗小綏綏有大小所以別尊卑亦唯天子諸侯有綏亦可見天子諸侯始有旆也天子大綏用諸田獵與巾車大麾以田合諸侯田用小綏而錫命有大綏王命韓侯爲追貉之長故以大綏錫之與巾車大麾以封蕃國合金榜禮箋謂大麾爲旐大綏即大麾其說良是繼旐說見六月篇○簟茀錯衡此謂路車也錯衡文衡采芑同詳采芑篇采叔傳云玄衮卷龍也狼跋傳云赤舄人君之盛屨也箋云鉤膺樊纓也詳采芑篇有金鏤其鍚是曰鏤鍚箋眉上曰鍚刻金飾之今當盧也巾車注鍚馬面當盧桓二年左傳注鍚在馬額說文鍚馬頭飾也引詩作鐊玉篇鐊鏤鍚馬面飾鍚同上急就篇亦作鐊巾車玉路鍚樊纓金路鉤樊纓賈疏云上得兼下玉路直言鍚兼有鉤然則玉路有鍚有鉤而金路有鉤無鍚此周禮說也詩言封同姓用金路有鉤膺又有鏤鍚者或以侯伯加數非玉路賜韓侯也○正義引說文亦云鞹革也獸皮治去其毛曰革鞹與鞹同儀禮士喪下篇記疏引毛傳鞃式中與幭覆式一例今字通作軾說文鞃車軾也詩曰鞹鞃淺幭讀若穹韻會作車軾中靶負謂靶當作鞔鞔即今之鞹字穹與鞔聲義皆相近釋名鞃因與下輿相聯箸也鞹鞃者以革鞹車式中所謂鞹也小戎作茵又小戎傳云文虎皮此傳釋淺爲虎皮淺毛是淺與文同物也釋文幭本作幦曲禮素幦注或爲幂說文引作犬幦少儀玉藻既夕記皆作幦竝字異義同先儒謂之覆笭而此云覆式者傳蓋以幭爲式上所覆之皮與笭當車前者異物禮記玉藻篇禮不盛服不充故大裘不裼乘路車不式不式者無覆式也路車無覆式則非路車有覆式可知傳意以此詩淺幭非路車之制故不以爲覆笭之幦而以覆式之皮言之解者直謂式爲笭誤矣覆式曰幭幭者偕稱耳詳小戎篇○鞗當作鋚鋚革詳蓼蕭篇厄者衡下之軥說文軶轅前也軥軶下曲者渾言之衡軶同體析言之軶爲衡下曲軥也衡之長容兩服軶又

兩服馬之頸故謂之兩軶軥人注衡任謂兩軶之閒是也亦謂之兩軥襄十四年左傳射兩軥而還服注車軶兩邊叉馬頸者是也軶本字戹假借字今通作戹既夕記今文作戹與詩同傳云烏噣依釋文訂正作烏蠋者誤釋名馬曰烏啄下向叉馬頸似烏開口向下啄物時也小爾雅衡扼也扼上者謂之烏啄扼即軶字啄與噣通金戹謂以金飾烏噣也正義用爾雅戹烏蠋蟲名爲說大謬詩既有簟茀又有淺幭既有鞗衡又有金戹此所謂重賜無數者與

韓侯出祖出宿于屠（傳）屠地名也顯父餞之清酒百壺（傳）顯父有顯德者也其殽維何炰鼈鮮魚其蔌維何維筍及蒲（傳）蔌菜殽也筍竹也蒲蒲蒻也其贈維何乘馬路車籩豆有且侯氏燕胥（疏）烝民云仲山甫出祖仲山甫爲二伯韓侯爲侯伯故兩詩皆有出祖祭道神之事屠地名無攷說文左馮翊郃陽縣有鄺亭一作鄺陽亭許不引詩鄺亭非即屠地漢郃陽縣去鎬尚遠或謂即韓侯所宿之屠地非是傳云顯父有顯德者遥周書成開本典篇竝有顯父登德之文傳所本也泉水傳祖而舍軷飲酒於其側日餞重始有事於道也出祖飲餞雖是兩事總在一時飲酒於其側即在行道之旁祭畢而飲酒也祖而舍軷行者之事飲酒乃送行者之事即此清酒百壺是也案昭十六年左傳鄭六卿餞宣子於郊此餞在郊之明證天子侯國宿餞遠近異禮地官遺人凡國野之道十里有廬廬有飲食三十里有宿宿有路室路室有委五十里有市市有候館候館有積鄭注云宿可止宿若今亭有室矣周禮之宿與詩之出宿同泉水篇言宿餞不同地先出宿而後飲餞侯伯近郊十五里遠郊三十里出宿在近郊則飲餞自在遠郊遠郊尚近在三十里也若王國遠郊百里近郊五十里此詩言出宿于屠當在近郊以內即三十里宿有路室之宿其飲餞自在近郊五十里故五十里有候館然則顯父之餞韓侯必在五十里候館中矣崧高申伯信邁王餞于郿郿在岐周之近郊亦明證也正義云餞訖然後出宿今出宿之文在飲餞之上者示行不留失之○蔌作蔌者非殽當作肴賓之初筵傳云肴豆實也炰鼈詳六月篇箋云鮮魚中膾者也天官醢人饋食加豆皆有魚醢爾雅釋器菜謂之蔌郭注云菜茹之總名見詩此

釋詩之蔌也豆實有醢有菹醢謂肉菹謂菜傳云蔌菜肴正對上肴爲肉肴而言醢人加豆之實深蒲筍菹蔌有蒲有筍則蔌爲豆實明矣又醢人羞豆糝食鄭司農注菜餗蒸賈疏云若今煑菜謂之蒸菜也案餗者蔌之假借字說文鬻鼎實惟葦及蒲陳留謂鍵爲鬻或作餗鬻餗同字鬻鼎實蔌豆實許宗毛不應與毛乖異疑惟葦及蒲四字經後人竄改傳云筍竹不辭疑竹下有萌字釋文筍又作笋爾雅筍竹萌也或今傳筍竹也三字係後人所增而又脫萌字耳醢人加豆之實箈菹筍菹鄭注箈箭萌筍竹萌案箈之爲言細小也箈爲小竹則筍爲大竹矣王風揚之水傳蒲草也此傳釋蒲爲蒻謂蒲草之本也醢人加豆之實深蒲醓醢鄭司農注云深蒲蒲蒻入水深故曰深蒲齊民要術卷九引義疏云蒲深蒲也周禮以爲菹謂蒲始生取其中心入地者蒻大如匕柄正白生噉之甘脆是蒲蒻與深蒲一矣考工記輪人鄭注今人謂蒲本在水中者爲弱弱與蒻通又醢人注謂深蒲蒲始生水中子然說文蒲子可以爲平席不云作菹也○崧高傳贈增也箋云贈送也王既使顯父餞之又使送以車馬所以增厚意也人君之車曰路車所駕之馬曰乘馬案鄭不言顯父贈者爲人臣者無外交之義也左傳云入有郊勞出有贈賄且詞也籩豆有且言有籩有豆也凡諸侯覲王稱侯氏謂韓侯爲侯氏者此亦君對臣之詞胥皆也燕胥皆燕也以示君有餘惠

韓侯取妻汾王之甥蹶父之子【傳】汾大也蹶父卿士也韓侯迎止于蹶之里【傳】里邑也百兩彭彭八鸞鏘鏘不顯其光諸娣從之祁祁如雲韓侯顧之爛其盈門【傳】祁祁徐靚也如雲言衆多也諸侯一取九女二國媵之諸娣衆妾也顧之曲顧道義也【疏】妻適妻也凡諸侯即位受命取妻白虎通義爵篇引韓詩內傳諸侯世子三年喪畢上受爵命於天子此詩言韓侯受命韓侯入覲則亦喪畢受爵命也文二年左傳云凡君即位好舅甥修昏姻娶元妃以奉粢盛孝也孝禮之始也此詩言韓侯取妻韓侯迎止則亦即位取元妃也傳

訓汾王爲大王者厲王宣王之父故謂之大王正義引王肅云大王王之尊稱蹶氏父字葉蹶父爲卿士未詳所聞易林井云大夫祈父無地不涉爲吾相土莫如韓樂可以居止長安富有三家以詩之蹶父蓋任祈父司馬之職歟迎親迎也諸侯親迎在宣王時禮尚不廢里邑爾雅釋言文周禮載師以小都之田任縣地鄭注云小都卿之采地四百里爲縣蹶父爲王卿士當受采地於縣內里其都邑也鵲巢傳百兩百乘也諸侯之子嫁於諸侯送御皆百乘載驅傳彭彭多兒鏘鏘釋文作將將人明不顯其光傳云顯其光輝義與此同○大田傳祁祁爲徐此又益其義云徐靚也靚與靜同敝笱齊子歸止其從如雲傳如雲言盛也衆多卽盛云諸侯一取九女二國媵之者所以申明衆多之意春秋成八年衞人來媵九年晉人來媵十年齊人來媵左傳以衞晉媵共姬爲禮則齊媵爲非禮公羊傳三國來媵非禮也又莊十九年公羊傳媵者何諸侯娶一國則二國往媵之以姪娣從姪者何兄之子也娣者何女弟也諸侯壹聘九女諸侯不再娶女弟女字今據詩正義補公羊亦以二國媵爲禮三國媵爲非禮與左合諸侯於所取之國適夫人之外有媵有姪娣二國往送女又各有媵有姪娣其九女唯何休注公羊據禮適夫人之下但有姪娣左右各有媵有姪娣與漢書五行志劉向說白虎通義嫁娶篇列女明德馬后傳所云八妾合九女中有適與毛傳不同一取九女天子皆然思齊經傳可稽也然公羊注列女傳白虎通義載或說及漢書王莽傳後漢書荀爽傳皆謂天子一取十二女蔡氏獨斷鄭注檀弓以十二女爲夏制則八妾定非周制西漢先儒往往襍用異禮不若毛傳之精且核矣九女皆不聘故傳釋諸娣爲衆妾獨舉娣者娣又爲貴妾之統稱先釋下句如雲後釋上句諸娣或疑有誤倒○經言顧傳云曲顧道義者列女傳齊孝公迎華氏之長女孟姬於其父母三顧而出親授之綏自御輪三曲顧姬輿遂納於宮白虎通義必親迎御輪三周下車曲顧者防淫泆也高誘注淮南汜論云蒼梧繞乃孔子時人以妻美好推與其兄於兄則愛矣而違親迎曲顧之義此皆所謂曲顧也道義義讀如字韓詩外傳云賢者精氣闐溢而後傷時不可過也不見道端乃陳情欲以歌道義昭二十六年穀梁傳云至自齊道義不外公也至自會道義不外公也是古有道義之語

蹶父孔武靡國不到爲韓姞相攸莫如韓樂（傳）姞蹶父姓也孔樂韓土川澤訏訏魴鱮甫甫麀鹿噳噳有熊有羆有貓有虎（傳）訏訏大也甫甫然大也噳噳然衆也貓似虎淺毛者也慶既令居韓姞燕譽（疏）箋云相視攸所也蹶父甚武健爲王使於天下國國皆至爲其女韓侯夫人姞氏視其所居韓國最樂箋與焦延壽易林井合本三家毛意或同也姞黃帝之後十二姓之一傳釋姞爲蹶父姓則韓侯夫人姞姓矣訏大也重言之曰訏訏甫大也重言之曰甫甫易林離云魴鱮詡詡詡詡與甫甫聲亦相近釋文噳本又作麌吉日傳鹿牡曰麌麌麌衆多也麌字之誤爾雅釋獸虎竊毛謂之虦貓傳云淺毛竊卽淺也說文虎竊毛謂之虦苗从虎戔聲竊淺也說文無貓字古字本作苗苗爲虎屬似虎而淺毛者別其名曰苗重其名曰虦苗郊特牲迎貓迎虎貓亦虦苗也○箋云慶善也蹶父既善韓之國土使韓姞嫁焉而居之韓姞則安之盡其婦道有顯譽案成九年左傳季文子如宋致女復命公享之賦韓奕之五章此大夫致女反馬復命而賦詩者卽取慶居燕譽之義也

溥彼韓城燕師所完（傳）師衆也以先祖受命因時百蠻王錫韓侯其追其貊奄受北國因以其伯（傳）韓侯之先祖武王之子也因時百蠻長是蠻服之百國也追貊戎狄國也奄撫也實墉實壑實畝實藉（傳）實墉實壑言高其城深其壑也獻其貔皮赤豹黃羆（傳）貔猛獸也追貊之國來貢而侯伯總領之（疏）溥大也韓侯九命作伯改營城邑故大之也水經聖水注引王肅云今涿郡方城縣有韓侯城世謂之寒號城非也括地志云方城故城在幽州固安縣南十里今固安縣在順天府西南則韓城在燕國南矣傳訓師爲衆者燕衆猶云燕人也王肅云燕北燕國漢書地理志廣陽國薊故燕國召公所封方輿紀要云北直順天府府治東

有薊城古燕都也記曰武王克商封帝堯之後于薊其後燕幷薊地遂都於薊以城西北有薊邱而名焉案召公封燕以山爲名其後併薊當在成王之世武庚之叛東夷八國竝興成王旣誅武庚及八國以奄益魯以薄姑益齊以薊益燕三國爲三公故皆得就上公之封開方五百里燕之幷薊正在斯時不必疑堯後之薊爲黎矣宣王時燕人爲韓築城燕韓皆在周幽州域內完者讀如繕完葺牆之完也○傳釋先祖云韓侯之先祖武王之子者謂武王之子爲韓侯始封之先祖然則韓侯爲武穆矣周有三韓一爲姬姓之韓襄二十九年左傳叔侯曰霍楊韓魏皆姬姓也是也一爲武穆之韓僖二十四年左傳富辰曰邘晉應韓武之穆也國語鄭語史伯曰武王之子應韓不在是也武王克商舉姬姓之國四十人則姬姓之韓當受封於武王之世其後爲晉所滅以賜大夫韓萬續漢書郡國志河東郡河北縣有韓亭卽姬姓韓國地武穆之韓封自成王之世至西周之季尚存其國在禹貢冀州之北故得總領追貊北國載諸詩篇章章可攷酈道元水經注聖水篇聖水東逕方城縣故城又東南逕韓城東詩韓奕章曰溥彼韓城燕師所完王錫韓侯其追其貊奄受北國王符潛夫論志氏姓篇昝周宣王有韓侯其國也近燕故詩云普彼韓城燕師所完又五德志篇韓武之穆也韓姬姓也其辨武穆姬姓爲二韓尤足徵信鄭箋以武穆之韓卽是晉滅姬姓之韓誤合爲一杜注左傳韋注國語皆沿其說姬姓韓在河東而後之言輿地者梁山在夏陽西北遂以今河西韓城縣隋始置者指爲韓侯古城則謬之謬也學者不可不辨○以猶用也以先祖受命言韓侯先祖亦受命爲周侯伯故用其禮因以策命韓侯傳云長是蠻服之百國也者以釋經時百蠻之義時是也長讀上聲謂韓侯爲蠻服百國之長蠻服北方之蠻服也周禮職方氏王畿之外有九服侯甸男采衛蠻夷鎭蕃大行人衛服之外謂之要服九州之外謂之蕃國鄭注要服卽蠻服書康誥言侯甸男采衛巾車革路封四衛木路封蕃國鄭注亦云四衛爲蠻服以內矣禹貢五百里要服三百里夷五百里荒服三百里蠻夏時甸侯綏要荒五服連王畿故夷蠻卽在要荒要服荒服皆九州域也周制除王畿外建九服蠻服弟六服在九州內其夷服鎭服蕃服皆戎狄國在九州外易祓云王畿千里兩面各五百里自方五百里之侯服至方五百里之蕃服每面各二百五十里所異者周官王畿不在九服內與

禹貢不同其餘弼服盡同胡渭作禹貢錐指從易祓說以爲千年不破之疑然則蠻服去王城止二千里耳周制王畿以畿邑爲土中五畿五百里每服二百五十里六服一千五百里連王城二千里今河南府至順天府一千八百里韓在順天府南百三四十里古里短今里長韓在蠻服道里可稽易祓之說眞足以發毛傳之微矣云因時百蠻者從韓本國言也下文云其追其貊者命之爲侯伯則夷鎭蕃三服皆韓所總領故也○說文貊北方豸種追未聞疑追貊卽穢貊追穢聲相近孔晁注逸周書王會篇穢韓穢東夷別種服虔注漢書武帝紀穢貊在辰韓北高句驪沃沮之南東窮於大海此卽鄭箋所謂追貊爲玁狁所逼稍稍東遷者歟周時追貊在荒服之中故傳云戎狄國也周語云戎狄荒服傳訓奄爲撫者爾雅奄撫有之也憮有也撫與憮通奄訓撫又訓有也伯侯伯也箋云實當作寔趙魏之東實寔同聲寔是也傳訓墉爲城與皇矣良耜同云湥其壑者壑卽池孟子公孫丑篇城非不高也池非不湥也是其義藉讀籍田之藉箋云藉稅也案此謂燕衆築城之事是墉是壑猶崧高篇云以作爾庸有俶其城也是畝是藉猶崧高篇云徹申伯土田徹申伯土疆也句義正同○禮記曲禮篇前有摯獸則載貔貅鄭注云貔貅亦摯獸也引書曰如虎如貔傳云貔猛獸者猛摯同也爾雅貔白狐其子穀此貔爲貍類而陸璣義疏貔似虎一名白狐是以爾雅之貔謂卽詩之貔矣獻猶貢也韓侯爲幽州伯在蠻服中雖追貊荒裔皆其統轄故傳云追貊之國來貢而侯伯總領之也周語穆王征犬戎得四白狼四白鹿自是荒服不至賈逵注云白狼白鹿犬戎之職貢也此卽荒服貢皮之證與詩義合職方氏云凡邦國小大相維王設其牧制其職各以其所能制其貢各以其所有

江漢六章章八句

江漢尹吉甫美宣王也能興衰撥亂命召公平淮夷〔疏〕召公召虎也後漢書東夷傳厲王無道淮夷入寇王命虢仲征之不克宣王復命召公伐而平之此卽平淮夷事宣王承厲王之烈淮夷正彊盛命召虎平淮夷尹吉甫作詩以美之江漢之詩是也召虎既

平淮夷遂作詩以戒宣王常武之詩是也淮夷不一國而徐爲淮夷之大國故於江漢言淮夷而於常武特舉一徐國徐方平而淮夷諸國胥平兩詩正是一時一事宣王氼江漢之水厓命將伐東國詩人遂以如江如漢狀武夫威武取江漢命篇達於淮浦亦由江漢而東而北解者據鄭箋從江漢循流而下遂誤以魯頌淮夷在淮北而此淮夷在淮南以言輿地未審矣攷淮夷在禹貢徐州之域東及海南至淮其地皆有淮夷周改夏之徐州爲青州其分界與禹貢同則周之淮夷亦在淮北不在淮南也書序云武王崩三監及淮夷叛逸周書作雒篇云二叔及殷東徐奄及熊盈以略昭元年左傳周有徐奄賈逵杜預注竝云徐卽淮夷徐在淮而尤大故舉其國則曰徐舉其地則曰淮夷徐在東故毛傳謂之東國又謂之東夷桀誓伯禽之世徂茲淮夷徐戎竝興淮夷卽東夷徐戎爲郯戎其時與魯作難之淮夷不知其徐與否也要之春秋以前吳楚未興徐最彊大至春秋齊桓公霸諸侯東略淮夷之地徐卽諸夏故春秋進之遂有氼匡救徐之師直至魯昭公十三年楚靈王會于申而徐子淮夷竝書於經後卽繹爲吳滅此淮夷與徐分合之大較也

江漢浮浮武夫滔滔匪安匪遊淮夷來求（傳）浮浮衆彊貌滔滔廣大貌淮夷東國在淮浦而夷行也**既出我車既設我旟匪安匪舒淮夷來鋪**（傳）鋪病也（疏）江漢浮浮武夫滔滔傳浮浮衆彊皃滔滔廣大皃經傳各本皆誤當作江漢滔滔武夫浮浮滔滔廣大皃浮浮衆彊皃此因經文錯誤而又顛倒傳文也江漢滔滔猶四月篇滔滔江漢彼傳云滔滔大水皃此傳云廣大皃義正相同風俗通義山澤篇引詩江漢陶陶正卽此江漢滔滔之異文是其證角弓雨雪浮浮傳浮浮猶瀌瀌也淸人麃麃武皃碩人鑣鑣盛皃盛皃謂之鑣鑣猶衆皃謂之浮浮矣武皃謂之麃麃猶彊皃謂之浮浮矣此浮浮爲形容武夫之衆彊與下章洸洸同義也余友王引之說同而較詳武夫猶常武之言虎臣也○遊當作游匪猶不也游敖游也常武傳云匪紹匪遊不敢繼以敖游也東國在淮浦者卽本下篇率彼淮浦截彼淮浦以立言則平淮夷卽是征徐國傳已有明文矣而夷行者淮浦本屬青州而其行成爲夷俗故謂之淮夷若杞夏餘卽東夷郯近魯

費孔子爲學在四夷杞鄫皆東國而目爲夷淮夷其猶是也秦不用周禮穀梁
狄之此春秋之志也淮夷來求求讀如左傳固敵是求之求常武二章云率彼
淮浦省此徐土不留不處三事就緒是其義也○出車設旟卽冡上淮夷來求
句常武傳云舒徐也淮夷來鋪鋪讀爲痛卷耳傳痛亦病也常武三章云徐方
繹騷震驚徐方如雷如霆徐方震驚是其義也來皆語詞案此首
章正言平淮夷之事下二章又從淮夷以極武功之被及四方也

江漢湯湯武夫洸洸（傳）洸洸武貌經營四方告成于王四方既平王國庶定時
靡有爭王心載寧（疏）載驅傳云湯湯大皃洸洸訓武邶谷風同爾雅洸洸武也
舍人本作潢潢古文苑注作僙僙鹽鐵論繇役篇作潢潢
玉篇走部趪趪武
皃竝字異而義同

江漢之滸王命召虎（傳）召虎召穆公也式辟四方徹我疆土匪疚匪棘王國來
極于疆于理至于南海（疏）滸水厓江漢之水厓卽周南國之地召虎召穆公正
義引世本云穆公是康公之十六世孫穆公諫弭謗
在厲王時已在三公矣箋云王於江漢之水上命召公案鄭箋此說必有依據
於兩篇詩義無不脗合春秋經僖十五年公會齊侯次于匡公孫敖帥師及諸
侯之大夫救徐益諸侯次匡大夫將兵卽此意也王命召虎言王既命召虎平
淮夷而又命其鎭撫南國也○文選上林賦注及衆經音義兩引韓詩傳辟除
也召旻傳辟開也開除義相近崧高傳徹治也箋云疚病棘急極中也國語撫
征南海訓及諸夏韋注云南海羣蠻也又左傳楚子曰君處北海寡人處南海
竝與詩南海同南海指荊蠻宣王命方叔南征荊蠻又建封申伯於謝邑以厭
鎭之崧高篇王命召伯徹申伯土田王命召伯徹申伯土疆此詩所云正言其
事汲郡古文宣王五年伐荊蠻六年平淮夷七年命申伯然則
召穆公爲申伯定宅自在既平淮夷之後紀年僞書間有依據

王命召虎來旬來宣文武受命召公維翰（傳）旬徧也召公召康公也無曰予小

子召公是似肇敏戎公用錫爾祉(傳)似嗣肇謀敏疾戎大公事也(疏)旬徧爾雅釋言文今爾雅作徇徇旬張揖字詁云徇今巡則稚讓讀作巡也宣讀四方于宣之宣爲雁傳宣示也來旬來宣言徧示功德於四方也來亦語詞此二句承上章而言下文皆敘功成勞來之事○傳嫌召公與序召公一人故召虎爲召穆公而召公爲召康公也箋云召康公名奭召虎之始祖也白虎通義王者不臣篇禮服傳曰子得爲父臣者不遺善之義也詩云文武受命召公維翰召公文王子也班亦以召公爲召康公其云文王子當從魯詩說翰讀維周之翰之翰嵩高傳翰幹也○似訓嗣嗣猶繼也韓詩外傳傳曰予小子使爾繼邵公之後受命者必以其祖命之韓意釋詩予小子爲宣王自謂毛意亦然也無曰予小子召公是似言爾無以予小子之故惟爾祖召公之是嗣也甘棠序召伯之教明於南國穆公能疆理南海卽是嗣康公之事正義云肇謀戎大公事皆釋詁文孔安國論語注云敏行之疾也地官師氏三德有敏德是敏爲識解之疾也釋文肇韓詩云長也毛韓訓異意同後漢書宋弘傳注引詩傳作功功與公通用錫爾祉祉福也卽下章所云錫山土田是也

釐爾圭瓚秬鬯一卣告于文人(傳)釐賜也秬黑黍也鬯香草也築煑合而鬱之曰鬯卣器也九命錫圭瓚秬鬯文人文德之人也錫山土田于周受命自召祖

(傳)諸侯有大功德賜之名山土田附庸虎拜稽首天子萬年(疏)烈祖傳賚賜也釐與賚通圭瓚以玉爲之詳旱鹿篇秬黑黍生民同鬯香草正義引禮緯有秬鬯之草中候有鬯草生郊皆謂鬱金之草是也傳鬯旣爲香草又申釋鬯字之義築煑謂鬱草合謂黑黍言築煑鬱草又合黑黍釀作酒是曰鬯也鬯必兼鬱謂鬱積而條暢也周禮鬯人共秬鬯不及鬱而鬱人和鬱鬯不及秬不得謂鬱鬯之鬯不合秬卽不得謂秬鬯之鬯不和鬱矣鄭司農鬯人注鬯香草肆師及果築鬱注築煑築香草煑以爲鬯說文𪏰黑黍也一稃二米以釀或从禾作秬鬯以𪏰釀

鬱艸芬芳攸服以降神也先鄭及許竝治毛詩同毛義白虎通義攷黜篇秬者黑黍一秠二米鬯者以百艸之香鬱金合而釀之成爲鬯班亦與毛不異鄭康成泥周人鬯鬱分官以爲和香草者爲鬱鬯不和者爲秬鬯恐非是鬱人賈疏引王度記云天子以鬯諸侯以薰大夫以蘭芝士以蕭庶人以艾此等皆以和酒諸侯以薰謂未得圭瓚之賜得賜則以鬱耳王度記天子以鬯及禮緯云鬯草生庭皆是鬱金之草以其和鬯酒因號爲鬯草也賈說得之卣器爾雅釋器李巡注云卣鬯之器也釋文卣本或作攸鬯人廟用脩鄭司農注脩器名案卽卣之隸變說文卣讀若調攸脩調卣同尤幽部書文侯之命用賚爾秬鬯一卣僖二十八年左傳襄王賜晉文公秬鬯一卣竝與詩同旱麓傳亦云九命然後錫以秬鬯圭瓚韓詩外傳傳曰諸侯之有德天子錫之一錫車馬再錫衣服三錫虎賁四錫樂器五錫納陛六錫朱戶七錫弓矢八錫鈇鉞九錫秬鬯引詩曰釐爾圭瓚秬鬯一卣韓義同○文人郞下文召祖對召虎則稱召公爲召祖對文武則稱召公爲文人清廟濟濟多士秉文之德傳亦云執文德之人凡爲文武楨榦之臣者皆可謂文德之人也末章云矢其文德洽此四國亦謂召康公有文德以輔佐文武而召穆公作成之傳以文德之人釋文人其義憭然矣文侯之命追孝于前文人亦與詩文人同又書雒誥篇伻來毖殷乃命寧予以秬鬯二卣曰明禋拜手稽首休享予不敢宿則禋于文王武王案秬鬯二卣一以告文王一以告武王也詩言秬鬯一卣耳但告始祖廟不得徧告羣廟○王制云凡四海之內九州名山大澤不以封其餘以爲附庸閒田又云天子之縣內名山大澤不以朌其餘以祿士以爲閒田是則名山大澤附庸閒田皆不以封諸侯諸侯有大功德則賜之閟宮云乃命魯公俾侯于東錫之山川土田附庸是也土田卽閒田畿內無附庸有大功德則亦賜之以山澤閒田召穆公畿內諸侯故詩但錫土田不及附庸傳每引成文往往連類及之而於經實無當也正義謂土田卽附庸汪龍㡿其非矣一說正義云定本集注毛傳皆有附庸二字則本固有無此二字者矣傳承經義言名山不及大澤因召祖岐山之陽不及大河也則傳非全引成文可知兩說皆足以明經傳姑具存竢箋云周岐周也自用也宣王欲尊顯召虎故如岐周使虎受山川土田之賜命用其祖召康公受封之禮岐周周之所起爲其先祖之靈故就之拜稽首者受王命策

書也臣受恩無可以報謝
者稱言使君壽考而已
虎拜稽首對揚王休作召公考天子萬壽明明天子令聞不已矢其文德洽此
四國(傳)對遂考成矢弛也(疏)禮記祭統篇悝拜稽首曰對揚以辟之鄭注亦云
對遂也義與傳同考訓成作召公考謂虎能爲召
公成王休故事也箋云休美作爲也虎既拜而荅王策命之時稱揚王之德美
君臣之言宜相成也王命召虎用召祖命故虎對王亦爲召康公受王命之時
對成王命之辭謂如其所言也如其所言者天子萬壽以下是也○詩述聞云
明勉一聲之轉故古多謂勉爲明重言之則曰明明爾雅曰亹亹勉也鄭注禮
器曰亹亹猶勉勉也亹亹勉勉明明亦一聲之轉明明天子令聞不已猶言亹
亹文王令聞不已也漢書楊惲傳明明求仁義明明求財利董仲舒傳明明作
皇皇是其證也聞舊本書鈔帝王部七引詩作問矢弛釋詁文弛各本作施唯
宋本作弛是也矢其文德禮記孔子閒居繁露竹林引詩弛其文德此即矢弛
同字之理弛與施聲通而義自別弛者寬緩施者敷陳若上句矢其文德作施
字解則與洽此四國洽字義複禮記云張而不弛文武弗能也弛而不張文武
弗爲也一張一弛文武之道也此即詩弛字之
義洽讀爲協孔子閒居引詩作協洽協同聲

常武六章章八句

常武召穆公美宣王也有常德以立武事因以爲戒然赫赫明明王命卿士南
仲大祖大師皇父整我六師以脩我戎(傳)赫赫然盛也明明然察也王命南仲
於大祖皇父爲大師既敬既戒惠此南國(疏)赫赫然盛明明然察盛者謂宣王
中興强盛察者謂有知人之明察
也王命卿士南仲大祖傳云王命南仲於大祖言王於大祖廟命南仲爲卿士
也宣王時召虎爲卿士令命虎平淮夷故特命南仲爲卿士若春秋時有左卿

士右卿士居二伯之職者也白虎通義爵篇封諸侯於廟者示不自專也明法
度皆祖之制也舉事必告焉詩云王命卿士南仲大祖禮祭統曰古者明君爵
有德必於大廟君降立於阼階南南向所命北面史由君右執策命之毛魯義
同大師皇父傳云皇父爲大師言王命此皇父爲大師亦必於大祖廟也王制
有發則命大司徒教士以車甲鄭注云癸兵車衣甲之儀有發謂有軍師發卒
是皇父爲大司徒而兼大師也箋云大師者公兼官也周人以后稷爲大祖大
祖廟卽大廟二昭二穆咸在焉此謂在鎬都時○六師六軍瞻彼洛矣棫樸傳
皆云六師天子六軍周禮大司馬凡制軍王六軍鄭司農注卽引此詩六軍軍
賦之大數其調發之制不必六軍盡出大師皇父整我六師以脩我戎言王命
皇父整軍習戎也六月傳云先教戰然後用師至用師命將則程伯休父爲大
司馬也周禮注引詩敬作儆宣王旣於鎬都蒐軍實
乃移師次於江漢之滸故云旣敬旣戒惠此南國也

王謂尹氏命程伯休父左右陳行戒我師旅率彼淮浦省此徐土(傳)尹氏掌命
卿士程伯休父始命爲大司馬浦厓也**不留不處三事就緒**(傳)誅其君弔其民
爲之立三有事之臣(疏)傳云尹氏掌命卿士者尹氏爲掌命卿士之官猶師氏
保氏旅賁氏虎賁氏官皆稱氏矣書大誥篇肆予告我
友邦君越尹氏庶士御事義爾邦君越爾多士尹氏御事孔疏云尹氏卽官也
逸周書和寤武寤篇尹氏八士卽周禮序官大史小史中士八人也左傳尹氏
以官爲族而與尹氏爲大史者不同解之者概以尹氏爲周世族大夫失之矣
命程伯休父傳云程伯休父始命爲大司馬者楚語重黎氏世敍天地而別其
分主者也其在周程伯休父其後也當宣王時失其官守而爲司馬氏此傳所
本也續漢書郡國志雒陽有上程聚古程伯休父之國案上篇云江漢之滸王
命召虎其時宣王次於江漢之水上命召穆公爲大將又命程伯休父爲大司
馬上篇爲吉甫作詩故篇中敍召穆公此篇爲召穆公作詩故篇中止敍程伯
休父皆指平淮夷之事天子出師軍帥非一人也大司馬之職乃陳車徒如戰
之陳皆坐羣吏聽誓于陳前斬牲以左右徇陳曰不用命者斬之又云若大師

則掌其戒令鄭注云大師王出征伐也此皆大司馬之事與詩義合○說文浦瀕也瀕水厓人所賓附也瀕亦厓左傳荒浦肅浦浦皆厓也海內東經淮水入海淮浦北水經淮水東至廣陵淮浦縣入於海淮浦縣漢屬臨淮郡今淮安府安東縣淮水經縣南入海即漢淮浦縣也詩之淮浦末即漢之淮浦凡旁淮之厓皆謂淮浦非即入海處率循也循淮水之厓而省視徐土則淮浦猶在徐之西不在徐之東今安東去泗州幾四百餘里漢書地理志臨淮郡徐故國盈姓杜注僖三年左傳徐國在下邳僮縣東南華亭姚培謙云括地志徐城縣西四十里有大徐城即古徐國也今江南鳳陽府泗州北八十里有古徐城相傳爲徐偃王冢案周禮職方氏正東青州其川淮泗海內東經泗水入淮陰北水經淮水東北至下邳淮陰縣西泗水從西北來酈注云泗在淮北然則淮北即泗北矣徐臨淮水即於夷蠻上篇言淮夷徐亦與焉徐爲淮夷之大國故此篇特揭明之爾雅云省察也淮浦在徐之境故云徐土也○留古劉字武傳云劉殺也處猶安止也傳意以誅其君釋經之留予其民釋經之處兩不字皆發聲也十月之交傳擇三有事有司國之三卿與此三事同大國三卿皆命於天子故云爲之立三有事之臣也閟宮傳緒業也就業者謂三卿皆有職司於王室故也王制巡守之禮革制度衣服者爲畔畔者君討鄭注云討誅也蓋其時徐僭號稱王宣王次江漢水上本是省方與伐之事爲此誓戒豫告與

赫赫業業有嚴天子王舒保作匪紹匪遊(傳)赫赫然盛也業業然動也嚴然而威舒徐也保安也匪紹匪遊不敢繼以敖遊也徐方繹騷(傳)繹陳騷動也震驚徐方如雷如霆徐方震驚(疏)赫赫然盛傳已見首章首章命將出師此則用兵誅亂故兩云赫赫以別言之盛者謂軍容之盛業業然動動謂動作也有嚴天子嚴然天子也有發聲六月傳訓嚴爲威與此嚴同周語云大兵戢而時動動則威即其義也上篇云匪安匪游淮夷來求匪安匪舒淮夷來鋪傳鋪病也案兩詩文義正同舒徐聲義相近故傳訓舒爲徐此舒字即上篇匪舒之舒遊當作游游字即上篇匪游之游傳訓保爲安者亦即

本上篇兩安字作訓也爾雅紹繼也云不敢繼以敖游也者上匪字與不同義
則下匪字爲語助耳宣王次江漢水上故云王舒保作也於江漢水上命召穆
公出師故云匪紹匪游也下文卽言淮夷告病之事○傳訓繹爲陳與車攻賚
訓同義別陳讀爲軍陳之陳陳古敶字說文敶列也爾下云讀若軍敶之敶騷
動爾雅釋詁文說文慅動也騷慅聲同動讀如上軍未動之動其時宣王已命
將行師至于淮浦徐國必有敢拒大邦者徐方繹騷言未戰而徐方之軍陳已
動亂失次矣下文卽承繹騷之義而申言之震驚徐方如雷如霆言王旅
之震驚徐方如雷如霆也徐方震驚言徐方見王旅之衆盛而震驚也
王奮厥武如震如怒進厥虎臣闞如虓虎傳虎之自怒虓然鋪敦淮濆仍執醜
虜傳濆厓仍就虜服也截彼淮浦王師之所傳截治也疏武卽序所謂武事也
如震如怒釋文一本
兩如字皆作而箋作而而震而怒而震怒也震動也言王奮發用武而動怒也
震怒連文皇矣云王赫斯怒爰整其旅文義相同進猶先也虎臣卽虎賁氏啓
行之元戎也說見六月篇說文虓虎鳴虓虎聲風俗通義正失篇引詩作哮虎
虓虓哮三字聲竝相近闞與眈同闞如闞然也如卽然也傳云自怒與牀之自
态抑之自角蕩之自伐同自古詯字說文詯膽气滿聲在人上从言自聲讀若
反目相睞荒內切○鋪釋文引韓詩作敷云大也敦讀如左傳敦陳整旅之敦
韓詩云敦迫也箋敦當作屯文選楊雄甘泉賦敦萬騎於中營兮方玉車之千
乘李注云敦與屯同引王逸楚辭注屯陳也義竝相近說文濆水厓也汝墳正
義引此詩作淮墳廣雅墳厓也濆與墳通爾雅仍因也說文因就也仍因皆可
訓就說文田部虜獲也服與獲同意服威服也仍執醜虜言就其繹騷震驚執
其醜衆而威服之也云
截治者言平治之也
王旅嘽嘽如飛如翰如江如漢如山之苞如川之流傳嘽嘽然盛也疾如飛摯
如翰苞本也緜緜翼翼不測不克濯征徐國傳緜緜靚也翼翼敬也濯大也疏

說文單大也从吅甲吅亦聲吅讀若讙故從單聲字皆有盛大之義采芑傳嘽嘽衆也衆盛義相近如飛傳云疾如飛如翰傳云摯如翰摯與鷙同如江如漢僤江漢之廣大以形其軍容之强盛亦前篇之意也苞訓本本猶基也箋云其行疾自發舉如鳥之飛也翰其中豪俊也江漢以喻盛大也山本以喻不可驚動也川流以喻不可禦也○釋文緜緜韓詩作民民大戴禮勸學篇無緜緜之事者無赫赫之功緜緜荀子作惛惛說文𡨦𡨦不見也段注云緜緜民民皆謂密也卽𡨦𡨦不見之意傳云靚者靚與靜同爾雅密靜也翼翼敬者謂諸臣持事能敬也文王傳翼翼恭敬也與此同不測不克不語詞謂淺測攻克也濯大文王有聲同箋云既服淮浦矣今又以大征徐國言必勝也案鄭說非也鄭分伐淮夷伐徐爲兩事不知淮夷之國徐爲大伐淮夷卽是伐徐二章云率彼淮浦其下卽云省此徐土三章三言徐方四章言淮瀆又言淮浦其時徐國必有興師禦兵於淮浦者淮浦之禦兵既已敗散至此則大征徐國入其國都爾

王猶允塞徐方既來傳猶謀也**徐方既同天子之功四方既平徐方來庭**傳來王庭也**徐方不回王曰還歸**疏爾雅猷謀也猷與猶同謀當讀如春秋傳謀元帥謀東略之謀此蓋承上章言之其命將帥也

其動衆之威也其行軍之敬也皆出王謀也燕燕傳云塞實也鄭注考靈耀云道德純備謂之塞漢書嚴助傳引詩曰王猶允塞徐方既來言王道甚大而遠方懷之也三家詩王猶爲王道與毛不異荀子君道議兵及韓詩外傳引詩竝義相同○傳釋來庭爲來王庭者以言徐方之朝正於王也箋云回猶違也還歸振旅也葢宣王既北伐玁狁南伐荊蠻然後興師東服大伐淮徐徐在穆王時僭號稱王其負固不服已非一日至徐方來于王庭則四方既平也上篇云經營四方告成于王四方既平王國庶定文義正同房喬晉書庾旉傳古者三公坐而論道不以方任嬰之惟周室大壞宣王中興四夷交侵救急朝夕然後命召穆公征淮夷詩云徐方不回王曰還歸宰相不得久在外也柳宗元獻平淮夷雅亦云周宣王時稱中興平淮夷則江漢常武皆唐人二詩爲一時事當是古說如此

瞻卬七章三章章十句四章章八句

瞻卬凡伯刺幽王大壞也（疏）瞻卬召旻皆凡伯刺幽王詩與刺厲王不是一人蓋畿內之伯世爲王官若鄭武公莊公相繼爲卿士也

瞻卬昊天則不我惠孔塡不寧降此大厲（傳）昊天斥王也塡久厲惡也邦靡有定士民其瘵蟊賊蟊疾靡有夷屆罪罟不收靡有夷瘳（傳）瘵病夷常也罪罟設罪以爲罟瘳愈也（疏）昊天斥王桑柔同惠愛也塡久桑柔同厲惡正月桑柔同定止也瘵病菀柳同蟊賊蟊疾與召旻蟊賊內訌義同夷常皇矣同屆極也小明傳罟網也此云罪罟設罪以爲罟者言設置刑罪而羅致之如罟網之設也召旻天降罪罟義竝同瘳愈風雨同箋云天下騷擾邦國無有安定者士卒與民皆勞病其爲殘酷痛病於民如蟊賊之害禾稼然爲之無常亦無止息時施刑罪以羅網天下而不收斂爲之亦無常無止息時此目王所下大惡案極愈竝有止已之義故箋以無止息時申成傳也

人有土田女反有之人有民人女覆奪之此宜無罪女反收之彼宜有罪女覆說之（傳）收拘收也說赦也（疏）爾雅土田也是田亦土也覆亦反也雨無正桑柔傳竝云覆反也云收拘收也者謂拘執而收入之也後漢書劉瑜傳瑜曰人無罪而覆入之三家詩以反收爲覆覆入與毛詩訓同說與釋古字相通故傳訓說爲赦後漢書王符傳潛夫論述赦篇引詩女反脫之是三家詩覆作反也

哲夫成城哲婦傾城（傳）哲知也懿厥哲婦爲梟爲鴟婦有長舌維厲之階亂匪

降自天生自婦人匪教匪誨時維婦寺〔傳〕寺近也〔疏〕哲知釋言文今字通作智郊特牲云婦人從人者也夫也者以知帥人者也今婦曰哲婦婦不從人夫亦不以知帥人國家之敗恆必由之晏子諫上篇引詩而釋之云今君不思成城之求而惟傾城之務國之亡日至矣哲婦席褒姒也傾城喻亂國也○烝民傳懿美也謂褒姒美而不德說文梟不孝鳥也雖雖也籀文作鴟凡鴟類甚多說文於舊下云雖舊或作鵂此即爾雅怪鴟也李善注文選演連珠引淮南子主術篇云鴟夜撮蚤察分豪末晝出瞋目而不見丘山高誘注鴟鵂謂之老菟莊子秋水篇作鴟鵂是鴟一名鴟鵂也箋梟鴟惡聲之鳥與四月傳鷙鳶貪殘之鳥句法相同梟鴟二鳥名亦作鴟梟史記賈誼傳鸞鳳伏竄兮鴟梟翱翔是也詩人以梟鴟喻褒姒箋云長舌喻多言語大戴禮本命篇婦有七去口多言爲其離親也盧注即引此詩桑柔譖生厲階傳云厲惡也義與此同寺古文侍傳云近者言暱近也論語云唯女子與小人爲難養也近之則不孫

鞫人忮忒譖始竟背〔傳〕忮害忒變也豈曰不極伊胡爲慝如賈三倍君子是識婦無公事休其蠶織〔傳〕休息也婦人無與外政雖王后猶以蠶織爲事古者天子爲藉千畝冕而朱紘躬秉耒諸侯爲藉百畝冕而青紘躬秉耒以事天地山川社稷先古敬之至也天子諸侯必有公桑蠶室近川而爲之築宮仞有三尺棘牆而外閉之及大昕之朝君皮弁素積卜三宮之夫人世婦之吉者使入蠶于蠶室奉種浴于川桑于公桑風戾以食之歲既單矣世婦卒蠶奉繭以示于君遂獻繭于夫人夫人曰此所以爲君服與遂副禕而受之少牢以禮之及良

日后夫人繅三盆手遂布于三宮夫人世婦之吉者使繅遂朱綠之玄黃之以
爲黼黻文章服既成矣君服之以祀先王先公敬之至也(疏)說文籀竆治罪人也今字通作鞫忮
害雄雊同說文玉篇人部引詩作伎伎忮聲同閟宮箋忒變也本傳訓忒害變
者謂殘害變亂也譖讒言也背猶違也譖始竟背與巧言譖始既涵句法相同
極至也至猶善也胡何也慝惡也言窮治罪人殘害變亂數進讒言始終違背
所謂慝也豈曰不極伊胡爲慝言人豈不欲善何爲作惡若此也曰伊皆語詞
○易說卦傳爲近利市三倍管子小問篇桓公曰來工若何管子對曰三倍不
遠千里與詩三倍同箋云識知也賈物而有三倍之利者小人所宜知也君子
反知之非其宜也休息釋詁文荀子大略篇云君子息焉小人休焉是休息義
同也傳云婦人無與外政雖王后猶以蠶織爲事者事卽經之事字蠶織爲事
卽公事也無與外政此傳申說經義非以釋經之無公事也玩傳中雖字猶以
字其意可見箋云今婦人休其蠶桑織絍之職而與朝廷之事亦是補明經義
以申傳說也列女傳母儀篇引詩曰婦無公事休其蠶織言婦人以織績爲公
事者也休之非禮也毛與三家初無二意也古者以下皆禮記祭義篇文傳引
之以明婦以蠶織爲公事之義言王后者所以刺襃姒
也又類及天子藉田者所以兼刺幽王之不識公事也
天何以刺何神不富舍爾介狄維予胥忌(傳)刺責富福狄遠忌怨也不弔不祥
威儀不類人之云亡邦國殄瘁(傳)類善殄盡瘁病也(疏)天亦斥王也與下章天之降罔同何以何爲也
刺賷皆從朿聲故傳云刺賷也賷者賷求備人也今隸變作責富福皆從畐聲
郊特牲云富也者福也何神不富何神而弗福我乎言王之慢神也爾猶此也
狄讀爲逷抑傳逷遠也說文逖遠也古文作逷易渙上九渙其血去逖出无咎
象傳云渙其血遠害也是逖逷皆遠也抑作逷者仍古文此及泮水作狄者用
古文叚借說文忌憎惡也與怨義相近正義云毛讀狄爲逖故爲遠也則介當
訓爲大不得與箋同也忌者相憎怨之言故以忌爲怨也王肅云舍爾大道遠

慮反與我賢者怨乎案正義依王申傳蓋揆下文人之云亾邦國殄瘁故以經之予字爲我賢者傳意當然也○爭梓皆善也類善皇矣既醉桑柔同人善人也殄盡釋詁文瘁病爾雅無正同漢書王莽傳引詩作邦國殄顇顇與瘁同北山或盡瘁事國傳云盡力勞病彼傳以盡瘁平列則此詩殄瘁亦平列襄二十六年左傳引詩釋之云無善人之謂也

天之降罔維其優矣(傳)優渥也人之云亾心之憂矣天之降罔維其幾矣(傳)幾危也人之云亾心之悲矣(疏)罔古網字天之降罔猶言天降罪罟耳優讀爲瀀此假借字也說文瀀澤多也引詩既瀀既渥今信南山詩亦假借作優云渥者簡兮傳渥厚也幾危釋詁文說文幾始也危始義相近

觱沸檻泉維其深矣心之憂矣寧自今矣不自我先不自我後藐藐昊天無不克鞏(傳)藐藐大貌鞏固也無忝皇祖式救爾後(疏)采菽傳云觱沸泉出皃檻泉正出也此詩蓋以檻泉之深喩心之憂也寧猶胡也言我心之憂胡不自我之先後而自今也正月云父母生我胡俾我瘉不自我先不自我後文義正同傳云藐藐大皃皃釋文作也箋藐藐美也藐訓美又訓大義相近也方言藐廣也郭注云藐藐曠遠貌也藐同懇鞏固釋詁文小宛傳云忝辱也皇祖謂文武也後謂今也列女傳仁智篇引詩无忝爾祖式救爾詒與毛詩異

召旻七章四章章五句三章章七句

召旻凡伯刺幽王大壞也旻閔也閔天下無如召公之臣也

旻天疾威天篤降喪瘨我饑饉民卒流亾我居圉卒荒(傳)圉垂也(疏)旻天庳王也旻天疾

威猶疾威上帝耳蕩傳云疾病人矣威罪人矣箋云天癖王也瘨病也閔坐桑
柔同爾雅果不孰為荒荒亦饑饉也韓詩外傳云一穀不升謂之鎌二穀不升
謂之饑三穀不升謂之饉四穀不升謂之荒五穀不升謂之大侵大侵之禮君
食不兼味臺榭不飾道路不除百官補而不制鬼神禱而不祠此大侵之禮也
詩曰我居御卒荒此
之謂也御與圉通

天降罪罟蟊賊內訌傳訌潰也**昏椓靡共潰潰回遹實靖夷我邦**傳椓夭椓也
潰潰亂也靖謀夷平也疏傳云訌潰潰者亂也說文訌讀也詩曰蟊賊內訌讀
中止也潰與讀同中止猶言內讀也箋云訌爭訟相
陷入之言也玉篇爭作諍諍訟陷入亦是內讀之意訌抑篇假僭作虹字昏僮
昏也傳以夭椓釋椓正月篇夭夭是椓夭椓者殘害侵削之謂合二字成義但
正月言天故傳以夭屬君而椓屬在位者語雖分釋而義實合解也此云夭椓自
當專指在位者而言靡不也不共言不共職事也文選文賦注引韓詩薛君章句
云靡好也疑即此靡共之義或為烈文封靡義者非也○說文憒亂也潰與憒同
說文禬下引爾雅禬禬潰潰段注引潛夫論云佪佪潰潰葢用爾雅文是潰又通
作禬也小旻傳云回邪遹辟也傳訓靖夷為謀平夷當讀如
左傳芟夷蘊崇之之夷箋云皆謀夷滅王之國廣雅夷滅也

臯臯訿訿曾不知其玷傳臯臯頑不知道也訿訿窳不供事也**兢兢業業孔填不寧我位孔貶**傳貶隊也疏臯即嗥之省說文嗥咆也譚長作獋周禮大祝來瞽
令臯舞鄭注云臯讀為卒嗥呼之嗥此臯嗥聲通之
證爾雅臯臯刺素食也頑不知道者即是素食之事左傳云心不則德義之經
為頑嚚與頑義相近也爾雅訿訿莫供職也傳用雅訓而又益其義云窳者爾
雅窳勞也郭注云勞苦者多惰窳小旻傳訿訿然不思稱乎上是即憎窳之意
也亦即莫供職之事也二傳辭異而意同說文云呰窳也訿與呰同正義云窳
字從宀音眠今說文收入宀部未審仲達所據也玷缺也缺與闕通○
雲漢兢兢業業傳云兢兢恐也業業危也瞻卬孔填不寧傳云填久也說文貶

損也导傾覆也杜林說以爲貶損之貶隊者傾覆之意我位孔貶言我王
之位甚矣其隊也十月之交傳云高岸爲谷深谷爲陵言易位也是其義
如彼歲旱草不潰茂如彼棲苴傳潰遂也苴水中浮草也我相此邦無不潰止
疏潰遂小旻同遂猶成也就也箋云潰茂之潰當作彙彙茂皃箋易字而與傳
無二義也蘊樞經廱疽篇草蔭不成廣雅蘆草也蘆與苴同傳云水中浮草
但釋經苴字不釋棲字箋如樹上之棲苴以申補傳楚辭九章草苴比而不芳
王注云生曰草枯曰苴是其義正義謂苴棲水上棲有浮義失傳之恉矣○相
視也潰亂也止語詞箋云無不亂者言
皆亂也春秋傳曰國亂曰潰邑亂曰叛
維昔之富不如時傳往者富仁賢今也富讒佞維今之疚不如茲傳今則病賢
也彼疏斯粺胡不自替職兄斯引傳彼宜食疏今反食精粺替廢兄茲也引長
也疏維昔之富不如時維今之疚不如茲時是也茲此也言昔之富如是今之
疚如此也此皆就賢者一邊說則經中兩不字皆語詞傳云往者富仁賢
釋上句云今則病賢也釋下句疚病也釋文云疚字或作疚傳必於上句下句
閒必先箸今也富讒佞一句者所以申明經文病賢之由而又以挾下文彼疏
斯粺而爲言也○彼彼讒佞也程瑤田九穀考云凡經言疏食者稷食也論語
疏食菜羹即玉藻稷食菜羹左傳粱無麤有麤對粱而言魯語食粟食麤麤對
粟而言稷之謂也奐案詩之疏正言稷曾子天圓篇云無祿者稷饋稷饋者無
尸是古賤者食稷也彼之者賤之之詞也粺鄭箋指糲米一斛舂爲九斗之粺
然一斛舂九斗之粺與糲米校糲米爲疏而粺則未爲精也稻糳米入斗而舂
爲六斗大半斗曰粲禾黍糳米入斗而舂爲七斗曰侍御精之至矣粺與疏對
文疏爲稷粺其禾黍歟禾別曰稗黍別爲䅯文選七啓芳菰精稗李善注云稗
與粺通傳云彼宜食疏今反食精粺所謂今富讒佞也替廢楚芡同廢猶退也
周禮大宰七曰廢以馭其罪此傳廢字之訓也職主也傳訓兄引爲茲長職兄
斯引言其獨祿主茲長也下章云溥斯害矣職兄斯弘言其遺害主茲大也常

棣兄也永歎傳兄茲也永長也桑柔倉兄塡兮傳兄滋也塡久也茲與滋同凡云兄者皆滋益之詞兄永兄塡兄引兄宏竝連文得義故此及常棣桑柔傳茲也也字當衍

池之竭矣不云自頻(傳)頻厓也**泉之竭矣不云自中**(傳)泉水從中以益者也**溥斯害矣職兄斯弘不烖我躬**(疏)頻訓厓厓水厓箋瀕當作濱列女傳作濱瀕濱古今字說詳采蘋篇俗省作頻傳云泉水從中以益者釋經泉自中之義益古溢字自訓從與皇矣同言池竭自厓泉竭自中耳不云皆語詞猶薄言維曰皆語詞也池瀕泉中對文中猶內也中爲內故箋以厓爲猶外言池竭喩王政之亂由外無賢臣泉竭喩王政之亂由內無賢妃列女傳續篇引詩云池之竭矣不云自濱泉之竭矣不云自中成帝之時舅氏擅外趙氏專內其自竭極蓋亦池泉之勢也鄭箋正本三家詩以申明毛義也○溥大也弘大也不烖烖也不亦語詞

昔先王受命有如召公日辟國百里今也日蹙國百里(傳)辟開蹙促也**於乎哀哉維今之人不尚有舊**(疏)關雎正義云詩有六字一句者昔者先王受命有如召公之臣之類是也據此則經文少三字序云閔天下無如召公之臣召公下亦有之臣二字先王謂宣王也召公謂召穆公也辟古闢字故傳云辟開也昔者宣王受命中興復文武之竟土輔佐之者有如此召公之臣是以日辟國百里江漢篇云江漢之滸王命召虎式辟四方徹我疆土匪疚匪棘王國來極于疆于理至于南海鹽鐵論地廣篇亦云周宣王辟國千里是其事也蹙當作戚訓促小明同○尚讀與上同維今之人不尚有舊言乃今之人不上用舊臣也案此章以昔先王今之人對文與六章昔富今疚對文同意昔爲往昔今爲今時上傳云往者富仁賢今也富讒佞召公之臣仁賢也富仁賢尚有舊也不富仁賢而富讒佞不尚有舊也文義本是一貫則經言昔先王不必遠舉文武時明矣召穆公在厲王之朝作蕩詩凡伯作版詩詩云老夫灌灌又云匪我言耄則厲王時之凡伯已爲耆舊老臣厲王流彘召穆公

有立宣王之大功而凡伯之後亦世入爲王官至幽王之末年政又大壞宣幽之際皆其所見所聞者故慨念昔宣之盛今幽之衰乃作此詩以刺之

卷二十五終

長洲陳奐學

清廟之什詁訓傳弟二十六

毛詩周頌

清廟之什十篇十章九十五句（疏）頌者皆祭祀之詩作於成功之後而其事或涉於成功之先其中有周公營雒邑所行祭祀之禮亦有在鎬京制作之禮故說有不同謂此也周大師請詩入樂但謂之頌不繫周字後詩在魯魯有魯頌又有商頌遂加周以別之左傳吳札請觀周樂爲之歌頌吳札曰五聲和八風平節有度守有序盛德之所同也此歌頌者美文王武王成王盛德皆同歌周頌非并魯商而歌之也杜預謂頌有殷魯故曰盛德之所同劉炫規之是矣

清廟一章八句

清廟祀文王也周公旣成雒邑朝諸矦率以祀文王焉（疏）雒邑今作洛非釋文作雒案此祀文王於清廟之樂歌也周公朝諸矦明堂之位於居攝之六年在宗周鎬京見逸周書明堂篇此乃在雒邑東都畿內故箋以成雒邑謂在居攝五年時其時周公祀文王於國之南陽孝經所謂宗祀文王於明堂以配上帝作我將之詩又祀文王於路寢大廟以行特祀之禮作清廟之詩書大傳云清廟升歌者歌先人之功烈德澤也故欲其淸也其歌之呼也曰於穆清廟於者歎之也穆者敬之也清者欲其在位者徧聞之也故周公升歌文王之功烈德澤苟在廟中嘗見文王者愀然如復見文王書傳與詩序合漢人劉向王褒蔡邕高誘鄭玄皆謂清廟歌文王不及武王無異說書雒誥篇予以秬鬯二卣曰明禋拜手稽首休享予不敢宿則禋于文王武王凡郊祭稱禋禋文武以文武合祭明堂也此祭法祖文王而宗武王之事也又祭歲文王騂牛一武王騂牛一王賓殺禋咸假王

入大室祼王肅注大室淸廟中央之室此合祭文武於大廟也書大傳云大廟之中繽乎其猶模繡也天下諸侯之悉來進受命周公而退見文武之尸者千七百七十三諸侯皆莫不磬折玉音金聲玉色然後周公與升歌而弦文武諸侯在廟中者伋然淵其志和其情愀然若復見文武之身然後曰嗟子乎此蓋吾先君文武之風也夫及執俎抗鼎執刀執匕者負牆而歌憤于其情發于中而樂節文故周人追祖文王而宗武王也孔子曰吾于雒誥也見周公之德蓋周公制作禮樂祖有功而宗有德祖文宗武皆有配天之祭故於升歌其歌淸廟之詩唐人杜牧云周公居攝祀文武于淸廟作此歌文武之德是謂也文武可以合祭於明堂豈文武不可以合祭於淸廟乎然祭文武當在居攝七年之末而祀文王歌淸廟猶在前年矣逸周書作雒篇乃位五宮大廟宗宮考宮路寢明堂咸有四阿孔晁注云大廟后稷廟二宮祖考廟考廟也路寢王所居也明堂在國南者也案此大廟即昭穆之大廟與明堂月令左右个之大廟不同故孔以爲后稷廟祖考廟文王廟也考廟武王廟也周公成雒邑時文王尚在祖考宮大平告文王故特設奠於路寢大廟爲崇也若合倉於后稷大廟是褻也故知此詩爲專祀文王而作路寢大廟即明堂月令左右个中央之大廟大戴禮盛德篇或以爲明堂者文王之廟通典引周禮孝經說鄭注樂記竝以文王之廟爲明堂制者蓋本諸此也試更卽周人廟制而詳言之禮緯稽命徵孝經緯鉤命決竝云唐虞五廟親廟四始祖廟一夏四廟至子孫五殷五廟至子孫六是夏以前皆五廟殷以契爲大祖而成湯爲受命王不毀故六廟而呂覽諭大篇引商書云五世之廟可以觀怪不數成湯此五廟之制從古昭然莊三年公羊傳魯子曰請後五廟以存姑姊妹徐彥疏云紀爲附庸而得有五廟者舊說云此諸侯之禮故也是諸侯雖附庸國亦五廟矣五廟之說實本於五服之親故喪服小記王者禘其祖之所自出以其祖配之而立四廟鄭注云四廟高祖以下與始祖而五蓋廟數同於喪服以一己而上推之爲父祖曾高以一己而下推之爲子孫曾玄所謂親親以三爲五以五爲九也所謂五服之親也四廟四親廟也王者立四親廟猶一己而上推之爲父祖曾高也四親廟而以一始祖不遷之廟統領之猶一己而下推之則爲子孫曾玄也五廟義生於五服百王不改也周制天子七廟見禮記王制曾子問禮器祭法等篇大戴禮三

本荀子禮論穀梁僖十五年傳並同祭法言七廟有二祧諸侯無二祧止五廟王制三昭三穆中四親廟爲二昭二穆二祧爲一昭一穆與大祖而七此周七廟兼二祧昭穆之說也盧子榦鄭康成禮記注皆以二祧爲文王武王之祧孔疏引白虎通義周以后稷文武特七廟何注成六年公羊傳禮天子諸侯立五廟受命始封之君立一廟至于子孫過高祖不得復立廟周家祖有功尊有德立后稷文武廟至於子孫自高祖已下而七廟漢書韋玄成傳周之所以七廟者以后稷始封文王武王受命而王是以三廟不毁與親廟四而七此爲盧鄭注所本然韋班何以文武爲受命不毁當在應毁不毁之後而言不數二祧而亦未嘗以二祧爲文武廟二祧雖一見於祭法當亦爲周公所定之制周禮小宗伯辨廟祧之昭穆廟謂五廟祧謂二祧皆有昭穆是周公時已有祧矣守祧掌守先王先公之廟祧其遺衣服藏焉若將祭事則各以其服授尸先王爲廟先公爲祧王之服如尸之服故司服享先王衮冕享先公鷩冕是祧與廟不同享也守祧又云其廟則有司脩除之其祧則守祧黝堊之是祧與廟不同掌也隸僕掌五寢之埽除糞灑之事五寢卽五廟七廟惟祧無寢是二祧與五廟不同地也臨海金鶚天子四廟辨云周官爲周公所作在成王時大王王季文王武王爲四親廟諸盩亞圉爲二祧后稷爲周大祖推以配天雖不追王亦得稱先王必不以先公稱之引周官守祧奄八人注天子七廟三昭三穆賈疏通姜嫄爲八廟廟一人故八人以爲在周公制禮之時已有七廟之明證成王之時文武在四親廟中安得以爲二祧文武居二祧在穆王共王之時文武爲世室又在懿王孝王之時奐案誠齋說最有根據后稷於周爲大祖不遷此廟而非祧也先儒或以后稷爲先公之祧或以文武爲先王之祧則三祧而非二祧既與祭法二祧在五廟外者不合或以文武爲二祧而又合后稷三廟不毁又與祭法二祧爲壇墠者不合皆誤以祧爲不遷不毁之義而不知祧亦遷毁者也昭穆毁故四親廟及二祧皆毁二祧不與於五廟之數七廟兼二祧言者此通祧稱廟崇大之辭也周公所制禮也文武宗亦不與於五廟之數七廟兼文武言者此始受命王不毁之義也然文武應毁不毁猶在制禮之後而非周公時豫設也周公時文武尚居四親廟共王巳後當遷文武居二祧懿王巳後當遷而不毁以文武爲世室亦不與於五廟之數五廟在路寢之東二祧無攷世室

卽大室亦卽路寢之大廟大室先公之遷主藏於大祖廟先王之遷主藏於大
廟大室白虎通義所謂主祏納之西壁是巳文武爲始受命王當遷而不毀故
卽以大廟大室爲文武之主廟文武二王實合爲三代三王之一前堂曰大廟
爲文王廟中央曰大室爲武王廟猶如魯以周公廟稱大廟魯公廟稱大室同
在一處魯頌所以有白牡騂剛合祭之文魯用王禮此其制也文武廟不毀此
卽韋玄成所謂文王武王受命而王不毀之義文武親盡不更立廟此卽韋玄
成所謂始受命而王祭天以其祖配而不爲立廟之義事雖行於周公之後然
必本湯爲受命而王不毀亦因殷而制禮且與周公明堂淸廟皆有合祭文武
之禮蓋實有先行之者矣天子吉禘在路寢明堂左傳云天子有事于文武惠
王惎終之吉禘也路寢大廟爲文武廟明堂其南堂也此亦周人中葉文武同
廟之一證下士祖禰共廟共廟則必合祭在禮下不嫌與上同也或謂曾子問
廟有二主孔子舉齊桓作僞主藏祖廟爲二主非禮是僞主與廟主爲二主非
一廟二主合祭也不得援引以
爲說廟制又互見魯頌商頌

於穆淸廟【傳】於歎辭也穆美也**肅雝顯相**【傳】肅敬雝和相助也**濟濟多士秉文之德**【傳】執文德之人也**對越在天駿奔走在廟**【傳】駿長也**不顯不承無射於人斯**【傳】顯於天矣見承於人矣不見厭於人矣【疏】於歎辭文王同穆美下從釋文補也字呂覽至忠篇可謂穆行矣淮南子原道篇物穆無窮高注竝云穆美也箋云淸廟者祭有淸明之德者之宮也漢書韋玄成傳淸廟之詩言交神之禮無不淸靜穎子容春秋釋例肅然淸靜謂之淸廟行禘祫敘昭穆謂之大廟蔡邕明堂月令論取其宗祀之貌則曰淸廟取其正室之貌則曰大廟引左傳內部大鼎于大廟下言淸廟茅屋明堂位禘祀周公于大廟下言升歌淸廟以爲淸廟卽大廟明堂位大廟天子明堂大廟卽明堂亦曰大寢月令於東曰靑陽大廟於南曰明堂大廟於中央曰大廟大室於西曰總章大廟於北曰玄堂大廟鄭注以大寢東堂大寢南堂大寢西堂大寢北堂釋之此卽天子之路寢也路寢方三百步路亦大也凡大

祭祀行諸大寢故又謂之大廟在路門之內王宮之中央呂覽慎勢篇古之王者擇天下之中而立國擇國之中而立宮擇宮之中而立廟是其謂矣○肅敬雝和何彼襛矣同相助生民雝同文王傳云濟濟多威儀也秉操也把也秉訓執義相近也傳以文德爲助祭之士有文德者昭三十二年左傳晉成王合諸侯城成周以爲東都崇文德焉劉炫以爲崇文德之敎義與傳同對越猶對揚對越在天與對揚王休同意江漢傳云對遂也爾雅云越揚也在天言文王在上也駿長雨無正同長讀平聲○傳云顯於天矣見承於人矣則以不爲發聲不顯顯也不承承也不或作丕孟子滕文公篇引書曰丕顯哉文王謨丕承哉武王烈釋詞云顯哉承哉贊美之詞丕發聲是也無射於人斯於當作于凡詩用字之例經作于不作於作無不作毋作維不作唯維唯無毋于於偶爾閒出或相傳古本字不畫一抑轉寫鍇誤不能肊定也傳以不厭釋無射無與不同義也大雅序云皇矣美周也天監代殷莫若周周世世修德莫若文王所謂顯於天也序云下武繼文也武王有聖德復受天命能昭先人之功焉文王有聲繼伐也武王能廣文王之聲卒其伐功也兩繼字卽此詩承字權輿傳承繼也所謂見承於人也序云靈臺民始附也文王受命而民樂其有靈德以及鳥獸昆蟲焉所謂不見厭於人也皆是頌文王之詞

維天之命一章八句

維天之命大平告文王也（疏）書雒誥篇大傳云周公攝政六年制禮作樂七年致政維天之命制禮也維清作樂也烈文致政也三詩類列正與大傳節次合然則維天之命當作於六年之末矣雒誥周公曰王肇稱殷禮祀于新邑咸秩無文鄭注云周公制禮樂既成不使成王卽用周禮仍令用殷禮者欲待明年卽政告神受職然後班行周禮班訖始得用周禮故告神且用殷禮也鄭謂周禮行於七年致政之後是也箋以告大平爲禮未成時在居攝五年之末未是詩云我其收之又云曾孫篤之自在制禮後語矣

維天之命於穆不已於乎不顯文王之德之純（傳）孟仲子曰大哉天命之無極

而美周之禮也純大也假以溢我我其收之傳假嘉溢慎收聚也駿惠我文王

曾孫篤之傳成王能厚行之也疏釋文引韓詩云維念也文選歐陽建臨終詩注引薛君章句云惟念也惟與維通詩講載

孟仲子作於穆不似似與已通大哉二句傳引孟仲子語以總釋經義云天命之無極釋天之命不已云美周之禮釋文王之德大者即純字之義美者即穆

字之義於天命言大於周禮言美皆互詞也言文王有光顯之德崇效乎天其所行周禮亦如天命之運行不已文王之德大一如天之大禮記中庸篇詩云

維天之命於穆不已蓋曰天之所以為天也於乎不顯文王之德之純蓋曰文王之所以為文也純亦不已箋云命猶道也天之道於乎美哉動而不止行而

不已純亦不已也於乎不光明與文王之施德教之無倦已美其與天同功也案鄭意本中庸以申明傳義純大下也字今補純大爾雅釋詁文說文奄大也

純與奄同經言德傳言禮昭二年左傳韓宣子觀書於大史氏見易象與魯春秋曰周禮盡在魯矣吾乃今知周公之德與周之所以王也杜注云易象春秋

文王周公之制是德即禮也左傳易象春秋為周禮鄭箋六官之職為周禮其義一也正義引趙注孟子云孟仲子孟子從昆弟學於孟子者也又引鄭詩譜

云孟仲子者子思弟子蓋與孟軻共事子思後學於孟軻釋文云一云子夏傳魯申公傳魏人李克克傳魯人孟仲子孟仲子傳根牟子根牟子傳趙人孫卿

子孫卿子傳魯人大毛公然則孟仲子亦學於詩者也故此及閟宮傳兩引其說○傳訓假為嘉與假樂離同溢慎釋詁文舍人注云溢行之慎也假以溢我

言以嘉美之道戒慎於我也襄二十六年左傳作何以恤我說文及廣韻作誐以謐我誐與嘉聲通誐者本字假何皆同聲假借字謐者本字溢恤皆同聲假

借字收聚釋詁文箋云溢盈溢之言也以嘉美之道饒衍與我我其聚斂之以制法度以大順我文王之意謂為周禮六官之職也書曰考朕昭子刑乃單文

祖德正義引鄭注雒誥云成我所用明子之法度者乃盡明堂之德明堂者祀五帝大皞之屬為用其法度也周公制禮六典就其法度而損益用之又引雒

誥承保乃文祖受命民鄭注云文祖者周曰明堂大戴禮盛德篇云明堂天法也禮度德法也又云德法者御民之本也冢宰之官以成道司徒之官以成德

宗伯之官以成仁司馬之官以成聖司寇之官以成義司空之官以成禮此以六官六政為明堂大法鄭說所本也鄭箋詩溢為盈溢饒衍與傳義異其言聚斂制度正足以發明傳義周語晉隨武子歸乃講聚三代之典禮於是乎修執秩以為晉法講聚左傳作講求汪遠孫云求者逑之假借說文逑斂聚也案收逑聲本相近講聚收聚義正相同箋釋駿惠為大順傳義亦當然也○序云大平告文王鳧鷖序稱大平之君子即指成王故傳以曾孫為成王也成王雖是文王之孫告文王所以告先王故不妨通稱曾孫也云成王能厚行之也者釋文本無行字厚猶惇也謂惇用文王之典禮篤訓厚椒聊大明公劉傳皆云篤厚也楚辭天問帝何竺之焉與竺通箋云曾猶重也自孫之子而下事先祖皆稱曾孫是言曾孫欲使後王皆厚行之非維今也鄭意亦以曾孫為成王兼指後王說乃申傳義而推廣之

維清一章五句

維清奏象舞也 象文王樂象文王之武功曰象象武王之武功曰武象有舞故云象舞箋云象舞象用兵時刺伐之舞武王制焉胡承珙

疏 曰後箋云鄭謂武王所制者武王之作象舞其時似但有舞耳考古人制樂聲容固宜兼備然亦有徒歌徒舞者三百篇皆可歌不必皆有舞則武王制象舞時始未必有詩成王周公乃作維清以為象舞之節歌以奏之案胡說詩周公作是矣襄二十九年左傳吳公子札觀周樂見舞象箾南籥者賈服杜注並以象為文王之樂此象謂舞不謂詩也禮記文王世子明堂位祭統仲尼燕居皆言下管象猶之下管新宮耳此象謂詩不謂舞也制象舞在武王時周公乃作維清以節下管之樂故維清亦名象周頌首三篇清廟維天之命維清皆文王詩如周南之關雎葛覃卷耳召南之鵲巢采蘩采蘋小雅之鹿鳴四牡皇皇者華大雅之文王大明緜亦皆文王詩周公用之宗廟朝廷燕飲盟會四牡傳云周公作樂以歌文王之詩為後世法是其義也清廟為升歌之樂章維清為下管之樂章唯周頌之不用維天之命猶召南之不用草蟲耳論詩編樂自有制度則知維清即象象為文王樂維清為文王詩昭然不疑矣後箋云鄭注禮記概

以象爲周頌之武然記文管象之下又別云舞大武舞大夏則所謂下管象者
非大武之詩當卽此文王之象若仲尼燕居之下管象武夏籥序興亦當以象
爲文王之樂與上升堂歌清廟對曰武曰夏卽所謂朱干玉
戚以舞大武八佾以舞大夏者鄭注亦以象爲大武非是
維清緝熙文王之典傳典法也肇禋傳肇始禋祀也迄用有成維周之禎傳迄
至禎祥也疏清清靜也文王篇穆穆文王於緝熙敬止傳云緝熙光明也清靜
光明是謂文王之德也爾雅典經也說文典五帝之書也从冊在
丌上尊閣之也莊都說典大冊也其引申之義書可爲法故典謂之法法必有
常故我將傳典又謂之常箋云文王有征伐之法受命七年五伐也此鄭用書
大傳之文以申明傳法字之訓也○箋云文王受命始祭天而枝伐也周禮以
禋祀祀昊天上帝正義引中候我應枝伐弱勢鄭注云先伐紂之枝黨以弱其
勢若崇侯之屬是孔申明鄭說枝伐卽指伐崇案文王伐崇在受命六年七年
而崩繁露四祭篇文王受命則郊郊乃伐崇又郊祀篇文王受天命而王天下
先郊乃敢行事而興師伐崇兩引棫樸之詩此是三家詩義然是類是禡祭天
伐崇之事見於皇矣篇三家詩說未爲無據肇訓始生民以歸肇祀傳亦云肇
始也始歸郊祀也彼篇但言祀故傳云郊祀此篇經言禋禋者祭天之名故傳
以祀詁禋則禋祀之爲郊祀無庸箸矣后稷爲堯之上公得始行郊祀文王爲
紂之上公亦得始行郊祀兩者事相同此篇象文王之武功是以鄭本三家詩
郊伐之說以補明經義耳毛意亦然也○迄至生民同肇始迄至文義相對言
文王始行禋祀至武王伐紂用能有此成功也釋文禎作祺徐邈云本又作禎
與崔本同正義云定本集注祺字作禎則正義亦作祺矣正義引某氏詩作維
周之祺後箋云考爾雅某氏注引詩天立厥妃傳爾亶厚民之攸呬之類皆與
毛異字蓋多出於三家此詩亦或三家作祺毛詩自作禎耳案說文禎祥也正
用毛訓杜牧上周相公書云象者象武王武王伐紂刺伐之法此乃文王受命七年
五伐西戰陳刺伐之法遺之武王武王用以伐紂而有天下致之清平爲周家
之禎祥引詩作禎此唐人以象爲武舞墨子三辨繁露質文白虎通義禮樂等篇
皆有此說而其引詩作禎蓋用毛義也箋征伐之法乃周家得天下之吉祥鄭

以乃字代維字義見文王傳

烈文一章十三句

烈文成王卽政諸侯助祭也疏此成王卽政諸侯助祭文武之樂歌也周公攝政七年致政成王七年者成王在位之七年周公致政成王卽政矣雒誥王在新邑烝祭歲文王騂牛一武王騂牛一鄭注云歲成王元年正月朔日也以朝享之後用二特牛祫祭文王武王於文王廟案政元雖非西京舊說而用二特牛祭文武與詩義正合文王廟卽淸廟合祭文武亦歌淸廟之詩成王初卽政與諸侯共享大平於其來助祭也以申敎之令無忘文武之德又歌烈文之詩事非兩時而義各有當此詩乃專謂諸侯助祭而作耳故詩譜正義引服虔注左傳云烈文成王初卽雒邑諸侯助祭之樂歌是其義矣

烈文辟公錫茲祉福傳烈光也文王錫之惠我無疆子孫保之無封靡于爾邦維王其崇之傳封大也靡累也崇立也念茲戎功繼序其皇之傳戎大皇美也無競維人四方其訓之不顯維德百辟其刑之於乎前王不忘傳競彊也訓道也前王武王也疏烈光爾雅釋詁文辟公諸侯也錫讀陳錫哉周之錫文王造周故傳云文王錫之也御覽禮儀部二引傳有也字今奪白虎通義瑞贄篇云烈文辟公錫茲祉福言武王伐紂定天下諸侯來會聚於京師受法度也三家詩謂頌美武王義異而以辟公爲諸侯則意同也襄二十一年左傳祁奚曰詩曰惠我無疆子孫保之書曰聖有謨勳明徵定保夫謀而鮮過惠訓不倦者叔向有焉社稷之固也此引詩以惠訓釋惠不倦釋無疆社稷之固釋子孫保經意蓋言諸侯皆能訓順我周故長保其子孫世世獲福也封與豐聲同故傳訓大般武同云靡累者累當作纍靡爲纍靡之靡纍爲纍洩

之纍故背靡爲罪人也白虎通義誅伐篇詩云毋封靡于爾邦惟王其崇之此言追誅大罪也或盜天子土地自立爲諸侯絕之而已案三家詩以封靡爲大罪與毛訓同維猶乃也王謂文王也崇訓立謂更立之以繼世也承上文錫茲祉福而言無以有大罪之故乃亦爲之建立邦國此褒文王錫福之尤箸者而特揭之也文王時諸侯有大罪者莫如崇侯虎皇矣云是致是禡是絕是忽絕忽罪施於崇虎致禡德及其先世即其事也○戎訓大功與公同故詁訓功公皆爲事國之大事在祀與戎也閔予小子傳云序緒也繼緒言武王繼文王伐崇之緒也皇美釋詁文執競同案念茲戎功繼序其皇之二句上承文王下起武王作轉戾之詞清廟維天之命維清三詩篇中皆專頌文王此詩篇中則兼美武王是周公歸政之後合祭文武之事繼序與末句不忘文意相應與閔予小子繼序不忘連文同辭武云嗣武受之勝殷遏劉耆定爾功賚云我應受之敷時繹思我徂維求定皆武王繼文王之緒文義相同正義依王肅以王爲武王不得不以繼序指諸侯大違經傳之恉矣傳云競彊無發聲人謂賢人也論語左傳並云武王有亂十人訓道柔民同抑傳訓爲教者各隨文釋也不顯顯也刑法也禮記中庸篇是故君子不賞而民勸不怒而民威於鈇鉞詩曰不顯惟德百辟其刑之此引詩謂武王戢干戈櫜弓矢矣鄭注以爲諸侯法文王之德非毛詩義也於乎大學引詩作於戲不忘謂沒世不忘也正義云成王之前唯武王耳故知前王武王

天作一章七句

天作祀先王先公也 疏 此時享廟祧之樂歌也周禮守祧掌守先王先公之廟祧先王爲廟先公爲祧其在成王時后稷爲大祖廟最尊大王文王爲二昭王季武王爲二穆最親此五廟皆先王廟也諸盩郎祖紺爲一昭亞圉爲一穆此二祧爲先公廟也中庸云周公成文武之德追王大王王季上祀先公以天子之禮祀先公而別立二祧不與於五廟數中故禮記喪服小記及周禮隸僕但言四廟五寢而王制祭法等篇所云七廟實兼二祧此周公時七廟之說也國語祭公謀父諫穆王曰日祭月祀時享歲貢終王先王之訓也五經異義古春秋左氏說云時享爲二祧漢書韋玄成傳劉歆釋國語

亦云二祧則時享
是時享有先公矣

天作高山大王荒之〔傳〕作生荒大也天生萬物於高山大王行道能大天之所作也彼作矣文王康之彼徂矣岐有夷之行〔傳〕夷易也子孫保之〔疏〕作生采薇同荒大恣

蜂公劉同傳云天生萬物於高山者以釋天作高山句高山生萬物是即天之所作也云大王行道能大天之所作也者以釋大王荒之句大作安字之誤箋云能尊大之正義云長大此天所生箋疏不誤今據以訂正晉語叔詹曰天作高山大王荒之荒大之也大天所作可謂觀有天矣此毛傳所據之本箋云高山謂岐山也作與上作字同義康安也彼作矣文王康之言天所生之萬物而文王又能以安之也荀子王制篇天之所覆地之所載莫不盡其美致其用上以飾賢良下以養百姓而安樂之夫是之謂大神詩曰天作高山大王荒之彼作矣文王康之此之謂也此引詩康訓安樂言安樂覆載之萬物與國語釋詩同毛多用荀說意當然也○徂往也言民所歸往也夷訓易說苑君道篇夫事寡易從法省易因故民不以政獲罪也大道容衆大德容下聖人寡為而天下理矣詩人曰岐有夷之行子孫其保之韓詩外傳云傳曰易簡而天下之理得矣又曰忠易為禮誠易為辭賢人易為民工巧易為材亦引此詩後漢書西南夷傳朱輔疏引詩傳曰岐道雖僻而人不遠李賢注引韓詩薛君章句云徂往也夷易也行道也彼百姓歸文王者皆曰岐有易道可歸往矣易道謂仁義之道而易行故岐道阻險而人不難案朱輔引詩彼徂矣作彼徂者矣者通用無關經義唯毛傳最略得此數說可以發明夷易之詁矣箋云易曰乾以易知坤以簡能易則易知簡則易從易知則有親易從則有功有親則可久有功則可大可久則賢人之德可大則賢人之業以此訂大王文王之道卓爾與天地合德鄭正用韓詩義但韓詩專指文王不兼指大王蓋大王雖是遷岐之君而治岐之道無如文王篇末不應兼及大王

昊天有成命一章七句

昊天有成命郊祀天地也

【疏】此冬至圜丘夏至方丘祀天地之樂歌也周禮大司樂冬日至於地上之圜丘奏之若樂六變則天神皆降夏日至於澤中之方丘奏之若樂八變則地示皆出鄭注云此皆禘大祭也天神則主北辰地祇則主崑崙禮記禮器爲高必因丘陵爲下必因川澤注云冬至祭天於圜丘之上夏至祭地於方澤之中又因天事天因地事地注云天高因高者以事也地下因下者以事也鄭亦本大司樂而言之矣大宗伯以禋祀祀昊天上帝注云昊天上帝冬至於圜丘所祀天皇大帝又以蒼璧禮天注云此禮天以冬至謂天皇大帝在北極者也祭法周人禘嚳而郊稷注云此禘謂祭昊天於圜丘也祭上帝於南郊曰郊韋注魯語同爾雅釋天云禘大祭也禘在郊上故禘爲最大之祭禘嚳非配稷也圜丘非南郊也昊天上帝非上帝也司服王之吉服祀昊天上帝服大裘而冕圜丘之祀以冬日至時服大裘則所祀者昊天上帝也大司樂不言禘而以爲禘祭法不言圜丘而以爲圜丘鄭說固融貫極矣大司樂注以圜丘祀天方丘祀地二者皆爲禘而祭法之禘注但言圜丘而方丘之爲禘亦當該在其中圜丘方丘皆在郊故祭法謂之禘經傳皆謂之郊國語又以禘郊連言之周語禘郊之事則有全烝魯語天子日入監九御使絜奉禘郊之粢盛楚語天子禘郊之事必自射其牲天子親舂禘郊之盛與表記天子親耕粢盛秬鬯以事上帝合此禘郊爲祭天矣楚語禘郊不過繭栗與王制祭天地牛角繭栗合此禘郊并爲祭天地矣臨海金鶚辨之甚詳然則詩言昊天即所謂昊天上帝也序言天地即所謂祀天圜丘祀地方丘也圜丘方丘鄭注謂之禘而此序言祀天地謂之郊南郊之祀郊也而小記大傳謂之禘鄭注謂之郊蓋禘郊祖宗皆祭天之事對文則別散文則通禘郊通稱亦猶祖宗通稱焉耳周人於孟春南郊之祀以后稷配思文之詩是也於冬至圜丘之禘以帝嚳配此昊天有成命之詩是也后稷立大祖廟又以配天帝嚳無廟但有石室藏於大廟大室於兩日至出以配天親疏遠近之義也禘本兼天地故詩言天而序兼言地則圜丘方丘皆歌此詩可知圜丘以嚳配則方丘亦以嚳配又可知曲禮下天子祭天地孔疏云孝經緯后稷爲天地之主則后稷配天南郊又配地北郊周人以嚳配圜丘亦當配方澤是矣孔仲達泥此序之爲郊而不爲禘遂以爲南郊北郊不爲圜丘方丘則周人於南北郊

既歌思文又歌昊天有成命而於冬至圜丘夏至方丘兩大禘無詩后稷配天有詩帝嚳配天無詩遂使周公制禮一代典章幾闕䂓如非細故也且南郊稱上帝不稱昊天此其義證也詩中但述文武之功德不及帝嚳與雝篇追述文武而不及后稷同意且帝嚳之祖其神甚遠止歌詩以配天不必援詩不涉嚳一語以爲疑也金鶚云始封之祖固是后稷而世系之遠祖則帝嚳也嚳又有聖德故圜丘以之配天冬至爲陽生之始故祭天而以世系之遠祖配夏正孟春爲一歲之始故祭天而以肇封之始祖配子月在寅月先遠祖在始祖先其配祭各有所當鄭氏以禘爲圜丘方丘之祭卓識自超千古而注大宗伯昊天上帝以爲天皇大帝注大司樂以爲天神主北辰注月令皇天以爲北辰耀魄寶本於春秋緯文耀鉤元命苞崑崙之說本於地統書括地象亦是緯書此鄭氏之失也

昊天有成命二后受之傳二后文武也**成王不敢康夙夜基命宥密於緝熙單厥心肆其靖之**傳基始命信宥寬密寧也緝明熙廣單厚肆固靖和也疏昊天昊天上帝也漢書匡衡傳肴者成王之嗣位思述文武之道以養其心休烈盛美皆歸之二后而不敢專其名是以上天歆享鬼神祐焉匡學齊詩亦二后爲文武也受之受天命也○噫嘻篇噫嘻成王傳云成王成是王事也與此成王同鄭箋韋注賈逵唐固說皆同康安不敢康不敢安也夙夜早夜也基始爾雅釋詁文禮記孔子閒居引詩作其鄭注詩讀其爲基聲之誤也基謀也此三家義命信同在眞臻部以疊韻爲訓始信者檀弓所謂未施信於民而民信之也宥寬義同淇奧傳云寬能容衆密新書作謐同爾雅密寧靜也郭注云見詩傳孔子閒居注密靜也是三家詩有訓密爲靜也密寧靜三字同義爾雅翌明也說文作㬎緝㬎古同聲故緝亦訓爲明說文巸廣頤也巸熙同傳釋緝爲明釋熙爲廣廣與光通爾雅緝熙光文王傳緝熙光明其義一也單厚國語作亶古亶單通爾雅肆故也後箋云故當讀如孟子天下之言性則故而已矣故者以利爲本文言曰利者義之和也毛傳假固爲故竝非堅固之謂胡說是也書般庚自

作不靖多方自作不和是靖與和同義也○周語叔向謂單子曰語說昊天有成命頌之盛德也其詩曰昊天有成命二后受之成王不敢康夙夜基命宥密於緝熙亶厥心肆其靖之是道成王之德也成王能明文昭能定武烈者也夫道成命者而稱昊天翼其上也二后受之讓於德也成王不敢康敬百姓也夙夜恭也基始也命信也宥寬也密寧也緝明也熙廣也亶厚也肆固也靖和也其始也翼上德讓而敬百姓其中也恭儉信寬帥歸於寧其終也廣厚其心以固和之始於德讓中於信寬終於固和故曰成王案毛傳詁訓悉本國語國語引詩以首二句言文武之受天命以下五句皆言成王紹承王業之事與我將篇我其夙夜畏天之威于時保之末三句就其祀之人說文義正同然則美周成王誦者乃自引詩者口中語與詩中成王不敢康句本無干涉也新書禮容篇云宥謐者寧也億也命者制令也基者經也勢也夙早也康安也后王也二后文王武王成王者武王之子文王之孫也文王有大德而功未就武王有大功而治未成及成王承嗣仁以臨民故稱昊天焉不敢怠安蚤興夜寐以繼文武之業布文陳紀經制度設犧牲使四海之內懿然葆德各遵其道故曰有成承順武王之功奉揚文王之德九州之民四荒之國謌謠文武之烈纍九譯而請朝致貢職以供祀故曰二后受之方是時也天地調和神民順億鬼不厲祟民不誘怨故曰宥謐成王質仁聖哲能明其先能承其親不敢惰懈以安天下以敬民人賈釋詩雖訓詁不悉依國語而與國語文義無不合蓋周頌一篇其閒有營雒致政先後不同如思文郊祀后稷我將宗祀文王皆在周公攝政五年治雒邑時后稷謂祖文王謂宗為配天之祭六年制作禮樂七年致政於成王遂以后稷謂大祖南郊配文王謂祖武王謂宗明堂配又周與殷皆出自帝嚳周用殷禘嚳之禮於圜丘配此在致政之後之禮故昊天有成命說者或謂成王祭祀之詩

我將一章十句

我將祀文王於明堂也【疏】此宗祀文王配天之樂歌也孝經孝莫大於嚴父嚴父莫大於配天則周公其人也昔者周公郊祀后稷

以配天宗祀文王於明堂以配上帝孝經與詩序正合思文后稷配天我將文
王配天皆是周公攝政五年治雒中事逸周書作雒篇乃位五宮明堂居其一
孔晁注云明堂在國南者也此正言周公治雒築明堂其時宗文王不宗武王
故詩但歌文王也孝經所謂嚴父配天也宗文猶行武王之事若宗武竟行成
王之事宗文辟成王也禮記樂記武王克殷祀乎明堂而民知孝此武王之祀
非行宗祀之禮故鄭注云文王之廟為明堂制則不以為孝經詩序為一祀矣
祭法祖文王而宗武王鄭注云祭五帝五神於明堂曰祖宗祖宗通言爾祭法
言宗武王注又引孝經宗文王以為證韋昭魯語注云此與孝經異也周公初
宗文王後更祖文王而宗武王韋說是矣周人以文武為祖宗宗廟之禘禘於
清廟祖宗之禘禘於明堂是其制也明堂之說金榜禮箋最為明晰其言云漢
以來言明堂者人各異說由未辨於其地以王居聽政之明堂與合諸侯之明
堂溷而一之也所謂王居聽政之明堂即路寢路寢大寢也引月令考工記大
戴禮記盛德等篇路寢五室之制夏后殷周一也夏曰世室殷曰重屋周曰明
堂所謂合諸侯之明堂于周官經司儀及覲禮見宮壇之制于明堂位見階門
之位大戴禮記朝事義則兼舉之司儀職曰將合諸侯則令為壇三成宮旁一
門覲禮曰諸侯覲于天子為宮方三百步四門壇十有二尋深四尺加方明于
其上天子出拜日于東門之外反祀方明禮日于南門外禮月與四瀆于北門
外禮山川丘陵于西門外盛德篇曰明堂者所以明諸侯尊卑其宮方三百步
在近郊明堂位曰昔者周公朝諸侯于明堂之位天子負斧依南鄉而立三公
中階之前北面東上諸侯之國阼階之東西面北上諸伯之國西階之西東面
北上諸子之國門東北面東上諸男之國門西北面東上九夷之國東門之外
西面北上八蠻之國南門之外北面東上六戎之國西門之外東面南上五狄
之國北門之外南面東上九采之國應門之外北面東上四塞之國世告至此
周公明堂之位也此為壇為宮謂之明堂無室廟个之制惟四面表其門則不
殊南門之前又表正門亦謂之應門覲禮於祀方明言反則出拜日為出其宮
門可知方明之祀配以受命之王古文尚書伊訓伊尹祀于先王誕資有牧方
明漢書援之而曰言雖有成湯大丁外丙之服以冬至越茀祀先王于方明以
配上帝孝經宗祀文王于明堂以配上帝四海之內各以其職來祭殷周典禮

相沿之可稽者若此書禮于六宗說者釋爲上下四方之宗後代不聞祀六宗
方明蓋其遺象宗祀之名所由昉也巡狩則方岳之下覲其方之羣后亦曰明
堂孟子書齊宣王曰人皆謂我毀明堂史記泰山東北趾古時有明堂處鄭君
知月令室廟个之爲大寢又以五室之明堂在國之陽以宗祀爲祀五帝楊謂
古者神祇皆兆祀小宗伯兆五帝于四郊未聞祀于五室之堂兆祀五帝配以
五人帝五人神未聞更配以文王俗儒所以致誤者月令考工言明堂詳矣不
知其即路寢因近郊及四岳明堂之名最著遂以室廟个之制加之而周官儀
禮爲宮爲壇之明堂其名轉不可考於是路寢明堂異名同實王朝之明堂與
近郊之明堂同名殊制均失其傳矣案金說是也明堂有二解故凡經典中必
連類以記之明堂位周公朝諸侯于明堂之位七年致政於成王下文乃言季
夏六月以禘禮祀周公於大廟覲禮天子設斧依於戶牖之閒左右几天子衮
冕負斧依下文乃言諸侯覲於天子爲宮方三百步四門周禮司儀職言將合
諸侯則令爲壇三成宮旁一門詔王儀南鄉見諸侯下文乃言王燕則諸侯毛
及廟中將幣之禮大戴禮盛德篇云明堂者古有之也凡九室一室而有四戶
八牖三十六戶七十二牖以茅蓋屋上圓下方此記月令之明堂也云明堂者
所以明諸侯尊卑外水曰辟雝列南蠻東夷北狄西戎其宮方三百步在近郊
近郊三十里此記明堂位之明堂也故經中兩言明堂者以別之又云或以爲
明堂者文王之廟也朱草日生一葉至十五日生十五葉十六日一葉落終而
復始也周時德澤洽和蒿茂大以爲宮柱名蒿宮也此天子之路寢也不齊不
居其室此亦記月令之明堂也又朝事義篇云天子率諸侯而朝日于東郊所
以教尊尊也退而朝諸侯爲壇三成宮旁一門天子南鄉見諸侯土揖庶姓時
揖異姓天揖同姓所以別親疏外內也公侯伯子男各以其旅就其位此謂明
堂位云及其將幣也公于上等侯伯于中等子男于下等所以別貴賤序尊卑
也奠圭降拜升成拜明臣禮也奉國地所出重物而獻之明臣職也肉袒入門
而右以聽事也明臣禮臣職臣事所以教臣也此謂廟又云率而祀天于南郊
配以先祖所以教民報德不忘本也此謂宗祀明堂云率而享祀于大廟所以
教孝也此謂祀大廟然則經典中或明堂大廟竝設或壇廟竝舉以古者路寢
宮壇同制故也天子大朝諸侯必於郊故其壇謂之明堂路寢大廟之南堂覲

諸侯故亦謂之明堂巡狩方岳之下會同諸侯故又謂之明堂易曰聖人南面
而立鄉明而治蓋取諸此也祀天必在郊故配天之祭在明堂尊祖之祭在大
廟

我將我享維羊維牛維天其右之傳將大享獻也儀式刑文王之典日靖四方
伊嘏文王既右饗之傳儀善刑法典常靖謀也我其夙夜畏天之威于時保之

疏我將我周公祀文王時也下我為助詞烈祖以假以享傳假大也箋享獻也文
義與此同維羊維牛與自羊徂牛句義正相同此卽絲衣傳先小後大之謂
也周禮羊人賈疏云祭天用犢其日月以下有用羊者故我將詩惟牛惟羊惟
天其祐之彼亦據日月以下及配食者也案賈說是矣唯所引與今本不同或
係轉寫誤倒恐不足依據祐與右同爾雅尚右也則右亦尚也右饗猶云尚饗
也詩言天孝經言上帝一也祭法祖宗鄭注以爲明堂配天之祭其識卓矣又
本孝經緯文王爲五帝之宗遂謂文王配五帝并謂武王配五神不知月令五
帝五神兼主祭地神祇非所謂配天也金鶚辨之甚晰○儀與義通文王傳義
善也刑訓法典常釋詁文維清傳典法也典謂之常又謂之法猶爾雅則謂之
常又謂之法刑謂之常又謂之法範謂之常又謂之法矩謂之常又謂之法律
謂之常又謂之法散文常法通訓也此篇刑爲法乃典爲常矣昭六年左傳引
詩曰儀式刑文王之德日靖四方服注云言善用法文王之德日日謀安四方
此注與文王篇儀刑文王句同杜預王肅皆從服說靖謀小明召旻同箋云靖
治也菀柳俾予靖之傳靖治箋靖謀兩義相近伊發語詞嘏與假同嘏大也王
肅云善用法文王之常道日謀四方維天乃大文王之德既佑助而歆饗之案
王說是也上二句文王之法天下二句天既右饗文王之德皆以言文王之克
配乎上帝也○夙早也早夜去明尚早所謂逮闇而祭也采蘩篇亦以夙夜在
公爲不失職維詰云予小子夙夜毖祀皆其義時是也保讀天保定爾之保保
安也案此言天常眷右我周能保安天命之意文十五年左傳引詩而釋之云
不畏于天將何能保又孟子梁惠王篇云樂天者保天下畏天者保其國亦引

此詩蓋周公治雒祀文王其制禮後兼祀武王皆歌此詩故趙岐孟子注云言成王尚畏天之威故能安其大平之道此或本三家義合祭文武於周公致政之年而言之也

時邁一章十五句

時邁巡守告祭柴望也(疏)此武王巡守告祭天之樂歌也書序云武王伐殷往伐歸獸識其政事案獸與狩古字通用獸識其政事史記周本紀作行狩記政事事雖行於武王而詩自作於成王耳白虎通義巡守篇云何以知大平乃巡守以武王不巡守至成王乃巡守也三家詩說如此正義以爲其言違是矣

時邁其邦昊天其子之實右序有周薄言震之莫不震疊懷柔百神及河喬嶽允王維后(傳)邁行震動疊懼懷來柔安喬高也高嶽岱宗也 明昭有周式序在位(傳)明矣知未然也昭然不疑也 載戢干戈載櫜弓矢我求懿德肆于時夏允王保之(傳)戢聚櫜韜也夏大也(疏)邁訓行邁邦巡行邦國也天子適四方有燔柴祭天之禮故詩稱昊天其子之也右助也序讀禹貢卽敘之敘薄言皆語詞震訓動爾雅云動作也疊者慴之假借字爾雅慴懼也說文慴懼也讀若疊疊慴聲同故慴謂之懼疊亦謂之懼矣後漢書李固傳周頌曰薄言振之莫不震疊此言動之於內而應於外者也案振與震同動內釋薄言震之句應外釋莫不震疊句韓詩外傳云孔子曰善乎晏子不出俎豆之閒折衝千里詩曰實右序有周薄言震之莫不震疊亦謂動內應外而與毛詩義未嘗不合也後漢書注引韓詩章句云薄辭也振奮也莫無也震動也疊應也美成王能奮舒文武之道而行之則天下無不動而應其政教韓詩以奮舒釋上句動應釋下句亦與毛詩合言此詩爲美成王則三家說也

○懷來釋言文柔安民勞同釋文柔本亦作濡俱訓安此堂書鈔禮儀九引毛詩作懷濡百神是所據亦作本也百神羣神也堯典云徧于羣神河爲大川堯
典云望秩于山川喬高岱太同傳旣釋喬爲高更申之云高嶽岱宗也者蓋舉東嶽以該南西北三嶽也般傳高山爲四嶽矣堯典云東巡守至于岱宗鄭注
王制云岱宗東嶽也荀子禮論篇天能生物不能辨物也地能載人不能治人也宇中萬物生人之屬待聖人然後分也淮南子泰族篇聖人者懷天心聲然
能動化天下者也故精誠感於內形氣動於天則景星見黃龍下祥鳳至醴泉出嘉穀生河不滿溢海不溶波其下皆引此詩竝足以明毛傳來安之義也王
武王也文王有聲傳后君也○傳云明矣知未然也者釋經明字云昭然不疑也者釋經昭字言此者武王伐紂遲久之義也韓詩外傳云詩曰明昭有周式
序在位言各稱職也外傳又云百王之法若別黑白應當世之變若數三綱行禮要節若運四支因化之功若推四時天下得序羣物安居是聖人也又云上
賢使能而等級不踰折暴禁悍而刑罰不過百姓曉然皆知夫爲善於家取賞於朝也爲不善於幽而蒙刑於顯夫是之謂定論其下亦引此詩與荀子王制
篇同其釋明昭之義與毛詩未嘗不合箋云以其有俊乂用次第處位解式序在位句用韓詩義箋又云天其子愛之右助次序其事謂多生賢知使爲之臣
解實右序有周句亦本韓詩義傳意或然也禮記樂記云武王克殷反商封王子比干之墓釋箕子之囚使之行商容而復其位庶民弛政庶士倍祿鄭注云
行猶視也使箕子視商禮樂之官賢者所處皆令反其居也此所謂式序在位也○戢聚桑扈同櫜韜弓同樂記倒載干戈包之以虎皮將帥之士使爲諸
侯名之曰建櫜與詩載櫜同懿美也昊天有成命傳肆固也此肆字亦當訓爲固時是于時于是也夏大權輿皇矣同宣十二年左傳夫文止戈爲武武王克
商作頌曰載戢干戈載櫜弓矢我求懿德肆于時夏允王保之釋之云夫武禁暴戢兵保大又云暴而不戢安能保大周語引周文公之頌而釋之云明利害
之鄉以文修之使務利而避害懷德而畏威故能保世以滋大案戢兵修文以解載戢載櫜二句保即允王保之大即肆于時夏故傳訓夏爲大正本內外傳
說又鹽鐵論論菑篇兵者凶器也甲堅兵利爲天下殃以母制子故能久長聖人法之厭而不陽其下亦引此詩陽與揚通久長亦即保世滋大之意也此皆

執競一章十四句

執競祀武王也〔疏〕周禮鍾師注呂叔玉云肆夏繁遏渠皆周頌也肆夏時邁也繁遏執傹也渠思文也案傹與競同此或出三家詩時邁肆于時夏思文陳常于時夏兩詩皆言夏而中閒廁執競一篇故遂以三詩配國語三夏鄭注云九夏皆詩篇名樂崩而亾頌不能具則不以呂說爲然而箋詩兩言夏仍作九夏解非毛詩義也

執競武王無競維烈不顯成康上帝是皇〔傳〕無競競也烈業也不顯乎其成大功而安之也顯光也皇美也自彼成康奄有四方斤斤其明〔傳〕自彼成康用彼成安之道也奄同也斤斤明察也鍾鼓喤喤磬筦將將降福穰穰降福簡簡威儀反反既醉既飽福祿來反〔傳〕喤喤和也將將集也穰穰衆也簡簡大也反反難也反復也〔疏〕釋文引韓詩云執服也烈文傳競彊也無競競也抑同烈業釋詁文武同傳文不顯乎其成大功而安之也之上當有複句經文不顯成康四字爾雅康安也成大功而安之以釋經成康二字此卽武篇云勝殷遏劉耆定爾功也安與定義相近不顯之不與無競之無皆語詞發聲反言之曰不顯傳順經言之云不顯乎正言之則曰顯傳又申之云顯光也文王傳不顯顯也顯光也則不爲語詞矣皇美烈文同傳云用彼成安之道用釋自字唐羔裘緜傳皆云自用也用猶施也成安之道謂成大功而安之之道也爾雅弇同也奄與弇通皇矣奄有四方傳奄大也同大隨文立訓又義互相足也同有四方者猶云四方攸同耳爾雅斤斤察也傳益其辭則曰明察斤與昕聲義相近故漢書律曆志云斤者明也○爾雅鍠鍠樂也漢書禮樂志說文引詩作鍠鍠與爾雅同今詩作喤喤者假借字有聲

篇亦作喤喤云和者謂鐘與鼓聲相應和荀子富國篇撞鐘擊鼓而和詩曰鐘
鼓喤喤釋文莞亦作管說文𩐛行皃引詩曰管磬𩐛𩐛荀子作管磬瑲瑲並字
異而義同先管後磬與今本毛詩異也毛詩將將當即𩐛𩐛之古文假借傳云
集者謂諸工會集也爾雅集會也墨子非樂上篇飲食將將亦會集之意爾雅
穰穰福也傳云衆者亦謂降福之衆多也簡兮傳簡大也重言之則曰簡簡爾
雅簡簡大也鹽鐵論論菑篇周文武尊賢受諫敬戒不殆純德上休神祇相況
詩云降福瀼瀼降福簡簡案詩專頌武王而此兼及文王者三家詩連稱之非
合祭文武也瀼與穰同○傳釋反反爲難者難古儺字竹竿傳儺行有節度也
襄三十一年左傳云進退可度周旋可則容止可觀謂之有威儀此即儺之義
也賓之初筵威儀反反傳言重慎也箋云順習之皃重慎順習並與儺義相近
潛夫論引此詩作板板既醉既飽所謂既醉以酒既飽以德也我行其野傳復
反也反復互相訓此云復者復與復通福祿來反與福祿來崇句同鳧鷖傳崇
重也箋云君臣醉飽禮無違者以重得福祿也箋以重字釋反字深得毛意潛
夫論巫列篇引詩釋之云此言人德義美茂神歆享醉飽乃反報之以福也王
仲任讀反與返同又以醉飽屬神歆享言恐非毛指韓詩外傳云明君修禮以
齊朝正法以齊官平政以齊下然後節奏齊乎朝法則度量正乎官忠信愛利
平乎下如是百姓愛之如父母畏之如神明是以德澤洋乎海內福祉歸乎王
公又云道得則澤流羣生而福歸王公澤流羣生則下安而和福歸王公則上
尊而榮百姓皆懷安和之心而樂戴其上夫
是之謂下治而上通並引此詩毛意或然也

思文一章八句

思文后稷配天也（疏）此南郊祀天之樂歌也后稷爲周始封之祖故既立爲大祖廟而又於南郊之祀配天生民序云文武之功起於后稷故推以配天是也孝經昔者周公郊祀后稷以配天祭法周人郊稷鄭注云祭上帝于南郊曰郊魯語展禽曰周人郊稷韋注與鄭同書召誥篇若翼日乙卯周公朝至于雒用牲于郊牛二牛二者帝牛一稷牛一也逸周書作雒篇周公設丘兆于南郊以祀上帝配以后稷是正謂周公在雒祀天始行后稷配天

公事與孝經合其後遂以南郊配稷為定禮又與祭法魯語合也禮記喪服小
記王者禘其祖之所自出以其祖配之而立四廟大傳禮不王不禘王者禘其
祖之所自出以其祖配之諸侯及其大祖又儀禮喪服傳諸侯及其大祖天子
及其始祖之所自出案天子之始祖即諸侯之大祖諸侯無配天之祭故及大
祖而止天子大祖廟共四親廟為五廟而更得配享於郊故孝經左傳禮記郊
特牲皆言郊而小記大傳則謂之禘凡禘郊祖宗四者皆天子配天之大祭鄭
康成以祭法之禘為冬至圜丘之祭郊為夏正南郊之祭而小記大傳之禘則
又謂禘即郊祖即后稷以其祖配即是后稷配天之義宜三年公羊傳郊則曷
為必祭稷王者必以其祖配此鄭本公羊作解其說卓矣金鶚云荀子王者天
大祖董子天地者先祖之所自出為天矣郊特牲萬物本乎天人本乎祖此所
以配上帝也郊之祭也大報本反始也此即禘其祖之所自出以其祖配之注
腳也又是禘即郊之確證萬物本乎天此禘其祖之所自出之注腳也人本乎
祖所以配上帝此以其祖配之注腳也小記大傳言禘此言郊是禘即郊之證
也金鶚又云配字古與妃通爾雅妃合也匹也對也釋名配輩也然則配享之
人必相對相匹而後可至於以人神配享天地蓋以天地人參為三才聖人與
天地合其德故可以配之也正義云國語周文公之為頌曰思文后稷克配彼
天是此篇周公所自歌也后稷之配南郊與文王之配明堂其義一也我將主
言文王饗其祭祀不說文王可以配上帝此篇主言后稷有德可以配天不說
后稷饗其祭祀與謂兩序之作一時之事於我將言宗文王而不言配天於思
文言配天而又不言郊后稷言饗祀而配天可見言配天而饗祀亦可知孔謂
經有異故序不同非也噫嘻正義引書傳曰祀上帝于南郊所以報天德郊特
牲注引易說曰三王之郊一用夏正此南郊在夏正正月也昊天有成命為冬
至圜丘祀天之詩而序云郊祀天地則知夏至方澤亦歌其詩此詩序但稱配
天不及配地配天在南郊既歌此詩則配地當在北郊亦當同歌此詩金鶚
王肅謂方丘即北郊後儒多從王說不知澤中方丘非人所為而北郊則為壇
以祭謂之泰折其地不在澤中又泰折定在正北近郊而方丘則無定處且方
丘祭以夏至不必十日而北郊則必卜日大宰祀五帝卜日下云
祀大神示亦如之大神謂天大示謂地則南北郊皆必卜日矣

思文后稷克配彼天立我烝民莫匪爾極(傳)極中也貽我來牟帝命率育(傳)牟麥率用也無此疆爾界陳常于時夏(疏)思詞也文文德也烝衆也極中昆園有桃同成十六年左傳申叔時日民生厚而德正用利而事節時順而物成上下和睦周旋不逆求無不具各知其極故詩日立我烝民莫匪爾極周語芮良夫日夫王人者將導利而布之上下者也使神人百物無不得其極故頌日思文后稷克配彼天立我烝民莫匪爾極杜預韋昭注竝謂后稷能有立民之道無不得其中正與傳訓同書皐陶謨烝民乃粒粒者立之假借字故史記夏本紀作衆民乃定也○傳釋牟爲麥則經中來字爲語詞谷風伊余來塈塈息也四牡將母來諗諗念也車舝德音來括括會也桑柔反予來赫赫嚇也江漢淮夷來鋪鋪病也傳皆以來爲語詞無實義則來牟不連讀矣貽我來牟貽說文作詒不誤詒遺也我我烝民也后稷教民稼穡樹蓺五穀言麥者五穀之一也麥曰牟疊言之曰牟牟麥孟子告子篇云麰麥是也說文及趙岐注引詩皆作麰毛詩作牟牟爲麰古文假借字鄭箋云武王渡孟津白魚躍入于舟出涘以燎後五日火流爲烏五至以穀俱來此謂遺我來牟臣工箋云於美乎赤烏以牟麥俱來故我周家大受其光明謂爲珍瑞天下所休慶也鄭以詩之牟卽書之穀但此詩頌后稷不及武王箋不若傳義爲長鄭以來爲行來之來然亦不以來爲麥也說文云來周所受瑞麥來麰一麥二縫象芒刺之形天所來也故爲行來之來詩曰詒我來麰麰來麰麥也秫齊謂麥秫也案秫卽來許作說文始以來麰爲麥名來麰漢書楚元王傳引詩作釐麰劉向說釐麰麥也始自天降來麰釐麰二字成義許劉相同許治毛而不廢三家也毛不言瑞麥與三家詩異李善注典引引薛君章句云麰大麥也麰與麰同趙岐注孟子云麰麥大麥麰爲大則來爲小廣雅釋草大麥麰小麥麰其說不古正義云釋詁率由自也由自俱訓爲用故率爲用也案君子陽陽傳由用也唐羔裘緜傳自用也是率由自三字訓同帝命率育育讀如五穀孰而民人育育養也言天命用此牟以養民人也○界釋文作介訓大非也介古界字文選魏都賦注引韓詩章句云介界也爾雅疆界垂也無此疆爾界者言后稷布種之功盡天下之疆界無有此爾也常典也于時于是也夏大也陳常

于時夏言周家陳典
大法肇始后稷也

卷二十六終

詩毛氏傳疏卷二十七

長洲陳奐學

臣工之什詁訓傳弟二十七　毛詩周頌

臣工之什十篇十章一百六句

臣工一章十五句

臣工諸侯助祭遣於廟也（疏）廟大祖廟也大祖廟后稷之廟天子藉田在新穀後郊而後耕也外諸侯來朝者適遇其時亦必與其事故九推之諸侯卽助祭之諸侯於其歸也遂歌詠其事以遣之於廟其戒敕臣工保介者卽所以戒敕諸侯故詩次於思文噫嘻閒焉

嗟嗟臣工敬爾在公王釐爾成來咨來茹（傳）嗟嗟敕之也工官也公君也嗟嗟保介維莫之春亦又何求如何新畬於皇來牟將受厥明明昭上帝迄用康年（傳）田二歲曰新三歲曰畬康樂也命我眾人庤乃錢鎛奄觀銍艾（傳）庤具錢銚鎛鎒銍穫也（疏）傳以嗟嗟爲戒敕之聲與烈祖嗟嗟不同義也周語宣王不藉千畝虢文公曰農祥晨正日月底于天廟土乃脈發先時九日王乃使司徒咸戒公卿百吏庶民先時五日王卽齊宮百官御事各卽其齊三日案天子爲藉千畝諸侯爲藉百畝天子藉田先期咸戒則諸侯藉田亦當先期咸戒矣傳云敕之者正言其事說文敕誡也書皋陶謨篇俊乂在官百寮師師百工惟時傳寮工皆官也版傳云寮官也此傳云工官也皆與書義同又酒誥篇越獻臣百宗工又惟殷之迪諸臣惟工皆以臣工連言臣工諸侯之臣有職司於王室者諸侯之命卿也公君爾雅釋詁文敕臣工敬君事也釐予咨謀茹度也言王子爾諸侯共成大

平爾臣工亦於是而謀度之來猶是也來咨來茹猶云是究是度也楚茨時萬
時億猶是萬是億也桑扈之屏之翰猶是屏是翰也來時之同聲故三字並與
此字同義○保介無傳呂覽孟春紀是月也天子乃以元日祈穀于上帝乃擇
元辰天子親載耒耜措之參于保介之御間率三公九卿諸侯大夫躬耕帝藉
田天子三推三公五推卿諸侯大夫九推高誘注云措置也保介副也御致也
擇善辰之日載耒耜之具於藉田致于保介之閒施用之也又云禮以三爲文
故天子三推謂一發也國語曰王耕一發班三之班次也謂公卿大夫各三其
上公三發卿九發大夫二十七發也案高注以保介爲副當是相傳古訓副天
子之副即下文三公九卿諸侯大夫也天子躬耕則三公以下爲副諸侯躬耕
則三卿以下爲副毛傳爲臣工作解即不爲保介作解嗟嗟保介猶云嗟嗟臣
工耳則臣工保介爲諸侯藉田時皆所率耕之人矣乃鄭於注禮箋詩保介爲
車右勇力之士被甲執兵者然月令言親耕秉耜無庸更有被甲之人守視耕
器況詩言爲農祈年於被甲執兵之人尤無干涉又何庸嗟嗟敕之乎當依高
注以保介爲副與毛傳訓臣工爲官正合又與國語言藉畝先期咸戒公卿百
吏亦無不合○田二歲曰新三歲曰畬此釋地文也六書故畬下引爾雅作二
歲曰新無田字與此傳同今爾雅新下衍田字云田一歲曰菑二歲曰新田三
歲曰畬易无妄馬融注菑田一歲也畬田三歲也詩正義引鄭易注同禮記坊
記注田一歲曰菑二歲曰畬三歲曰新田案易注是而禮注非也說文畬三歲
治田也易釋文引說文畬二歲亦非孫炎云菑始災殺其草木也新田新成柔
田也畬和也田舒緩也郭璞云今江東呼初耕地反草爲菑說文菑不耕田也
不耕爲菑猶休不耕者爲萊菑與萊聲相近也鄭箋讀俶載爲熾菑初耕未能
柔孰必以利耜發田與田一歲菑合新謂耕二歲者畬謂耕三歲者易董遇注
悉耨曰畬益至三歲悉可耕耨矣此詩新畬就耕田說若采芑新菑就休耕之
田說故有可采之芑立文自有不同皇美牟麥也春夏皆有祈穀之文夏祈麥
實故言牟且牟者后稷之所詒爲周家王業實基乎此也受受福於上帝也明
猶明明然也明矣知未然也昭然不疑也迄至也康樂悉辭同孟子梁惠王篇
云樂歲終身飽○說文錢銚下引詩作庤考工記注引作偫爾雅庤具也庤與
偫時同說文云錢銚也古田器此本傳訓說文又云鎛一曰田器㠯耜其鎛斯

趙箋云以田器刺地傳訓鎒者亦田器也鎒槈之或字今通作耨管子禁藏篇推引銚耨以當劍戟輕重己篇銚耨當劍戟輕重乙篇一農之事必有一耜一銚一鐮一鎒一椎一銍然後成爲農莊子外物篇春雨日時草木怒生銚鎒於是乎始脩案錢鎛銚鎒古今田器異名故傳以銚鎒詁錢鎛也傳詁銍爲穫者艾亦穫也大東傳穫艾也艾之爲穫見於大東此可不傳矣良耜傳挃挃穫聲也銍者挃之假借禹貢二百里納銍傳銍刈謂禾穗銍亦挃也呂覽上農篇因胥歲不舉銍艾數奪民時言不鎒穫則奪民時矣與詩銍艾同周語麇于籍東南鍾而藏之而時布之于農稷則徧戒百姓紀農協功耨穫亦如之民用莫不震動恪恭于農修其疆畔日服其鎛不解于時案詩於章末言命衆人以耨穫者與國語徧戒百姓紀農協功同詩敕臣工保介以及衆人猶國語王使司徒咸戒公卿百吏下至庶民也文義皆無不合

噫嘻一章八句

噫嘻春夏祈穀于上帝也 疏 噫嘻春夏祈穀之樂歌也禮記月令孟春天子乃以元日祈穀于上帝此春祈穀也月令但言祈穀與孝經周公郊祀后稷以配天者不同周人於南郊祀天以后稷配是主報而不主祈祈穀亦郊祭然祈禱之禮輕不以后稷配又主祈而不主報魯爲侯國損於天子故春秋之郊皆爲祈穀以后稷配天故亦謂之郊桓五年左傳凡祀啓蟄而郊又襄七年傳孟獻子曰夫郊祀后稷以祈農事也是故啓蟄而郊郊而後耕祀后稷謂配天也祈農事謂祈穀也合報祈爲一祭魯禮非周禮也左疏引何休膏肓據孝經后稷配天非即祈穀上帝分爲兩祭而此詩正義引鄭箴膏肓云孝經主說周公孝以必配天之義本不爲郊祀之禮出是以其言不備遂據月令左傳獻子語是郊天與祈穀爲一祭案何說是也祭法禘郊祖宗四大祭皆不見於月令祭法郊稷郊之正祭也祈穀非郊之正祭可知故詩思文既爲配天樂歌此詩又爲祈祈穀樂歌明是兩祭斯亦祈穀非配天之確證矣月令仲夏命有司爲民祈祀山川百源大雩帝用盛樂乃命百縣雩祀百辟卿士有益於民者以祈穀實此夏祈穀也鄭注云春秋傳曰龍見而雩雩之正當以四月凡周之秋三月之中而旱

亦脩雩禮以求雨因著正雩此月失之矣案鄭說是也鄭據桓五年左傳以四月
爲雩月之正至五月以後爲因旱而祈雨故此詩箋亦引左傳龍見而雩以爲郎
夏祈穀葢雩者本旱求之名四月順豐年逆時雨寧風旱故以此月之雩爲先祈
在祭月令大雩著於五月者此亦猶穀梁傳言郊自正月至于三月皆可郊者爲
盡時說耳是五月大雩爲旱求之祭然亦祈穀實之事故云以祈穀實也雩正祭
大雩旱祭雩用樂大雩用盛樂春秋經常雩不書秋三月書大雩者凡二十皆是
因旱而急求非雩月之正也說文雩夏祭樂于赤帝以祈甘雨也雩或作𦏱雩舞
羽也許亦據四月之雩不用盛樂言也鄭注云天子雩上帝諸侯以下雩上公定
元年穀梁傳請乎應上公古之神人有應上公者通乎陰陽君親帥諸大夫道之
而以請焉此魯雩上公也月令雩帝此周雩上帝也春因郊而祈穀夏則雩爲祈
穀皆當在孟月祭天其祭地在仲月義著載芟篇

噫嘻成王既昭假爾（傳）噫歎也嘻敕也成王成是王事也率時農夫播厥百穀駿發爾私終三十里亦服爾耕十千維耦（傳）私民田也言上欲富其民而讓於下欲民之大發其私田耳終三十里言各極其望也（疏）釋文噫作意又作噫正義嘻敕也釋文作嘻和也和是敕之誤

噫歟歎之詞嘻戒敕之詞噫嘻疊韻連緜字哀十四年公羊傳顏淵死子曰噫何
注云噫咄嗟貌襄三十年左傳或叫于宋大廟曰譆譆出出鳥鳴于亳社如曰譆
譆嘻與譆同王王事也凡國之大事在農農事即王事故傳云成王成是王事也
昭明假至也○率用時是也文選東都賦注引韓詩帥時農夫播厥百穀韓君云
穀類非一故言百也率帥古字通用駿大也發讀如句庇則利發之發箋發伐也
匠人注畎土曰伐伐之言發也私私田對公田言之故傳云民田也大發民之私
田言此者爲富民讓下之道鹽鐵論取下篇云浚發爾私上讓下也此說與毛氏
義合其訓古矣浚與駿通終之爲言極也傳云言各極其望也者上欲望民之富
今私田三十里以大發之是謂各極其望也亦發聲維其也十千維耦其耦十千
也甫田傳十千言多也鄭注周禮以鄉遂不用井畫采地畫之爲井遂人匠人分

爲二法程瑤田溝洫考云駿發爾私是不畫井無公田之證也耦曰十千是萬夫之證也里曰三十是萬夫之田方三十三里又少半里舉成數之證也此遂人之不爲井田確有明證奐案詩言藉田也藉田在郊天子藉田千畝千畝適合十夫之地此亦鄉遂中用遂人十夫不用匠人九夫之事周語宣王不藉千畝虢文公述古者藉田之制云王耕一發班三之庶人終于千畝韋注王耕一發一耜之發也耜廣五寸二耜爲耦一耦之發廣尺深尺三之下各三其上也王一發公三鄉九大夫二十七也終盡耕之也高注呂覽同三十里十千耦猶千畝也終三十里猶終于千畝也傳云大發私田各極其望實依周語庶人盡耕爲說月令言天子躬耕帝藉卽在祈穀之後與詩序祈穀上帝亦正合天子鄉遂無公田而亦藉民力

振鷺一章八句

振鷺二王之後來助祭也疏二王夏殷之王也正義云郊特牲曰王者存二代之後猶尊賢也尊賢不過二代書傳曰天子存二王之後與己三所以通三統立三正鄭駮異義云言所存二王之後者命使郊天以天子禮祭其始祖受命之王自行其正朔服色此之謂通天三統是言王者立二王後之義也

振鷺于飛于彼西雝傳興也振振羣飛貌鷺白鳥也雝澤也**我客戾止亦有斯容**傳客二王之後**在彼無惡在此無斁庶幾夙夜以永終譽**疏振飛猶奮翼鷺不一鳥故傳則重言之曰振振有駜振振鷺傳亦云振振羣飛皃也鷺白鳥有駜同說文云邕四方有水自邕成池者水經注四方有水爲雝周禮雝氏注雝爲隄防止水者也凡止水處曰邕假借字作雝雝卽雝之隸變鷺飛于雝與鶴鳴于皋同皋雝皆爲水鳥所居故並訓爲澤說文川部邕下引左傳川雝爲澤此傳所本也詩以鷺之在澤興客之朝周賓位在西故曰西後漢書邊讓傳注引韓詩振鷺于飛于彼西雝辟君章句云鷺潔白之鳥也西雝文王辟雝也言文王之時辟雝

學士皆潔白之人也。案韓詩以辟廱爲文王辟廱，恐非是。蓋此詩作於周公制禮之後，則辟廱在國中之澤宮，而與文王辟廱之在郊用殷制者不同處也。韓與毛異。○序言二王之後，故傳以客爲二王後也。戾，至也。斯，此也。此，鷺也。言客有此絜白之容也。禮記中庸篇：「是故君子動而世爲天下道，行而世爲天下法，言而世爲天下則。遠之則有望，近之則不厭。詩曰：『在彼無惡，在此無射。庶幾夙夜，以永終譽。』君子未有不如此而蚤有譽於天下者也。」案在彼指遠，在此指近。箋「在彼謂居其國，在此謂其來朝」，與中庸釋詩合。後漢書列女曹世叔妻傳注引韓詩亦作射。射與斁通。夙夜，早夜也。永終皆長也。以永終譽，猶云以介景福耳。後漢書崔駰傳「終作眾」。眾假借字。箋云：譽，聲美也。呂覽審分篇云「譽流乎無止」。

振鷺一章八句

豐年一章七句

豐年，秋冬報也。疏此秋冬報之樂歌也。後箋云：曹放齋詩說謂季秋大饗明堂之似，當以曹氏之說爲近。噫嘻序言春夏祈穀，此言秋冬報，明是一祈一報相對爲義。彼言上帝而此不言何神者，考祈穀之郊主祀上帝而百神亦當從祀。左傳載孟獻子曰：「啓蟄而郊，郊而後耕。」是魯郊正所謂祈穀之郊。春秋每卜郊不吉，猶三望。左傳或曰望郊之細也，或曰望郊之屬也。可見祈穀之郊幷及方望。至夏雩，則月令於雩帝之外，兼及百辟卿士。噫嘻序但言上帝，舉其重者耳。此秋冬報祭，亦必自上帝百神凡有功於穀實者偏祭之，而皆歌此詩。月令季秋大饗帝，孟冬祈來年于天宗，大割祠于公社及門閭，臘先祖五祀。鄭注皆以爲蜡。郊特牲云：「蜡者，合聚萬物而索饗之。」可見秋冬之報所祭甚廣，故序不指言何神。但經文首稱豐年，則其爲百穀報成之祭義甚箸明，故傳亦不言何祭。又月令「大饗帝」下云「嘗犧牲，告備於天子」。鄭注：「嘗者，謂嘗羣神，天子親嘗帝，使有司祭於羣神。」可見嘗不定是廟祭之名。推之，孟冬大飲烝，下即言天宗公社諸祭。鄭注雖以烝爲升俎，然高誘注淮南時則訓即以此烝爲冬祭。楚語觀射父曰：「日月會于龍豨，土氣含收，天明昌作，百嘉備舍，羣神頻行。國於是乎烝嘗，家於是乎嘗祀。」夫龍豨乃建亥之月，何以言嘗祀？竊意秋冬報祀，取嘗新烝眾

之義亦名嘗烝與廟祀之秋嘗冬烝同名而異實
箋以報為嘗烝豈亦謂四時之外別有嘗烝歟

豐年多黍多稌亦有高廩萬億及秭（傳）豐大稌稻也廩所以藏齍盛之穗也數萬至萬曰億數億至億曰秭**為酒為醴烝畀祖妣以洽百禮降福孔皆**（傳）皆徧也

（疏）易豐彖傳及說卦傳皆云豐者大也方言云凡物之大貌曰豐又云趙魏之郊燕之北鄙凡大人謂之豐人燕記曰豐人杼首燕趙之閒言圍大謂之豐傳訓豐為大豐年大年也稌稻爾雅釋草文郭注云今沛國謂稻曰稬是以黏者為稌矣周禮食醫牛宜稌鄭司農注云稌稉也是又以不黏者為稌矣蓋稻稌皆大名也○周語廩于藉東南鍾而藏之韋注云廩御廩春秋桓十四年公羊傳御廩者何粢盛委之所藏也穀梁傳甸粟而內之三宮三宮米而藏之御廩周禮廩人注云藏米曰廩案廩藏米傳云藏齍盛之穗黍離傳穗秀也然則高廩其露積歟甫田傳器實曰齍在器曰盛齍與齊同伐檀楚茨傳皆云萬萬曰億此即數萬至萬也阮元校勘記云數億至億此正義本也正義云數億至億曰秭於今數為然定本集注皆云數億至萬曰秭釋文云數億至萬曰秭一本作數億至億曰秭考伐檀楚茨傳億字毛用今數則此傳自亦是今數當以正義本為長案阮說是也舊本北堂書鈔歲時部四引毛詩傳與定本集注同說文云數億至億曰秭是今數宗毛訓也爾雅秭數也郭注云今以十億為秭是以古數說秭秭即兆也眾經音義卷六引算經黃帝為法數有十等謂億兆京垓壤秭溝澗正載及其用也有三謂上中下下數十萬曰億中數百萬曰億上數萬萬曰億此秭在第六等十萬起數數至秭則已過於數億至億矣與古數不合廣韻秭字下引風俗通義千生萬萬生億億生兆兆生京京生秭秭生垓垓生壤壤生溝溝生澗澗生正正生載載地不能載也此以萬起數數至秭秭為萬萬則又不及於今數矣漢末諸家之說不足取為經訓釋文引韓詩云陳穀曰秭○載芟箋云烝進畀予洽合也進予祖妣謂祭先祖先妣也以洽百禮謂饗燕之屬說文皆俱詞也偏與俱義相近偏讀為徧為爾德之偏說苑貴德篇釋此詩云聖人之於天下也譬猶一堂之上也有一

人不得其所者則孝子不敢以其物薦進此卽徧字之義

有瞽一章十三句

有瞽始作樂而合乎祖也疏王者始起未制作之時取先王之樂與己同者假以風化天下天下大同乃自作樂故武王有天下未致大平樂器未具至成王之世始克大同迺作已樂樹羽縣鼓皆先王所未有也是在周公攝政六年時箋云合者大合諸樂而奏之

有瞽有瞽在周之庭設業設虡崇牙樹羽應田縣鼓鞉磬柷圉傳瞽樂官也業大版也所以飾栒為縣也捷業如鋸齒或曰畫之植者為虡衡者為栒崇牙上飾卷然可以縣也樹羽置羽也應小鞞也田大鼓也縣鼓周鼓也鞉鞉鼓也柷木椌也圉楬也既備乃奏簫管備舉喤喤厥聲肅雝和鳴先祖是聽我客戾止永觀厥成疏傳云瞽樂官此卽周官之大師小師矣周語瞽獻曲瞽史教誨瞽告有協風至韋注云瞽樂師又云樂大師是瞽為樂官之義凡宿縣皆陳樂於堂下在周之庭言周始作樂也○爾雅釋器大版謂之業傳本爾雅又申明業字之義為鋸齒畫飾也靈臺傳亦云業大版也箋設大版於上刻畫以為飾正義引孫炎注業所以飾栒刻版捷業如鋸齒也說文版判也業大版也所以飾縣鐘鼓捷業如鋸齒以白畫之象其鉏鋙相承也竝與毛傳同段注云栒以縣鐘鼓業以覆栒為飾其形刻之捷業然如鋸齒又以白畫之分明可觀故此大版名曰業業之為言齾也許說本毛毛傳或曰畫之或曰二字乃以白二字之譌傳云植者為虡衡者為栒靈臺同云崇牙上飾者謂業上飾也烈文傳崇立也業為栒之上飾崇牙又為業之上飾業為平版作鋸齒形以白畫之崇牙為業上曲然高聳處以縣鐘磬故云卷然可以縣也卷阿傳卷曲也是鐘磬縣於崇牙不縣於業牙大齒小上下相承業畫齒崇牙非畫也解之者

以牙與齒爲一則崇牙爲畫文失之詩有業又有崇牙靈臺有業又有樅傳亦必分釋之其爲二物明矣羽衆羽飾也集韻龍筍虡飾引爾雅髦謂之龍今釋言作旄旄髦皆羽也經言樹傳言置樹之爲言位也置之爲言植也方言樹植立也燕之外郊朝鮮洌水之間凡言置立者謂之樹植樹羽周禮也明堂位云殷之崇牙周之璧翣詩謂之樹羽禮記謂之璧翣其義一也疑璧乃璧之誤璧當讀如璧材之璧璧即栒上之版翣即羽也謂於璧四角衆羽以爲飾是曰璧翣也亦曰置翣檀弓周人牆置翣又置翣周也設崇殷也說文翣棺羽飾也此雖喪飾而殷設崇周置翣其質文增益之數大略相同鄭緣喪大記有畫翣載圭之文遂以解璧爲載璧翣爲畫翣其下又衆以五采羽則更於樹羽之外增益璧翣矣依漢制度言之恐與古不合○應應鼓也周禮小師擊應鼓禮記禮器篇應鼓在東爾雅釋樂小者謂之應是應爲小鼓也傳云小鞞鞞乃鼙之俗字大射儀應鼙在其東南鼓鄭注云應鼙應朔鼙也先擊朔鼙應鼙應之鼙小鼓也在東便其先擊小後擊大也投壺篇魯鼓薛鼓之圖注云圜者擊鼙方者擊鼓案應鼙在東面以應西面之朔鼙故謂之應又先擊小鼓乃擊大鼓小鼓爲大鼓先引故亦謂之應傳以小鼙釋應即指應鼙言也不言朔鼙經文不備也說文云鼙騎鼓也跨馬爲騎鼙有四足揹著於地若人之跨馬然故曰騎鼓明堂位注云足謂四足也則應即夏后氏足鼓也○傳以應田連文應爲小鼙故田爲大鼓矣爾雅鼖應同釋說文亦鼖鼙連象皆其義鼖亦作賁靈臺傳賁大鼓也賁田皆爲大鼓應即應鼙在東縣鼓即鞉在西詩八作句以田次於應縣鼓之閒葢田即儀禮之建鼓也儀禮大射儀云樂人宿縣于阼階東建鼓在阼階西南鼓一建鼓在其南東鼓一建鼓在西階之東南面案諸侯三面縣謂之軒縣三面皆一建鼓周庭設四面縣謂之宮縣則四面必皆一建鼓田之爲言陳也田田相承亦陳陳相應也鄭注云建猶樹也以木貫而載之樹之跗也賈疏云今之建鼓則殷法也又謂之楹鼓明堂位殷楹鼓鄭注云楹謂之柱貫中上出也則田即殷人楹鼓也鼓人以路鼓鼓鬼享詩爲大祭祀宿縣則田大鼓即路鼓也路鼓建鼓說見靈臺篇正義以田爲縣鼓失之矣郭注爾雅鄭注周禮禮記並引詩作應𣕎縣鼓周禮大師小師鼓𣕎鄭司農兩云𣕎小鼓說文申部𣕎擊小鼓引樂聲也𣕎亦應之類應𣕎皆謂小鼓箋改田作𣕎當本

三家詩說○傳云縣鼓周鼓也者縣鼓即鞉鼓那置我鞉鼓傳鞉鼓樂之所成
也夏后氏足鼓殷人置鼓周人縣鼓此禮記明堂位文那傳本之以證殷人鞉
鼓爲置鼓之義而又推言周人鞉鼓爲縣鼓之義商頌殷制故曰置周頌周制
故曰縣此殷因夏周因殷所損益可知也傳以縣鼓爲周鼓則應田承二代之
典物矣周人以夏后氏足鼓爲應鼙朄鼙以殷人置鼓爲建鼓而唯鞉鼓周乃
改變二代足置之制別設一縣小師掌教鼓鼗眂瞭瞽矇掌播鼗魯用天子樂
其官有播鼗武盇重之也古者鐘磬縣鼓皆不縣故考工記梓人爲簨虡但有
鐘磬而無鼓周鼓亦不皆縣唯鼗鼓乃縣之大射儀云鼗倚于頌磬西紘紘猶
縣也東西兩肆皆有磬鐘鑮建鼓自北而南陳之則西肆不得多設一器鼗在
西肆須磬之西而特縣之所以象西方功成禮器云廟堂之下縣鼓在西此其
義益也鄭注紘編磬繩也設鼗於磬西倚于紘也解紘爲編磬繩失之又明堂
位注縣縣之簨虡也鄭不解縣鼓爲鞉鼓則所謂縣之簨虡者其意指小鼙之
屬然縣於簨虡鼙小鼓以應大鼓鞉於擊應又那箋鞉雖不植貫而搖之亦植
之類大射注鼗如鼓而小有柄小師注鼗如鼓而小持其柄搖之旁耳還自擊
後儒說鼗悉依鄭說爾雅云大鼗謂之麻小者謂之料鼗有大小或鄭所據其
小者歟釋文鞉亦作鼗爾雅釋文鼗本或作鞀同說文鞀遼也或作鞉又作鼗
籀文作磬同案今字詩作鞉書禮爾雅作鼗月令作鞀竝字異義同鞉即承上
文縣鼓而言傳云鞉鞉鼓也者即本那篇置我鞉鼓而言也鞉鼓俗本作小鼓
者誤書皋陶謨篇下管鼗鼓合止柷敔周禮小師掌教鼓鼗柷敔瞽矇掌播鼗
柷敔爾雅釋樂亦以柷敔鼗爲節樂之器故每連而言之大司樂宗廟之中路
鼓路鼗詩之田即路鼓則詩之鞉其路鼗矣○上文設業虡編磬在其中矣此
言磬者謂特磬也那依我磬聲箋云磬玉磬也玉磬尊故異之玉磬見明堂位
及魯語書謂之鳴球鄭注云鳴球玉磬也爾雅大磬謂之毊大戴禮三本篇縣
一磬而尚拊搏大磬特縣所以配鎛鐘者也書戛擊明堂位作揩擊古說皆以
爲柷敔柷敔在堂下則玉磬亦在堂下可知鄭注書玉磬合堂上之樂者謂玉
磬倚于堂廉與堂上之歌相應非謂玉磬爲設於堂上也凡四面縣東西二鎛
皆南陳其特磬當設於北方白虎通義禮樂篇云一說磬在西北方是也鄉飲
酒禮笙入堂下磬南北面立此磬亦特磬也君賜之樂則大夫有特磬記曰磬

階間縮霤北面鼓之注縮從也霤以東西爲從是大夫特磬在庭北笙入在其
南大射儀無特磬者辟射位也諸侯大夫皆有特磬郊特牲擊玉磬爲諸侯僭
禮然則唯天子用玉耳大夫聞歌特磬以應之天子無笙聞有下管亦特磬以
應之而編磬亦應之鞉所以節下管故此篇及那皆鞉磬連文也○柷爲椌以
今名通古名之例疑傳文木字當衍說文椌柷樂也柷樂木椌也所以止音爲
節許依椌從木故謂之木椌耳柷下樂字亦當衍郭注爾雅云柷如漆桶方二
尺四寸深一尺八寸中有椎柄連底挏之令左右擊止者其椎名風俗通義及
廣雅竝云柷方三尺五寸圉書禮及爾雅皆作敔圉者敔之假借字淮南子淑
眞篇騎蛩廉而從敦圄圄與敔同郭注爾雅云敔如伏虎背上有二十七鉏鋙
刻以木長尺櫟之柷敔禮記樂記及荀子樂論作椌楬故傳訓圉爲楬也鄭注
明堂位云揩擊謂柷敔皆所以節樂者也玉篇手部揳擊柷敔所以止樂也本
亦作戛爾雅所以鼓柷謂之止所以鼓敔謂之籈李注云擊柷之椎名謂止戛
敔之木名謂籈樂之初擊柷以作之樂之將末戛敔以止之白虎通義禮樂篇
柷敔者終始之聲萬物之所生也陰陽順而復故曰柷承順天地序迎萬物天
下樂之故樂用柷柷始也敔終也案此皆就柷作敔止爲說風俗通義引禮樂
記用柷止音爲節與說文同而不及敔釋名敔衙也衙止也所以止樂也鄭注
尚書敔狀如伏虎背上刻之所以鼓之以止樂而又不及柷與謂柷敔皆止樂
之器鼓柷謂之止止音爲柷也鼓敔謂之籈籈之爲言禁也說文敔禁也禁亦
止也柷謂之椌椌猶控也大叔于田傳止馬曰控其義也敔謂之楬楬猶遏也
說文遏微止也讀若桑蟲之蝎其義也顧希馮以爲柷敔皆止樂當有師承矣
書云合止柷敔合合樂也合樂則柷敔以止之解之者乃謂合柷止敔遂有始
柷終敔之說恐非古義○旣備乃奏箋謂旣備爲縣畢已乃奏爲金作是旣備
承上文而乃奏起下文也凡奏皆金奏也說文簫參差管樂象鳳之翼管如篪
六孔十二月之音物開地牙故謂之管通典引蔡氏月令章句云簫編竹有底
大者二十三管小者十六管長則濁短則清以蠟蜜實其底而增減之則和管
者形長尺圍寸有孔無底鄭箋及小師注皆云簫編小竹管如今賣飴餳者所
吹也管如篴併而吹之高注淮南呂覽云管一孔似篴簫今之歌簫案爾雅大
簫謂之言小者謂之筊大管謂之簥其中謂之篞小者謂之篎是簫管皆有大

小高鄭則就其小者言耳簫管儀禮謂之蕩蕩之爲言大也當依蔡說就其大者言之爲是金鶚云金奏下管樂之大者笙入間歌樂之小者故天子諸侯有金奏下管而無間歌大夫士有笙入間歌而無金奏下管此其等差也燕禮有金奏升歌下管笙入合樂而無間歌有笙入者諸侯燕大夫故即以大夫樂樂之非諸侯之正樂也徧考諸經皆無天子諸侯用笙間之說又云堂上所歌皆風雅頌之詩堂下笙管金奏非詩也案誠齋說天子諸侯有金奏下管而無笙入間歌明辨晳矣然以爲下管非詩竊非也昭二十五年左傳宋公享昭子賦新宮則新宮爲詩有明文矣諸侯升歌鹿鳴下管新宮見於燕禮記及大射儀天子樂禮既亡而以魯用天子樂推之其於祀大廟也升歌清廟下管象見於明堂位及祭統新宮象皆詩象即維清也凡詩爲歌歌者在上笙管皆在下笙入間歌其堂上歌詩堂下以笙和之下管亦有詩其堂上歌詩堂下以管合之故言下管即以包笙間二者矣鄉飲酒禮鄉射禮燕禮皆有笙無管大射儀有管無笙唯燕禮記下管新宮笙入三成此記管笙並有與經不合云備舉者言下管之樂該舉也執競傳云喤喤和也振鷺傳云客二王之後書皋陶謨篇云祖考來格虞賓在位簫韶九成正與詩義同

潛一章六句

潛季冬薦魚春獻鮪也疏禮記月令季冬命漁師始漁天子親往乃嘗魚先薦寢廟此冬薦魚也月令季春薦鮪于寢廟又周禮獻人春獻王鮪夏小正二月祭鮪此春獻鮪也魯語云古者大寒降土蟄發水虞於是乎講罛罶取名魚而嘗之廟行諸國案冬春之際皆取魚嘗廟正與序義合

猗與漆沮潛有多魚傳漆沮岐周之二水也潛糝也有鱣有鮪鰷鱨鰋鯉以享以祀以介景福疏那傳云猗歎詞國語猗兮違兮韋注云猗歎也猗與猶猗兮也漆沮詳緜篇傳云岐周之二水者岐周爲文王政治新邦

周人於享祀時薦作爲樂歌遂以漆沮二水發端國雖邑鎬京而禮必稱岐周孟子梁惠王篇云昔者文王之治岐也澤梁無禁故潛有多魚也潛韓詩作涔禹貢沱潛夏本紀作沱涔此潛涔聲通之證槮釋文所據舊詩傳作槮爾雅釋器槮謂之涔李巡孫炎郭璞並訓積柴作木旁參唯舍人云以米投水養魚爲涔舍人本爾雅作米旁參以米養魚非古義也諸家皆依字偏旁爲說竊謂其字作槮訓爲蓄水養魚不必改作糝亦不必訓作投米也說文网部罧積柴水中以聚魚也木部椺以柴木雝水也江賦椺澱爲涔椺涔亦聲之轉淮南子說林篇罛者扣舟罩者抑之罾者舉之高注罛以柴積水中以取魚扣擊也魚聞擊舟聲藏柴下壅而取之罛讀沙糝今兗州人積柴水中捕魚爲罛幽州名之爲涔也武進莊逵吉云罛據爾雅說文當作罧案莊說是也淮南子與說文正合積柴聚魚其字正作罧釋文引韓詩云涔魚池亦是圍聚捕取之義與積柴之說亦未嘗不合說文云涔漬也涔本字潛假借字罧正字槮假借字○碩人傳鱣鯉也鮪鮥也此箋云鱣大鯉也鮪鮥也鄭因下有鯉故謂鱣爲大鯉以別言之四月鱣鮪傳亦謂之大魚矣箋云鰷白鰷也說文鯈鯈魚也鰷卽鯈之俗爾雅鮂黑鰦郭注云卽白鯈魚江東呼爲鮂魚麗傳云鱨揚也箋云鰋鮎也魚麗傳同郭注爾雅云鯉今赤鯉魚也

雝一章十六句

雝禘大祖也（疏）此時禘后稷之樂歌也爾雅云禘大祭也太祭猶殷祭凡禘有三禘天於圜丘也禘地於方丘也禘人鬼於宗廟也宗廟之禘有二吉禘與時禘也吉禘者終王大禘也時禘者四時大禘也吉禘爲三年喪畢之祭時禘則爲四時宗廟之祭吉禘有新主時禘則主大祖吉禘在路寢大廟時禘則於大祖廟吉禘及郊宗石室時禘則止毀廟未毀廟吉禘爲百王通義時禘則夏殷爲夏禘居四時祭之一周乃改夏禘爲夏礿又於四時時享之外行三年祫而五年禘閟宮傳云夏禘則不礿秋祫則不嘗唯天子兼之此卽時享外有祫又有禘之義也詩言禘有二雝禘大祖也時禘也長發大禘也吉禘也昊天有成命郊祀天地也此雝曰郊實亦是禘郊祀天地禘祀天地也說者或以禘爲宗廟之禘而不知有天地之禘則祭法國語禘郊祖宗之禮廢矣

或以禘但爲登畢之禘而不知有四時之禘則大宗伯大司樂六享六樂之禮
亾矣序云禘大祖大祖后稷也周以文武爲受命之祖以后稷爲肇封之祖立
后稷爲大祖廟故唯后稷稱大祖周禮大司樂於宗廟之中奏之若樂九變則
人鬼可得而禮注人鬼則主后稷王制天子七廟三昭三穆與大祖之廟而七
注七者大祖及文王武王之祧與親廟四大祖后稷然則鄭亦謂大祖爲后稷
矣王制疏云鄭說禘大王王季以上遷主祭於后稷之廟其坐位乃與祫相似
其文武以下遷主若穆之遷主祭於文王之廟文王東面穆主皆北面無昭主
若昭之遷主祭於武王之廟武王東面其昭主皆南面無穆主又祭親廟四其
四時之祭惟后稷文武及親廟四也案據鄭說已極淹貫古者夏立五廟禹爲
大祖故其禘在大祖廟諸侯以始封之君爲大祖廟同夏制也殷周以契稷始
封爲大祖而湯與文武受命之王與大祖竝尊廟皆不毀周禮守祧注云先公
之遷主藏於后稷廟先王之遷主藏於文武廟又據春秋魯有禘於羣廟之禮
遂自圓其說以爲時享及五廟二祧時禘及毀廟四親廟亦各禘於其廟毀主
藏於后稷文武三廟中故此三廟皆行禘禮先公遷主於后稷合食先王遷主
於文武合食以視祫之皆在大祖廟合食者不同此就文武應毀不毀時言之
鄭說可補經義之未備要不可以論周公制禮之初韓詩內傳云禘取毀廟之
主皆升合食於大祖通典引逸禮云禘于大廟禮毀廟之主升合食而立二尸又
云獻昭尸如穆尸又云毀廟之主昭共一牢穆共一牢祝稱孝子孝孫王制疏
引逸禮又云禘皆升合食于其祖劉歆賈逵鄭衆馬融皆以爲然是諸家或本古
制統吉禘時禘而言或舉侯邦雖言禘而實即祫故說禘者往往不及文武然
即援此可徵周禮制作之遺意此詩本禘后稷之詩也獻昭尸故假哉皇考也
獻穆尸故既右烈考也祝辭稱孝子故綏予孝子也詩與逸禮義正脗合特詩
不言毀廟爲異焉耳周以后稷配天爲郊祭以后稷主宗廟爲禘祭以文昭武
穆未毀廟爲合食以祭其後遂定禘爲五年一祭此周公制禮也箋云大祖謂
文王非也劉昫舊唐書禮儀志引白虎通義文王爲大祖武王爲大宗此爲鄭
所本不知祖文宗武爲明堂配天之祭不聞於宗廟稱文爲大祖武爲大宗且
文王既不得與后稷同稱大祖成王時文王
尚居親廟豈得於文王廟特禘箋失之矣

有來雝雝至止肅肅相維辟公天子穆穆於薦廣牡相予肆祀傳相助也廣大也假哉皇考綏予孝子宣哲維人文武維后燕及皇天克昌厥后綏我眉壽介以繁祉傳假嘉也燕安也既右烈考亦右文母傳烈考武王也文母大姒也疏

思齊傳雝雝和也肅肅敬也相助下也字今補清廟肅雝顯相傳云相助也義同辟公謂諸侯也天子謂成王也文王傳云穆穆美也漢書劉向傳當此之時武王周公繼政朝臣和於內萬國驩於外故盡得其驩心以事其先祖詩曰有來雝雝至止肅肅相維辟公天子穆穆言四方皆以和來也案劉承上文而言武王非謂武王作此詩也云事其先祖則爲禘后稷可知又韋玄成傳立廟京師之居躬親承事四海之內各以其職來助祭尊親之大義五帝三王所共不易之道也亦引此詩云立廟京師則其爲時禘宗廟可知三家與毛不異也於讀如字廣大六月同廣牡猶言大牡周禮充人碩牲則贊碩亦大也楚茨行葦傳皆云肆陳也○假訓嘉箋云嘉哉皇考斥文王也綏讀以綏後祿之綏綏安也孝子斥成王也宣哲明哲也六月嵩高傳有文有武文王有聲傳云后君也燕讀以燕翼子之燕文王有聲傳云燕安也義同昌文王諱禮記曲禮廟中不諱鄭注云爲有事於高祖則不諱曾祖以下尊無二也於下則諱上然則此詩有事於后稷故不爲文王諱是其義也正月傳云繁多也○傳云烈考武王也者此禘后稷文王爲昭尸武王爲穆尸故詩人既歌皇考又歌烈考皇考爲文王則烈考爲武王矣祭法周人祖文王而宗武王鄭注云祖宗通言爾孝經曰宗祀文王於明堂以配上帝韋注魯語云稷周始祖也祖文王而宗武王與孝經異者周公初時亦祖后稷而宗文王至武王雖承文王之業有伐紂定天下之功其廟不可毀故先推后稷以配天而後更祖文王而宗武王也書大傳亦云故周人追祖文王而宗武王蓋祖文宗武壇位之祀昭文穆武廟禘之禮也云文母大姒也者周歷世修德莫如文王歷世有賢妃之助又莫如文母言文母不言邑姜文不具也春秋僖八年秋七月禘于大廟用致夫人此諸侯禘致夫人之新主是有父主必有母主矣文二年穀梁疏麋信引衞次仲云宗廟主皆用栗右主八寸左主七寸廣厚三寸若祭訖則內於

西壁詔中去地一尺六寸右主謂父也左主謂母也禮記男子祔於王父則配注配謂并祭王母此謂女子無廟祔於男子合食也祭統鋪筵設同几為依神也注詞之言同也祭者以其妃配亦不特几也此謂男有尸女無尸同几少牢所謂以某氏配尚饗是也王引之詩述聞云傳以文母為大姒者以上文皇考是文王則文母當為大姒非謂因文王而稱文母也列女傳母儀傳大姒仁而明道思媚大姜大任旦夕勤勞以進婦道大姒號曰文母然則文母之稱專美大姒之文德明矣漢書元后傳大皇大后當為新室文母大皇大后後漢書鄧隲傳伏惟和熹皇后聖善之德為漢文母何敞傳伏惟皇大后秉文母之操皆本周頌為義漢書杜鄴傳雖有文母之德必繫於子顏師古注曰文母文王之妃大姒也劉奉世胡三省則皆以為文王之母大任其意蓋謂文王之妃當稱文后不當稱文母故改為大任以成文母二字之義不知文母為文德之母不因文王而稱之也案王說是也杜鄴傳所云雖文母之德必繫於子正本此詩先武王後大姒之義

載見一章十四句

載見諸侯始見乎武王廟也【疏】成王之世武王廟為禰廟武王主喪畢入禰廟而諸侯於是乎始見之此其樂歌也

載見辟王曰求厥章【傳】載始也龍旂陽陽和鈴央央鞗革有鶬休有烈光【傳】龍旂陽陽言有文章也和在軾前鈴在旂上鞗革有鶬言有法度也率見昭考以孝以享【傳】昭考武王也享獻也以介眉壽永言保之思皇多祜烈文辟公綏以多福俾緝熙于純嘏【疏】爾雅哉始也古載哉聲通辟君君王謂成王也墨子尚同中篇云周頌道之曰載來見彼王聿求厥章則此語古者國君諸侯之以春秋來朝聘天子之廷受天子之嚴教退而治國政之所加莫敢不賓當此之時本無有敢紛天子之教者墨子釋詩章讀舊章此古說也曰聿字通○龍旂交龍為旂也陽陽龍旂皃故傳云言有文章也隱五年左傳昭文章杜注云車服旌旗是矣和在軾前鈴之在軾前者也詳蓼蕭篇爾雅釋天有鈴曰旂李注云以

鈴著旂端桓二年左傳鈴昭其聲也杜注云鈴在旂動有鳴聲說文云旂旗有眾鈴以令眾也鈴令丁也案交龍旂有九鈴著旂端旂有眾鈴也令丁為鈴動有鳴聲也郭璞謂懸鈴於竿頭則與古說乖矣詩上句言龍旂下句言鈴傳云鈴在旂上則鈴在龍旂之上與凡稱旂為旌旗總名者不同故庭燎采叔泮水等篇皆云言觀其旂但辨旂之色不及旂之聲與此有別央央狀和鈴之聲與訓鮮明者不同呂覽古樂篇其音英英高注云英英和盛之貌與此央央同鞗當作鋚蓼蕭傳云鋚革轡首垂也釋文鶬本又作鎗正義本亦作鎗說文玉篇引詩皆作瑲並同言有法度簡兮傳云言能治眾動於近成於遠也烈文傳云烈光也○思文傳率用也序言諸侯始見乎武王廟故傳知昭考為武王享獻天保我將同永長言我也思詞也皇天也義並見文王篇言我武王長保天命天乃予以多福也思皇多祜與思皇多士句法相同辟公謂諸侯也傳釋文作卑緝熙光明也純嘏皆大也

有客一章十二句

有客微子來見祖廟也（疏）箋云成王既黜殷命殺武庚命微子代殷後既受命來朝而見也

有客有客亦白其馬（傳）殷尚白也亦亦周也有萋有且敦琢其旅有客宿宿有客信信言授之縶以縶其馬（傳）萋且敬慎貌一宿曰宿再宿曰信欲縶其馬而留之薄言追之左右綏之既有淫威降福孔夷（傳）淫大威則夷易也（疏）傳云殷尚白也者檀弓殷人尚白戎事乘翰鄭注云翰白色馬也引易曰白馬翰如是殷馬用白也云亦亦周也者僖二十四年左傳皇武子曰宋先代之後也於周為客案傳中周字即用左傳於周為客之義故經亦白二字傳乃先釋白後釋亦上承有客句下起萋且句言微子亦於周廟助祭耳白虎通義王者不臣篇不臣二王之後者尊先王通天下之三統也詩云有客有客亦白其馬謂微子朝周也魯詩亦謂客為微子與毛詩序傳合獨斷亦同○萋且猶趑趄雙聲連緜字傳云敬慎此即助祭祼將之事箋

云其來威儀萋萋且且盡心力於其事是也敦琢猶離琢旅衆也衆者此即臣工篇之臣工保介也箋云選擇衆臣卿大夫之賢者與之朝王言敦琢者以賢美之故玉言之亦是其人如玉之義也莊三年左傳凡師一宿為舍再宿為信過信為次案一宿為舍即一宿曰宿也九罭傳亦云再宿曰信爾雅有客宿宿言再宿也有客信信言四宿也郭注云再宿為信重言之則知四宿白駒傳縶絆也縶為絆馬之索授之縶即授之索也因之以索絆馬亦為之縶縶其馬即絆其馬也縶馬所以留客故傳云欲縶其馬而留之也○薄言皆語詞箋云追送也既猶終也淫大爾雅釋詁文淫從㸒聲㸒從壬聲故詁訓壬任淫三字竝有大義威則釋言文威從戌聲威與則雙聲廣雅釋言威德也威與德亦雙聲則德義相近箋云既有大則謂用殷正朔行其禮樂如天子此申傳訓也夷易節南山天作同

武一章七句

武奏大武也（疏）詩以武命篇序云大武猶大夏大濩耳周禮禮記左傳皆言舞大武則大武為樂舞箋云大武周公作樂所為舞也後箋云箋言周公所作即此武詩又言所為舞者以周頌惟維清及此序言奏是既歌此詩即為此舞但維清箋言象舞武王所制則似武王時已象文王之伐而為舞周公乃為歌詩作樂而奏之於廟大武則似樂歌樂舞皆成王時周公所作獨斷謂大武周武所定蓋本左傳武王克商作武之語而國語引此以為周文公之頌且經云於皇武王云者定爾功必非武王時所作意此亦同維清其舞作於武王時詩則周公所定至此乃合詩與舞而奏之與

於皇武王無競維烈（傳）烈業也**允文文王克開厥後嗣武受之勝殷遏劉耆定爾功**（傳）武迹劉殺耆致也（疏）於歎詞皇美也執競篇執競武王無競維烈傳亦云烈業也武王之業莫彊乎伐商誅紂宣十二年左傳云武王無競維烈撫弱耆昧以務烈所可也撫弱者昧即是伐商誅紂之事○嗣武猶言繼序纘緒耳武訓迹迹者道也言武王繼文王之道而卒其伐功也下武篇昭茲來許繩其祖武彼言武王繩祖之武此言武王嗣文之武文義同故傳訓亦同劉殺爾雅釋詁文王引之書述聞云㦰者滅絕之名說文曰㦰絕也讀若咸聲同

而義亦相近故君奭曰誕將天威咸劉厥敵咸劉皆滅也猶言遏劉虔劉也逸周書世俘篇及漢書律曆志引武成篇並云咸劉商王紂與此同案王說是也詩之遏劉卽書之咸劉皆合二字一義長發武王載發有虔秉鉞如火烈烈則莫我敢曷傳曷害也遏與曷通則此遏字亦當訓爲害下句耆字卽承遏劉爲說詩言伐商誅紂箋乃本止戈爲武之義解遏劉爲止殺夾在中閒於上下文義不貫矣爾雅厎致也郭注云見詩傳耆厎聲義相同左傳汋曰於鑠王師遵養時晦耆昧也杜注云耆致也案經耆字卽是耆昧之耆釋文引韓詩云耆惡也言武王惡紂而誅伐之與毛訓異意同箋耆老也義異○左傳云楚子曰武王克商作武其卒章曰耆定爾功其三曰鋪時繹思我徂惟求定其六曰綏萬邦屢豐年左以此篇爲武之卒章賚爲武之三章桓爲武之六章賚桓皆紀武王用武事也杜注云此三六之數與今詩頌篇次不同蓋楚樂歌之次第後箋云杜謂楚樂歌次第亦未必然楚子明言克商作頌自必用當時周頌之次其與後世不同不必推及未刪定以前卽如左正義引沈氏難云今頌篇次桓第八賚第九而周頌譜疏所次則桓在二十九賚在三十是六朝篇次又與鄭譜不同況未經秦火時乎所謂可與猶論難與精悉者也

卷二十七終

閔予小子之什詁訓傳弟二十八

長洲陳奐學

毛詩周頌

閔予小子之什十一篇十一章百三十七句

閔予小子一章十一句

閔予小子嗣王朝於廟也疏箋云嗣王者謂成王也除武王之喪將始卽政朝於廟也獨斷同匡衡學齊詩亦以此詩爲武王喪畢案其時已克殷踐奄誅管蔡矣鄭意以喪畢而東征故箋詩主未誅管蔡說與豳風鴟鴞等篇毛義不合王肅述毛剝鄭幷以此爲周公致政後之樂歌恐又不然矣曰嗣王新辟之詞也曰朝於廟免喪之詞也曰謀曰進戒曰求助遭變之詞也此及小毖四篇皆事在周公居攝三年於後六年作樂乃追敘而歌之

閔予小子遭家不造嬛嬛在疚傳閔病造爲疚病也**於乎皇考永世克孝念茲皇祖陟降庭止**傳庭直也**維予小子夙夜敬止於乎皇王繼序思不忘**傳序緒也疏小子成王也鴟鴞鬻子之閔斯與此閔字義同故傳並云閔病也造訓爲箋造猶成也爲與成義相近遭家不造猶鴟鴞篇取子毀室之意也嬛嬛說文引詩作煢煢哀十六年左傳煢煢余在疚說文作嬛嬛與今本皆互易文選寡婦賦注引韓詩作惸惸余在疚是嬛嬛之讀爲煢煢猶惸惸之讀爲煢煢皆於雙聲通用說文宀部宊貧病也引詩作宊疒部無疚字據此則毛詩當作宊矣雲漢疚哉冢宰本或作宊召旻維今之疚不如茲字或作宊皆其證宊謂之貧宊謂之病

合言之曰貧病猶癉謂之勞又謂之病合言之曰勞病其義同也○皇考武王也念字承永世克孝句謂武王能念文王陟降之德皇祖文王也庭直大田韓奕同止詞也陟降庭止猶言直上直下耳文王篇文王陟降傳言文王上接天下接人也直接一意此及訪落敬之三言陟降義竝同箋云念此君祖文王上以直道事天下以直道治民言無私枉鄭於直字下雖增道字以成義而其解陟降就文王說與傳同也漢書匡衡傳昔者成王之嗣位思述文武之道以養其心休烈盛美皆歸之二后而不敢專其名是以上天歆享鬼神祐焉其詩曰念我皇祖陟降廷止言成王常思祖考之業而鬼神佑助其治也匡稺圭解陟降就上天歆享者說與毛詩傳不同○爾雅敘緒也序與敘通繼緒猶纘緒閟宮纘禹之緒傳緒業也緒業一義之引申思爲句中語助無實義釋詞云繼序思不忘繼緒不忘也烈文曰於乎前王不忘無思字

訪落一章十二句

訪落嗣王謀於廟也

訪予落止率時昭考於乎悠哉朕未有艾將予就之繼猶判渙（傳）訪謀落始率循時是悠遠猶道判分渙散也維予小子未堪家多難紹庭上下陟降厥家休矣皇考以保明其身（疏）訪謀爾雅釋詁文謀者謀於廟也予我成王自我也落始釋詁文始者始卽政也傳文時是率循誤倒箋云循是明德之考正義云率循時是皆釋詁文是所據本作率循時是依經作訓今據以訂正載見傳云昭考武王也悠遠釋詁文遠讀任重而道遠之遠小旻傳云艾治也猶訓道繼道者謂繼昭考之道也判渙疊韻連緜字判從半聲故云分也易說卦傳說而後散之故受之以渙渙者散也王肅云將予就繼先人之道業乃分散而去言己才不能繼正義用王述毛是也漢書翟義傳王莽詔惟經埶分析王道離散漢家制作之業獨未成就此與詩義合○江漢傳紹訓繼此紹亦爲繼接下言皇考則知

所繼者爲武王之繼文王也閔予小子篇於乎皇考永世克孝念茲皇祖陟降庭止傳庭直也案此末四句與上篇四句一意紹庭上下言武王繼文王直上直下之道也陟降厥家言武王紹陟降之道以定厥家也陟降卽是上下陟降厥家與未堪家多難兩家字相應下句所以完上句紹字之義休美也美能紹此道也正義云上言昭考此言皇考皆㫄武王也烝民篇云既明且哲以保其身書雒誥篇云王若曰公明保予沖子保明猶明保也

敬之一章十二句

敬之羣臣進戒嗣王也

敬之敬之天維顯思命不易哉無曰高高在上陟降厥士日監在茲傳顯見士事也維予小子不聰敬止日就月將學有緝熙于光明佛時仔肩示我顯德行傳小子嗣王也將行也光廣也佛大也仔肩克也疏顯見釋詁文與全詩之顯與光同義者有攸別也見猶視也思語詞

易讀去聲僖二十二年左傳釋此詩云先王之明德無不難也無不懼也無不難解不易此古義也陟降上接天下接人也傳訓士爲事者事卽敬也陟降厥事此就敬天者一邊承無曰語氣說下日監在茲此就天之所命一邊承高高在上語意說下若以陟降指天之上下失傳之恉矣漢書郊祀志匡衡奏議引詩云毋曰高高在上陟降厥士日監在茲言天之日監王者之處也匡學齊詩其釋此陟降與釋閔予小子陟降皆指天說○閔予小子訪落小子無傳嗣王所自稱義易明也此爲羣臣進戒之詞傳嫌稱羣臣故特釋之云小子嗣王也將訓行淮南子脩務篇引詩高注云言爲善者日有所成就月有所奉行亦以月將爲月行也文王傳緝熙光明也昊天有成命傳緝明也熙廣也廣卽光字明廣卽明光雒誥云明光于上下是也案光明明光義本無甚區別然此詩既言光明則緝熙不當同文王傳訓光明當同昊天有成命傳以明廣釋之傳云光廣也與昊天有成命訓熙爲廣兩廣字正是一意廣亦大也故明廣爲明大明大謂之緝熙廣明爲大明大

明謂之光明學有緝熙于光明言學自明而大以至於大明也若以緝熙訓光明則光明于光明文義難通說詩者不可失諸固也○說文奔大也从大弗聲佛訓大者奔之假借字韓詩外傳及說苑君道引詩作弗亦假借字傳云仔肩克也者說文仔克也爾雅肩克也是仔謂之克肩謂之克仔肩謂之克猶左謂之助右謂之助左右謂之助詁訓中有此分合同義之例箋仔肩任也任亦克也佛時仔肩書所謂遺大投艱於朕身也示古視字我我天下也緜露身之養重於義篇云聖人事明義以炤燿其所闇故民不陷詩云示我顯德行此之謂也先王顯德以示民民樂而歌之以爲詩說而化之以爲俗故不令而自行不禁而自止從上之意不待使之若自然矣案董釋詩以示我顯德逈行字句或漢時師讀如此也

小毖一章八句

小毖嗣王求助也

予其懲而毖後患莫予荓蜂自求辛螫(傳)毖慎也荓蜂摩曳也肇允彼桃蟲拚飛維鳥(傳)桃蟲鷦也鳥之始小終大者未堪家多難予又集于蓼(傳)堪任予我也

我又集于蓼言辛苦也(疏)箋懲艾也釋文引韓詩懲苦也韓揆下辛螫爲訓今俗而連下讀正義云我其懲創於往時而又云予其懲而明是有事可創是唐人於而字句絕也毖慎桑柔同民勞傳云以謹無良慎小以懲大也義略同蜂當作夆摩當作㨉爾雅釋訓甹夆㨉曳也傳所本也荓夆雙聲㨉曳雙聲今俗所謂扯曳是也說文甹使也夆使也段注云甹夆蓋甹夆之正字㨉曳者使之也桑柔傳云荓使也辛螫釋文引韓詩作辛赦云赦事也辛事謂辛苦之事也毛義當同○桃蟲鷦爾雅釋鳥文說文鷦鷯桃蟲也蟲桃之爲言兆也兆小也鷦鷯並取小爲義箋云鷦之所爲鳥題肩也或曰鴟鴞韓詩說鷦鴞即鸋鴂故或說鷦與鴟鴞爲一鳥今本箋作或曰鴞定本集注作或曰鴟皆非完本矣正義云按月令注征鳥題肩齊人謂之擊征或曰

鷹題肩是鷹之別名與鴞不類諸儒皆以鷦爲巧婦與題肩又不類也三者爲一其義未詳與謂鵖鴞鸋鴂桃蟲鷦爾雅毛傳區別甚明鵖鴞小鳥故或評之爲鷦以其鳥編巢攻緻故又評之爲巧婦而說者遂以桃蟲爲巧婦失之遠矣傳云鳥之始小終大者當日目驗桃蟲之狀正義引義疏云今鷦鷯是也微小於黃雀其雛化而爲鵰故俗語鷦鷯生鵰易林亦謂桃蟲生雕或曰布穀生子鷦鷯養之案此與傳說略同而始小終大之驗也拚疑當作翻文選陸機贈馮文熊詩劉琨荅盧諶詩注引毛詩皆作翻又謝瞻張子房詩注引薛君章句翻飛皃是其證肇訓始生民維清同始小釋肇允彼桃蟲句終大釋翻飛維鳥句言始者彼桃蟲之小鳥後乃翻然飛爲大鳥此亦慎小懲大之意也允語詞○爾雅堪勝也任與勝義相近傳訓予爲我我成王自我也篇中三予字同蓼讀爲瘳瘳病也言辛苦者引申義也逸周書柔武篇以匡辛苦孔注云辛苦窮也一說蓼味辛故云言辛苦楚辭東方朔七諫怨上篇蓼蟲不知徙乎葵菜王注言蓼蟲處辛烈食苦惡不能知徙於葵菜食甘美終以困苦而癯瘦也洪興祖補注云蓼辛菜也魏都賦云習蓼蟲之忘辛李善引楚辭蓼蟲不知從乎葵藿案此云蓼蟲或本三家詩有桃蟲集蓼之說與

載芟一章三十一句

載芟春耤田而祈社稷也（疏）此春祈社稷之樂歌也天子有王社王稷又有大社大稷大社大稷與天下羣姓共之也在王宮路門內之右王社王稷在郊爲境內之民人祀之天子耤田千畝在南郊社稷之壇與耤田相近也祈穀之祭上帝於夏正月后土於夏二月后土爲社詩兼言稷者爲五穀因重之也獨斷云天子社稷土壇方廣五丈諸侯半之社稷二神同功故同堂別壇俱在未位

載芟載柞其耕澤澤千耦其耘徂隰徂畛（傳）除草曰芟除木曰柞畛埸也**侯主侯伯侯亞侯旅侯彊侯以有嗿其饁思媚其婦有依其士**（傳）主家長也伯長子也亞

仲叔也旅子弟也彊彊力也以用也噲衆貌士子弟也有略其耜俶載南畝播厥百穀實函斯活驛驛其達有厭其傑厭厭其苗緜緜其麃傳略利也達射也有厭其傑言傑苗厭然特美也麃耘也載穫濟濟有實其積萬億及秭爲酒爲醴烝畀祖妣以洽百禮有飶其香邦家之光有椒其馨胡考之寧傳濟濟難也飶芬香也椒猶飶也胡壽也考成也匪且有且匪今斯今振古如茲傳且此也振自也疏說文芟刈艸也秋官柞氏注柞除木之名竝與傳訓同澤澤正義作釋釋引釋訓釋釋耕也舍人注釋釋猶藿藿解散之意今爾雅作郝郝釋者本字出車傳塗凍釋也是釋有解散義也良耜箋云千耦其耘輩作尚衆也隰者田耕之處爾雅毛傳皆云下溼曰隰隰謂下溼可耕也凡簡兮山有扶蘇山有樞晨風四月山隰皇皇者華常棣信南山黍苗原隰公劉隰原車鄰阪隰皆以二者竝言分別高下則隰畛猶是也埸釋文作易古疆埸多作易說文無埸字可證遂人十夫有溝溝上有畛注畛容大車說文畛井田閒陌也井田閒陌可容大車則其道之平易可知故傳以易釋畛也信南山疆易翼翼傳易畔也易今亦作埸徂隰徂畛猶云而隰而畛也古徂且同聲且而同義故且謂之而徂亦謂之而矣詩蓋以兩載字兩徂字六矦字皆疊用之爲語詞○主卽一家受田之人也古者二十授餘夫之田三十授一夫之田六十歸田於公大凡三十取室生子子年三十父年必六十是父歸田乃子受田矣傳云家長爲一夫家之長也伯亞卽餘夫也伯爲長子則亞爲仲叔曲禮二十曰弱是二十以前爲弱二十以後爲彊彊則授以餘夫之田二十五畝爲百畝四分之一也漢書食貨志農民戶一人已受田其家衆男爲餘夫亦以口受田如比是也旅卽餘夫之未受田者也傳云旅子弟與下文士子弟同義未滿二十若子若弟任饁耘之作亦食家長受田百畝之稅故大約有八口五口也矦彊矦以句總上文出耕之事傳云彊彊力以用謂皆能用力也說文噲聲也詩曰有噲其饁案說文當作衆聲也噲

字從口故云衆聲毛釋經義故云衆皃思齊傳云媚愛也箋云依之言愛也士子弟正義云婦士俱是行饟之人七月同我婦子子卽此之士也思詞也葢此

篇思媚與有依對文思猶有也桑扈絲衣思柔與其觩對文思猶其也采薇出車來思與往矣對文思猶矣也思皆爲語詞○略讀爲䂮假借字也說文㓞籀

文作䂮䂮有銛利之義爾雅云剡䂮利也剡大田詩作覃䂮詩正義及顏師古匡謬正俗引爾雅皆作略玉篇䂮今作略剡覃䂮略竝聲同通用箋云函含也

活生也小星韓詩傳實有也實與有同義播厥百穀實函斯活與大田篇播厥百穀既庭且碩句義相同爾雅繹繹生也詩正義作驛驛舍人注云穀皆生之

貌正釋詩驛驛其達句驛繹同驛驛謂之生則達卽生也生民傳達生也此訓達爲射者射有剡出之義儀禮既夕記設依撻焉今文撻作銛撻之爲銛猶達

之爲射矣射亦生也文選甘泉賦注引韓詩章句繹繹盛皃訓異意同厭古應字傳文傑字當衍傳蓋以特訓傑也說文朅禾舉出苗也玉篇朅長禾也傑與

朅同箋厭厭其苗衆齊等也玉篇稖稖苗美也廣韻集韻皆作愔愔卽厭厭其苗之異文如湛露厭厭韓詩作愔愔也昭元年左傳是穮是蓘杜注穮耘也甫

田傳耘除草也除草謂之耘亦謂之穮詩作麃古文假借字爾雅緜緜麃也今作穮緜緜釋文引韓詩作民民云衆皃毛韓訓異意同王肅云芸者其衆緜緜

然不絕也釋文本傳耘作芸○傳濟濟爲難與執競反反爲難同難古儺字謂穫之者衆必依次而行有均齊不絕之皃是卽濟濟之義也節南山傳實滿也

豐年傳數萬至萬曰億數億至億曰秭賓之初筵正義引載芟傳百禮言多今無此文未知何據飶楚茨信南山作苾飶苾同也傳云芬香釋文作芳說文

飶食之香也引詩有飶其香食謂黍稷言黍稷芬芬蓋主祭祀而言也椒與飶同義故傳云椒猶飶也鳧鷖傳云馨香之遠聞也正義引周書謚法保民耆艾

曰胡是胡爲壽也考訓成信南山行葦皆云壽考又祖考皇考昭考考皆成也謚法云考成也案此言享祀獲福與楚茨首章同意○且與此一聲之轉北風

君子陽陽騫裳箋皆訓且爲此實本此篇傳訓匪且有且言不期有此而今適有此也此者指上文洽禮獲福而言匪今斯今言不始於今而其見於今也有

駜篇自今以始歲其有傳歲其有年也文義正同振訓自猶中庸示改爲寘內則祇或作振易振恆說文作榰恆說文寘从眞聲讀若資皆依雙聲立訓之例

振古卽自古自古猶自昔也爾雅云振古也詩言振古故謂振爲古毛不然者必兼求乎聲訓矣箋振亦古也正用釋言文振古承匪今斯今句如茲承匪且有且句茲亦此也解者皆失之

良耜一章二十三句

良耜秋報社稷也（疏）此秋報社稷之樂歌也白虎通義云歲再祭之何春求秋報之義也故月令仲春之月擇元日命民社援神契曰仲秋獲禾報社祭稷候官陳壽祺云仲秋舊作仲春誤引月令以證春求引援神契以證秋報獲與穫古通

畟畟良耜俶載南畝播厥百穀實函斯活或來瞻女載筐及筥其饟伊黍其笠伊糾其鎛斯趙以薅荼蓼（傳）畟畟猶測測也笠所以禦暑雨也趙刺也蓼水草也荼蓼朽止黍稷茂止穫之挃挃積之栗栗其崇如墉其比如櫛以開百室（傳）挃挃穫聲也栗栗衆多也墉城也百室盈止婦子寧止殺時犉牡有捄其角以似以續續古之人（傳）黃牛黑脣曰犉社稷之牛角尺以似以續嗣前歲續往事也（疏）爾雅云畟畟耜也釋文字或作稷稷楚茨傳稷疾也說文畟治稼畟畟進也疾進義相近周禮雉氏注耜之以耜測凍土剗之測卽測測也畟與測古聲相同饟猶饁也箋豐年之時雖賤者猶食黍正義云賤者食稷耳案大戴禮天圓篇無祿者稷饋稷饋者無尸是庶人食稷豐年則亦食黍也無羊言蓑笠都人士言臺笠二者平列故傳別之云笠所以禦暑其實笠以禦暑亦以禦雨故此傳云笠所以禦暑雨也糾猶糾糾也葛屨傳糾糾猶繚繚也臣工傳云鎛鎒也荀子賦篇頭銛達而尾趙繚者邪楊倞注云趙讀爲掉掉繚長皃言箴尾掉而繚也趙繚之趙與此趙字同傳云刺讀刺草之臣之刺士相見禮注刺猶剗除也考工記注及集韻引其鎛斯掲

本三家詩說文蓐部薅披田艸也从蓐好省聲或作茠引詩作茠爾雅蒤委葉
郭引詩作以茠蒤蓼正義云荼亦穢草非苦荼也引王肅注荼陸穢爾雅蘠虞
蓼說文蓼辛菜薔虞也薔虞蓼也許讀爾雅以薔虞爲句與某氏孫郭三家以
虞蓼爲句者不同王肅云蓼水草孫炎注亦謂澤之所生竝與傳同荼蓼朽止
黍稷茂止言草朽而苗茂也黍稷以暵百穀也生民茀厥豐草種之黃茂傳茀
治茂美也文義相同案畟畟良耜十二句言耕田之事○爾雅挃挃穫也傳所
本也說文挃穫禾聲詩曰穫之挃挃釋名作銍銍云斷禾穗聲也挃銍聲義相
近爾雅栗栗衆也傳所本也說文稽積禾也積聚也秩積也詩曰稽之秩秩積
積秩栗皆聲轉而義得相通哀二年公羊傳戰于栗一本作秩是栗栗即秩秩
矣墉訓城皇矣韓奕同箋云百室一族也百室者出必共洫閒而耕入必共族
中而居又有祭酺合醵之歡正義云遂人注百夫一酇之田爲六遂之法族在
六鄉而引彼者小司徒注云鄉之田制與遂同故舉酇之制以言族也百室盈
止婦子寧止盈滿也寧安也鹽鐵論力耕篇釋詩云衣食者民之本稼穡者民
之務也二者修則國富而民安也案穫之挃挃七句言豐年之事○黃牛黑脣
曰犉無羊同信南山從以騂牡享于祖考傳周尚赤用騂也是宗廟用騂牡而
社稷用犉牡黃淺於赤也箋捄角皃說文斛角皃引詩作斛捄與斛通經言角
傳知爲牛角者以言犉牡也知爲社稷之牛者以此詩爲報社稷也社稷之牛
角尺禮記王制篇文王制祭天地之牛角繭栗宗廟之牛角握賓客之牛角尺
仁和孫志祖讀書脞錄云賓客二字即社稷之譌王制蓋以祭字貫下三句也
若賓客則不得言祭也禮器牲不及肥大疏謂郊牛繭栗宗廟角握社稷角尺
各有所宜是禮疏所據作社稷不譌詩疏引禮緯稽命徵云宗廟社稷角握僖
三十一年公羊傳何注祭天牲角繭栗社稷宗廟角握六宗五嶽四瀆角尺是
何用禮緯說與王制異而亦不及賓客可證案孫說是也桓八年公羊注禮天
子之牲角握諸侯角尺而秋官掌客注凡賓客則皆角尺即用古禮說諸侯角
尺之義今本王制或引此而誤耳繁露郊事對引王制作賓客亦誤似讀與嗣
同續亦嗣也傳訓以似謂嗣前歲以續謂續往事言嗣續前歲已往之事也生
民以與嗣歲傳與來歲繼往歲也二傳意同正義云嗣續俱是繼前之言故爲
嗣前歲續往歲之事前往一也皆求明年使續今年據明年而言故謂今年爲

前往孔說是也古之人田祖田畯皆是也春官籥師凡國祈年于田祖歈豳雅
擊土鼓以樂田畯甫田傳田祖先嗇也鄭司農注云田畯古之先教田之官者

案殺時犉牡四句
正言秋報之事

絲衣一章九句

絲衣繹賓尸也高子曰靈星之尸也㊣疏

案此繹祭賓尸之樂歌也爾雅繹天繹
又祭也周曰繹商曰肜夏曰復胙是繹
者周又祭之名春秋宣八年六月辛巳有事于大廟仲遂卒于垂壬午猶繹公
羊傳繹者何祭之明日也何注云天子諸侯曰繹大夫曰賓尸士曰宴尸儀禮
有司徹注云上大夫既祭儐尸於堂之禮若下大夫祭畢禮尸於室中無別行
儐尸於堂之事天子諸侯之祭明日而繹箋云天子諸侯曰繹以祭之明日卿
大夫曰賓尸與祭同日案賓與儐同有司徹爲大夫賓尸之禮絲衣乃爲天子
賓尸之詩繹祭以賓禮事尸謂之賓尸天子至大夫同也故楚茨傳云繹而賓
尸及賓客此天子稱賓尸魯語繹不盡飫則退此大夫亦稱繹統言不別耳○
高子以爲靈星之尸也者史記封禪書或曰周興而邑部立后稷之祠至今血
食天下於是高祖制詔御史其令郡國縣立靈星祠常以歲時祠以牛張守節
正義引漢舊儀云五年脩復周家舊祠祀后稷於東南爲民祈農報厥功夏則
龍星見而始雩龍星左角爲天田右角爲大庭天田爲司馬教人種百穀爲稷
靈者神也辰之神爲靈星故以壬辰日祠靈星於東南金勝爲土相也據漢舊
儀則靈星爲雩祭之星左傳龍見而雩當夏正四月此雩之正祭禮記月令仲
夏大雩爲雩之盡時月令命有司爲民祈祀山川百源大雩帝用盛樂乃命百
縣雩祀百辟卿士有益於民者以祈穀實鄭注云雩吁嗟求雨之祭也雩帝謂
爲壇南郊之旁雩五精之帝配以先帝也又云百辟卿士古者上公若句龍后
稷之類也天子雩上帝諸侯以下雩上公祭法雩宗祭水旱也鄭注云宗當爲
禜雩禜亦謂水旱壇也蓋周人南郊與啓蟄而郊爲兩祭南郊以后稷配春祈
穀即不以后稷配而夏祈穀爲雩祭又以后稷配鄭注所謂雩配先帝也至諸
侯雩上公至公中亦祀后稷漢高帝令郡國縣立靈星祠即后稷祠漢沿周制

也逸周書作雒篇設丘兆于南郊以祀上帝配以后稷此謂南郊后稷配天也
又云日月星辰先王皆與食孔晁注先王爲后稷棄日月星辰四字本作農星
二字祭農星后稷配食此雩配先帝之義也農星卽靈星雩亦祈穀故謂之農
星而蔡邕獨斷靈星火星大火之次中有房星故張晏注漢書遂誤以靈星爲
農祥王充論衡明雩篇春秋左氏傳曰啓蟄而雩又曰龍見而雩啓蟄龍見皆
二月也春二月雩秋八月亦雩春祈穀雨秋祈穀實當今靈星秋之雩也春雩
廢秋雩在故靈星之祀歲雩祭也不知雩者夏祈之祭秋不雨亦常行之故漢
祭靈星爲秋雩王說以爲春雩廢此亦誤沿農祥晨正之說矣淮南子主術篇
君人之道其猶靈星之尸也儼然玄默而吉祥受福高誘注引詩曰公尸燕飲
在宗載考此引詩有誤鳧鷖四章云公尸來燕來宗旣燕于宗福祿攸降公尸
燕飲福祿來崇其意以此公尸爲靈星之尸箋祭社稷山川之尸高鄭皆本三
家詩說然鳧鷖乃繹祭之詩公尸爲宗廟之尸社稷山川不聞繹祭論衡又云
歲氣調和災害不生尚猶而雩今有靈星古昔之禮也況歲氣有變水旱不時
人君之懼必痛甚矣雖有靈星之祀猶復雩恐前不備形繹之義也王說靈星
爲復雩之祀與月令合當是相傳古義然繹者明日又祭之名不得謂復雩之
號此又誤沿三家詩說矣要之周家舊祠本有靈星古者祭必有尸故有靈星
之尸祀亦歌絲衣與載芟良耜同爲祈報之詩序引高子說者以博異聞也鄭
志荅張逸云高子之言非毛公後人著之與疑高子卽高行子孟子稱高子論
小弁之詩小弁傳引其說韓詩外傳又稱高子與孟子論衞女之詩則與此高
子當是一人習於詩者故毛詩序與傳皆有高子陸德明釋文徐整云子夏授
高行子高行子授薛倉子薛倉子授
帛妙子帛妙子授河閒人大毛公

絲衣其紑載弁俅俅(傳)絲衣祭服也紑絜鮮貌俅俅恭順貌**自堂徂基自羊徂牛鼐鼎及鼒**(傳)基門塾之基自羊徂牛言先小後大也大鼎謂之鼐小鼎謂之鼒**兕觥其觩旨酒思柔不吳不敖胡考之休**(傳)吳譁也考成也(疏)麻衣朝服絲衣則祭服也

士冠禮爵弁服纁裳純衣注純衣絲衣也萘餘衣皆用布唯冕與爵弁服用絲
耳玉篇紑鮮絜皃其所據傳作鮮絜說文紑白鱻衣皃詩曰素衣其紑徐鍇云
皮弁服故素衣也通典禮四引劉向五經通義靈星爲立尸故云絲衣其紑會
弁俅俅傳言王者祭靈星公尸所服之衣也案淇奧會弁如星弁爲皮弁與此
作會弁同又絲衣尸服不謂祭服皆出三家異說爾雅釋言俅戴也郭注引詩
戴弁俅俅釋訓俅俅服也注謂戴弁服說文俅冠飾也引詩亦作戴弁箋載猶
戴也毛詩作載載語詞也弁俅俅謂弁者俅俅然恭順也公羊注云必繹者尸
屬昨日配先祖食不忍輒忘故因以復祭祀則無有誤敬愼之至此與傳云恭
順義合古順愼通傳絲衣爲祭服則知弁爲爵弁箋云弁爵弁是也箋又謂爵
弁士服繹禮輕使士此說恐非古者冕弁通稱文王傳周冕卽周弁司服凡弔
事弁経服弁師韋弁皮弁弁経弁卽玄冕天子祭羣小祀則玄冕繹禮輕故不
服衮以下服但服玄冕經上句言絲衣謂玄也下句言弁謂冕也絲衣爵弁爲
士之尊服天子服玄冕亦不妨稱弁也○有司徹埽堂注爲儐尸新之此繹祭
賓尸事於堂也傳云基門塾之基者爾雅門側之堂謂之塾一門凡四塾門塾
之基廟門內塾之基也郊特牲繹之於庫門內失之矣焦循宮室圖云明日之
祭在廟門內繹在庫門之內爲失失在庫門不在門內也案祊在正日繹在明
日祊必先索神於廟門內繹不索神故先埽堂而後及基堂在內基在外鄭以
祊繹一祭故禮器爲祊乎外注引詩自堂徂基堂爲門堂基爲堂基堂基指一
處而箋詩亦然非毛義也經先羊後牛故云言先小後大也說苑尊賢篇引詩
曰自堂徂基自羊徂牛言以內及外以小及大也韓詩外傳三亦引此詩而釋
之云以小成大此當有奪文劉子政學魯詩兼習韓詩說苑正用外傳內外指
堂基而小大指羊牛與毛義正同其故未聞也兩徂字當讀爲且爲句中語助
之詞且猶而也自堂徂基言自堂而基也自羊徂牛言自羊而牛也韓詩外傳
作自羊來牛來亦語詞也箋訓徂爲往亦失之○爾雅鼎絕大謂之鼐此與傳
說同也說文鼐鼎之絕大者段注云絕大謂函牛之鼎也九家易曰牛鼎受一
斛羊鼎五斗豕鼎三斗說文又云魯詩說鼐小鼎案魯詩家蓋以上句先羊後
牛本句又先鼐後鼒則鼐鼎爲載羊之鼎遂有此說但上句堂基羊牛以內外
小大作儷耦至本句變文自當以爾雅毛傳爲正解韓亦當同毛也爾雅圜弇

上謂之鼐此與傳異而實同也傳以鼒鼐對稱鼐大而鼒小爾雅乃詳說其形也箋鼎圜弇上謂之鼒正義云釋器文孫炎曰鼎斂上而小口者以傳直言小鼎不說其形故取爾雅文以足之是也說文亦云鼒鼎之圜掩上者詩曰鼐鼎及鼒俗作鎡掩與弇通○卷耳我姑酌彼兕觥傳兕觥角爵也七月稱彼兕觥傳兕觥所以誓眾也則兕觥爲獻酬賓客之爵繹祭行旅酬故設兕觥焉楚茨篇云爲豆孔庶爲賓爲客獻酬交錯禮儀卒度即其義也觩當依釋文作觓觓角兒釋詞云思句中語助也不吳釋文定本作吳正義作娛史記孝武紀引詩作不虞虞或本三家詩娛與虞同毛詩作吳泮水箋吳譁也王用此傳訓方言吳大也說文夨部吳大言也並與譁義相近不敖史記引作不驁葢敖之爲驁猶吳之爲虞也不吳者言不讙譁也不敖者言不敖慢也胡壽考成傳已見上篇此重釋考爲成立義自異胡何也何何不也胡考之休言何不成休也史記引詩而言曰今鼎至甘泉光潤龍變承休無疆

酌一章九句

酌告成大武也言能酌先祖之道以養天下也【疏】維天之命禮成告文王此樂成告武王樂莫大於大武故云告成大武也儀禮禮記皆言舞勺則樂有舞矣酌與勺同後箋云養即經中養字傳訓養爲取序養天下即取天下大武之功在於取天下此告成大武之詩而篇名酌者言酌時之宜所謂湯伐桀武王伐紂時也曰酌先祖之道者先祖謂文王文王之道三分有二而不取武王酌其時八百會同則取之孟子曰取之而萬民不悅則勿取文王是也取之而萬民悅則取之武王是也序以大武之取天下爲能酌文王之道即此意也稱先祖者據成王作頌時言之耳春秋繁露質文篇云周公輔成王成文武之制作汋樂以奉天此汋即酌也漢書董仲舒傳虞氏之樂莫盛于韶于周莫盛于勺曰奉天者不過言革命所以順天言其盛者以周之武功爲極盛耳禮樂志云周公作勺勺言能酌先祖之道也此正與毛詩序同白虎通義禮樂篇云周樂曰大武象周公之樂曰勺合曰大武此或出三家詩然亦足證此序言告成大武故有合曰大武之語至蔡邕獨斷應劭風俗通亦皆言酌先祖之道知序義之來古矣

於鑠王師遵養時晦（傳）鑠美遵率養取晦昧也時純熙矣是用大介我龍受之
蹻蹻王之造（傳）龍和也蹻蹻武貌造爲也載用有嗣實維爾公（傳）公事也允師

（疏）鑠美爾雅釋詁文王武王也遵訓率率與遵同養訓取者月令羣鳥養羞注羞謂所食則養羞猶言取食也禮記射義篇養諸侯而兵不用猶言不用師徒曰取也荀子君子篇論法聖王則知所貴矣論知所貴則知所養矣猶言知所取法也孟子告子篇舍其梧檟養其樲棘猶言舍梧檟而取樲棘也養其一指而失其肩背猶言取一指而失肩背也爲其養小以失大猶言取小失大也於己取之而已矣趙岐注云皆在己之所養養爲取則取爲養皆其義證宣十二年左傳晉隨武子曰兼弱攻昧武之善經也其下卽引汋曰於鑠王師遵養時晦耆昧也杜注云耆致也致討於昧案耆昧卽攻昧傳訓晦爲昧義本左傳武篇云耆定爾功此詩爲告成大武故章首發端本武篇而言韓詩外傳兩引此詩而釋之云言相養者之至於晦也又武篇韓詩訓耆爲惡此箋謂文王事紂養是闇昧之君以老其惡當用韓義而武篇之耆又不從韓詩○純大也熙廣也介亦大也王肅云於乎美哉武王之用衆也率以取是昧謂誅紂定天下以除昧也於是道大明是用有大大言大平也正義用王申傳傳意或然也龍和長發同龍之爲和識者皆不得其解書牧誓今予發惟恭行天之罰段氏尚書撰異云史記漢書皆作共或作龔漢書敘傳龔行天罰赫赫明明文選鍾士季檄蜀文命授六師龔行天罰班固東都賦龔行天罰應天順人斯乃湯武之所以昭王業也又秦和鐘銘龔夤天命案尚書龔字其義皆可訓爲和自俗人改龔爲恭則失其義矣詩之龍卽龔之古文假俗字傳云龍和也凡應天順人謂之和詩我周協和伐商遂受天命有天下與書所云武王龔行天之罰其義正同大明篤生武王保右命爾燮伐大商傳燮和也其意亦正同○傳於蹻蹻蹻訓驕嵩高蹻蹻訓壯此云武皃各隨文訓造訓爲王之爲言武王之爲武也載猶乃也實當作寔寔維是爲也公訓事事卽伐殷之事載用有嗣寔維爾公武篇所云嗣武勝殷也

桓一章九句

桓講武類禡也桓武志也疏正義云桓詩者講武類禡之樂歌也謂武王將欲代殷陳列六軍講習武事又爲類祭于上帝爲禡祭於所征之地治兵祭神然後克紂至周公成王大平之時詩人追述其事而爲此歌焉奐案書類于上帝文在巡守之先周禮肆師類造上帝記在師甸之後至肆師甸祝大司馬表貉諸家以爲貉即禡祭皆爲四時田獵設祭是巡狩大甸獵皆有類禡序云講武則不獨施於出征矣蓋武王克紂代殷出征類禡其後大平告成講武事而類禡當亦以此爲樂歌歟云桓武志也者正義云桓者威武之志言講武之時軍功皆武故取桓字名篇也

綏萬邦婁豐年天命匪解桓桓武王保有厥士于以四方克定厥家於昭于天皇以閒之傳士事也閒代也疏綏猶和也婁數也宣十二年左傳引頌曰綏萬邦婁豐年而釋之云和衆豐財謂武七德之二事也泮水傳云桓桓威武皃士訓事箋云我桓桓有威武之武王則能安有天下之事是也四方爲外家爲內漢書匡衡傳陛下聖德純備莫不修正則天下無爲而治詩云于以四方克定厥家傳曰正家而天下定矣匡稚圭治齊詩而毛詩義亦同也○閒代爾雅釋詁文皇字緊承天字文王傳云皇天也於昭于天皇以閒之言武王之德昭著於天故天以武王代殷也皇矣序云天監代殷莫若周此其義矣箋訓皇君謂紂爲天下之君於上下文義頗覺迂曲正義用王肅申毛云於乎周道乃昭見於天故用美道代殷定天下王以用美道釋皇增字成義亦非的解

賚一章六句

賚大封於廟也賚予也言所以錫予善人也疏論語堯曰篇云周有大賚善人是富書序云武王旣勝殷邦諸矦班宗彝作分器史記殷本紀作封諸矦古邦封通也

文王既勤止我應受之敷時繹思傳勤勞應當繹陳也我徂維求定時周之命於繹思疏勤勞爾雅釋詁文傳勞下當有也字宣十一年左傳郤成子曰吾聞之非德莫如勤非勤何以求人能勤有繼其從之也詩曰文王既勤止文王猶勤況寡德乎勤皆勞也文王篇亹亹文王傳亹亹勉也勞與勉義近○我我武王也應當下武同我應受之與武嗣武受之句義相同敷宣十二年左傳引詩作鋪敷鋪皆布也傳云繹陳者陳讀如文王陳錫哉周之陳王肅云文王能有布陳大利以賜予人與序言錫予善人正合此謂武王錫予卽是行文王陳錫之事也徐幹中論爵祿篇先王將建諸侯而錫爵祿也必於淸廟之中陳金石之樂宴賜之禮宗人擯相內史作策也卽引此頌而釋之云由此觀之爵祿者先王之所重也非所輕也案徐偉長漢末靈帝時人其解詩猶能發明序傳之指矣徂往也往伐殷也定安也與武者定爾功之定義同受命敷繹重言之者周以文王官人爲法也

般一章七句

般巡守而祀四嶽河海也般樂也疏正義集注本有般樂也三字今誤入箋者非也酌桓賚三序皆申說名篇之義例與之同

般與時邁皆巡守之詩時邁告祭天般則望祀山川也

於皇時周陟其高山嶞山喬嶽允猶翕河傳高山四嶽也嶞山山之嶞嶞小者也翕合也敷天之下裒時之對傳裒聚也時周之命疏皇美也序言巡守而祀四嶽故傳釋高山爲四嶽也嵩高傳云嶽四嶽也東嶽岱南嶽衡西嶽華北嶽恆亦謂巡守四嶽也若周雍鎭之嶽爲畿內望祭非巡守而祀故傳但言四嶽而不言五嶽五嶽見於周禮大宗伯以血祭祭五嶽大司樂四鎭五嶽崩令去樂五嶽之名爾雅釋山具有二說前說云河南華河西嶽河東岱河北恆江南衡後說云泰山爲東嶽

華山爲西嶽霍山爲南嶽恆山爲北嶽嵩高爲中嶽史記封禪書漢書郊祀志白虎通義引尚書大傳說苑辨物篇風俗通義山澤篇何休公羊隱八年注並同後說說文山部從古稱易嵩高爲大室其解亦不異後說鄭康成大宗伯注用爾雅後說而大司樂注本爾雅前說說自兩岐鄭亦不全用舊解矣與竊謂統大地言曰四嶽幷畿內言曰五嶽爾雅釋地河南曰豫州爾雅豫州之域從河南以至漢水改禹貢西河南面之地幷入於豫則大華屬豫而不屬雍說者以爲此殷制然九州可改四嶽不移殷都在冀四嶽仍從夏制周禮職方西南與地同殷四嶽亦當從殷制職方氏雍州山鎭曰嶽山王引之以山爲衍字鄭注云嶽吳嶽也漢書地理志吳山在右扶風汧縣西古文以爲汧山續漢書郡國志汧縣有吳嶽本名汧是職方之嶽即禹貢之汧周都豐鎬改汧爲嶽實始於周嶽者山之尊稱周於王畿近西之高山名爲嶽以一嶽配四嶽不聞以雍鎭之嶽呼爲西嶽幷不得以豫鎭之華改爲中嶽可知也天子祭天下名山大川王畿所望祭之山尤尊故亦有嶽稱王制云五嶽視三公是也五嶽幷數雍嶽至巡守述職之所有事仍數四嶽而不數雍嶽或曰周公營邑成周故大室爲中嶽以配四嶽故曰五嶽此更非也周禮作於周公居攝之六年而成雒邑在居攝五年職方氏所掌辨九服之邦國必依土中定畿制而九州山鎭亦必依土中定州域職方山鎭不及大室昭四年左傳司馬侯言大室又列於四嶽之外皆其明證也邵晉涵爾雅正義據此以爲五嶽有嶽山而無大室其說甚確又以爲爾雅前說釋周禮五嶽之名末後說爲漢初傳爾雅者增益其文金鶚駁之云四嶽歷代不變中嶽隨帝都而移堯都平陽舜都蒲阪禹都晉陽皆在冀州之域故並以霍大山爲中嶽殷湯都西亳在豫州之域故以嵩高爲中嶽周武王都鎬在雍州之域故以嶽山爲中嶽迨平王東遷雒邑與殷都同在豫州嵩高正在畿內又在四嶽之中而嶽山淪於戎狄故因殷制以嵩高爲中嶽也秦漢以後古禮不明特沿晚周之制故五嶽之名不改案金誠齋據禹貢至于岳陽至于大岳皆指霍大山遂謂唐虞夏以霍大山爲中嶽據爾雅河西嶽職方雍鎭曰嶽山遂謂西周以嶽山爲中嶽因又謂爾雅嵩高爲中嶽定爲殷及東周之號但嵩高山禹貢謂之外方左傳謂之大室史記封禪書武帝以三百戶封大室奉祠命曰崇高邑漢書郊祀志云封崈高爲之奉邑則嵩高之

名始於漢武禹貢職方皆但言嶽封禪書郊祀志於堯典四嶽之下增益其文曰中嶽嵩高也地理志云潁川郡崈高武帝置以奉大室山是爲中嶽則嵩高中嶽之稱始於漢武郭璞云霍山今在廬江灊縣西卽天柱山漢武帝以衡山遼曠因讖緯皆以霍山爲南嶽故移其神於此今其土俗人皆呼之爲南嶽則改衡爲霍亦始於漢武爾雅末後說邵二雲以爲增益無疑漢帝信讖緯議封禪漢廷諸臣媿美本朝故司馬遷劉向班固許慎應劭何休說四嶽者往往益嵩高中嶽以配五嶽之尊恪遵時制不敢游移要不可與論古也毛傳言四嶽而因及五嶽乃詳證之如此○嶞字又作墮此山名爲嶞不爲墮傳釋經嶞山之義云山之嶞本爾雅釋山巒山嶞之文而更申明嶞之義云嶞小者也者如小豬爲⿰豕隋魚子爲鰖之例山嶞乃大山旁落之小山也玉篇嶞小山也說文巒之墮相推落是卽嶞之形狀蓋於音箸義也氏篆下云巴蜀山名岸脅之旁箸山小而銳嶞山之隋嶞者从山憜省聲讀若相推落之墮許於嶞讀若相推落欲落嶞者曰氏此巴蜀方語謂山岸旁脅狀欲落嶞者爲氏亦卽嶞之引申義故許說與嶞篆下同禮方祀高嶽而嶞必遍屬祭之者猶若登大山禪梁父也今解之者嶞爲隋圜之隋因以爾雅之巒亦爲山形狹長豈天子巡守必取山形之狹而長者乃設祭之乎則說之謬者矣正義又以傳文嶞嶞爲疊字更不得其句解墮山與喬嶽對文嶞山爲小山喬嶽爲或中大山時邁傳云喬高也翕訓合允猶翕河言猶合河而祭之允語詞耳凡祭山必及川先河後海言河以晐海也東嶽在東河之東南嶽在南河之南西嶽在西河之西北嶽在兩河之間巡守至嶽必合河而望祭之公羊傳云天子有方望之事無所不通覲禮云禮日於南門外禮月與四瀆於北門外禮山川丘陵於西門外祭天燔柴祭山丘陵升祭川沈祭地瘞此天子巡守四嶽隨方向祭有祭州瀆之禮也箋解翕河謂祭者合九爲一但九河當東嶽望祭之內不及彼三嶽矣○裒當爲捊辨見常棣篇傳云聚者秋序之意也正義云徧天之下山川皆聚其神於是配而祭之能爲百神之主德合山川之靈是周之所以受天命由此也釋文於時周之命下有於繹思三字云毛詩無此句齊魯韓詩有之今毛詩有者衍文也崔集注本有是採三家之本崔因有故解之

卷二十八終

長洲陳奐學

駉詁訓傳弟二十九　　毛詩魯頌

駉四篇二十三章二百四十三句 疏 駉四篇皆魯詩周武王定天下封其弟周公旦於魯居上公之職未就國後成王滅三監封元子伯禽得受上公之地封疆方五百里今山東兖州府曲阜縣魯所都也孔子魯人仍魯大師之舊詩錄魯頌猶修魯春秋之義焉爾

駉四章章八句

駉頌僖公也僖公能遵伯禽之法儉以足用寬以愛民務農重穀牧于坰野魯人尊之於是季孫行父請命于周而史克作是頌 疏 案命當讀如侯伯七命之命初伯禽就封魯本大國至春秋時爲次國閔公又遭慶父之亂宗國顚覆齊桓公救而存之遂立僖公僖公從伯主討淮夷能復伯禽之業如大國之制魯人尊其教於是有大夫季孫行父者往周請命謂請命非謂請作頌也行父請命與史克作頌是兩事史克作頌謂作駉篇非謂作魯頌四篇也唐風無衣美晉武公也武公始并晉國其大夫爲之請命乎天子之使而作是詩也一章云豈曰無衣七兮二章云豈曰無衣六兮七命以七爲節六命以六爲節晉武公始并晉國大夫爲之請命作無衣魯僖公能復舊制大夫爲之請命作駉爾詩序義正同也魯詩獨稱頌者何仍舊史也錄之念周公也魯周公之後有可以繼周而王者魯也僖公以前未嘗無詩僖公以後未嘗無詩其錄僖公者何僖値周惠王襄王時王以莊終伯以齊始春秋十六年春公子季友卒其冬公會齊侯于淮十七年冬齊侯小白卒十八年春宋公伐齊夏師救齊穀梁傳云善救齊也僖有伐淮夷之功一時史臣皆得歌頌其功行父友之孫相繼爲魯命卿三年喪畢有職司於王室故得往周爲君請命則可以繼齊

而伯者僖公也孔子曰齊一變至於魯魯一變至於道蓋嘅之也其以駉爲頌首者何也魯僖衞文皆繫齊桓所存之國衞文務材訓農季年有三百乘之多故詩人美之云騋牝三千魯僖亦能復千乘之制備六閑之教其事略相等僖爲魯中興之君魯又爲諸姬之宗故聖人於駉尤致意焉史克大史克也國語作里革

駉駉牡馬在坰之野（傳）駉駉良馬腹幹肥張也坰遠野也邑外曰郊郊外曰野野外曰林林外曰坰 **薄言駉者有驈有皇有驪有黃以車彭彭**（傳）牧之坰野則駉駉然驪馬白跨曰驈黃白曰皇純黑曰驪黃騂曰黃諸侯六閑馬四種有良馬有戎馬有田馬有駑馬彭彭有力有容也 **思無疆思馬斯臧**（疏）釋文駉古熒反說文作同是古本詩作駫駫牡馬說文駫下云駫馬肥盛也从馬光聲引詩作駫駫此毛詩也又驍下云驍良馬也从馬堯聲引詩作驍驍此三家詩也釋文牡馬茂后反草木疏云騭馬也說文同本或作牧正義本作牧馬云定本牧馬字作牡馬家訓書證篇江南書皆爲牝牡之牡河北本悉爲放牧之牧案江南多舊本古毛詩本作牡馬不誤牡馬謂壯大之馬猶四馬之稱四牡不必讀爲牝牡之牡也駫駫是形容牡馬之狀若作牧馬則與駫駫義隔矣當從釋文爲長釋文本卽江南舊本也傳云駫駫良馬腹幹肥張也者腹幹肥張正釋駫駫之義而必言良馬者良馬對駑馬而言本周禮以爲說泂酌傳泂遠也坰與泂聲義相同邑外曰郊四句傳引爾雅釋地文爾雅邑外謂之郊郊外謂之牧牧外謂之野野外謂之林林外謂之坰今本爾雅增郊外謂之牧一句不知野卽牧非野外更有牧地毛於此及野有死麕燕燕干旄傳鄭風叔于田箋竝云郊外曰野又野有蔓草傳野四郊之外皆不云牧有足證矣書柴誓篇云魯人三郊三遂郊鄉之界也邑近郊三鄉之地郊遠郊三遂之地野猶周之甸削林坰猶周之縣都析言之有邑郊野林坰之異其實四郊之外直達稍坰猶王畿六遂之地直達縣都統謂之野也故雖名爲坰而傳仍以遠野釋之說文冂部邑外謂之郊郊外謂之野野外謂之林林外謂之冂象遠界也古文作冋或作坰此毛詩也又馬部駉牧馬苑也从馬冋聲詩曰在

駉之野此三家詩也牧馬苑謂之駉與毛傳坰野爲遠野字義皆異薄言駉者傳牧之坰野則駉駉然駉皆當作駫駫猶駫駫也此傳冡上句在坰之野言之坰之野是放牧之處故傳云牧之坰野序亦云牧于坰野後人遂依序傳有牧字改首句牡馬爲牧馬不知序傳乃申明經義不必經有牧字明矣薄言皆語詞○驪馬白跨曰驈爾雅釋畜文郭注云驪黑色跨髀閒釋文引蒼頡篇云跨兩股閒也是驪馬黑馬以黑色馬而唯跨白者別其名爲驈也黃白曰皇東山同說文引作騜俗誤字純黑曰驪純者黖之假借純亦黑也檀弓夏后氏尚黑戎事乘驪鄭注云馬黑色曰驪閟宮傳騂赤也此傳云黃騂曰黃謂黃馬而帶騂色者是曰黃下傳云赤黃曰騂謂赤馬而帶黃色者是曰騂黃騂赤黃色黃赤有深淺非有襍毛也正義云騂爲純赤色黃騂曰黃黃而微赤赤黃曰騂赤而微黃是已而又言黃騂謂黃有襍赤者則誤矣傳文馬四種有良馬良馬當作種馬一疑涉上良馬致誤周禮校人掌王馬之政辨六馬之屬種馬一物戎馬一物齊馬一物道馬一物田馬一物駑馬一物凡頒良馬而養乘之乘馬一師四圉三乘爲皁皁一趣馬三皁爲繫繫一馭夫六繫爲廄廄一僕夫六廄成校校有左右駑馬三良馬之數麗馬一圉八麗一師八師一趣馬八趣馬一馭夫天子十有二閑馬六種邦國六閑馬四種家四閑馬二種案此傳所本也周禮六種以種戎齊道田五者爲良馬其一爲駑馬四種則以種戎田三者爲良馬其一爲駑馬不得以種馬獨擅良馬之稱矣傳引此六閑四種之制以美僖公牧馬之盛耳非詩四章分屬四種如孔仲達之說也周禮疏趙商云邦國六閑馬四種爲二千五百九十二匹謂三良一駑四百三十二匹三良千二百九十六匹駑三其一種亦千二百九十六匹故合爲二千五百九十二匹案趙商大鄭仲師四匹爲乘則自乘至廄之數也詩美衞文騋牝三千舉成數耳○傳文有力二字當衍此云彭彭有容也下章傳云伾伾有力也彭彭言馬容之盛伾伾言馬力之彊其分章屬意如是也今各本涉下章傳文誤衍有力耳凡詩言彭彭皆謂其儀容之盛出車篇出車彭彭傳彭彭四馬皃彭彭猶騯騯也說文騯騯馬盛也烝民篇四牡彭彭又四牡騤騤傳騤騤猶彭彭也說文騤騤馬行威儀也載驅篇行人彭彭傳彭彭多皃多亦盛也大明之四騵彭彭韓奕之百兩彭彭皆是多盛之意說文彭鼓聲也重言之則聲盛謂之彭彭亦儀盛謂之彭彭並與有容之義相近御覽獸部五引彭彭有容也無有力二字可證

思詞也斯猶其也無疆無期頌禱之詞無斁無邪又有勸戒之義爲思皆爲語助臧善也以言馬之善也思馬斯臧與於萬斯年則百斯男于胥斯原有秩斯祜上一字爲語助此其句例解者俱以思爲思慮之思失之

駉駉牡馬在坰之野薄言駉者有騅有駓有騂有騏以車伾伾〔傳〕蒼白襍毛曰騅黃白襍毛曰駓赤黃曰騂蒼祺曰騏伾伾有力也 **思無期思馬斯才**〔傳〕才多材也〔疏〕蒼白襍毛曰騅釋畜文大車傳菼騅也萑之初生者也郭注爾雅謂萑青白之間蒼白卽青白菼色如騅則知騅爲青白馬矣說文騅蒼黑襍毛驄青白襍毛此二篆黑白字互譌驄爲青黑則騅乃蒼白可知黃白襍毛曰駓釋畜文郭注云今之桃華馬上章傳黃白曰皇謂黃馬發白色也黃馬發白色而有異毛襍廁者別其名謂之駓也此篇之騅駓駰騢鄭風之鴇凡言襍毛者同其義例赤黃曰騂說見上章說文馬部無騂字釋文蒼祺字又作騏正義作蒼騏曰騏案祺誤字蒼騏當作蒼綦綦與小戎駕我騏馵傳騏騏文正義作騏綦文同綦蒼艾色馬有蒼艾色之文故蒼綦謂之騏蒼綦猶綦文也騏馬白馬也文選陸士衡挽歌詩駿駿策素騏素者白也李善注乃引此傳作蒼白曰騏當是轉寫記憶之譌若傳作蒼白則爲青馬發白色矣非是○說文伾有力也重言之則曰伾伾楚辭招魂敦脄血拇逐人駓駓些王注云駓駓走貌韓詩駓駓騃騃薛君章句云趨曰駓駓並與此伾伾同材當爲才字之誤傳以多才釋經之才非謂才爲材也叔于田序叔多才而好勇盧令箋才多才皆其證

駉駉牡馬在坰之野薄言駉者有驒有駱有駵有雒以車繹繹〔傳〕青驪驎曰驒白馬黑鬣曰駱赤身黑鬣曰駵黑身白鬣曰雒繹繹善走也 **思無斁思馬斯作**〔傳〕作始也〔疏〕青驪驎曰驒釋畜文釋文驎亦作甐爾雅釋文作粼或作驎郭注云色有深淺斑駁隱粼今之連錢驄詩正義引郭注作隱鄰案粼

鱗同鱗俗字也說文云驒青驪白鱗文如鼉魚許以白鱗解爾雅毛傳之鱗而又申名驒之義爲馬文如鼉魚也鼉驒疊韻詩爾雅釋文俱引韓詩及字林云驒白馬黑髦也此疑元朗涉毛傳白馬黑鬣爲駱而誤爲驒且字林本說文說文言驒言駱並與毛同也有駓傳青驪曰駽是青驪爲駽青驪色而有白鱗文者爲驒也白馬黑鬣曰駱四牡同赤身黑鬣曰騂小戎同正義云今人猶謂此爲騂馬也高注呂覽孟夏紀騂馬黑尾曰騂蓋騂赤也騂爲赤馬其色仍以赤身得名或言黑鬣或言黑尾無大異也正義云黑身白鬣曰雒則未知所出檢定本集注及徐音皆作雒字而俗本多作駱字其字定當爲雒案爾雅雒鵋鶀舍人注謂鵂鶹也南陽名鉤鵅說文隹部雒鵋欺鳥部鵅鳥鸔雒鵅不同鳥而鵅有鳥稱則雒亦黑色之鳥可知傳云黑身爲雒必有依據謂馬爲雒猶謂馬爲鵅也釋文雒本或作駱疑駱乃鵅字之誤○釋文繹繹崔本作驛驛古繹驛通傳云善走當從釋文本作善足爲長車攻傳田獵齊足尚疾也說文駸馬逸足者也駁馬有疾足也並與此善足同曾釗詩異同辨云作當與易震爲作足同義王劭曰馬行先作弄其四足毛以始訓作意亦當爾箋作謂牧之使可乘駕亦與毛義相成蓋馬先作弄四足者正是調習之狀秦風載獫猲驕箋載始也謂達其搏噬始成之也以始爲調習正與此同案曾說是也說苑指武篇造父王良不能以敝車不作之馬趨疾而致遠亦與調習義同

駉駉牡馬在坰之野薄言駉者有駰有騢有驔有魚以車祛祛(傳)陰白襍毛曰駰彤白襍毛曰騢豪骭曰驔二目白曰魚祛祛彊健也思無邪思馬斯徂(疏)陰白襍毛曰駰皇皇者華同彤白襍毛曰騢釋畜文正義云舍人曰赤白襍毛今赭馬名騢郭璞云彤赤也即今赭白馬案郭解彤白亦謂赤馬發白色者也釋文引說文云赤白襍色文似鰕魚色當作毛文似鰕魚爲騢與文似鼉魚爲驒同用疊韻爲訓文選顏延之赭白馬賦注引劉芳毛詩義證彤白襍毛曰騢彤赤也即赭白也此謂彤白猶騂白故騢駁可通稱正義云驔爾雅無文釋畜云四骹皆白驓無豪骭白之名傳言豪骭白者蓋謂豪毛在骭而白長名爲驔也驓

則四骹襟白而毛短故與驔異也魚案今本詩爾雅皆誤唯說文不誤爾雅驪
馬黃脊騽釋文云騽說文作驔說文驔驪馬黃脊讀若簟是驪馬黃脊爲驔而
騽非驪馬黃脊也釋文又云今爾雅本亦有作驔者與說文合則知作騽之本
非矣爾雅四骹皆白驓郭注云骹膝下也說文無驓字驓乃騽之誤說文騽馬
豪骭也骭骹也骹脛也淮南子俶眞篇易骭之一毛高注骭自膝以下脛以上
也骭讀閑牧之閑然則毛傳之骭即爾雅之骹穆天子傳天子之豪馬豪牛郭
注豪猶髦也山海經云髦馬如馬足四節皆有毛郭謂豪馬即髦馬足四節皆
有毛故爲豪此可證毛傳之豪骭即爾雅四骹皆白之義是豪骭謂之騽初不
謂之驔也今爾雅騽既誤作驓而詩騽又誤作驔玉篇廣韻遂合驔騽二字爲
義倂說不可爲訓又案正義所據毛傳豪骭下有白字說文無白字釋文毛云
一目白曰魚爾雅云一目白瞯二目白魚是陸所據毛傳作一目與爾雅作二
目不同正義引舍人注及說文馬部驔下皆云二目白魚毛傳本爾雅則陸所
據作一目非也王引之爾雅述聞云自騂白駁以下皆言馬之毛色一目白瞯
二目白魚者謂一目毛色白曰瞯二目毛色白曰魚不言毛者承上文諸毛字
而省猶之黑脣駩黑喙騧謂脣與喙邊之毛色也下文說牛云黑眥牰亦謂目
眥邊之毛色義與一目白二目白同郭注二目白魚云似魚目也此亦誤以爲
馬目中白與上文言毛色者不倫且魚目則目珠色白生時固不爾也〇祛祛
唐石經作祛祛王引之說詹諸其行去去當作去去案去去猶言祛祛也祛祛
狀馬行去去狀詹諸行竝有彊健之意文選殷仲文詩注引韓
詩章句祛去也此祛即去之證箋云徂猶行也牧馬使可走行

有駜三章章九句

有駜頌僖公君臣之有道也

有駜有駜駜彼乘黃(傳)駜馬肥彊貌馬肥彊則能升高進遠臣彊力則能安國

夙夜在公在公明明振振鷺鷺于下鼓咽咽醉言舞(傳)振振羣飛貌鷺白鳥也

以興絜白之士咽咽鼓節也于胥樂兮（疏）說文駜馬飽也箋云喻僖公用臣先致其祿食許鄭意同乘黃四黃馬駜者羣臣所乘四黃馬之皃傳云肥彊就字訓以偕喻經義箋云致祿食又以申傳義也漢書李尋傳馬不伏歷不可以趨道士不素養不可以重國又潛夫論班祿篇君以臣爲基然後高能可崇也馬肥然後遠能可致也義竝與傳同夙夜早夜也早夜於公所是卽明明之義明明猶勉勉也禮記玉藻云朝辨色始入○鷺鷺羽鷺羽所以爲舞持鷺以舞與鼓相應宛丘云坎其擊鼓值其鷺羽此其義也詩以燕舞起義亦卽以鷺鳥生興故傳義已見振鷺篇而此重發傳者將以明其興義也鷺白鳥興絜白之士則馬肥彊亦是與可互見也肥彊喻有材也絜白喻有德也凡言興者例皆發傳於首章首句而唯南有嘉魚不發傳於首章此又不發傳於首句皆其變例以見傳之言興固有通於上下者矣咽咽采芑那篇作淵淵咽淵如姻婣相通之例釋文咽本又作鼝傳云鼓節謂舞以鼓爲節也言語詞于發聲桑扈傳云胥皆也于胥樂兮言君臣皆樂也

有駜有駜駜彼乘牡夙夜在公在公飲酒（傳）言臣有餘敬而君有餘惠也振振鷺鷺于飛鼓咽咽醉言歸于胥樂兮（疏）燕士於飲酒推夙夜之心以飲酒於公所是臣有餘敬也在於公所飲酒以樂羣臣是君有餘惠也序所謂君臣有道也傳文惠下補也字

有駜有駜駜彼乘駽夙夜在公在公載燕自今以始歲其有（傳）歲其有豐年也君子有穀詒孫子于胥樂兮（疏）青驪曰駽爾雅釋畜文驪者黑色郭注云今之鐵驄也說文云駽青驪馬又云綃綃如麥稍稍麥莖也是麥莖色青黑故綃色如稍謂之綃亦馬色如稍謂之駽矣駽綃稍竝聲同而義通○燕燕飲酒也首章夙夜在公在公明明合二句一意二章飲酒三章燕又從在公而推言之此篇例也詩以始有子爲韻唐石經於有下增年字而轉寫者更於傳文年上增豐字皆俗誤不可從

甫田自古有年箋自古者豐年之法如此也豐年箋豐年大有年也公羊傳大有年何大豐年也皆謂有年爲豐年則於有下增豐爲衍字矣定本集注皆云歲其有年無豐字可證載馳篇不能旋反不能旋反我思齊南山篇必告父母必告父母廟黃鳥篇不可與明不可與明夫婦之道及此篇歲其有歲其有年也皆經義未明傳乃補明之以足其義句例相同君子謂僖公也穀善也

泮水八章章八句

泮水頌僖公能修泮宮也疏五章云既作泮宮淮夷攸服

思樂泮水薄采其芹傳泮水泮宮之水也天子辟廱諸侯泮宮言水則采取其芹宮則采取其化魯侯戾止言觀其旂其旂茷茷鸞聲噦噦傳戾來止至也言觀其旂言法則其文章也茷茷言有法度也噦噦言其聲也無小無大從公于邁疏經中或言泮宮或言泮故傳以泮宮釋泮泮宮有水曰泮水靈臺傳水旋丘如璧曰辟廱辟廱四面有水泮宮則當半於天子也箋及白虎通義通典禮十三引劉向五經通義並云南通水說文云西南爲水東北爲牆所聞異也酈注水經泗水篇魯共王殿之東南郎泮宮也宮中有臺臺南水東西一百步南北六十步臺西水南北四百步東西六十步酈所目驗泮宮遺址與說文合禮記王制篇天子命之教然後爲學小學在公宮南之左大學在郊天子曰辟廱諸侯曰頖宮傳所本也鄭注云此小學大學殷之制案殷制大學在郊靈臺辟廱是也周制天子大學在國小學在郊文王有聲辟廱是也天子郊學國學各四諸侯用殷制小學在國大學在郊各一鄉射禮記於郊則閭中注於郊謂大射也大射於大學此諸侯大學在郊之義證矣明堂位篇米廩有虞氏之庠也序夏后氏之序也瞽宗殷學也頖宮周學也魯路寢明堂與周同制於路寢明堂四門外亦得立四代之學唯天子四門之學總爲辟廱故瞽宗亦稱西

廱若魯唯周學稱頖宮則其餘三代之學不必皆依頖宮形也此魯國學之制
也禮器篇魯人將有事於上帝必先有事於頖宮注頖宮郊之學也詩所謂頖
宮也字或爲郊宮葢周四郊之學亦總爲辟廱魯郊近於周郊不必四郊設四
學或亦從殷制諸侯大學在郊者止有一泮宮亦不四郊皆設泮宮也此魯郊
學之制也頖與泮通魯頌泮宮與禮器頖宮同處而與明堂位頖宮爲異處泮
宮在郊其遠近未聞也魯有國學有郊學國外郊內又有州黨之學若矍相之
圃之類此州長黨正爲主人而魯侯所不至者也魯侯之所至者泮宮也云言
水則采取其芹宮則采取其化者此總釋之也芹供飲酒鶚懷好音其用驗已
采叔箋云芹菜也可以爲菹○戾亦至也止訓至則戾爲來矣魯侯戾止言僖
公來至泮宮也觀其旂者旂有文章等級之度國人觀之樂取以爲法則也茷
茷釋文作伐伐伐伐卽茷之省茷茷讀爲胡不旆旆之旆采叔其旂淠淠傳淠淠
動也淠淠亦卽旆旆云言有法度者動有文章也文選東京賦注引毛詩鸞作
鑾說文鉞車鑾聲也从金戉聲詩曰鑾聲鉞鉞徐鉉云今俗作鐬段注云疑古
毛詩泮水本作鉞鉞後乃變爲鐬字許所據作鉞戉聲辛律切變爲鐬呼會切
奐案集韻十四泰鉞鐬噦三同呼外切說文車鑾聲也引詩鑾聲鉞鉞是丁度
所據說文引詩作鉞鉞也今詩作噦噦庭燎篇同邁行也小大從公言從行者
衆也

思樂泮水薄采其藻魯侯戾止其馬蹻蹻其馬蹻蹻其音昭昭載色載笑匪怒
伊教（傳）其馬蹻蹻言彊盛也色溫潤也（疏）藻聚藻見采蘋傳蹻有矯拂之義皇矣傳茀茀彊盛也馬彊盛謂之蹻蹻
猶車彊盛謂之茀茀也音聲也孟子盡心篇賢者以其昭昭使人昭昭趙注云賢者治國法度昭昭明於道德是躬化之道可也案與此昭昭同色讀令儀令
色之色傳云溫潤葢古語邶谷風箋君子洸洸然潰潰然無溫潤之色

思樂泮水薄采其茆（傳）茆鳧葵也魯侯戾止在泮飲酒既飲旨酒永錫難老順

彼長道屈此羣醜（傳）屈收醜衆也（疏）茆各本誤作茆釋文徐音柳是也周禮醢人有茆菹說文茆鳧葵也引詩作茆又蘻鳧葵也廣雅蘻茆鳧葵也齊民要術引義疏云茆與荇菜相似葉大如手赤圓有肥者箸手中滑不得停也莖大如箸皆可生食又可瀹滑美江南人謂之蓴菜或謂之水葵釋文引鄭小同說與義疏同蓴卽蘻也管子五行篇卯菱尹知章注云卯鳧葵早春而生也卯亦茆之譌○飲酒以言饗也說文云饗鄉人飲酒也廱天子饗飲辟廱泮諸侯饗射之宮侯春饗所射侯也此鄉人飲酒饗之本義引申之凡飲酒皆曰饗天子饗飲於辟廱諸侯饗飲於泮宮其禮同也春入學釋菜詩詠采茆正謂僖公行春饗之禮而不言射者文不備也飲酒必遂養老禮記文王世子篇適東序釋奠於先老遂設三老五更羣老之席位焉適饌省醴養老之珍具遂發咏焉退脩之以孝養也周禮黨正以禮屬民而飲酒于序以正齒位此皆飲酒養老之禮行葦云曾孫維主酒醴維醹酌以大斗以祈黃耇所謂既飲旨酒也又云黃耇台背以引以翼壽考維祺以介景福所謂永錫難老也順猶遂也長道謂尊長養老之道也行葦傳云引長也義亦同屈古詘字詘卽詘也爾雅屈收聚也屈訓聚亦訓收轉相爲訓醜衆緜同文王世子篇凡語于郊者必取賢斂才焉或以德進或以事舉或以言揚曲藝皆誓之以待又語三而一有焉乃進其等以其序謂之郊人遠之於成均以及取爵於上尊也注天子飲酒於虞庠則郊人亦得酌於上尊以相旅案衆卽旅收卽取賢斂才釋文引韓詩云屈收也收斂得此衆聚王肅亦云斂此羣衆蓋本韓以述毛是也此章未及伐淮夷之事

穆穆魯侯敬明其德敬慎威儀維民之則允文允武昭假烈祖（傳）假至也靡有不孝自求伊祜（疏）爾雅穆穆敬也假至雲漢同烈祖伯禽爲魯有功烈之祖也詩述聞云孝本作孝說文孝效也从子爻聲效與傚同經文作孝而訓爲傚故箋云無不法傚之者釋文正義所見本已誤爲孝是以張參五經文字失收孝字也靡有不孝謂僖公無事不法傚其祖非謂國人傚僖公也當承昭假烈祖爲義

明明魯侯克明其德既作泮宮淮夷攸服矯矯虎臣在泮獻馘淑問如皐陶在泮獻【囚】【傳】囚拘也【疏】明明猶勉勉也前四章言脩泮宮之化後四章言伐淮夷之功既作泮宮淮夷攸服此冢上生下之詞春秋僖十三年夏公會諸侯于鹹左傳會于鹹淮夷病杞故十六年冬公會諸侯于淮傳會于淮謀鄫且東略也十七年秋九月公至自會傳書曰至自會猶有諸侯之事焉案淮夷病杞又病鄫于鹹于淮皆齊桓公兵車之會而僖公與焉淮之會於十六年之冬十二月而至自會在十七年秋九月其時齊侯先歸留魯侯與諸侯以爲東略之謀則僖公自有伐淮夷之事淮夷在魯東南世與魯爲難故周公伯禽之世尚有淮夷並興伯禽征討之後或爲魯屬國僖公又能征伐淮夷故詩人歌以美之昭三十七年左傳晉范獻子曰季氏甚得其民淮夷與之是淮夷與魯固畔則爲難服則聽從者也○爾雅矯矯勇也釋文矯本亦作蹻版嵩高酌皆作蹻箋云蹻蹻武皃卽本酌傳也皇矣傳云不服者殺而獻其左耳曰馘此囚訓拘者囚與馘對文馘謂已死囚謂生者生拘之問其辭也王制出征執有罪反釋奠于學以訊馘告禮記言訊馘告學詩言囚馘獻泮宮其事正同

濟濟多士克廣德心桓桓于征狄彼東南烝烝皇皇不吳不揚【傳】桓桓威武貌烝烝厚也皇皇美也揚傷也不告于訩在泮獻功【疏】爾雅桓桓威也傳本之而益其辭云威武皃桓箋同書牧誓篇尚桓桓說文作尚狟狟桓皆狟之假借字瞻卬傳狄遠也抑傳逷遠也古狄逷聲通狄彼東南與書逷矣西土之人句法一例釋文引韓詩作鬄訓除箋作剔訓治從韓義也箋云東南斥淮夷○烝烝然厚皇皇然美此傳承上克廣德心爲訓言多士之厚美卽本僖公之德心也絲衣傳云吳譁也車攻之子于征有聞無聲傳有善聞而無讙譁之聲是卽不吳之義也漢衞尉衡方碑引詩作不虞虞者吳之假借字王肅解吳爲過誤非是矣不揚漢碑引詩作不陽揚陽皆假借字釋文所據傳作瘍王肅所據傳作傷瘍傷義相近不譁言不讙譁也不傷言不傷害也鄭讀揚如字則與讙譁義複矣告者鞫之假借字文王世子告于甸人注告讀爲鞫

與此告字同鞫亦作鞠說文鞫窮治罪人也不告于訩言不窮治凶惡唯在柔服之而已

角弓其觩束矢其搜傳觩弛貌五十矢爲束搜衆意也戎車孔博徒御無斁旣克淮夷孔淑不逆式固爾猶淮夷卒獲疏觩俗字釋文作斛斛與朻讀聲相似有下求之義故傳云斛弛兒也荀子議兵篇云負服矢五十个此傳所本也正義引無服字與漢書刑法志同案周制獄訟坐成罰以束矢其束矢之數未識與詩束矢同否鄭注秋官大司寇從尚書左傳賜諸侯一弓百矢爲說韋注齊語及高注淮南氾論竝從射禮三發四矢共十二矢爲說然二者皆非詩之束矢矣說文云搜衆意也廣雅云搜衆也竝本毛訓○博猶衆也徒徒行者御御車者斁厭也無斁言不厭倦也淑善也不逆言卒從也固安也定也猶謀也獲亦克也

翩彼飛鴞集于泮林食我桑黮懷我好音傳翩飛貌鴞惡聲之鳥也黮桑實也憬彼淮夷來獻其琛元龜象齒大賂南金傳憬遠行貌琛寶也元龜尺二寸賂遺也南謂荊揚也疏經言飛故翩爲飛兒鴞惡聲之鳥墓門同詳墓門篇孟子滕文公篇南蠻鴃舌之人非先王之道趙注云其舌之惡如鴃鳥聲鴞聲比南楚與鴃舌指南蠻同義孟子節本此詩意也泮林泮宮之林也集于泮林所謂出于幽谷遷于喬木也黮或作葚說文云葚桑實也又云黮桑葚之黑也凡桑實孰色黑故字又從黑淮南子主術篇問瞽師曰黑何若曰黮然是黮爲黑也匪風傳懷歸也日月傳音聲也歸我以好聲用夏變夷也○釋文憬說文作懬音獷文選齊故安陸昭王碑文注引韓詩作獷薛君章句云獷覺寤之兒今說文瞿部引詩作穬心部懬下不引詩而憬下引詩云憬覺悟也其字同毛其義同韓段注以爲淺人竄改疑不能明也玉篇憬遠行兒葢希馮所據毛詩已如此琛寶爾雅釋言文正義寶作圭誤魯之淮夷猶周之蕃服也大行人九州之外謂之蕃國世壹見各以其所貴寶爲摯○元大也漢書食貨志元龜爲蔡如淳注說謂蔡國出大龜也又食貨志元龜岠冉長尺二寸

公龜九寸以上侯龜七寸以上子龜五寸以上孟康注爯龜甲緣也歫至也度背兩邊緣尺二寸也白虎通義著龜篇引禮三正記云天子龜長一尺二寸諸侯一尺大夫八寸士六寸龜陰故數偶也舊本北堂書鈔政術部五引毛傳尺二寸上有長字長尺二寸是魯用天子龜也說文亦云賂遺也案此言淮夷既服而聲教所被雖荊揚之遠亦來大遺元龜象齒與金也大賂二字句屬上下與章顧既伐昆吾夏桀既伐二字句屬上下文法相同荊揚貢金三品大龜齒革皆荊州產傳云南謂荊揚也者就物產之地爲言其意實指荊楚也僖公時荊楚已兼有禹貢揚州之域在魯之南閟宮六章云淮夷蠻貊及彼南夷莫不率從莫敢不諾魯侯是若傳南夷荊楚也詩義正同

閟宮八章二章章十七句一章十二句一章三十八句二章章八句二章章十句

閟宮頌僖公能復周公之宇也(疏)七章云復周公之宇

閟宮有侐實實枚枚(傳)閟閉也先妣姜嫄之廟在周常閉而無事孟仲子曰是禖宮也侐清淨也實實廣大也枚枚礱密也赫赫姜嫄其德不回上帝是依(傳)上帝是依依其子孫也無災無害彌月不遲是生后稷降之百福黍稷重穋稙穉菽麥(傳)先種曰稙後種曰穉奄有下國俾民稼穡有稷有黍有稻有秬奄有下土纘禹之緒(傳)緒業也(疏)說文閟閉門也閉闔門也闔閉也是閟閉闔同義采蘇傳宮廟也傳探下言赫赫姜嫄故宮爲先妣姜嫄廟生民傳姜嫄后稷之母配高辛氏帝焉周禮大司樂以享先妣鄭注云先妣姜嫄也周立廟自后稷爲始祖姜嫄無所妃是以特立廟而祭之案周享

先妣在天神地示四望山川之下先祖之上則先妣尊於先祖故先祖為后稷先妣為后稷母姜嫄斯干似續妣祖箋亦云妣先妣姜嫄也蓋周人以后稷為大祖立廟更於孟春南郊配天帝嚳為遠祖尊不立廟特於冬至圜丘之禘配天以為后稷親而帝嚳尊也周家歷世有聖母功起后稷必推本於姜嫄尊親之至理應立廟但帝嚳無廟姜嫄既不得援春秋經禘于大廟用致夫人之禮以婦人祔於男子同帝嚳在圜丘后稷有廟姜嫄亦不得援春秋經惠公仲子僖公成風之例以母繫子同后稷以合食故特為姜嫄別立廟守祧奄八人賈疏云天子七廟通姜嫄為八廟廟一人故八人此姜嫄別廟之證也于是后稷有母而帝嚳有妃后稷非無父亦姜嫄非無夫矣此周禮也魯無圜丘之禘不禘嚳雖得郊祀后稷然祈穀非南郊無后稷廟亦不立姜嫄廟傳云在周以言廟不在魯也周人時祭不及姜嫄據月令仲春祀高禖有天子親往之文則姜嫄每歲止此一祭故傳云常閉而無事高禖有宮是曰禖宮蓋禖宮始於上古說文禖祭也御覽禮儀部八引五經異義王者一歲七祭天仲春后妃郊禖禖亦祭天也高注呂覽仲春紀云祭其神於郊謂之郊禖據此則禖宮當在郊故生民玄鳥傳謂之郊禖帝高辛之世已有之故生民傳云古者必立郊禖焉是也其後立廟遂為高辛妃廟故月令謂之高禖周祀姜嫄猶之殷祀簡狄也傳引孟仲子云是禖宮也者所以證明周人姜嫄廟為禖宮之義在周不在魯也清淨釋文作清靜說文侐靜也傳釋實實為廣大末章松桷有舄舄大皃義同釋枚枚為礱密謂礱且密也春秋莊二十四年春刻桓宮桷穀梁傳云禮天子之桷斲之礱之加密石焉諸侯之桷斲之礱之大夫斲之士斲本國語及書大傳並有此文閟宮為先妣廟在周故傳就天子廟桷言之也釋文引韓詩枚枚閑暇無人之皃蓋韓必連實實作訓以狀其常閉與毛義異○大明傳云回違也上帝天也傳據下文釋依為依姜嫄之子孫子謂后稷孫謂大王以下至僖公生民云上帝不寧居然生子又云上帝居歆以迄于今即其義也彌終也不遲言易也○七月傳後孰曰重先孰曰穋凡黍稷菽麥皆有先後種孰之異經於黍稷言重穋菽麥言稙稺傳又於重穋言孰義箸於七月而此稙稺言先種後種皆互詞以見者也釋文引韓詩稙長稼也稺幼稼也汪遠孫云先種即長後種即幼毛韓似異而實同穜作種非俾釋文作卑云下皆同箋云秬黑黍也

案既有黍又有黑黍猶內則飯既有黍又有白黍白黍以別於上黍之爲黃黍也黑黍以別於上黍之爲白黍也黃黍者穈也穄也爾雅業緒也緒業轉相訓纘繼也纘禹之緒言禹有平治水土之業后稷繼而起教民稼穡也

后稷之孫實維大王居岐之陽實始翦商(傳)翦齊也至于文武纘大王之緒致天之屆于牧之野無貳無虞上帝臨女(傳)虞誤也敦商之旅克咸厥功王曰叔父建爾元子俾侯于魯大啓爾宇爲周室輔(傳)王成王也元首宇居也(疏)翦齊爾雅釋言文小宛傳齊正也翦爲齊齊又爲正此一義引申例也實始正商者言大王自豳徙居岐陽克匡戎狄以守衞中國即其正商室之事是大王之緒也至于文王受命已後武王受命已前皆纘大王之緒也爾雅翦齊也翦勤也二訓竝釋詩毛傳本翦齊立訓齊義可兼勤義也箋及周禮翦氏注翦商爲斷商說文作戩商爲滅商許鄭本三家詩○箋南山蕩傳屆極也箋屆殛也古極殛通致天之屆猶云致天之罰耳此已下始言武王滅商之事無貳義見大明篇虞讀與誤同無虞言無敢過誤也敦商之旅猶云裒荊之旅也殷武傳裒聚也行葦傳敦聚皃敦裒同義咸讀爲咸劉厥敵之咸書述聞云咸者滅絕之名說文㦰絕也讀若咸咸與減古字通文十七年左傳曰克減侯宣多謂滅絕也案詩克咸與左傳克減同克勝也減亦滅絕也克減厥功即武所謂勝殷遏劉耆定爾功也箋云伐紂周公又與焉故述之以美大魯○箋云叔父謂周公也周公爲成王之叔父故王爲成王也元首釋詁文元大也首子猶大子矣魯公伯禽爲周公首子凡蔣邢茅胙祭皆餘子宇居緜桑柔同定四年左傳子魚曰昔武王克商成王定之選建明德以藩屏周故周公相王室以尹天下於周爲睦因商奄之民命以伯禽而封於少皞之虛案少皞之虛爲武王初封之地後成王踐奄益之以商奄於是魯大啓其居奄龜蒙荒大東爲周室輔也

乃命魯公俾侯于東錫之山川土田附庸周公之孫莊公之子龍旂承祀六轡

耳耳春秋匪解享祀不忒(傳)周公之孫莊公之子謂僖公也耳耳然至盛也皇

皇后帝皇祖后稷(疏)侯侯伯也錫之成王錫之山川土田附庸皆成王之命魯公也左傳云分之土田陪敦是其事矣周初封大國百里其次七十里其次五十里周公作周禮更建邦國公方五百里侯方四百里伯方三百里子方二百里男方百里周禮鄭仲師注以爲半皆附庸而鄭康成則以爲附庸不在其中明堂位封周公於曲阜地方七百里注云上公之封地方五百里加魯以四等之附庸方百里者二十四并五五二十五積四十九開方之得七百里又地官大司徒注云凡諸侯爲牧正帥長及有德者乃有附庸爲其有祿者當取焉公無附庸侯附庸九同伯附庸七同子附庸五同男附庸三同進則取焉退則歸焉魯於周法不得有附庸故言錫之也地方七百里者包附庸以大言之也附庸二十四言得兼此四等矣賈疏申之云凡有功進地侯受公地附庸九同伯受侯地附庸七同子受伯地附庸五同男受子地附庸三同魯本五百里四面各加百里四五二十即二十同四角又各百里爲四同故附庸二十四魯兼侯伯子男四等之附庸以開方知之也○周公至莊公十七君至僖公十八君而曰孫者自孫以下皆稱孫也龍旂承祀六轡耳耳春秋匪解享祀不忒案此四句指廟祭言龍旂上公之旂畫以交龍也魯春秋享祀載龍旂郊建大常正義云異義古毛詩說以此龍旂承祀爲郊祀者自是舊說之謬是也承讀如大禧是承之承耳耳猶爾爾載馳箋轡爾爾傳爾爾衆也盛與衆同義玉篇緷六轡盛皃緷俗字文二年左傳引詩杜注云忒差也○皇皇后帝皇祖后稷案此二句指郊祭言箋皇皇后帝謂天也天即所郊祭之天故明堂位注云昊天上帝魯不祭御覽禮儀部五經異義引賈逵說曰魯無圜丘方澤之祭者周兼用六代之禮樂魯用四代其祭天之禮亦宜損於周故二至之日不祭天地也賈鄭說同祭法周人禘嚳郊稷魯不禘嚳而猶郊稷故南郊祀天亦配后稷其實魯郊與周郊亦不盡同魯南郊祈穀爲一祭故於郊爲祀后稷而亦祈農事在夏正正月爲郊之正時說詳噫嘻篇

享以騂犧是饗是宜降福既多(傳)騂赤犧純也周公皇祖亦其福女秋而載嘗

夏而楅衡白牡騂剛犧尊將將毛炰胾羹籩豆大房萬舞洋洋傳諸侯夏禘則不礿秋祫則不嘗唯天子兼之楅衡設牛角以楅之也白牡周公牲也騂剛魯公牲也犧尊有沙飾也毛炰豚也胾肉也羹大羹鉶羹也大房半體之俎也洋洋衆多也孝孫有慶俾爾熾而昌俾爾壽而臧保彼東方魯邦是常不虧不崩不震不騰三壽作朋如岡如陵傳震動也騰乘也壽考也公車千乘朱英綠縢二矛重弓傳大國之賦千乘朱英矛飾也縢繩也重弓重於鬯中也公徒三萬貝冑朱綅傳貝冑貝飾也朱綅以朱綅綴之烝徒增增戎狄是膺荆舒是懲則莫我敢承傳增增衆也膺當承止也俾爾昌而熾俾爾壽而富黃髮台背壽胥與試俾爾昌而大俾爾耆而艾萬有千歲眉壽無有害疏傳訓騂犧爲赤純箋云其牲用赤牛純色與天子同也繁露郊事對臣湯問仲舒魯祭周公用白牡其郊何用臣仲舒對曰魯郊用純騂犅周色上赤魯以天子命郊故以騂案此與傳訓合享以騂犧三句冢上章郊祀帝稷而言周公皇祖此倒句猶云皇祖后稷耳二句冢上章春秋享祀而言下文因極陳僖公祀周公於大廟之事明堂位孟春祀帝于郊配以后稷下言以禘禮祀周公祭統外祭郊社下言內祭大嘗禘詩亦先言郊祀后稷下言禘祀周公皆是成王康周公之禮也詩與禮記文義正同○嘗四時祭名天保篇禴祠烝嘗于公先王是也經言嘗傳乃云諸侯夏禘則不礿秋祫則不嘗唯天子兼之者禘祫亦四時祭名也春官大宗伯以肆獻祼享先王以饋食享先王鄭注云肆獻祼饋食在四時之上則是祫也禘也司尊彝凡四時之閒祀追享朝享鄭司農注云追享朝享謂禘祫也在四時之閒故曰閒祀此天

子於四時之祭之外兼有禘祫二祭也何休文二年公羊注禮天子特禘特祫
諸侯禘則不礿祫則不嘗又桓八年注天子四祭四薦諸侯三祭三薦何解與
毛義同然則禘祫者卽周禮之所謂閒祀耳啓儒論禘祫聚訟紛然其實祇辨
吉時兩事而已今卽毛傳義而申明之傳云夏禘礿秋祫嘗則禘祫時祭非吉
祭可知凡經典多言禘少言祫言禘必連言嘗中庸云明乎禘嘗之義祭統云
禘嘗之義大又云魯內祭有大嘗禘嘗爲四時祭之一禘爲四時大祭之一於
夏則言禘於秋則言嘗言禘知禘爲四時大祭亦言嘗知禘乃四時之一祭也
祫唯見於公羊穀梁及曾子問大抵皆吉祫非時祫然公羊傳云五年而再殷
祭韋玄成何休鄭玄皆以爲一祫一禘此蓋於吉祫之後新主入親廟行其常
祀而言之是四時有祫矣漢書匡衡告謝廟毀云天子閒歲而祫謂時祫也則
知謂有禘無祫與禘祫一祭二名以時祭而混入於吉祭之說者皆非也傳云
諸侯禘祫不礿嘗天子禘祫又礿嘗則禘祫非四時常祭可知藝文類聚初學
記太平御覽並引五經異義三歲一祫此周禮也五歲一禘疑先王之禮也文
疑有誤奪當云三歲一祫五歲一禘此周禮也三歲一禘疑先王之禮也三歲
一禘吉祭也百王之通義故云先王之禮也三歲一祫五歲一禘時祭也夏殷
之末備故云此周禮也當三年則祫當五年則禘較時祭爲大也說文云春祭
曰祠礿夏祭也禘諦祭也周禮曰五歲曰禘祫大合祭先祖親疏遠近也周禮
曰三歲一祫許以祠礿禘祫連纂則皆謂時祭可知是固以說文爲定論矣說
苑脩文篇言四時常祭之外亦云三歲一祫五年一禘可見西京舊說悉有師
承則知以三年喪畢之禘祫而誤爲時祭三年祫五年禘本爲四時之殷祭而
又或誤爲吉祭者又非也傳云夏禘秋祫則禘祫定以夏秋可知明堂位言季
夏六月禘周公穠記四月故禘在孟夏獻子改爲孟秋行禘故譏其失禮此禘
在孟夏之證也孟夏禘孟秋祫獻子改爲孟秋禘則廢一祫祭矣天子諸侯之
有禘必有祫祫當在孟秋也通典禘祫上引崔靈恩說禘以夏者以審諦昭穆
序列尊卑夏時陽在上陰在下尊卑有序故大次第而祭之故禘者諦也第也
祫以秋者以合聚羣主其禮最大必秋時萬物成熟大合而祭之祫者合也此
卽本毛傳禘屬夏祫屬秋之義也若吉禘吉祫本無定月周禮鬯人疏引賈逵
服虔說三年終禘遭烝嘗則行祭禮則與時禘時祫其禮有定時者不同天子

吉禘行於路寢大廟長發是也時禘時祫行於大祖廟雖是也諸侯特祀卽吉
禘合食有吉祫及時禘時祫悉行於大祖廟諸侯大祖廟卽大廟也魯參用天
子禮故吉禘在新宮其吉祫及時禘時祫皆行於路寢大廟詩傳可攷也詩言
秋而載嘗載與再通載嘗者既行秋祫再行秋嘗也故傳言諸侯秋祫則不嘗
禘祫竝重故傳先言夏禘則不礿揆下文夏而楅衡句而爲言也秋而載嘗知
五廟皆享也夏而楅衡知大廟特禘也則經于秋言嘗而不及祫于夏雖不明
言禘而實行禘而又不及礿傳乃補經義以申明之衡古橫字楅衡者謂以橫
木偪束之傳但云設牛角而不言橫木者文義易明耳說文楅以木有所逼束
也詩曰夏而楅衡地官封人凡祭祀飾其牛牲設其楅衡鄭司農注云楅衡所
以楅持牛也謂夕牲時案鄭與許竝同毛義祭前夕之牛必設楅衡者卽穀梁
傳展觓角而知傷之意杜子春解楅衡以爲持牛令不得抵觸人豈是謂歟此
言祭夕飾牲下文乃正說禘事○文十三年公羊傳周公用白牡魯公用騂犅
此傳所本也說文云犅特也詩作剛卽犅之假借字犅爲特於白言牡於騂言
特互詞也檀弓殷人尚白牲用白周人尚赤牲用騂鄭注云騂赤類是白赤皆
純色何注公羊謂騂犅爲赤脊之牲則其色非純矣案此詩上言夏禘下言犧
尊房俎及萬舞之樂皆是康周公禮而詩言白牡必兼言騂剛者祀周公亦以
祀魯公也魯用天子禮樂故魯與周可比而論之禮記明堂位言魯公祀周公
於大廟知此大廟非周公廟也周公於時爲魯禰廟魯公以夏禘奉禰廟主祀
大廟與周公奉文王考廟主祀清廟其禮相同魯之大廟猶周之清廟也明堂
位大廟天子明堂此明堂爲路寢明堂卽大廟之前堂也魯大廟與天子路寢
明堂同制周制天子親廟四與大祖廟而五與二祧而七諸侯止五廟無二祧
魯亦無二祧而立出王廟如二王後周以后稷爲大祖魯以文王爲大祖大祖
不遷不毀周文王武王皆爲受命之王魯周公魯公皆爲受封之君亦不遷不
毀然周至懿王之世立文王爲文世室孝王之世立武王爲武世室前此未有
也魯世家周公旦子魯公伯禽子考公酋弟煬公熙子幽公宰弟魏公濞子厲
公擢五世服盡臣子一例其廟遷毀魯自魏公之世周公之主當遷於大廟故
卽以大廟爲周公廟不毀厲公之世魯公之主當遷於大廟故卽以大廟大室
爲魯公廟不毀大廟路寢大廟也大室路寢大室也宗廟毀主藏於廟室之西

壁周公魯公不毀故遂以路寢大廟爲周公廟路寢大室爲魯公廟此魯廟制之大凡也不則魏厲已後別立大廟大室則魯有七廟矣不立大廟祀周公大室祀魯公則周魯皆遷毀矣大廟之祀周公不始於遷毀之日而實始於受封之時但受封周公尚在親廟因禘而升祀大廟至當遷毀之後則其主奉於大廟則大廟之祀周公在成王之時以大廟之奉周公主乃在魏厲之後春秋經桓二年納郜大鼎于大廟臧哀伯諫證之以清廟茅屋昭其儉德則大廟卽清廟也穀梁傳以爲受賂而退以事其祖以周公爲弗受則此大廟爲周公廟也天子吉禘在路寢明堂諸侯謂之特祀在新主廟故閔二年始僭吉禘之稱而於莊公新廟不於大廟文二年有事于大廟僭行天子吉禘在明堂之禮故春秋書有事公穀皆以爲大祫此僭禮之失故孔子曰魯之郊禘非禮也周公其衰矣亦謂周公之弗受也周公至僖十八世魯公至僖十七世明堂位魯公之廟文世室也武公之廟武世室也孔疏云按成六年立武宮公羊左氏竝譏之不宜立也又武公之廟立在武公卒後其廟不毀在成公之時此記所云美成王褒崇魯國而已云武公之廟武世室者作記之人因成王褒魯遂盛美魯家之事因武公其廟不毀遂連文而美之非實辭也與案記文當作魯公之廟世室也此因周有文世室又有武世室故遂以武公之廟足其數此失當成公立武宮之世遂以改竄明堂位之文耳世室夏之明堂重屋殷之明堂世室亦爲大室春秋文十三年秋大室屋壞左傳杜預注云大室大廟之室孔疏云左氏先師賈服等皆以爲大廟之室也漢書五行志中春秋經大事于大廟躋釐公左氏說曰大廟周公之廟饗有禮義者也釐雖愍之庶兄嘗爲愍臣臣子一例不得在愍上又未三年而吉禘前後亂賢父聖祖之大禮故是歲自十二月不雨至于秋七月後年若是者三而大室屋壞矣前堂曰大廟中央曰大室屋其上重屋尊高者也象魯自是陵夷將墮周公之祀也引穀梁公羊經曰世室魯公伯禽之廟也周公稱大廟魯公稱世室然則前堂大廟爲周公廟中央大室爲魯公廟左氏先師舊說信有明證矣周公受封不之魯魯公雖始受封而實出自周公故祀不偏重周魯之在魯猶文武之在周也魯之禘祫周魯合祭於大廟大室猶文武合祭於清廟明堂也故曰魯王禮也明堂位言禘周公詩言祀周公亦祀魯公皆所以頌僖公能修廟祀之禮追僖公子文公不於大廟聽

溯浸致大室屋壞魯公廟壞則周公之廟亦因之而不修故孔子錄僖公詩有以也此因詩言合祭周魯而因詳證魯國廟祭之制如此又案襄十二年左傳凡諸侯之喪同姓於宗廟同宗於祖廟魯為諸姬臨於周廟為邢凡蔣茅胙祭臨於周公之廟杜預注云宗廟所出王之廟祖廟始封君之廟周廟文王廟周公之廟即祖廟也杜元凱注甚見明晰文王為魯太祖故廟為宗廟此即王制昭穆之大祖廟也周公為魯始封之祖故廟為祖廟祖廟周公大廟此即月令左右个之大廟也周禮天府掌祖廟之守藏凡國之玉鎮大寶器藏焉若有大祭大喪則出而陳之既事藏之鄭司農即引顧命王崩陳寶於西序東序西房東房行事之見於經者以為證又與左傳納郜大鼎於大廟臧哀伯諫置賂器者合是周大廟亦稱祖廟矣解之者往往於昭穆及左右个兩制不明則大祖廟與大廟混而合之宗廟與路寢併而同之是不可以不辨路寢詳見下○犧沙聲同沙讀為娑假借字也傳云有沙飾疑沙下奪羽字正義云此傳言犧尊有沙羽飾是正義本有羽明堂位尊用犧象山罍注犧尊以沙羽為畫飾鄭同毛說亦有羽皆可證周禮司尊彝春祠夏禴其朝踐用兩獻尊鄭司農注云獻讀為犧犧尊飾以翡翠翡翠即羽也鄭志張逸問曰犧讀如沙沙鳳皇也不解鳳皇何以為沙荅曰刻畫鳳皇之象於尊其形婆娑然或有作獻字者齊人之聲誤耳禮器犧尊疏布鼏疏引鄭云畫尊作鳳羽婆娑然故謂娑尊也案此鄭注即鄭志沙為鳳皇其實沙為羽之狀非必謂鳳皇也禮記述聞引莊子天地篇百年之木破為犧尊淮南子俶眞篇百圍之木斬而為犧尊則犧尊木質而畫以沙羽為飾阮諶以為牛飾王肅以為牛形悉為臆說執競傳云將將集也集脩合作也犧尊朝踐之尊始祭而合作之將將然也王肅將將訓美盛失之炰當作炮釋文蒲包反與六月韓奕之炰音甫九反者別也瓠葉傳毛曰炮單言炮連言毛炮傳云豚者封人歌舞牲及毛炮之豚傳所本也鄭注云毛炮豚者爓去其毛而炮之周禮作炮不誤禮運捭豚注捭肉加於燒石之上鄭讀捭為擘鹽鐵論散不足篇亦云古者燔豚以相饗燔與捭同祭用毛炮豚即上古捭豚之遺意也曲禮左殽右胾殽為豆實則胾為籩實鄉射記薦脯用籩五職祭半職橫于上古文職為胾是胾在籩也天官籩人朝事之籩有膴加籩有膴說文胾大臠也大臠即膴也胾乾物羹濡物胾羹猶脯醢也傳謂胾為肉肉乾

肉也羹爲大羹鉶羹者亨人祭祀共大羹鉶羹傳所本也大羹實於瓦豆說見生民篇爾雅肉謂之羹廣雅羹謂之湆則羹者肉湆之名不加菜和爲大羹加以菜和爲鉶羹菜謂之芼故又謂之鉶芼公食記鉶芼牛藿羊苦豕薇皆有滑特牲記鉶芼用苦若薇皆有滑夏葵冬荁釆蘋釋文引鄭注云鉶三足兩耳有葢和羹之器也明堂位俎用梡嶡又云俎有虞氏以梡夏后氏以嶡殷以椇周以房俎詩稱周器故言大房記稱四代之器故言俎有梡嶡傳云半體之俎也者周語禘郊之事則有全烝王公立飫則有房烝葢房之言旁也全烝全體之俎則房烝爲半體之俎故左傳謂之體薦天地用全而宗廟用房也飫即饗亦行於廟也凡宗廟舞諸侯以羽唯天子兼以干萬舞有干有羽也春秋宣八年夏六月辛巳有事于大廟壬午猶繹萬入去籥此周公廟用萬也昭十五年二月癸酉有事于武宮籥入此羣廟不用萬也詩爲祀周公故萬舞矣傳云洋洋衆多也者明堂位朱干玉戚冕而舞大武皮弁素積裼而舞大夏祭統朱干玉戚以舞大武八佾以舞大夏此爲舞數衆多也韓詩傳萬大舞也○孝享也孝孫享祀之孫謂僖公也逸禮禘于大廟祝稱孝子孝孫慶猶福也案此已下皆嘏辭也震動生民時邁同騰乘十月之交同不動無敢動搖也不乘無敢乘陵也傳釋壽爲考三考義未聞疑考乃老之誤張衡東京賦降至尊以訓恭送迎拜乎三壽薛綜注云三壽三老也又新序雜事五詩曰壽胥與試美用老人之言以安國也下章壽三家詩釋爲老則與此三壽爲三老義同箋云三壽三卿也應是申成毛訓椒聊傳朋比也古比方比合不分上去聲三壽作朋意謂君與臣合德也○公車千乘此賦兵之車數也司馬法有二說一說云九夫爲井四井爲邑四邑爲丘丘十六井有戎馬一匹牛三頭是曰匹馬丘牛四丘爲甸甸六十四井出長轂一乘馬四匹牛十二頭甲士三人步卒七十二人戈楯具備謂之乘馬一說云六尺爲步步百爲畝畝百爲夫夫三爲屋屋三爲井井十爲通通爲匹馬三十家士一人徒二人通十爲成成百井三百家革車一乘士十人徒二十人十成爲終終千井三千家革車十乘士百人徒二百八十終爲同同方百里萬井三萬家革車百乘士千人徒二千人案前一說甸出一乘因是而推四甸爲縣出四乘四縣爲都出十六乘後一說成出一乘終出十乘同出百乘與漢書刑法志同何休宣十五年公羊注十井共出兵車一乘包咸

論語學而注方里爲井十井爲乘百里之國適千乘也是爲一乘起十井一同出千乘而不知周初大國百里賦止百乘其後益封方五百里於是大國車千乘矣論語道千乘之國謂成國也井邑丘甸縣都出賦法通成終同出軍法說者混爲一制非也千乘亦有二說一說以一乘七十五人計之千乘當有七萬五千人一說以一乘三十人計之千乘當有三萬人出軍之千乘與出賦之千乘本自不同如以出軍當出賦則千乘三萬人僅充二軍爲次國不足充三軍爲大國傳云大國之賦千乘賦出賦也楚語國馬足以行軍公馬足以稱賦此軍與賦不同術也魯所出之賦千乘人數當餘羨於三軍不當退減爲二軍致不合大國三軍之號理甚明也昭八年秋蒐于紅左傳自根牟至于商衞革車千乘此謂魯蒐軍實也明堂位成王封地方七百里革車千乘此謂魯車大數也皆出賦而非出軍固有此七萬五千人之多也禮記坊記制國不過千乘疏引五經異義云公車千乘謂大總計地出軍也公徒三萬謂鄉遂兵數也許叔重說得之矣傳云朱英矛飾者挨下句二矛爲訓㦖人二矛重英傳重英矛有英飾也彼言英此言朱英則英飾謂朱也飾縣毛羽其色朱正義謂絲纏而朱染之非是縢繩小戎同緣縢弓飾也弓納諸韔而繩之緣其飾也二矛詳㦖人篇重弓二弓云重於鬯中者卽小戎篇所謂交韔也鬯讀與韔同○公徒三萬此出師之軍數也徒卽司馬法徒二人徒二十人徒二百人徒二千人也鄭箋以三萬爲三軍正義引鄭志荅臨碩謂此爲二軍有此兩解案三萬二軍是也詩意先言賦後言軍千乘爲賦三萬爲軍故重弓言備豫之事而貝冑言從戎之飾文義顯然蓋家賦軍徒四事實用遞減之法甸六十四井通上中下地率之定受田二百八十八家計可任者二家五人凡七百二十人出長轂一乘甲士三人步卒七十二人是於家任之人定賦約十而用一一乘七十五人千乘七萬五千人三軍三萬七千五百人是於賦乘之人定軍約二而用一二軍二萬五千人是於軍興起徒約三而用二故古者比年簡徒三年簡車臨陳行師亦復遞徒治兵周禮天子六鄉六軍六鄉掌之大國三鄉三軍三鄉掌之次國二鄉二軍二鄉掌之小國一鄉一軍一鄉掌之此定軍之制也出師不必盡行故大國三軍三卿其一卿一軍畱守二卿二軍出征伐襄十一年公羊傳云三軍者何三卿也作三軍何以書譏何譏爾古者上卿下卿上士下士繁露爵國

篇云諸侯大國四軍此謂鄉爲師士爲佐故有四軍之號其實諸侯大國止有二軍耳穀梁作三軍傳云古者天子六師諸侯一軍作三軍非正也昭五年舍中軍傳云貴復正也舍中軍爲復正穀梁亦謂魯當用二軍公穀傳皆就魯出師之制言之何休隱五年公羊傳注云禮天子六師方伯二師諸侯一師六師三見於詩莊十六年左傳王使虢公命曲沃伯以一軍爲晉侯此諸侯一軍之證也詩言公徒三萬此方伯二軍之證也齊語萬人爲一軍公帥中軍國子高子帥二軍三軍三萬人雖是變古然亦通率方伯二軍之制爲之傳云貝飾謂以貝爲飾穆天子傳朱帶貝飾三十與此貝飾同云以朱綅綴之者說文綅綫也綅綫也古文作線朱綅謂以染朱之綫綴貝於胄正義則誤爲綴甲也○增增眾爾雅釋訓文郭注云眾夥之貌下武賚傳皆云應當也史記建元以來侯者年表引詩戎狄是應孟子作膺趙注膺擊也丁公著作應膺應聲同當擊義同沔水傳懲止也史記引詩荊舒是徵徵古懲字承與懲亦聲同故懲謂之止承又謂之止箋云天下無敢禦之禦亦當也止也案下二章頌僖公伐淮夷及荊楚此章先追美周公伐功與殷武篇述成湯時氐羌享王同其篇例小雅漸漸之石刺幽王戎狄叛之荊舒不至則周初之戎狄荊舒率服可知也僖公唯從齊伐荊若戎狄與舒未嘗有事孔仲達疑不能明要誤於鄭謂夸美僖公耳孟子滕文公篇引此詩而釋之云周公方且膺之又云是周公所膺也此其明證矣舊分章自享以騂犧以下三十八句爲一章章首從祀帝祀稷說起因而享祀大廟備陳魯以天子禮祀周公工祝致告於僖公作嘏下又極陳兵賦之大征伐之美工祝又致神之意再作嘏此皆在廟中美周公不頌僖公也觀舊分章知古說之不可易○萬有千歲眉壽無有害皆嘏孝孫之辭少牢禮工祝嘏主人之辭眉壽萬年勿替引之亦此意也

泰山巖巖魯邦所詹奄有龜蒙遂荒大東至于海邦淮夷來同（傳）詹至也龜山也蒙山也荒有也**莫不率從魯侯之功**（疏）泰當作大釋文作大山韓詩外傳說苑襍言篇引詩作大山說文岱大山也巖巖當作嚴嚴節南山傳嚴嚴積石皃大山積石之最高大者也詹至采綠同至者言所至境也魯邦在大山之陽詹韓詩外傳說苑作瞻風俗通義山澤

篇初學記地部引詩皆作嶦義異續漢書郡國志泰山郡博有龜山水經汶水注龜山在博縣北一十五里昔夫子望山懷操故琴操有龜山操焉山北即龜陰之田春秋定公十年齊人來歸龜陰之田是也案今山東泰安府新泰縣西南有龜山哀十七年左傳公會齊侯盟于蒙杜注云故蒙陰城漢書地理志泰山郡蒙陰禹貢蒙山在西南顓臾國在蒙山下然則論語之東蒙即蒙山矣今蒙陰縣在山東沂州府○傳云荒有者荒與幠通爾雅幠有也郭注引詩作幠葉鈔釋文引韓詩作荒至也箋荒奄也義竝相近大東魯東境海邦即魯東境之極邊左傳管敬仲曰齊大公所履東至于海猶此意也服淮夷詳泮水篇箋云魯侯請僖公

保有鳧繹遂荒徐宅至于海邦淮夷蠻貊及彼南夷莫不率從(傳)鳧山也繹山也宅居也淮夷蠻貊而夷行也南夷荆楚也**莫敢不諾魯侯是若**(傳)若順也(疏)

鳧山在今鄒縣西南漢書地理志魯國騶故邾國繹山在北案邾魯附庸國故繹山在魯字也邾後改爲鄒或作騶繹俗作嶧與禹貢嶧陽爲葛嶧山者不同繹山在今山東兗州府鄒縣東南徐讀爲𨛫說文魯東有𨛫城段注云周禮雍氏注伯禽以王師征徐戎劉本徐作𨛫魯世家頃公十九年楚伐我取徐州徐廣曰徐州在魯東是楚所取之徐州即𨛫地書序曰徐夷竝興東郊不闢徐蓋𨛫也案此即徐𨛫聲通之義矣宅居皇矣同徐宅𨛫戎之舊居○傳文淮夷下各本奪蠻貊二字今補江漢傳云淮夷東國在淮浦而夷行也以釋經之夷字此傳云淮夷蠻貊蠻貊而夷行也以釋經之夷蠻貊三字今轉寫者不知經文複句之例因謂蠻貊重文刪去二字以致文義不明淮上之國不與華同故席之曰夷淮夷在魯東南故更以南蠻東貉評之也傳云南夷荆楚也者楚亦夷也居中國之南方鄭志荅趙商云楚交中國而近南夷末世夷行故謂之夷也殷武傳荆楚荆州之楚國也僖四年春秋經公會齊侯伐楚次于陘楚屈完來盟于師盟于召陵八月公至自伐楚此僖公伐荆楚事也若順烝民同順讀國語諸侯稱順焉之順

天錫公純嘏眉壽保魯居常與許復周公之宇(傳)常許魯南鄙西鄙魯侯燕喜令
妻壽母宜大夫庶士邦國是有既多受祉黃髮兒齒(疏)純嘏皆大也眉壽言常也卷阿云純嘏爾常矣常魯
南鄙箋云常或作嘗在薛之旁春秋魯莊公三十一年築臺于薛是與周公有嘗
邑所由未聞也六國時齊有孟嘗君食邑於薛杜預左傳注云薛魯地史記越世
家願齊之試兵南陽莒地以聚常郯之境索隱云常益田文所封邑案今山東兖
州府滕縣東南有薛城周滕國在今滕縣西南而薛城又在今滕縣東南常邑近
薛是爲魯之南境也齊語齊桓公反魯侵地棠潛管子小匡篇棠作常不審即魯
頌之常抑春秋之棠歟許魯西鄙箋云許許田也魯朝宿之邑括地志許田在許
州許昌縣南四十里有魯城周公廟在城中案今河南許州中隔陳衛成王營雒
邑時以爲周朝宿邑許田在魯之西而周公朝宿在焉是即魯之西境也鄭與魯
易假許田在隱桓之世則許田久屬於鄭疑魯南鄙之常自莊閔而後或又屬於
齊故頌僖公復故宇乃就故宇極遠邑言之耳孔仲達謂僖公得許田而春秋闕
漏恐不然矣傳以常許爲魯南鄙西鄙鄭不得明文遂以許爲許田而又推本薛
旁之嘗即詩之常邑皆以申傳而仲達爲易傳亦非晏子襍上篇景公伐魯傅許
得東門無澤是魯有許邑矣然齊在魯東北不應起師伐魯西邑與許爲西鄙不
合縣傳云宇居也○箋云燕燕飲也令善也僖公燕飲於內寢則善其妻壽其母
謂爲之祝慶也與羣臣燕則欲與之相宜亦祝慶也是有猶
常有也兒齒亦壽徵案兒古齯字爾雅云黃髮齯齒壽也
徂來之松新甫之柏是斷是度是尋是尺松桷有舄(傳)徂來山也新甫山也八尺
曰尋桷榱也舄大貌路寢孔碩新廟奕奕(傳)路寢正寢也新廟閔公廟也奚斯所
作孔曼且碩萬民是若(傳)有大夫公子奚斯者作是廟也曼長也(疏)徠唐石經作來水經汶水
注汶水西南流逕徂徠山西山多松柏詩所謂徂徠之松也鄒山記曰徂徠山在
梁父奉高博三縣界亦曰尤徠之山案徂徠山在今泰安府東南新甫山在今新

綦縣西北漢武帝改稱宮山度古劇字八尺曰尋說文云周制寸尺咫尋常仞諸度量皆以人之體爲法尋度人之兩臂爲尋八尺也爾雅釋宮桷謂之榱傳所本也說文云桷榱也椽方曰桷周謂之榱齊魯謂之桷舄者席之假借字禹貢海濱廣席夏本紀地理志皆作廣舄此舄席聲通之證也說文席部屋也段注云部屋者謂開拓其屋使廣也俗作斥作斥文選魏都賦注引蒼頡篇云席大也○傳云路寢正寢也殷武傳亦云寢路寢也兩詩皆於篇末亟言修治路寢之事劉向說苑修文篇春秋曰王中公薨于高寢傳曰高寢者何正寢也曷爲或言高寢或言路寢曰諸侯正寢三一曰高寢二曰左路寢三曰右路寢高寢者始封君之寢也二路寢者繼體君之寢也其二何曰子不居父之寢故二寢繼體君世世不可居高祖之寢故有高寢名曰高也路寢其立柰何高寢立中路寢左右春秋曰天王入于成周傳曰成周者何東周也然則天子之寢柰何曰亦三承明繼體守文之君之寢曰左右承明路寢謂之承明何曰承乎明堂之後者也故天子諸侯三寢立而名實正父子之義章尊卑之事別大小之德異矣案此春秋魯定公十五年之傳也路寢十二室之總稱其路寢之中即大廟始封君之主在焉故謂之始封君之寢繼體之君疾病薨不在此也左居東即青陽大廟故謂之左路寢右居西即總章大廟故謂之右路寢前南堂爲明堂承乎明堂之後故路寢又謂之承明魯與周同制此必積古舊說路寢居宮之中央右社稷而左宗廟故經言路寢必連及新廟也劉向別錄社稷宗廟在路寢之西又云左明堂辟雝右宗廟社稷何休注桓二年公羊傳云質家右宗廟上親親文家右社稷尚尊尊然則劉子政所言蓋殷制也殷宗廟在路寢之西周宗廟在路寢之東則宗廟在路門內路寢之左此其義證故魯語云合神事於內朝是也上公九命國家宮室以九爲節城方九里宮方九百步三桼之得三百步者九與天子宮城之制同前有門朝後有寢市各三百步者三路寢制如明堂方三百步其左右亦各三百步五廟竝列可容也夏官隸僕掌五寢之埽除糞洒之事鄭注五寢五廟之寢也詩云寢廟繹繹相連貌也前曰廟後曰寢呂覽季春紀及淮南子時則篇薦鮪于寢廟高注前曰廟後曰寢詩云寢廟奕奕言相連也獨斷云頌曰寢廟奕奕言相連也案凡五廟之制前廟後寢毛詩新廟奕奕三家詩作寢廟繹繹奕奕高大繹繹相連作奕奕者據毛以改三家也毛詩作新廟傳云閟公廟與穀梁傳新宮爲禰宮者同以僖

公爲閔公後而連及之特舉五寢廟之一耳與三家詩實無異也唯鄭箋以爲姜嫄廟○傳文有大夫公子奚斯者上奪複句經文奚斯所作四字當依小箋補正奚斯公子奚斯卽魯大夫公子魚也傳中廟字小箋改從詩字奚斯所作所字不上屬所作猶作誦作詩與節南山巷伯崧高烝民末章文法皆同文選兩都賦奚斯頌魯李注引韓詩薛君章句曰是詩公子奚斯所作也毛與韓不異偃師武虛谷援楊子法言後漢書曹褒傳班固傳及諸石刻之文度尚碑大尉劉寬碑綏民校尉熊君碑費汎碑楊震碑沛相楊統碑曹全碑張遷表一一可證說詳段氏經韻樓集案段說是也鄭意魯頌四篇皆史克所作故解奚斯所作爲監作新廟與毛韓異不知史克作駉奚斯作閟宮史克見左傳在文公十八年至宣公世尚存見於國語奚斯見於閔公二年故文公二年傳已引閟宮之詩則奚斯作閟宮必在史克作駉之前此其顯證矣崧高其詩孔碩其風肆好傳云肆長也曼肆訓同文選王褒四子講德論注引韓詩薛君章句亦云曼長也

卷二十九終

長洲陳奐學

那詁訓傳第三十　毛詩商頌

那五篇十六章百五十四句（疏）那五篇皆商詩堯之時契封於商湯有天下仍舊號焉今陝西商州是其地魯大師有商頌故孔子得錄之也

那一章二十二句

那祀成湯也微子至于戴公其閒禮樂廢壞有正考甫者得商頌十二篇於周之大師以那爲首（疏）成湯功成作大濩之樂繼世子孫祀其先祖作此樂歌也國語閔馬父之言曰昔正考父校商之名頌十二篇於周大師以那爲首是爲子夏作序之源流也左傳稱正考父佐戴武宣則正考父爲戴公時大夫戴公當周宣王時宣王中興修禮樂正考父得以考校而錄商頌十二篇自幽王之末六代禮樂又遭廢壞孔子錄詩僅得五篇附諸周頌之末所以學殷存宋備三統之文仍大師之舊而非自孔子刪之也史記宋世家襄公之時其大夫正考父美之故追道契湯高宗殷所以興作商頌集解云韓詩章句亦美襄公司馬貞駮之矣古甫父通

猗與那與置我鞉鼓（傳）猗歎辭那多也鞉鼓樂之所成也夏后氏足鼓殷人置鼓周人縣鼓奏鼓簡簡衎我烈祖湯孫奏假綏我思成（傳）衎樂也烈祖湯有功烈之祖也假大也鞉鼓淵淵嘒嘒管聲既和且平依我磬聲（傳）嘒嘒然和也平

正平也依倚也磬聲之淸者也以象萬物之成周尚臭殷尚聲於赫湯孫穆穆
厥聲庸鼓有斁萬舞有奕（傳）於赫湯孫盛矣湯爲人子孫也大鐘曰庸斁斁然
盛也奕奕然閑也我有嘉客亦不夷懌自古在昔先民有作溫恭朝夕執事有
恪（傳）夷說也先王稱之曰自古古曰在昔昔曰先民有作有所作也恪敬也顧
予烝嘗湯孫之將（疏）猗於一聲之轉歎謂之於下加一言則曰於乎亦歎謂之
猗下加一言則曰猗與猗於爲歎詞與平皆語詞歎美歎
也辭當作詞那多桑扈同云多者美歎成湯多武功以定天下也周禮戰功曰
多鞉鼓節下管之樂書云下管鞉鼓其義證也詩於章首言鞉鼓下文又言鞉
鼓淵淵嘒嘒管聲是鞉鼓節樂故傳云樂之所成也足鼓今禮記誤倒正義及
有聲正義引皆不誤置鼓禮記作楹鼓繁露作程鼓程楹古聲同詩作置傳依
經字言也置之爲言樹也禮記注楹謂之柱貫中上出也是置與楹同義也箋
置讀曰植禮記注及廣雅曹憲注引詩作植毛詩作置或三家詩作植夏足殷
置周縣傳引禮記明堂位文以明三代鞉鼓之制有虞氏有鞉鼓其制未聞也
有聲傳云縣鼓周鼓也鞉鞉鼓也周人以鞉鼓爲縣鼓此詩言殷制鞉鼓爲置
鼓殷改夏之足鼓周又改殷之置鼓然儀禮大射儀設建鼓周亦未嘗不用置
鼓所易爲縣者唯鞉鼓耳鄭解詩鞉與鼓爲二直謂殷人之鼓皆置而周人之
鼓皆縣毛傳禮記皆不合篇中兩言鞉鼓兩言鼓鼓即四面建鼓也執競傳云
簡簡大也四面建鼓間作其聲大也衎樂南有嘉魚同烈功烈也詩祀成湯故
烈祖爲湯有功烈之祖是傳明以烈祖指湯正義則云美湯之先公誤也烈祖
爲湯湯孫爲湯後世之孫湯孫猶孝孫也假訓大綏安成平也言湯孫奏此大
濩之樂以樂我烈祖安享我大平之福也思語詞案此節言陳樂奏樂下文即
本此而申言之○鞉鼓淵淵說文引作鼘鼓鼘鼘廣雅鼘鼘聲也采芑傳淵淵
鼓聲也淵淵俗字有駜作咽咽亦俗字管堂下管樂也鞉鼓淵淵然管則嘒嘒
然和言其應節之聲和也管即簜也大射儀云簜在建鼓之間又云乃管新宮

三終鄭注管謂吹簜以播新宮之樂賈疏引禹貢注簜大竹也諸侯下管新宮
天子下管象於商未聞也平訓正何彼禮矣同今本傳文正下衍平字宜刪周
語聲應相保曰和細大不踰曰平此節既和且平之義也依訓倚大射儀云鼗
倚于頌磬西紘周人縣鼗於頌磬之西般人當置鞉於頌磬之西傳實本禮經
爲訓也鼓鐘傳笙磬東方之樂此傳云磬聲之淸者也以象萬物之成其意指
頌磬爲西方象成之樂言之而不明言西者所該又不專指頌磬一器也眡瞭
掌播鼗擊頌磬笙磬是播鼗而笙磬亦無不應之者天子有金奏下管之樂金
奏擊鎛有編鐘以應之則知下管擊磬亦有編磬以應之也又孟子萬章篇集
大成也者金聲而玉振之也金聲也者始條理也玉振之也者終條理也金爲
鎛鐘玉爲特磬金奏鼓鎛鐘樂之始下管擊玉磬樂之終終猶成也鄭注中庸
云振猶收也磬以節下管之樂是謂之玉振與詩義亦合箋云磬玉磬也玉磬
尊故異言之鄭謂磬爲玉磬足以補明傳義矣考工記梓人其聲淸揚而遠聞
則於磬宜白虎通義禮樂篇磬者夷則之氣也象萬物之成也其氣淸故曰磬
有貴賤焉有親疏焉有長幼焉此三者行然後王道得王道得然後萬物成天
下樂之故樂用磬也竝與傳義同周尚臭般尚聲此禮記郊特牲文也傳引之
以爲般尚聲之證周尚臭類及之與上文言般置鼓而周縣鼓連及之同其例
耳蓋湯武皆以武功定天下天下大平乃更制作焉故傳存舉般周以見今古
改革之大端也郊特牲般人尚聲臭味未成滌蕩其聲樂三闋然後出迎牲聲
音之號所以詔告於天地之閒也孔疏云尚聲謂先奏樂也臭味未成謂未殺
牲也滌蕩謂搖動也闋止也奏樂三徧止乃迎牲入殺之言鬼神在天地之閒
聲是陽故用樂之音聲號呼告於天地之閒庶神明聞之而來是先求陽之義
也奐謂奏樂三止者金奏也升歌也下管也下管爲弟三節三聲告止然後殺
牲人祭此般人尚聲繁露質文篇云先用玉聲而後烹○赫爲盛穆穆爲美正
是贊歎成湯之樂所以終般人尚聲之義其閒不應及祀成湯之人傳釋此湯
孫謂湯爲人子孫者言先王作樂崇德所以克盡其爲人子孫之道以爲後世
子孫法也箋易傳湯孫爲大甲正義從王肅以經三湯孫皆謂湯爲人子孫以
爲終篇述湯生存之事與序祀成湯義有乖且烈祖般武之湯孫又作何解乎
傳必有本而云然不得執一端以該全經也庸讀爲鏞古文假借字庸爲大鐘

則鼓爲大鼓靈鼉賁鼓維鏞傳賁大鼓也鏞大鐘也義與此同經言斁傳云斁斁廣雅驛驛盛也文選甘泉賦注引韓詩章句繹繹盛貌斁斁驛繹竝同盛者謂聲樂盛也賓之初筵籥舞笙歌傳秉籥而舞與笙歌相應此言庸鼓有斁萬舞有奕則萬舞與庸鼓相應矣故特盛之也萬舞以干羽見簡兮傳何注昭二十五年公羊傳云大夏夏樂也周所以舞夏樂者王者始起未制作之時取先王之樂與己同者假以風化天下天下大同乃自作樂取夏樂者與周俱文也王者舞六樂于宗廟之中舞先王之樂明有法也舞己之樂明有制也案六舞唯大武大濩爲武舞餘先王樂爲文舞周舞以大武爲己樂以大夏爲先王樂商以大濩爲己樂其用先王樂或亦用大夏經無明文可證也大濩武舞用干先王樂文舞用羽此詩言萬舞之義也經言奕傳云奕奕墨子非樂上篇萬舞翼翼章聞于天翼翼與奕奕同奕奕閑又采薇傳翼翼閑奕翼一聲之轉故竝有閑訓閑者謂舞容也傳於十畝之閒閑閑爲往來皇矣閑閑爲動搖竝與舞容義近此自鞉鼓淵淵至萬舞有奕八句皆極陳殷樂之盛美有瞽云旣備乃奏簫管備舉喤喤厥聲肅雝和鳴先祖是聽是也我有嘉客已下八句有瞽云我客戾止永觀厥成是也○夷說風雨同懌亦說也版傳懌說也亦不夷懌亦夷懌也不語助懌文作繹傳自古各本作在古誤魯語其輯之亂曰自古在昔先民有作溫溫恭朝夕執事有恪先聖王之傳恭猶不敢專稱曰自古古曰在昔昔曰先民毛傳正用國語韋注用毛傳作自古今據以訂正小旻傳亦云古曰在昔昔曰先民云有作有所作也者作作敬所謂傳恭也韋注云有作言先聖人行此恭敬之道久矣不敢言創之於己乃云受之於先古也爾雅恪敬也說文愙敬也愙恪古今字○烝嘗時祭也將大也謂祀事大也

烈祖一章二十二句

烈祖祀中宗也〔疏〕箋云中宗殷王大戊湯之玄孫也有桑穀之異懼而脩德殷道復興故表顯之號爲中宗正義云異義詩魯說丞相匡衡以爲殷中宗周成宣王皆以時毀案匡衡學齊詩則齊魯說同鄭注王制殷六廟契及湯與二昭二穆益二昭二穆四親廟與契大祖廟爲五廟湯受命王其

廟應毀而不毀故殷人六廟然則中宗應毀矣詩篇末云顧予烝嘗烝嘗時祭及四親廟此爲祀中宗親廟之樂歌也

嗟嗟烈祖有秩斯祜申錫無疆及爾斯所（傳）秩常申重也既載清酤賚我思成亦有和羹既戒既平鬷假無言時靡有爭綏我眉壽黃耇無疆（傳）酤酒賚賜也戒至鬷總假大也總大無言無爭也約軝錯衡八鸞鶬鶬以假以享我受命溥將自天降康豐年穰穰來假來享降福無疆（傳）八鸞鶬鶬言文德之有聲也假大也顧予烝嘗湯孫之將

（疏）箋云重言嗟嗟美歎之深上篇傳烈祖謂湯有功烈之祖則此烈祖同也秩常賓之初筵同箋云祜福也申訓重重下也字今補烈文篇錫茲祉福惠我無疆彼傳言文王錫子孫以無疆之祉福此言成湯重錫子孫以無疆之常福文義正同及爾斯所猶云以迄于今也○傳訓酤爲酒清酤信南山旱鹿謂之清酒既載清酤猶云清酒既載也賚賜爾雅釋詁文成平也賚我思成冡上文申錫之意言烈祖成湯賜我子孫有此大平也閟宮傳云羹大羹鉶羹也大羹不和五味和五味實於鉶謂之鉶羹則和羹爲鉶羹也說文鬻五味盉羹也引詩作鬻小篆作羹案亦有與既載對文言既載清酒亦有和羹也鄭箋以和羹喻諸侯有和順之德杜預注昭二十年左傳言中宗與賢者和齊可否其政如羹此皆泥於晏子引詩釋和羹之義不知晏子偕和羹之和比況君臣之和而詩意本無關設喻也爾雅鬷至也郭音屆節南山箋屆至也鬷屆戒三字聲義相通傳訓戒爲至者言神靈之來至也平和平也既戒既平猶云神之聽之終和且平也鬷讀與總同假借字也東門之枌箋鬷總也禮記作奏鬷奏雙聲假左傳作嘏嘏者本字假者假借字傳既分釋之而又總釋之云總大無言無爭也者言承祭之孝孫與助祭之諸侯能總集大衆無有言語無有爭訟美其心平而德和禮記中庸篇故君子不動而敬不言而信引詩曰奏假無言時靡有爭所謂敬信者亦是無言無爭之極至矣綏安也眉壽黃耇皆壽徵言安我以無疆之福壽也此自既載清酤至黃耇無疆正言祀事○約軝錯衡詳采

芑篇鸞當作鑾采芑瑲瑲聲庭燎將將鑾鑣聲彼傳但就鑾聲言之此傳鶬鶬就
諸侯助祭言之故云言文德之有聲也清廟濟濟多士秉文之德傳執文德之人
與此文德同假讀爲嘏故訓大以假以享與我將我享句同將享假享皆謂大享
享獻也溥將皆大也臣工迄用康年傳云康樂也執競傳云穰穰衆也來享唐石
經作饗誤來假來享猶云以假以享也湯孫指祀中宗者說中宗爲湯之
玄孫則祀中宗湯猶在親廟之列本諸湯者猶章首稱烈祖之意云爾

玄鳥一章二十二句

玄鳥祀高宗也(疏)箋云祀當爲祫祫合也高宗殷王武丁中宗玄孫之孫也有雊雉之異又懼而脩德殷道復興故亦表顯之號爲高宗云崩而始合祭於契之廟歌是詩焉古者君喪三年既畢禘於其廟而後祫祭於大祖明年春禘于羣廟自此之後五年而載殷祭一禘一祫春秋謂之大事案鄭箋未祫祭先禘廟釋文以爲此是後本與禘祫志不同者固以後本爲定論矣周禮鬯人疏亦以練後遷廟而祭新主解始禘引穀梁傳于練焉壞廟爲證又何注閔二年公羊傳云禘之于新宮然則鄭蓋自用其師說耳士虞記死三日而殯三月而葬遂卒哭將旦而祔則薦卒辭曰哀子某來日某隮祔爾于爾皇祖某甫尚饗明日以其班祔曰適爾皇祖某甫以隮祔爾孫某甫尚饗士於未祔設祭禮亦然也此箋本諸侯禘祫以爲言也諸侯三年喪畢特祀新主春秋僭稱之爲禘禘而後祫於大祖入親廟而行時祫時禘與五廟同天子三年喪畢大禘於路寢大廟猶諸侯特祀新宮唯典較重大耳禘畢而祫與諸侯同鄭意殷武祀高宗爲專祀親廟之詩玄鳥祀高宗爲祫祭大祖廟之詩故遂改序祀字當爲祫字

天命玄鳥降而生商(傳)玄鳥鳦也春分玄鳥降湯之先祖有娀氏女簡狄配高辛氏帝帝率與之祈于郊禖而生契故本其爲天所命以玄鳥至而生焉**宅殷土芒芒古帝命武湯正域彼四方方命厥后奄有九有**(傳)芒芒大貌正長域有也九有

九州也商之先后受命不殆在武丁孫子武丁孫子武王靡不勝傳武丁高宗也
勝任也龍旂十乘大糦是承邦畿千里維民所止肇域彼四海傳畿疆也四海來
假來假祁祁景員維河殷受命咸宜百祿是何傳景大員均何任也疏玄鳥一名鳦又名燕
詳燕燕篇昭十七年左傳玄鳥氏司分者也禮記月令仲春之月玄鳥至傳云春
分玄鳥降以釋經玄鳥降之義簡狄帝嚳之妃契之母也有娀氏簡狄母家之國
名高辛氏帝謂帝嚳也禖禖宮祈子之宮也簡狄於玄鳥至之日因祈禖而生契
契爲湯之先祖堯始封於商後爲湯有天下之號傳釋此以明經天命生商之義
也帝高辛率妃簡狄祈禖生契生民傳言率妃姜嫄祈禖生后稷自是一時之事
在帝高辛世已有郊禖之宮周人立姜嫄廟爲禖宮殷人或立簡狄廟爲禖宮也
鄭注月令云高辛氏之世玄鳥遺卵娀簡吞之而生契後世以爲媒官嘉祥而立
其祠焉據此則禖宮始於殷世矣鄭注禮記與毛詩傳不同至箋詩亦不言郊禖
生契其意亦不從毛詩傳也續漢書禮儀志注引月令章句玄鳥感陽而至其來
主爲孚乳蕃滋故重其至日因以用事契母簡狄蓋以玄鳥至日有事高禖而生
契焉故詩曰天命玄鳥降而生商此與毛義合○閟宮傳宅居也書序云自契至
于成湯八遷成湯始遷居亳其後盤庚五遷治亳之殷地卽成湯舊居武丁徂亳
亦從成湯舊居詩爲祭武丁而作故推本乎天命生商之始必以居殷土而言之
也襄四年左傳芒芒禹迹畫爲九州杜注云芒芒遠貌大與遠義相近古自古也
武湯爲古則武丁爲今也帝天也正訓長長猶常也說文或域一字或謂之有域
亦謂之有也殷土邦畿內四方邦畿外方命厥后方四方后君也言天於四方乃
命武湯爲天下君也奄有猶荒有也文選潘勖冊魏公九錫文注引韓詩奄有九
域薛君章句云九域九州也此九有卽爲九域之假字矣爾雅釋地兩河閒曰冀
州河南曰豫州河西曰雝州漢南曰荊州江南曰楊州濟河閒曰兗州濟東曰徐
州燕曰幽州齊曰營州孫炎郭璞竝謂此蓋殷九州之制○王肅謂先后爲成湯
是也鄭讀始爲僻怠王訓危殆則非也序就廟號稱高宗詩人祫祀作歌稱武丁
殷尚質或以名也此已下皆歌高宗之德在武丁孫子猶云在孫子武丁倒句之

以就韻耳王肅用郝傳釋湯孫善爲人子孫以釋此經謂美高宗武丁善爲人之子孫其述毛是而箋則以爲武丁之孫子恐非傳義爾雅勝克也任與克義同說文任保也案篇中曰武湯曰后曰先后曰武王皆謂湯也長發傳武王湯也於此篇武王不傳者以上言武湯則此武王爲湯易明矣商之先后受命不始在武丁孫子言商湯受天命無有懈怠以傳至武丁孫子也武丁孫子武王靡不勝言武丁爲湯之孫子於武湯王天下之業亦無不保任之也經上三句從湯下及高宗下二句又從高宗上及湯皆所以頌高宗之能繼湯而受命也靡不勝與不始同義箋以勝爲勝伐而以武王爲高宗之孫子有武功有王德於天下者但詩頌高宗不應專美其子孫箋非傳義正義云此武丁爲人之子孫能行其先祖武德之王道威德盛大無所不勝任之孔亦當用王肅說王以武王指湯是也覲禮侯氏載龍旂十乘元戎十乘也說文饎或作糦特牲饋食禮注古文饎作糦天保洞酌傳皆云饎酒食也釋文引韓詩云大糦大祭也鄭改序文祀爲祫其本韓詩歟○說文云畿天子千里地以遠近言之則言畿周禮大司馬九畿故書畿爲近鄭司農注云近當言畿畿近聲之轉王制千里之內曰甸是古者以千里之內曰甸亦曰畿也傳訓畿爲疆言王畿之疆界也千里以開方而言之也肇域彼四海肇始域有也王肅云殷道衰四夷來侵至高宗然後始復以四海爲境域也爾雅云九夷八狄七戎六蠻謂之四海此殷之四海也箋云假至也祁祁衆多也景與京通京爲大故景亦爲大也員讀爲圓說文圓圜全也讀若員管子有地員篇地員卽土均周禮庾人正校人員選員選卽均齊是員爲均也傳釋景員爲大均與長發幅隕爲廣均訓雖同而意實異長發廣均承上文禹敷下土方而言此大均承上文四海來假來假祁祁而言蓋高宗都景亳在冀州域內三面距河故詩人言四海之朝貢來至于河者乃大均也禹貢揚州錫貢沿于江海夏本紀地理志皆云錫貢均江海馬融本亦作均云均平也馬治古文尚書則今古文皆作均矣詩書義同咸宜言皆合義也古宜義通用隱三年左傳君子曰宋宣公可謂知人矣立穆公其子饗之命以義夫商頌曰殷受命咸宜百祿是何是宜爲義也又昭七年子產曰古人有言曰其父析薪其子弗克負荷施將懼不能任其先人之祿其況能任大國之賜案傳訓何爲任正本左傳何俗作荷

長發七章一章八句四章章七句一章九句一章六句

長發大禘也（疏）大禘吉禘也殷人無二祧其時禘於大祖廟而又居四時時享之一於其禘也不謂之大天子諸侯崩薨皆在路寢其栗主亦在路寢三年喪終之祭諸侯謂之特祀天子謂之大禘禘畢而祫於大祖廟天子諸侯皆謂之大祫殷人以契爲大祖未於大祖廟行大祫禮先特祀新主於路寢大廟此卽終王之吉禘也於其禘也較時禘爲大序云大禘則非時禘矣周語終王韋昭注云終謂終世也漢書韋玄成傳劉歆議曰大禘則終王德盛而游廣親親之殺也彌遠則彌尊故禘爲重矣御覽禮儀部引五經異義古春秋左氏說古者禘及郊宗石室通典禮九禘祫上晉博士徐禪引許慎舊說終者謂孝子三年喪終則禘於大廟以致新死者也說文云禘諦祭也周禮曰五歲一禘又云祏宗廟主也周禮有郊宗石室案五歲禘爲時禘三歲禘爲喪終之禘宗廟主藏於大廟之室禘郊祖宗四者皆配天大祭則迎其主設奠於圜丘南郊明堂若喪終之禘卽於路寢大廟出主而陳之以合食時禘止及毀廟大禘則及禘郊祖宗晉喪樞云是爲郊宗之上復有石室之祖虞夏殷周皆如是也曾子問老聃曰天子崩國君薨則祝取羣廟之主而藏諸祖廟禮也卒哭成事而后主各反其廟此卽王制所謂喪三年不祭唯祭天地社稷爲越紼而行事也天子諸侯崩薨親廟之主皆藏諸祖廟天子七月而葬九月卒哭三年喪畢乃出陳之天子祖廟卽路寢大廟也是親廟徧禘於大廟矣通典引逸禮曰禘于大廟毀廟之主升合食是毀廟亦行禘於大廟矣春秋文二年八月丁卯大事于大廟躋僖公魯行大祫不於大祖廟而於大廟是僭天子路寢大禘之禮然亦可見天子大禘自在路寢也汲郡紀年康王三年定樂歌吉禘于先王此謂成王三年喪終吉禘成王崩喪皆行於路寢書顧命篇有明文可證喪畢之禘當亦在路寢后稷文武之主毀廟未毀廟皆於路寢合食故統言之曰先王又春秋傳僖七年冬閏月惠王崩九年夏王使宰孔賜齊侯胙曰天子有事于文武此謂惠王三年喪終吉禘周人大禘禘文武明堂者大廟之前堂也大室者大廟之中央室也文武栗主在焉故曰有事於文武也知周卽知殷矣箋云大禘郊祭天也禮記曰王者禘其祖之所自出以其祖配之是謂也鄭意

以周況殷契爲殷之大祖南郊以契配天猶稷爲周之大祖南郊以稷配天故遂以此大禘爲南郊祀契之詩但周禮內司服賈疏引白虎通義周官祭天后夫人不與而詩首章先言有娀盤庚言大享功臣從祀鄭注大享謂烝嘗而郊天無功臣從享之文乃詩末章幷及伊尹似皆不合元和惠棟禘說定爲吉禘成湯之詩奐竊謂殷人以成湯爲受命之王五世當遷其主納於路寢大廟而卽以爲成湯專廟故後王新主行大禘禮必以成湯爲禘主猶之周人後王新主亦以文武爲禘主周固因於殷也故篇中述湯受命功德綦詳或亦祀高宗之詩上篇爲大祫而此篇爲大禘歟而詩又何不一及高宗也禮無明文宜從蓋闕之例

濬哲維商長發其祥洪水芒芒禹敷下土方外大國是疆幅隕旣長(傳)濬深洪大也諸夏爲外幅廣也隕均也有娀方將帝立子生商(傳)有娀契母也將大也契生商也(疏)濬深爾雅釋言文傳濬深下當有也字長猶常也洪大釋詁文玄外者禹有天下曰夏故畿內爲夏畿外爲諸夏也說文幅布帛廣也引申之凡廣皆曰幅玄鳥傳員均也隕員皆圓之假借字箋云隕當作圓圓謂周也越語廣運百里廣運卽廣均之義幅隕旣長言其疆之廣大均平而又能久長也○傳釋經有娀爲契母則子爲契帝高辛氏帝嚳也將訓大謂長大也契母有娀氏女簡狄長大配高辛氏帝生子契佐禹有功堯立國於商後湯有天下仍其始封之舊號故云有娀方將帝立子生商也殷人禘嚳大禘禘主皆合食祭天后夫人不與大禘則先妣有娀當亦合食史記殷本紀云桀敗於有娀之虛蓋桀都河南有娀與桀都相去當不甚遠淮南子墬形篇有娀在不周之北高誘注云娀讀如嵩高之嵩案嵩高山在河南於聲求義高說自得諸師讀張守節謂有娀當在蒲州北此由桀都安邑之說而誤鄭注書堯典云商國在大華之陽括地志云商州東八十里商洛縣本商邑古之商國帝嚳之子契所封也司馬貞以爲商卽相土所居商丘亦誤

玄王桓撥受小國是達受大國是達率履不越遂視旣發(傳)玄王契也桓大撥
治履禮也相土烈烈海外有截(傳)相土契孫也烈烈威也(疏)國語周語玄王勤商十有四世而興
魯語自玄王以及主癸莫若湯荀子成相篇契玄王生昭明居于砥石遷于商
十有四世乃有天乙是成湯是玄王爲契矣高注淮南賈注國語竝同漢書禮
樂志以契玄王爲二人白虎通義瑞贄篇引詩以玄王爲湯皆非也桓楹卽大
楹桓圭爲大圭是桓有大訓說文廣雅竝詁撥爲治與傳同釋文撥韓詩作發
發明也大治大明毛韓意同時契爲堯司徒居二伯之職故小大之國皆其總
領也達通也履禮東方之日同漢書宣帝紀蕭望之傳說苑復恩篇引詩皆作
禮禮本字履假借字率禮不越率用也言用禮立敎而不踰越也遂視旣發發
行也言巡視迹職已行其敎也孟子滕文公篇云使契爲司徒敎以人倫父子
有親君臣有義夫婦有別長幼有序朋友有信放勳曰勞之來之匡之直之輔
之翼之使自得之又從而振德之其此詩之謂與殷人郊契大禘郊主亦合會
○殷本紀契卒子昭明立昭明卒子相土立襄九年左傳陶唐氏火正閼伯居
商丘相土因之杜注云相土契孫商之祖漢書五行志謂相土商祖契之曾孫
非也烈烈威釋訓文常武傳云截治也箋云截整齊也相土居夏后之世承契
之業入爲王官之伯出長諸侯其威武之盛烈烈然四海之外率服截爾整齊
案相土殷之祧祖也大禘祧祖皆合會
帝命不違至于湯齊(傳)至湯與天心齊湯降不遲聖敬日躋昭假遲遲上帝是
祗帝命式于九圍(傳)不遲言疾也躋升也九圍九州也(疏)帝天也違回也不違無回德也車攻傳同
齊也則齊亦同也云至湯與天心齊者言天命無回德之心至於湯乃同於天
是湯有王天下之德也禮記孔子閒居引詩鄭注讀湯齊爲湯躋躋升也湯升
爲君此三家義○不遲卽疾之意晉語商頌曰湯降不遲聖敬日躋降有禮之
謂也箋云湯之下士尊賢甚疾與國語解湯降不遲句合傳意亦然也傳訓躋

爲升者文選閒居賦注引韓詩云言湯聖敬之道上聞於天韋昭國語注同大
戴禮衛將軍文子篇亦云湯恭以恕是以日躋也並與毛詩訓合禮記注日躋
作日齊齊莊也或本三家義雲漢傳假至也昭假遲遲言湯之明明德於天下
者至遲遲也王肅述毛訓假爲至是也遲遲以言不疾也箋云遲遲然言急於
己而緩於人禮記注云至于民遲遲然安和此三家義未審毛義然不也○祗
敬也上帝是祗言敬是上帝也九圍猶九域也傳云九州說見玄鳥篇式法也
帝命式于九圍言上帝命
湯王天下爲九州所觀法

受小球大球爲下國綴旒何天之休(傳)球玉綴表旒章也不競不絿不剛不柔

敷政優優百祿是遒(傳)絿急也優優和也遒聚也(疏)傳文球玉二字疑依箋改竄釋文球美玉也書禹貢注及
禮記玉藻注皆云球美玉也美玉謂之球故小球大球爲小玉大玉小共大共爲
所執搢小球大球鄭義非毛訓也古毛詩當作捄後人或依鄭讀改作球耳廣雅
拱捄法也王引之述聞以爲三家詩義與謂毛詩亦皆訓爲法法有小大猶政有
小大承上文式于九圍而言傳訓共爲法義箸下章則上章同義不傳此其例古
綴表同義連文曾子制言中篇言爲文章行爲表綴於天下晏子外篇行表綴之
數呂覽不屈篇或操表掇以善晞望若施者其操表掇者也掇與綴通此皆綴爲
表之義正義云綴表未聞疏矣玉篇田部引詩作畷流云畷表也本亦作綴葉鈔
本釋文作綴流古晃旒旌旒本作流流所以章物故引申之卽有章明之義章亦
表也抑維民之章傳章表也荀子臣道篇傳曰斬而齊枉而順不同而壹詩曰受
小球大球爲下國綴旒此之謂也荀謂斬焉枉焉不同焉而齊之而順之而壹之
此卽章明法度之謂也毛爲荀之弟子故傳訓多依師說鄭箋訓綴爲結旒取喻
於旌旗與諸侯會同結定其心如旌旗之旒縿著於縿鄭注郊特牲引詩作畷郵
孔疏云言成湯施布仁政爲下國諸侯在畷民之處所使不離散解詩各依字作
訓義本三家○玄鳥傳云何任也競彊也彊彊梁也說文絿急也本傳訓急急疾
也敷與布通優優和爾雅釋訓文成二年左傳引詩曰布政優優百祿是遒子實
不優而弃百祿諸侯何害焉又昭二十年引詩曰布政優優百祿是遒和之至也

說文憂和之行也詩曰布政憂憂案古憂愁作㥑優和作憂許據詩作憂憂本
字作優優假借字廣雅憂憂行也蓋本三家遒讀爲揫說文引詩作揫云束也
爾雅揫聚也揫卽揫破斧箋遒斂也
斂亦聚也說文又云揂聚也遒揂同

受小共大共爲下國駿厖何天之龍（傳）共法駿大厖厚龍和也敷奏其勇不震

不動不戁不竦百祿是總（傳）戁恐竦懼也（疏）書序九共九篇馬融注云共法也與傳訓同高誘注淮南子本經篇

云蛩讀詩受小拱之拱則詩共字古本或作拱駿訓大大猶廣也爾雅厖大也
詩正義引厖厚也或所見本異也說文厖石大也厖有大義厚亦大也綴旒駿
厖皆二字平列同義傳訓爲表章大厚義竝相近表章者言法度章明大厚者
言章明之法度又能篤厚而行之也荀子榮辱篇先王案爲之制禮義以分之
使有貴賤之等長幼之差知賢愚能不能之分皆使人載其事而各得其宜然
後使慤祿多少厚薄之稱是夫羣居和一之道也故曰斬而齊枉而順不同而
一詩曰受小共大共爲下國駿蒙此之謂也大戴禮衞將軍文子篇引詩作恂
蒙竝字異義同○龍和酌同和與上章休同意箋易傳作寵吳江潘鶬云丕震
不動不戁不竦二句當在敷奏其勇之上與上章一律案家語弟子行篇引詩
不戁不悚敷奏其勇是王肅本不誤此亦一證大戴禮龍作寵句有誤奪疑出
後人改之也釋文敷本作傅大戴禮作傅敷傅聲同震亦動也不震不動言不
震作動搖也爾雅戁竦懼也說文戁竦皆敬也戁謂之敬又謂之恐竦謂之敬
又謂之懼恐亦懼也不戁不竦不恐懼也總
亦聚也釋文總本又作鬷烈祖傳鬷總也

武王載旆有虔秉鉞如火烈烈則莫我敢曷（傳）武王湯也旆旗也虔固曷害也

苞有三櫱莫遂莫達九有有截韋顧既伐昆吾夏桀（傳）苞本櫱餘也有韋國者

有顧國者有昆吾國者（疏）殷本紀於是湯曰吾甚武號曰武王是武王爲湯也
旆旗經傳疑皆誤旆當作伐如詩六月帛茷左傳綪

茷爾雅繼旆曰茷今字皆改作旆則此詩旆字本作伐伐誤爲茷又改爲旆耳
荀子議兵篇引詩作武王載發影元鈔本韓詩外傳亦作發說文玉篇作坺發
坺皆伐之假借字今本經誤作旆因文於傳文轉旆旗也三字不知繼旆曰旆
傳義見於六月旗爲九旗總稱不得以繼旆之旆獨擅旗名明矣釋文於旆下
不云旗也或唐初毛傳尚不誤箋云於是有武功有王德及興師出伐鄭所據
毛詩作伐今箋興師出伐上亦誤衍建旆二字矣處固韓奕同謂其用兵之固
也曷害菀栭同荀子及漢書刑法志引詩作渴過與曷同淮南子覽冥篇武王
左操黃鉞右秉白旄瞋目而撝之曰余任天下誰敢害吾意者與傳害訓同○
苞本指夏桀劉德注漢書敘傳引詩作包有三枿爾雅枿餘也枿與櫱同餘者
讀爲杞夏餘之餘三櫱指韋顧昆吾三國釋文引韓詩云櫱絕也毛韓訓異而
意同莫遂莫達不遂達也大明天位殷適使不挾四方傳挾達也義與此同玄
鳥傳云九有九州也截治也九有有截言湯征伐以治九州也晉書樂志四廂
樂歌九域有截本韓詩○韋豕韋襄二十四年左傳范宣子曰昔匄之祖在商
爲豕韋氏昭二十九年傳蔡墨曰陶唐氏後有劉累事夏孔甲夏后嘉之賜氏
曰御龍以更豕韋之後遷於魯縣范氏其後也此豕韋爲劉累也鄭語史伯曰
祝融後八姓豕韋爲商伯矣彭姓豕韋則商滅之矣此豕韋爲彭姓也夏初豕
韋爲彭姓孔甲以封劉累累遷魯縣復封彭姓商初豕韋亦彭姓湯伐之而繼
興故彭姓之後爲商伯歸爲商滅乃封劉累之子孫自夏世累遷魯縣之後范
匄之祖在商爲豕韋氏之先其間豕韋皆彭姓爲君箋云韋豕韋彭姓是也今
河南衛輝府滑縣東南五十里有廢韋城○鄭語祝融後八姓已姓顧箋云顧
已姓也哀二十一年左傳公及齊侯邾子盟于顧即此地今山東曹州府范縣
東南有顧城漢書古今人表作鼓○鄭語昆吾爲夏伯已姓昆吾顧昆吾同姓
也昆吾國即衛帝丘帝顓頊之虛夏后相亦居茲乎在相爲寒浞子澆所滅而
少康以邑諸綸是衛本相都夏道既衰昆吾作伯當在相滅之後昆吾居衛亦必
當在相滅之後則昆吾居衛在後而居許乃在先也昭十二年左傳楚之皇祖
伯父昆吾舊許是宅服注云昆吾曾居許地是也或謂昆吾遷許在封衛後至
湯伐時昆吾在許誤也今直隸大名府開州州治是其地○書序伊尹相湯伐
桀升自陑遂與桀戰于鳴條之野湯既勝夏欲遷其社不可夏師敗績湯遂從

之遂伐三朡俘厥寶玉湯歸自夏至于大坰湯既黜夏命復歸于亳孔傳以爲桀都安邑後儒皆依孔說臣瓚注漢書地理志云吳起對魏武侯曰昔夏桀之居左河濟右大華伊闕在其南羊腸在其北河南城爲值之又周書度邑篇曰武王問大公曰吾將因有夏之居南望過于三塗北瞻望于有河有夏之居卽河南是也近儒金鶚考水經伊水過伊闕中至洛陽縣南北入於洛洛水東過洛陽縣南又東北過鞏縣東又北入于河國語伊洛竭而夏亾則桀時事也以爲桀都在今河南府洛陽縣之一證與案夏商之際昆吾最强盛顧在其東家韋在其西俱在漢東郡界內連屬密邇湯伐韋顧鋤其與黨而昆吾已成孤國之形斷非望西南而征許州也湯爲諸侯時居南亳卽今河南歸德府附郭商邱縣地書疏載或說陳畱平邱縣有鳴條亭卽今河南開封府陳畱縣地洛陽在商邱之西北必徑陳畱陳畱當卽古桀都之西郊也湯自商邱舉師桀必自洛陽出兵相迎故於陳畱交戰書序云戰于鳴條之野猶武王與紂戰于坶之野耳夏本紀以爲桀走鳴條非實錄也湯雖戰勝桀國未亾故序云遷社不可也桀因敗績西走定陶定陶故三朡國故序云湯從之伐三朡也開州在定陶北孽樇相閒昆吾與桀遂同日滅也于是夏桀已亾湯歸商邱卽天子位故序云湯歸自夏復亳也此因言桀都洛陽而於湯伐情形可攷之如此

昔在中葉有震且業(傳)葉世也業危也允也天子降予卿士實維阿衡實左右商王(傳)阿衡伊尹也左右助也(疏)葉從桀聲桀從世聲故葉世同訓震動也業猶業業雲漢傳業業危也義與此同中世湯之前世也殷武正義云孟子云湯以七十里契爲上公當爲大國過百里湯之前世有君衰弱土地減削故至於湯時止有七十里耳案此卽中世震危之義也○經傳多言伊尹少言阿衡故傳以伊尹釋阿衡也說文伊下云殷聖人阿衡說本毛傳漢書王莽傳伊尹爲阿衡周公爲大宰采伊尹周公稱號加公爲宰衡位上公此與箋合阿衡爲官名則伊尹或爲氏號矣殷本紀索隱引孫子兵書及墨子楚辭竝云伊尹名摯爾雅左右亮也助與亮同義書序云召公爲保周公爲師相成王爲左右書大傳云堯爲天子舜爲左右又云小師取小學之賢者登之大學大師取大學之賢者登之天子天子以爲左右竝與詩左右

同箋云商王湯也何休注文二年公羊傳云禘所以異於祫者功臣皆祭也

殷武六章三章章六句二章章七句一章五句

殷武祀高宗也（疏）詩中始終敘高宗法成湯之事功亦祀高宗之樂歌也

撻彼殷武奮伐荊楚罙入其阻裒荊之旅（傳）撻疾意也殷武殷王武丁也荊楚荊州之楚國也罙深裒聚也有截其所湯孫之緒（疏）古滑泰字作達讀如撻達與疾義相近釋文引韓詩撻達也撻即達之假借字毛韓意同高宗都亳殷則稱殷撻伐則稱武故傳謂殷武爲殷王武丁也云荊楚荊州之楚國也者荊州名楚國名詩中或稱荊或稱荊楚一也莊十年穀梁傳荊者楚也聖人立必後至天子弱必先叛僖四年公羊傳楚有王者則後服無王者則先叛武丁先世荊楚叛殷至此乃疾伐之也○罙即突之隸變說文穴部突深也本毛又网部罙下引詩罙入其阻本三家箋云罙冒也鄭於字同毛而義用三家若閟宮字從翦商訓從戩商之例罙式針反釋文面規反誤也裒即捊字說見常棣篇傳云聚者有俘聚之義旅眾也常武傳所謂誅其君而弔其民也所兵所也截治緒業也湯孫謂武丁也武丁爲湯之孫故曰湯孫首章言武丁伐業本其意於烈祖成湯也下文因追敘成湯之業

維女荊楚居國南鄉（傳）鄉所也昔有成湯自彼氏羌莫敢不來享莫敢不來王曰商是常（疏）居猶其也鄉所采芑同夏小正傳云鄉者何也鄉其居也是所與居同義○上言荊楚下言氏羌互詞皆謂成湯時也呂覽異用篇云湯見祝網者置四面收其三面置其一面漢南之國聞之曰湯之德及禽獸矣四十國歸之新書匈奴篇亦云湯祝網而漢陰降案漢南之國即荊楚也漢書匡衡傳言成湯懷鬼方蕩傳鬼方遠方也氏羌西方最遠之國湯懷鬼方則氏羌在其中矣漢書五行志武丁外伐鬼方以安諸夏後漢書西羌傳武丁征

西戎鬼方三年乃克故其詩曰自彼氐羌莫敢不來王范曅謂易旣濟高宗所伐鬼方卽詩之氐羌李注文選楊雄趙充國頌引世本注云鬼方於漢則先零戎先零亦爲西零漢臨羌西北塞外有僊海鹽池莽曰鹽羌卽今甘肅青海地此鬼方爲西戎之證賈捐之傳亦云武丁地西不過氐羌此就三家詩說武丁亦有事於氐羌也海內經汲冢古文及孔晁注逸周書王會篇竝謂氐羌爲一種唯呂覽義賞篇氐羌之民其虜也高誘云氐與羌二種夷民案高說是也漢書地理志金城郡臨羌破羌隴西郡羌道氐道廣漢郡甸氐道剛氐道蜀郡湔氐道又西南夷傳夜郎滇邛都莋都冄駹白馬皆氐類也蓋自秦隴之西北北連匈奴若今鞏昌蘭州臨洮河州岷州皆古西羌所居青海之羌其一也而秦隴之西南南近巴蜀若今階州以西至松潘廳古西氐所居羌在古雍州西北氐在雍州西南漢時去古未遠其分郡縣畫然而不亂氐種實近禹貢梁州之域殷之九州幷梁於雍故詩以氐羌竝言之○周語云賓服者享荒服者王時享終王先王之制也

商者湯有天下之號

天命多辟設都于禹之績歲事來辟勿予禍適稼穡匪解(傳)辟君適過也(疏)辟君蕩同箋云來辟猶來王也承上章立訓王肅讀來辟爲鄒辟之辟非傳義○適讀爲讁北門傳讁責也說文讁罰也桓十八年左傳注讁遣也義竝相近釋文引韓詩適數也數當讀如左傳數吳不德之數毛韓訓相近適訓過禍亦過也禍適猶譴責也勿予譴責者中庸云送往迎來嘉善而矜不能所以柔遠人也稼穡匪解箋謂敕以勸民稼穡非可解倦臣工篇諸侯助祭遣於廟其詩云嗟嗟保介維莫之春亦又何求如何新畬卽此意也

天命降監下民有嚴不僭不濫不敢怠遑命于下國封建厥福(傳)嚴敬也不僭不濫賞不僭刑不濫也封大也(疏)節南山傳監視也嚴讀爲儼爾雅儼敬也荀子儒效篇儼儼乎其能敬己也楊倞注儼或爲儼傳云敬者言天之命在視下民湯於是敬天之命以施賚於下民也○抑傳云僭差也襄二十六年左傳聲子曰善爲國者賞不僭而刑不濫賞僭則懼

及淫人刑濫則懼及善人若不幸而過寧僭無濫與其失善寧其利淫無善人則國從之商頌有之曰不僭不濫不敢怠皇命于下國封建厥福此湯所以獲天福也案詩言不僭不濫左傳釋之以賞不僭刑不濫毛傳正本左傳也又哀五年傳引商頌曰不僭不濫不敢怠皇命以多福左傳兩引詩皆作怠皇獲天福命以多福皆渾括命于下國封建厥福二句之辭後漢書黃瓊傳云詩詠成湯之不怠遑遑俗字封大烈文同

商邑翼翼四方之極〔傳〕商邑京師也**赫赫厥聲濯濯厥靈壽考且寧以保我後生**〔疏〕傳謂商邑猶周之京師白虎通義京師篇夏曰夏邑殷曰商邑周曰京師說文邑國也商邑卽商國爲邦畿內四方爲邦畿外民勞惠此中國以綏四方傳中國京師也四方諸夏也文義正同李賢後漢書注引韓詩文云翼翼然盛也左思魏都賦翼翼京室翼翼亦盛大之義極中也中土中也商邑翼翼四方之極言成湯都亳宅四方之中以著聲靈之盛大也詩述聞載後漢書樊準傳後魏書甄琛傳白帖七十六兩引韓詩及荀悅漢紀元帝紀載匡衡疏引齊詩並云京邑翼翼四方是則鄭箋兼用三家義○生民傳赫顯也重言曰赫赫文王有聲傳濯大也重言曰濯濯保安也後生後世所生之子孫漢書匡衡疏引詩而釋之云此成湯所以建至治保子孫化異俗而懷鬼方也

案自二章至五章皆美湯之伐國都亳末章頌高宗與首章相應

陟彼景山松柏丸丸是斷是遷方斲是虔松桷有梴旅楹有閑〔傳〕丸丸易直也遷徙虔敬也梴長貌旅陳也**寢成孔安**〔傳〕寢路寢也〔疏〕文選洛神賦陵景山李善注稱河南郡圖曰景山在緱氏縣南七里攷今河南偃師縣有緱氏城縣南二十里有景山卽此詩之景山也昭四年左傳云商湯有景亳之命蓋亳湯都名西亳有景山亦稱景亳楚語云昔殷武丁能聳其德至于神明以入于河自河徂亳湯武丁同都河南詩詠陟彼景山北卽自河而徂亳也說文丸圜也易直者圜之意○遷訓徙是斷是遷言斷景山松柏遷徙之以供材用猶之公劉從豳而涉渭以取厲鍛也虔與劫聲義相近傳云敬者探下文作寢立訓縣作廟翼翼虔爲敬猶翼翼

為敬也方斲是虔者言或斷爲桷或斲爲楹皆持事能敬也白帖松柏類引詩作梴段氏說梴即梃之俗字說文木部引詩作梃淺人羼入者也手部挻長也正用商頌傳閟宮傳云桷榱也堂高數仞則榱題數尺故云長皃也旅讀爲臚賓之初筵傳亦云旅陳也逸周書作雒篇乃位五宮咸有旅楹孔注旅列也陳與列同義明堂位刮楹鄭注刮刮摩也刮摩猶礱密刮楹旅楹皆明堂之制文選魏都賦旅楹閑列注引韓詩章句云閑大也○傳釋寢爲路寢閟宮傳路寢正寢也桓譚新論云商人謂路寢爲重屋漢書五行志云前堂曰大廟中央曰大室屋其上重屋尊高者也考工記殷人重屋周人明堂然則重屋明堂大廟大室路寢正寢皆異名而同實者也殷路寢大廟爲成湯大廟其南堂爲明堂魯路寢大廟爲周公大廟其南堂亦如天子明堂故魯頌頌喜公營宮室必修治路寢兩詩之義正同大祭大饗于此告朔行政亦于此故蔡邕明堂月令論謂此爲大教之宮矣孔子三朝記少閒篇云成湯受天命成合諸侯作八政命于總章服禹功以修舜緒爲副于天粒食之民昭然明視民明教通于四海海之外肅慎北發渠搜氐羌來服成湯既崩殷德小破二十有二世乃有武丁即位開先祖之府取其明法以爲君臣上下之節殷民更服近者說遠者至粒食之民昭然明視惠棟明堂大道錄謂祖府即明堂天府是也案三朝記言武丁開祖府詩言高宗築路寢正是一事與此篇詩意亦正脗合孔甚也寢成孔安言路寢既成而甚安也近說遠至所謂甚安也

卷三十終

毛詩音

文瑞樓藏版
鴻章書局石印

三代同文而不同音古韻書久亾六書諧聲韻書之權輿也詩三百篇韻書之經緯也大毛公生周季去古近作故訓傳與三百篇韻甚諧也由韻以知音因音以求義奐之作爲詩疏也明其義也而詩音之釋惡可已也詩用古文故多通假傳義顯箸者識之以讀字猶漢人讀爲之例也傳義隱晦者表之以本義字猶漢人訓詁字代之例也又有但取平音以正其讀曰音某字曰音如某字此猶雙聲疊韻之紐也同韻而侈斂易音之變也異韻而輕重易音之轉也南北之殊也古今之變也一字而數義也數義有數音也執古音不兼通今音不可與言音也泥今音而反昧古音不可與言詩也詩音之釋惡可已也撰毛詩音依詩四始分作四卷陳奐釋

釋毛詩音卷一

陳奐碩甫氏撰

國風

周南

關雎關古音管今浙西人如此讀經典釋文云雎依字且邊隹且音子餘反奐案字郎呂忱字林也大毛公悉置序於衆篇之首與韓嬰詩序同**后**

妃妃配同今音芳非反同部之音變也**風之始也所以風天下**風凡聲古風化風動無二音如下文風風也北風傳虐虐也緇衣序善善之功大叔于田棄棄馬棄棄黃詁訓中多有此例古音有正無變又無輕重緩急之異**志之**鄭注周禮保章氏云志古文識**比**釋文必履反

興平聲沈重云許甑反**雅**禮記緇衣引尚書君雅音牙集韻收魚韻**頌**容其本義作容經假借作頌凡經假借字即用本義字箸明之後放此**刑**

政荆罰从井刑剄从升今字淆亂**麟趾**俗止字**鵲巢**鵲說文解字作䧿**是以關雎**句關雎篇名連下讀者非**淑女**淑同俶今

字假借作淑**窈窕**壘韻窈音如幺說文云窕讀若挑**在河**河大河也周南鄘王鄭魏皆濱大河莊子釋文云北人名水皆曰河此後代之通稱

州俗作洲方言三輔謂之淤齧聲讀州如淤也**逑**音仇小雅箋仇讀曰𨋡此猶州讀曰淤皆方俗之音轉凡古諧聲多斂少侈有同部字而與今音侈

斂不同者謂之音變異部者則謂之音轉**參差**雙聲參音如穇又音人參之參差音如瑳又音等差之差按諸聲音無不和諧蓋文字始於語言矢口成

辭總不離乎壘韻雙聲者近是**荇**說文作莕**展轉**壘韻展㠭聲隸作展俗加車旁**芼**覒說文覒擇也讀若苗**鍾**酒鍾作鍾鏞鼓作鐘今經典鐘

鼓字多假鍾爲之**樂之**樂古音爍平聲與芼韻潦消謔藥揚之水鑿襮沃晨風櫟駮南有嘉魚罩正月沼炤虐殼隰桑沃板虐謔蹻老熇藥昭懆藐敎

韓奕到韻段氏六書音均表云弟二部樂籥爵綽較虐謔藥鑿沃櫟駮的翟濯翯躍蹻熇藐削溺等字繹三百篇皆平聲**傳鳥摯而有別**釋文

摯本亦作鷙音至案別音夫婦有別之別大毛公作傳與經各卷今併傳於經後者從其朔也**說樂**說音悅毛詩作說**幽閒**古嫺字**匹**配音
轉相通**流求**諧聲同部凡詁訓每於疊韻雙聲得之同部疊韻也異部雙聲也不知音者不可與言學**共荇菜**其古供字**事宗廟**周頌
釋文云廟本又作庿古今字也案庿古文廟今文謂之古今字**覺**音較**鍾鼓之樂**樂禮樂也**葛覃**覃之隸變高注淮南原道云潭讀葛
覃之覃案覃潭皆在侵韻漢末尚如此讀**澣濯**澣澣之隸變釋文云本又作浣戶管反案說文澣浣一字濯音如白石濯濯之濯**則可以歸**
句**施**傳讀移凡本義字見於傳者箸明曰讀後放此也聲多聲同在戈歌部毛詩施韓詩作延又作延曼解入元寒聲轉義姝矣**中谷**欲字从此
灌樌**喈喈**諧江有誥詩經韻讀云音飢風雨出車卷阿同**莫莫**平入通用**刈**釋文作艾韓詩云刈取也案今本疑從韓改毛毛詩皆以艾爲
刈字**濩**鑊濩假借鑊本義字借本義字以明假借若東漢人必曰濩讀爲鑊矣凡古人用字寬緩不知本義字無由識其假借詁訓有轉注有從假借以轉
注**絺**希聲讀如黹**綌**谷聲讀如虩**斁**禮記緇衣作射爲假借大戴禮投壺命射斁射莫韻**汙**于聲哀都切**害**曷**否**段氏毛詩傳小
箋云凡經典然否字古祇作不後人改加口耳**寧**寍同**父母**母古音如某與否韻在十五海今展轉音變同一母聲每在海韻悔晦在隊韻敏在軫韻
晦痗在厚韻然以古諧聲諧之則同諧聲者必同部此古今音變之異**傳煩辱**吳志忠云即擷溽古字借用**移**鄭注禮記表記云移讀如禾氾
移之移禾氾移謂禾之茂盛也覃爲延曼則移爲茂盛**茂盛貌**古祇作皃後竝同**搏黍**搏音博黃鳥啄粟故名搏黍釋文徒端反非也**叢**
釋文云俗作蕞一本作最小箋以爲冣字才句反**蕞之**蕞或鬱字**厭**古祇作猒**統**音酖**紘綖**說文紘或作紭古音弓綖古祇作延**副褘**
副讀如富召南謂之被首飾也褘韋聲周禮內司服注褘衣謂畫翬釋音者遂以爲軍聲音煇矣此古今之音轉也**卷耳**卷弄聲說文弄讀書卷平
聲**詖**說文古文以爲頗字頗偏也**頃筐**頃古傾字筐古祇作匡**寘**从穴大干反俗从宀**崔嵬**爾雅㕓麗此脂歌音轉小雅谷風同**虺**

隤𤸰兀聲許偉切音變也隤杜回切崔嵬𤸰隤皆疊韻姑說文作乃音同罍或櫑字畾亦聲段氏說文注云畾者靁之省凡許言畾聲皆靁省聲也魯
回切兕古文𠑿字徐姊切隸作光觥釋文作觵說文云觥俗觵字砠說文作岨瘏爾雅釋文云詩作屠案屠或瘏字吁當作盱同忏傳
采采事采之也采事同部苓耳苓音如憐畚說文畚从由弁聲今音布忖切姑且同部永長同部傳凡五見脊音迹玄
馬病則黃當作馬病則玄黃玄黃雙聲成義也凡傳文錯譌字句皆詳於疏茲不備載樛木樛朻同妬石聲俗作妒葛藟
藟从艸依緣於木則字作櫐郭注中山經音耒葛藟一艸猶山櫐虎藟之比櫐平聲櫐緌音上非古也樂只只與旨異部凡通用假借取諸同部
者多取諸異部者少福古音如逼履讀祿其字作履其意爲祿同部假借此其例也綏安聲安亦平縈釋文作縈即縈之俗螽斯螽音
螽平聲言若螽斯句螽斯詩篇名也奐會在京師汪戶部喜荀家見纂圖互注課讀本四字作句知昔蒙師尙明句讀詵詵音莘振振
說文䪼讀若振薨薨廣韻有薨字此後出之字薨薨取其聲相似本無其字也釋文呼引反繩繩黽聲黽音忪揖揖書堯典揖五瑞徐邈
音集蟄蟄釋文徐音直立反蟄讀如什也徐即徐邈傳螽斯蚣蝑一斯衍字詳疏蚣蝑一名舂黍皆雙聲桃夭之所致夊聲
鰥民古鰥與矜通用夭夭說文作枖枖夭枖古今字也灼灼焯華郭注爾雅云今江東呼華爲荂音敷郝懿行曰廣雅已有花字室
家家古音如姑蕡音墳蓁蓁音臻傳盡以爲室釋文盡津忍反則盡爲藎字矣凡盡心力等字放此兔罝兔釋文作菟假
俗字肅肅古音如修肅肅赳赳同在幽部又兔罝武夫四字同在模部王氏念孫云夫聲與聲之相應若水之從水火之從火其在詩之中若風之入竅
而無所不達故古人之詩隨處可以用韻非但用之句末如後人作五七言之例已也椓周禮涿壺氏鄭注云涿擊之也音篤丁丁古朾字音頂
赳赳丩聲說文讀若鐈干讀扞釋文舊戶旦反中逵韓詩作馗馗逵同字音若仇仇音求傳弋俗作杙爾雅樴謂之弋樴弋同部

扞古斅字書文矦之命扞我于艱說文作斅 制斷音是斷是度之斷 耆不呂同部耆隸作𦒱 掇都括切 捋音捋宋其劉之捋

袺音襭釋文作擷襭擷袺一字胡結反 傳非一 辭小篆云辭當作詞說文作𠟗凡文辭作辭凡形容及語助發聲作𠟗 馬舄說文舄篆文雒字

懷妊宋本作任是 扱衽禮記曲禮注扱讀曰吸釋文初洽反則讀若插矣 漢廣古廣光通用 休思作息誤荅休與求韻也

泳隸變作漾 永古羕字 方古舫字邶谷風同 翹翹堯聲 錯音交道 秣末聲 蔞郭云力矦反案禮記檀弓下蔞翣注周禮蔞作柳矦尤合也

駒一作驕與蔞合韻 傳上竦音聳 泭樊光爾雅本作柎音桴 襍也襍集聲兼會意 汝墳坋 伐茷字从此

條音禹貢厥木惟條之條 枚音微榦曰枚謂其枝之微弱者也 惄韓詩作愵叔弱同尤幽部 調飢調讀朝 肄槷 遐棄說文棄古文作弃今唯左傳作弃讀入聲與肄為韻六書音均表云弟十五部古有入聲而無去聲陸灋言定韻之前無去不可入至灋言定韻之後而謹守者不知古四聲矣與案段氏以為古有平上入而無去孔廣森聲韻表以為有平上去而無入孔就今人北音無入不去不可以定古音也近江有誥唐韻四聲正以為古有四聲段氏悉依六書諸聲繹之以三百篇細意審情則古無四聲確不可易 魴魚魴音旁 赬貞聲說文𧹞赬一字 燬釋文云字書作娓楚人名火曰燥齊人曰燬吳人曰娓案燬聲尾聲皆微灰部 傳遵循同部 調朝朝舟聲與周同部 燬火同部火亦在灰部 麟

之趾麟一作麐趾釋文作止 于嗟于同吁 定音定之方中之定平聲集韻十五青唐丁切有定字 同姓生聲春秋蔡公孫姓本作生杕杜與菁睘韻

召南召公封召邑猶周公封周邑也漢書古今人表召公周同姓白虎通義為文王子不合

鵲巢夫人之德夫音扶考工記夫人以勞諸矦夫人謂后也 積行平聲古無去 絫功絫俗作累 尸鳩尸俗作鳲鳩九聲

御卬訓音如吾與居韻平聲又黍苗御與旅處韻行葦御與斝韻上聲凡古人聲緩一字數音居古聲亦可作上聲不可執今音而繩古音也傳秸鞠
雙聲爾雅古𪇰俗加鳥今爾雅字多俗尸鳩同　采蘩隸作繁　沼正月魚在于沼平聲　澗考槃澗韓詩作干　被髮　僮僮童聲　祁
祁讀遲　傳儲蒚嚋𦲤聲如薵蘇同部音薵波反者非古也蒿高聲　于於同部　渚者聲如豬　葦古字作艸　早也早釋文作蚤古文假
借字　茸蟲嘤嘤說文不錄　趯趯讀躍今湖州向有趯趯之語徙弔切嘤嘤趯趯一韻也草阜一韻也蟲螽一韻也古人用韻之例自不徒
施於句末也隨處有然　阜螽釋文音婦終案阜螽之隸作　沖沖說文沖讀若動動亦平聲　降胡冬切釋文云戶江反此冬江同部之理古人
聲緩不若後世等韻　蕨厥聲　惙惙與啜同音　說說悅古今字　薇微聲　悲非聲　夷古侇字後同　傳常羊音倘徉疊韻　躍音跳
平聲　鐢樊聲　衝衝童聲作衝非　覯遇同侯部遇音如偶　采蘋顯聲省作蘋　濱古作瀕今北山亦作濱召旻箋瀕當作濱則東
漢時已盛行濱字矣　潦寮聲僚燎同　筥方言作篆說文方曰匡圓曰篆聲竝同　湘鬺式羊反　錡奇聲破斧錡與吪韻　釜从金父聲省作釜
牖下音戶上聲　齊古齋戒如此作　傳大莽爾雅音撫　厓厓涯古今字　亨烹俗亨享皆亯字與湘同部　芼之芼沈音毛　甘
棠尚聲如堂　蔽芾蔽音如鷩芾木聲二字疊韻　翦釋文云韓詩作剗初簡反　茇犮聲說文作废　愒音過憩俗字　所說脫案此三章伐
茇敗愒拜說皆入聲凡它部諧聲有同平入唯脂部入聲則無有故講韻家皆以月曷末鎋辥畫出入聲又以祭泰夬廢畫出去聲段氏入爲平委準諸他部
皆然故以配脂部之入不別畫出　行露彊暴古當作㬥今通作暴　厭浥雙聲厭古壓字　露路聲書洪範無有作惡與路韻　夙夜
夜古音如豸與露韻葛生之居雨無正之夫蕩之呼竝與夜韻六書音均表入魚部平聲類　雀小聲說文云讀與爵同　穿說文穿通也从牙在穴中
昌緣切案此等會意字不關諧聲　女無家釋文女音汝下皆同案汝亦女聲　我訟訟公聲與墉從韻列女傳召伯申女頌遂至獄訟與容從

韻集韻三鍾有訟字　傳涇意涇俗作濕　速召同部　獄埆同部埆當作确　純帛純屯聲束也釋文作紂依鄭改　羔羊皮皮从
爲聲爲古音如譌　緐隸作素音蘇箸與箸華韻　五紽釋文作它古佗字音拖　委蛇雙聲君子偕老作委佗韓詩逶迤它聲也聲皆在戈麻部
華音急　五緎徐音域說文作黬　傳數小篆云讀數罟之數下同　行可從迹從如字迹者道也從迹謂順道也　縫殺古縈字徐
所例反　殷其靁殷讀夏小正殷其有聲之殷音隱靁籀文雷字　勸以義也釋文云本或無以字下句始有　不遑古䵻作皇後竝
同　傳息止同部　處居同部古作処凥　摽有梅摽音𠬪說文𠬪讀若詩摽有梅案許叔重據毛詩作摽於𠬪下引詩以證其同音通
假之例𠬪平小切梅韓詩作楳古作某與終南墓門梅楳異木　實三音人參之參古讀如此　塈摡　傳隋落隋卽陊徒果切　今急辭
今急皆从及平入同聲、　小星　嘒彗聲曲禮策彗雖醉反雲漢嘒同　寔讀是寔是同聲寔實不同聲　昴卯聲如矛　衾今聲　裯周聲
傳五噣爾雅噣謂之柳史記律書作濁讀若觸　昴留卯丣皆尤部而音殊　襌古祇作單　江有汜巳聲　美媵朕聲　適音敵
俗作嫡　江沱它聲與池別　悔悔每聲每母聲在之部故此及皇矣生民之悔伯兮十月之交之痗風雨蕩之晦盧令之鋂終南尸鳩四月之梅緐
變瞻卬之誨沔水江漢玄鳥之海甫田生民之畝竝在之部古同諧聲則用韻必同部　其嘯說文作歗與中谷有蓷白華同音如蕭　傳水枝
音支作岐者非　野有死麕籀文麇字　惡無禮惡平聲善惡好惡無二音　白茅矛聲易泰拔茅鄭讀苗士相見禮草茅之臣古文作
草苗　苞包上聲凡斯干生民之苞權輿楚茨若之華之飽匏葉之炮皆與缶同平聲則讀如浮如春秋包來即浮來也　誘說文或羑字與久切　樸樕
樸爾雅釋文作樸僕聲樕欶聲音速屬韻字　純束純音如屯　脫脫兌聲禮記檀弓注奪或爲兌入聲脫脫帨吠爲韻吠古音如犮　感古撼字
帨說文帨帥一字帥率同聲　尨釋文美邦反　傳裹果聲　絜清絜俗作潔清沇音淨　誘道同部　舒徐同部　何彼襛矣

襛音醲韓詩作莪音絨車服車釋文韋昭曰古皆音尺奢反後漢以來始有居音唐棣隶聲釋文云字林大內反常棣同曷盇如曷旦作盇

旦釣勺聲多嘯切音之變也伊讀維音之轉緍昏聲武巾切俗作緡傳戎戎古莪字棧當作棣詳疏適齊侯適音王事

適我之適緍綸同部綸侖聲爾雅釋草綸似綸古頑反音之轉也騶虞漢書東方朔傳騶牙墨子鄒吾聲相近純束純同奄說文奄

大也茁讀出葭古音胡葭魚部今入麻猶家魚部今入麻發癹聲五豝古音攎平聲五豵徐在容反傳葭蘆同部牝匕聲徐扶

紙反

邶國邶音背邶背皆北聲

柏舟汎凡聲耿耿說文耿烓省聲烓讀若冂古杏切隱㥯微我微與非同部敖說文敖出游也从出放五牢切游俗作遊

匪鑒匪同非下同凡訓非訓不者眂此鑒監聲釋文作監茹音如俱烝民同集韻入語茹忍與切愬朔聲怒上聲高注呂覽十一怒讀如強弩之

弩棣棣逮不可選算與轉卷韻轉从專聲鬈亦卷聲六書音均表弟十四部元寒桓刪山仙三百篇皆用平聲悄悄肖聲閔文聲

鶍鴂與勤韻侮徐音茂常棣偺務爲侮字静爭凡安靜字作竫辟古擗字禮言擗踊摽音左傳無不摽之摽迭韓詩作戜音秩傳徵

微音警與耿同在庚部度也古量度法度無二音儼然儼釋文本或作嚴拊心釋文拊音撫綠衣黃裏里聲黃裳

向聲女所治女如字治平聲玉篇除之切俾無訧俾古祇作卑訧必履反說尤聲如飴凄釋文七西反實獲實當作寔今本毛詩

寔多作實或依韓詩改傳閒色閒今去聲燕燕差池差韻說文佚池字野予聲如與頡頏古亢頏聲凡亢聲字皆平佇

古祇作宁釋文作竚竚即宁之俗宁同箸如朝宁即朝著齊風讀平南說文南羊聲羊讀若飪在侵部塞淵塞當作寨先則切淵㴊聲音因周禮婣作

嫿慎音誠說文慎古文作昚昚見書勖从力冒聲音茂俗作朂集韻五十候莫候切不收勖字勖收一屋朂收三燭類篇仍勖朂爲二字矣釋文內玉

反今音非古音傳乞俗作鳦玄鳥同將行同部傳凡八見戴嬀嬀爲聲在歌部書堯典曰釐降二女于嬀汭此嬀爲陳姓之始嬪當作賓

日月逝折聲古讀故寧不寧與寍不同說文寍願詞也从丂寍聲凡訓安者不同義顧徐音古相好書鴻範無有作好說文引

作攷段注云讀如狃好之古音讀如朽是以尚書叚攷爲好也案好上聲與冒報韻冒如茂報如褎不述當作遹音聿傳逝逮同部疊韻胡

何雙聲終風侮慢嫚笑揚承慶字統始造笑字集韻類篇皆仍其誤見說文竹部注浪音浪蕩悼綽罩倬皆卓聲古音如逃

霾貍聲肎來肎俗作肯來古音如釐故釐賚字通曀壹聲疐顚釋文作疌疌音替不應與曀韻譌字也曀曀說文引作壇壇曀家上文而誤

傳跲也跲當作故擊鼓用兵江云楊平聲文仲將古將帥平聲鏜與鼞同漕古作曹轉之隸變音囚泉水載馳竝

與悠憂韻周禮酒正注云糟音聲與蓸相似南行音抗凡唐韻字今轉入庚韻孫子仲中聲與宋與讀於說文宋讀若送古平今多變

去不我以音與爰从𠬪于聲故爰與于竝爲語詞喪亾聲契闊疊韻契同挈闊活聲說音語說之說睨同偕老音姥與手韻

洵魯語洵涕郇注涕也在眞先同部之變韓詩作敻呼縣反則由眞轉入元寒矣此古今音之不同信音伸唐韻四聲正云古唯讀平聲傳洵

遠雙聲敻與遠疊韻豈風豈古愷字俗作凱慰於胃切吹古音如蹉搓号與和韻母氏古氏是通劬勩令人令平

聲浚釋文音峻于旄浚郊同睍睆疊韻睍同嘕說文無睆字[illegible][illegible]疊韻叡古文作睿以芮切雄雄不恒毛詩作恆

不作郵尚書作郵不作恒此用字界畫不可逕同者也泄泄俗作泄詒俗作貽伊讀維慼齊德行音杭與臧韻凡德行與行路行

刻皆平聲非若後人分析繁碎顧氏炎武唐韻正錄至數百事竝無讀去聲忮章昭音洎與支聲不同部不臧俗作臧傳詒遺之貽雙聲

匏有苦葉苦同枯涉渉之隸省厲古濿字讀如烈瀰當作濔音沔鷕釋文以水反作以小者誤也集韻五旨內有此字軌
九聲與牡韻釋文舊龜美反是唐以前本作軌字矣雝雝邕聲鴈厂聲姚信易注引詩作鴈旭日釋文云說文讀若好字林呼老反案此舊音也
徐邈音許九反今類篇集韻作許元釋文作許袁九誤元元又誤袁紕繆極矣妻平聲今音娶泮判招招蘇林注漢書五行志以招人過招音
翹集韻四宵祁堯切有招字卬郭注爾雅云卬猶姎也語之變耳須古鬚字傳瓠瓜七月俗壺字聲同濩古祇作度膝當作厀音如七
淫泆呲釋文作佚音逸潰音骴大昕說文昕讀若希段注云文微二韻之合𢿙㪚聲隸作散失其音矣號召疊韻北山同
谷風谷小雅釋文音穀黽勉雙聲三家作密勿葑封聲今吳人音轉葑爲鯆鮮之鮮菲非聲莫違音如依畿機荼音舒
鄭注考工記云荼古文舒是也今俗作茶字入麻韻薺音霽宴頍弁同它篇皆作燕用假借字如弟弟與薺韻蝃蝀指載驅濟濔陟岵皆奴常棣韡
蓼蕭泥豈旱麓濟行葦爾几韻六書音均表以此二章遲違畿爲脂部平聲薺弟爲脂部上聲又五章慉讎售爲尤部上聲鞫覆育毒爲尤部入聲一章同部
平上入分收若此類者多湜湜是聲如提止作沚非屑肖聲俗作屑毋逝依毛詩當作無不作毋下同笱句聲釋文古口反閱
悅何亾亾與咳韻今音轉作無匍匐雙聲禮記作扶服故詩中服字讀如逼生民同救之救求聲武王踐阼記不可救也與游韻能
不我能音如而鄭注易屯卦而讀曰能慉畜聲如蓄賈釋文音古售俗讎字淺人不知讎一字兩義致改讎讎聲若醻與壽相近鞫釋文
如此作鞫之隸變今俗作鞠鞫字後同御冬御古禦字下同洸音武夫洸洸之洸潰與讀同肄勤塈愒傳須也須下當有
從字須從卽葑之合聲芴勿聲根荄亥聲屑絜同部先之入興古興字釋文據王肅本作養疑王申毛不應易訓必有誤育長長音
常箋申傳長爲長幼非是鞫窮雙聲南山同旨美同部式微黎侯書西伯戡黎說文作𨛃段注云黎侯未知卽商諸侯之後與否

微君微同非與上文式微不同訓泥中泥或云卽坭傳微無雙聲伐木同旄丘旄字林作嫠又作犛案毛致聲同連
率帥詳宷𥟖禮記檀弓作帥之葛合韻節日字誕延聲徒旱切蒙戎疊韻釋文云徐音式邦而容反依左氏傳讀作尨茸字匪車
匪音彼非皮聲轉相通瑣貟聲尾古娓字音如火瑣尾雙聲流離雙聲褎說文云褎俗作袖傳曼延从艸俗愉樂愉音它人是愉
之愉不能稱音不稱其服之稱簡兮簡音僩兮之僩洽官洽俗作伶俁俁韓詩扈扈吳戶聲同轡廣韻六至引說文作䋁段
注云此葢陸灑言孫愐所見說文如此兵媚切籥古管龠字作龠翟凡躍耀濯皆翟聲今轉入陌渥赭鄭注考工記渥讀繒人渥菅之渥今左傳
作漚菅㵼爲尤幽之入而與侯部通者六書音均表云入爲平委平音十七入音不能具也故異平而同入赭者聲釋文音者錫爵錫賜同聲古文皆以
錫爲賜字爵或俗作雀鄭注曲禮盡爵曰釂釂卽醮也平聲今入藥榛與菉別隰㬎聲隰溼同在侵部苓爾雅作蘦令霝不同部詳唐風傳祭
有畀从丌田聲田數勿切干旄畀釋文必寐反燀胞翟闇寺燀劉昌宗音運翟假借字作狄寺同侍泉水毖泌于衞
衞入聲音悅段氏以摽有梅隰桑之謂谷風之潰泉水之衞黍離大田之穗十畝之閒愁蜂白華烝民之外節南山之惠大明之渭假樂之位皆脂部入聲今
皆去聲孌籒文嫋釋文云力轉反聊邪聲泲與濟水別禰音泥韓詩坭與泥同舝音轄說文遂讀若害又𤩿讀若曷遄釋文市專反
不瑕遐肥泉肥古音飛後漢書張衡傳利飛遁以保名范注引淮南九師道訓曰遁而能飛吉孰大焉飛遁今周易作肥遯肥飛聲通永歎
歎下泉大東皆與泉韻平聲寫古瀉字傳舍軷音跋寫除同部北門殷殷古慇字窶當作寠平聲論語婁空婁音寠
之假借字我鞎艮聲今入山適方言適宋齊語埤與脾同讁字俗皆注孟子作適音摘敦音如追與遺催韻宋芑敦與雷成韻皆音轉相
通遺音左傳一矢以相加遺之遺摧說文作催傳鄉陰鄉古嚮字不分平去沮釋文云何音阻北風攜持攜巂聲漢書地

理志越巂郡顏師古音先蘂反雨雪穀梁傳箸于上下曰雨雩籒文𩁹字其邪鄭讀音徐亟讀急音之轉也只且釋文子餘反喈
皆聲霏說文無此字靜女姝說文作㚾俟娭後同薆古僾字搔音禮記癢不敢搔之搔踟躕說文無踟躕心部之篙箸
足部之蹢躅韓詩之蹢躇廣雅之跢跦竝同彤管古彤肜一字煒韋聲說懌箋云當作說釋荑夷聲洵恂說見溱洧且異音瘱
說文懘於計切異瘞合音匪女匪音非女如字篇中四女字皆如字傳法度法令唯周禮用灋字可說悅下同箸于箸直略切作著
者非新臺而要之要古作䙳漢書地理志北地大䙳縣上黨沾縣大䙳谷顏師古曰䙳䚡古要字也音一遙反泚泚與瀰韻小旻訿與
哀違依底韻車攻柴與佽韻故段氏收脂部漢人俱以此爲支部瀰瀰說文作濔爾聲燕婉燕同宴婉宛聲籧篨疊韻釋文音渠儲鮮
古音如斯合韻泚瀰字六書音均表云凡與今韻異部者古本音也其於古本音有齟齬不合者古合韻也洒讀峻古洒與先聲通如率洒作率先浼
浼免聲如潤殄禮古文腆作殄此殄腆一聲也離麗禮記月令注離讀如儷偶之儷後放此戚施雙聲二子乘舟景古憬字
養養恙逝折聲與害韻十畝之間之紲悉蟀之蹶車舝之舝渴括抑之舌逝竝用入聲同韻不瑕遐傳隘音湫隘迅疾迅俗
作駛不礙今俗作碍字

鄘國鄘邑名今作鄘

柏舟其姜釋文共音恭蚤早七月作蚤髧說文作紞兩髦髦毛聲說文鬏或作髳毛矛蕭尤合音我儀儀義我古音如俄
它釋文音他天只天人韻先眞同部諒釋文作亮慝匿聲音論語修慝之慝傳匹音好匹之匹下同矢誓雙聲靡無雙聲
邪衺今唯周禮作衺牆有茨次聲公子頑元聲春秋鄭伯髡頑公穀作髡原埽帚聲山有樞釋文蘇報反有勦之音變也俗作

掃中冓釋文古候反道从首首亦聲無去聲醜禮記學記醜類醜或作討襄古攘字定之方中車攻序作攘傳疾黎茨之合聲从艸

俗抽抽即籀字說文籀讀書也說見顏師古匡謬正俗楚茨言抽其棘徐直畱反即籀音君子偕老笄幵聲今音古兮切六珈

凡加聲字在歌部故禮賀與嘉通用今入麻者聲之侈也亦在歌部象服象古褖字宎多省聲古鐘彝文从多玼兮玼與新臺泚同音此翟

釋文作狄籀文通韻鬒髮說文作㐱从彡人聲或从髟真聲古人真同部髢說文作鬄與狄韻也聲爲合韻秦琅邪臺刻石地懈帝辟易畫韻地也聲

合韻瑱真聲揥讀摘晳从白析聲而天而讀如下而帝同而如聲轉瑳兮周禮注作玼瑳字誤縐今之皺字紲袢紲同褻袢釋文

符袁反是也說文袢讀若普媛平聲韓詩作援傳編髮編音辮衡笄衡同横褕翟釋文作揄狄闕翟闕者屈之假俗也高

注淮南屈讀如秋雞無尾屈之屈即此屈字也丹縠釋文戶木反絺之靡者靡古𤗉字袢延疊韻延古涎字桑中沬說文

沬古文作頮書作妹字孟弋姒鶉之奔奔鶉說文作雜與皺異字之讀則凡之則同訓者放此爲兄江云虛王反定

之方中榛當作亲漆當作桼後同景山京大也詩以景爲京字凡景福景行皆眡此京古音如姜左傳懿氏占辭京與姜爲韻今

入庚終然然作焉非靈霝旣零俗霝字倌人倌官聲星音姓說脫桑田音陳叔于田齊甫田釆芑信南山甫田白華江

漢田皆在真部騋牝釋文上音來下頻忍反三千古音如仁左傳佞夫公羊春秋作季夫佞仁聲季千聲又說文仁古文作𡰥从千聲傳蠶

朁聲施命施音發旋造命造音造作能說釋文云如字誄論語誄曰說文作讄讄聲說文用古文毛傳亦當作讄今唯周禮小宗伯注引

論語作讄蝃蝀蝃爾雅作螮入聲螮蝀即虹之合語隮當作躋候人同崇朝崇讀終父母段云母本音在一部蝃蝀以韻雨此古合

韻也乃如之人之讀是凡之是同訓放此不知命命平聲釆叔假樂卷阿韓奕江漢皆用平相鼠相古祇有平聲無禮儀

古本作義後人以義爲仁義字去聲不知古威義作義平聲唐玄宗不知洪範遵王之義讀俄其誤讀久矣下同　干旄干古竿字旄莫交切如髦

孑孑音靡有孑遺之孑　紕比聲禮記玉藻注紕讀如埤益之埤　予音與基門思予鴟鴞侮予正月助予谷風棄予四月忍予讀平聲非也唐韻四聲正云古訓我之義多讀上聲惟楚辭遠遊排閶闔而望予與居都叶餘無讀平聲者　祝讀織祝在沃屋與職德合聲周禮瘍醫注祝爲注病之注亦合

聲　告音覺古音也今兼入号韻齊南山鞫酹同　傳大夫之旃周禮作旜　鳥隼古音水詳采芑　驂馬驂參聲　載馳五章一章六句一章八句一章六句二章章四句各本一章八句二章章四句互易因此分章不清　思歸

唁釋文音彥　驅古音邱　衛侯音胡與驅韻周禮立當前侯侯卽胡也　跋涉雙聲　濟霽　不閟合韻濟字　阿上阿可聲烏何切

蝱莔　尤之尤古訧字下有尤同　稺釋文本又作稚　芃芃凡聲在侵部風字亦从凡聲今入東　控空聲大叔于田控與送韻讀如穹者音之轉也

傳閟閉雙聲　療亦作藥　一航古音杭

衛國

淇奧古隩字釋文一音烏報反　綠菉　竹薵說文薵讀若督徒沃切　猗猗音阿　匪斐　瑳俗作磋　摩俗作磨　僩釋文遐板反

咺韓詩作宣宣亦亘聲　諼禮記作諠　青青菁　琇瑩琇說文作璓唐韻息救切瑩徐音營　會古髗字　簀讀積　綽音綽綽有裕之綽

猗當作倚　重較考工記較崇故書較爲権一切經音義七云較古文権案権聲亦在蕭韻如白鳥翯翯或作皠皠　爲虐爲今去聲　傳限音如左傳秦人入隈之隈

萹竹萹音篇竹爾雅作蓄韓詩作篴竹蓄篴同　考槃般聲　薖音窠　軸迪釋文音迪　碩人頎斤聲考工記鄭司農頎讀懇

褧衣褧說文作檾音絅禮記中庸注衣讀爲殷此詩文脂微合　邢侯邢幵聲玉篇有輕干切　譚公譚古音尋大東

有譚大夫私厶凝脂凝卽氷字脂音腴蝤徐音曹蠐沈音茨犀爾雅作棲音西螓首螓說文作頲蛾眉蛾同娥倩

青聲盼分聲與倩合韻俗作盻幩賁聲鑣鑣麃聲茀讀蔽周禮劉昌宗同活活昏聲今隸作右罛釋文音孤柰孤亦瓜聲濊濊

說文眓讀若詩曰施罟濊濊呼括切鱣音展鮪音洧發發古潑字菼或荻字玉篇通敢切孽孽韓詩巘巘音同朅揭傳襘朱綠

釋文尺占反領頸亘庚辡聲沈音相近瓣蒲閑反頟廣疊韻鮥釋文音洛亂釋文五患反七月同岷說文岷讀若旨蚩蚩

蚩从㞢之聲貿丣聲如茂頓丘古音欺左傳僖十五年筮辭丘與姬旗韻愆籀文作𠎝衍言聲同將釋文七羊反垝垣音詭桓漣

漣與瀾通渓若渓隸省作沃甚甚聲耽耽在覃韻段氏以為與甚合韻隕員聲音云易林恆之中孚鄉善無損與門叶損亦員聲漸

車釋文漸子廉反不爽音霜此與湯裳韻蓼蕭與襄光忘韻江云至曹子建釋怨文亂我情爽與棠嘗叶始作上聲貳當作貣他得切說詳疏

咥馬融說易訟有孚咥讀為躓案可見至質同部漢人如此泮阪旦旦說文作悬悬平聲齊甫田匪風讀入聲傳垝毀支脂相近賄

財同部鶻鳩釋文鶻音骨隋俗作墮竹竿籊籊籊當作翟古濯字徙弔切泉原今作源原隰字古作邍唯見周禮左

差以為聲讀平遠兄弟父母遠袁聲今有上去二音俗本作父母兄弟不入韻瑳胡承珙音鹺儺音那合韻左瑳字滺滺俗字

釋文作滺滺亦攸之隸變音幽檜集韻十四太云檜或作栝傳長而殺網色界反檝舟櫂當作擢檝楫同芄蘭芄从丸聲

丸蘭疊韻支古枝字佩釋文云依字從人或玉傍作者非觿釋文許規反能音而下同悸韓詩萃古季字同聲也遂悸皆入聲故禮以遂

為拾韘枼聲韘亦集聲甲讀狎徐音胡甲反於音得義矣匡謬正俗不以音狎為是傳玦古字作決河廣杭說文或抗字跂音企

曾不曾音增不音層子登切後放此說文曾詞之舒也徐鉉昨棱切則誤讀如層矣集韻十七登徂棱切下引說文曾徐之誤刀俗作舠崇朝

崇同終朝夕朝廟無二音漢人毎用晁字 伯兮鄭注檀弓云殷之州長曰伯 朅偈 殳說文殳从又几聲几讀若殊司馬法作杸 前驅

音如山有蓲之蓲 膏平聲無去古 適禮記襍記上大夫訃於同國適者音徒歷反今音都歷反者非也 杲杲說文杲讀若槀 諼萓痗

釋文音毎此與背韻十月之交與里韻皆上聲 有狐而多昏句 綏綏夂齊南山同 厲濿 木瓜遺之遺同饋

瓜孤字从此 瓊敻聲古音如諠說文注云招𡨸瓊些與姦安軒山連寒湲蘭筵韻 傳楙木釋文楙音茂案懋楙聲與茂通 苞苴包裹且藉

王國于王城也劉向列女傳孽嬖篇云平王之後周與諸侯無異此語爲鄭譜張本

黍離顛覆雙聲 彷徨疊韻 靡靡玉篇𪎺𪎺同 蒼天蒼古字作倉 穗采同字入聲 醉卒聲 噎壹聲 傳昊天昊者

昦之隸變古音如咎巷伯與受韻 旻天旻讀閔 君子于役危難音患難之難 棲說文棲或西字 塒釋文作時 佸讀會

桀俗作榤 括亦昏聲 傳鑿牆鑿音如曹 會入聲如鄶檜皆與括通也 君子陽陽揚 陶陶匋聲淸入與好韻 翿

說文作𦐇宛上與缶道韻 由敖合韻陶𦐇字上聲碩人載驅鹿鳴車攻敖平聲 傳房中之樂音樂禮 翿也二字誤衍詳疏 翳殹聲

揚之水屯戍音敦獸 彼其釋文云音記詩內皆放此 許古許國字作𨛬今通假作許𨛬从聲與蒲爲韻孫毓云蒲草之聲不與

戍許相協是不知古音者矣 傳戍守同部 中谷有蓷音隹 暵釋文引說文作𪇰他安反 乾音干 仳離雙聲仳枇杷之枇

嘅與慨同 嘆凡从𦰩字皆平聲 脩修 條攸聲條歗下章啜泣皆句中韻 歗凡肅聲蕭瀟皆如修 不淑叔與椒聊之椒並叔聲椒說文

作茮尗聲子寮切故與脩歗爲韻 啜說文𠭰讀若詩曰啜其泣矣 何嗟胡承珙云當作嗟何 傳鵻隹聲小雅作隹 菸音蔫 仳別疊韻

古辨別離別無二音 兔爰爰爰爰讀緩緩亦爰聲 無爲古僞字音譌 罹釋文云本亦作離斯干同 吪凡从化字古惟讀平 學

晉缶**無造**左傳昭十一年釋文箋說文從艸說文蓬初救切則造聲可讀如奏**蘷**古音如擾左傳哀二十年以爲二國夒與覺蹈韻國語晉郭偃引商
銘而祇取夒也與就韻**覺**釋文古孝反**壘**音衛**膚**讀用用亦平聲**傳爲也**爲古僞字**罬**音如憂心惙惙釋文張劣反**葛藟**
說見樛木**緜緜**大雅釋文彌延反**滸**說文作汻午聲**涘**矣聲**漘**脣聲**昆**說文作罤**聞**音問二字古通問亦平聲**傳水隒**何音檢兼
䓺同**采葛蕭**音修**艾**古音如蘗與歲韻庭燎與噦賢蓉與鈇閟宮與害爲韻**歲**戌聲**大車陵遲**陵遲或曰陵夷匡謬正俗
云古者遲夷通用書稱遲任有言曰遲字音夷亦音遲淮南說馮夷河伯乃爲遲字**檻檻**俗作艦音藍**毳衣**說文毳讀若春麥爲毳之毳周禮小
宗伯注今南陽名穿地爲毳聲如腐脃之脃此芮切毳毳皆从毳聲也**菼**說文作[illegible]**啍啍**徐徒孫反**璊**說文作𤩝讀如虋雙聲得義**皦**釋文
本又作皎**傳鵻**爾雅作騅音隹**蘆之初生**蘆當作萑**赬**音汝墳赬尾之赬**丘中有麻留**古劉字**子嗟**差聲**將**
其來施施讀如拖古本經當作其將來施與麻嗟韻顏之推家訓從重施非也將其孔正義作其將不誤下章同**玖**久聲說文引此詩玖讀若
芑子玖爲韻木瓜李玖爲韻**傳施施**此用曑字釋經單字側施施猶[illegible][illegible]也**墝埆**土多或从石磽礭爾雅多小石磽多大石礐郝懿行義疏云
磽礐釋文或作磽确郭五交戶角反今人皆用磽确字不復知本爾雅矣**寶**缶聲

鄭國

緇衣緇甾聲釋文側基反**善善之功**下善義實上善義虛有其善而善之曰善善猶有其惡而惡之曰惡惡古無四聲之別何休注公羊已有
讀伐長言短言之詩矣**敝**古獘字**粲**釋文七旦反與館韻古平聲**蓆**席聲**傳餐也**餐七安反釋文作飧蘇尊反音義皆非也唐人每誤
佩爲一字**將仲子祭仲**祭邑名說文有䣜字**畏**音威與懷韻東山同**樹檀**檀亶聲亶旦聲與展通用此可證旦展爲平之理**傳**

將請雙聲正月同　彊忍之木沈云忍系𦫳作刃為是案正義作韌韌卽紉字　叔于田繕甲曲禮注繕讀曰勁音之轉也

巷巷之隸變古音如洪離騷侚如此讀　傳里塗古作涂今唯周禮作涂　大叔于田藪數聲烈列讀具舉具讀俱下同

襢裼襢說文作膻同袒旦聲裼易聲古脈作但易　無狃無釋文作冊狃古音擾　善射古音如序與御韻車轡與轡韻　忌音記　磬磬

縱送同部縱從聲送讀平丰送亦讀平六書音均表弟九部東冬鍾江三百篇皆平聲　鴇乍聲如糾鴇羽同　慢　罕干聲如軒春秋鄭罕

逹公羊作軒　掤古聲近馮　弖弓弖同韔弓音肱　傳列古迾字　騁馬騁音戚戚靡所騁　弢弢步聲　清人刺文公刺文

公在刺忽諸詩之前刺忽諸詩皆文公已後追刺而作余友重慶王劼說　禦狄于竟俗加土旁　彭古音如旁易大有匪其彭子夏作旁　旁旁

說文作騯　重英英从央聲與彭旁翔韻有女同車箸汾沮洳皆音央在陽部　翺翔雙聲　麃麃釋文表驕反　喬古鷮字韓詩作鷮廣韻玉

篇鷂音嬌　消搖疊韻作逍遙者俗　軸段氏收尤幽部上聲凡由聲字多讀上　陶陶騊　抽說文作搯　傳累荷當作絫何　羔

裘如濡如音而濡江云汝藍反　洵讀均旬勻字通　舍命舍今之捨字　渝與愉同音　豹飾說文云飾讀若式　彥音如論語由也

諺之諺　傳緣釋文悅絹反　遵大路摻參聲　袪去聲去古讀上　寁走聲子感切　魗俗說文作斁云周書以為討案討讀殷紂

之紂則斁音同也　傳攣音攬木　女曰雞鳴陳古士義句士依正義增　爛闌聲　晃几聲今音符　加之加音加豆之實

之加　空之空音嘉故訓脅也　來之來古徠字　贈之贈與來合韻段氏以為之慈相通　傳珩璜琚瑀衝牙釋文珩音衡璜

音黃琚音居瑀音禹衝昌容反　有女同車刺忽說文曰部引春秋傳鄭太子曶案曶古文　舜當作蕣華有白色者䕫　都古音如豬

將將音瑲終南同　傳木槿當作堇釋文音謹　山有扶蘇蘇鮴聲徐音疎　橋松橋音喬釋文云本亦作喬　子充統字

从此傳扶胥小木也胥音疏扶胥猶扶蘇疊韻釋文無小字扶渠疊韻菡萏疊韻音含覃澤陂同龍紅同部捧兮
捧釋文他洛反不倡釋文本作唱和平聲漂音摽狡童狡猶童昏擅命擅音如專不能餐江云音遷傳壯狡狡與
佼同隰有萇楚作壯佼褰裳釋文褰裳本或作騫裳非說文云褰袴也案此褰騫二字互易陸氏是騫而非褰也左傳襄二十六年釋文不誤起
虔反忩行忩炎聲平入通溱說文水經作潧潧與人合韻狂童作僮者非洧有聲古音如以士讀事丰敷容切不隨隨音
加隋與和韻褩衣褩同絲下褩裳同傳丰豐同部東門之墠墠釋文正義作壇單亶聲同茹藘疊韻藘說文作蘆音
閭漢書地理志遼東無慮縣古醫無閭地踐讀淺傳町町音町畽之町茅蒐茅矛聲疊韻風雨瀟瀟當作潚音修詳疏
膠膠音亦翏轇寥聲傳愈瘉子衿漢石經作䘳學校廢此校字涉下學校而衍釋文出學校在世亂後則陸所據本無
校字定本無校字亂世釋文作世亂云本或以世字在下者誤學校沈音教子佩佩平聲滑陽亦與思韻挑兮達兮挑初
學記作佻達滑撻也二字雙聲闕音缺門觀也所以縣象魏傳弦之弦作絃俗瓀釋文作碝耎聲珉釋文亾巾反依禮記玟字爲音揚
之水終鮮尟說見蓼莪迋讀誑傳流漂釋文匹妙反捧兮匹遙反古無此分別出其東門縞衣縞高聲綦
巾說文綦或綥字其畀同聲廣韻七志云畀說文音其員釋文本亦作云闉闍闉音左傳井堙之堙闍古音都集韻九麻之奢切徐邈讀此即釋文
止奢反也不應入麻韻娛釋文本作虞虞亦吳聲野有蔓草蔓俗曼字音萬零露零正義作靈漙與團同邂逅雙聲
邂當作解逅釋文作遘綢繆作覯與芻隔韻瀼瀼徐乃剛反蓼蕭同溱洧渙渙平聲韓詩作洹蕑姦旣且釋文音徂與平
韻詩多以徂爲且字洵恂韓詩正作恂說文云恂信心也靜女叔于田有女同車宛丘並以洵爲恂字勺藥疊韻勺俗从艸劉劉聲

齊國

雞鳴 警戒 警與儆同 蒼蠅 黽聲 明 古音如芒 夢 說文夢讀若萌斯干正月夢皆平聲 無庶予子憎 當作無庶予予憎憎會聲

傳 纚笄 纚音縰 無見惡於夫人 惡音好惡夫如字釋文音符非 還 說文還疾也讀若讙還與還同 猱 釋文乃刀反案魯詩作獿假俗字 竝 拼 兩肩 豣釋文本亦作豜 儇 韓詩婘音權儇婘同 著 同宁今通俗作著唐韻四聲正云著古有平聲蠹楄根結篇皮膚薄著與虛枯叶 尚之 尚與上通 瑩 音瑩 英 古瑛字 東方之日 履 讀禮 闥 古祇作達 東方未明 挈壺氏 鄭注夏官云挈讀如絜髮之絜 顛倒 雙聲倒古祇作到 召 古詔字 晞 昕 樊圃 樊棥聲讀藩圃甫聲 瞿瞿 明聲說文云瞿讀若章句之句又云趯讀若勈 莫 俗作暮案此與汾沮洳悉蟀采薇雲漢莫讀平又讀入入者平之委也 傳 柔脃之木 說文脃从肉絕省聲此芮切段注云作脆者誤也

南山 綏綏 玉篇作夊夊思隹切 五兩 古緉字 緌 委聲釋文如誰反 雙 古音所工反雙字从此 庸 讀用 蓺 古祇作埶無蓺藝字 衡從 韓詩作橫由從與由東幽音轉而通 媒 某聲 傳 衡獵之從獵之 獵與躐通 種之 種當作穜說見七月

甫田 無田甫田 此田即畋字 莠 說文莠讀若酉 忉忉 音叨 怛怛 旦聲多讀平此合韻桀匪風合韻發偈入聲 婉兮孌兮 婉孌疊韻僚人同又見猗嗟 丱 貫音宦禮記內則注丱或作𠁁 突而 釋文引方言云凡卒相見謂之突吐納反而正義作若 弁 音小弁之弁

盧令 古鈴字載見作鈴 環 古音如捐 鬈 音拳釋文音權鄭讀 鋂 釋文音梅 偲 讀才

敝笱 鰥 即鯤字與雲韻 鱮 與聲 唯唯 沇養水反故唯與水韻韓詩作遺遺亦可養水反也

載驅 無禮義故 句 與文姜淫 句 薄薄 音如迫 簟茀 簟覃聲茀讀蔽 鞹 虢入聲釋文作鞟 濔濔 釋文作爾乃禮反 滔滔 與儦敖合韻最近 儦儦 麃聲 傳 彷徉 疊韻

猗嗟疊韻頎而而正義作若抑懿蹌倉聲名俗作眳儀容儀也正中也釋文音征選纂韓詩正作纂貫古祇作毌音關
鄭讀慣反兮反韓詩作變書堯典於變漢書成帝紀詔作於蕃古反變蕃皆平聲禦亂御禦當作御

魏國

葛屨褊扁聲陿隘雙聲陿釋文云依字應作陜蕋字林作陜本說文也糾糾丩聲摻摻讀纖纖襋音如棘提提禮記檀弓
吉事欲其折折爾鄭注引詩提提讀折又史記刺客列傳藥囊提荆軻提讀擿此提與辟揥刺韻小弁提與斯韻古人平入自通用也左辟古避字音
壁刺音策傳繚繚與糾同部纖纖說文作韱韱䙅也小箋云䙅當是本作要淺人加衣耳如禮記玉藻深衣等篇言衣服皆作要
汾沮洳汾音文水名沮洳疊韻一方旁一曲凷之隸變玉聲藚說文音其或反宋毛詩載釋文引如是通志堂本改爲似足反
公行音行路之行公族讀屬傳漸洳漸音漸車帷裳之漸水舄釋文音昔此古音園有桃殽古作肴何其
如字蓋盇聲傳棘棗从二朿棘己力切棗子皓切音義俱異故七月棗與稻韻陟岵音怙父曰嗟予子絕句下章予季予弟
同上尚旃之焉合聲采荅與然焉韻屺釋文音起必偕偕在脂部與弟死韻杕杜與邇韻魚麗與旨韻唐韻四聲正云古惟有上聲並無平
聲傳無耆寐耆即嗜字十畝之閒閑閑釋文作閒閒泄泄音詍伐檀坎坎魯詩作欿欿易習坎京作
欿徐音苦感反干岸之省凡河干字放此漣猗漣連聲猗音兮支歌合韻廛周禮廛人故書廛爲壇縣貆縣俗作懸下同貆釋文亦作狟
音桓淪倫聲囷麕字从此鶉當作䧿飧大東釋文音孫傳孰食孰俗作熟碩鼠貫女貫徐音官凡音家多備義以爲音魯
詩正作宦永釋文作咏音詠歌也此非毛義

唐國

悉蟀雙聲悉俗作蟋蟀說文作䗐歲聿與曰通荒㳅詳天作瞿瞿禮記玉藻視容瞿瞿釋文紀具反蹶蹶厥聲慆舀聲舀卽

生民或舀之與休憂休韻舀傳蛬沈九其反聿遂同部除去同部山有樞魯詩作蓲从木从艸同區聲古讀如邱榆音豆

平聲曳釋文以世反婁摟愉鄭改偸栲說文作柷讀若槱杻說文無杻字讀如狃洒讀灑異部之假借埽帚亦聲弗考

攷古音如朽淮南說林白璧有考不得其實考卽朽字保古音如缶嵩高與寶韻傳荎音挃山樗雩聲說文樗讀若蕐檍說文作檍考工

記檍爲上鄭司農云檍讀如億萬之億揚之水鑿鑿音濯古平聲襮字林方沃反皓皓作白旁非繡魯詩作綃鵠告聲

如咎粼粼粦聲椒聊疊韻椒說文作茮从艸蕃衍疊韻匊俗作掬釋文九六反釆綠同篤竺詩多以篤爲竺字傳比也

古比側比輔無二音綢繆疊韻子兮子讀茲粲者音如箸與戶韻傳纏綿疊韻嗟茲雙聲解說悅杕杜

釋文杕本或作夷狄字案此卽顏元孫所謂河北本杕作狄誤也杕大聲特計切杜土聲湑湑音疎踽踽禹聲比音如必佽古音次聲如漆

周禮巾車杜子春軟讀爲桼琓之桼菁菁青聲睘睘睘从袁聲與菁姓爲韻此元耕二部相通如子之還兮漢書作子之營兮也釋文本亦作煢則

柱本韻羔裘居居音倨究究宄說文宄讀若執鴇羽鄭注考工記云羽讀爲扈此古音也栩羽聲東門之枌釋文況浦

反盬古聲如蠱鴇行讀如亢楊雄甘泉賦魚頡而鳥䀘毛詩頡頏或三家詩作頡䀘行古䀘字傳稹沈音田杼說文作柔杼乃杼軸字也

東門之枌同不攻致古緻字翮鬲聲無衣天子之使使从吏聲古二字通用燠釋文作奧於六反有杕

之杜噬逝說文遾折聲讀若誓道周周還也傳噬逮同部周曲同部葛生蘞說文蘞或蘞字斂亦僉聲也亾

此亾音論語亾而爲有之亾角枕冘聲澤陂與菡萏儼韻易坎六三與坎窞韻傳塋域塋營省聲枕篋說文或匧字苦叶切席䕨釋文又作檳徒木反采苓集韻一先苓艸名靈年切周禮羊頭俗从山頭江泠毛徐仙民泠讀如蓮此古音也顚云德因反爲言爲同僞下同

傳幽辟僻小行音德行無徵與證通

秦國

車鄰釋文又作轔秦仲始大釋文云絕句或連下句非寺人寺古侍字巷伯同令韓詩作伶耋集韻音鐵易大耋之嗟王肅讀

傳昀顛昀俗作的顛桑聲八十曰耋八當作七詳疏四驖四作駟非驖戴聲始命釋文云絕句媢子媢倉聲

時讀是時是同之部詩中多偫時爲是舍拔舍音釋拔與括同聲北園今湖州讀園如言閑古作閒音嫻鄭以爲閑字輶音德輶如毛之

輶鸞鑣鸞古作鑾鑣應聲獫僉聲歇驕猲獢傳喙釋文況廢反此與咽近小戎則矜音論語矜而不爭之矜俴

讀淺下俴騶同五楘莫卜切說文車軸束謂之鞪楘與鞪同輈舟聲脅驅脅劦聲段云驅合韻續轂馬玉曲字東京賦亦以驅燭屬爲韻靷

引聲鋈古作洪音鋈下同說見小箋茵列女傳作絪暢轂暢當作暘轂釋文音谷騏其聲馵段云集韻三燭內有此字板屋板古

作版駵釋文音畱騧音媧論語有季騧是驂參聲與中合韻段云驂本音在弟七部七月陰韻沖公劉飲韻宗蕩諶韻終雲漢臨韻蟲宮宗船皆

東侵合韻之理觼軜觼夐聲通俗文作鐍軜音納合韻合邑厹說文作厹巨鳩切錞釋文一音敦錞即鐓之省鐓益敦聲也淮南說林注錞讀

頓首之頓伐瞂說文瞂盾也从盾犮聲有苑音蘊合韻羣鐵韔釋文亦作暢鏤婁聲二弓弓聲字音厷故郝黑肱公羊作黑弓矣古在蒸

登韻閉三家作柲或作韍緄縢音衮縢厭厭懕德音段云本音在弟七部合韻膺弓縢興字閟宮綅本音在七部合韻崩騰朋陵椉

縢弓增膺懲承字凡古曾之爲替與之爲廢堋之爲窒朋之爲鳳戴勝亦爲戴鵀仍叔亦爲任叔皆弟六部弟七部關通之義傳歷錄雙聲句衡

句古䩕字衡同横靳環靳作靷者誤釋文居覲反沈重云舊音皆作靳拚軓音范騏文騏正義作綦尸鴇釋文作綦鐏尊聲與鐓同部

討音論語世叔討論之之討馬融曰討治也中干戰紲釋文息列反緄繩縢約繩約二字疑互譌縢繩雙聲閟宮同蒹葭

伊讀維一方音防遡洄說文遡或作泝字洄回聲淒淒釋文作萋萋晞希聲湄眉聲坻氏聲在六脂釋文音直尸反是也小雅甫

田直基反則闕入七之矣傳蒹薕廉聲廉亦兼聲終南終讀中條讀槄狐裘裘从求聲求在尤幽而入之咍段氏所謂古諧聲偏

旁卽合韻之理丹當作赭韓詩作沰紀讀基釋文云本亦作屺傳槄釋文土刀反柟凡冊聲字古在戈麻韻黃鳥惴惴

音揣栗作慄非殲音瀸防徐音方鍼虎鍼今俗作針晨風晨說文作鷐鴥穴韓詩作鴪鬱詩多俗作菀字音之轉也欽

欽金聲櫟樂聲六駮駮交聲與櫟樂皆平聲爲韻讀作駁者今音也檖說文作椽釋文云或作遂遂疑椽之譌傳鸇說文鸇亶聲籀文从

廛鬱積同部駛疾衛風傳作迅疾倨牙倨音鋸齒之鋸無衣袍莫浮切仇音如讎戟說文从戈榦省段注云古音在

五部讀如腳傳襺釋文本作繭古顯反行往同部渭陽麗姬國語宋庠補音云舊音麗音歷案舊音唐人所作瓊瑰瓊三

家詩作璚瑰鬼聲權輿夏屋古音戶烏渠渠音巨四簋簋音九周禮小史故書簋或爲九伐木與埽牡舅咎韻飽包聲如缶

此與簋韻楚茨與首考韻苕之華與首罶韻

陳國

宛丘湯讀蕩之上平聲與湯望韻頍弁與怲臧大明與王方韻洵恂坎竷値音置缶游上聲翿音如翢傳洵信

同部值持同部盎周禮盎齊身浪切東門之枌漢有枌榆社婆娑雙聲釋文云婆說文作媻差釋文云鄭初佳反毛無改

字空從鄭讀之原段氏云原本音在弟十四部東門之枌合韻差麻娑字古獻尊之爲犧尊若干之爲若柯媻娑之爲婆娑嘽嘽駱馬之爲痑痑駱馬

皆此類鬷總荍收聲釋文音祈饒反荍讀如翹也此依謝氏荍葉翹起爲說握說文云古文作臺臺見淮南子椒古叔秋聲同春秋楚椒舉

漢書古今人表作湫舉叉左傳昭十二年湫與攸韻傳數疾也芘芣芘陸音毗芣不聲音浮非也衡門衡讀橫愿釋文音願棲

遲棲西一字而遲雙聲棲遲疊韻此諄脂相通之理北山亦作棲遲泌音毖樂飢樂音喜樂沈云舊皆作樂字東門之池漚

釋文烏豆反淑姬釋文作叔姬晤遻紵宁聲菅音姦白華同傳漚柔同部晤遇同部東門之楊男女

多遷句牂牂音如臧左傳有叔牂煌煌皇聲肺肺朩聲晢晢折聲古讀如質墓門陳佗釋文作它良師傅

音甫斯說文斯从斤其聲斯支部其之部此古合韻之理有扁斯石有蕢其實溥斯害矣嘅其嘆矣秩秩斯干灼灼其華斯其聲同故義同也段氏於它部

有合韻而支之部不用合韻不相蘖廁夫也禮記郊特牲注云夫或爲傅案夫傅聲通有梅三家詩作棘與首章同鴞号聲訊之當依

廣韻作誶止爾雅誶告也沈旋音粹訊予訊楚辭注作誶思予上聲與顧韻鴟鴞正月谷風四月同防有鵲巢邛工聲如窮小旻

巧言同苕音饒侜舟聲予美韓詩作娓聲同甓辟聲虉音五歷反惕惕說文惕或从悐傳唐堂塗堂當作庭字之誤

令適甓之合聲月出皎釋文作皦佼人佼音姣窈糾疊韻丩聲在尢幽合韻皓唐開成石經作皓上聲懰釋文作劉

力久反懮受疊韻慅蚤聲如溲照昭聲燎當爲嫽夭紹疊韻慘當作懆喿聲與照燎紹韻株林從夏南夏古音如

賣依正義南下有兮字下從夏南同匪音彼說脫駒釋文作驕沈云駒後人改之案驕與株合韻澤陂音波涕泗疊韻泗同洟

滂沱彭拖雙聲 蕑蔾卷字古婘 悁悁釋文易玄反 枕音耽 傳夫渠鄭風夫作扶 悒悒淮南覽冥注唈讀左傳嬖人婤始之始

檜國檜同鄶

羔裘如膏平聲此與曜悼韻下泉黍苗苙與苗勞韻 曜與燿通 傳動古慟字 素冠棘讀亟棘亟傳皆讀爲亟音之轉也棘亟在職德部亟本義字棘假俗字 欒欒孌 慱慱文選賦注作摶摶 韠畢聲 蘊結雙聲蘊唐石經初刻作藴都人士菀結溫宛聲相近

傳瘠說文膌瘦也瘠古文案瘠卽瘠之隸變 衎衎干聲易漸曰歆倉衎衎 隰有萇楚萇長聲 猗儺雙聲如於那骨醢謂之臡字或作腝乃官切此古音也 傳銚弋爾雅音姚亦 匪風匪讀非下同 偈韓詩作揭 怛怛本音在元部合音漢書王吉傳引詩中心𢡱兮𢡱與發揭同脂部入聲 票釋文本又作票匹遙反 弔平聲今兼入錫 漑說文作摡讀如杚 鬵說文鬵讀若岑釋文又音岑與說文合 懷讀歸 傳滌條聲平入通 碎音細碎

曹國

蜉蝣俗字夏小正作浮游疊韻 楚楚齇音創舉切 掘閱掘者堀之誤閱同悅 說脫 傳渠略蝨蜋強魚离灼切 容閱孟子作悅

候人候與鍭餱喉俱侯聲音胡 祋釋文又都律反漢書地理志左馮翊祋祤縣顏音丁活反 赤芾古作市音茀 鵜說文鴺或作鵜田黎切 不稱廣韻昌孕切 咮玉篇作噣咮噣同聲同字釋文陟救反 媾冓聲 薈兮蔚兮薈蔚雙聲 傳黝珩玉藻作幽衡

洿澤鳥洿與汙通 喙釋文虛穢反是也又尺稅反又陟角反王引之爾雅述聞云毛詩以喙釋咮咮喙非一字尺稅陟角兩反此喙之誤讀爲喙者

也媾厚同部　尸鳩儀一當作義壹梅楳之假俗字　忒音貣萬年年从禾千聲古音如佞此與榛人人韻東山薪無羊溱信
南山賓皝醉蠱盾江漢人田命命韻　下泉冽作洌非　根徐音艮案根說文或蓈字大田同　愾釋文云說文大息也音火皝反案古愾慨
通用　蓍尸平聲　郇伯郇音荀左傳作荀
豳國豳山名邠邑名漢人豳邠通用
七月流火江云音毀案聲轉如焜　觱發觱隸俗作觱䚣古文誖字說文作畢　栗烈栗冽　褐曷聲　耜說文作枱或作鈶㠯台聲同
饁盍聲　畯音峻　喜古音尺志反故鄭讀饎也　倉庚疊韻　懿壹聲　始讀始故雨無正始與仕使子友韻也釋文作迨音待非古字古音　萑
葦萑當作雚雈聲說文雈讀若和和桓合韻也葦韋聲古音如衣　條桑條玉篇作挑　斨音牄　猗當作掎　鶪音易闃其无人之闃字林工役
反依夏小正孟子作鴂也　我朱絑　孔陽暘　葽葽與蜩合韻江云夏小正四月秀幽則與蜩同部　蜩周聲如條攸周同聲　穫音管子一
樹百穫之穫　蘀音託轉音則如陊鶴鳴同　貉各聲　貍釋文力之反　裘江云音其說見終南　纘與纂通　豜开聲　斯螽斯爾雅作蜤
股古音如古　莎雞沈云舊多作莎今作沙音素何反案莎沙誤倒　穹弓聲考工記鞾人鄭司農注穹讀爲志無空邪之空　窒音如質古音也　墐
呂覽季春紀注墐讀如斤斧之斤　改少牢禮日用丁己鄭注云自丁寧自變改是改己同聲也　室處子歲不入韻此三句一韻之例　薁奧聲　菽
古祇作尗或假借作叔俗作菽　剝攴釋文普卜反　壽音如燾　壺讀瓠　苴音租禮有苴杖　荼音舒荼與檮又爲句中韻　納禾稼納古文假
借字周禮鍾師納夏故書納作內杜子春云內當爲納杜以古經典多作納也稼音古與圃韻　重古種字釋文云直容反又作種音同禾邊作重是重穋之
字禾邊作穜是種蓺之字今人亂之已久　穋說文穋稑之或字詩作穋周禮作稑段云與麥合韻讀如力閟宮同　綯匋聲　播楚辭九歌匊芳椒兮成堂

𦊐一作播說文𦊐古文番播从番聲則播古讀如番番瓠葉矣**夌陰**夌說文作䔖陰在侵部與東部沖合韻說見小戎**蚤**古音如溲**韭**古在幽部

釋文音丸是也**肅**讀縮**饗**古讀平聲此與場羊彤弓臧況楚茨皇慶我將方王烈祖穰嘗爲韻無上集韻十陽虛良切有饗字**傳周正月**正平

聲說詳小雅正月篇**離黃**離爾雅作鵹**豫畜**古蓄字**方銎**釋文曲容反破斧同**角**摘**荑桑**荑爾雅作桋音題**纁**熏聲**螗**

俗唐字**蘀落**同部**振訊**說文訊卂聲古文作訙又卂讀若莘卂亦卂聲也**塗**古作涂讀與敷同**篳**畢聲**薁**嬰俗从艸**凍醪**

音聊**綯絞**尤蕭音近**絭升**同部**水複**月令作腹**鴟鴞**說文雖籀文作鵻處脂切釋文尺之反則闌入之韻**以遺王**遺書作詒

予入聲合韻室字**恩斯勤斯**恩勤眞文相近**鬻**育**閔**淮南精神訓茲芠漠閔與門叶**迨**說文作隸**徹**撤**桑土**韓詩作杜縣自

土齊詩作杜**蓄租**當作畜祖**譙譙**與噍同**修修**集韻修修羽敝也或作𦐃𦒂案此則修爲正字集韻本諸釋文今本釋文乃徑開寶中陳

譌等刪改之本也譙修在尤幽部翹搖嘵在蕭宵部**漂搖**疊韻**予維音嘵嘵**嘵聲說文作唯予音之嘵嘵玉篇音下亦有之字**傳鶨**

鴂說文無鶨夬字鴂夬聲**稚**釋文作穉**拮据撠挶**並雙聲撠者戟之俗**東山三年而歸**句**勞歸士**句**慆慆**

音論語慆慆皆是之慆**零雨**零說文引作霝**濛**蒙聲**制**古製字**士**讀事**行枚**行如字枚讀微**蜎蜎**考工記廬人注謂若井中蟲蜎

蜎李音烏犬烏懸二反**蜀**俗作蠋蜀與宿閒句爲韻二章亦實與室閒句爲韻**烝**釋文之承反**敦**下有敦釋文徒端反羣經音辨音團**果臝**

疊韻易說卦傳爲果蓏釋文力火反臝卽蓏也與小宛蜾蠃異物**伊威**雙聲說文伊作蛜**蠨蛸**釋文云說文作蠨音夙蠨蛸疊韻**町畽**

雙聲釋文町他頂反畽又作疃他短反此音之變也**熠燿**雙聲**鸛**說文作雚从吅得聲平聲故莊子寓言篇作觀後漢書楊賜傳作冠**垤**釋文田節

反**洒**灑傳凡二見**聿至**至古音如質故至與垤室窒爲韻杕杜藝萩至並與恤爲韻莊子刻意篇道德之質天道篇作至此至質通韻之理**栗**

鄭讀裂駁爻聲今音卜者蕭尤同入也與駮異字縭离聲江云音羅嘉音如賀傳寘釋文作寘不誤括樓說文作苦蔞委黍

雙聲踦音掎鹿迹鄭注周禮迹人云迹之言跡知禽獸處燐釋文又作𤡭皆粦之俗螢火螢當作熒螘冢釋文螘作蟻魚綺反案冢

俗从土旁專專古團字衿今聲當从糸帨音率破斧是皇讀匡吪讀化平聲銶說文梂一曰鑿首金部無銶字遒廣韻

遒揫竝即由切傳隋銎隋釋文何音湯果反孔形狹而長也奄說文作鄶鑿屬屬古欘字下木屬同伐柯有踐禮記中庸注踐

或爲纘古平聲伐木同傳斧柄說文或作棅行列行音杭九罭音域說文無罭字鱒沈音撰袞衣段云袞从㕣聲

㕣古文沇州字鴻鳿聲大鳥也無以讀與傳緵罟緵音總卷龍古袞卷聲同故禮記袞字皆作卷狼跋跋同䟣爾雅郭

音貝依䟣爲聲疐說文作躓釋文又陟値反即躓音也几几說文作己己又作掔掔不瑕音聘義瑕不揜瑜之瑕傳跲音中庸言不跲

之跲絇音拘

音一終

小雅

鹿鳴之什

鹿鳴筐篚古作匡匪 呦呦釋文音幽 苹平聲 示我示鄭作寘此支寘合韻之理非毛義 蒿釋文呼毛反 視鄭注禮記曲禮云視今之示字周禮作眡 恌當作佻 是傚平聲角弓與斆韻 敖五羔反作傚者非 芩今聲釋文其炎反則轉嚴凡部矣 湛媅亦甚聲常棣賓之初筵同 傳蓱曾釗以蓱爲莽之字譌音萍 鼓說文或字作墼去刃切蓼莪有牡鼓 愉釋文他侯反 四牡倭遲疊韻 盬古聲 嘽嘽三家詩作瘆瘆案單聲之字音多若漢書地理志之鄲縣孟康音多也駉驒音徒河大東小明僤音丁佐此皆寒歌二部相近 駱音洛洛亦各聲 翩翩扁聲 騅釋文本又作隹爾雅作隹職追切廣韻思允切則以騅隼爲一字 將父將讀養下同 駸駸㬰聲 諗讀念案念从今聲古音如壬與駸韻書咎繇謨念哉與爾欽哉韻此其例矣 傳喘息喘音湍 舍幣于禰釋文舍音釋禰乃禮反 夫不郭注爾雅云今鵓鳩案鵓卽夫不也不釋文方浮反依方俗音 枸檵枸句聲檵音繼四月同 皇皇者華 皇皇讀煌 駪駪國語作莘 每古平聲文選魏都賦蘭渚莓莓李善注莫來反春秋傳原田每每羣經音辨怳回切 駒釋文本作驕與說文同合韻 濡古音如臑 咨俗作諮下同 諏音掫 駰因聲 均勻 詢釋文音荀 傳每雖雙聲 懷和雙聲 調忍古韌字 常棣 鄂咢聲俗作鄂 韡韡韋聲 如夷 裒當作捊般殷武同易謙裒多荀虞皆作捊 脊令雙聲小宛同 兄也兄況古今字 鬩音鶪易鬩其无人姚信作鬩 御讀禦 務讀侮左傳作侮 無戎音如汝與務合韻常武戎與祖武爲韻 儐賓聲 飫說文作䬸本音在二部韓詩作饇則與豆具孺韻 具古音如豆無羊

與饑韻孺上聲翕合聲合翕琴湛同部而平入又各自爲韻家室不入韻當依唐石經作室家帑奴書甘誓帑戮女周禮注作奴衞包改帑

亶音如展傳常棣棣下棣當作移音移威畏同部巧言同考工記弓之畏故書畏作威兹古滋字佷釋文戶墾反塤箋云

古聲塤賓塵同怡怡正義本作熙熙同在之台部儐陳古文俱以陳爲敶字孺屬侯尤同入屬音不屬于毛之屬伐木三章

章十二句各本作六章章六句據正義訂正丁丁朾嚶嚶嬰聲矧引俗矤字聽平聲集韻十四清湯丁切許許所釃

音纚藇釋文音敍羜說文羜讀若煑於粲於如字酤古聲坎坎說文作竷蹲蹲字當作墫音撙節之撙我暇叚聲凡叚賈家

字讀如古此與湑酤鼓舞湑韻何草不黃與虎野韻傳喬高同部柹說文朩讀若輩柹从朩聲蒲貝反釋文音側几反誤柹爲柿也集韻因之入五

旨藪當爲籔音溲茜音縮天保單厚單音亶戩晉聲周禮職方氏故書箭爲晉釋文子淺反讀如箭真元合也遐福遐古

音胡士冠禮永受胡福鄭注云胡猶遐也蠲釋文舊音圭案此依三家詩蠲益聲佳之入也饎高注呂覽仲冬紀云饎讀熾大之熾今吳以米蒸食之曰

熾飯蒸遺意也玄鳥作糦享平聲與嘗王疆韻信南山明皇載見鶬光烈祖鶬將殷武羌王韻集韻十陽享虛良切禴閟宮傳作礿同聲公功

卜今音博拔切楚茨同弔古遲字節南山同恆釋文亦作緪傳穀祿同部虧說文虧或作虧采薇玁狁釋文本或作獫

允將率帥古文以率爲帥字帥或帨字此本無其字假借也烈烈廣雅作烈孔疚說文無疚當作宂古音如怡杕杜同來古音釐又音力

凡一字有平入兩讀爾說文作薾騤騤癸聲釋文求龜反轉入之部烝民同腓讀辟弭說文弭或作兒耳聲之支合韻杜子春注周禮男巫弭讀

如彌兵之彌讀从兒聲服古箙字采芑同日戒日作曰非戒音急棘亟又讀急下章同我哀古音如衣孝經哭不偯說文作悠傳

辟避解紛紛作紛非釋文芳云反是也老子曰解其紛出車我來來古音如力此與牧棘大東服靈臺亟常武棘韻孟子滕文

公篇勢之來之與直翼韻入聲**旆旆**音渒**況瘁**況古作兄**央央**釋文亦作英**襄**釋文或作攘**卉**釋文許貴反**訊獲**馘**傳**

旐旐古作流形**杕杜睆**宋毛詩載釋文睆華版反字從白或從目邉非案作睆是也大東同**幝幝**韓詩繟繟昌善切聲同**痯痯**

說文無痯或是寬字**不至**入聲易林益之鼎期逝不至韻恤與詩同**近**段云本音在十三部合韻偕邇字北門敦韻遺摧采芑焞韻雷威頎入頎韻衣

妻姨私微韻與文欣二韻轉移最近微韻中軍聲翬聲斤聲㫚聲之字皆自文欣韻中轉入**魚麗**音羅**罶**音柳與酒閒句作韻茗之華與首飽

韻**鱨**嘗聲**鯊**古祇作沙**鱧**音禮**鰋**說文鰋或鰻字**時**上聲如士此與有韻文王與右生民與祀悔旣醉與子𦳝與舊韻**傳麗歷**雙聲

鱨楊同部楊說文作揚**鯊鮀**同部鮀音祇鯊之鮀**不操**正義作芟**罻羅**禮記釋文罻音尉一音鬱**麛**弭聲**隱塞**隱音偃**不**

數罟崔靈恩本數作總**鯇**作鯛者非**鮎**沈音奴廉反**南陔**春官鍾師杜子春注祴讀爲陔鼓之陔亥戒聲同也說文陔階次也文選

注引聲類曰陔隴也**而亾其辭**亾音亾其七篇之亾下同

南有嘉魚之什

南有嘉魚罩罩卓聲**汕汕**山聲**鵻**釋文本亦作隹**又思**又與右同形弓釋文右音又**傳籗**竹角切或作罩**樔**巢聲音夏

刖礿檜巢之巢鄭讀如撩**壹禍**壹專壹也**南山有臺萊**爾雅作釐**栲**見山有樞**杻**見山有樞**遐不**遐音胡下同**枸**句聲

楰臾聲**耈**音垢**保艾**傳作艾保經說倒思文釋文云艾鄭注尚書五蓋反案鄭注無反語謂以其義推之也沈音刈**傳夫須**雙聲魚虞相近

枳枸雙聲說文作積椒**由庚**成十八年左傳以塞夷庚由夷一聲之轉庚音如行**由儀**讀宐**蓼蕭**蓼音六又轉音了**譽**

音隊裳裳者華韓奕竝同**龍**讀寵古文以爲寵字**弟**音如夷古弟夷通**壽豈**愷平聲釋文開在反此今音也**濃濃**音醲**鞗革**鞗俗小篆

云攸古文鋚字革古文勒字鋈鋈芑韓奕載見同 湛露湛釋文直減反考工記鍾氏注讀如漸車帷裳之漸 陽暘 厭厭說文作懕 令

儀古威儀作義 傳私燕正義作燕私 渫褻 彤弓彤音融隸變作彤 弨音超 貺俗古作兒與臧饗韻左傳僖十五年筮辭

亦無貺也與筐相韻 饗音香 右侑 櫜咎聲 醻說文醻或酬字音如燾 傳弛音矢 櫜韜同部釋文又作弢時邁同 菁菁者

莪音俄蓼莪同 有儀當作義莪我聲 六月蓄積蓄釋文作畜是也 隊作墜俗 棲棲棲西之或字作栖俗 飭敕 載

是載音如則 熾戠聲如識與棘韻 急當作棘詳疏 顒禺聲與公合韻魚容切 膚公膚籀文臚公讀功 翼古趩字 共王徐音恭

整正聲 焦穫釋文音護 織箋云織徽識也鄭讀識俗又作幟 白旆正義作帛茷 輊讀摯 軒干聲 佶吉聲 憲音軒江云古惟讀平

聲桑扈嵩高茲同 祉止聲 炰音炰徐甫九反韓奕同九通志堂作交今據宋毛詩訂 膾音論語膾不厭細之膾 傳簡閱簡大也 錯

革鳥革音急 鉤車鉤音句股之句 寅車寅古餥字漢唐人碑作餥 摯釋文音至 祉福同部 采芑說文玖讀芑則芑亦讀玖

菑畝菑釋文側其反鄭司農考工記注菑讀如禨廁之廁 涖音隸俗作莅 干讀扞 奭說文奭讀若郝又赩讀若郝奭赩聲同瞻彼洛矣同 軝

音祇 錯衡烈祖錯宋故反衡行聲音杭 瑲瑲倉聲下同 皇讀煌 隼說文隼或雖字隹聲考工記梟氏準故書或作水則可以定隼之字在十

五部矣思允切音之轉 鉦正聲 鞫旅鞫讀告旅音魯衛之魯 闐闐音孟子塡然鼓之之塡待年切音之變也 蠢尺尹切 荆蠻蠻今作

蠻荆誤倒下同 獲馘 嘽嘽單聲釋文吐丹反嵩高常武同 焞焞段云合韻雷威字漢書韋玄成傳引作推推則在本韻 霆徐音挺 傳

曰畬古音舒 樊纓樊卽緐嵩高同 瑲珩疊韻 蔥蒼雙聲 車攻器械釋文戶戒反三倉云械總名也 選車徒選同

算下同 攻聲 龐龐集韻龐或作驪盧東切宋驪出三家 甫草甫韓詩作圃 嚚嚚當作嚻音警 搏狩作博獸誤 夬釋文本作

泴抰佽次聲平入通皝調段云本音在第三部讀如稠車攻以韻同字屈原離騷以韻同字東方朔七諫以韻同字皆讀如重此古合韻也韓詩橫
由其畝毛詩作衡從毛詩狃聲之狃漢書作嶩史記衞青傳大當戶銅離徐廣曰一作稠離汝南鮦陽之鮦見㮌韻亦見有韻皆第三部第九部關通之義
柴當作呰三家作齒禮記月令埋齒呂覽孟春紀作䪥髊高注云髊讀水漬物之漬有肉曰齒此聲差聲同部呰與佽韻皝䲨古音如過猗當作
倚音阿如破如音而蕭蕭音修與悠悠爲句中韻警作驚非大庖禮記王制注庖今之廚也釋文步交反案此音之轉古音如浮
有聞釋文亦作問傳雒邑雒東周水名與小雅宗周浸之洛別變雒爲洛其譌始於魏黃初元年詔見魏略大艾草艾郎刈槸
臬擊釋文作聲音計案擊聲皆譌字當作蘻說詳疏大綏釋文作緌下小綏同鄭注王制綏當爲緌達屨小箋云達沓古字通積漬讙
讘雙聲俗作諠譁左膘說文膘讀若繇段注云今俗謂牲肥者曰膘壯音如標右髃郭音偶射右耳本箋云此射當爲達左
髀釋文作脾右髃音胵踐毛踐同翦吉日能愼微接下句戊茂字釋文云說文作禂从此禱案見繫傳鉉本佚
壽周聲同也差音參差麀說文麀或作麠段注云麀从匕聲讀扶厶反後人以牝聲呦呦改其音並改其字作麀耳靈臺同麌麌當作虞說
文作嘆祁廣韻渠支切儦儦說文作伾伾疑古本如是俟俟徐音矣悉率古遳字凡帥遳皆用率隨文可知也挾段云當从夾聲
殪壹聲

鴻鴈之什

鴻鴈說文作鳿雁至于矜寡矜釋文亦作鰥大田序同江云寡音古矜人段氏說文注云矜當从令聲讀如鄰嗸嗸本作嗷
傳矜憐疊韻示古視字庭燎徐力燒反箴與鍼同晣晣晣晢一字音如質噦噦當作鉞鉞戌聲泮水同鄉向今

作衢煇軍聲古如薰旂斤聲宋叔洋水與芹韻轉音巨微反洒水洒徐其顯反朝潮隼隹聲與水韻見宋芑湯湯蕩蹟
說文或迹字弭古㳽字率逑訛言訛說文作譌正月同鶴鳴于九皋古本無于字皋音如界它山釋文它古他字
鎦留釋文千故反是也千通志堂誤刻乎依宋毛詩訂榖从木㱿聲祈父祈讀圻圻與畿同爪牙牙古音五與父韻爪士讀事
厎職雉切作底者非讐讎聲隸作讐傳羌戎正義作姜戎至致白駒縶讀若輒縠衆傳衞謂之輒本亦作縶陟立切
藚藚之省賁徐音奔夏小正玄駒賁傳曰賁者何也走于地中也賁讀爲奔奔賁皆从卉聲古者同讀汪遠孫云曹憲博雅音周易賁卦音奔今人多
彼寄反失之遁釋文作遯案遁遯同部不同義說文遯逃也徒困切空谷空韓詩作穹音之轉毋金玉毋毛詩作無黃鳥于
榖㱿聲从木與下宵穀从禾者不同啄釋文陟角反旋音還車于遹之還我行其野蓫說文無蓫字苗音笛卽蓫也會劊說
蔦畐聲成不成論語作誠亦祇祇从示氏聲音支唐石經作秖斯干讀澗秩秩洪猶詩多用上聲鄭改瘉轉入矦部似
讀嗣閣閣輅槖古橐字攸去平聲如祛祛以去爲聲而聲平也左傳僖十五年千乘三去與餘狐叶芋于聲跂當爲跂棘韓詩
作朸革古文翱韓詩作翶翬軍聲殖殖直庭與通挺噲噲說文噲或讀若快䱡同噦噦釋文呼外反莞體蓋簟作
音尋廣韻上聲我夢正月夢夢沈重音莫滕反此與興韻正月與蒸勝憎陵懲雄韻斯皇煌地也聲古音如它裼說文作禘本韓詩段云合
韻地瓦儀議羅字讀如拕瓦音如臥平聲古在歌戈麻是議江云古有平聲讀如俄北山與爲韻罹釋文又作離傳棱麻段注說文云棱
俗作愣長也長音長短之長幼古窈字裼釋文音係齊人名小兒被爲裼紡塼釋文又作專案塼字俗無羊犉良耘釋文
如純反濈濈太平御覽作戢戢溼溼音濕池音它訛當作吪玉篇引作吪訛誤蓑俗从艸雄厷聲正月同左傳襄十年孫蒯而來

其雄與陵韻今入東晉之轉也矜矜兢兢雙聲兢兢之省變溱溱音蓁傳哃爾雅作𪓔丑之反崔集注是之咍同部之理虧作曜

節南山之什鄭箋無南山二字

節南山節徐音截家父釋文音甫巖巖作山頭者非具讀俱惔羨之譌羨讀如餤不入韻監古𥈠字猗音阿薦瘥薦同

荐瘥三家作嗟才何切憯朁之譌字七感反氐古邸字毗毗之隸變俾民俾釋文作卑空音如穹弗信平聲弗仕事下

膴仕同瑣瑣易釋文悉果反是也素火則轉脂韻膴斯干篆芋作膴則膴音如芋矣傭庸聲訩訩之或字屆凷聲闋爾雅作闋字林以爲

喟字丘愧反案此今音也古讀樂三闋之闋故六書音均表以惠戾屆闋爲脂之入夷違爲脂之平酲呈聲政正聲古音征項領段云項卽洪之

假借領合韻騁字桑扈合韻屛字蹙蹙當作蹴釋文子亦反騁甹聲丑郢切茂懋懌睪聲作誦平聲與訩邦韻訛當作吪正月同

邦丰聲傳猗長長養曾也曾音增均平眞耕音相近弔至同致空窮同部訩訟同部成平同部正長音長

幼一字數義正月正平聲書甘誓三正釋文云徐音征段氏撰異云此舊音也古耕清部字皆有平無上去正字不論何訓皆讀平聲正月其一

也或謂秦人諱政而改正月字爲平聲眞淺陋之說癙俗鼠字字林音恕痒音蛘瘉愈聲如偸下愈愈同愈愈爾雅作庾庾惸惸俗作

惸音煢下惸獨同并古拼字勝騰葢卑葢盇聲讀爲盇下同具曰具讀俱不局段云合韻讀如臭蹐三家作趚脊蹟

蜴當依說文作蜥有菀菀聲如鬱彼北林之鬱聲轉義同也內則宛脾或作鬱小弁菀柳桑柔同扤徐音月仇仇三家作扤扤或結

合韻厲滅威字厲癘褒姒釋文褒補毛反蕭尢聲近姒以聲威讀滅窘君聲載輸音春秋鄭人來輸平之輸廣韻傷遇切員云

輔輻當作輹詳辨誤婁屢俗不意入聲易明夷象傳獲心意也與得息韻炤禮記中庸作昭慘慘當作懆旨酒注云叶音焦與

脅韻嘉殺釋文作脅洽讀合左傳作協協亦合也孔云鄭風商頌作員縣縣殷聲仳仳當依說文作佪音絪蔌蔌當爲遬从辵軟
聲詳疏方穀作方有穀者非椓豖聲咢音噩傳莠醜同部圖土周官司圜音于權反勝棄同部局曲同部蹐累足
累當作絫蹐絫同部螈列女傳作蚖字謷謷敖聲哿可同部兩無正同單古禪字十月之交辛丣賈字从此告凶
告漢書劉向傳作鞫爗爗曅聲釋文于輒反電申聲與令韻沸騰沸弗聲今入未韻騰同滕冢崒冢俗作塚崒古作卒爲崒之假借字
皇父甫番韓詩作繁漢書古今人表作皮元歌合韻維宰古音如梓雲漢同仲允古今人表作術元脂合韻聚子聚音趣蹶
釋文作蹷大雅有蹶父楀禹聲古今人表作萬考工記萬或作矩師氏氏與士宰史合韻雲漢與紀宰右止里合韻豔妻豔盇聲覃談之
入魯詩作閻煽依說文當作傓抑懿徐音噫鄭說非毛義不時讀是是亦平聲徹撤不戕釋文在良反王作臧案易豐闃其无人自藏
戕也罪家如此今誤作臧同矣矣與時謀萊韻唐韻四聲正云古有平聲馬融廣成頌方斯茂矣與哉韻向平聲多藏古作臧凡人五藏皆平聲
今去聲非憖與寧雙聲義近以居音諸語助詞下章居憂同囂囂韓詩作謷孽音妖孽噂沓噂說文作僔子損切沓古音如達里
悝羨似面切皇矣與援岸韻不徹古之轍字傳騰棄同部閟宮同雨無正不駿釋文音峻後竝同昊天定本
作昊天舍讀除淪音輪小旻抑同三家作薰倫熏同諄文部鋪痡韓詩正作痡周宗左傳作宗周勩貰聲釋文夷世反辟言辟古
嬖字成不成古誠字暬當從埶作暬音褻憯憯朁聲釋文千感反訊據墓門當作誶字荅段云荅在七部合韻新序漢書皆作對則
在本韻是出入聲釋文尺遂反與論語出內之吝同音以叶下瘁字不知瘁亦卒聲也棘急傳駿長音常疏不孰疏俗作蔬率
也率即遂依三家作帥小旻召旻以爲閔字敷當作敷讀布如長發敷政左傳兩引作布政回遹同即鐍遹與謫同二字皆在脂部抑

桑柔召旻並同沮音疽覆用平聲與從邛韻瀹瀹音翕訿訿呰底釋文作厎不誤集讀就雙聲也韓詩正作就則在本韻匪行
邁匪音彼與下匪同非者異不濆遺靡古靡字靡膴膴叶謀合韻韓詩作膴用本韻哲說文哲或作悊古文作嚞抑釋文作喆嚞之省
也馮河馮說文作淜傳邪衺辟僻潰遂同部馮陵同部小宛或惌字富福不又讀復螟蛉雙聲
蛉說文作蠕蜾蠃疊韻蜾或蠕字蠃音蠃負今浙西讀如缶似嗣題題見玉篇脊令段云合韻鳴征生左傳所引逸詩䴙挺扃定
毋忝毋唐石經作無忝忝之隸變他典切桑扈爾雅作鳸為正字塡殄岸犴韓詩正作犴傳鶻鵰鶻骨聲鵰或从舟蒲盧
疊韻中庸曰夫政也者蒲盧也負持同部竊脂廿古文疾竊以為聲今字失其聲矣小弁古昇字音盤鸒與聲提提祓廣韻亘
支切踧踧爾雅儵儵音條叔攸同部平入通用惄與愵同擣釋文本作𢡕韓詩作疛如紂討同聲之例疢丑刃切釋文又作疹厲鄭注考工
記厲讀如灌注之注徐音蜀蜀亦讀如注也罹唐石經作離嘒嘒釋文呼惠反漼崔聲淠淠米伎伎玉篇作𧻓字从支聲音其
宊反非雌此聲合韻伎枝知壞木壞爾雅作瘣胡罪切墐說文作殣掎音左傳諸戎掎之之掎居綺反今入支扡葉鈔本釋文從木作
杝鄭箋音迆佗今之駝浚與濬通傳卑居雅烏卑音鞞今詩爾雅皆音匹非也雅烏疊韻擧兒擧下當有飛字放宊咎
放音放兒之放鷃于昊天于父母兩于讀如呼蟬蕩釋文云市延反佗加同部關弓關同彎磯釋文古愛反與杙槩
同摩也說詳小箋巧言父母且徐七餘反憮古音如呼作憮者非威讀畏泰憮泰當作大如字僭當作譖涵函聲鄭讀
成沮阻用長平聲與盟韻盜讀逃餤當作䴵音沾止共供秩秩說文作臷臷莫謨亦莫聲忖當作刌毚兔
毚讒字从此荏染疊韻集姌為正字抑同樹古音如豆行輂同蛇蛇訑麋湄李注文選詩引正作湄拳音捲微瘣尰與腫

同爾居音諸傳淺意淺同諓肝瘍高注淮南俶眞肝讀閒牧之閒瘍釋文本作傷腫足當作足腫重聲何人斯我

陳古敶字愧愧媿一字祇攪祇音支易坎九五祇旣平京房作禔古氏是同在支部攪音絞舍古音舒與車盱爲韻盱忏易入聲此與

知祇韻讀如移祇疷壎周禮作塤篪說文或鹹字又走部趚讀若池高注淮南書五篪讀池澤之池貫今之串蜮釋文音或依宋毛詩訂

見靦說文靦見聲或作䩄又古文以䀿爲之䀿讀書卷皆在元寒韻今音他典切則讀同憪矣傳短狐當作弧姡釋文戶刮反巷伯

巷伯奄官兮此五字據釋文正義增補萋兮斐兮萋斐疊韻萋正字作緀哆兮侈兮哆侈疑誤倒哆玉篇昌可反此古音

也誰適音敵下同緝緝咠聲子立反翩翩古音加繽桑柔同屈賦湘君翩合韻淺閒則已讀今音矣捷捷音接幡幡賓之翻韻

釋文孚袁反驕人驕音憍好好爾雅作旭旭聲同草草慅謀段云合韻者虎字有昊昊之隸變段云夰聲在尤幽部猗

當作倚讀加傳蠶婦蠶同蔆蒸音薪蒸小箋云蒸析麻中榦也古以爲燭摍屋摍釋文作縮所六反不閒居釋文閒音閑嫗

釋文本或作煦況甫反喜古嬉字踐刑幵聲與荆別

谷風之什

谷風穨音王子穨之穨與遺皆貴聲左傳釋文徒回反萎釋文於危反案委聲在六脂今入五支禮記檀弓上孔子歌萎與穨壞韻小怨怨與

萎韻說文穨从兒聲讀若萎段注云此與小雅谷風怨讀如萎一例合音也左傳音義引字林穨一皮反一皮卽委之平聲古讀如此集韻五支皆危切卽一

皮也傳棼輪小箋讀紛綸蓼莪蓼釋文音六蔚音鬱與瘁韻瘁卒聲缾音瓶鮮尟易繫辭故君子之道鮮矣鄭本作尟靡

至入聲韻恆杕杜同鞫鞫如鞠子卽鞫子拊釋文音撫何害入聲與烈發韻四月同生民與月達蕩與揭撥召旻與竭韻今禍害字讀去聲

非也大東饛蒙聲捄音糾匕扶奴切俗作朼砥段云氐聲在十五部底或作砥孟子引作㡳今分別厎在五旨砥在四紙睠說文有眷
無睠潸焉說文潸所姦切焉作然杼柚杼予聲軸各本誤柚佻佻韓詩作嬥兆翟同部冽作洌誤氿泉氿釋文音軌字又作晷
契契挈憚釋文本作癉徐音旦小明同薪是薪疑浸之譌亦可息亦當作不不來古勑字案子來子服子裘子試八句一韻
而有平仄之分來音力與服韻試音茲與裘韻四子字一韻也鞙鞙肙聲璲讀瑞古祇作遂跂說文作跂讀如骹徐音巨婢反則字已作跂讀跛矣
不可以服箱各本脫可字服同負啟明啟爾雅作启長庚疊韻鞭皮聲與播聲相近生民同斗古枓字沈音主易豐日中見斗
孟作主古聲同也故行葦斗與主韻翕讀合鄭讀吸傳艾也艾同刈續說文古文續作賡書咎繇謨乃賡載歌賡卽續也賡韻皆例賡爲庚
聲大誤詳說文段注斢奭聲說文奭不以朋爲諧聲依賓之初筵箋則讀如仇釋文矩于反從朋得聲非古也俗作斢四月匪人匪音彼下
同淒淒爾雅作悽悽具腓俱痱離瘼離郎羅瘼莫聲廢釋文一音發案廢音廢六關之廢廢郎發也構冓聲曷遏盡瘁
北山或盡瘁事國左傳作憔悴盡憔一聲之轉說文有悴無瘁仕事鶉鷻之省釋文徒丸反鳶當作蔦與鷻同旱麓同詳疏桋夷聲傳鵰
籒文雕字考工記故書雕或爲舟赤栜釋文所革反說文注云許書無栜字蓋古只作朿也北山士子士讀事溥他書多作普
率逢濱當作瀕賢說文臤古文以爲賢字案蔵緊皆臤聲去刃糾忍二切此古音也故與濱臣均韻傍傍當作彷鮮古音如獻爾雅
鮮善也方將讀壯叫號疊韻慘慘當作懆下同卬俗作仰鞅掌疊韻湛酖風釋文音諷無將大車祇
釋文音支我行其野同塵麤之省疷釋文作疧都禮反非也疷从氏聲與塵合韻熲讀若禮記入戶奉扃之扃集韻扃熲竝涓熒切雝雝俗
作，瘼小明艽野艽音仇共人共古恭字下同罪罟罪古作辠秦人改之或釋之爲罔罟此繆說也瞻卬召旻罪罟同憚癉

詩二　六

讉遣聲奥古㜈字愈國讀從俗依促別造璺字召旻同伊國古槭字介斉詩以介爲斉字鼓鍾周禮鍾師注鼓讀莊王鼓
之之鼓鍾與鍾通將將鎗喈喈諧回蒦回韋同聲鼛咎聲與臯通三州今作洲妯說文作怞猶禮記檀弓下注秦人
猶搖聲相近此尤蕭合也欽欽欣聲相近笙磬笙同生與笙簧義異不僭朁聲唐韻四聲正云古讀子晉切傳動慟曰昧釋文
作韎曰南或作任音同朱離朱正義作株楚茨三家作薺抽音如籀庾音逾妥綏以爲聲侑說文或姷字絜音大
學絜矩之絜亨亯之隸變音香今音普更反肆肄聲息利切將醬祊說文祊或鬃字又足部跡讀與彭同彭古音旁方古音防慶平聲
集韻十陽慶通作羌虛羊切是也甫田裳裳者華皇矣閟宮同段云漢人始有讀入十一部者如彭皇德兮侔周成永延長兮膺天慶之類然尚讀平聲後此
又讀去聲入映矣爨七亂切踖踖鵲莫莫漠醻釋文又作酬交錯逡逪酢醋禮特牲尸以醋主人古文醋作酢猶言古本
作酢則今本作醋醋是也後同熯戁徂賚來聲音來孝孫合韻熯愆字苾芬苾韓詩馥信南山苾苾韓詩馥馥必宴不同部芬或
芬字神嗜釋文作耆下章同案耆古嗜字也幾讀期稷音如速敕飭旣戒戒與止起韻告不入韻鼓鍾正義作鍾鼓聿
音日廢徹廢猶去也徹即撤入奏合韻蘇字綏妥聲聲義通孔時是音俗作替說文暜从竝白聲他計切古音鐵又見召旻傳
飪之飪壬聲齊釋文才細反互說文笠或作互取膟膋釋文音律寮案膋或膫字信南山畇畇韓詩作畇聲同
匀聲田古音陳雰雰說文無雰字太平御覽作紛紛霡霂音脈沐疊韻優瀀瀀渥疊韻霑沾聲如黍足古浞字疆場古亦
作易下同芟傳可證載彧彧彧聲論語郁郁郁或有同部盧盧聲鸞刀鸞鑾音傳墾辟墾音國語墾田若藝之墾朱庠補音墾口很反
辟古闕字

甫田之什

甫田倬焯陳塵耘音云釋文作芸耔當作秄沈音玆薿薿釋文魚起反齊古齍字御迓攘禮記曲禮左右攘辟鄭注云攘

卻也或者攘古讓字克敏毋部在之部讀如鄙如鋂梅悔晦痗誨皆毋聲也茨積瞻彼洛矣同坻氏聲傳雛本雖古攤字茨積積與

積雙聲通用也大田旣種音種之黃茂之種字作穜覃剡徐以廉反俶載釋文俶尺叔反始也載事也方音如旁薄偏之意

皁正字作草古草木作艸草斗作草今草行而隸變皁字矣皁又作皀螟冥聲螣段云假借爲蟘字以韻賊此合韻也說文引詩作蟘則在本韻蟊

瞻卬釋文作蛑穉音稚犀佳同部渰弇聲萋萋當作淒興雨古本作興雲是穧齊聲穗惠聲段氏以淒祁私穉穧爲脂之平穗利爲脂

之入瞻彼洛矣洛雍州川與雒豫州川同音異字泱泱央聲如盎韎說文从末聲段注云鄭駁異義韎齊魯之間言韎聲如茅蒐字

當作韎鄭所據亦作末聲謂當从未聲也唐韻莫佩切劉李周禮音妹此鄭末聲之說也廣韻音末諸經音莫介反者許未聲之說也韐或祫字奭

韓詩作赩讀若郝鞞琫音稗捧珌必聲公劉同傳珧珌珧音瑤璗釋文徒黨反字又作瑒璆珌璆正義作鏐音球諸侯鏐

珌鐐寮聲鏐珌鏐正義作鐐大夫鐐珌珕劦聲珕珌說文珕作珧非裳裳者華裳裳讀堂芸紜似之似讀嗣

桑扈鶯鸎同音不同義領讀頸合韻屏字翰讀榦小雅一見大雅三見難古儺字不那那古音如難隰桑又難如那此歌元合韻

之理說文受福不儺則在本韻觩當作觓彼交彼當作匪交同絞敖左傳作傲敖傲古今字鴛鴦音宛央廄說文廄古文作

蒮又遐殷聲讀若九則廄亦讀若九矣摧讀芻㚇此本周禮也若依說文繫傳作芻則下章芻與綏爲合韻矣秣繫傳作餘傳莝也莝當依釋

文作芻粟也釋文作穀馬也三字詳疏頍弁頍支聲丘弭切鄭注禮滕薛名蔮爲頍釋名蔮恢也今直音恢矣旣嘉音如賀與何他

韻蔦說文島海中往往有山可依止曰島讀若詩曰蔦與女蘿是言人之依止猶蔦艸之寄生故讀若同也玉篇可了多老二切女蘿羅聲說

懌當作釋何期其晐時是平聲怲怲段云古音讀如㓲案陽唐今轉入庚如怲兵之類霰散聲如綫傳菟絲菟或作兔

暴雪當依爾雅作霅雪車舝左傳作轄閒關疊韻關絆聲絆卝聲括釋文本作佸徐音古闊反鷮釋文音驕無射斁高

岡合韻薪字柞乍聲仰止仰當作卬平聲止作之下同傳佸會同部慰安也疑三字衍青蠅營營說文言部作謍

樊讀藩說文作棥附袁切讒人它書引作讒言構音我曰構禍之構釋文古豆反賓之初筵媟近媟音褻下媟嫚同沈

湎沈蕩釋文作耽湎徐音莫顯反淫液釋文音亦殽核殽釋文作肴禮記曲禮上其有核者懷其核核亥聲古哀切今音戶革反依覈字作音也

醫詩作殹旅古音魯與楚韻逸逸繹發功發徐音廢案四月傳廢大也徐仙民作大功解的勺聲故與齊韻旣至至古音質段以爲上

聲與禮合韻屈賦遠游合韻比厲衛字純嘏純者奄之假借嘏古聲後同湛甚聲爾能能音而與又時韻大戴禮公冠篇祝辭能與時財韻

又古音如怡僊僊一切經音義引聲類云俗仙字怭怭說文作佖載呶段云呶以韻僛郵讀如疑僛僛欺聲郵古音如怡側仄

傞傞集韻桑何切怠台聲童羖秦本紀五羖羊皮讀如股識音志

魚藻之什

魚藻頒音墳徐邈於周禮頒音墳於書穎子頒音甫云反此古音也音轉布還反莘辛有那冄聲本在侵部段云今人用那字皆爲柰何之

合聲雙聲合韻也采菽左傳作叔錫命春秋經錫命傳作賜命此古今文異也數徽會之數疾也釋文音朔觱沸疊韻

七月觱發亦疊韻檻泉檻同濫芹說文作菦周禮有菦菹今泮水亦作芹淠淠音旆嘒嘒音噦屆由聲說見疏邪幅邪古

褎字彼交彼當作匪紓釋文音舒蘧蓫音飛蓫逆殹古聲之蓫殹字平平古音辨如平章為辨章平平來為辨來率逹紼弗聲纚

維疊韻纚雅作績爾婪讀揆腮或字毗偃哉游哉偃游疊韻戾平聲傳幅偪也幅上尊邪字偪鼠聲兒禮記內則篇鎮

與塡同辯洽當作治辨帝堯紀辯于羣神徐廣曰辯音班士虞禮班祔古文班為辯繂爾雅音律綏音冠綏之綏角弓騂騂

說文作解息䰳切觓偏傚古作效綽綽卓聲論語孟公綽釋文綽昌略反藕尤同入裕谷聲合韻藏字今讀如俞矣讓平聲至

于己音記餽音餽與取合韻猱音擾涂塗當作涂上涂泥也下涂音月令涂闕廷門閭之涂附音如僕與木猷屬合韻徽猷入聲

故段氏以漢屋燭覺配尤幽之入也文王有聲匪棘其欲禮記作匪棘其猶則此猶可讀欲矣瀌瀌古祇作麃見晛韓詩作曣晛荀子作宴然皆疊

韻連綿字髦合韻浮流髦字書牧誓作髳則在本韻屬柏舟兩髦說文作髳傳紲樂音泄讋饒堯聲如昭切孩童孩通咳猨爾雅

作蝬箸釋文直略反菀柳蹈釋文音悼依鄭讀瘵音如瘵瞻卬同傳釋文音附卷阿同其臻其潛夫論作不曷讀害傳

動慟都人士刺衣服無常胡承珙云衣衍臺笠無羊衰笠臺衰一語之轉國語曰登笠相望于艾陵臺非登也登亦笠之

類撮音如缺說兒疏綢周聲琇古作璓莠聲苑結苑當依釋文作菀徐音鬱而厲音如烈卷髮卷古鬈字下同蠆左傳釋文

引字林他割反服虔通俗文曰長尾曰蠆短尾為蠍萬歌同部旟音舉盱忏采綠菉藍監聲襜詹聲不詹釋文音占傳卷

音拳黍苗輦周禮鄉師故書輦作連牛古音如疑與哉韻絲衣與鼒韻哉鼒皆才聲音茲易无妄牛與災韻災亦音茲也益盇

隰桑阿音如猗難古儺字此以儺為那與阿何合韻幽黝膠音糾遐不遐與胡同藏釋文作臧不誤白華英英

韓詩作沖滮彪聲嘯歌嘯釋文作歗樵焦聲烘徐音洪煁甚聲懆懆喿聲釋文七感反非也邁邁依韓詩說文當以怖怖為

正字鶩鶋之或字有扁音偏圖也不瘲唐石經從氏聲故與卑韻傳燎當作尞烓竈烓釋文音恚秃鶖秃音毛鶖頭頂無毛

曰秃鶖齊人謂無髮曰秃楬緜蠻雙聲瓠葉獻之獻古音如桓與燔韻唐韻四聲正云列女傳晉驪姬頌或亂晉獻與權叶班固

十八侯贊酈商郱頸自獻與刊叶酢酪傳炕火炕當作抗漸漸之石漸卽暫字卒如字鄭以為崒字沒與妫通白

蹢音適歷月離麗滂沱雙聲他釋文作它傳豬音渚蹢蹏俗作蹄將久雨當作將大雨天噣釋文木又作濁苕

之華苕徐音饒芸抎高注呂覽音初云抎音曰顛隕之隕案抎隕同義青青菁墳粉牂匙何草不黃不矜音如

憐匪民匪音非匪兕匪虎匪音彼芃音蒙棧作輚者非

釋毛詩音卷三

大雅

文王之什

文王於昭於發聲音烏古音哀都切之於與央居切之於於周秦漢時無魚模斂侈之別不時讀是時平上通用亹亹當作釁分聲古讀微今音尾者此轉語也又音如門見鳧鷖篇令聞釋文音問哉讀載本支左傳作枝楨貞聲於緝熙於如字緝音如㬎熙熙聲如熹二字雙聲假讀固麗古黻字麗即黻猶台即怡尼即昵鬲即鏞後人每依偏旁而易其音祼古音如祼周禮大宗伯假借果字為之果與雚雙聲今音則以祼為灌矣尋鄭注有司徹爋讀如殷尋之尋則尋與爋同也故此與祖韻藎臣藎音晉聿讀述漢書東平思王傳引作述宜鑒禮記大學作儀監駿大學作峻不易古難易變易皆入無去君子偕老之鬄淇奧之錫防有鵲巢之惕正月之蜴皇矣之剔皆从易諧聲過說文過讀若桑蠡之蝸烏劃切爾躬躬與天合韻江云當是身字義問音聞載讀事臭平聲段云春秋左傳僖四年繇辭猶臭韻儀刑儀當作義刑古型字孚禮記聘義注孚讀為浮

大明在上平聲忱或作諶侵覃合韻殷適古嫡字挾浹摯釋文音至曰嬪曰音聿身古伸字回讀違集讀就韓詩作就初載讀識洽漢人作郃俔天俔徐音下顯反案後漢書胡廣傳岐嶷形於自然俔天必有異表用毛詩也纘贊聲篤竺右釋文字亦作佑燮說文燮讀若溼案春秋蔡公子燮穀梁作溼此許所本也侯興興在蒸部與林心在侵部合韻最近貳二駟騵駟當作四騵原聲鷹說文籒作䧹涼亮肆讀為繂傳重也褱子曰重今江蘇有此遺語識古志字磬依韓詩是磬字佐古作左不崇朝崇同終

緜瓜瓞音如耋沮漆漆沮此什沮漆以韻瓞穴室猶原隰公劉

篇作隰原以韻泉單也正義作漆沮則不入韻陶復陶同掏復說文作𡨦走馬走玉篇作趣率西率同達西水經注引作先集韻一先有西

字猶存古讀膴膴說文膴讀謨鄭注少儀膴讀冔皆在五部也王念孫廣雅疏證云詩用膴合韻當讀如模韓詩正作腜又見小旻菫當作堇

飴音怡釋文音移失之契古鍥字三家作挈龜易頤初九龜與頤韻漢書龜茲國應劭音丘皆在之部迺音乃說文作逌或讀若仍案迺卽逌

之隸變迺讀若仍猶讀若乃也仍亦乃聲縮版縮與束同版作板非以載入聲大東與息韻捄韲徐音鳩陾陾當作陑字之誤也玉篇作

陑陑釋文如之反是也本音在之部合韻度古𢾊字說文𢾊閉也讀若杜薨薨薨五經文字云莫崩反屢當作婁音樓馮馮釋文扶冰

反卷阿同鼛音皋皋門周禮大祝注皋舉讀爲卒嘷呼之嘷伉韓詩作閌音如閌將將蹌不殄㐱聲殄與隕爲句中韻厥問

音聞拔音跋兌遂混夷混當作昆采薇序作昆夷駾讀突文選張載注魯靈光殿賦引作突喙彖聲在元部與拔兌駾合韻說文作咽用

本韻予曰音聿下同奔奏釋文又作走禦侮禦釋文作御古禦字傳瓝音的土居同部胥相小箋云此相字依今法讀去聲

古無平去分別案公劉同宇居同部傳凡三見橐謂之縮鄭以橐爲繩之譌櫐釋文力追反鍛考工記有段氏古鍛字丁亂反恚

於避切成蹊音孟子山徑之蹊班白班與斑通提挈釋文苦結反相道俗作導折衝當作衝棫樸方言作樸

僕聲蒲沃切槱說文槱或作𤎅酉聲或譌爲栖趣讀趨與槱合韻峨峨我聲淠釋文匹世反楫徐音集倬雲漢倬韓詩作菿追

琢追讀彫雙聲勉勉白虎通義作亹亹傳白桵徐鉉云綏省聲枹木枹與苞同盛壯古壯字旱麓俗作麓易屯卦

卽鹿无虞王肅云山足楛說文楛木名古聲不从苦苦聲瑟說文作璱瓚贊聲蔂當作藟燎當作尞回遹傳黃金所以

爲飾釋文一本有爲字是上下察音際思齊古齋字徽徽聲男音如任猶南如任今男南皆入覃恫讀痛刑型御

逷亦保與廟合韻烈當作厲假嘏亦入段以爲平聲與嘏韻有造段云造本音在弟三部思齊以韻士召旻之茂止七月之穋麥
抑之告則楚茨之備戒皆弟一部與三部合用告斁當作擇傳適妻鄭注禮記樂記上云適讀爲匹敵之敵此古音也爾雅釋詁曰敵當也
皇矣釋文一本無矣字赫古音若郝其三家作瘼耆古諸字廓釋文作郭與宅宅一作度如宅西之作度西矣作柞屏
古擗字菑爾雅作甾翳殪與栵韻灌玉篇作櫝栵爾雅木相摩栵段注說文云栵郎例也辟闢檉音賴尾之賴剔段云鬄之省俗
檿厭聲柘毛詩遲緒韓詩遲沰石者同五部章夜丁路兩音串夷串俗毋字音論語仍舊貫之貫夷同彝路鄭讀露配釋文亦作妃
維此文王各本譌作王季貉其韓詩作其克比音背禮記作俾與類韻畔援畔即叛歆羨歆音聲貪今聲故歆讀貪羨次
聲不恭當作共古供字凡毛詩敬恭溫恭字皆作恭靖共虔共字皆作共不相混淆按釋文又作遏徂旅孟子作莒聲通對讀遂鮮
原鮮音斯說文𩅿聲讀若斯又入聲音析故禹貢析支大戴記五帝德作鮮支之將音讀如牆懷讀歸長夏長音長幼弟兄依太平御
覽兵部各本作句兄弟則失韻鉤聲臨衝臨韓詩作隆衝當作衝音轒言言音如巘連連周禮鄉師鄭司農云連讀爲輦馘釋文
古獲反泮水同安安音晏類古纇字禡段云本音在五部合韻附傌字附胕仡仡當作仡肆音驥與韻四聲正云大玄經爽贊雖
勿肆與剃節叶爽測不可肆也與失叶傳宅居同部閼宮同栭如之切櫝何承天音圜媲字林匹地反對配同部喪亾
喪亾聲鉤梯音涕馘獲同部忽滅同部靈臺子來音如力與亟韻漢瓠子歌來與菑韻菑音側囿讀域古有或皆在職
德部翯翯與塙同音易確乎之確故翯翯孟子作鶴鶴平聲於牣於如字下於論於樂同釋文音烏非也牣刃聲虡釋文音巨有瞽同樅
釋文音衝賁鼖鏞庸聲論侖聲說文論理也辟廱辟讀璧廱雝聲鼉單聲沈重音檀是也逢逢三家作韸薄紅切公功傳

詩十二　十二

栒 椾之省 睟子 睟牟聲 下武 音居冠屬武之武 作求 古逑字 孚 江云音浮 應 膺 順德 順川聲古音如巡故順與
愼通 許 御 縄 三家作愼 武 古音步禮記曰君與尸行接武大夫繼武士中武武皆步也 於萬 於如字 佐 古祇作左讀如瑳與賀韻
文王有聲 適 音聿下同說文作欥余律切 築城 依傳及箋當作成古文以成爲城字 淢 段云本音在一部合韻匹字韓詩作洫則在本
韻 棘 釋文作亟 欲 段以欲爲上聲禮記作猶 濯 音倬 翰 讀幹 豐水 書禹貢作灃水不合於古 豈不仕 仕士聲士讀事仕亦讀事

生民之什

生民民 古音如緡與嫄合韻 禋 亜聲維清釋文云徐音烟 弗 釋文音拂鄭作祓 履帝武敏 句 歆攸介攸止 上攸字當
衍見疏 震 娠 后稷 楚茨稷讀作速此稷合韻夙育同案稷官名凡經典多出周人稱稷爲先祖諱也故尚書稷契益稷疑皆出周人諱改唯帝曰
棄則稱名君前臣名之義 如達 如音而達如沓依鄭作羍 坼 俗作坼 副 說文作疈 菑 災 腓 讀辟 字 子聲與翼韻鴟鴞子與室韻 呱
古乎切 訏 古音如呼與路韻 、嶷 俗說文作嶷魚力切 荏菽 當作任叔 旆旆 朮 穟穟 或穗字 幪幪 蒙聲 唪唪 說文作菶
集韻一東蒲蒙切有菶字 茀 韓詩作拂 種之 種當作種種下同 方 旁 苞 古音如缶 褎 與甹同 穎 頃聲 卽有邰家室 古本無卽
字漢書地理志斄縣古邰國台來同之部 嘉種 說文文選注作嘉穀 秬 說文作𩰪 秠 丕聲在之咍部讀如皮音之轉也 穈 俗虋字莫奔切 恆
極之省 肇祀 玉篇肇俗肈字今本說文攴部有肇字段注云唐後人妄增入 舂 舂之隸變音如松 揄 段云揄合韻蹂叜浮字說文作舀則在本
韻 釋 依傳當作釋 叜叜 爾雅作溞 浮浮 說文作烰 羝 氐聲釋文作牴 軷 音跋 烈 與炙聲轉 歲 戌聲案此章惟脂平聲軷烈歲入聲
皆在脂韻而平入分用故有脂祭分部之說 豆 古梪字 登 古鐙字 居歆 段以歆韻今 后稷肇祀 祀與時韻箋以此句分屬下讀

訛迄當作迄傳郊禖音媒齊敏齊如字辟避下辟人同岐知部同嶷識部同刻古栔字繼種作穛一穜非一
稃鄭志讀皮抒臼抒古音如處如春秋宋公抒臼公羊作處臼作杼非蹂米作蹂柔非淅米淅音孟子接淅之淅蓺如劣切傳火
傳同附菹醢盇聲盇者盬之或字呼改切行葦敦說文韡字泥泥釋文云乃禮反張揖作苨苨具爾俱邇邇奴禮切說文
檷讀若柅段注依易釋文作昵檷昵聲同故詩爾與泥韻緝音戢罼周禮注罼讀爲稼稼古音古醓監之隸變釋文他感反嘉殽嘉籑讀加
脾臄脾音膍臄說文或谷字讀若㕻咢爾雅釋文云五各反字林或作咢敦弓敦說文作弴韡弴皆𦎫聲在十三部諄韻今音徒端丁罪兩切
荅轉入十四十五也鍭既夕記作猴鈞讀均序賓禮記祭義鄉大夫序從序或爲豫句音句股之句醹音如臑酌勺大斗
古料字徐遚音主台背台古鮐字背北聲傳踧踖雙聲醆禮記作琖䤈釋文戶感反比於琴瑟比音毗參亭古停
字蓺皋延射禮記延或爲誓奔軍奔禮記作賁鄭注讀爲僨觶鄭駁異義今禮角旁單古書或作角旁氏支義切說文注云單聲而支義
切由古文本作甒從氏聲後變其形古音終不改也醹厚同部飫醉有融音彤朗說文作朖俶叔聲匱貴聲壼壼之隸變箋讀
掤胙肩胙俗作祚肩羊晉切僕古音樸釐賚江漢釐沈重音賚是也釋文力之反非爾女汝鄭讀如字從音如重傳行也
行音杭朗明同部匱竭同部廣擴皃鷖說文皃几聲几讀如姝則皃亦讀如姝矣鷖殹聲於計切神祇釋文祁支反沙
集韻收五支非應入麻脯甫聲潨眾聲音如終崇讀重亹當作亹从分聲故與熏芬欣䩛爲韻國語三亹或爲三薰呂覽亹以懺貑風俗通義
作熏以蘳葦段云古十三部在問韻今韻虛振切非也來止熏熏說文作來燕醺醺假樂假讀嘉顯顯禮記中庸作憲憲同
在元寒部不解葉鈔本釋文作匪解匪訓不故各本誤不解古懈字閟宮殷武並以解爲支佳之入位古位立通用與塈韻塈呬爾雅某氏注引正

作咽縣維其咽矣亦入聲洞酌同　公劉篤竺迺積如字裹果聲囐當作獻讀若鮮舟古舟字不入韻于時是下同曹
箋以爲槽方言作皁牢士喪禮牢中旁寸今文牢爲纓案牢纓在尤幽韻曹古音愁匏古音浮同部飲之飲古作歓平聲與宗合韻江云列女辨通
傳顒乞一歓與讀心叶宗箋讀尊用梟鷖雲漢傳非此傳義景俗作影顧炎武曰晉葛洪始加彡三單古音如展釋文音丹爲變不出元寒
部夕陽暘荒巟館白虎通義作觀今寺觀字從此厲古礪字鍛碫密宓芮鞫芮同汭鞫音淇奧之奧傳避中
國遐當作辟鉞戉聲鄉向究郎阬坑字洞酌洞釋文音迥挹邑聲注茲茲與子韻三章同餴饎釋文餴又作饙案奔
賁同也饎喜聲與母韻漑當作摡摡墍皆旣聲傳餾釋文力又反卷阿飄風飄釋文作票伴奐疊韻徐音畔換優游
疊韻似先公酋矣似讀嗣酋古遒字遒上當依爾雅注補一爾字昄音大學體胖之胖古反半聲同茀爾雅作芾純嘏純同奄嘏古聲
顒顒音見六月卬卬音如望珪說文古文圭令聞釋文亦作問翽翽歲聲藹藹葛聲傳附朝陽朝音朝夕陽同
暘民勞汔說文作汽無縱左傳作從詭隨疊韻憯說文作朁今多譌憯柔釋文作揉能邇古能與而通惛怓惛說
文作怋段注云怋讀如民今作惛音呼昆切誤也怓本音在五部合韻休逑憂字愒音如歇泄渫厲音列繾綣疊韻板古作版
癉徐音旦見大東釋文話當作話管管悹諫左傳僴作簡簡从閒平聲諫亦平聲憲憲軒泄泄與詍呭同洽協囂囂
讀謷灌灌懽蹻蹻喬聲今蹻又變入藥者以蹻字此與虐藥等字叶蒿高與藐灌字叶不知古蕭豪無入聲也熇熇高聲今轉入鐸藥
古音如療懠釋文才細反夸毗雙聲殿屎說文作唸吚雙聲葵揆牖誘下同攜巂聲六書音均表巂圭攜平聲益易辟辟入聲
同在支佳部多辟釋文作僻价人价介聲翰讀榦渝音舍命不渝之渝馳驅驅古音邱與渝韻渝音揄也王讀往春秋元命

苞云王者往也往亦平聲衎釋文作羨假借字 傳欣欣古掀字 沓沓俗作誻 謷謷敖聲 款款說文歡或作款苦管切 自

恣自古詛字

蕩之什

蕩蕩爾雅作盪盪 之辟沈云毛音壁益反 多辟釋文又作僻 諶說文作忱與終合韻 曰咨音嗞 掊克掊讀伐 滔

音史 懟音孟子以懟父母之懟 對讀遂 侯作作如字釋文或作詛者誤也 祝訓穀梁祝吁即州吁 炰烋盤韻說文作咆哮 義讀空

從式古音試上聲與止晦韻 螗古祇作唐 沸集韻入未方未切沸或从鬻 羹古音如郎音變庚皆在陽唐部 人尚讀上 奰說文奰讀

若易虙羲氏今隸變省作奰虙羲或作伏羲釋文舊音備此即伏之音也鄭讀如廢 不時是 舊江云音忌與時韻 顛沛讀跋 揭音禮記明

堂位楬豆之楬 之世入聲葉葉泄皆从世得聲 傳諶誠雙聲 嗟與養同 慢古慢字如此作 彭亨疊韻 蝘古祇作匽 拔跋

見根當依釋文作根見 抑國語作懿 維疾疾當作疾與戾韻詳疏 無競古音如彊執競釋文其敬反音之轉也 覺音較 辰

告入聲與則合韻 于政顧氏孔氏段氏竝以政與判韻古人本有遙隔作韻之理 厥紹段云本音在二部與酉合韻昆邵趙亦在二部與三部合

音最近 共拱 洒讀灑 章彰 逷說文逖古文作逷如易牙作狄牙沈音上益反是也箋改字作剔他歷反 民人作人民誤 侯度平聲

話當作語 玷說文作刮玷俗字 苟與讎報合韻 捫門聲 靡不承釋文一本靡作是 愧釋文作媿 屋漏螻陋 格洛 虹

訌戶工切 話當作詁釋文云說文作詁 之行段云合韻言字 慘慘當作懆懆 藐藐音邈嵩高同 大囏艱 桑柔 菀釋文

音鬱 旬讀均 捋寽聲說文寽讀若律 倉愴初亮切即愴音也 兄古況字下亂兄同 填爾雅作塵 黎讀齊 燼釋文作藎宋古祇作盡 頻

當作顯古顰字不我將音如養平聲疑古礙字段云合韻資維階字何往與將韻易用平聲梗音庚僤單聲㾓當作瘖說文作
慇圉釋文魚呂反鄭改作禦毖釋文音秘溺古平聲今入錫南人如此讀北人尚有平音僾說文繫傳作㤅荓徐補耕反稼穡稼釋
文依箋作家下稼穡維寶同非毛義恫釋文又作痛贅讀屬音之轉所瞻段云本音在八部合韻相臧狂字甡甡音莘谷鞫畏
忌古音己與里喜韻迪音易良馬逐之逐逐有冑音冑與育通荼毒荼古音舒隧古作遂中垢入聲與谷穀合韻唐韻四聲正云說
苑敬愼篇誠無垢與辱韻悖音勃陰禮記祭義注陰讀為依蔭之蔭赫讀炙箋讀嚇涼音周禮漿人醴涼之涼下涼曰同背北聲瞻卬同
寇段云合韻可歌字讀如科不可平聲如哥詈說文从网言會意不从言聲段云讀如羅傳陰均陰古蔭字爆爍古作㬥樂㬥韻
倉兄同部梗病同部邑古祇作邑雲漢仍叔仍古音任倬韓詩作菿顧野王音都角反則菿即倬矣薦荐蘊當作薀正
義作溫讀為薀隆䨻霳雷師俗加雨頭蟲蟲韓詩作烔烔徒冬切瘞於計切不臨合韻音如隆臨衝即隆衝之例秏斁秏音毛从禾俗
从耒㓝書彝倫攸斁斁即殬多路切丁音鼎業業兢沮阻滌滌音蕩滌川古音如巡凡順訓皆川聲旱魃玉篇作妭惔炎之
謌字憚癉遯平聲瘨韓詩作疹瘨㐱同聲憯當作朁曾也明神一本作明祀疚釋文本作究周古賙字賙見周禮瞻卬
今作仰里𤸫昭假古假字釋文音格烝民同贏釋文音盈傳丁當庚陽音近孑然遺失即佚字灼勺聲徹膳徹同
撤周救同部崧高崧一作嵩崧嵩皆不見說文古作崇嶽嶽岳一字翰讀榦下良翰同蕃與藩通版蕃垣翰韻此翰蕃宣韻宣亦亘
聲亹亹見文王篇謝古音如序式音試與事韻爾庸釋文本亦作墉往䢋讀己釋文音記今誤作近字峙當作峙粻與糧
通番番古音翻轉音波嘽嘽音闡常武同揉擾之異體贈讀增崔集注本烝民彝孟子作夷明堂位注夷讀為彝古訓

古讀故故訓抑曰詁言故詁皆古聲毛詩詁訓傳陸德明曰舊本多作故是若江云音汝賦斂下賦政同左傳僖二十七年夏書曰賦納以言今皋陶

謩賦作敷敷即斂之俗出納釋文亦作內喉矦聲矜寡矜當依左傳作鰥寡音如古輶禮記釋文音酉我儀釋文作義讀宜夒

古夔字靡及及在緝部業捷在狎業部合音最近此即異平同入之理鏘鏘釋文作將將傳樊戾樊楙聲賦布同部溥姑

薄與蒲通臨蕭淄韓奕亦聲甸徒入反與命韻有倬焯虔共說文虔讀若矜文令聲相近長發有虔般武是虔同共鄭讀恭

非毛義榦釋文古旦反案俗作幹脩修綏章綏當爲緌音如蕤鏤錫音縷陽鞹弘說文讀若穹幭段云合韻軶字他經作幦

則在本韻金厄當作戹戹即軶之古文說文尸部有戹厲說文作鄜魚與魚同蔌說文蔌以穀萎馬置莝中从艸敕聲或豆實傜用此字與

正月之蔌不同釋文音東譌束作束矣筍音洵蠭臺有傳橘字从此簪汾王汾音墳蹶父說文蹶讀若橜鏘鏘釋文作將將韓

樂今音論語樂山之樂與到韻噳噳虞聲貓古無作苗讀如毛百蠻古音如縣追音濊貊各聲與伯合韻周禮注讀爲十百之百俗

遂作貊則在本韻矣閟宮同實墉鄭云實當作是壑叡聲淮南子書一注壑讀赫赫明明之赫藉與僭通貔皮釋文貔音毗禮記婢支反

脂支不分豹勺聲傳軾古軝作式烏蠋沇音畫竹也疑竹下有萌字蒲蒻考工記注作弱音溺徐靚廣雅曹憲音恥敬反爲召

靚之靚又似政反爲靚莊之靚恥敬如請而似政如靜靜是矣蓋道義音導儀江漢撥亂撥發聲江漢浮浮武夫

滔滔浮浮滔滔互譌江漢滔滔三家作江漢陶陶傳亦互譌鋪痡洸洸玉篇作趪趪庶定平聲與平爭寧韻辟闢棘急

旬張揖讀作巡翰幹似讀嗣公功釐洸音賚案釐賚同聲故詩中來有讀如里一卣說文作卣讀若調不入韻周禮鬯人廟用脩鄭

注脩讀曰卣對讀遂萬壽音如幬令聞釋文音問矢讀弛禮記作弛音施洽禮記作協常武卿士合韻祖父我戎

音如汝亦合韻祖父**敵**周禮大司馬注引作敵**戒**音如亟**陳行**陳卽敶行音戎行**㽞**古鎦字此可證劉字非古卯金刀蓋俗字俗說也

業業音僕與作合韻**騷**徐音蕭蕭如修與游韻**如震如怒**兩如字釋文一箋作而闞音嗽**虓**九聲音變作哮字**鋪敦**釋文

鋪韓詩作敦敦鄭作屯**濆**賁聲如墳**虜**說文虜从虍聲讀若鹵**旣來**江云音力與上塞韻**回**箋讀違**傳舒徐也**徐釋文作序同

自恣自古詯字說文詯讀若反目相睞荒內切又𠫓讀若冀自聲弟十五部睞冀皆在弟一部合韻也**摯如翰**摯同鷙**靚**音靜**瞻**

卬惠音如彗入聲與厲瘵屆韻**孔塡**釋文音塵下篇同**厲**癘下同**覆說**音如釋**懿**沈如字**梟**說文入木部古堯切**鴟**說文

作雖**寺**徐音侍案當讀如待與誨韻**忮忒**忮說文作伎忒音貸**刺**讀賚束聲**富**讀福**舍**捨**狄**古逖字**忌**音極楚有費無極呂氏春

秋愼行篇作忌**降罔**罔亾聲古網字唐韻四聲正云古有平聲大玄經務贊小人亦用罔與方叶**優**瀀**鞏**居竦切段云古音在九部合韻後後

字讀若苟**傳朱紘**禮記釋文音宏**仞**刃聲仞音孟子爲山九仞之例**素積**鄭注禮云積猶辟也以素爲裳辟𨻰其要中則讀積爲辟矣**纀**

作緌非**召旻**旻閔同**瘨**與疹同**訌**釋文戶工反徐云鄭音工案依鄭讀當是音攻**椓**音天夭是椓之椓**共**供**潰潰**憒

皋皋古嗥字**訿訿**呰**玷**俗刖字**貶**古作㝵**潰茂**潰讀遂茂與止合韻**潰止**潰同憒**疚**釋文或作宂案富時宂茲同之

部富宂上時茲平又各自爲韻**粺**與稗同**替**替與引韻段云其字平讀如親而近汀入讀如七而近鐵**瀕**俗省作頻段云與上章引字爲韻**烖**

釋文音災雲漢序亦作栽字**躬**說文躬俗从弓案躬弓聲與引同韻**有如召公之臣**之臣二字依關雎正義補命與臣韻**辟**闢**國**

讀促**不尙**上**傳潰也**潰同讀**窳不供事**窳以主切詩作共或後人依爾雅改作供**從中以益**古溢字

釋毛詩音卷四

周頌 周大師但題名頌後人以有魯商而加周此猶後漢加前東漢加西也古文以頌爲容字

清廟之什

清廟雝邑 雝宋本作洛非說見車攻 於穆 釋文云於音烏後發句歎辭皆放此 對 遂 無射 斁 維天之命於乎 音烏呼下同 純 奄 假 讀嘉假古音胡嘉古音賀說文誐嘉言也引詩作誐 溢我 溢廣韻引說文作謐雅釋文云謐彌畢反 篤 竺 傳 禋 釋文本或作顯 維清象舞 象古像字 典 禮古文典爲殄聲故典與成韻 禎 釋文作禰渠之切不入韻 烈文靡 音靡 靡 序 緒 皇之 皇與忘遙韻 荊 型我將同 傳累 纍之俗省 天作荒 荒聲得義易泰苞荒虞作巟 彼徂矣 句 夷 古後字 傳安天之所作 安當作大詳疏 易 音平易 昊天有成命成王 徐于況反徐邈不作成王謂解 基 釋文作其古文假借字 命 讀信 宥 釋文音又 密 音謐 於 如字 單 國語作亶 傳廣 光 固 故 我將牛 古音如疑 右 古祐字首如怡 儀 義 伊嘏 音胡 饗 與方韻 時邁柴望 釋文云柴說文字林作祡 子之 子音子妻之子 右序 敘下式序同 震 振 疊 慴之涉反 戢 音集 櫜 音咎陶之咎 于時 是思文同 執競斤斤 昕 喤喤 鍠 筦 管之假借字說文筦筟也 將 將 古蹩字說文倉部引虞書曰鳥獸牄牄亦會集之意 傳雝 雝 復 覆 思文立 釋文作粒依箋改或出三家 牟 古麰字臣工同 率育 率音帥 界 當依釋文作介介古界字

臣工之什

臣工釐賚鄭讀如理畬余聲庤爾雅作峙錢音剗鎛考工記粵無鎛音博銍艾銍音挃釋文引小爾雅云截穎謂之銍艾釋文音刈

傳敕之敕音戒敕銚高注呂覽簡選銚讀曰葦苕之苕釋文引世本云垂作銚鎒釋文鎒古字今作耨噫嘻疊韻噫釋文作意嘻與譆

同率韓詩作帥駿釋文作浚鹽鐵論引詩作浚或本魯詩傳敕戒敕作和誤振鷺西雝邕無斁禮記作射豐

牟稌余聲與黍同在魚部高廩稟聲秭音沛洽釋文作袷非孔皆皆古偕字與秭醴妣禮韻陟岵與弟从杕杜與邇魚麗賓之初筵與

旨借上聲傳齍盛之穗齍音齋穗釋文音遂有瞽鼓聲周禮樂師詔來瞽鄭司農以爲鼓字之庭庭與下聲鳴聽成韻樹羽

說文尌立也讀若駐今通作樹田古音陳大鼓陳於四縣也鞉釋文亦作鼗音桃柷說文祝省聲圉敔傳或曰畫之或曰說文

作以白當據以訂正卷然禮記檀弓執女手之卷然音權小鞞與鼙通鞉鼓小箋云岳本宋本元本葉林宗鈔宋刻釋文皆作鞉鼓案今通

志堂釋文作小鼓因箋誤改木椌木衍字椌音如穹楬音楬豆之楬鄭注明堂位云楬無異物之飾也齊人謂無髮爲禿楬潛韓詩作涔

猗與猗音阿與平聲鰷當作鯈音條傳椮釋文云舊詩傳及爾雅本竝作米旁參字林作罧音山泌反案罧正字雝於薦於如

字廣牡音茂與蕭穋考韻考古音如朽假讀嘉宣哲釋文作悊克昌陸德明嫌文王諱音處亮反強護序箋大祖謂文王不知大祖后稷

此鄭氏之失也既右古祐字下同載見載音哉訓始哉始同在之台部陽陽暘鈴令聲有鶬音鎗率帥純嘏與祜

皆从古聲有客且上聲萋且雙聲敦徐音彫音之轉縶與馽同追古鎚字鄭讀如字淫壬武嗣武步遏劉

遏音如歇劉古當作鐂書顧命執鐂鐂兵器故有殺訓耆讀致

閔予小子之什

閔予小子嬛嬛崔本作煢與說文合疚說文作宊敬止庭敬韻逸周書周祝解民乃敬與荆爭韻讀平聲序讀緒訪落
時讀是悠哉悠音攸艾徐音刈判渙疊韻敬之釋文一本無之字厥士讀事光讀廣佛弼說文弼讀若予違女弼
弼古文作費孟子拂士孫音弼仔肩釋文仔音茲古子茲同之部示視德行音杭與將明韻古無去聲小毖予其懲而
絕句荓蜂雙聲釋文荓普經反爾雅作甹音同蜂本又作蠭案蠭宋元毛詩皆作峯北監毛本作夆不誤也說文夂部夆讀若縫辛螫高誘淮南
俶眞說山注螫讀解釋之釋一切經音義卷二二云螫舒赤反關西行此音又呼各反山東行此音桃蟲桃音兆拚疑翻之誤維鳥音如九與
蓼韻蓼蓼音桺傳摩曳摩抴俗鷦焦聲與兆聲最近載芟音芟夷柞周禮柞氏注柞讀如音聲唶唶之唶屋笮之笮澤
澤釋文音釋耘云釋文作芸畛㐱聲徐音眞則誤入先部侯彊古假借作強字嗿貪聲略說文剟籀文作畧爾雅釋詁作畧今通作略實
函鄭司農考工記注云函讀如國君含垢之含厭古懕字厭厭卽稽稽麃穮有飶與苾同有椒沈重作俶尺叔反云作椒
者誤也傳場釋文作難儺易古字[illegible]良耜畟畟讀測饟與餉同鎛音錢鎛之鎛斯趙江云叶音糾與糾蓼朽茂合考
工記注引詩作擩則在本韻薅說文引詩作茠茠或薅字釋文呼老反蓼音桺挃挃音銍積之栗栗說文積作積栗栗作秩秩比
音笓櫛節聲捄說文作斛以似讀嗣絲衣紑古音渠之反載弁載釋文又音戴俅俅求聲在尤部此以韻紑基牛鼒猶裘
从求聲終南韻梅七月韻貍也鼐郭音乃乃古如而鼒釋文音茲案凡从才得聲古皆讀如茲觩周禮小胥注引作觵其觩當依釋文作斛
泮水同吳正義作娛非毛義傳譁釋文音花花卽華之俗酌釋文字亦作汋於鑠於如字鑠釋文舒灼反龍古龔字爾
公功桓狟下同類禡類卽禷禡古音如貉皇矣同厥士讀事閒平聲賚來聲音變如釐應膺敷布於繹

於如字般音般游般樂也段氏小箋云此三字依集注及疋義本隮說文从山懠省聲

魯頌

駉四篇

駉當依釋文引說文作駫从光聲下同坰野坰徐音苦營反牡馬牡作牧非驈郭音述彭彭音旁騅隹聲駓丕聲騏音綦伾

伾釋文云字林作駓父之反案丕聲在七之敷悲反則闌入五支矣斯才音如兹驒音驒雒或作鵅騢音騢驔謂字當作騽習聲詳

玧祛祛釋文起居反無邪音徐傳白跨釋文苦故反案古音在五部純黑純卽驪蒼騏騏或作綦俗作祺騂釋文

作瓶呂忱艮振反案騂俗字善走釋文作善足是也豪骭正義本骭下有白字不可據骭見巧言有駜說文駜肥肉也蒲結切駜

駜音義同明明江云音苊咽咽釋文本又作鼝同鳥玄反駽音絹泮水泮宮釋文作頖宮音判茷茷音旆鸞文選注作

鑾茆徐音桺俗作茆集韻四十四有方九切又收入三十一巧莫飽切此踵廣韻之誤也屈古詘字爾雅釋文邱勿反假徦不孝王引之云

當是孚字讀如做皋陶江云音由與囚韻案淸人陶與紬抽爲韻桓桓狟狄逖不吳吳如字絲衣釋文引何承天說改爲吳字胡化

反非不揚瘍釋文正作瘍告鞫搜叜聲無斁釋文作繹又作射桑黮釋文時審反黮作葚憬韓詩作獷景廣同聲琛釋文敕金

反傳揚傷同部閟宮閟讀閉侐音易闃其无人之闃枚枚東山讀微回違遲音夷重古穜字穋音如力麥

商𦐃說文作戩音同義異虞讀誤敦釋文王徐都門反厚也咸古減字耳耳猶爾爾犧古音如沙下犧尊同乇从彡聲載

嘗載音再楅衡逼橫剛犅毛炰當作炮炰炰炮同諧聲而不同字如裒袍褒褎柔杼之例胾釋文側吏反羹鬻之省左傳城不羹

正義云羹睢亦有郎音魯頌楚辭急就篇與房欒康爲韻洋洋徐音翔慶古音羌騰滕縢與桼騰弓增膺懲承合韻泰山泰俗字釋
文作大巖巖當作嚴繹與嶧不同徐宅徐音邪兒齒兒古齯字度音宅尋彡聲今隸變作尋失其諧聲舄徐音託莊子拂
席入極席李軌音託古舄席同曼釋文音萬傳禖宮禖音媒清淨當作瀞龍釋文路東反有沙飾沙音娑沙下有羽字豚
說文豚小豕也篆文作豚徒魂切壽考考當爲老豈纘綴贅檟衰篆高注淮南本經云衰讀曰崔杼之崔作是廟廟當爲詩詳疏

商頌

那五篇

那音轉如儺猗那即阿儺猗儺爲歎聲那有多義故以那名篇正考甫當依釋文作父猗音阿與古歟字下同置三家詩作植音樹簡
簡音論語狂簡之簡大也奏假音胡故訓大淵淵說文作鼘嘒嘒音惠依讀倚庸古鏞字斁韓詩作繹恪同愙苦各切
傳閑嫺烈祖和羹說文作鬻戒音屆鬷假鬷讀總假音緵左傳作緵鶬鶬釋文又作鏘以假音緵下來假同以
享平聲下來享同來享唐石經宋本皆作亯玄鳥祀鄭云當爲祫商書柴誓我商賚女徐音章此古音也芒芒高注淮南俶眞
云芒芒盛皃芒讀王莽也正域古音或下肇域同不殆音如以與有子韻大糦特牲禮古文饎作糦說文饎糦一字來假與祁祁二
句韻未詳景員景同京員古圓字維河王肅以爲河水釋文或作何依箋擅改也何古賀何字讀平聲俗作荷傳有娀氏淮南墬形
注娀讀嵩高之嵩郊禖音媒契契說文作偰禼讀與偰同謂其音同也段氏以米部𥽒下云禼古文偰非許語域有同部員均諄文耕清
音相近長發長音常濬哲濬音浚書濬畎澮史記作浚哲釋文作悊幅隕幅音左傳布帛之有幅隕釋文音圓撥發聲韓詩作發

屐讀禮不違韋聲近依祇祇說文祇从氏聲段云古音凡氏聲字在第十五部凡氏聲字在弟十六部此廣韻祇入五支祇入六脂所由分也徐鉉所據唐韻祇旨移切是孫愐祇入五支遠遜於宋廣韻所改定矣經典釋文於商頌諸時反則又闌入七之於孔子閒居諸夷反則固不誤九圍亦韋聲近依小球大球古作捄綴旒綴音贅旒當作流絿徐音虯敷左傳作布優優說文作憂憂遒揫同小共大共古拱字厖大戴禮作蒙小戎箋蒙厖也聲相近龍龔敷奏其勇不震不動不戁不竦戁說文作傅敷奏其勇四字據家語當在二句之下動平聲徐幹齊都賦鉦鼓雷動與中韻戁竦音女版息拱反旆當作伐鉞當作戉音越曷讀害三櫱說文巘或作櫱顧顧漢書古今人表作鼓書微子釋文顧音鼓此舊音也伐木二章小明二章雲漢四章顧皆上聲業鮠阿衡江云音杭殷武撻達聲罙古作宷作罙字譌氏羌氏聲在脂部漢烏氏月氏道今皆誤作氐汪明盛本不譌也羌去羊切多辟王音僻非適音摘嚴儼濫監聲迨遑遑當作皇段云本音弟十部詩殷武合韻監嚴濫字又桑柔以瞻韻相天問以嚴韻亾饗長忌就篇以談韻陽桑讓皆弟八部弟十部合韻也斲音斷虔合韻今音渠焉切梴當从手作挻旅音如臚傳罙深古今字宷湥之隸變也

晉四終

毛詩說

文瑞樓藏版
鴻章書局石印

毛詩說一卷

陳奐

大毛公詁訓傳言簡理賅漢儒不遵行錮蔽久矣奐殫精極慮爲傳作疏疏中稱引廣博難明更舉條例立表示圖凡制度文物可以補禮經之殘闕而與東漢諸儒異趣者揭箸數端學者省覽焉

本字俗字同訓說

義善本字儀善假儀爲義也仇匹本字逑匹假逑爲仇也宴安本字燕安假燕爲宴也疷病本字祇病假祇爲疷也痡病本字鋪病假鋪爲痡也修長本字脩長假脩爲修也壬大本字任大假任爲壬也京大本字景大假景爲京也嘏大本字假大假假爲嘏也蘖餘本字肄餘假肄爲蘖也遐遠本字瑕遠假瑕爲遐也逷遠本字狄遠假狄爲逷也愒息本字[illegible]息假[illegible]爲愒也誘道本字牖道假牖爲誘也總數本字緵數假緵爲總也悼動本字蹈動假蹈爲悼也訧過本字尤過假尤爲訧也逝逮本字噬逮假噬爲逝也皆俱本字偕俱假偕爲皆也勤勞本字肄勞假肄爲勤也試用本字式用假式爲試也單厚本字僤厚假僤爲

單也亟急本字棘急假棘爲亟也單信本字亶信假亶爲單也賚予本字釐予假釐爲賚也迪進本字軸進假軸爲迪也士事本字仕事假仕爲士也劾盡本字塡盡假塡爲劾也應當本字膺當假膺爲應也謨謀本字莫謀假莫爲謨也賚賜本字釐賜假釐爲賚也彝常本字夷常假夷爲彝也勖勉本字茂勉假茂爲勖也賁飾本字憤飾假憤爲賁也佸會本字括會假括爲佸也俴淺本字踐淺假踐爲俴也煥煖本字奐煖假奐爲煥也侑勸本字右勸假右爲侑也義宜本字儀宜假儀爲義也訌潰本字虹潰假虹爲訌也

一義引申說

逑儀特仇匹也匹配也配媲也夷均成平也平正也塈闋愒休息也息止也息處定濟集弭懲沮遏按承止也止至也征將邁發步游行也行往也道也懷悼怛弔揚傷也傷思也信屆騁極也極至也詒問遺也遺加也逝適旃之也之至也寫襄舍抽除也除去也開也考要質構登成也成就也平也洵傭員瑱均也均平也平正也夷好易懌說也說懌服也選同黎翦齊也齊正也聿潰對遂也遂安也遒赦膠假虔鞏肆固也固堅也翕洽逑合也合配也燀熲顯烈光也光

大也復覆襄反也反復也戾莫休疑定也定止也格懷戾來也來至也䀌照炛
幅廣也廣大也殿穀祿也祿福也曷害也害何也聊將願也願每也每雖也控
永引也引長也逮遠也速召也爽僭差也差擇也素曠空也空大也窮也盡也
戎胥相也相助也捷克勝也勝任也藥也肥遒辟也辟開也弟夷易也易說也
治也勝騰雍也雍升也升出也淪避率也率循也相質也質成也方威則也則
法也攻傚作也作生也始也起也毖溢慎也慎誠也姑且也且辭也此也荒奄
也奄大也憮也同也既巳也巳甚也猶若也若順也據依也依倚也逭及也及
與也摧沮也沮壞也止也都閑也閑習也樊藩也藩屏也屏蔽也辰時也時善
也是也縢約也約束也紀基也基始也本也萃集也集止也窒塞也塞壅也枚
微也微無也烝寘也寘置也遨游也游觀也烝塡也塡久也矧況也況茲也享
獻也獻奏也奏爲也繫蔓也蔓延也豐茂也茂美也公功也功事也攻錯也錯
石也褋也祇適也適之也鞠盈也盈滿也蒡魄也醜惡也爛熾也熾盛也云言
也言道也來勤也勤勞也將壯也將壯大也胥皆也皆俱也徧也葵揆也揆度
也局卷也局卷曲也哉載也載始也皇天也皇天君也聿述也述循也回違也

違去也離也駱靜也靜安也旅師也師眾也赫顯也顯光也光大也祺吉也吉善也僕附也附箸也邈鄉也鄉所也鞠究也鞠究窮也猶圖也圖猶謀也滔慢也慢遲也倉惷也惷亾也禎祥也祥善也宓寍也寍安也庤具也具俱也銍穫也穫艾也艾治也嘒敕也敕固也序緒也緒業也畛場也場畔也胡壽也壽考也振自也自用也屆收也收聚也𩦸總也總數也畿疆也疆竟也

一字數義說

穀善也生也祿也時善也是也義善也宜也儀善也匹也宜也逑匹也合也流求也下也祈求也報也干求也厓也扞也淵也悠思也遠也懷思也和也傷也來也歸也言我也道也容安也寧也康安也樂也行列也往也道也爾也烈列也究也業也塈病也居也邑也永長也引也猗長也加也駿長也大也單長也厚也信也肆長也疾也閔也陳也將大也養也行也齊也遂也願也請也壯也側也荒大也有也奄也虛也皇大也盛也膚大也美也元大也首也空大也窮也蠢也介大也畀也景大也黃也君也匡也天也戎大也相也兵也假大也至也固也嘉也路大也遵也奄大也憮也同也誕大也闊也豐大也茂也成就也

平也集就也止也于往也於也逝往也逮也之也止辭也至也載辭也事也始
也識也且辭也此也訊辭也問也堅取也息也艾養也久也治也鞠養也窮也
告也盈也究也遵循也率也率循也用也隸餘也勞也洵遠也信也均也瑕遠
也過也說服也數也舍也赦也懌服也說也夷平也說也常也易也均平也正
也調也顛厓也急也尸主也陳也適主也過也之也齊敬也正也莊也肅敬也
縮也禋敬也祀也虔敬也固也翦去也齊也違去也離也遷去也徙也考擊也
成也休息也美也定也猶道也謀也可也若也圖也徹道也治也剝也訓道也
敎也闕數也總也僭數也差也麗數也歷也處止也居也定止也題也濟止也
渡也沮止也壞也承止也繼也摔落也槁也吪動也化也悼動也傷也靖和也
謀也治也龍和也寵也虞度也謨也慍怒也恚也相視也助也質也究滾也窮
也謀也惠順也褭也曷逮也害也遄疾也速也弔傷也至也皆俱也徧也届極
也至也亶誠也信也茂美也勉也式用也法也靡無也累也莫無也謀也定也
晚也極至也中也括至也會也周至也曲也救也來至也勤也戾至也定也來
也彝也格至也來也摧至也沮也坙也襄除也反也崇終也重也立也賚予也

賜也釐予也賜也御進也禦也迎也烝進也君也衆也寘也塡也作生也始也
起也達生也射也員均也益也隕均也隊也隋也矦君也維也辟君也開也法
也公君也事也功也貫事也中也易說也治也庶衆也幸也旅衆也陳也師也
醜衆也惡也佽利也助也覃利也延也聿遂也述也對遂也配也右助也勸也
局曲也卷也卒盡也竟也塡盡也久也殄盡也絕也武繼也迹也肇始也謀也
俶始也作也基始也本也苞本也稹也遒固也聚也收聚也軫也矢陳也誓也
弛也典法也常也其法也執也顯兗也見也厲惡也危也耆惡也老也致也懸
惡也邪也茀治也蔽也矜危也憐也幾危也期也覯見也遇也恆徧也弦也宣
徧也示也幅廣也偪也勝任也棄也何任也揭也胡何也壽也屨祿也禮也踐
也云旋也言也贈送也增也號召也呼也素白也空也斯此也析也泮散也坡
也回邪也違也轉也革更也翼也舒遲也徐也忒變也疑也縢繩也約也胥相
也皆也翰高也榦也攻堅也作也錯也克勝也能也錯石也襍也威則也畏也
秉操也把也赫顯也炙也

一義通訓說

卷耳陟升也凡陟訓同芣苢采取也凡采訓同采蘋尸主也凡尸訓同甘棠說舍也凡說訓同日月音聲也凡音訓同谷風旨美也凡旨訓同齊南山蓺樹也凡蓺訓同七月疆竟也凡疆訓同天保庶衆也凡庶訓同正月緐多也凡緐訓同雨無正戎兵也凡戎訓同小毖予我也凡予訓同若夫寧安巳甚寔是姑且既巳克能洵信庶幸及與毋雖矧況祇適胥皆云言凡語詞之通訓一見不復再見則推類引申皆可以得其條理矣

古字說

葛覃汙煩也煩古類字兔爰造爲也爲古僞字檜羔裘悼動也動古慟字鴻雁宣示也示古視字斯干冥幼也幼古窈字正月獨單也單古襌字生民役列也列古裂字常武繹陳也陳古敶字巧言蛇蛇淺意也淺古諓字棫樸莪莪盛壯也壯古莊字東山敦猶專專也專古團字君子偕老袢延之服延古涎字常武虎之自怒自古誼字

古義說

北山賢勞也古義也今訓賢才簡兮簡大也古義也今訓簡擇簡略白駒巧言

愼誠也古義也今訓愼謹小宛齊正也古義也今訓齊截頍弁時善也今訓時是天保昊天有成命單厚也今訓單薄烝民愛隱也今訓惠愛酌養取也今訓教養賓之初筵手取也今訓手足

毛傳章句讀例

統釋全章之例有見於首章者甘棠言召伯聽訟國人被德之類是也有見於末章者木瓜引孔子說苞苴之禮之類是也若夫國風關雎傳夫婦有別直說到朝廷正王化成總論周召二南二十五篇之義小雅四牡傳周公作樂歌文王之道爲後世法總論大小雅及頌諸文王之詩之義此又統全部而言之矣有探下作訓之例十月之交傳之交日月之交會探下文朔月辛卯日有食之句維天之命傳大哉天命之無極探下文文王之德之純句又有冡上文作訓者如汝墳傳魴魚勞則尾赤雖釋魴魚赬尾本句其實從遵墳伐條生義故箸一勞字則注上注下文義貫通讀者皆率意而忽覽也

有上章語未盡而下章足其義者鶴鳴可以爲錯可以攻玉傳云攻錯也上章言錯下章言錯玉祈父予王之爪牙予王之爪士傳云士事也上章言爪牙下

章言爪牙之事皆其例

詩二章下章不與上章同義者君子陽陽之放遵大路之魗褎褎之士終南之紀堂詩三章末章不與一二章同義者桃夭之室螽斯之揖揖鵲巢之成羔羊之縫考槃之軸緇衣之蓆中谷有蓷之溼兔爰之庸毛公作傳尋辭之變本意之殊往往不作一律解釋箋不然矣

凡經文一字傳文用疊字者邶谷風有洸傳洸洸武也有潰傳潰潰怒也一言不足則重言之以盡其形容矣又有益其辭以申其義者有女如玉傳德如玉益德字可以樂飢傳可以樂道忘飢益道字忘字以申補經義蝃蝀在東傳云蝃蝀虹也夫婦過禮則虹氣盛莫之敢指傳云君子見戒而懼諱之莫之敢指於蝃蝀補出夫婦過禮一層於莫敢指補出君子戒諱一層經義之未明備者傳必申成之且令學者曉然詩人用意之微恉凡此之類不一而足也一隅三反焉可也

常語不傳不限於首見也

文王傳有周周也不顯顯也有字不字皆發聲無實義蕩侯作侯祝傳作詛祝

也上侯字爲發聲下侯字爲助語無實義文王思皇多士傳思詞也此思字爲
句首之發聲漢廣不可休思傳思詞也此思字爲句末之語助關雎寤寐思服
傳服思之也此思字又爲句中之助無實義矣
燕燕篇頡之頏之傳云飛而上曰頡飛而下曰頏先釋頏之後釋頡之下上其
音傳云飛而上曰上音飛而下曰下音先釋上音後釋下音又日月篇逝不相
好傳不及我以相好逝不作不及解逆其文而順其義文不害辭辭不害志也
武進臧氏玉琳曰三代人讀經能知其大義漢以來儒者始沾沾於字句閒有
曲通古人立言之意而不爲文辭所惑者惟毛公一人而已
召南江有汜決復入爲汜江有渚水枝成渚江有沱沱江之別者傳釋汜渚沱
於譬喻中見正義亦於訓詁中見大義此一例也王風采葛葛所以爲絺綌采
蕭蕭所以共祭祀采艾艾所以療疾傳但釋葛蕭艾言字義不言經義此又一
例也
草蟲忡忡猶衝衝也柏舟耿耿猶儆儆也傳以今語通古語也版殿屎呻吟也
小毖荓夆摩曳也傳以今義通古義也

轉注說

古無四聲讀者以方俗語言有輕重緩急遂音殊而義別故同是造爲也爲爲作爲之爲亦爲詐爲之爲同是正長也長爲長幼之長亦爲長短之長同是行道也道爲道理之道亦爲道路之道同是將行也行爲行路之行亦爲行列之行一字必兼數音一訓可通數義展轉互訓同意相受六書之轉注也

假借說

凡字必有本義古人字少義通乎音有讀若某某之例此東漢人假借法也毛公尚在六國時而假借之法卽存乎轉注故汝墳條肄則直云肄餘也東漢人必云肄讀若蘖矣采蘋湘之則直云湘亨也東漢人必云湘讀若鬺矣葛覃之害綠衣之曷皆訓何曷本字害假借字也段先生曰害本不訓何而曰何也則可以知害爲曷之假借也此一例也若假干爲扞直云干扞也假輈爲朝直云輈朝也此直指假借之例毛傳言假借不外此二例

毛傳淵源通論

言六蓺者折衷孔子司馬遷論之篤矣子夏善說詩數傳至荀卿子而大毛公

生當六國猶在暴秦燔書之先又親受業荀氏之門故說詩取義於荀子書者不一而足漢諸儒未興要非漢諸儒之所能企及陸德明經典釋文敘錄云左丘明作傳以授曾申申傳衛人吳起起傳其子期期傳楚人鐸椒椒傳趙人虞卿卿傳同郡荀卿名況左丘作左氏春秋失明有國語子夏詩序桑中鶉之奔奔載馳碩人清人黃鳥四牡常棣湛露彤弓行葦泂酌與左氏春秋悉脗合故毛公說詩其義取諸左傳者亦不一而足葛覃服之天作荒之旱麓干祿皇皇者華六德新臺籧篨戚施以及既醉昊天有成命等篇義皆取諸國語其時左氏未立學官而毛公作詁訓傳同者用師說也漢書儒林傳申公魯人也少與楚元王交俱事齊人浮丘伯受詩鹽鐵論云苞丘子與李斯俱事荀卿苞丘子卽浮丘伯爲荀卿門人魯詩亦出荀子韓詩引荀卿子以說詩者四十有四齊詩雖用讖緯而翼奉匡衡其大指與毛詩同然而三家往往與內外傳不合符節者何也蓋七十子殁微言大義各有指歸唯毛詩之說篤守子夏之序文發揮旁而不淩襍風俗通義云穀梁爲子夏門人又儒林傳云瑕丘江公受穀梁春秋及詩於魯申公毛公說詩與穀梁春秋合公羊春秋亦出於子夏漢初董

仲舒及莊彭祖顏安樂說犧說舞與毛詩合而與何休解不合其流派異其本源同矣毛公說詩葛覃草蟲簡兮淇奧子衿揚之水東山伐柯采芑正月采叔采綠行葦既醉瞻卬良耜泮水那義見諸小戴節南山小宛下武義見諸大戴周官未興而繒帛五兩（行露）邦國六閑（泂酌）九族（常棣）四享（天保）圜土（正月）棄石（白華）挈壺氏（東方未明）凶荒殺禮（摽有梅野有死麕）義皆取諸周官河閒獻王時李氏上周官五篇取考工記以補事官而殳（伯兮）黻（采叔文王）鏃矢王弓（行葦）之制度見考工記凡天子諸侯禮不詳於儀禮叔父叔舅（伐木）僅見於覲禮鼓磬（那鼓鍾）僅見於大射高堂生傳士禮十七篇卽今之儀禮也十七篇記皆出於七十子釋軷祭脯（泉水生民）施衿結帨（東山）房中之樂（君子陽陽）鉶芼（采叔）見於聘昏燕特牲公食大夫諸記文大戴勸學小戴樂記三年問皆出於荀子而荀子大略其門弟子所襍錄之語皆邍禮名言蓋荀卿子長於禮毛公說禮用師說也七月說狐貉無衣說征伐抑說愚知義皆取諸論語孔子釋關雎樂而不淫哀而不傷子夏乃因之作序毛公又依之作傳六藝論云論語子夏仲弓合撰荀爲卜子五傳弟子而荀書儒效非相非十二子三篇每以仲尼子弓並稱子弓卽仲弓荀之學出於子夏仲弓毛亦用師說

也史記載孟子受業于子思之門人鄭玄詩譜云孟仲子子思之弟子趙岐注孟子云孟仲子孟子之從昆弟學於孟子者也而毛公維天之命閟宮傳兩引孟仲子說徐整云子夏授高行子高行子卽高子孟子告子篇子夏絲衣序毛公小弁傳有高子說其說舜之大孝小弁大王遷豳緜士者世祿盛德不爲衆文王從事獨賢北山泄泄猶沓沓版義皆取諸孟子孟子曰又尚論古之人頌其詩讀其書不知其人可乎是以論其世也又曰故善說詩者不以文害辭不以辭害志以意逆志是爲得之孟荀一家先後同揆故毛公說詩與孟子說詩之意同用師說也

尚書以大傳最爲近古伏生在秦漢之際略後於毛七月三正緇衣二采雞鳴出朝湛露燕宗詩傳與書傳有可互相發明者同條其貫也九族與歐陽生不合三朝與鄭仲師不合鄭氏敘云生終後數子各論所同不能無失

賈逵治毛詩許愼乃賈弟子其說詩特宗毛氏之學鄭衆亦治毛詩後漢書云中興鄭衆傳周官經故許說文先鄭周官注皆足以發明毛詩微恉洵非它儒可與頡頏者

毛傳爾雅字異義同說

揫聚長發傳遒聚秋酋同聲芾小卷阿傳茀小市弗同聲慴懼時邁傳讋懼慴讋同聲癉勞大東傳憚勞亶單同聲凡通借者必諧聲也挈利載芟傳略利畧略一字僁過呡傳愆過僁愆一字栫餘長發傳櫱餘栫櫱一字酬報彤弓傳醻報酬醻一字凡或體者必諧聲也至若毛傳多古文爾雅則逕六朝後人改竄破俗之體不勝枚舉定作顁里作瘇之類者無論矣字之所異義之所同也

毛傳爾雅訓異義同說

毛公詁訓傳傳者述經之大義詁訓者所以通名物象數假借轉注之用其言詁訓也具法乎爾雅亦不泥乎爾雅爾雅翢纛也宛丘傳翿翳也說文作翳翢翿皆俗字爾雅以爲纛毛傳以爲翳其解釋不同而指歸則一也寫憂也釋以寫我心句峨峨祭也釋奉璋峨峨句畟畟耜也釋畟畟良耜句爾雅但望文生義毛傳必審聲定訓流擇也流求也釋詩左右流之句翦勤也翦齊也釋詩實始翦商句毛傳用流求不用流擇用翦齊不用翦勤此皆有以考索精詳而義優乎三家者也張稚讓說爾雅之爲書也文約而義固其瞰道也精研而無誤

眞七經之檢度學問之階路儒林之楷素毛傳之爲書也亦若是焉已矣

毛傳不用爾雅說

式微式微式微式微釋訓曰式微式微者微乎微者也伐木伐木丁丁鳥鳴嚶嚶釋訓曰丁丁嚶嚶相切直也墓門誰昔然矣釋訓曰誰昔昔也新臺籧篨不鮮得此戚施釋訓曰籧篨口柔也戚施面柔也生民履帝武敏釋訓曰敏拇也小星抱衾與裯釋訓曰裯謂之帳若此之類皆毛詩不用爾雅而鄭氏箋用之或謂爾雅釋訓篇多逕後人改竄矣

毛傳用爾雅說

淇奧治骨曰切象曰瑳玉曰琢石曰磨此釋器文也如切如瑳（四字今補論語疏引亦奪）道其學之成也聽其規諫以自修如玉石之見琢磨此釋訓文也魚麗苕之華傳罶曲梁也此釋訓文也寡婦之笱也此釋器文也

毛用俗字三家用本字亦有三家用俗字毛用本字者說

毛詩用古文三家詩用今文革作鞠喬作鷮宛作畹里作悝皆毛用假俗而三家用其本義此常例也毛詩考槃在澗三家澗作干澗本義干假俗毛詩百卉

具辨三家詩辨作腓辨本義腓假借此又變例百不居一矣他如有蕡家室陽如之何碩大且篤獷彼淮夷三家字義俱異者彼各有其師承也

三家詩不如毛詩義優說

騶虞五獸之一召南之騶虞猶周南之麟止三家以虞爲田官載馳爲許穆夫人作碩人爲國人美莊姜作而三家以載馳衛懿公詩碩人傅母說莊姜詩其時左氏傳未列學官故多歧說黍離王國變風之首三家以爲伯封作詩終於陳靈而燕燕則以爲衛定姜詩小大雅始於文武終於幽厲而鼓鐘則以爲周昭王詩商頌紀商祀廟樂歌而或以爲宋襄公詩此皆三家之不如毛三家廢而毛存蓋源流有獨眞也

城郭

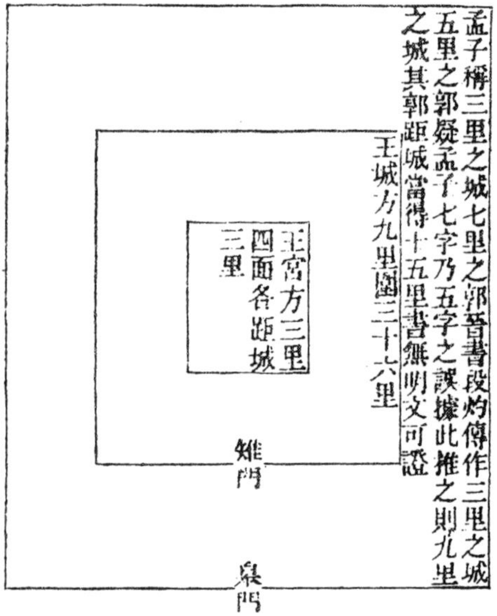
孟子稱三里之城七里之郭晉書段灼傳作三里之城五里之郭疑孟子七字乃五字之誤據此推之則九里之城其郭距城當得十五里書無明文可證
王城方九里圍三十六里
王宮方三里四面各距城三里
雉門
臯門

門

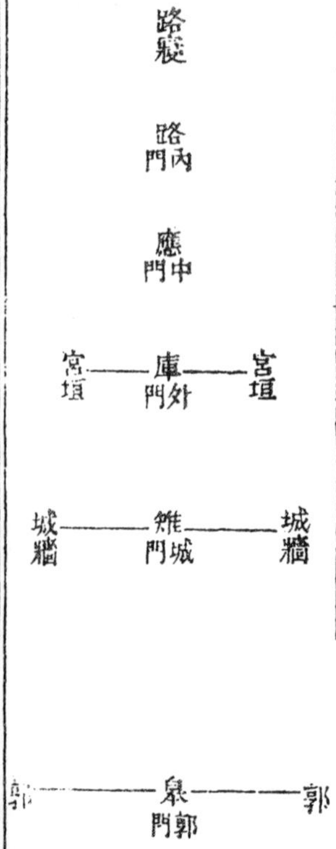
路寢
內路門
中應門
宮垣
外庫門
宮垣
城牆
城雉門
城牆
郭
郭臯門
郭

天子五門臯雉庫應路臯爲郭門雉爲城門庫應路爲宮門而路寢以下不數也緜篇傳云王之郭門曰臯門則臯門之爲郭門向來無人据證故紛紛多異說

朝

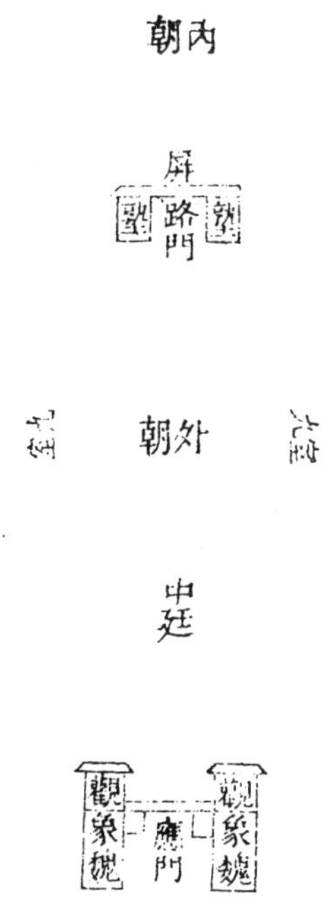

路門內曰內朝路門外曰外朝內朝行燕禮亦曰燕朝外朝爲治事之處九卿九室在焉亦曰治朝朝無屋而以路門之內外言也天子諸侯皆三朝向說三朝此据鄭仲師周禮注說

諸侯城
闕南方

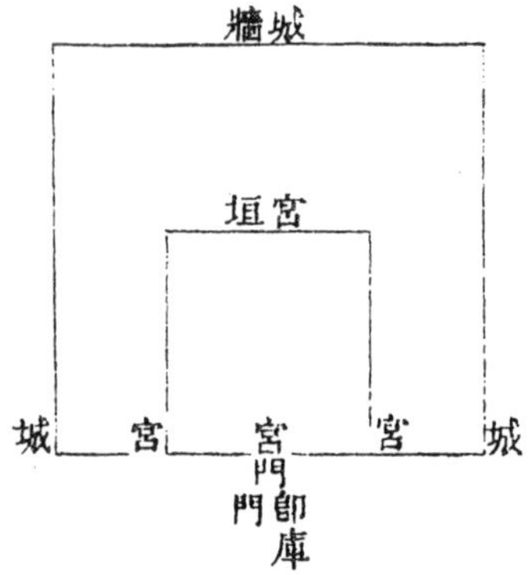

天子城方九里宮方九百步上公與天子同諸侯三面城其宮垣距城不相連屬唯前一面以宮爲城庫門卽城門所謂城闕南方也

宮

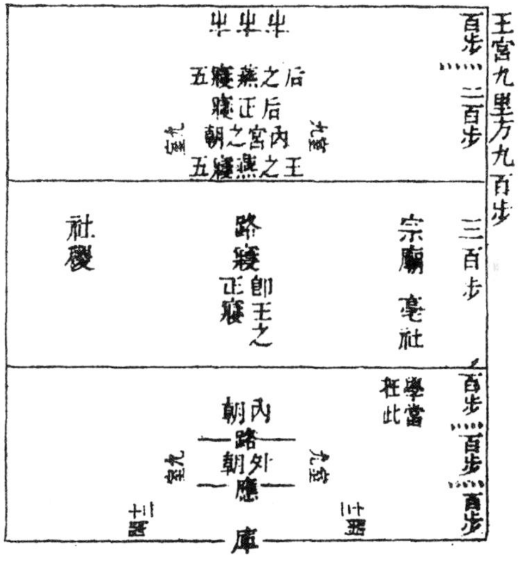
王宮九里方九百步
百步
三百步
三百步
百步
百步
百步
后之燕寢五
后正寢
內宮之朝
王之燕寢五
社稷
路寢
即王之正寢
宗廟
亳社
學當在此
內朝
路
外朝
應
九室
九室
庫

路寢

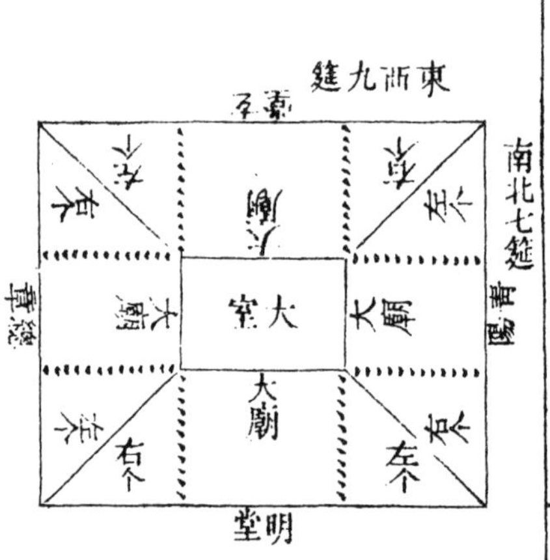

此路寢之制屋爲五室考工記五室是也室爲十二室月令十二室是也前爲大廟故謂之大廟中央爲大室大室猶世室也故謂之世室前廟後室亦猶之前廟後寢也周之文武魯之周公其主藏焉其前堂曰明堂故路寢謂之明堂

考工記東西九筵南北七筵筵九尺九筵八十一尺得十三步半七筵六十三尺得十步半此明堂五室之方廣也賈疏引伏生書大傳云路寢之制東

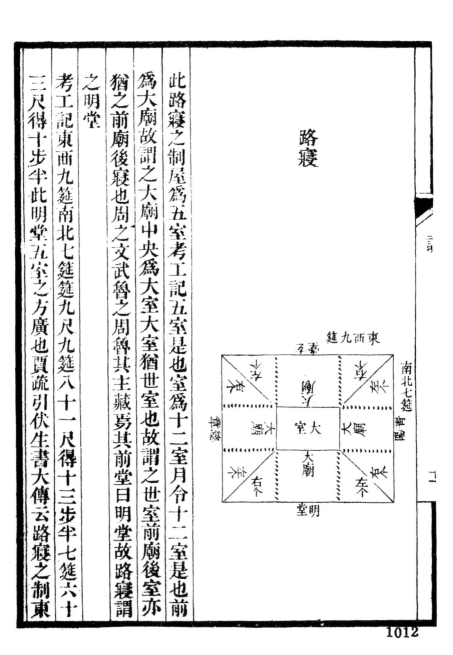

西九雉南北七雉雉五步九雉得四十五步七雉得三十五步與考工記不合其詳不可得聞

諸侯路寢東西房其制不同

路寢宗廟社稷

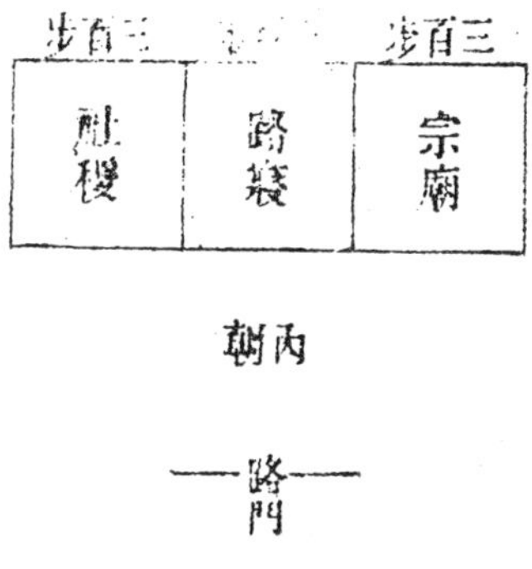

路寢爲祧廟亦爲大廟五廟爲宗廟亦爲大祖廟皆在路門之內宗廟在路寢之東宗廟在東則社稷在西也向說廟在庫門內近儒說廟在雉門內此据國語文及劉向別錄足證前說之謬

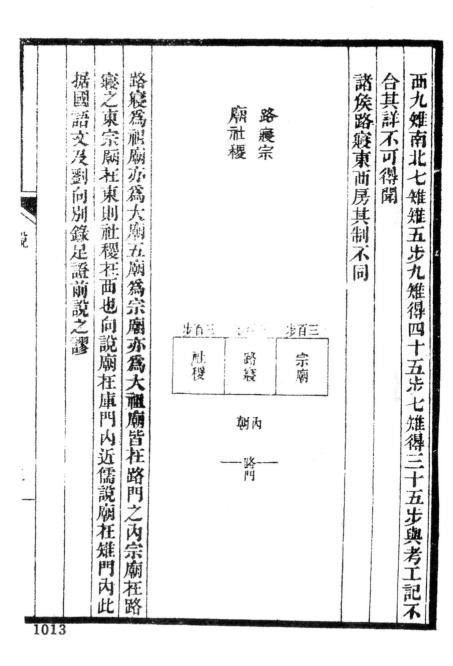

宗廟

方三百步

昭	昭	大祖	穆	穆
寢	寢	寢	寢	寢

廟堂東西九雉得四十五步五乘之得二百二十五步其餘七十五步足爲巷道牆壁闈門出入之地也祧無寢二祧與五廟不同處無致

此宗廟也周以后稷爲大祖魯以文王爲大祖亦曰大祖廟五廟竝列爲前廟後寢之制大祖居中二昭二穆在左右方三百步所能容也

燕寢

后燕寢

后正寢

內宮之朝

天子燕寢

寢門

路寢

衛風碩人傳云君聽朝於路寢夫人聽內事於正寢績溪胡培翬云夫人常居在燕寢每日聽事在正寢正寢即夫人朝處左傳所謂內宮之朝是也毛傳言夫人正寢足補禮經之未備

此据諸矦制與天子同

四廟五廟表

大祖 居中	高 左昭	曾 右穆	祖 左昭	禰 右穆

高曾祖禰謂之四親廟兼立大祖是謂之五廟高曾祖禰當毀而大祖不毀五廟始於五服之親自天子以至附庸百王不易也

周廟表

	大祖	高 昭	曾 穆	祖 昭	禰 穆	祧 昭	祧 穆	世室	世室
成王時廟祧	后稷	大王	王季	文王	武王	諸盩	亞圉		
穆王時廟祧	后稷	武王	成王	康王	昭王	文王	王季		

共王時廟祧	后稷	成王	康王	昭王	穆王	武王	文王	
懿王時廟祧世室	后稷	康王	昭王	穆王	共王	成王	武王	文王
孝王時廟祧世室	后稷	昭王	穆王	共王	懿王	康王	成王	武王	文王

五廟先王制也立二祧爲七廟周制也高曾祖禰二祧次以昭穆昭穆皆遷毁也穆共時文武已不在五廟之數懿孝時文武又不在二祧之數其廟當毁不毁納其主於世室卽以世室爲先王廟世室大室也路寢之制前堂爲大廟中央爲大室大室爲武王廟則大廟爲文王廟故路寢爲大廟詳於月令路寢爲明堂亦爲文王廟見於盛德先王遷主藏於文武廟見周禮注覲禮在廟廟爲文王廟見儀禮注天子崩喪畢行吉禘禮皆在路寢尚書顧命載成王崩喪事春秋書大事于大廟諸侯之大事天子之吉禘也先儒不詳文武廟故表揭之

魯廟表

大祖	高	曾	祖	禰
魯公時周公在禰廟				
文王				周公
魏公時周公已在遷廟				
文王	魯公	考公	煬公	幽公
厲公時魯公已在遷廟				
文王	考公	煬公	幽公	魏公

此魯五寢廟之制

魯宗廟得立出王廟魯以文王爲大祖猶周以后稷爲大祖也百世不遷不毀也明堂位魯公祀周公於大廟又云大廟天子明堂魯公時周公尚在禰廟此大廟卽路寢大廟非昭穆之大祖廟也春秋書大廟先儒皆謂之周公廟大廟周公廟大室魯公廟大廟路寢大廟也大室路寢大室也魯之周魯猶周之文武也百世不遷不毀也不然魯自魏公之世周公主當遷厲公之世魯公主當遷魏厲已後別立大廟大室則魯有七廟矣不立大廟祀周公

大室祀魯公則周魯皆遷毀矣奐竊持此議而猶不敢妄作定論及攷春秋文十三年秋大室屋壞左傳杜注云大室大廟之室古大世通夏明堂曰世室孔疏云左氏先師賈服等皆以爲大廟之室也漢書五行志中春秋經大事于大廟躋釐公左氏說曰大廟周公之廟饗有禮義者也釐雖愍之庶兄嘗爲愍臣臣子一例不得在愍上又未三年而吉禘前後亂賢父聖祖之大禮故是歲自十二月不雨至于秋七月後年若是者三而大室屋壞矣前堂曰大廟中央曰大室屋其上重屋尊高者也象魯自是陵夷將墮周公之祀也引穀梁公羊經曰世室魯公伯禽之廟也周公稱大廟魯公稱世室然則前堂大廟爲周公廟中央大室爲魯公廟班孟堅稱引左氏先師舊說必出自七十子微言大義得此大根據眞可釋千載疑矣魯用天子禮也詩閟宮篇弟四章三十八句言禘祀周公之禮而旣有白牡祀周公又兼有騂剛祀魯公此合祭之義有可按者也觀魯可以知周也

明堂

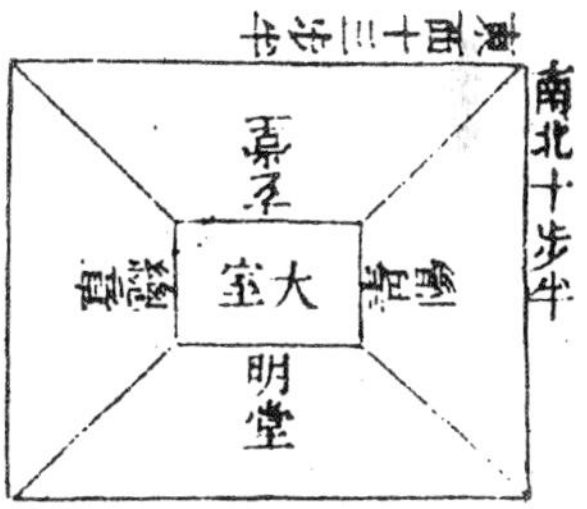

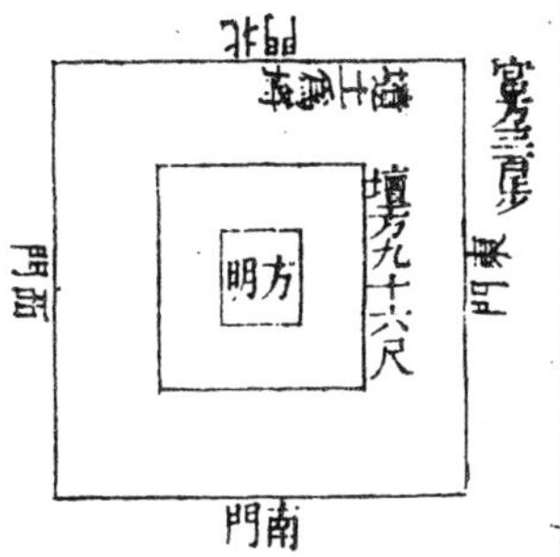

明堂有二一爲月令之明堂九室之制卽天子之路寢也在王宮之中一爲覲禮之壇設四門無室廟个之制在郊向說合二爲一今据金氏楊禮箋證前說之謬

學

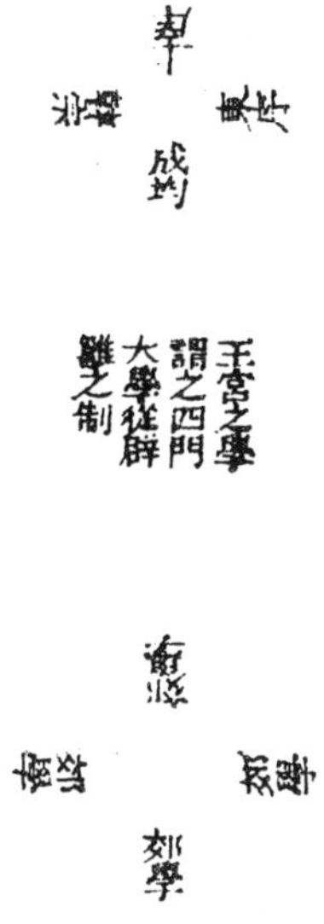

六鄉之中有州序黨庠謂之鄉學六鄉之境有郊學謂之四郊小學亦從辟雝之制逕國百里○六遂之中有遂學遂學在縣鄙亦如鄉學之在於州黨也逕國二百里

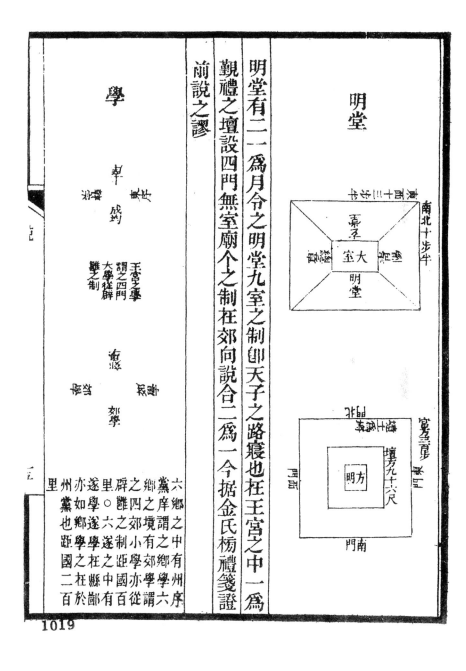

殷制小學在公宮南之左大學在郊故文王辟雝爲大學猶在郊靈臺詩是也周制在王宮者爲四門大學在郊者爲四郊小學故武王辟雝爲小學爲四郊小學文王有聲詩是也諸侯從殷制故禮器言魯人頖宮或作郊宮此諸侯大學在郊之證魯大廟從天子明堂制於明堂四門設四學明堂位亦有泮宮也

四時禘祫表

春	夏	秋	冬	三年	五年
祠	礿	嘗	烝	祫	禘

祠礿嘗烝四時祭名三年一祫五年一禘閒于四時之中禘在夏祫在秋諸侯五年逢禘則廢夏礿三年逢祫則廢秋嘗天子禘不廢礿祫不廢嘗魯用周禮與天子同閟宮傳云諸侯夏禘則不礿秋祫則不嘗唯天子兼之

天子大禘表

初喪一年

不行四時之祭唯祭天地社稷

二年

不行四時之祭唯祭天地社稷

三年

天子以路寢爲新宮喪畢行大禘禮在路寢大廟毀廟未毀廟郊宗石室皆合會焉既禘而行大祫在大祖廟諸侯亦以路寢爲新宮喪畢特祀其主無大禘之禮除喪即祫此謂吉禘吉祫也自此而後入昭穆之次三年祫五年禘矣

此吉禘也唯天子喪畢行之禮吉禘在路寢之大廟時禘在昭穆之大祖廟皆廟祭也禘天於圜丘禘地於方丘爲郊祭

文王受命七年表

一年　商紂十四祀

斷虞芮之訟緜云虞芮質厥成是也○天下聞而歸者四十餘國

二年　商紂十五祀

伐邘韓子作盂邘盂同聲禮記文王世子疏引大傳作鬼方伐邘不見於詩書荀子云文王誅四或不數邘也

三年　商紂十六祀

伐密須皇矣云密人不共敢距大邦侵
阮徂共王赫斯怒爰整其旅以按徂旅
四年　商紂十七祀
伐犬夷出車云赫赫南仲薄伐西戎緜云昆夷駾矣西
戎混夷皆卽犬戎也　度鮮原宅程三州之侯咸率
五年　商紂十八祀
伐耆說文𨚔殷諸侯國作黎者俗也○殷囚文王於牖里旋釋之此據大傳破
囚謂五年書序殷始咎周周人乘黎故鄭注破囚在乘黎前而史記又載在作
西伯之前非是　大公望散宜生閎夭
南宮适爲疏附先後本走禦侮四臣
六年　商紂十九祀
伐崇大傳云紂謂文王曰非子辠也崇侯也遂遣西伯伐崇皇
矣云以伐崇墉是也　三分天下有二合六州之侯奉勤于商
七年　商紂二十祀
遷豐當在六年之末七年之初文王有聲云文王受命有
此武功既伐于崇作邑于豐　作靈臺辟雝　文王崩

周公攝政七年表

一年　成王遭喪踰
年卽位改元
伐武庚伐奄此東征
一年也　作大誥
二年　成王二年

誅武庚誅管叔蔡叔此東征二年也鄭注大傳克殷謂誅管蔡及祿父
是矣蓋詩以爲攝政東征乃在迎歸之後其說誣也　周公作鴟鴞

三年　成王三年喪畢

伐奄討其君此東征三年也其年春周大夫作破斧伐柯九罭冬周公
歸朝廷作東山　閔予小子敬之訪落小毖四篇皆成王喪畢之詩

四年　成王四年

建侯衛周公召公大公爲三公以奄益魯以薄姑益齊以薊益燕開方皆
五百里魯又加五等附庸方七百里○成王在豐使召公先相宅作召誥

五年　成王五年

營成周作雒誥　郊祀后稷宗祀文王於明
堂　周公既成雒邑朝諸侯祀文王于清廟

六年　成王六年

周公居鎬京朝諸侯于明堂之位　制禮作樂明堂之祭文王爲祖武王爲宗
我將宗文王猶在制禮前也圜丘以帝嚳配作昊天有成命南郊以后稷配作
思文時享祀先王先公作天作時禘於大祖作雝大平告文王作維天之命象
文王樂作維清大武武王樂作武告成大武作酌改鞉鼓爲縣鼓益崇牙以置
羽作有瞽

七年　成王七年

周公致政　周大夫作狼跋周公作七月
以戒成王　成王即政諸侯助祭作烈文

樂縣方位圖說

宮縣

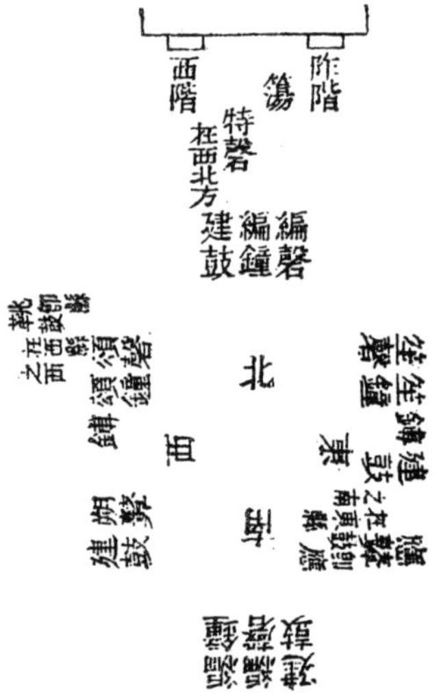

此天子宮縣也四面皆有編鐘編磬建鼓也玉磬在西北方東西二鎛鞉鼓在頌磬之西三者皆特縣之向說鞉鼓爲小鼓据有瞽那傳可證諸說之謬

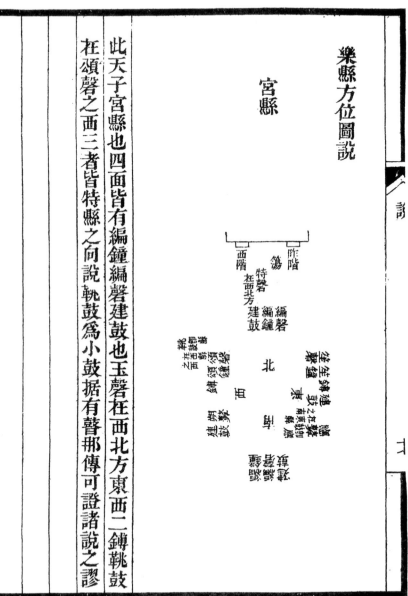

衣服圖說

冕服 凡冕服之衣皆侈袂

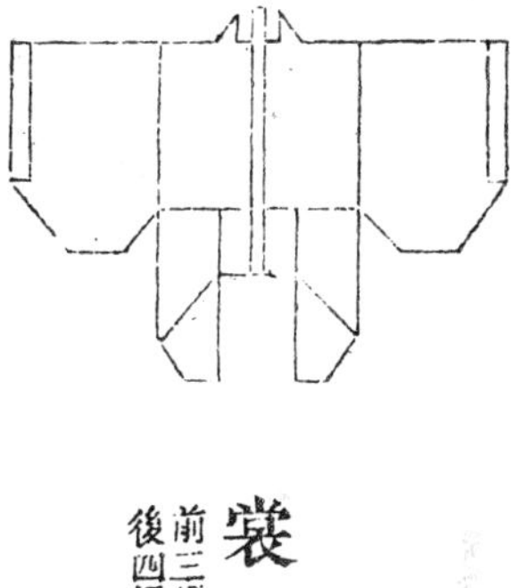

裳 前三幅後四幅

周人冕服上衣皆玄下裳爲衮鷩毳希之等制玉藻所謂衣正色裳間色也向說畫衣不畫裳此据許叔重說文解字而與羣經無不脗合足證諸說之謬

湥衣

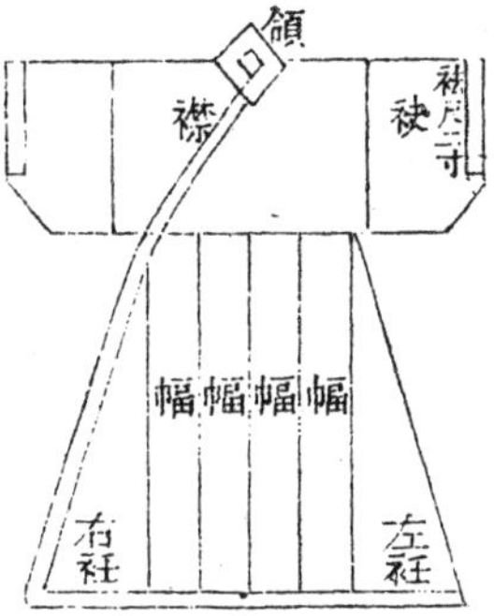

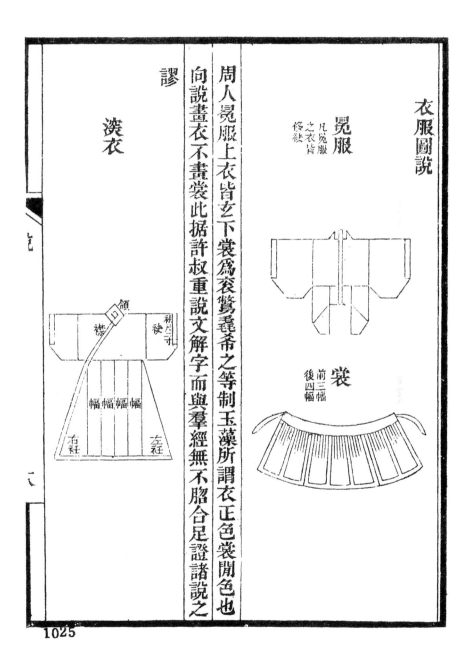

深衣唐虞朝祭服皆用此制禮記深衣篇制十有二幅引易曰坤六二之動直以方也垂衣裳而取諸乾坤之義也又王制篇有虞氏皇而祭深衣而養老於祭言皇於養老言深衣互文是其義也周人朝服與祭服中衣亦皆用此制上曰衣下曰裳衣裳相連

玉佩

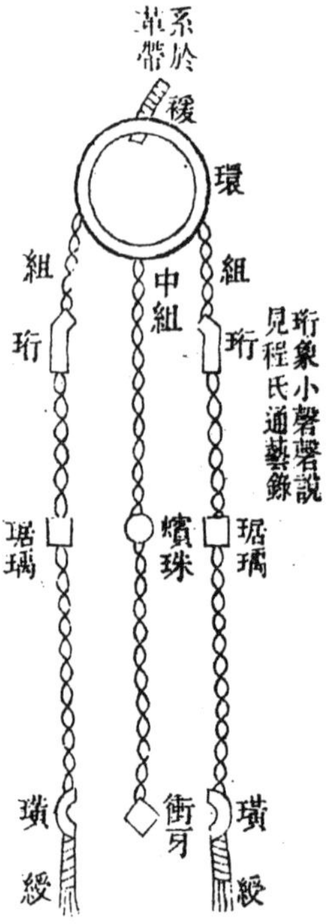

向說佩玉一珩珩下垂三組中用一組以交結為之凡琚瑀蠙珠為納閒之玉皆不得而明也此据大戴禮原文及三禮舊圖

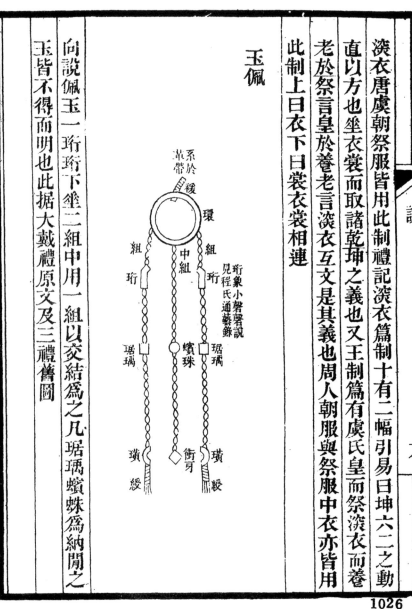

車輔

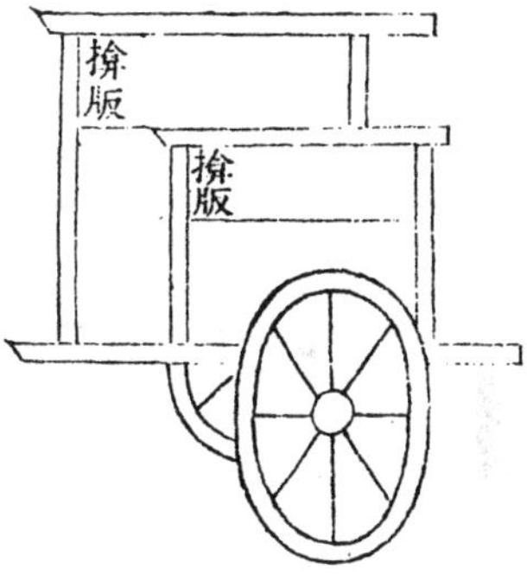

大車任載其兩旁揜版謂之輔人之兩頰曰口輔義取諸此也向說輔不得其解故繪以明之

旐

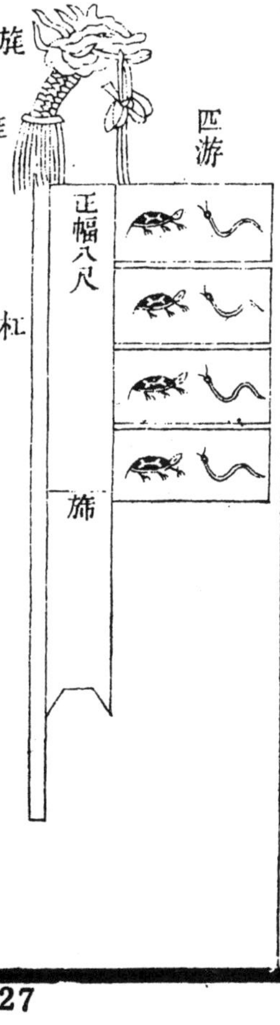

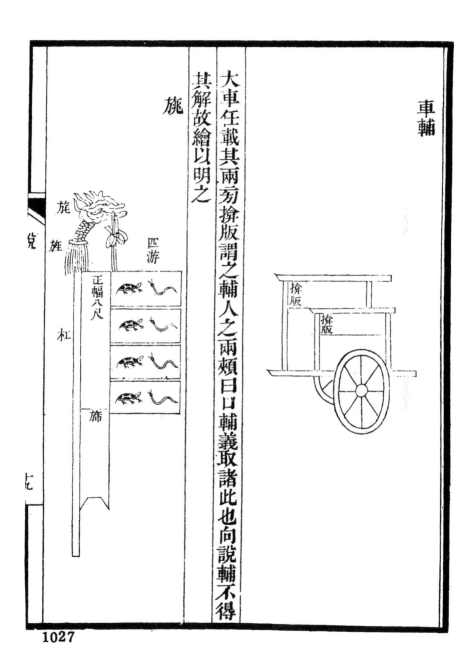

旐四游黑色爾雅云緇廣充幅長尋繼旐曰旆周禮縣鄙郊野所建載之旐

無繼旐其制不同孫炎云帛續旐末亦長尋未知据何書

凡旗皆有旄有旌

旟

旟七游赤色流縿皆有鳥文爾雅云錯革鳥曰旟六月傳云錯革鳥爲章縿也謂旟之畫鳥於縿也與周禮百官州里所建載之旟其制不同向說旟只有一旟此据六月傳

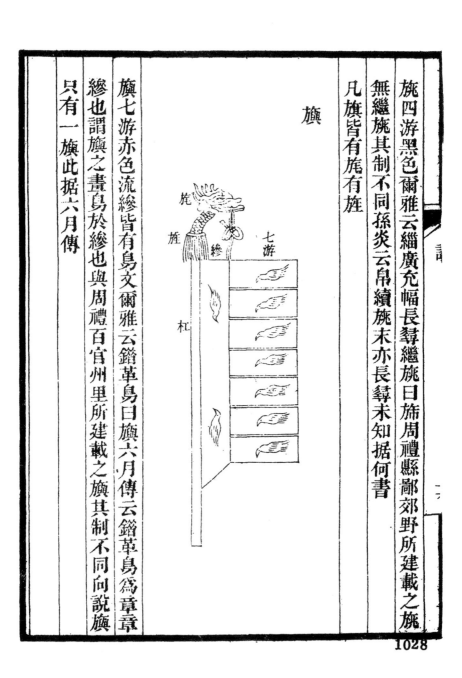

邶鄘衛及韋顧昆吾圖

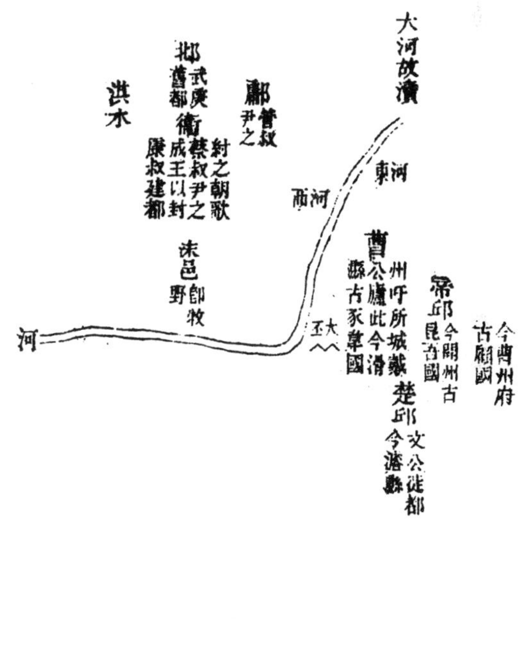
大河故瀆
河東
河西
河
淇水
邶 武庚舊都
鄘 管叔尹之
衛 紂之朝歌蔡叔尹之成王以封康叔建都
沬邑 即牧野
大伾
曹 州吁所城戴公廬此今滑縣古豕韋國
楚邱 文公徙都今濬縣
帝邱 今開州古昆吾國
古顧國 今曹州府

邰邠岐豐鎬及秦圖

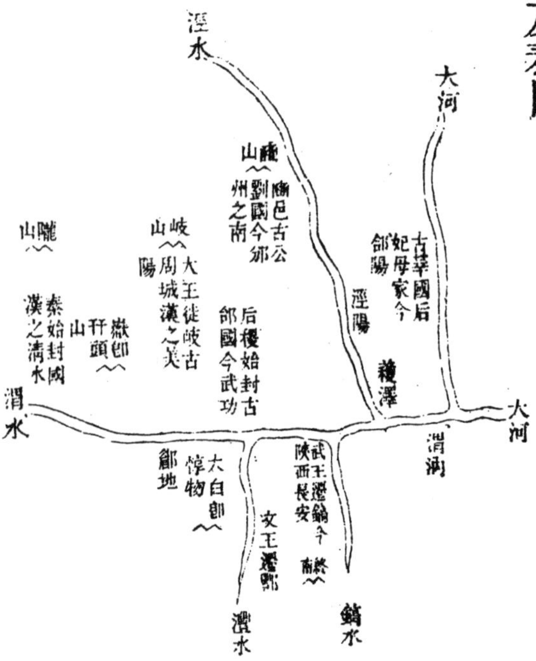
涇水
大河
古莘國后妃母家今郃陽
涇陽
豳山
豳邑古公劉國今邠州之南
岐山
大王徙岐古周城漢之美陽
后稷始封古邰國今武功
隴山
嶽卽汧頭山
秦始封國漢之淸水
渭水
大河
渭汭
武王遷鎬今陝西長安
終南
文王遷酆
大白卽惇物
郿地
灃水
鎬水

傳義類

文瑞樓藏版
鴻章書局石印

爾雅周公所作昔儒旣疏明而詳說之矣大毛公生當六國去周初未遠孔子沒而七十子微言大義殆未埽滅故其作詩故訓傳傳義有具於爾雅有不盡具於爾雅用依爾雅編作義類胡子培翬曰子旣宗毛詩而爲傳作疏矣引推傳義通釋羣經經有未備者則補綴之釋有未當者則振救之若然則毛詩傳可以紹統爾雅而旁通發揮淹貫博洽以餉後之學者不亦美備矣乎奐曰善請爲胡子略陳之北山傳曰賢勞也不作賢才解論語憲問篇賜也賢乎哉夫我則不暇賢訓勞言賜勞而我無暇也陽貨篇不有博奕者乎爲之猶賢乎巳賢訓勞言博奕猶勞用其心也若作賢才解失其義矣小宛傳曰齊正也不作齊截解里仁篇見賢思齊焉齊訓正言見賢而思就正也若作齊截解失其義矣蓋古義韜晦而今義熾昌古音古義載見諸傳者有足據也又如臯門之爲郭門鞉鼓之爲縣鼓東漢諸儒已失其眞其逸禮遺典有藉傳以箸明者亦足徵也今胡子歸道山痛良友之云亾念余年之將老畢生思力薈萃於疏而以經通傳以傳證經引而伸之擴而充之切切然恐不能卒其業也姑就與胡子之言舉其二三箸爲略例疏明詳說則竢諸後賢

毛詩傳義類十九篇

長洲陳奐碩甫氏

釋故弟一

淑吉㫐臧穀時義祥慶類价儀善也淑關雎韓奕吉摽有梅天保二見㫐日月鶉之奔奔黃鳥穀東門之枌黃鳥甫田類既醉桑柔瞻卬三見臧雄雉定之方中野有曼草還頍弁五見一見不箸　迷儀特仇匹也仇無衣皇矣二見　流祈下求也　悠懷傷惄論思也懷卷耳野有死麕齊南山常棣四見　言卬予我也言葛覃彤弓文王卬匏有苦葉白華生民三見　寧綏靜慰宴燕保遂密柔康安也綏樛木楚茨柔民勞時邁二見慰豈風車舝緜三見燕新臺鹿鳴文王有聲雝保山有樞南山有臺楚茨常武四見　行烈役列也　陟躋㮚升也躋蝃蝀蒹葭斯干長發四見　虺穨瘏閔痗疚瘥癙痒瘉里瘁邛祇痱瘼疷瘵癉梗鋪病也痛亦病也瘏卷耳鴟鴞痗伯兮十月之交疚采薇閔予小子瘉正月角弓痒雨無正瞻卬瘼四月桑柔疷無將大車白華瘵菀柳瞻卬二見閔柏舟鴟鴞閔予小子三見　永育條正脩猗伯駿引覃褎融肆修曼長也永卷耳漢廣常棣文王正尸鳩斯干節南山玄鳥引楚茨行葦卷阿召旻四見育谷風生民駿雨無正清廟二見　盱罹悄恤離慼憂也罹兔爰斯干恤杕杜祈父二見　將任簡蓆訏甫荒皇夏碩廣膚元壯祁空芋弘項幠廢溥介景皇壬嘏墳京駿冢戎倬假廓路尭奄濯誕昄張汾純封豐淫佛供桓大也將樛木破斧正月我將長發五見訏溱洧生民抑荒悉蟀公劉天作景小明車舝玄鳥駿文王嵩高

長發三見甫甫田車攻夏權輿時邁廣六月雝元六月采芑溥北山公劉介小明生民鰕賓之初筵卷阿京文王大明路皇矣生民濯文王有聲常武誕生民

生民封烈文般武二見皇楚茨楚茨皇矣文王有聲假思齊冊烈祖烈祖四見戎緜思齊民勞烝民韓奕江漢烈文七見 成卽集仍就也

集小旻大明二見 于逝行徂王往也于桃夭雨無正二見逝二子乘舟東門之枌杕杜三見 薄思止載忌且

訊誶也思漢廣文王二見 采捋墍手耆取也 秣將艾畜鞫養也艾南山有臺桑扈二見 遵

率循也遵汝墳遵大路二見率北山緜訪落三見 肄羨槩餘也 遐洵瑕洞逷狄悠遠也遐汝墳棫樸二見

邇鄰暱寺近也邇汝墳東門之墠杕杜小旻四見 盈實物滿也盈鵲巢匏有苦葉二見 說懌虜

服也 夷均成平也夷草蟲出車節南山桑柔召旻五見成節南山緜二見 尸適司職主也職蟋蟀十月之交蕩三見

齊肅翼熯禋恪嚴虔敬也肅何彼襛矣淸廟二見翼六月文王有聲行葦卷阿四見 蘺違除遷弗泄

推去也違殷其靁節南山二見 伐考剝擊也伐甘棠采芑二見 愒墍閱休息也愒蔽芾菀柳民勞三見墍

谷風假樂二見 行誘適路言猶倫徹蹁隧訓道也行行露北風載馳鹿鳴行葦五見猶采芑斯干小旻小旻版抑訪落

七見訓烝民烈文二見 紑總說鬷僭婁麗數也 息處定濟集弭懲沮過按承止也息殺

其靁葛生蜉蝣民勞四見處江有汜鳧鷖沮巧言雲漢二見 處里士宇度宅居也處殷其靁四牡黃鳥宇緜桑柔閟宮三見度緜

皇矣宅皇矣閟宮二見 摽霝蘀落也蘀七月鶴鳴二見 征將邁發步游行也將燕燕簡兮手楚茨文王既醉

烝民敬之八見邁黍離蟋蟀東門之枌時邁四見步白華桑柔二見 感吪悼蠢抗妯蹈蹶震騷動也吪兔爰無羊蘇緜版

二見震生民時邁閟宮三見　雝懷燮輯靖龍和也雝何彼襛矣清廟懷皇皇者華版輯版抑龍酌長發二見　平飭信
[illegible]尹正也平何彼襛矣郇二見　茁升沸出也　姑揆虞度也　愠懠夔怒也　訧尤愆
慆瑕咎適過也　瞻相監題視也瞻燕燕雄雉節南山三見　淵究幽浚濬突深也　憲婉
若順也若烝民閟宮二見　逝噬曷逮也　暴遄稷敏肆疾也遄泉水巧言烝民三見敏甫田文王生民江漢四見肆大明皇矣二見　懷悼怛弔揚傷也　偕具皆俱也偕擊鼓陟岵具大叔于田節南山二見　信屆
騁極也屆節南山蕩二見　詒問賂遺也詒雄雉天保二見　展苟亶愼諶誠也展雄雉君子偕老亶祈父版愼白駒巧言二見　逝適旃之也適北門緇衣四月三見　鞫穹究空谷窮也鞫谷風齊南山小弁三見究鴻雁蕩二見
旨茂休膚徽嘉懿穆皇鑠美也茂還生民休破斧民勞膚狼跋文王皇烈文執競二見　肆勤憚賢勤勞也憚大東小明雲漢三見　式由庸自試雝率以用也式式微節南山庸兔爰齊南山自唐羔裘緜二見
微靡蔑莫無也微式微伐木二見　臻之極括周弔來戾底詹迄格止摧假戒至也臻泉水雲漢弔天保節南山詹采綠閟宮迄生民維清止抑泮水假雲漢泮水二見極蓼莪齊南山菀柳嵩高四見戾采芑小宛采菽三見　寫襄舍
抽除也襄牆有茨出車二見　渥埤敦篤媾單毗膴腹腜醹僤厖厚也篤椒聊大明公劉三見單天保昊天有成命二見　遺佗倚加也　惠恩媚字愛也惠北風褰裳三見　亟棘頻絿急也　諒允
洵亶單孚忱命信也　崇彌酋終也彌生民卷阿二見　畀卜賚釐予也　簣鬱柴茨

標積也　考要質構登成也考考槃江漢載芟絲衣四見質天保緜抑三見　槃耽娛康愉衎豈喜弁
樂也康蟋蟀臣工衎南有嘉魚那喜彤弓菁菁者莪二見　軸御饎烝蠶許迪進也烝信南山甫田二見　穀作達
生也作采薇天作二見　造租奏爲也造兔爰思齊閔予小子酌四見　狃嗣閑毌習也　揚煇煩顯
烈光也顯文王執競二見　阜昌熾盛也昌還猗嗟熾六月版二見　洵價員隕均也　侯皇林烝
后辟天公君也辟蕩般武二見　士貫功公載仕物事也士褰裳東山祈父敬之桓五見功七月崧高二見公天保
靈臺江漢酌四見　夷好易懌說也夷風雨那二見　般烝庶師旅醜衆也烝東山烝民師采芑韓奕旅北山大
明二見醜緜民勞泮水三見　儇佽覃略利也　令誶鞫告也　選同將黎蘄齊也　聿遺
對遂也濆小旻召旻二見對皇矣蕩江漢三見　佽右相助也相生民清廟雝三見　左右助也　周局卷
曲也　耋耇耄老也　殲罄卒塡空没殄盡也罄天保蓼莪二見　禦應丁膺當也應下
武賚二見　承纘武紹繼也纘七月大明二見　權輿殆肇俶基載落作始也肇生民維清二見
値負掤持也　畚艾塡久也塡桑柔瞻卬二見　苞基氐本也苞下泉斯干生民常武長發五見　陽
明旦緝明也　遒敕膠假虔鞏肆固也虔韓奕長發二見　捊戢收遒聚也捊常棣般殷武三見
哉桑扈時邁二見　儐繹尸肆旅矢陳也繹車攻常武賚矢大明皇矣卷阿三見肆楚茨行葦旅賓之初筵殷武二見　翕
洽逑合也翕常棣大東般三見洽正月版二見　圖莫靖究謨肇猶訪謀也靖小明召旻我將三見　除契

辟開也　戩祉祿富福也祉六月巧言二見　貺釐賚賜也　醻酢訢報也酢楚茨瓠葉二見

則憲辟程式刑典其法也則六月烝民憲六月桑扈辟雨無正版式楚茨下武二見刑文王思齊抑我將四見　復覆

襄反也覆雨無正桑柔二見　蔫申身崇重也蔫節南山雲漢二見申采菽嘉樂烈祖三見　䮽醜晉惡也

厲正月桑柔瞻卬三見　戚忽泯滅也　戾莫休疑定也戾雨無正桑柔雲漢三見莫皇矣版二見　經秩夷

彝典常也秩賓之初筵烈祖夷皇矣瞻卬二見　艾訊易靖𦤝徹截撥治也訊信南山韓奕徹公劉崧高二見

格懷戾來也　矜汔厲幾業危也　昭覯覯顯見也覯公劉抑二見　合對匹配也

烈績緒業也烈思齊執競武三見　恆宣徇徧也　壼熙光幅廣也　堪勝何任也

釋言第二

芼差擇也　覃曼延也　歡甘厭也　害胡何也胡日月風雨二見　寘貫置也寘卷耳伐

檀生民三見　履穀祿也　縈云旋也　掇叔拾也　赬騂赤也　孔已甚也孔汝墳鄭

羔裘小戎三見　將贈送也　于爰於也于采蘩燕燕爰桑中緜二見　覯晤遇也　降流下也

季大少也　說館舍也館緇衣公劉二見　速號召也　素皦白也　斯且此也　寔

時是也時四牡十月之交文王訪落四見　伊矦維也伊何彼襛矣雄雉蒹葭矦六月文王下武三見　隱恫痛也

俾拼使也俾綠衣天保二見　勖茂勉也　冒蒙覆也　忮曷害也忮雄雉瞻卬曷苑柳長發二見

屑鐍絜也屑谷風君子偕老二見 閱涵容也 聊將願也
譎刺責也 慝回邪也回小旻鼓鍾二見 遄疌速也 控永引也 綽紓緩也 幘
賁飾也 茀屏蔽也 賄資財也 爽僭差也爽氓蓼蕭三見 極貫中也極氓園有桃思文三
見 佸括會也 攸革更也 慢舒遲也 介會甲也 渝忒變也 斁投棄
也 踐俴淺也 素曠空也 猶哿可也猶陟岵白華哿正月雨無正二見 號叫呼也 朋
防比也 組縢繩也 作興起也 渥渜柔也 溉濯滌也 隕貶隊也隕七月小
弁縣三見 彊卒竟也 戎胥相也胥縣公劉二見 孺贅屬也 喬翰高也喬伐木時邁二見
固攻堅也 聘訊問也 捷克勝也 胼遹辟也胼釆薇生民二見 弟夷易也夷節南山
天作有客三見 右侑勸也 鄉攸所也鄉釆芑殷武二見 皋隰澤也 鐠鍛石也 似肖
嗣也似斯干常常者華卷阿江漢四見 訩岸訟也 繁那多也那桑扈那二見 勝騰乘也騰十月之交閟
宮二見 窘喙困也 淪遵率也淪雨無正抑二見 敷賦布也 又反復也 璲寶瑞
也 庭覺直也庭大田韓奕閔予小子三見 翰楨榦也翰桑扈文王有聲版崧高四見 旳相質也相棫樸桑
柔二見 岐嶷識也 方威則也 攻徹作也 贇工官也 義儀宜也 章綴
表也 虹訌潰也 毖溢慎也毖桑柔小毖二見 戁竦懼也 荒域有也 寤覺也

寐寢也　施移也　汻煩也　姑且也　荒奄也　干扞也兔罝采芑二見　錯襍也　輈朝也　旣已也　燬火也　止足也　定題也　夙早也采蘇東方未明生民三見

湘亨也　獄埆也　遑暇也殷其靁四牡二見　宵夜也小星七月二見　猶若也小星鼓鐘二見

苞裹也　舒徐也野有死麕常武二見　緡綸也　據依也　塞瘞也瘞當作實　古故也

日月烝民二見　音聲也　蹇跲也終風狼跋二見　聖叡也　阻難也雄雉谷風二見　濡潰也

迨及也匏有苦葉鴟鴞二見　違離也　愊興也釋文王肅作起　御禦也　誕闊也　摧沮也

虘虛也　俟待也靜女相鼠著三見　殄絕也　願每也　矢誓也　詳審也　讀抽也　秉操也　祝織也　閟閉也載馳閟宮二見　諼忘也　氓民也　垝毀也

遷徙也賓之初筵殷武三見　隕隋也　泮坡也　甲狎也　戍守也　仳別也　聽聞也　璊頳也　將請也將仲子正月二見　踰越也　罕希也　摻擥也　岦脅也

都閑也　捧槁也　瘳愈也風雨瞻卬二見　迋誑也　從逐也　履禮也東方之日長發二見　樊藩也東方未明青蠅二見　辰時也東方未明四驖小弁車舝抑五見　莫晚也東方未明抑二見　蓺樹也　克能也　偲才也　洒灑也山有樞抑二見　苞稹也　怙恃也　行翮也

奧煖也唐無衣小明二見　遊觀也　輶輕也　閑紲也　縢約也　晞乾也蒹葭湛露二見

紀基也　湯蕩也　斯析也　萃集也　庶幸也　懷歸也（匪風皇矣二見）　佀揭
也（候人無羊二見）　味喙也　忒疑也　冽寒也　饁饋也　及與也　窒塞也　墐
涂也　絢絞也　肅縮也　滌埽也　鬻稚也　徹剝也　枚微也　烝窴也
皇匡也　訛化也　跋躐也　佻愉也　敖游也　啟跪也　諗念也　苺
雝也　均調也　威畏也（常棣巧言二見）　況茲也（常棣召旻二見）　鬩很也　烝塡也　猷
私也　矧況也　享獻也（天保我將載見三見）　恆弦也　騫虧也（天保無羊二見）　麗歷也
鼉曼也　龍寵也　豐茂也　櫜韜也（彤弓時邁二見）　公功也　嚴威也（六月又互見常武）
輊摯也　涖臨也　蔥蒼也　矜憐也　宣示也　央且也　攻錯也　繫
絆也　維繫也　祇適也　干澗也　約束也　革翼也　冥幼也　肱臂也
惔燔也　斬斷也　憯曾也（節南山民勞二見）　鞫盈也　莠醜也　脊理也　員
益也　獨單也　偏熾也　戎兵也　沮壞也　馮陵也　一非也　忝辱也
盜逃也　券力也　云言也　攪亂也　靦姡也　鮮寡也　稷艾也　來
勤也　賡續也　挹斟也　將壯也　蹙促也（小明召旻二見）　幾期也　替廢也（楚茨
召旻二見）　場畔也　髦俊也（甫田棫樸思齊三見）　秉把也　胥皆也　摧挫也　抗舉也

幅偪也　殿鎮也　紼繂也　纚緌也　薿擬也　裕饒也　饇飽也　塗
泥也　附著也　旟揚也　局卷也　烘燎也　獻奏也　哉載也　皇天也
聿述也　挾達也　回違也俔磬也　涼佐也　捄蘽也　愠恚也　駾突
也　趣趨也　楫擢也　追雕也　齊莊也　御迎也　配媲也　因親也
喪亾也　務靜也　旅師也　將側也　馘獲也　纖戒也　武迹也下武生民武三
見　履踐也　歆饗也　赫顯也　祺吉也　匱竭也　僕附也　宗尊也鳧鷖
雲漢二見　假嘉也假樂維天之命雝三見　曹羣也　迺鄉也公劉桑柔二見　鞫究也　溉清也
茀小也　猶圖也　藩屏也　衍溢也　咨嗟也　滔慢也　顛仆也　沛
拔也　戾罪也　訓教也　共執也抑韓奕二見　玷缺也　緍被也　偕假也
倉喪也　兄滋也　競彊也桑柔烈文二見　圉垂也桑柔召旻二見　僾唈也　荒虛也
赫炙也　涼薄也　回轉也　熏灼也　悔恨也　周救也　迄已也　贈增
也　慇隱也　奄撫也　矢弛也　說赦也　哲知也　忌怨也　優渥也
禋祀也　禎祥也　靡累也　崇立也　宥寬也　密寧也　奄同也　庤具
也　銍穫也　噫歎也　嘻敕也　潛糝也　劉殺也　耆致也　序緒也

判分也　昣場也　達射也　應耘也　胡壽也　振自也　趙刺也　吴譁也　晦昧也　閒代也　屆收也　囚拘也　瓊寶也　虞誤也　元首也
壽考也　依倚也　齵總也　畿疆也　旒章也　戇恐也　葉世也

釋訓弟三

肅肅翼翼敬也（肅肅兔罝　思齊二見）　嘤嘤瑲瑲嚚嚚嘽嘽変変聲也　趯趯躍也　儚儚悠悠憂也　洸洸武也　潰潰怒也　活活流也　揭揭長也　瀰瀰嘽嘽讙讙殺溱溱湑湑㒧㒧穰穰增增眾也　蒼蒼焞焞盛也　惴惴嘵嘵懼也　讙讙殺也　修修敝也　翹翹業業危也　騤騤彊也　翼翼閑也　霏霏甚也　厭厭安也　離離埊也　晰晰煌煌明也　仳仳小也　蔌蔌陋也　戰戰兢兢恐也　兢兢戒也　好好喜也　祁祁連連徐也　湑湑動也　綽綽寬也　亹亹勉也　穆穆膴膴抑抑皇皇美也　明明察也　洋洋廣也　雝雝逢逢喤喤優優和也　浮浮氣也　芬芬香也　版版反也　抑抑密也　夢夢潰潰亂也　奕奕訏訏簡簡大也　緜緜靚也　將將集也　反反濟濟難也　烝烝厚也　烈烈威也　詵詵蓁蓁采采祁祁麌麌濟濟翽翽甡甡栗栗洋洋

衆多也　振振仁厚也　繩繩戒愼也　揖揖會聚也　蟄蟄和集也　振振
信厚也
麟之止般其靈二見
僮僮竦敬也　祁祁脫脫舒遲也　浼浼平池也　洋洋
盛大也　孼孼盛飾也　晏晏和柔也　潚潚暴疾也　崔崔言言高大也
怮怮慱慱憂勞也　提提安諦也　皓皓絜白也　鄰鄰淸澈也　菁菁茱盛
也　厭厭安靜也　秩秩有知也　洋洋實實廣大也　渶渶壯佼也　遲遲
舒緩也　蘳蘳濯濯光明也　嚶嚶驚懼也　遲遲長遠也　央央鮮明也
泥泥濡濡也　龐龐充實也　秩秩流行也　幽幽深遠也　橐橐登用力
也　愈愈憂懼也　踧踧平易也　秩秩進知也　草草勞心也　契契憂苦
也　淒淒涼風也　翼翼讓畔也　抑抑愼密也　怭怭媟嫚也　嘒嘒中節
也　平平辯治也　駓駓調利也　邁邁不說也　翼翼恭敬也　將將嚴正
也　峩峩盛壯也　閑閑動搖也　茀茀彊盛也　濯濯娛遊也　翯翯肥澤
也　熏熏和說也　秩秩有常也　溫溫寬柔也　騤騤不息也　赫赫滌滌
旱氣也　炎炎熱氣也　嘽嘽喜樂也　祁祁徐靚也　斤斤明察也　嗟嗟
敕之也　彭彭有容也　伾伾有力也　繹繹善足也　袪袪彊健也　咽咽

鼓節也　枚枚礱密也　丸丸易直也　赳赳麃麃洸洸蹻蹻武兒　翹翹薪兒　肅肅發發疾兒　汎汎潎潎滔滔流兒　悄悄憂兒　夭夭瀰瀰鑣鑣發發瀼瀼赫赫菁菁蓬蓬卬卬盛兒　牂牂然盛兒　悠悠遠兒　敖敖長兒

濟濟芃芃藐藐美兒　湯湯奕奕藐藐苡苡大兒　彭彭多兒　儦儦衆兒

交交瑣瑣小兒（交交黃鳥 小宛二見）　欒欒瘠兒　蜎蜎蠋兒　几几絇兒　駸駸驟兒

許許柿兒　蹲蹲舞兒　幝幝敝兒　痯痯罷兒　濃濃厚兒　伎伎舒兒

雱雱雪兒　悠悠行兒　莫莫施兒　[illegible]溫兒　蹻蹻驕兒　蹻蹻壯兒

萋萋菁菁彧彧茂盛兒　蓁蓁至盛兒　習習和舒兒　遲遲舒行兒　猗猗美盛兒　湯湯水盛兒　綏綏匹行兒　陶陶和樂兒　鑿鑿然鮮明兒

楚楚央央鮮明兒　旆旆旒垂兒　彭彭四馬兒　瀼瀼露蕃兒　忡忡垂飾兒　棲棲簡閱兒　巖巖積石兒　赫赫顯盛兒　爗爗震電兒　溫溫和柔兒　提提振振羣飛兒（振振振鷺 有駜二見）　翩翩營營往來兒　蓼蓼芃芃長大兒

佻佻獨行兒　粲粲鮮盛兒　鞙鞙佩玉兒　滔滔大水兒　偕偕強壯兒

燕燕安息兒　楚楚茨棘兒　昀昀墾辟兒　萋萋雲行兒　泱泱滚廣兒

英英白雲皃　扁扁乘石皃　幡幡瓠葉皃　芃芃木盛皃　番番勇武皃
滔滔廣大皃　浮浮衆彊皃　俅俅恭順皃　桓桓威武皃　莫莫成就之皃
招招號召之皃　孑孑干旄之皃　嵩嵩敦厚之皃　緜緜長不絕之皃葛藟
又互見緜　哼哼重遲之皃　陶陶驅馳之皃　瞿瞿無守之皃　閑閑然男女無
別往來之皃　泄泄多人之皃　居居懷惡不相親比之皃　騑騑行不止之
皃　嘽嘽喘息之皃　駪駪衆多之皃　湛湛露茂盛皃　關關和聲　喈喈
和聲之遠聞也　丁丁椓弋聲　雝雝鴈聲和也　檻檻車行聲　令令纓環
聲　薄薄疾驅聲　坎坎伐檀聲　肅肅鴇羽聲　鄰鄰衆車聲　坎坎擊鼓
聲　丁丁伐木聲　淵淵鼓聲　肅肅羽聲　將將鑾鑣聲　緝緝口舌聲
挃挃檴聲　悠悠遠意　爰爰緩意　施施難進之意　沖沖鑿冰之意　懰
懰憂意　蛇蛇淺意　忡忡猶衝衝也　襛猶戎戎也　耿耿猶儆儆也　靡
靡猶遲遲也　桀桀猶驕驕也　怛怛猶怓怓也　糾糾猶繚繚也　摻摻猶
纖纖也　究究猶居居也　淒淒猶蒼蒼也　采采猶萋萋也　肺肺猶牂牂
也　晢晢猶煌煌也　惕惕猶忉忉也　悁悁猶悒悒也　敦猶專專也　皇

皇猶煌煌也　皇猶煌煌也　閼閼猶歷歷也　仇仇猶謷謷也　慄慄猶戚戚也　噂猶噂噂也　杳猶杳杳也　捷捷猶緝緝也　幡幡猶翩翩也　律律猶烈烈也　弗弗猶發發也　喈喈猶將將也　湝湝猶湯湯也　裳裳猶堂堂也　浮浮猶瀌瀌也　佗佗猶言言也　藹藹猶濟濟也　憲憲猶欣欣也　泄泄猶沓沓也　囂囂猶謷謷也　灌灌猶款款也　騤騤猶彭彭也　喈喈猶鏘鏘也　畟畟猶測測也　萋草中之翹翹然　曀曀其陰如常陰曀曀然　虺虺其雷暴若震雷之聲虺虺然　憂心忡忡然　泄泄其羽飛而鼓其翼泄泄然也　汎汎其景汎汎然迅疾而不礙也　中心養養養養然憂不知所定也　鶉則奔奔鵲則彊彊然　麥芃芃然方盛長也　赫有明德赫赫然也　渼若猶渼渼然　咥咥然笑也　信誓旦旦然　佩玉遂遂然　垂帶悸兮垂其紳帶悸悸然有節度也　杲杲出日杲杲然日復出矣　條條然歡也　風且雨淒淒然　墠除地町町者也　溥溥然盛多也　南山崔崔然綏綏然無别也　瞿瞿然顧禮義也　思望之心中欽欽然也　發發飄風非有道之風偈偈疾驅非有道之車　呦呦然鳴而相呼也　鄂猶鄂鄂然華外

發也　兄弟尚恩熙熙然　朋友以義切切節節然　業業然壯也　滑滑然
蕭上露皃　哀鳴嗸嗸未得其所安集則嗸嗸然也　聚其角而息濈濈然
呞而動其耳溼溼然　視天夢夢王者爲亂夢夢然也　潝潝然患其上也
訿訿然不思稱乎上也　烈烈然至難也　彭彭然不得息也　傍傍然不得
巳也　奕奕然無所薄也　秩秩然肅敬也　數舞僛僛然　華落葉青青然
也　削婁馮馮削牆鍛屢之聲馮馮然也　呱呱然泣也　旆旆然長也　幪
幪然茂盛也　唪唪然多實也　栗其實栗栗然　葉初生泥泥也　欣欣然
樂也　譆譆然喜樂也　熇熇然熾盛也　藐藐然不入也　藴藴而暑隆隆
而雷蟲蟲而熱　甫甫然大也　噳噳然衆也　赫赫然盛也 常武常武二見　明明
然察也　業業然動也　嘽嘽然盛也　牧之坰野則駉駉然 駉駉當作駫駫　耳耳
然至盛也　嘒嘒然和也　歡歡然盛也　奕奕然閑也　采采事采之也
采采非一辭也　夭夭其少壯也　灼灼華之盛也　棣棣富而閑也 各本閒下衍習
字　伾伾容貌大也　委委者行可委曲也　佗佗者德平易也　濊濊施諸
水中也　籊籊長而殺也　搖搖憂無所愬也　陽陽無所用其心也　佩玉

將將鳴玉而後行也　渙渙春水盛也　唯唯出入不制也　蹶蹶動而敏於
事也　休休樂道之心也　湑湑枝葉不相比也　踽踽無所親也　睘睘管
管無所依也　嘌嘌無節度也　慆慆言久也　嘽嘽徐行有節也　其流湯
湯言放縱無所入也　殖殖言平正也　矜矜兢兢以言堅彊也　京京憂不
去也　欽欽言使人樂進也　濟濟蹌蹌言有容也　踖踖言爨竈有容也
莫莫言清靜而敬至也　怲怲憂盛滿也　逸逸往來次序也　反反言重愼
也　幡幡失威儀也　僛僛舞不能自正也　傞傞舞不止也　漸漸山石高
峻也　濟濟多威儀也　藹藹言百姓之勸勉也　穟穟苗好美也　戚戚內
相親也　菶菶萋萋梧桐盛也　雝雝喈喈鳳皇鳴也　懆懆憂不樂也　翩
翩在路不息也　業業言高大也　捷捷言樂事也　皋皋頑不知道也　訿
訿窳不供事也　龍旂陽陽言有文章也　茷茷言有法度也　其馬蹻蹻言
彊盛也　八鸞鶬鶬言文德之有聲也　不警警也　不盈盈也　不戢戢也
不難難也　不多多也桑扈卷阿二見　有周周也　不顯顯也　不時時也　無
念念也　不寧寧也　不康康也　無競競也抑執競二見　遐不作人遠作人也

不遐有佐遠夷來佐也　不顯申伯顯矣申伯也　不顯顯于天矣　不承見承于人矣　革猶皮也　好猶空也　漂猶吹也　宿猶處也　夕猶朝也
息猶處也　悲猶傷也　椒猶觎也　服思之也　濩煮之也　有藏之也
方有之也　笑侮之也　經度之也　惏燔之也　今急辭也　于嗟歎辭
猗嗟歎辭　於歎辭也（文王清廟二見）　猗歎辭也　蕡實皃　蔽芾小皃　嘒微皃　摽拊心皃　睍睆好皃　瑣尾少好之皃　褎盛服皃　赫赤皃　孌好皃（泉水疾人二見）　雱盛皃　喈疾皃　霏甚皃　煒赤皃　泚鮮明皃　髧兩髦之皃　玼鮮盛皃　姝順皃　匪文章皃　瑟矜莊皃　邁寬大皃　頎長皃（碩人猗嗟二見）　驕壯皃　朅武壯皃　瑳巧笑皃　朅武皃　啜泣皃　晏鮮盛皃
昌盛壯皃　挑達往來皃（依胡承珙訂）　瀏深皃　還便捷之皃　姝者初昏之皃
婉孌少好皃　鬈好皃　嗿巧趨皃　孌壯好皃　宛辟皃　宛死皃　杕特生皃　菀文皃　鴥疾飛皃　僚好皃　卷好皃　儼矜莊皃　薈蔚雲興皃　婉少皃　濛雨皃　踐行列皃　倭遲歷遠之皃　蕡美皃　粲鮮明皃
衎美皃　爾華盛皃　睆實皃　蓼長大皃　弨弛皃　觩大皃　奭赤皃

節高峻皃　宛小皃　漼漼皃　哆大皃　鐻滿篚皃　捄長皃　潸涕下皃　跂隅皃　晥明星皃　捄畢皃　倬明皃　渰雲興皃　湑盛皃　頍弁皃　孌美皃　依茂木皃　楚列皃　頒大首皃　莘長皃　觱沸泉出皃　阿然美皃　難然盛皃　滮流皃　緜蠻小鳥皃　芃小獸皃　伉高皃　淠舟行皃　瑟眾皃　敦聚皃　揭根見皃釋文　菀茂皃　嘒眾星皃　嵩高皃　萋且敬愼皃　噲眾皃　紑絜鮮皃　駜馬肥彊皃　觩弛皃　翩飛皃　憬遠行皃　昜大皃　挺長皃　惄飢意也　痗捬心也　有謂富也　亾謂貧也　窶者無禮也　貧者困於財也　靜貞靜也　姝美色也　鬒黑髮也　揚眉上廣也　晳白晳也　淸視淸明也　止所止息也　體支體也　且狂進取一槩之義也　僩寬大也　喧威儀容止宣著也　寬能容眾也　倩好口輔也　盼黑白分也　儺行有節度也　桀特立也　噎憂不能息也　揚激揚也王揚之水鄭揚之水二見　艱亦難也　修且乾也　折言傷害也　丰豐滿也　蕩平易也　卝幼穉也　抑美色也　婉好眉目也　婁亦曳也　考亦擊也　盬不攻致也　亾棄棄也　騏綦文也小戎鳲鳩二見　澤潤澤也　椒芬香也

湛樂之久也　盬不堅固也　塗凍釋也　黃黃髮也　寫輸寫其心也
棘稜廉也　崩羣疾也　踏累足也　擣心疾也　睠反顧也　除除陳生新
也　安安坐也　度法度也　獲得時也　秫穀食也　時中者也　幽黑色
也　古言久也　肆故今也繇思齊二見　兌成蹊也　兌易直也　岸高位也
岐知意也　馨香之遠聞也　隅廉隅也　話善言也　旬言陰均也　劉暴
樂而希也　濯所以救熱也　收拘收也　椓夭椓也　飶芬香也　色溫潤
也　揆衆意也　侐清埩也　撻疾意也　窈窕幽閒也　厭浥溼意也　豈
不言有是也　委蛇行可從迹也　純束猶苞之也　契闊勤苦也　劬勞病
苦也豈風鴻雁二見　蒙戎以言亂也　籧篨不能俯者也　戚施不能印者也　禮
裼肉袒也　暴虎空手以搏之也　如濡言潤澤也　三英三德也　狂童狂
行童昏所化也　淸揚婉兮眉目之間婉然美也　發夕自夕發至旦也　翺
翔猶彷徉也　無寐無寐無者寐也　綢繆猶纏綿也　子兮者嗟茲也　解逅解
說也　無與勿用也　婆娑舞也　棲遲遊息也　俟張誑也　窈糾舒之姿
也　猗儺柔順也　堀閱容閱也　眉壽豪眉也　拮据戟挶也　熠燿燐也

燚熒火也　如絲言調忍也　簡書戒命也　眉壽秀眉也　不蹟不道也
俗本道上有循　靡止言小也　明發發夕至明也　荏染柔意也　反側不正直也
萋斐文章相錯也　如砥貢賦平均也　如矢賞罰不偏也　鞅掌失容也
閒關設舝也　號呶號呼讙呶也　緝熙光明也　緝御踧踖之容也　皝
均已均中蓺也　三單相襲也　伴奐廣大有文章也　詭隨詭人之善隨人
之惡者也　惽怓大亂也　繾綣反覆也　夸毗體柔人也　殿屎呻吟也
戲豫逸豫也　馳驅自恣也　彊禦彊梁禦善也　掊克自伐而好勝人也
炰烋猶彭亨也　不虞非度也　而角自用也　詁言古之善言也詁依釋文據說文
中垢言闇冥也　孑遺孑然遺失也　顒之曲顒道義也　虩虎虎之自怒
虩然也　仔肩克也　荓夆癴曳也癴俗作摩　不遲言疾也　謔浪笑敖言戲謔
不敬也　狐赤烏黑莫能別也　魚網之設鴻則離之言所得非所求也　揚
且之顏廣揚而顏角豐滿也　手如柔荑如荑之新生也　膚如凝脂如脂之
凝也　螓首顙廣而方也　尚無爲尚無成人爲也　九十其儀言多儀也
是則是傚言可法傚也　如山如阜如岡如陵言廣厚也　蕭蕭馬鳴悠悠旆

旌言不謹譁也　文武是憲言有文有武也　載飛載揚言無所定止也　高岸爲谷深谷爲陵言易位也　如臨深淵恐隊也如履薄冰恐陷也　如集于木恐隊也如臨于谷恐隕也　熊羆是裘言富也　乘其四駱六轡沃若言世祿也　有鶯其羽鶯然有文章也　戢其左翼言休息也　牂羊墳首言無是道也　三星在罶言不可久也　鳶飛戾天魚躍于淵言上下察也　清酒既載騂牡既備言年豐畜碩也　不聞亦式不諫亦入言性與天合也　無然畔援無然歆羨無是畔道無是援取無是貪羨也　不坼不副無菑無害言易也　以興嗣歲興來歲繼往歲也　無有後艱言不敢多祈也　執豕于牢新國則殺禮也　酌之用匏儉以質也　有馮有翼道可馮依以爲輔翼也　以謹無良愼小以懲大也　如壎如篪言相和也　如璋如圭言相合也　如取如攜言必從也　侯作侯祝作詛祝也　瞻言百里遠慮也　仲山甫出祖言述職也　如飛如翰疾如飛摯如翰也　攸革有鶬言有法度也　我又集于蓼言辛苦也　以似以續嗣前歲續往歲也　自羊徂牛言先小後大也　歲其有歲其有年也　言觀其旂言法則其文章也　上帝是依依其子孫也　不

僣不濫賞不僣刑不濫也　尊之如天審諦如帝　美女為媛　弔失國曰唁

草行曰跋水行曰涉　目上為名目下為清　萬人為英　三女為粲　萬

萬曰億(伐檀楚茨二見)　兩手曰匊(椒聊采綠二見)　七十曰耋　自目曰涕自鼻曰泗　角

而束之曰捔　再宿曰信(九罭有客二見)　忠信為周(此句又互見都人士)　訪問于善為咨咨事

為諏咨事之難為謀咨禮義所宜為度親戚之謀為詢　時見曰會殷見曰同

病酒曰酲　美色曰豔　無聲曰泣血　古曰在昔昔曰先民(小旻那二見)　徒

涉曰馮河徒搏曰暴虎　骭瘍為微腫足為尰　正直為正能正人之曲曰直

東西為交邪行為鐕　土治曰平水治曰清　率下親上曰疏附相道前後

曰先後喻德宣譽曰奔走武臣折衝曰禦侮　心能制義曰度德正應和曰貊

照臨四方曰明勤施無私曰類教誨不倦曰長賞慶刑威曰君慈和徧服曰順

擇善而從曰比經緯天地曰文　直言曰言論難曰語　賊義曰殘　不醉而

怒曰奰　八十曰耄　數萬至萬曰億數億至億曰秭　一裲曰䙊　八尺曰

尋

釋親第四

婦人謂嫁曰歸　公姓公同姓公族公同祖　歸歸宗也燕燕又五見草蟲黃鳥　諸姬同姓之女也　父之姊妹稱姑先生曰姊　天謂父也　女子後生曰妹　妻之姊妹曰姨　姊妹之夫曰私　昆兄也　諸兄公族　外孫曰甥　公族公屬　大夫一妻二妾　同姓同祖　母之昆弟曰舅　九族會曰和　㝅子也

天子謂同姓諸侯諸侯謂同姓大夫皆曰父異姓則稱舅　宻兄宻弟爲兄亦宻爲弟亦宻也　善父母爲孝善兄弟爲友下句六月皇矣二見　老無妻曰鰥偏聲曰寡　諸父猶諸兄也　新特外昏也　兩壻相謂曰亞　毛在外陽以言父裏在內陰以言母　本本宗支支子　嬪婦也　仲中女　長子長女　寡妻適妻也　君之宗之爲之君爲之大宗也　王者天下之大宗　諸侯一取九女二國媵之　諸娣衆妾也　主家長也伯長子也亞仲叔也旅子弟也　士子弟也

宗黨

師女師　之子嫁子也　少女微主也　舟子舟人主濟渡者　君國小君　倌人主駕者　東宮齊太子也　庶士齊大夫送女者　伯州伯也　之子無

室家者　彥士之美稱　子都世之美好者也　狂狂人也　子充良人也　媚子
叔伯言羣臣長幼也　叔伯迎己者　良人美室也　寺人內小臣也　媚子
能以道媚于上下者也　子大夫也　夫傅相也　候人道路送迎賓客者
季人之少子也（此句候人又互見陟岵）　女民之弱也　田畯田大夫　媒所以用禮也
征夫行人也　君先君也　尸所以象神　百姓百官族姓也　僕夫御夫
也　五官之長出於諸侯曰天子之老　之子有司也　之子侯伯卿士也
君子謂諸侯也（庭燎采菽二見）　邦人諸友謂諸侯也　兄弟同姓臣也　京師者諸
侯之父母也　師大師周之三公也（師大師節南山大明二見）　故老元老　擇三有事有
司國之三卿也　暬御侍御（暬俗作暬）　東人譚人也　西人京師人也　舟人舟
楫之人　私人私家人也　士子有王事者也　善其事曰工　田祖先嗇
季女謂有齊季女也　室人主人也　徒御者御馬者　任者輦者車者牛
者徒行者御車者（此二句黍苗崧高二見）　師者旅者　京室王室也　宗公宗神　一人
天子也　公尸天子以卿也（依正義）　宜民宜人宜安民宜官人也　宜君宜王
宜君王天下也　朋友羣臣也　上帝以稱王者也　芻蕘薪采者　上帝以

託君王也　時無背無側背無臣側無人也　以無陪無卿無陪貳無卿士也
昊天爾王者也（桑柔瞻卬二見）　羣公先正百辟卿士也　魃旱神　御治事之官
也　私人家臣也　喉舌冢宰也　受命受命爲侯伯也　顯父有顯德者
文人文德之人（又互見清廟）　小子嗣王也

統稱

仲戴媯字　姜姓（采唐生民二見）　弋姓　庸姓　申平王之舅　留大夫氏　子車
氏奄息名　子仲陳大夫氏　原大夫氏　尹尹氏　亶父字或殷以名言質
也　申伯宣王之舅　姞蹶父姓　孫子仲謂公孫文仲也　二子伋壽也
子嗟字也　子國子嗟父　仲子祭仲　叔大叔段也　孟姜齊之長女也
狡童昭公也（又互見狡童）　齊子文姜　夏南夏徵舒　郇伯郇侯也　稚子成王
也　公孫成王也豳公之孫　王殷王也　南仲文王之屬　吉甫尹吉甫（六月）
（崧高二見）　張仲賢臣也　方叔卿士也　祈父司馬也　家父大夫也　豔妻褒
姒也　公子譚公子也　曾孫成王也（信南山行葦維天之命三見）　殷士殷侯也　殷之
未喪師克配上帝帝乙已上也　天位殷適紂居天位而殷之正適也　王季

大王之子文王之父　大任仲任　尚父可尚可父也　古公豳公　姜女大姜　周姜大姜也　大姒文王之妃　自大伯王季從大伯之見王季也　三后大王王季文王也　生民本后稷也　姜嫄后稷之母　帝高辛氏之帝也　父母先祖文武爲民父母也　堯之時姜氏爲四伯　召伯召公　仲山甫樊侯也　蹶父卿士也　韓侯之先祖武王之子　召虎召穆公　召公召康公　王命卿士南仲大祖大師皇父王命南仲於大祖皇甫爲大師也　王謂尹氏命程伯休父尹氏掌命卿士程伯休父始命爲大司馬也　前王武王也　二后文武也　烈考武王也　文母大姒也　客二王之後　昭考武王也　周公之孫莊公之子謂僖公也　烈祖湯有功烈之祖也　於赫湯孫盛矣湯爲人子孫也　武丁高宗也　有娀契母也　玄王契也　相土契孫　武王湯也　阿衡伊尹　殷武殷王武丁也

姓名

釋宮弟五

家室猶室家也　逵九達之道　沼池也采蘩正月靈臺三見　宮廟也　宗室大宗之

廟　墉牆也　公公門　幾門內　北門背明鄉陰　城隅以言高而不可踰
也　牆所以防非常　中冓內冓　楚宮楚丘之宮　室猶宮也　揆度也度
日出日入以知東西南視定北準極以正南北　復關君子所近也　背北堂
也　二十五家爲里　牆垣也　園所以樹木也　巷里涂　巷門外也　東
門城東門　在城闕兮棄城而見闕也　闉曲城　闍城臺　門屛之閒曰箸
闥門內　圃菜園　必告父母必告父母廟也　一夫之居曰廛　圜者爲
囷　隅東南隅也　道左道左之陽人所宜休息也　域塋域也　室猶居也
在其版屋西戎版屋也　衡門橫木爲門　池城池　墓門墓道之門　中
中庭　唐庭涂（作堂塗譌）　甓令適　堂公堂也　微行牆下徑也　五畝之宅樹
之以桑　春夏爲圃秋冬爲場　向北出牖也　庶人簞戶　凌陰冰室　公
堂學校也　一丈爲版五版爲堵　西南其戶西鄉戶南鄉戶也　周道周室
之通道也　墐路冢　陳堂涂　楊園園名　祊門內　室內曰家　君子將
營宮室宗廟爲先廄庫爲次居室爲後　王之郭門曰皋門王之正門曰應門
墉城也（皇矣良耜二見又嵩高字作庸）　四方而高曰臺　囿所以域養禽獸也天子百里

諸侯四十里　水旋丘如璧曰辟廱　減成溝　廬寄也　垣牆也　實墉實壑言高其城浚其壑也　廩所以藏齍盛之穗也　既景乃岡考于日景參之高岡　西北隅謂之屋漏　基門塾之基也　泮水泮宮之水也天子辟廱諸侯泮宮　閟宮先妣姜嫄之廟在周孟仲子曰是禖宮也　桷榱也　新廟閔公廟　路寢正寢也　寢路寢也

釋器第六

頃筐畚屬　人君黃金罍　兕觥角爵　兔罝兔罟　百兩百乘也　方曰筐圓曰筥　錡釜屬有足曰錡無足曰釜　鑒所以察形　由輈以上為軌　梁魚梁　笱所以捕魚　載脂載舝還車言邁脂舝其車以還我行也　彤管以赤心正人也　驂馬五轡四馬六轡　治骨曰切象曰瑳玉曰琢石曰摩　重較卿士之車　幩飾也人君以朱纏鑣扇汗且以為飾　翟翟車也夫人以翟羽飾車　罟魚罟　帷裳婦人之車　殳長丈二而無刃　鳥網為羅　學覆車　罿罬也　大車大夫之車　掤所以覆矢　鬯弓韔弓　重英矛有英飾重喬累何也　重環子母環　鋂一環貫二　簟方文席　車之蔽曰茀

朱鞹諸侯之路車有朱革之質而羽飾　衆鑾鑣之衆者　二尺曰疋　四矢
乘矢　路車也　輻檀輻也　拔矢末也　小戎兵車　收軫也　五五束也
楘歷錄　梁輈輈上句衡也　游環靳環也　陰揜軓　靷所以引也　鋈白
金　續續靷也　文茵虎皮也茵衎　暢轂長轂　龍盾畫龍於盾　軜驂內轡
也　厹三隅矛　錞鐏也　蒙討羽　伐中干　虎虎皮　韔弓室也　膺馬
帶　交韔交二弓於韔中也　殳長六尺六寸　矛長二丈　盎謂之缶　鸞
釜屬　設殳也　于耜始脩耒耜也　懿筐深筐　八月萑葦豫畜萑葦可以
爲曲也　斨方銎也　兩樽曰朋　觥所以誓衆也　隋銎曰斧　鑿屬曰錡
木屬曰銶　柯斧柄　九罭緵罟小魚之網也　筐篚屬　圓曰簋天子八簋
象弭弓反末所以解紛也紛作紒非　魚服魚皮　檀車役車　罶曲梁也寡婦
之笱魚麗苕之華二見　罩罩籗也　汕汕樔也　鞗革轡首衆也　在軾曰和此句五見載見
在鑣曰鸞　彤弓朱弓　夏后氏曰鉤車先正也殷曰寅車先疾也周曰元戎
先良也　鉤膺樊纓采芑崧高二見　軝長轂之軝也朱而約之　錯衡文衡也采芑韓奕
二見　庭燎大燭　半珪曰璋斯干棫樸二見　瓦紡專　其車既載乃弃爾輔大車重

載又弃其輔也　䶬小而𨻰大　匕所以載鼎實　服牝服　箱大車之箱

畢所以掩兔也　大車小人之所將也　罟網也　鸞刀刀有鸞者　粱車粱

大侯君侯　熄烓竈　棧車役車　祼灌鬯　緇謂之緇　金曰雕玉曰琢

玉瓚圭瓚也黃金所以飾流鬯也　鉤鉤梯也　蹄蹄車衡衡車　木曰豆

瓦曰登　設席重席　斝爵也夏曰醆殷曰斝周曰爵　敦弓畫弓也天子敦

弓　鏃矢參亭　天子之弓合九而成規　大斗長三尺　小曰橐大曰囊

戚斧也　揚鉞也　彝祭器　鏤錫有金鏤其錫也　鞹革也　靷軾中　幭

覆式　厄烏噣　鬯香草也築煮合而鬱之曰鬯　卣器也　錢銚也　鎛鎒

也　大鼎謂之鼐小鼎謂之鼒　五十矢爲束　犧尊有沙飾也　大房半體

之俎　朱英矛飾也　重弓重於鬯中也　貝胄貝飾也　朱綅以朱綅綴之

器用

精曰絺粗曰綌　王后織玄紞公侯夫人紘延卿之內子大帶大夫命婦成祭

服士妻朝服庶士以下各衣其夫　私燕服也婦人有副褘盛飾　袺執衽也

襭扱衽也　被首飾也　昏禮純帛不過五兩　古者素絲以英裘　大夫羔

裘以居　緎縫也　縫言縫殺之大小得其制也　衾被也　裯禪被也　帨佩巾　綠間色黃正色　上曰衣下曰裳綠衣東方未明二見　大夫狐蒼裘　充耳盛飾也　組織組也　髢者髮至眉子事父母之飾　副者后夫人之首飾編髮爲之　笄衡笄也　珈笄飾之最盛者所以別尊卑　象服尊者所以爲飾翟褕翟闕翟羽飾衣也　瑱塞耳　揥所以擿髮　展衣以丹縠爲之　絺之靡者爲縐是當暑袢延之服也　紕所以織組也　組總以素絲而成組也充耳謂之瑱　琇瑩美石琇又見都人士　天子玉瑱諸侯以石　弁皮弁淇奥尸鳩頍弁三見會所以會髮　衣錦錦文衣也夫人德盛而尊嫁則錦衣加褧襜　領頸也碩人桑扈二見　布幣也　總角結髮也　觿所以解結　韘決也　在下曰裳所以配衣也　帶所以申束衣　瓊玉之美者　琚佩玉石瓊瑤美石瓊玖玉石石作名非　毳衣大夫之服天子大夫四命其出封五命如子男之服　玖石次玉緇黑色卿士聽朝之正服也　豹飾緣以豹皮也　袪袂也　雜佩者珩璜琚瑀衝牙之類　佩有琚瑀所以納閒也　衣錦褧裳嫁者之服也　青衿青領也　佩佩玉也士佩瓀珉而青組綬　縞衣白色男服也綦巾蒼艾色女服也

素象瑱　瓊華美石士之服也　靑靑玉　瓊瑩石似玉卿大夫之服也
黃黃玉　瓊英美石似玉者人君之服也　葛屨服之賤者冠緌服之尊者
總角聚兩髦也　弁冠也　夏葛屨冬皮屨　要褄也（褄古衹要）　襋領也　象揥
所以爲飾　襮領也　諸侯繡黼丹朱中衣　繡黼也　袪袂末也　褎猶袪
也　侯伯之禮七命冕服七章天子之卿六命車旗衣服以六爲節　齋則角
枕錦衾　錦衣采衣也　狐裘朝廷之服　黑與靑謂之黻五色備謂之繡
袍襺也　瓊瑰石而次玉　羔裘以游燕狐裘以適朝　素冠練冠　素冠故
素衣也　芾韠也一命縕芾黝珩再命赤芾黝珩三命赤芾葱珩（此句又見采芑）　大
夫以上赤芾乘軒　載績絲事畢而麻事起矣　玄黑而有赤也　朱深纁也
祭服玄衣纁裳　狐貉之厚以居　孟冬天子始裘　褵婦人之褘也母戒女
施衿結帨　袞衣卷龍也　赤舄人君之盛屨　服戎服也　朱芾黃朱芾也
諸侯赤芾金舄　舄達屨　決鉤弦也　拾遂也　裳下之飾也　裼褓也
衰所以備雨笠所以禦暑（下句又互見都人士）　貝錦錦文也　韎者茅蒐染韋一入
曰韎（今訂）　韐所以代韠也　鞞容刀鞞　琫上飾珌下飾天子玉琫而珧珌諸

侯璗琫而鏐珌大夫鐐琫而鐐珌士珕琫而珕珌　玄衮卷龍也　白與黑謂
之黼（采菽又互見文王）　諸侯赤芾邪幅邪幅偪也（下邪字補）所以自偪束也　臺所以禦
雨　緇撮緇布冠　綢直如髮密直如髮也　厲帶之垂者　衣敝前謂之褘
哻般冠也夏后氏曰收周曰冕　舟帶也　維玉及瑤言有美德也　下曰
鞞上曰琫言有度數也　容刀言有武事也　衮有衮冕者君之上服也　絲
衣祭服也

服飾

粢饔也　四簋黍稷稻粱　春酒凍醪也　饗者鄉人飲酒也（五字據說文補）　飫私
也下脫屨升堂謂之飫（各本下譌作不）　以筐曰釃以藪曰湑　餱食也　湑莤之也
酤一宿酒也　饎酒食也（天保洞酌二見）　夜飲燕私也　一曰乾豆二曰賓客三
曰充君之庖　酌醴饗醴也　孰食曰饔　飧孰食（又見伐檀）謂黍稷也　享飪之
也　或陳于互或齊其肉　爨饔爨廩爨也　燔取膟膋　炙炙肉也　豆謂
內羞庶羞也　燕私燕而盡其私恩也　是剝是菹剝瓜爲菹也　膋脂膏也
尊者食新農夫食陳　器實曰齊在器曰盛　脊豆實　核加籩　立酒之

監佐酒之史　饇飽也　毛曰炰加火曰燔炕火曰炙　醻道飲也　揄抒臼
或簸穅者或蹂米者　釋淅米也　傳火曰燔貫之加于火曰烈　豆薦葅
醢也　登大羹也　以肉曰醓醢　臐䐂也　恆豆之菹水草之和也其醢陸
產之物也加豆陸產也其醢水物也籩豆之薦水土之品也　餴餾也　蔌菜
肴　彼疏斯粺彼䵚食疏今反食精粺　胾肉也　羹大羹鉶羹也　酤酒也

飲食

釋樂第七

干羽爲萬舞　籥六孔　翟翟羽也　簧笙也君子陽陽車鄰鹿鳴三見　翿纛也翳也翿君
子陽陽宛丘二見　曲合樂曰歌徒歌曰謠　鷺羽鷺鳥之羽可以爲翳也　土曰壎
竹曰篪　笙磬東方之樂也　同音四縣皆同也　以雅以南爲雅爲南也
東夷之樂曰昧南夷之樂曰南西夷之樂曰朱離北夷之樂曰禁　以籥不僭
以爲籥舞若是爲和而不僭矣　籥舞笙鼓秉籥而舞與笙鼓相應也　鼖大
鼓也又見鼓鐘長一丈二尺　植者曰虡靈臺有瞽二見橫者曰栒　樅崇牙　賁大鼓
鏞大鐘靈臺又互見那字作庸　歌者比於琴瑟也　徒擊鼓曰咢　業大版此句又見靈臺所

以飾栒爲縣也　崇牙上飾卷然可以縣也　樹羽置羽　應小鞞　田大鼓

縣鼓周鼓也　鞉鞉鼓　柷木控　圉楬也　鞉鼓樂之所成也　夏后氏

足鼓殷人置鼓周人縣鼓　磬磬之清者也　鎗然擊鼓聲也　琴瑟友之宜

以琴瑟友樂之鐘鼓樂之德盛者宜有鐘鼓之樂　國中有房中之樂　君子

無故不徹琴瑟（女曰雞鳴又互見山有樞）　有眸子而無見曰矇無眸子曰瞍　瞽樂官也

釋天第八

穹蒼蒼天也　蒼天以體言之尊而君之則稱皇天元氣廣大則稱昊天仁覆

閔下則稱旻天自上降鑒則稱上天據遠視之蒼蒼然則稱蒼天　昊昊天也

從旦至食時爲終朝（蝃蝀采綠二見）　日乎月乎照臨之也　日始月盛皆出東方

也　旭日始出謂大昕之時　晦昏也　日出東方人君明盛無不照察也月

盛於東方君明於上若日也臣察於下若月也　晞明之始升也　夏之日冬

之夜言長也　陽日也　日君道月臣道　一之日十之餘也　一之日周正

月也二之日殷正月也三之日夏正月也四之日周四月也　陽歷陽月也

正月夏之四月也　初吉朔日也　之交日月之交會也

月時

殷雷聲也　淒寒風也　終日風爲終風　霾雨土也　陰而風曰曀　南風謂之豈風　東風謂之谷風　北風寒涼之風　蝃蝀虹也　皎月光也　迴風爲飄　隮升雲也　九月霜始降　發發風寒也栗烈寒氣也　震雷也　飄風暴起之風　頹風之焚輪者也　冽寒意也　豐年之冬必有積雪　小雨曰霢霂　炎火盛陽也　霰暴雪也　飄風迴風也　清風清微之風

風雨

小星衆無名者　三心五噣四時更見　參伐也昴畱也　定營室也方中昏正四方　明星有爛言小星已不見也　三星參　參星正月中直戶也　火大火　南箕箕星　漢天河大東又互見雲漢　何鼓謂之牽牛　日且出謂明星爲啟明日旣入謂明星爲長庚　六月火星中　畢噣也月離陰星則雨

星名

大夫士祭於宗室奠於牖下　龜曰卜定之方中氓二見　蓍曰筮　體卦兆之體　祖而舍軷飲酒於其側曰餞　春曰祠夏曰禴秋曰嘗冬曰烝　卜筮偕止會言

近止卜之筮之會人占之也　維戊順類禜牲也　伯馬祖也　禱禱獲也
吉日庚午外事以剛日也　致告告利成也　社后土　方迎四方氣於郊也
左陽道朝祀之事右陰道喪戎之事　冢土大社也起大事動大眾必先有
事乎社而後出謂之宜　於內曰類於野曰禡　致致其社稷羣神附附其先
祖爲之立後　克禋克祀以弗無子去無子求有子古者必立郊禖焉　以歸
肇祀始歸郊祀也　嘗之日涖卜來歲之芟獮之日涖卜來歲之戒社之日涖
卜來歲之稼所以興來而繼往也　載謀載惟穀孰而謀陳祭而卜矣　取蕭
祭脂取蕭合黍稷臭達牆屋先奠而後爇蕭合馨香也（生民又互見信南山）　軷道祭也
令終始於享祀終於饗燕（享祀饗燕互倒今正）　上下奠瘞上祭天下祭地奠奠其禮
瘞瘞其物　諸侯夏禘則不礿秋祫則不嘗惟天子兼之

祭名

冬獵曰狩（叔于田四獸二見）　夏獵曰苗　虞人翼五豝以待公之發　閒於政事則
翺翔習射　殪壹發而死言能中微而制大也　田取禽也　田者大芟草以
爲防褐纏旃以爲門裘纏質以爲槸　天子發抗大綏諸侯發抗小綏　自左

膘而射之達於右腢爲上殺達右耳本次之射左髀達於右䯚爲下殺　左旋講兵右抽抽矢以射　鉦以靜之鼓以動之　入曰振旅復長幼也　六師天子六軍瞻彼洛矣棫樸二見　大國之賦千乘　不服者殺而獻其左耳曰馘　騁馬曰磬止馬曰控發矢曰縱從禽曰送

講武

注旄於干首大夫之旃也　鳥隼曰旟干旄出車桑柔三見　析羽爲旌　龜蛇曰旐出車桑柔二見　旄干旄也　交龍曰旂出車韓奕二見　日月爲常　鳥章錯革鳥爲章也　白旆繼旐者也　旐旟所以聚衆也　綏大綏也　鈴在旂上

旌旂

釋地弟九

漕衞邑擊鼓泉水二見　浚衞邑干旄二見　中露衞邑　泥中衞邑　須衞邑　沬衞邑　堂邑　漕衞東邑　淸邑　沃曲沃　鵠曲沃邑　防邑　株林夏氏邑　東雒邑　向邑　謝邑　下邑曰都　城都城也　里邑也

邑

南南土也　沛地名　瀰地名　干言所適國郊也　桑中上宮所期之地也

彭衞之河上鄭之郊也　消河上地　軸河上地　周道岐周之道也　我

出我車于彼牧矣出車就馬於牧地也　焦穫周地　敖地名　宗周鎬京

北北方寒涼而不毛也　三州淮上地　周原沮漆之閒也　旅地名　宅是

鎬京武王作邑於鎬京也據李善注文選典引訂　郿地名　屠地名　常許魯南鄙西

鄙

地

南陳在衞南　申姜姓之國　甫諸姜　許諸姜　四國管蔡商奄也　玁狁

北狄　方朔方近玁狁之國也　朔方北方也　荊蠻荊州之蠻也　褒國姒

姓　蠻南蠻　髦夷髦　摯國任姓　莘大姒國　二國殷夏也　四國四方

也　密人不恭侵阮徂共國有密須氏侵阮遂往侵共也　邰姜源之國　中

國京師也　四方諸夏也　鬼方遠方　生甫及申於周則有甫有申有齊有

許也　謝周之南國　東方齊也　因時百蠻長是蠻方之百國也　追貊戎

狄國　淮夷東國在淮浦而夷行也　南謂荊楊也　淮夷蠻貊蠻貊而夷行

也　南夷荆楚也　諸夏爲外　九有九州也　九圍九州也　三㯶韋國顧
國昆吾國　荆楚荆州之楚國也　商邑京師也

國

中谷谷中　中林林中兔罝正月二見　中阿阿中　中陵陵中　中原原中　野四
郊之外　邑外曰郊郊外曰野此句野有死麕燕燕干旄駉四見　野外曰林林外曰坰　坰遠
野也　下溼曰隰簡兮車鄰皇皇者華見　曲陵曰阿　農郊近郊也　陂者曰阪　北
林林名　高平曰原　高平曰陸大陸曰阜大阜曰陵　大陵曰阿　芃野遠
荒之地　匡阿曲阿　京大阜也　田一歲曰菑二歲曰新三歲曰畬此二句采芑臣工二見　下則汙高則䧤　露積曰庾　穫禾可穫也　疆畫經界也理分地理
也　南東其畝或南或東也　甫田謂天下田也　耘除草耔雝本　長畝竟
畝也　方極畝也　種雝種也　發盡發也　迺場迺疆言脩其疆場也　私
民田也　終三十里言各極其望也　種之曰稼斂之曰穡　後孰曰重先孰
曰穋　先種曰稙後種曰穉　穀不孰曰饑疏不孰曰饉

原野

釋丘第十

前高後下曰旄丘　偏高曰阿丘　丘一成曰頓丘　四方高中央下曰宛丘

楚丘　邛丘　畝丘丘名　京高丘也定之方中甫田二見　虛漕虛也　丘中墝埆之處

丘

墳大防　洒高峻也　隩隈也　水厓曰滸葛藟又互見緜　滑水隒　湑水隒　堂畢道平如堂也　芮水厓　濆涘干滑浦濆頻厓也濆采蘋北山二見涘葛藟蒹葭大明三見　側猶厓也

厓岸

釋山弟十一

南山周南山　景山大山也　猖山名　南山齊南山　首陽山名　終南周之名山中南也　南山曹南山　旱山名　隃梁山邑于岐山之下　小山別大山曰鮮皇矣又互見公劉字作獻俗作巘　山大而高曰嵩　嶽四嶽也東嶽岱南嶽衡西嶽華北嶽恆　禹治梁山除水災　高嶽岱宗也　高山四嶽也　隮山山之

隓隓小者也　龜山　蒙山　鳧山　繹山　徂徠山　新甫山　麓山足
崔嵬山巔也　崔嵬土山之戴石者　石山戴土曰砠　山脊曰岡　山頂曰冢　卒者崔嵬　山夾水曰澗（采蘇考槃二見）　石絕水為梁　疊山絕水也　山南曰陽　山西曰夕陽山東曰朝陽　山無草木曰岵山有草木曰屺

釋水弟十二

汝水名　沱江之別者　淇水名（泉水桑中二見）　溱洧鄭兩水名（溱洧又見褰裳）　汾水
洛宗周溉浸水也　洽水　渭水　沮水　漆水　漆沮岐周之二水也　涇以渭濁涇渭相入而清濁異也　皇澗名　過澗名　毖彼泉水泉水始出毖然流也　所出同所歸異為肥泉　泉源小水之源　淇水大水也　泌泉水也　側出曰氿泉　檻泉正出也　泉之竭矣不云自中泉水從中以益者也　水草交謂之麋　水中可居者曰州　水枝成渚　坻小渚也　小渚曰沚（蒹葭又互見采蘇）　渚沚也　中沚沚中　中河河中　中澤澤中　藪澤禽之府也　陂澤障也　沙水旁　潨水會也　瀰浼水也　沮洳其漸洳者也　風行水成文曰漣　淪小風水成文轉如輪也　沔水流滿也　水猶有所朝宗

潛行爲泳　行潦流潦也采蘋泂酌二見　浾復入爲氾　逆流而上曰遡洄順流而
涉曰遡游　正絕流曰亂　由膝以上爲涉以衣涉水爲厲由帶以上爲厲
揭揭衣也　厲深可厲之旁　柏木所以宜爲舟也　方泭也　舟船也　楫
所以擢舟也竹竿又互見棫樸　梁水中之梁　楊木爲舟載沈亦浮載浮亦浮　天
子造舟諸侯維舟大夫方舟士特舟

釋草弟十三

荇接余　卷耳苓耳　芣苢馬舄馬舄車前　蘩皤蒿　蕨鼈　薇菜草蟲采薇二見
蘋大蓱　藻聚藻　葭蘆騶虞碩人蒹葭三見　蓬草　匏謂之瓠　葑須從　菲芴
荼苦菜谷風緜二見　苓大苦簡兮采苓二見　荑茅之始生　茨蒺藜　唐蒙菜　蝱
貝母　綠王芻　竹萹竹　瓠犀瓠瓣　茨亂　芄蘭草　諼草令人忘憂
蒲草　蓷䧿　茨雛雈之初生　舜木菫　荷華扶渠其華菡萏山有扶蘇又互見澤陂
龍紅草　茹藘茅蒐東門之墠又互見出其東門　荼英荼　蕑蘭溱洧澤陂二見　勺藥香草
莫菜　蕢水舄　苗嘉穀　苦苦菜　葑菜　蒹薕　荍芘芣　苕草　鷊
稂草　萇楚銚弋　稂童粱下泉大田二見　蕭蒿下泉蓼蕭二見　蓍草　蘩白蒿所以生

蘬　蘬爲藿菽爲葦　蒫草　蘡薁蘡薁　苴麻子　荼雚茗　果臝栝樓　苹
莽　蒿菣　芩草　臺夫須　莍草　莪蘿蒿　芑菜　蓫惡菜　葍惡菜
菽藿　蔚牡菣　莠似苗　蔦寄生　女蘿菟絲松蘿　白華野菅已漚爲菅
苕陵苕將落則黃　瓜紹瓞瓝　堇菜　芑草　任菽戎菽　黃嘉穀　穎
禾穎　秬黑黍生民江漢二見　秠一稃二米　虋赤苗芑白苗　筍竹萌　蒲蒲蒻
鬯香草　苴水中浮草　牟麥　稌稻　蓼水草　茆鳧葵　葛所以爲絺綌
葛覃采葛二見　白茅取絜淸也　蕭所以共祭祀芟所以療疾　菽所以芼大牢羊
則苦豕則薇　下體根莖也　穗秀也　英猶華也　柔始生也　剛少而剛
也　卉草也出車四月二見　藿猶苗也　芸黃盛也　不榮而實曰秀七月生民二見　實
未堅者阜　除草曰芟
釋木第十四
甘棠杜　樸樕小木　唐棣棣　榛木　椅梓屬　檜柏葉松身　木瓜楙木
可食之木　楚木　杞木　檀彊刃之木　扶蘇扶胥小木　松木　栗行上
栗　栵栭脃之木　棘棗　樞荎　栲山樗山有樞南山有臺二見　杻檍山有樞南山有臺二見

椒聊椒　杜赤棠　栩杼鴇羽東門之枌二見　條稻　梅枏終南墓門二見　櫟木　棣唐

棣　檖赤羅　枌白榆　女桑荑桑　鬱棣屬　樗惡木七月我行其野二見　杞枸檵

四牡四月二見　常棣栘　常常棣　楊柳蒲柳　枸枳枸　楰鼠梓　穀惡木　棘

赤心　楨赤楝　棫白桵　樸枹木　栵栭　檉河柳　椐樻　檿山桑　梧

桐柔木　柔木椅桐梓漆　黮桑實　灌木叢木　灌叢生　木下曲曰樛

喬上竦　桃有華之盛者　棘心難長養者棘薪其成就者也　桑女功之所

起也　桑木之衆也　檀可以爲輪　遠枝遠也　揚條揚也　桑上桑根也

壞瘣也　榛所以爲藩也　菀茂木也　桑薪宜以養人者也　枝曰條榦

曰枚　斬而復生曰肄　山木曰林　平林林木之在地者也　木立死曰菑

自斃爲翳　除木曰柞

釋蟲弟十五

草蟲常羊　阜螽蠜　蝤蠐蝎蟲　蒼蠅之聲有似遠雞之鳴　蟋蟀蛬　浮

游渠略　蜩唐　斯螽蚣蝑七月又互見螽斯　莎雞羽成而振訊之　蜀桑蟲　伊

威委黍　蠨蛸長踦　蛭螘家　螟蛉桑蟲　蜾蠃蒲盧　蜩蟬小弁蕩二見　蜮

短弧 唐蝘 食心曰螟食葉曰螣食根曰蟊食節曰賊

釋魚第十六

鱣鯉 鮪鮥 鰥大魚 魴鱮大魚 鱒魴大魚 鰭揚 鯊鮀 鱧鮦 鰋

鮎 蝪螈 鼉魚屬 魴魚勞則尾赤 元龜尺二寸 南有嘉魚江漢之間

魚所產也 巨魚在淵小魚在渚

釋鳥第十七

雎鳩王雎 黃鳥搏黍 鳩尸鳩秸鞠鵲巢尸鳩二見 流離鳥 鳩鶻鳩 鶉鳥

晨風鸇 鴞惡聲之鳥墓門泮水三見 鵜洿澤鳥 倉庚離黃 鵙伯勞 鴟鴞鸋

鳺 鵻夫不 脊令雝渠飛則鳴行則搖 鵻壹宿之鳥 大曰鴻小曰雁

鳴鳩鶻鵃 桑扈竊脂 鷽卑居卑居鴉鳥 鶚雕 雕鷙貪殘之鳥 鷖鶩

匹鳥 鶼雉 鶖禿鶖 鳧水鳥 鷖鳧屬 鳳皇靈鳥雄曰鳳雌曰皇 鷟

白鳥振鷺有駜二見 桃蟲鷦 玄鳥鳦又五見燕燕 鷕雌雉聲 鸛鳴于垤鸛好水長

鳴而喜也 鴻飛遵渚鴻不宜循渚也鴻飛遵陸陸非鴻所宜止也 鳥覆翼

之大鳥來一翼覆之一翼藉之也 飛曰雌雄 飛而上曰頡飛而下曰頏

飛而上曰上音飛而下曰下音

釋獸弟十八

豕牝曰豝　騶虞義獸白虎黑文　一歲曰豵騶虞七月二見　狠獸名　貆獸名

駮如馬倨牙食虎豹　狐貍狐貍皮　㲋兔狻兔　猱猨屬　兕虎野獸　淺

虎皮淺毛　貓似虎淺毛　貔猛獸　麟止麟信而應禮以足至者也　野有

死麕羣田之獲而分其肉　野有死鹿廣物也　大獸公之小獸私之　町疃

鹿迹也　冬獻狼夏獻麋春秋獻鹿豕羣獸　老狼有胡進則躐其胡退則跲

其尾　走曰牝牡　鹿牝曰麀　麀牝　獸三歲曰肩還又見七月字作豣　獸三歲曰

特　獸三曰羣二曰友

釋畜弟十九

六尺以上曰馬　五尺以上曰驕　馬七尺以上曰騋　騋牝驪馬與牝馬也

驪白襍毛曰鴇　白顛的顙　驖驪也　左足白曰馵　黃馬黑喙曰騧

黃白曰皇東山駉二見　駵白曰駁　白馬黑鬣曰駱四牡駉二見　陰白襍毛曰駰皇皇者華駉二見

驪馬白腹曰騵　驪馬白跨曰驈　純黑曰驪　黃騂曰黃　蒼白

襍毛曰騅　黃白襍毛曰駓　赤黃曰騂　蒼綦曰騏　青驪粼曰驒　赤身黑鬛曰駵　黑身白鬛曰雒　彤白襍毛曰騢　豪骭曰驔（當作騽）　二目白曰魚　青驪曰駽　玄黃馬病則玄黃　乘黃四馬皆黃（大叔于田又互見渭陽嵩高）　四驪言物色盛也　俴駟四介馬也　大夫乘驕　馬勞則喘息　駉駉（當作駫駫）良馬腹幹肥張也　宗廟齊豪尚純也戎事齊力尚強也田獵齊足尚疾也　諸侯六閑馬四種有種馬有戎馬有田馬有駑馬

馬屬

黃牛黑脣曰犉（無羊良耜二見）　社稷之牛角尺　騂牡周尚赤也　白牡周公牲騂剛魯公牲　犧純也　楅衡設牛角以楅之

牛屬

小曰羔大曰羊　羜未成羊　牂羊牝羊　羝羊牡羊　羖羊不童也　羊之無角者也

羊屬

尨狗　盧田犬　獫歇驕田犬也長喙曰獫短喙曰歇驕

狗屬

豕猪　蹢䠙也　毛炮豚也

豕屬今爾雅豕屬脫簡在釋獸

雞猶守時而鳴喈喈然膠膠猶喈喈也　鑿牆而栖曰塒雞栖于弋爲桀

雞屬

三物豕犬雞也君以豕臣以犬民以雞　騂牛黑羊豕　鄉人以狗大夫加以羔羊　三十維物異毛色者三十也　物毛物也　毛以告純也

六畜

義類終

鄭箋徵

石父自題 年七十三

戊午孟春
許文一梓

鄭氏箋攷徵

鄭康成習韓詩兼通齊魯最後治毛詩箋詩乃在注禮之後以禮注詩非墨守一氏箋中有用三家申毛者有用三家改毛者例不外此二端三家久廢姑就所知得如干條毛古文鄭用三家從今文于以知毛與鄭固不同術也陳奐錄

周南

關雎窈窕淑女君子好逑箋云怨耦曰仇言后妃之德和諧則幽閒處深宮貞專之善女能為君子和好眾妾之怨者言皆化后妃之德不嫉妬謂三夫人以下　案劉向列女傳母儀篇引詩而釋之云言賢女能為君子和好眾妾箋讀逑為怨耦曰仇左傳桓三年文字作逑　本劉向釋詩劉習魯詩此魯說也淑女指后妃三夫人以下申說眾妾樛木序箋云后妃能和諧眾妾不嫉妬其容貌亦用淑女好逑之義非謂淑女為三夫人以下也孔正義誤會其意遂以謂后妃求淑女配君子謬以千里矣

卷耳我姑酌彼金罍箋云臣出使功成而反君且當設饗燕之禮與之飲酒

以勞之言且耆君賞功臣或多於此　案說文夊部引詩姑作夃云秦人市買多得爲夃箋兼用三家說

我姑酌彼兕觥箋云觥罰爵也饗燕所以有之者禮自立司正之後旅醻必有醉而失禮者罰之亦所以爲樂　案正義引異義韓詩說觥亦五升所以罰不敬觥廓也所以箸明之貌君子有過廓然箸明非所以餉不得名觴箋以觥爲罰爵此韓說也桑扈(同)

召南

甘棠序箋云召伯姬姓名奭食采於召作上公爲二伯後封于燕此美其爲伯之功故言伯云　案漢書王吉傳說苑貴德篇法言先知篇白虎通義封公侯篇及巡守篇引詩以爲召公作二伯分陝述職之事則甘棠爲武王詩矣箋用魯說王吉學韓詩韓說同勿翦勿拜箋云拜之言拔也　案廣韻十六怪引詩作扒扒拔也此三家義

邶風

柏舟日居月諸胡迭而微箋云君道當常明如日　案釋文迭韓詩作㦶(㦶當)

作戲云常也箋中常字用韓詩終風願言則嚏箋云嚏讀當爲不敢嚏咳之嚏今俗人嚏云人道我此古之遺語也　案玉篇口部嚏丁計切噴鼻也詩曰願言則嚏或希馮所据三家說　擊鼓死生契闊箋云從軍之士相與伍約下箋云歎其棄約　案釋文引韓詩云契闊約束也箋用韓義匏有苦葉雝雝鳴鴈箋云鴈者隨陽而處似婦人從夫故昏禮用焉　案白虎通義嫁娶篇贄用鴈者是隨陽之鳥妻從夫之義也

迨冰未泮箋云冰未散正月中以前也二月可以昏矣　案白虎通義嫁娶篇嫁娶必以春者春天地交通萬物始生陰陽交接之時也詩云士如歸妻迨冰未判周官曰仲春之月合會男女令男三十娶女二十嫁夏小正曰二月冠子娶婦之時此箋以二月昏嫁爲正時之張本綢繆東門之楊同　谷風賈用不售箋云如賣物之不售　案太平御覽資產部十五引韓詩既詐我德賈用不售一錢之物舉賣百何時當售乎售俗讎字　簡兮簡兮簡兮箋云簡擇也　案爾雅釋詁柬擇也郭注云見詩簡與柬同方將萬舞箋云萬舞干舞也　案公羊宣八年傳萬者何干舞也此言干以

晐羽故異義公羊說樂萬舞以鴻羽取其勁輕一舉千里舊說以萬爲羽與傳以萬爲干互相發明何注云干謂楯也能爲人扞難而不使害人故聖王貴之以爲武樂萬者其篇名武王以萬人服天下民樂之故名之云爾箋用何說閟宮邶箋同　又案夏小正傳萬也者干戚舞也箋以萬爲干戚舞又以二月爲娶婦時竝與羣經不合奐謂小正傳當出秦漢之際非眞古籍矣

北門室人交徧摧我箋云摧者刺譏之言　案王符潛夫論交際篇云處卑下之位懷北門之殷憂內見謫於妻子外蒙譏於士夫

北風其虛其邪箋云邪讀如徐言今在位之人其故威儀虛徐寬仁者　案班固幽通賦承靈訓其虛徐兮竚盤桓而且俟曹大家注引詩其虛其徐班從魯詩則箋用魯說也爾雅釋訓其虛其徐威儀容止也奐謂釋訓篇多徑後人改竄

鄘風

君子偕老邦之媛也箋云媛者邦人所依倚以爲援助也　案釋文引韓詩作援云援取也取乃助字之譌箋本韓說

鶉之奔奔鵲之彊彊箋云奔奔彊彊言其居有常匹飛則相隨之
貌刺宣姜與頑非匹耦　案釋文韓詩云奔奔彊彊乘匹之皃
相鼠人而無止箋云止容止孝經曰容止可觀　案釋文韓詩云止節無禮
節也箋用韓義
干旄素絲紕之箋云素絲者以爲縷以縫紕旌旗之旒縿或以維持之下章
素絲組之箋云以素絲縷縫組於旌旗以爲之餙　案焦延壽易林師履豫
云干旄旌旗執幟在郊箋與焦說同

衞風

考槃碩人之軸箋云軸病也　案爾雅釋詁逐病也郭注逐未詳軸逐古聲
相近
氓淇則有岸隰則有泮箋云泮讀爲畔畔涯也言淇與隰皆有涯岸以自拱
持今君子放恣心意曾無所拘制　案董仲舒春秋繁露隨本消息篇云拱
揖旨撝諸侯莫敢不出此猶隰之有泮也董用魯詩此箋當用魯說

王風

兔爰有兔爰爰箋云有緩者有所聽縱也有急者有所躁蹙也　案玄應一切經音義二十二韓詩爰爰發蹤之皃蹤當作縱發縱即聽縱箋用韓說

鄭風

淸人二矛重喬箋云喬矛矜（矜當作矝矛柄也）近上及室題所以縣毛羽　案釋文韓詩作鷮雉名箋言縣毛羽謂以鷮羽飾矛也兼用韓詩

左旋右抽箋云左左人謂御者右車右也日使其御者習旋車車右抽刃　案釋文抽說文作搯地牢反云抽刃以習擊刺也說文兼錄三家詩

山有扶蘇山有橋松箋云橋松在山上喩忽無恩澤于大臣也　案釋文鄭作槁苦老反枯槁也據釋文箋有橋當作槁四字呂氏春秋先已篇云百仞之松本傷於下而末槁於上此箋義也

褰裳豈無他人箋云言他人者先鄉齊晉宋衛後之荆楚下章豈無他士箋云他士猶他人也　案呂氏春秋求人篇云晉人欲攻鄭令叔嚮聘焉視其有人與無人子產爲之詩曰子惠思我褰裳涉洧子不我思豈無他士叔嚮歸曰鄭有人子產在焉不可攻也秦荆近其詩有異心不可攻也

予衿子寧不嗣音箋云嗣續也女曾不傳聲問我以恩責其忘己　案釋文嗣韓詩作詒詒寄也曾不寄問也箋兼用韓說

齊風

儵筍其魚唯唯箋云唯唯行相隨順之皃　案玉篇遺遺魚行相隨皃皃據集韻五旨補箋用三家說

唐風

蟋蟀無已大康職思其憂箋云憂者謂鄰國侵伐之憂　案列女傳仁智篇周共王滅密君子謂密母爲能識微卽引此詩箋用魯詩義

揚之水素衣朱繡上章箋云繡當爲綃　案鄭注禮記郊特牲及儀禮士昏特牲饋食竝引魯詩素衣朱綃綃繒名也

秦風

車鄰寺人之令箋云欲見國君者必先令寺人使傳告之　案釋文引韓詩作伶云使伶箋兼用韓義

黃鳥誰從穆公序箋云從死自殺以從死　案漢書匡衡傳云秦穆貴信而

士多從死又史記秦本紀繆公卒葬雍從死者百七十七人秦之良臣子輿氏三人名曰奄息仲行鍼虎亦在從死之中應劭云秦穆公與羣臣飲酒酣公曰生共此樂死共此哀於是奄息仲行鍼虎許諾及公薨皆從死此與匡說詩合匡學齊詩箋蓋用其說

無衣與子同澤箋云澤褻衣近汙垢　案釋文云說文作襗箋以澤爲衣名本三家

陳風

澤陂有蒲與荷箋云夫渠之莖曰荷　案爾雅釋草荷夫渠其莖茄樊光注引詩有蒲與茄（樊注見詩疏）箋讀荷爲茄用三家義

有蒲與蕑傳蕑蘭也箋云蕑當作蓮芙蕖實也　案韓詩溱洧以蕑爲蓮箋用韓說

檜風

羔裘大夫以道去其君也箋云以道去其君者三諫不從待放於郊得玦乃去　案說詳宣元年公羊傳白虎通義諫諍篇

匪風誰能亨魚溉之釜鬵箋云誰能者言人偶能割亨者誰將西歸懷之好音箋云誰將者亦言人偶能輔周道治民者也　案劉向說苑善說篇蘧伯玉言公子晳於楚王子晳還重於楚蘧伯玉之力也故詩曰誰能亨魚溉之釜鬵孰將西歸懷之好音此之謂也物之相得固微甚矣此與人偶之義合鄭當用魯詩說

豳風

七月蠶月條桑箋云條桑枝落之采其葉也　案玉篇手部引詩蠶月挑桑讀條爲挑箋用三家說

東山烝在栗薪箋云栗析也言君子又久見使析薪于事尤苦也古者聲栗裂同也　案釋文栗韓詩作蓼力菊反聚薪也聚薪析薪義相近箋兼用韓義

小雅

常棣死喪之威兄弟孔懷箋云死喪可畏怖之事維兄弟之親甚相思念

案列女傳續篇君子謂聶政姊仁而有勇不去死以滅名詩云死喪之威兄

弟孔懷言𠭥可畏之事惟兄弟甚相懷箋兼用魯說

伐木伐木丁丁鳥鳴嚶嚶箋云丁丁嚶嚶相切直也嚶嚶衍文爾雅釋訓當作丁丁相切直也為箋所張本又釋詁關關噰噰音聲和也噰噰文選注作嚶嚶言昔日未居位在農之時與友生于山巖伐木為勤苦之事猶以道德相切正也嚶嚶兩鳥聲也其鳴之志似于有友道然故連言之　案文選謝混遊西池詩李注引韓詩伐木廢朋友之道缺勞者歌其事詩人伐木自苦其事故以為文又潘岳閒居賦注以勞者歌其事為韓詩序初學記樂部上太平御覽樂部十一韓詩飢者歌食勞者歌事箋用韓說

無酒酤我箋云酤買也王無酒酤買之　案漢書食貨志下魯匡言詩曰無酒酤我而論語曰酤酒不食二者非相反也夫詩據承平之世酒酤在官和旨便人可以相御也論語孔子當周衰亂酒酤在民薄惡不誠是以疑而弗食箋用三家說

釆薇歲亦陽止箋云十月為陽時坤用事嫌於無陽故以名此月為陽　案劉歆西京雜記董仲舒甫霱對鮑敞曰十月陰雖用事而陰不孤立此月純

陰疑于無陽故謂之陽月詩人所謂日月陽止者也箋用董說杕杜同

六月元戎十乘以先啟行箋云元戎可以先前啟突敵陳之前行　案史記三王世家裴駰集解引韓詩章句云元戎大戎謂兵車也車有大戎十乘謂車縵輪馬被甲衡扼之上盡有劍戟名曰陷軍之車所以冒突先啟敵家之行伍也箋用韓說

吉甫燕喜既多受祉箋云吉甫既伐玁狁而歸天子以燕禮樂之則歡喜矣又多受賞賜也　案漢書陳湯傳劉向曰吉甫之歸周厚賜之卽引此詩

采芑顯允方叔征伐玁狁箋云方叔先與吉甫征伐玁狁　案漢書陳湯傳劉向疏曰昔周大夫方叔吉甫爲宣王誅玁狁而百蠻從箋用劉說

車攻東有甫草駕言行狩箋云甫草者甫田之草也鄭有甫田　案墨子明鬼篇周宣王合諸侯而田於圃田車數百乘古甫圃通

吉日其祁孔有箋云祁當作麎麎麋牝也　案孔正義据爾雅某氏注引詩作麎箋所本也周禮大司馬注鄭司農云五歲爲愼玄謂愼讀爲麎麎牝曰麎

鶴鳴鶴鳴于九皐箋云皐澤中水溢出所爲坎自外數至九　案釋文韓詩云九皐九折之澤論衡藝增篇亦云言鶴鳴九折之澤聲猶聞於天

祈父予王之爪牙胡轉予于恤箋云予我轉移也此勇力之士責司馬之辭也我乃王之爪牙爪牙之士當爲王閑守之衞女何移我於憂　案焦氏易林謙之歸妹小過之離並云爪牙之士怨毒祈父轉憂與己傷不及母箋同焦說

白駒賁然來思箋云易卦曰山下有火賁賁黃白色也　案說苑反質篇孔子卦得賁喟然仰而嘆息曰賁非正色也吾亦聞之丹漆不文白玉不雕寶珠不飾何也質有餘者不受飾也又呂覽壹行篇孔子卜得賁孔子曰不吉子貢曰夫賁亦好矣何爲不吉乎孔子曰夫白而白黑而黑夫賁又何好乎

斯干噲噲其正箋云噲噲猶快快也　案說文噲或讀若快

無羊衆維魚矣實維豐年箋云魚者庶人之所以養也今人衆相與捕魚則是歲孰相供養之祥也易中孚卦曰豚魚吉　案漢書食貨志蕭望之奏徐宮家在東萊言往年加海租魚不出長老皆言武帝時縣官嘗自漁海魚不

出後復予民魚逝出夫陰陽之感物類相應萬事盡然
正月瞻烏爰止于誰之屋箋云視烏集於富人之室以言今民亦當求明君而歸之　案後漢書郭大傳郭大字林宗建寧元年陳蕃竇武爲閹人所害林宗哭之既而歎曰人之云亾邦國殄瘁瞻烏爰止不知于誰之屋耳李賢注云言不知王業當何所歸箋用三家說
瞻彼中林侯薪侯蒸箋云林中大木之處而維有薪蒸爾喻朝廷宜有賢者而但聚小人　案韓詩外傳卷七引詩釋之云言朝廷皆小人也
有皇上帝伊誰云憎箋云有君上帝者以情告天也使王暴虐如是是憎惡誰乎欲天指害其所憎而已　案潛夫論班祿篇引皇矣詩上帝指之憎其式惡蕭山汪氏繼培箋云鄭箋所用詩與此同
召彼故老訊之占夢箋云君臣在朝侮慢元老召之不問政事但問占夢不尙道德而信徵祥之甚　案漢書藝文志云然惑者不稽諸躬而忌訞之見是以詩刺召穰故老訊之占夢傷其舍本而憂末不能勝凶咎也
十月之交以下四篇序刺幽王箋以爲刺厲王云作詁訓傳時移其篇弟因

改之耳節彼刺師尹不平亂靡有定此篇譏皇父擅恣日月告凶正月惡褒姒滅周此篇疾豔妻煽方處又幽王時司徒乃鄭桓公友非此篇之所云番也是以知然　案正義引中候擿雒貳曰昌受符厲倡嬖期十之世權在相又曰剡者配姬以放賢山崩水潰納小人家伯罔主異載震此箋改作刺厲王之本後漢世祖尊用圖讖朝廷引以定禮說經康成知禮尊王故解經多從緯說耳又據漢書劉向傳谷永傳後漢書左雄傳皆幽厲竝言故作厲王爲定論不知諸家引詩往往幽厲連及非以此詩爲厲王時褒豔魯作閻合節南山之褒姒十月之交之豔妻連綴成文非以豔妻爲厲王后先褒後豔魯詩次序與毛同正義以爲韓詩次序亦在此不是移改篇弟吳王朝三公師尹爲三公之一據董仲舒說師尹爲司空皇父爲卿士則三公中執政之一人也十月朔辛卯日食大衍術推算在幽王六年國語幽王八年鄭桓公友爲司徒則日食在六年爲司徒者番非友也箋說俱不審

四國無政不用其良箋云四方之國無政治者由天子不用善人也　案韓詩外傳卷五釋此詩云不用其良臣而不亾者未之有也漢書左雄傳上疏

言幽厲昏亂不自爲政褒豔用權七子黨進賢愚錯緒深谷爲陵亦引此詩竝與箋說同

百川沸騰箋云百川沸出相乘陵者由貴小人也　案漢書李尋傳偏黨失綱則踊溢爲敗今汝潁畎澮皆川水漂踊與雨水竝爲民害此詩所謂爗爗震電不寧不令百川沸騰者也其咎在於皇父卿士之屬家伯維宰箋云家宰掌建邦之六典　案漢書古今人表大宰家伯冢宰卽大宰箋用魯詩說

抑此皇父箋云抑之言噫噫是皇父疾而呼之　案釋文引韓詩抑意也疑意乃噫之壞字

黽勉從事箋云詩人賢者見時如是自勉以從王事　案漢書劉向傳君子獨處守正不橈衆枉勉彊以從王事引詩曰密勿從事箋同劉說

小旻旻天疾威敷于下土箋云旻天之德疾王者以刑罰威恐萬民其政教乃布於下土言天下徧知　案列女傳續篇君子謂不疑母能以仁教詩云旻天疾威敷于下土言天道好生疾威虐之行于下土也箋用魯說

謀猶回遹箋云今王謀爲政之道回辟不循旻天之德已甚矣　案文選西

征賦注引薛君章句云回邪僻也章句但解回字箋用韓說疾威回遹毛詩俱二字平列

國雖靡止箋云止禮也　案相鼠人而無止韓詩止節也無止無禮節也（今釋文脫也無止三字）箋用韓義廣雅釋言云止禮也亦本韓詩

小弁假寐永歎箋云不脫冠衣而寐曰假寐　案楚辭九懷王逸注云不脫冠帶而臥曰假寐卽引此詩菀彼柳斯鳴蜩嘒嘒有漼者淵萑葦淠淠箋云柳木茂盛則多蟬淵深而旁生萑葦言大者之無不容（今本作言大者之旁無所不容此從宋本）

案說苑襍言篇引此詩而釋之云言大者之旁無所不容又韓詩外傳卷七云言大者無不容也箋用韓義

君子無易由言耳屬于垣箋云由用也王無輕用讒人之言人將有屬耳于垣壁而聽之者（垣字据御覽人事三十一補）知王有所受之知王心不正也　案韓詩外傳五孔子正假馬之言而君臣之義定矣詩曰君子無易由言名正也箋兼用韓義

巧言匪其止共維王之邛箋云邛病也小人好爲讒佞既不共其職事又爲

王作病　案韓詩外傳卷四引詩釋之云言不共其職事而病其主也說苑政理篇云此傷姦臣蔽主以爲亂者也亦與韓詩同

谷風無草不死無木不萎箋云然而盛夏養萬物之時草木枝葉猶有萎槁者　案徐幹中論修本篇釋此詩云言盛陽布德之月草木猶有枯落而與時謬者

蓼莪蓼蓼者莪匪莪伊蒿箋云莪已蓼蓼長大貌視之以爲非莪反謂之蒿反各本作故此從宋本興者喻憂思雖在役中心不精識其事　案太平御覽百穀部六引韓詩彼黍離離彼稷之苗薛君注曰詩人求己兄不得憂不識物視彼黍反以爲稷此箋云憂思不精識其事蓋亦用韓詩

大東無浸穫薪箋云穫落木名也　案爾雅穫落樊光注引詩作檴薪箋以穫爲檴本三家

載翕其舌箋云翕猶引也引舌者謂上星相近　案玉篇引詩載吸其舌云吸引也箋讀翕爲吸本三家四月廢爲殘賊莫知其尤箋云尤過也言在位者貪殘爲民之害無自知其行之過者言忕於惡忕從宋本作大者誤　案列女傳續

篇釋詩云言怢於惡不知其爲過霍夫人顯之謂也蕩箋亦云此言時人怢於惡俱本三家詩

鼓鍾以雅以南箋云雅萬舞也周樂尚武故謂萬舞爲雅雅正也　案公羊宣八年何注以萬爲武樂箋用何說

瞻彼洛矣韎韐有奭以作六師箋云此諸侯世子也除三年之喪服士服而來未遇爵命之時時有征伐之事天子以其賢任爲軍將使代卿士將六軍而出　案白虎通義爵篇韓詩內傳曰諸侯世子三年喪畢上受爵命於天子其下又言世子上受爵命衣士服引詩曰韎韐有赩世子始行也赩與奭同班宗魯詩此亦兼用韓詩通典禮五十三引內傳同箋用韓說

鴛鴦摧之秣之箋云摧今莝字也摧宋本作挫誤　案釋文韓詩云莝委也

車舝德音來括箋云使我王更修德教會合離散之人　案文選劉越石荅盧諶詩陸士衡辨亡論注引韓詩章句括約束也王伯厚詩考以爲此詩章句蓋箋用韓義

辰彼碩女令德來教箋云則其時賢女來配之與相訓告改修德教　案列

女傳續篇敞夫人可謂知事之機者矣引詩云展彼碩女（展當作㞆）令德來敎箋或用魯義

青蠅營營青蠅箋云興者蠅之爲蟲汙白使黑汙黑使白喩佞人變亂善惡也　案易林論衡初學記竝有青蠅汙白之語

讒人罔極構我二人箋云構合也合猶變亂也　案釋文韓詩云構亂也

賓之初筵大矦既抗弓矢斯張箋云天子諸矦之射皆張三矦故君矦謂之大矦大矦張而弓矢亦張節也將祭而射謂之大射下章言烝衎烈祖其非祭與　案漢書吾丘壽王傳大射之禮自天子降及庶人三代之道也卽引此詩箋葢本魯詩說

采菽彼交匪紓箋云彼與人交接自偪束如此則非有解怠紓緩之心　案韓詩外傳卷四引詩釋之云言必交吾志然後予箋作交接解兼用韓義

角弓民之無良相怨一方受爵不讓至于己斯亾箋云良善也民之意不獲當反責之于身思彼所以然者而怨之無善心之人則徒居一處（宋本作徙居）怨恚之斯此也　案後漢書章帝紀上無明天子下無賢方伯人之無良相怨

一方章懷注云良善也言王者所爲無有善者各相與於一方而怨之義見韓詩又韓詩外傳卷四有君不能事有臣欲其忠有父不能事有子欲其孝有兄不能敬有弟欲其從令詩曰受爵不讓至于己斯亾言能知於人而不能自知也箋恐本韓詩

雨雪瀌瀌見晛曰消箋云雨雪之盛瀌瀌然至日將出其氣始見人則皆稱雪今消釋矣喻小人雖多王若欲興善政則天下聞之莫不曰小人今誅滅矣　案韓詩外傳卷四云上發舜禹之制下則仲尼之義以務息十子之說如是者仁人之事畢矣天下之害除矣聖人之迹著矣卽引此詩又漢書劉向傳君子道長小人道消則政日治故爲泰泰者通而治也亦引此詩

如蠻如髦我是用憂箋云今小人之行如夷狄而王不能變化之我用是爲大憂也　案韓詩外傳卷四云出則爲宗族患入則爲鄉里憂詩曰如蠻如髦我是用憂小人之行也

大雅

文王文王受命作周也箋云受命受天命而王天下制立周邦　案春秋繁

露郊祀篇云文王受天命而王天下史記周本紀詩人道西伯葢受命之年
稱王漢書地理志公季嗣位至昌爲西伯受命而王此當是魯詩
王之藎臣箋云王斥成王　案漢書劉向傳孔子論詩至於殷士膚敏祼將
于京喟然歎曰大哉天命善不可不傳於子孫是以富貴無常不如是則王
公其何以戒慎民萌何以勸勉葢傷微子之事周而痛殷之亾也白虎通義
三正篇詩曰厥作祼將常服黼冔言微子服殷之冠助祭於周也微子朝周
在成王之時漢書翼奉傳亦云周公作詩深戒成王以恐失天下詩曰殷之
未喪師克配上帝宜監于殷駿命不易箋以王爲成王用三家說
大明文定厥祥箋云文王以禮定其吉祥謂使納幣也　案白虎通義嫁娶
篇人君及宗子無父母自定娶者卑不主尊賤不主貴故自定之也昏禮經
曰親及沒己聘命之詩云文定厥祥親迎于渭
命此文王于周于京箋云天爲將命文王君天下于周京之地　案白虎通
義三正篇釋詩云此言文王改號爲周易邑爲京也又見號篇
會朝淸明箋云會合也書牧誓曰時甲子昧爽武王朝至于商郊牧野乃誓

案易林復節謙渙云周師伐紂克於牧野甲子平旦天下悅喜甲子平旦卽所謂甲子昧爽也楚辭天問會鼂爭盟鼂古朝字（一作會鼂請盟）王逸注亦謂以甲子日朝誅紂

緜緜緜瓜瓞箋云瓜之本實繼先歲之瓜必小狀似瓝故謂之瓞　案釋文引韓詩云瓞小瓜也

周原膴膴箋云周之原地在岐山之南膴膴然肥美　案文選魏都賦李善注引韓詩作腜腜廣雅腜腜肥也箋兼用韓義

棫樸薪之槱之箋云至祭皇天上帝及三辰則聚積以憭之（憭當作燎）　案春秋繁露郊祀篇引此首章二章又四祭篇引此二章皆謂文王郊祭之詩何休注公羊定八年引下章奉璋爲郊事天葢皆本魯詩說

早麓瑟彼玉瓚箋云瑟絜鮮皃　案說文玉部璱玉英華相帶如瑟弦也詩曰璱彼玉瓚

魚躍于淵箋云魚跳躍于淵中喻民喜得所　案文選四子講德論注引薛君章句云魚喜樂則踴躍于淵中

施于條枚箋云延蔓於木之枝本而茂盛（宋本作枝本後漢書蘇竟傳注引無本字）案韓詩外傳二呂覽知分篇注後漢書黃瓊傳注引新序竝作延于條枚

思齊烈假不瑕箋云厲假皆病也　案嘉定錢氏大昕曰仙人唐公房碑厲蠱不遐卽用思齊烈假不瑕鄭箋讀烈假爲厲瘕皆訓爲病蠱假聲相近碑立於東漢之世其時鄭學未行而闇與之合可證康成所改皆本經師相承之訓

皇矣串夷載路箋云串夷卽混夷　案串卽毌字毌古貫字也混一作昆貫夷卽昆夷如禹貢楊州貢瑤琨漢書地理志作瑤瑻之例當本魯詩說

施于孫子箋云施猶易也延也　案箋中延字義當本韓詩見旱麓篇

無然畔援箋云畔援猶拔扈也（拔各本作跋此從宋本訂文選西京賦注引作拔云拔與跋古字通）案釋文引韓詩云畔援武強也（葉石林鈔本武強作拔扈）

誕先登于岸箋云岸訟也欲廣大德美者當先平獄訟正曲直也　案小宛韓詩宜犴宜獄云鄉亭之繫曰犴朝廷曰獄

密人不恭敢距大邦侵阮徂共箋云阮也徂也共也三國犯周而文王伐之

密須之人乃敢距其義兵違正道是不直也　案正義云魯詩之義以阮徂共皆爲國名箋用魯義首章維彼四國及文王有聲有此武功箋謂伐此四國皆用魯義

崇墉言言箋云言言猶孼孼將壞貌　案下文崇墉仡仡釋文引韓詩云仡仡搖也箋用韓義

生民履帝武敏箋云帝上帝也敏拇也祀郊禖之時時則有大神之迹姜嫄履之足不能滿履其拇指之處　案爾雅釋訓履帝武敏武迹也敏拇也此鄭箋所本（爾雅釋訓一篇多逕漢人增益）史記楚辭列女傳母儀篇白虎通義姓名篇春秋繁露三代改制質文篇詩正義引異義齊魯韓詩竝指感生帝之說

既醉其僕維何釐爾女士釐爾女士從以孫子箋云天之大命附著於女云何乎予女以女而有士行者謂生淑媛使爲之妃從隨也天既予女以女而有士行者又使生賢知之子孫以隨之謂傳世也　案列女傳母儀篇塗山獨明教訓而致其化焉及啟長化其德而從其教卒致令名禹爲天子而啟爲嗣持禹之功而不殞君子謂塗山彊於教誨詩云釐爾士女（士女誤倒）從以孫

子此之謂也箋用魯詩義

鳧鷖鳧鷖在潨箋云潨水外之高者也　案廣雅釋丘潨厓也張揖多取三家詩義孔正義云水外之地潨然而高崖涯涘之中復有偏高之處說與廣雅相近

假樂威儀抑抑德音秩秩箋云抑抑密也秩秩清也　案箋用爾雅釋訓文

率由羣匹箋云循用羣臣之賢者其行能匹耦己之心　案春秋繁露楚莊王篇百物皆有合偶偶之合之仇之匹之善也即引此詩爲箋所本

卷阿茀祿爾康矣箋云茀福也　案爾雅釋詁祓福也郭注引詩祓祿康矣奪爾字　箋讀茀爲祓義本三家

蕩殷鑒不遠在夏后之世箋云此言殷之明鏡不遠也近在夏后之世謂湯誅桀也後武王誅紂　案韓詩外傳卷五云夫明鏡者所以照形也法古者所以知今也故夏之所以亡者而殷爲之殷之所以亡者而周爲之故殷可以鑒於夏而周可以鑒於殷即引此詩鄭用韓詩

抑靡哲不愚箋云今王政暴虐賢者皆佯愚不爲容貌如不肖然　案韓詩

外傳卷六比干諫而死箕子曰知不用而言愚也殺身以彰君之惡不忠也二者不可然且爲之不祥莫大焉遂被髮佯狂而去君子聞之曰勞矣箕子盡其精神竭其忠愛見比干之事免其身仁知之至詩曰人亦有言靡哲不愚

有覺德行四國順之箋云有大德行則天下順從其政言在上所以倡道

案列女傳節義篇夫義其大哉雖在匹婦國猶賴之況以禮義治國乎卽引此詩箋訓覺爲大義本魯說

荒湛于酒箋云荒廢其政事又湛樂于酒言愛小人之甚　案漢書五行志下之下羣小湛湎於酒其下卽引此詩

無言不讎箋云教令之出如賣物物善則其售賈貴物惡則其售賈賤　案此與邶谷風賈用不售韓詩合箋亦當用韓說

投我以桃報之以李箋云此言善往則善來人無行而不得其報也　案桓寬鹽鐵論和親篇引詩釋之云未聞善往而有惡來者

桑柔誰能執熱逝不以濯箋云當如手持熱物之用濯爲治國之道當用賢

者　案墨子尙賢中篇爵位不高則民不敬也蓄錄不厚則民不信也政令不斷則民不畏也故古聖王高予之爵重予之祿任之以事斷予之令夫豈爲其臣賜哉欲其事之成也詩曰告女憂卹誨女予欝（欝當爲爵）孰能執熱鮮不用濯則此語古者國君諸侯之不可以不執善承嗣輔佐也譬之猶執熱之有濯也將休其手焉趙岐注孟子亦解經濯爲濯手

其何能淑載胥及溺箋云女若云此於政事何能善乎則女君臣皆相與陷溺於禍難　案孟子離婁篇引詩趙注云刺時君臣何能爲善乎但相與爲沈溺之道也箋與趙同

雲漢耗斁下土（耗當作秏）箋云斁敗也猶以旱秏敗天下爲害　案釋文引韓詩秏惡也箋蓋用韓義

散無友紀箋云散無其紀者凶年祿餼不足人無賞賜也　案墨子七患篇一穀不收謂之饉二穀不收謂之旱三穀不收謂之凶四穀不收謂之餽五穀不收謂之饑歲饉則仕者大夫以下皆損祿五分之一旱則損五分之二凶則損五分之三餽則損五分之四饑則盡無祿稟食而已矣

烝民有物有則箋云天之生衆民其性有物象謂五行仁義禮智信也其情有所法謂喜怒哀樂好惡也　案韓詩外傳卷六子曰不知命無以爲君子言天之所生皆有仁義禮智順善之心不知天之所以命生則無仁義禮智順善之心無仁義禮智順善之心謂之小人故曰不知命無以爲君子小雅曰天保定爾亦孔之固言天之所以仁義禮智保定人之甚固也大雅曰天生烝民有物有則民之秉彝好是懿德言民之秉德以則天也不知所以則天又焉得爲君子乎箋用韓義

韓奕蹶父孔武靡國不到箋云蹶父甚武健爲王使於天下國國皆至　案易林井之需云大夫行父父疑役之譌天地不涉爲吾相土莫如韓樂可以居止長安富有

召旻池之竭矣不云自頻泉之竭矣不云自中箋云頻當作濱厓猶外也自由也池水之溢宋本作益自外灌焉今池竭人不言由外無益者與言由之也喻王猶池也政之亂由外無賢臣益之泉者中水生則益溢水不生則竭喻王猶泉也政之亂又由內無賢妃益之　案列女傳續篇趙飛燕姊娣傳引詩

釋之云成帝之時舅氏擅外趙氏專曰其自竭極盡亦池泉之勢也

周頌

天作天作高山大王荒之箋云高山謂岐山也大王自豳遷焉居之一年成邑二年成都三年五倍其初　案文選干寶晉紀總論李善注引劉向新序曰大王亶父止於岐下百姓扶老攜幼隨而歸之一年成邑二年成都三年五倍其初

彼徂矣岐有夷之行箋云後之往者又以岐邦之君有佼易之道故也易曰乾以易知坤以簡能易則易知簡則易從易知則有親易從則有功有親則可久有功則可大可久則賢人之德可大則賢人之業以此訂大王文王之道卓爾與天地合其德　案韓詩外傳卷三傳曰易簡而天下之理得矣忠易爲禮誠易爲辭賢人易爲民工巧易爲材詩曰岐有夷之行子孫保之後漢書西南夷傳李賢注引韓詩薛君章句云徂往也夷易也行道也彼百姓歸文王者皆曰岐有易道可歸往矣易道謂仁義之道而易行故岐道阻險而人不難說苑君道篇釋詩之義同

時邁賓右序有周箋云右助次序其事謂多生賢知使爲之臣也　案韓詩外傳卷八孔子曰善乎晏子不出俎豆之閒折衝千里卽引此詩此箋所謂賢知爲臣也

式序在位箋云以其有俊乂用次弟處位　案韓詩外傳卷八三公者何曰司馬司空司徒也司馬主天司空主土司徒主人故陰陽不和四時不節星辰失度災變非常則責之司馬山陵崩竭川谷不流五穀不殖草木不茂則責之司空君臣不正人道不和國多盜賊下怨其上則責之司徒故三公典其職憂其分舉其辯明其隱（武進趙懷玉校刻云疑德字之譌續漢書百官志注作得古德得通）此三公之任也詩曰濟濟多士文王以寧又曰明昭有周式序在位言各稱職也後漢書朱穆傳議郎大夫之位本以式序儒術高行之士亦用韓詩說也

有瞽應田縣鼓箋云田當作朄朄小鼓在大鼓旁應鞞之屬也聲轉字誤變而作田　案鄭注周禮禮記及郭注爾雅竝引詩作應朄縣鼓

閔予小子嗣王朝於廟也箋云嗣王者謂成王也除武王之喪將始卽政朝於廟也　案漢書匡衡傳詩云煢煢在疚言成王喪畢思慕意氣未能平也

蓋所以就文武之業崇大化之本也匡學齊詩箋與匡說合

敬之陟降厥士日監在茲箋云天上下其事謂轉運日月施其所行日日瞻視古本如此各本作日月近在此也　案漢書郊祀志匡衡奏議引詩而釋之云言天之日監王者之處也

酌遵養時晦箋云率殷之叛國以事紂養是闇昧之君以老其惡　案武書定爾功釋文引韓詩云耆惡也言武王惡紂而誅伐之此謂老其惡當用韓義

魯頌

泮水思樂泮水箋云辟廱者築土雝水之外圓如璧四方來觀者均也泮之言半也半水者蓋東西門以南通水北無也天子諸侯宮異制因形然　案白虎通義辟雍篇詩云思樂泮水薄采其芹詩訓曰水圓如璧諸侯曰泮宮者半於天子宮也明尊卑有差所化少也半者象璜也獨南面禮儀之方有水耳其餘壅之言垣宮名之別尊卑也明不得化四方也通典禮十三引劉向五經通義亦云南通水

狄彼東南箋云狄當作剔剔治也　案釋文引韓詩作鬄云除也鬄剔同字除治同義

閟宮實始翦商箋云翦斷也大王自豳徙居岐陽四方之民咸歸往之于時而有王迹故云是始斷商　案說文戈部戩滅也詩曰實始戩商戩翦同聲滅斷同義

商頌

那置我鞉鼓箋云置讀曰植　案廣雅釋樂曹憲音引詩植我鞉鼓鄭注禮記明堂位篇同

玄鳥天命玄鳥降而生商箋云降下也天使鳦下而生商者謂鳦遺卵有娀氏之女（各本脫有字）簡狄吞之而生契　案箋從三家詩說見生民篇

長發湯降不遲箋云湯之下士尊賢甚疾　案韓詩外傳卷八言周公假天子之尊位所執贄而師見者十人所還質而友見者十三人窮巷白屋之士所先見者四十九人時進善者百人官朝者千人諫臣五人輔臣五人拂臣六人載干戈以至於封侯而同姓之士百人其下卽引此詩箋用韓義

何天之龍箋云龍當作寵　案大戴禮衛將軍文子篇引詩作何天之寵

殷武商邑翼翼四方之極箋云極中也商邑之禮俗翼翼然可則傚乃四方

之中正也、案王氏引之詩述聞載後漢書樊準傳後魏書甄琛傳白帖七

十六兩引韓詩及荀悅漢紀元帝紀載匡衡疏引齊詩竝云京邑翼翼四方

是則鄭箋用三家義

鄭氏箋終

國家圖書館出版品預行編目資料

詩毛氏傳疏

（清）陳奐著. — 初版. — 臺北市：臺灣學生，1967.09
冊；公分
ISBN 978-957-15-1727-8（全套：平裝）

1. 詩經 2. 注釋

831.112 106005305

詩毛氏傳疏

著作者：清・陳奐
出版者：臺灣學生書局有限公司
發行人：楊雲龍
發行所：臺灣學生書局有限公司
臺北市和平東路一段七五巷十一號
郵政劃撥戶：〇〇〇二四六六八號
電話：（〇二）二三九二八一八五
傳眞：（〇二）二三九二八一〇五
E-mail:student.book@msa.hinet.net
http://www.studentbook.com.tw
本書局登記證字號：行政院新聞局局版北市業字第玖捌壹號
印刷所：長欣印刷企業社
新北市中和區中正路九八八巷十七號
電話：（〇二）二二二六八八五三

定價：新臺幣一〇〇〇〇元

一九六七年九月初版
二〇一七年九月初版九刷

09302

ISBN 978-957-15-1727-8（全套：平裝）